京城笑仙

谈宝森 著

上

北京燕山出版社

图书在版编目（CIP）数据

京城笑仙 / 谈宝森著. —北京：北京燕山出版社，
2015.10
ISBN 978-7-5402-3860-5

Ⅰ. ①京… Ⅱ. ①谈… Ⅲ. ①长篇小说 – 中国 – 当代
Ⅳ. ①I247.5

中国版本图书馆 CIP 数据核字（2015）第 148335 号

京城笑仙

谈宝森 著

责任编辑	李　涛
责任校对	方　圆
出版发行	北京燕山出版社
地　　址	北京市西城区陶然亭路 53 号（邮编：100054）
电　　话	（010）63537006（总编室）
印　　刷	三河市灵山红旗印刷厂
开　　本	880 毫米 × 1230 毫米　1/32
字　　数	800 千字
印　　张	34.25
版　　次	2016 年 3 月第 1 版
印　　次	2016 年 3 月第 1 次印刷
定　　价	68.00 元（全二册）

版权所有　翻印必究

一、《京城笑仙》故事梗概

本书讲述了京城天桥第一拨"八大怪"之首——落地秀才穷不怕，率领众怪星进宫献艺、智耍王爷、笑撒民间、发展绝活儿的故事，弘扬了祖国优秀的传统民族文化和非物质文化遗产。

"怪"就是绝活儿，京师八大怪、天桥八大怪出现过几拨，"怪人"各有各的绝技。老天桥已有几百年历史，它象征着中国民俗文化。游人来北京，"故宫可以不游，天桥不能不逛"。北京目前正在启动"重现老天桥"的工程，给此剧照明了前程。

穷不怕（朱绍文）是相声界公认的头号大名人，虽然他不是最早的相声艺人，然而却是我国第一代专业相声创始人，被后人推崇为相声"开山祖"。但史书上、人物志上、地方志上对此人只不过有几百字史料记载。由于过去相声艺人社会地位卑贱，教学的方式为口传心授，保存下来的穷不怕文字材料很少，连穷不怕的卒年记载也是错误的，今天行外很多人已不知道他的名字。好在，本书作者早在三十来年前趁见过穷不怕和了解穷不怕的人健在，采访和调研出穷不怕和他的有关人不少资料，这些资料显得尤为可贵。本书作者当时录制了七百多盘老北京、老天桥内容的磁带，用众人形象凝聚了一位艺术上的穷不怕。《京城笑仙》重塑了这位清末热点人物和相声史上首推的相声功臣，我们相信祖国优秀的传统文化一定会传播到世界各地。

本作以浓厚的京风京味，幽默的喜剧语言，神异的传奇色彩，绝妙的相声喜剧和电视喜剧相融合的手法，展示了相声开山祖穷不怕和他的弟子们，同慈禧、同治皇帝、王爷们之间的一系列喜剧性智斗，歌颂了中华民族传统美德，抨击了腐朽没落的封建王朝，勾勒出了晚清京城民俗生活的画面，弘扬了祖国优秀文化。

同治年间，慈禧戏瘾来潮，召进了名丑"活贾桂"（穷不怕）等人进宫演戏，消度朔日良辰。穷不怕当场即兴大发，灵感袭来，编学唱表，信手拈来。他把京戏道白改唱了京韵大鼓（相声的柳活儿）；把亭亭花蕊编上了绕口令；现场做诗，隆隆不绝；包袱三番四抖，贯口冲口而出。他的演唱字正腔圆，音色优美动听，显示出奇崛的喜剧天才，然而在场的宫妃、王爷为他的性命捏了一把汗，因为京戏金科玉律繁多，戏子善改戏文，轻者挨竹杆，重者命送黄泉。没想到最后慈禧铁面开花，非但没罚，还重赏了穷不怕。

其实这全是曾王府三格格在慈禧面前做的功。三格格早被穷不怕的才华所动心。三格格温柔娴淑，文武双全，她心里早就盘算好了征服穷不怕的三部曲。

由于同行的妒嫉，穷不怕离开京戏班，浪迹街头，他终于选上了相声这条人生的漫路。最早的相声就是边走边说。他每走到一处都受到实惠的照顾。他进饭铺吃饭，店小二端上来的是他最爱吃的狗肉。他卖完艺，总有人带头给他扔钱。原来这一切都是无依无靠的董彩莲安排的，小彩莲一直追随他，愿意替他分担忧愁，虽然穷不怕退避三分，然而由于俩人有缘，还是相聚在破庙里。

穷不怕住在破庙里，痛在三格格心上。三格格看出艺人走红，必须有人提携。她决心要改变穷不怕颠沛劳顿的生活。她通过阿玛曾王爷把穷不怕请到王府献艺。穷不怕才艺超群，无论斗智、说笑话、即兴吟诗，总是心机过人，大显笑仙身手，是位难得的智勇双全的人才。三格格深深爱上了他，想让穷不怕做王府的乘龙快婿。穷不怕虽然一次次拒绝了来王府当艺差的请求，然而小彩莲的心里却留下了深深隐痛。

最使小彩莲不安的还是同治皇帝召她进宫。原来同治皇帝最喜欢的侍妾小海棠春被慈禧轰出宫外，小海棠春同董彩莲长得一模一样。风流倜傥的同治爷，微服出宫，明访穷不怕，暗找小海棠春。这天同治爷正在海顺轩茶馆喝茶，见一修长面瘦人，头盘大发辫，腰系油巾，"前牵一狗，后系一女"，从茶馆门前走过，同治立刻追随出来。果然见这人白沙撒字，出手不凡，工夫不大，地上出现"满腹文章穷不怕，五车书史落地贫"两行秀丽的白字。同治爷见他表演相声十分精彩，当场赞不绝口。然而一见到董彩莲，同治爷相思病立刻大发，接着引出一串串啼笑皆非的笑话。后来同治爷下旨，召董彩莲进宫配戏，穷不怕的心提到嗓子眼，只有凭智慧使董彩莲脱险。

慈禧喜欢百戏杂陈。穷不怕二次被慈禧召进宫里演出，并懿封穷不怕为"天桥八大怪"之首。随着慈禧卖国妥协，穷不怕的相声由拐弯抹角、含蓄地鞭挞，变成了针锋相对地嘲讽。

肃王爷气急败坏，在京城要取谛相声。穷不怕为了保存相声的场地和子弟们的相声实力，他答应了留在曾王府当艺差。他看出了曾王爷的儿子小王爷对小彩莲心怀不轨。没想到容貌相似的小海棠春替小彩莲而死，三格格终生也没有嫁人，穷不怕死后，三格格坐着黑轿为穷不怕吊孝。

剧中人穷不怕、小彩莲、三格格之间的爱情波澜和同小王爷的欺男霸女、肃王爷的飞扬跋扈、慈禧的卖国求荣的斗争，成为故事的主线。穷不怕与同治皇上、小海棠春、小彩莲之间的张冠李戴、阴差阳错的喜剧为故事副线。慈禧赠予穷不怕的八大怪鼻烟壶得而复失、失而复得为故事经线。穷不怕弟子们的爱情瓜葛和相声群星的建业生活为故事纬线。主副经纬线的交织，勾勒出了晚清京城民俗生活画面，弘扬了祖国优秀文化。此作为一种新型喜剧的探索，即相声喜剧手法、小说喜剧手法和电视喜剧手法相融合的探索。

剧中人说明：穷不怕（朱绍文）是相声界公认的头号大名人，是相声史上首推的相声功臣。虽然他不是最早的相声艺人，然而却是我国第一代专业的相声艺人，被后人称为相声"开山祖"。

相声表演的说明：相声最初不在舞台上，也不是撂地，而是边走边演。穷不怕把"边走边演"的相声，变成了"撂地扎营"，并带进了小舞台。相声艺人不仅会表演单春、双春，还会唱大平歌词，会表演白沙写字，虽然这些特技已成为当今舞台绝活，可喜的是前辈曲艺家早已推荐出难得的替身演员，解决了表演上的后顾之忧。

本作风格说明：此作不是相声剧，创作中极力清除当今相声舞台上的贫语，此作也不是一般的电视正剧，一些电视剧虽然也有幽默感，然而人们总是笑不出，行内人称之为"话不说尽，让人回味"，如果加上相声喜剧手法，多说两句话，即甩出包袱，贻笑于观众，岂不更让人回味无穷吗？强调一遍，请君切勿把此剧看成相声剧，本剧是相声喜剧手法、小说喜剧手法和电视喜剧手法相融合的探讨！剧本在2001年"国际电视周"上，得到专家的好评，此剧是《专家分析未来电视剧》一文中，首点推荐的剧目，至今多家网站还在转载这篇重要文章。

二、《京城笑仙》的喜剧特色

　　《京城笑仙》为大型喜剧小说：喜剧题材，喜剧环境，喜剧风格，喜剧情节，喜剧人物，喜剧细节，喜剧故事，喜剧语言，喜剧手法。整部作品充满喜剧色彩。作者把多年锤炼的笑话、相声、小说、戏剧的喜剧创作手法融为一体。作品生动概括了清末民初老天桥、老北京人物的悲喜剧历史面目。本故事除了开头加了一段老天桥地理环境位置的描写以外，全书尊重并保留了1994年的原来作品（文学剧本）里的喜剧内容、喜剧手法和喜剧风格，只是去掉分镜头的痕迹，读起来会使你不住地发笑。原故事梗概见中国电视家协会会刊《当代电视》1994年第七期本作者的详细介绍。

三、相声开山祖穷不怕的卒年有分歧

相声形成于清末，穷不怕虽然不是最早的相声艺人，但他有相声开山祖之誉称，有人说他是最早的专业相声艺人，但他的卒年一直存在着分歧意见。

由于过去的相声艺人社会地位卑贱，相声传艺又是口传心授，因此早期的相声艺人史料保存下来的很少。加上曲种有四五百种之多，相声演员累计有万人之上，研究部门和各大学专门研究穷不怕史料的人很少。史料记载说法不一，穷不怕卒年有七八种说法。最常见的有四种说法：一种说法是焦德海先生说穷不怕卒于1901年；一种说法是张寿臣先生解放前在报纸上说，穷不怕的卒年是1903年；一种说法是马三立先生说穷不怕的卒年是1904年，这种说法在辞书上记载最多；还一种说法是"大狗熊"孙宝才用经历否认上述说法，认为穷不怕的卒年不会早于1906年。由于"文革"后我写穷不怕和他后人的电视剧《京城笑仙》（原名《天桥笑星》）（见中国电视家协会会刊《当代电视》1994年7期上我发表的文章），从二十世纪八十年代初，我对穷不怕进行了长期专题调研，并采访了见过穷不怕的老艺人"大狗熊"孙宝才和其他人。孙宝才老艺人出生于1900年，他否定穷不怕卒于1903年和1904年，他说自己三四岁时，还不记事，但他对穷不怕的印象很深，说自己最后见到穷不怕最小也不会小于六岁。当时穷不怕在天桥穿着料子服，他的活儿很拴人。后来新华出版社1986年出版的《天桥》一书，作者白夜、沈颖的《怪人志之一》，也记录了对孙宝才的访谈，孙宝才又重复了这种观点，他说："我记得说相声的穷不怕，算是天桥怪人的老祖了，我六七岁时，穷不怕已经六十多岁，在天桥混上几十年了，他原名朱绍文，是个秀才，没有中举，才上天桥撂地。我记得他是个细高挑儿，面貌清秀，两只眼睛十分精明，他唱的文明，说的文明，嘴里没有脏字眼。"又说："他混得真不错，不穿布衣了，穿得都是毛料的，绸子的，他的话真能拴住人，听了谁也不想走。"（见新华出版社1986年出版的《天桥》一书第44页、第47页）

关于对穷不怕的卒年说法以哪个为准，我认为还需要有更充实的史料来阐明。在没有确实史料根据的情况下，在穷不怕卒年后边，应该划上问号，如穷不怕（1829—1904?），以表示史书、辞书的严肃性、科学性。

四、《京城笑仙》的成书和运作经过

　　大型传统电视喜剧《天桥笑星》（后更名为《京城笑仙》），原稿于1994年完成，见中国电视家协会会刊《当代电视》1994年第七期刊登的谈宝森撰写的"《天桥笑星》故事梗概"。《当代电视》刊发的这篇文章开头一段用加重黑体字注明本剧顾问王决、冯不异和导演、编剧（谈宝森）等人。此作很快得到专家好评和商家竞买，谢添到会愿做此剧的艺术总监，并得到曲艺理论家沈彭年、冯不异、王决等人的支持和肯定。此作是陈荒煤肯定和指导的力作。陈荒煤当面多次指导，沈彭年在会上当众对作者深礼表扬"后生可畏！"，作者接着得到当时宣武区领导约去面谈，并得到支持。1997年该剧本曾经卖过五年的使用权，之后中国电视制作中心、河南台电视剧影视策划部、河北电视台精品创作室也都曾来人、来函联系过此剧的拍摄合作。因有几个剧本入围，作者前后曾在中央和地方四个电视台露过面，但入围作品都因资金问题没有拍出。2001年3月、2003年6月，中国电影艺术研究中心又曾两次上报广电总局准备拍摄，广电总局同意立项投拍（见广电总局许可证号2001年00008号文件、广发编字〔2001〕152），但还是因资金问题没有拍成。该剧本2001年5月成为"国际展览周"入展作品，被专家们看好，并得到专家的好评。顾问王决、冯不异老师最早看了剧本后曾多次将作者约到家里指导，曲协老专家冯不异老师信中讲：

— 8 —

"我就带过俩人写相声名人电视剧，一个是张寿臣的儿子写家父，一个是谈宝森写《京城笑仙》穷不怕。"王决老师也派人支持，并约作者多次到他家里面谈指导。本作者创作的《天桥笑星》，北京电影制片厂当时已批准盖章，并开始筹备更名《京城笑仙》摄制组。此批件上边记载了作者用了九年时间，录制了七百多盘（老北京老天桥）磁带，才得以完成艺术作品《京城笑仙》。1997年剧本卖过使用权后，剧组筹备组借调作者脱产改剧本，并付给作者谈宝森单位借用费一万元（文联领导兼社长李振玉签收）。后来作者整理后为35集，前后有四个电视台找作者联系过此剧合作。因作品中一号人物穷不怕史料记载很少，地方志、人物志一般只有几百字，现在最多的不过七百字，穷不怕的祖籍和经历还有争论。本作品不是写人物传记，而是一部读者喜闻乐见的戏剧性强的小说味儿浓的文艺力作。作者集中了老天桥、老北京众多艺人的生活和形象，塑造了一位高于生活的艺术上的穷不怕形象，并得到当时宣武区领导约去面谈指导，同时得到文艺界领导和专家陈荒煤、管桦、谢添、凌子风、汪洋、努尔哈赤的后代天桥老艺人金业勤、相声演员唐杰中等人的题词和文笔支持。当时的指导思想和社会做法是先出剧再出小说，以免内容跑掉，因为没发表的作品同样受著作权的保护。今将剧本分镜头去消，结构稍加改动，仍然是一部喜闻乐见的长篇喜剧小说，相信不久的将来，《京城笑仙》喜剧故事会搬上银幕。

五、谈宝森创作、主编的十余本繁简体文艺图书和创作的多部影视、相声脚本

（含二人合作，不含在报社工作期间发表的职务文章，十几本只标"图书"，不含创作的剧本和单篇作品。有的书用笔名出版，谈宝森笔名叫一凡）

（一）《科学相声》（第一本相声集）侯宝林撰序，作者郝爱民、谈宝森，1984年工人出版社出版。

《科学相声》两盘录音相声磁带，郝爱民、谈宝森合写，郝爱民、唐杰中合说，1985年农村读物出版社出版。

《换房》电视剧（剧本），郝爱民、谈宝森合编，1985年1月《艺术天地》杂志发表。

《换房》电视剧（剧照），郝爱民、谈宝森编剧，洪学敏、李文华、郝爱民主演。1985年9月《中国广播电视》杂志发表介绍，1985年北京电视台首播。

《礼仪杂谈》（相声），郝爱民、谈宝森合编，郝爱民、郭全宝合说，1985年上映了中央电视台《笑的晚会》，1991年成为郝爱民（同郭全宝合说）"十大笑星"入选节目，中央电视台《春节联欢晚会》《曲苑杂坛》栏目多次重播。已收入《科学相声》图书和磁带中。

《谢媒人》相声脚本，作者郝爱民、谈宝森（《太原日报》1988年1月12日），获山西"光明杯"一等奖。

《龙比狗好》相声脚本,作者郝爱民、谈宝森(香港"龙之渊"1988年7月),郝爱民在香港演出获得好评。

《出国讲学相声教材》14万字,郝爱民、谈宝森编写,郝爱民于1991年4月10日至7月10日赴香港、新加坡,在广播电台讲课半个月,后来此稿编入"马季相声班"教材。

(二)《古今中外》主编 谈宝森(含六篇本人作品,匿名),1985年北京师院出版社出版。

(三)《京城笑仙》(穷不怕)大型传统电视喜剧(32集,按字数分为35集),"穷不怕"为天桥八大怪之首,编剧谈宝森,此作为国际展览周入展作品,1994年得到专家的好评和商家竞买。中国电视家协会会刊《当代电视》1994年第7期刊登了作者谈宝森撰写的此剧前身《天桥笑星》的故事梗概,并用重黑体字刊登了冯不异、王决为曲艺顾问。

(四)《中小学生相声选》(第二本相声集),作者郝爱民、谈宝森,1995年 首都师范大学出版社出版。此作感染了一批小相声迷。1996年郝爱民同谈宝森在花市新华书店为读者签字售书。1997年此书被国家教委图工委评为学生必备书。1998年此书被马季相声班选上做培训教材。郝爱民、谈宝森发展了知识类相声,得到了行内外人的认可。

《拍电影》(科学相声)郝爱民、谈宝森合写,1996年被选入《中国相声精粹》一书中,吴文科编辑,罗扬作序。此作为书中单篇作品。

(五)《侯宝林和他的儿女们》1996年,侯珍 谈宝森 主编,大众文艺出版社出版。近40万字的"侯宝林生平和曲艺志大书"。

1999年中央电视台《艺苑风景线》"郝爱民从艺四十周年"节目中,谈宝森以郝爱民合作者的身份,在片中为郝爱民祝兴。

国家人事部"专家服务中心"编辑出版的《中国专家辞

— 11 —

典》中，谈宝森被授誉为近年"相声作家中的佼佼者"。

（六）《慈禧的私交》一凡（谈宝森笔名）主编，2000年大众文艺出版社出版。

（七）《魂在紫禁城》（上）慈禧御前女官德龄见闻录，主编谈宝森，大众文艺出版社出版。

（八）《魂在紫禁城》（下）慈禧御前女官德龄见闻录，主编谈宝森，大众文艺出版社出版。

（九）《清宫秘事》（光绪与德龄秘恋），作者谈宝森，2011年中国华侨出版社出版。

（十）《清宫秘恋》繁体版1（光绪学舞），作者谈宝森，2011年水星文化事业出版社出版。

（十一）《清宫秘恋》繁体版2（慈禧猎圃），作者谈宝森，2011年水星文化事业出版社出版。

（十二）《清宫秘恋》繁体版3（海外逃生），作者谈宝森，2011年水星文化事业出版社出版。

（十三）《你不知道的京城旧事》作者谈宝森，2012年北京燕山出版社出版。

（十四）《1987年全国传奇故事佳作选》谈宝森组稿、选稿、责编（王府井新华书店厨窗展销多日），中国曲艺出版社出版，书中包括谈宝森发表的多篇作品。

（十五）《连环案与女探》（30万字）长篇小说（已完稿，正联系出版）。

《第一影王》（电影剧本）编剧谈宝森，2005年获得国家广电总局电影百年征稿入围提名（根据周传家《谭鑫培》一书改编），从2 893部作品中选出40部，2007年5月1日谭孝曾、周传家、谈宝森在中央电视台分别同观众见面，多个媒体报道了入围消息。2012年谭鑫培家乡邀请谭鑫培后人谭孝曾、编剧谈宝森前去会谈，支持出剧。

通俗文学方面：谈宝森二十世纪八十年代发表了大量新故事，《夜来敲门声》（陈荒煤点评）、《十张外汇卷》等均收入"优秀故事集"中。陈荒煤老师自1980年起对本作者写的电视剧《茅以升》、《换房》、《天桥笑星》（《京城笑仙》的前身）和小说、故事反复当面耐心指导，有的作品发表后，陈老又写了点评。

《真龙假凤》谈宝森根据自己主编的德龄七部书集改编的电视连续剧。

四十集情景喜剧《考生》，2006年北京电视台等几家电视台已播，片头属名谈宝森为总编剧，也是总策划人之一。

《老字号家庭》情景喜剧，编剧谈宝森，2008年被北京广电局、北广传媒评为入围优秀剧本，第一集北京电视台栏目剧频道已播，后边本子没转交。

近年谈宝森曾被中央台和地方四个电视台采访和露面。

谈宝森在上海《采风》报、《上海故事》、《故事世界》等报刊上发表的多篇故事被评为优秀作品。2014年电视台国学频道徐德亮演播了谈宝森在《优秀故事选》里发表的《十张外汇卷》（原载《上海故事》1986年4期）。

因有时同时发表谈宝森的作品，谈宝森曾署不同的笔名"一凡""曲艺""小史""谈欣"等。

六、作者喜欢评书、相声、京剧、评剧、黄梅戏、影视剧

谈宝森系中国文联系统退休编审、相声作家、影视编剧。1963年大学中文系本科毕业。1979年作者被选入中国电影协会主办的"电影创作短训班"进行培训，此短训班由广电总局著名电影艺术家袁文殊、林杉、于敏、孟广钧、林洪桐等轮流主讲。谈宝森1980年成为陈荒煤的学生，受过陈荒煤老师十五年的亲教。2005年谈宝森的电影剧本《第一影王》（根据周传家《谭鑫培》一书改编），获得国家广电总局电影百年征稿的入围剧本，从1893部中选出了40部。（见广电局影字2005年第263号文件）2008年谈宝森创作的《老字号家庭》，又被评为北京广电局、北广传媒征稿的入围作品。

作者1952年（小学三年级）发表了第一篇作品，站在全校师生面前受到表扬。"文革"前跳级考上的大学，"文革"前后发表特写、小说、故事、相声脚本、电视剧的文学脚本多篇。"文革"后作者一方面同侯宝林的学生郝爱民合作创作相声、创作影视剧本，一方面自己进行电视剧、小说、京城文化的创作。作者与郝爱民一起创作过相声二百余段（含自己独创）和郝爱民"十大笑星"入选节目，俩人合作了电视剧《换房》，洪学敏主演，北京电视台首播。俩人合出了两本相声集《科学相声》（侯宝林为书撰序）、《中小学生相声》，两盘相声音带和

1985年郝爱民在沈阳表演的"十大笑星"入选节目《礼仪杂谈》（与郭全宝合说）。《礼仪杂谈》在中央电视台1987年春节《笑的晚会》和《曲苑杂谈》栏目中多次重播，并出有光盘。

《中小学生相声选》感染了一批小相声迷，此书1997年被国家教委图工委定为必备书。郝爱民、谈宝森发展了知识类相声，得到了行内外人士的认可。1991年郝爱民出国新加坡等地讲"相声学"，郝爱民、谈宝森合编了十四万字的"相声学"讲稿。

《换房》电视剧是作者两种创作手法结合的开始。《换房》剧本发表在1985年1月《艺术天地》杂志上（作者郝爱民、谈宝森），1985年9月电视剧《换房》剧照在《中国广播电视》杂志上刊出，洪学敏主演，北京电视台首播。

1985年相声磁带两盘（郝爱民、谈宝森合著，郝爱民、唐杰忠合说），农村读物出版社出版。1995年《中小学生相声选》第二本相声集，首师大出版社出版（郝爱民 谈宝森合著）。

几十年来，作者创作、主编的繁简体图书共十余本（含二人合作），另有单篇文章发表在各大媒体。目前正在再次筹排的35集电视连续喜剧《京城笑仙》（原名《天桥笑星》），是作者的力作。

作者自幼是班团队干部，后来受当时"要发展写作，就要深入生活，不要有当官思想"的影响，作者深入工厂搞职教，并于1981年获得国务院科学技术干部局颁发的工程师证书，组稿和创作的选题范围大大扩大。1984年在"科学的春天"的大好形势下，作者被选进"文革"后北京第一家报社工作三年。1987年8月作者由报社调入中国文联系统的中国曲艺家协会工作近十年，并在中国曲协考核时批准为副编审（见中国文联关于"谈宝森等六人的职称审批文件"，批准"谈宝森、常祥霖为副编审")。之后赶上中国文联体制改革,中国曲协书记、主席罗扬亲自找作者面谈,欲将作者留在中国曲协(协会领导赵日成也找作者面谈)。而作者自己愿意走向更广阔的工作单位——文联直属出版社。1999年作者在中国文联直属出版社晋升为文艺编审(任一编室主任),并为出版社扭亏为赢做出了贡献。从报社编辑到文联系统至今已三十余年,作者曾被四个电视台应邀露过面。

应该说明的是,一些"曲艺志"史料书,上边没有相声作者、相声作家名录,只有曲艺研究人员、曲艺演员名录,众多作者认为,这是一种偏见和漏洞,也是曲艺志上的失误,正如陈荒煤老师所说:"剧本是一剧之本,相声也如此。"写《红楼梦》的作者和评《红楼梦》的作者毕竟是两种思维的专家:一种是形象思维的专家,一种是逻辑思维的专家。一些"曲艺志"缺少相声作者的记载,有人认为一登作者的名字,就要削弱演员的威信,这种看法是不对的,也影响了相声的质量。虽然说新中国成立前不少相声产生于地摊上的即兴表演,但新中国成立后的相声地位大不相同,演员的即兴表演、演员和作者的合作、演员的二度创作、演员直接用作者写的段子等多种表演形式都存在,都合情合理。新中国成立后的"曲艺志"应该有所发展、有所记载。相声作者、相声作家的名声地位本来就低于其他文艺作者、作家,如果再自惭形秽,相声作品的质量将更难提高。相声作者有时间、有精力挖掘更广泛的相声素材,是提高相声作品的质量的一批主力。这是我作为一名文艺编审的一点儿看法。

作者一方面进行相声创作(包括同郝爱民合作),一方面将相声的喜剧手法同电视剧手法结合在一起,探索着一种新型的电视剧路子,形成了自己创作的主要特色。侯宝林老师为"科学相声"撰序,对作者是极大的鼓舞。作者创作、主编了十几本繁简体文艺图书,创作了多部影视剧本、相声剧本(含二人合作)。《京城笑仙》穷不怕(传说中天桥八大怪之冠,穷不怕原来是京剧花脸),是陈荒煤肯定和精心指导的力作,也是陈荒煤重点指导加工的本子。《京城笑仙》是天桥文化、京都文化的发展,是国际展览周上专家重点推荐的作品。此外,《换房》电视剧(洪学敏、李文华、郝爱民主演,1985年1月)、《茅以升的童年时代》、《茅以升造桥》、《礼仪杂谈》、《科学相声》等已发表或演出的作品(含二人合作的),陈老也都做过精心的当面指导,有的作品发表后,陈老又写了点评。感谢老师的悉心栽培!

电影剧本《第一影王》为广电总局"电影百年征稿的入围作品"。它是作者根据周传家《谭鑫培》一书改编的。2007年5月1日谭孝曾、周传家、谈宝森在中央电视台分别同观众见面,多个媒体报道了入围消息。2012年谭鑫培湖北家乡邀请谭鑫培后人谭孝曾、作者谈宝森前去会谈,支持合作出剧。

2008年(中国电视剧诞生五十周年)作者谈宝森创作的《老字号家庭》情景喜剧,被评为北京广电局、北京北广传媒集团征稿的入围作品。第一集北京电视台演播后,喜剧效果已显现出来。

作者经常回顾难忘的童年生活。作者十岁开始就泡在书馆里听评书,享受边喝茶水边听评书的招待。同时十岁起也经常住在小白玉霜的评剧排演场亲戚家,即新中华评剧工作团宿舍,也是排演场看排戏。作者说"当时我经常站在舞台二幕出场处看戏。小白玉霜出场时,经常把半截香烟递给我,我拿着半截烟不知道怎么好。在后台经常被几个男演员抱起来轻轻地蹾着玩。"作者跟小演员"小女婿"扮演者,老演员花小仙的孩子,小白玉霜琴师的孩子（大头）等人，在排演场内外和剧场后台一起玩耍得很开心，排演场地点在八大胡同中的百顺胡同，剧场在大栅栏的三庆戏院和鲜鱼口的大众剧场。

作者经常说："当时我妈每天给我的零花钱，我都花在书馆里。书馆里只有我一个交钱的小孩，一段评书二百元（相当后来的二分钱）。书馆门口的小孩们一听到敲醒木的声音就跑，因我坐在正式的座位上，每段结束后演员一敲醒木我就按时交钱，我真是来听评书的。"

到书馆听评书和看小白玉霜拍评戏、自己演评戏和黄梅戏（作者是学校戏剧组成员）成了作者少年时期的几项主要生活内容。小白玉霜、严凤英是作者两个最崇拜的人物。评剧、黄梅戏也是作者自幼两个追演的剧种。黄梅戏《路遇》一场作者参演了六十多场，给各种观众留下很深的印象。写小白玉霜的评剧文章和新中华评剧工作团排练场及百顺胡同甲24号里每个评剧演员的住位，已收在本作者编写的《你不知道的京城旧事》一书里。

作者经常回忆"我小学三年级发表了第一篇文章给第一任《'毛泽东号'机车长李勇伯伯的信》，站在全校同学面前受到表扬"。作者中小学一直担任班、团、队干部，跳级考上的大学，1963年大学中文系毕业后受当时"作者要创作出好作品，必须深入工农兵，深入生活，不要有当官思想"的影响。作者决心深入工厂搞职教，并获得了国务院科技局颁发的工程师证书，接着在报刊上连续发表了不少反映工厂生活、科技人员生活的作品。

与此同时，作者广泛深入社会多方面调查和体验，颐和园慈禧、德龄生活的地方；恭王府、罗王府马圈等与穷不怕有关的地方；天桥的老艺人、天津的格格府，作者都做过多方面详细的调研，录制了七百多盘磁带。罗荣寿、宋湘臣、宋湘林、刘田利、杨阔安、小荷花等录的磁带最多（包括生平、经历、作品），作品中的人物和场面范围也大大扩展了，充实了作品的社会背景、故事范畴，为作者的艺术构思开启起到了巨大作用。作者在海内外已出版了宫廷德龄书、慈禧书、京城旧事。

北京从清朝就是评书之乡，特别是新中国成立后二十世纪五六十年代的短打评书很受市民的欢迎，天桥和各区都有受群众欢迎的书馆，演员到各区馆轮流演出。作者十岁开始就泡在书馆里。评书分为袍带书和短打书。作者听得最多的是陈阴魁的《清列传》、杨阔安的《三侠剑》、李阴川的《彭公案》、陈荣启的《施公案》。这些都是短打书。很受听众欢迎。袍带书作者听得较少。

这些短打书的内容说法还有师承关系，事实上先有了子孙书《施公案》、《彭公案》，后有的师祖书《三侠剑》、《清烈传》。《三侠剑》的前身是《清列传》。《三侠剑》、《清烈传》是同一时代人物的两种说法。一种以松林会为主线，一次松林会接着一次松林会来说。一种以山寨为主线，一个山寨接着一个山寨来说。

陈荫奎是杨润安的老师，当时陈荫奎在丰台镇桥南有住家，而杨阔安的家住在后海，即北海后门附近。作者到了中国曲协以后，曾到杨阔安家里去了多次，而且后来录了几十盘《三侠剑》的磁带，然而由于张杰鑫的《三侠剑》图书和东北的评书剧走在了前面，北京题材相同的评书图书没有出来。网上陈荫奎的资料已经很少了。作者记得陈阴魁多次讲《清列传》和《三侠剑》的不同处，《清列传》里的欧阳天左出面不多，欧阳天右武术也不算高，没有出家，才有了欧阳德。到《三侠剑》里，欧阳天左、欧阳天右的武术都很高强，俩人都出了家，出家人能结婚还有后代欧阳德是不可能的，这一点是陈阴魁反复强调的。陈阴魁不吸烟，每段说完后休息，爱闻鼻烟。欧阳大侠们的武术水平和地位这一点在当时的儿童玩具《三侠剑》捻捻转"升官图"中可以得到证实。前一时期上映的电视剧《怪侠欧阳德》，正影射了《彭公案》，不过武将黄三太已让儿子黄天霸代替，黄天霸长了一辈（同扬香五称兄道弟了）。辈数一变，也影响了其他作品，如黄天霸在《施公案》中就很难出场，只有在京剧《盗御马》中才能看到武生形象。

七、谈宝森在报刊发表的单篇作品
（含二人合作）
（不含在报社工作期间发表的职务文章）

谈宝森主要作品是故事、散文、杂文、小说、相声和影视剧本。当时因全国发表相声的刊物极少，作者努力在中央级和省级各类报刊上开拓，"文革"后自己独作和同郝爱民合作的相声共 200 段以上，俩人合出两本相声集、两盘相声音带和郝爱民"十大笑星"入选节目。此外，作者本人还发表一些小说、故事、杂文，大多有电视剧脚本性质，详情如下：

1952 年发表了给第一任《"毛泽东号"》机车长李勇伯伯的信，少年报

（小学三年级谈宝森独作，站在全校师生前边受到表扬）

1958 年《我下车间的第一天》（特写）谈宝森《京铁工人报》

1960 年《这是孩子的错吗》（杂文）谈宝森《北京晚报》

1960 年《紧要关头》（小说）谈宝森《京铁工人报》

1963 年《表扬不能顾此失彼》（杂文）谈宝森《北京晚报》

1964 年《人人敬爱的谈爷爷》（特写）谈宝森《京铁工人报》

1980 年《奇妙的光》（相声）《北京说唱》1980 年第四期和当时的《北京广播节目报》《北京晚报》同时发表，谈宝森

（发表前 1978 年李文华来谈宝森单位，当众表扬了谈宝森

深入技术生活坚持写作的精神，之后李文华、姜昆来谈宝森家里研究此稿并推荐给北京电视台，李文华来信表示要表演此节目，后来北京电台郭新华函告，在安排时间上没统一起来）

1979年谈宝森被选入中国电影协会主办的"电影创作培训班"，由著名影视专家和领导袁文殊、林杉、于敏、孟广钧、林洪桐等讲课。接着，1980年起谈宝森亲得陈荒煤老师十五年的指导和教诲，十五年中陈老给谈宝森看的电视文学剧本、小说、故事稿件约三百万字。

1981年2月4日《激光世界》（相声）谈宝森《工人日报》春节晚会节目

1982年1月27日《无线电之迷》（相声）谈宝森《工人日报》春节晚会节目

1983年2月11日《发电站》（相声）郝爱民 谈宝森《工人日报》春节晚会节目

1983年3期《话北京》（相声）郝爱民 谈宝森《地名知识》杂志

1983年5期《镜子的学问》郝爱民 谈宝森《科学之友》杂志

1984年1期《选枕头》（相声）郝爱民 谈宝森《祝您健康》杂志

1984年4期《太可爱了》（儿童相声）郝爱民 谈宝森《辅导员》杂志

1984年4期小说《新官上任一把火》郝爱民 谈宝森《新作家》杂志

1984年5期《献血光荣》郝爱民 谈宝森《大众医学》杂志

1984年7期《抠眼》（儿童相声）郝爱民 谈宝森《父母必读》杂志

1984年11期《动物的思维》（儿童相声）郝爱民 谈宝森《中学生》杂志

1985年 电视剧《茅以升的童年时代》（根据郑公盾作品改编）谈宝森《古今中外》丛书

1985年1月2日电视剧《茅以升中学时代》谈宝森《成都科技报》

1985年1期 电视剧《换房》《艺术天地》《中国广播电视》杂志剧照介绍

1985年2期《人体趣谈》郝爱民 谈宝森《科普创作》杂志

1985年3期《腕子上的功夫》小说（陈荒煤点评）谈宝森《新作家》杂志

1985年6期 新故事《夜来敲门声》（陈荒煤点评）谈宝森《上海采风》报

1985年7、8期 连载 电视剧《茅以升造桥》郑公盾 谈宝森《科学之友》杂志

1986年4期 新故事《十张外汇卷》谈宝森《上海故事》杂志，后收入《优秀故事选》，2014年电视台"国学频道"徐德亮已演播。

1987年4期《玩具篇》（儿童相声）郝爱民 谈宝森《父母必读》杂志

1988年1月12日《谢媒人》（相声）获"光明杯"一等奖 郝爱民 谈宝森《太原日报》

1988年5期《"小偷"告状》（新故事）谈宝森《故事世界》

1988年7月《龙比狗好》（相声）郝爱民 谈宝森 香港《龙之渊》杂志

1991年郝爱民出国讲"相声教材"郝爱民 谈宝森（合写）郝爱民赴香港等地讲学

1994年1月26日《老天桥龙蛇之争》谈宝森《北京科技报》

1994年1月27日《买早点》（电视小品）谈宝森《中国消费者报》

1994年2月9日《天桥八大怪与侯宝林的师爷》谈宝森《北京科技报》

1994年2月25日《云里飞和侯宝林》谈宝森《北京科技报》

1994年3月9日《天桥作家张次溪》谈宝森《北京科技报》

1994年4月6日《三绝图和王八茶馆》谈宝森《北京科技报》

1994年4月20日《慈禧听书》谈宝森 宋湘臣《北京科技报》

1994年5月18日《新凤霞和杨星星》谈宝森《北京科技报》

1994年5月20日《如此美容院》（相声小品）郝爱民 谈宝森《北京晚报》

1994年6月1日《天桥十三余家戏园和京剧现代连续剧》谈宝森《北京科技报》

1994年7月17日《电灯亮了》（电视小品）郝爱民 谈宝森《中国青年报》

1994年10月25日《九门学问》（相声）郝爱民 谈宝森《北京电视周报》

1995年《侯宝林的师爷和门祖》（论文）谈宝森 后收在《侯宝林和他的儿女们》一书中

目　录

第一章　假和尚救秀女来头不小 …………………… 001
第二章　有情人庙中奇遇 …………………………… 041
第三章　真假小海棠春一条心 ……………………… 073
第四章　同治爷的瓜子金和祖母绿 ………………… 104
第五章　北京840座寺庙和40多个游艺场 ………… 136
第六章　登王府盘查漏选秀女 ……………………… 168
第七章　街头行艺到天桥 …………………………… 200
第八章　脆枣项链表真心　皇上认错了人 ………… 230
第九章　秦楼楚馆露真伪 …………………………… 261
第十章　老王爷哭的坟头原来埋的是头死骆驼 …… 294
第十一章　穷不怕箭射铜钱名震天桥 ……………… 323
第十二章　十不闲前脸就是架子花脸 ……………… 351
第十三章　照相没有穷不怕画像好 ………………… 382
第十四章　穷不怕闯王府要人　三格格喜迎贵宾 … 414
第十五章　二贝勒藏进水缸里怕淹死　只好装牲口
　　　　　推碾子 …………………………………… 442

第十六章　穷不怕进宫教慈禧唱太平歌词　李莲英
　　　　　唱戏老跑调 …………………………………… 467
第十七章　八大怪顶针絮麻戏耍贝勒爷 …………………… 497

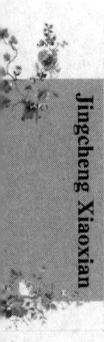

第一章 假和尚救秀女来头不小

故事从清朝同治年间说起，故事的开始发生在北京中轴线上。北京的中轴线上不仅有清宫紫禁城，还有从四面八方来京游玩的前门大街和名扬四海的老天桥，而中轴线上的正阳门又是九门之首。内城九城中，正阳门最高大、最为崇殊。清朝时的天桥，桥身很高，站在桥南边，望不见正阳门；站在桥北边，望不见永定门。中轴线长达七千八百米，中轴线上的永定门、正阳门，皇城正中的天安门、端门，紫禁城的午门、神武门，景山的万春亭，北城的钟楼、鼓楼，是清末北京最壮观的城景。

天桥市面从明朝永乐初年已有穷汉市、日昃市，到了清朝道光、咸丰年间，由于这一带不纳地税，"一般小贩便来这里摆设浮摊，买卖旧货和杂货，日子一久，就渐渐形成小市。当时桥西有各种艺人的游艺场所，而且已有鸟市。桥北两侧各有一个大空场，场内有茶馆、饭铺、说书、杂耍和估衣摊，场北有茶楼酒肆。南面旷无房舍，它的两旁有许多树木和荷塘。

到了清末，天桥更突出地成为曲艺、杂技和各种摊贩相聚的地方，到这里来的有富豪、士大夫和小贩、贫民，也有卖唱的艺人和失意落魄的文人"。（选自黄宗汉主编的《天桥往事录》）

正阳门两旁荷包市场的南迁，天桥盖了十七条街，加上天桥的旧市场，最终造就了天桥最壮观、最热闹的新市场。我们的故事还是回过头来从清朝同治年间说起。

前门楼子旋转地推出画面，清脆婉转、京味浓郁的单弦《逛京都》（牌子曲）由远及近传来：

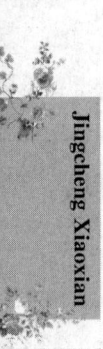

　　北京城，有小吃儿。
　　做法奇特有绝门儿。
　　红黄白绿各有各的味儿。
　　有凉有热有块儿也有丝儿。

前门楼子拉开，掠过前门五牌楼。中轴线上车轿往来，行人辐辏。五牌楼的西边挂着"万金油"布招，东边挂着"月盛斋"字扁。五牌楼石墩上贴着一张告示，围了不少人在张望。

彩楼上茶座儿满堂，同治皇帝身穿便服正在方桌前饮茶听曲，小太监文喜、桂宝两旁坐陪。彩楼里一位十七八岁的姑娘在台上演唱单弦鼓《逛京都》：

到了前门外,先来碗北京的豆汁儿,

喝它离不开辣咸菜丝儿,

买个焦圈儿它又叫油炸鬼儿,

又酥又脆颜色像枣皮儿,

吱儿喽喝了一口,嘿,酸到了脚后跟儿,

细一咂摸还有点甜不津儿,

就一口咸菜丝儿真够味儿,

不喝它三大碗不想离板凳儿。

(太平年)

喝完豆汁儿,一转身,

爆肚摊前挤满了人儿,

先来一碟牛百叶儿,

再来一碟爆肚仁儿。

佐料给得多,小碗赛过盆儿,

又香又美像蹄筋儿,

再来碟儿肚领儿葫芦蘑菇食芯儿,

爆肚儿它能帮咱们消化食儿。

［南锣北鼓］

北京的豆腐脑儿,像雪花儿,

满登登,在铜锅里边儿,

用铜片勺儿盛进碗儿,

羊肉打卤口蘑渣儿,

京城笑仙

肉不多，就几块儿，

提味的就是那烂蒜儿，

……

同治爷一边饮茶，一边隔窗望着对面楼上的名妓小海棠春。穷不怕身穿旧服前牵一狗，从茶馆门前走过来。

当时的天桥还没形成游艺市场，艺人们走街串巷，在土甬路两旁的生意场上以卖艺为生。京郊城南空场上，远处传来催命的锣声。人们从四面八方向锣声跑去。张三禄牵着一头骆驼走过去了。槐树旁，树上边垂着一根上吊的绳圈。董彩莲五花大绑被推到绳子前边，柴庄主青面獠牙站在一旁。

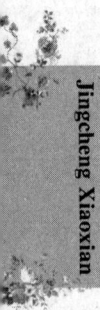

刘通和众人都在给董彩莲求情："柴庄主开恩！""柴庄主开恩！""放掉彩莲姑娘吧！""彩莲是位好姑娘！"

柴庄主一阵冷笑："不是我不开恩，她是朝廷钦犯。"

董彩莲理直气壮："我不是钦犯！"

穷不怕姓朱名绍文，不知什么时候他身上披上了和尚袈裟出现在人群之中，他手中的狗绳早已不知了去向。

柴庄主反问董彩莲："你不是钦犯，'私逃'什么？"

董彩莲垂下眼皮没有吱声。

刘通直打着自己的嘴巴："都是我这张破嘴，都是我这张破嘴。"

柴庄主指着董彩莲："你要不是钦犯，就是你爹犯了灭门之罪，你是漏网女囚。"

刘通跪着求饶："柴庄主高抬贵手，彩莲父母早逝，她孤身一人，谁能证明她爹犯了灭门之罪？"

柴庄主大怒："大胆刘通，你私留妖女多年，我还没治罪于你，你倒替她说起话来了！"

刘通继续求情："彩莲是我的表妹，我才把她领到家中。"

柴庄主找碴儿："胡说，我们这里都是汉人，你看她那双大脚，她是满人，你哪儿来的大脚表妹？"

众人求情："彩莲是好姑娘！""彩莲是好姑娘！""柴庄主开恩吧！""柴庄主放了她吧！"

柴庄主左顾右盼："我要把她送到朝廷，也是死罪。我现在赐她自尽，少受些刑罚，这是便宜了她，你们应该感谢我才是。"

众人乱成一团："不行不行啊！""不能让彩莲吊死！""太残忍了！"……

穷不怕问旁边一老妇："这姑娘到底犯了什么罪？"

老妇面带怒色："她没有罪。"

老妇往旁边一指，穷不怕顺手势望去，见坡上站着一位身着绉纱的千金小姐。旁边一位素装丫鬟相陪。小姐花枝招展、幸灾乐祸地望着彩莲。老妇向穷不怕耳语："那是柴庄主的千金，十分妒嫉彩莲姑娘，提媒的都往彩莲家里跑，她嫁不出去了，柴庄主红了眼。"

穷不怕不住地点头:"原来如此!即使犯了法,也应该由官府治罪。"

众人继续为姑娘求情:"柴庄主饶命!""怎么能眼看着女孩家让绳索勒死,太残忍了。"

柴庄主下了下狠心:"她死定了,来人,送她上路!"几个打手把绳套套在彩莲脖子上。穷不怕刹那闪亮出列,单手打揖:"阿弥陀佛!柴庄主要以慈悲为怀!不能当众大开杀戒,善哉善哉!"

柴庄主打量着穷不怕问:"你是哪儿来的和尚?"

穷不怕打揖之手不肯放下:"贫僧四大皆空,居无定所。"

柴庄主藐视地说:"你少管闲事……别听他的,动手!"

打手们刚要动绳套,穷不怕弹出一石蛋,正击在打手手背上,疼得打手哇哇叫,众人叫好:"好!好!好!活佛来了!"张三禄牵着骆驼笑得开心。

穷不怕嘴不饶人:"罪恶呀,罪恶!当众杀生,天理不容。"

柴庄主强词夺理:"你说她不应该死?"

穷不怕不慌不忙:"阿弥陀佛,贫僧没说她不应该死,贫僧是说她不会死。"

柴庄主也不依不饶:"她怎么不会死?"

穷不怕向前耳语了一番,柴庄主急赤白脸地说:"我听不见。"

周围又一片笑声，穷不怕却十分正经："阿弥陀佛，这位庄主一看便知面慈心善，最后庄主不会真杀她的。"

"哦，我不会杀她？我心善？你怎么知道我心善？"

"有佛诗为证。"

"佛诗怎么说的?"

穷不怕好像有真凭实据："佛诗上说，你这庄主不是人。"

众人大笑叫好："好！""好！""本来就不是人！"

柴庄主吩咐家人："来人，把他给我轰走，胆敢嘲笑于我。"过来几个家丁连推带搡地往外轰穷不怕，穷不怕嚷着辩解："我还没念完诗呢……我还没念完诗呢！"

柴庄主不耐烦："谁听你瞎白话，敢说我不是人？"

穷不怕大声吟诗："你这庄主不是人，九天如来下凡尘。"

柴庄主乐了："放手，说我是神仙，神仙下凡，好好，才子，真是才子！"

家丁早就松手，众人不干了："什么人啊！""原来是给庄主拍马屁的。""你走！""你滚！"

穷不怕对着众人："我这诗还没念完呢。"

人群中有人说："你别念了！"又有人说："叫他念！"有人替他重复了前两句："你这庄主不是人，九天如来下凡尘。"

穷不怕接着念："生下几个贼儿女。"

众人大笑，柴庄主大怒："胡说，敢戏耍于我，把他给我赶走!"

家丁又要动手,穷不怕提高了嗓门:"我还没念完呢,四句为诗!"

众人也呼求:"叫他念,你不说他是才子吗?"

柴庄主又有些犹豫了,勉勉强强地说:"让他念!念哪!"

穷不怕接着念道:"生下几个贼儿女,偷来蟠桃献父亲。"

柴庄主一下乐出了声:"哈哈,原来我的儿女都是神仙,上天上偷蟠桃给我,哈哈……"

柴庄主女儿也喜滋滋地偷眼看穷不怕。

众人向穷不怕抗议:"你到底站在哪边啊!""你两面派!"

张三禄牵着骆驼称赞:"天才!真是天才!"

穷不怕问柴庄主:"庄主是不是面慈心善?"

柴庄主乐得合不拢嘴。

穷不怕语露真言:"庄主菩萨心肠,怎么会真杀一个姑娘呢。"

柴庄主愣了一下:"不,她还是必须死的。"

穷不怕不慌不忙:"我没说她不应该死,我是说不能让她这样死,这样绞死太残酷了,应该换一种慈善的死法。"

柴庄主认真地问:"哪有这种死法?"

穷不怕悄声对庄主说:"有,就是绕着弯让她死,贫僧只怕庄主心地太慈善了,到时候不让她死。"柴庄主苦笑不止:"我不让她死?笑话,我巴不得让她马上死。她能死,我又能落个慈善的英名,我何乐而不为呢?快说,你让她怎么死?"

穷不怕故作为难:"不行,到时候柴庄主一慈悲不让她死,我闹个里外不是人。"

柴庄主认真起来:"我堂堂大庄主,岂能言而无信?"

"你说话当真算数?"

"出尔反尔,非君子!君子一言,驷马难追。"

穷不怕见时机已到:"好,咱们都得写在纸上,立据为证。"

柴庄主也不示弱:"好,字据就是尚方宝剑。来人,笔墨伺候!"

众人不解:"这个和尚到底向着哪边?""真是多管闲事!""乱出什么主意!""干吗非让姑娘死!"

董彩莲惊恐失色地望着穷不怕。

有人搬来桌子端来笔砚,两赛手同时书写,柴庄主写完了,念:"只要董彩莲死,什么死法都行"。接着他又问穷不怕:"你说哪种死法好?"

穷不怕打开一张写好的纸条,周围一下安静下来等候,穷不怕接着念到:"让董彩莲老死!"

周围一静,柴庄主一愣:"老死?"

穷不怕解释:"老死也是一种死法。难道你舍不得让她老死吗?"

柴庄主张口结舌,众人明白后欢呼:"真是活佛来了!"

"神仙下凡了！""大圣人显世了！"

张三禄赞不绝口："真是大才子！"

松绑的董彩莲同刘通一起给穷不怕跪下，刘通作揖施礼："多谢大恩人！多谢大恩人！请恩人留下姓名！"

"区区小事，不足挂齿。"穷不怕拂袖而去。

穷不怕正往前走，后边刘通带着彩莲又追了上来，刘通喊道："施主请留步，施主请留步！"

穷不怕转过身来，看见二人又双膝下跪："这是干什么？快快起来。"

刘通扬着头说："你不答应我的要求，我死活不起来。"

穷不怕于心不忍："这位兄长不要这样，有话请起来讲。"

刘通倾心深谈："我姓刘名通，乃是一名花匠，这乡妹是我捡来的，长得越发伶俐，柴庄主女儿十分妒嫉她。今日柴庄主虽然放了她，可是柴庄主绝不会善罢甘休，救人救到底，请恩人把彩莲带走。"

穷不怕为难了："带走，我带到哪儿去？"

刘通道出难言之隐："带乡妹出家吧。"

董彩莲点头同意。

穷不怕不明白："出家做什么？"

刘通直言相告："当尼姑哇。"

穷不怕知道误会了，指着袈裟说："我这是戏服。"

刘通没有听清："什么服？"

穷不怕脱下袈裟："我是个唱戏的。"

刘通简直不相信自己的眼睛："我看你武功这么高强。"

穷不怕很谦虚："我武功一般，弹弹弹（音：蛋）子还差不多。"刘通兄妹愣住了，再看穷不怕已走出老远了。刘通兄妹再次追上穷不怕，上心地问："请问恩人是哪个戏班的，尊姓大名啊？"

穷不怕毫不掩饰："我是三喜班的朱绍文。"

刘通高兴极了："你就是大名鼎鼎的活贾桂！巧了，我这乡妹自幼喜欢戏文，你看，能不能留在戏班？"

穷不怕有些犹豫："现在还不时兴女伶。"

刘通要求不高："干什么都行，有口饭吃就行了，我给你磕头了。"说着，刘通、彩莲给穷不怕又一次磕头。

穷不怕接受不起，双手搀扶："好吧，我同班主说说看。"

刘通再拜："我家中还有妻儿老小，不能久留。望朱老板今后多多关照乡妹。"刘通匆匆而去，董彩莲随穷不怕立在树旁呆呆目送。

两年后，清音阁戏园路上，发生了百感交集的故事。

画外音：相声这玩意儿，成型于清末，从相声开山祖穷不怕到侯宝林五代相声宗师都在天桥撂过地。天桥第一拨八大怪是慈禧太后懿封的，第一拨八大怪中说相声的就占四个，穷不怕为八大怪之冠，可见相声在清末已经蜚声京城了。故事当然得从慈禧听戏说起。

沿着湖旁御道，走来了两乘黄轿、四乘红轿（后两顶略小），轿子前边有李莲英和另一总领太监引路，两边有扎王爷、曾王爷等护轿，护卫、太监、宫女前呼后拥，浩浩荡荡沿着湖水往戏园而来。

第一乘黄轿中坐着慈安，第二乘黄轿中坐着慈禧，六人抬轿。一乘稍小红轿中坐着三格格，三格格貌美如花，目带灵气，武女风度。轿前的李莲英神气十足。大小轿子，随同黄轿依次进园。

穷不怕朱绍文是相声界公认的头号大名人，是相声史上首推的相声功臣。虽然他不是最早的相声艺人，然而却是我国第一代相声建业艺人的代表，后人称他为相声开山祖。因为他最早是位京剧丑当，当然他的故事还得从丑当说起。

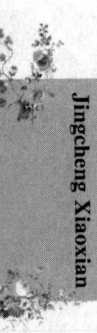

戏园门前，曾王爷带着福晋、侧福晋、三格格，扎王爷带着大格格及王公大臣跪着接驾。

慈安、慈禧两位太后由宫女扶着下轿，又扶着坐在宝座上。众人跪下："皇太后吉祥！"

慈安发话："众爱卿吉祥！"

慈禧发令："众爱卿请起。"

俩宫女扶着太后站起来后，众人才纷纷站起来。两个小太监各端着一个鹦鹉笼子分别站在慈安、慈禧旁边。慈安把笼门打开，慈禧一边放鹦鹉，一边说："让它们逃生去吧！"

放出来的鹦鹉不忍飞走，在头顶盘旋，众人轮流赞叹：

"福星高照，六合同春！""五谷丰登，天下太平！""朝阳胜血，湖水通幽！""鹦鹉盘绕，皇太后鸿福浩大！"

原来李莲英躲在树后驯鸟。

慈禧今日心情格外喜悦："现在正是吉日良辰，缘来辐辏，来人，看赏！"

早有几个太监手托黄盘，盘中放着种植的小葫芦。曾王爷、扎王爷等每人取下一个。

众人再次跪下："谢皇太后！"

慈禧心驰神往："众爱卿平身，今日园内小葫芦丰收，我愿与众卿分享。众卿用膳后即可看戏。这个戏园是远了点儿，朔望节日，听听大戏，看看杂耍还差不多。等外事消停一些，我要重修万寿山，今日先委屈众卿在此一赏。"

戏台对面仿颐乐殿，慈安、慈禧坐在颐乐殿正中，宫女两旁垂立。王爷们、福晋们、格格们在东西看戏廊里依次相立。

戏台上，陈老板、穷不怕朱绍文带领已化好妆、不戴胡须的戏班众人给太后三叩头："祝皇太后吉祥！"董彩莲夹在戏班人之中。

颐乐殿里，慈禧习惯地问道："今天是谁的戏？"

李莲英回话："太后前天已点了《法门寺》，现在陈老板、朱绍文已在台上。"

慈禧对慈安说："他俩配戏十分好看，一位红净（花脸）

头牌,一位丑面泰斗,都是三喜班头等名伶。"

李莲英买好:"皇太后说得极是。"

慈禧问慈安:"太后没看过他们近像吧?"

慈安不知何意:"没有。"

慈禧吩咐李莲英:"宣他们上殿吧。"

李莲英接旨:"喳!(喊)陈长河、朱绍文进殿!"

颐乐殿门外,小太监宣:"陈长河、朱绍文进殿!"

戏台上陈长河、朱绍文向前出列,顺着颐乐殿门前台阶拾级而上。二人在门槛外跪下:"陈长河、朱绍文给皇太后请安!祝皇太后万寿无疆!"

陈长河递上折子,跪着说:"这是法门寺全场,请太后选点戏码。"李莲英接过折子欲递,慈禧说:"不必了,今日既然红刘瑾、活贾桂碰到一块儿了,就来一场'刘瑾逛花园'吧!"戏子二人齐曰:"草民领旨!"

戏台上锣鼓声响,上演《法门寺》"刘瑾逛花园"一折。陈老板饰刘瑾(架子花,勾红色太监脸),穷不怕饰贾桂(丑,勾豆腐块脸)。

刘瑾:哎,桂儿呀!

贾桂:喳(读"遮"音,下同)!

刘瑾:闻听人说,法门寺的景致好,咱们爷儿俩趁这会儿逛一逛,你瞧好不好?

贾桂：好哇！

刘瑾：带路！

贾桂：喳！

（贾桂引刘瑾小圆场）

东西看戏廊里，众人赏心悦目，偷看慈禧。只有三格格含情脉脉地欣赏着穷不怕。慈禧表情无动于衷，突然问李莲英："皇上怎么没来看戏？"

李莲英回话："皇上正在发脾气。"

慈禧无话可说了。

戏台上继续表演。

刘瑾：哎，桂儿呀！

贾桂：喳！

刘瑾：你瞧大佛宝殿里的佛爷多么威武，法身多大，他们都叫什么名字，你知道吗？

贾桂：喳！奴才我知道一点儿，当中间儿的是释迦牟尼，那边儿那一尊是阿弥陀佛，这边儿一尊是药师佛，这是清一僧最尊重的三大士。

刘瑾：这两边还有这么些个小和尚，这个按着猫，那边儿那个逗的是有腿的长虫，有长眉毛的，你瞧这个，胳臂怎么这么长，八成他是个扒手吧？

贾桂：哎哟老爷子，您怎么胡给起名字？这两边不是小和尚，是十八尊者十八罗汉。（唱起大鼓来）这边儿这个按着的，它不是猫，本是虎……

刘瑾：怎么唱上大鼓了？

贾桂：我不唱大鼓，爷不明白，（接唱）这边这个逗的也不是长虫，那是龙。这正是降龙伏虎。

二幕旁边，董彩莲手里乱绕着手帕，为穷不怕揪着心。

戏台东边看戏廊里，侧福晋和曾王爷面面相觑，脸露惊色。三格格陶醉而含情脉脉地望着穷不怕，福晋偷视着三格格的表情。

戏台西边看戏廊里，扎王爷面带愠怒，对女儿大格格说："成何体统，京戏怎能随意改成大鼓？"

大格格没有当回事："慈禧皇太后懂得戏文，自有办法处置，阿玛操得哪门心？"

俩人望着慈禧。

慈禧在听戏间里，仍然无动于衷，看不出什么表情。

戏台上，贾桂（穷不怕）继续唱大鼓："那二尊者，一个叫长眉罗汉，一个叫长臂罗汉，他也不是什么小偷。"

戏台右边听戏矮房里,侧福晋赞不绝口:"不错,有滋有味。"

三格格夸奖:"字正腔圆,楚楚打动人心。"

曾王爷有些担心:"不错不错,可是皇太后一板一眼的差错都能听出来。"

三格格解释:"这不是差错,这是革新!"

曾王爷还是担心:"差错也好,革新也罢,皇太后都是不允许的。"

三格格不解:"为什么?"

曾王爷道出心里话:"改戏只能太后改。"

三格格明白了:"阿玛担心朱绍文挨竹板子!"

曾王爷指出严重性:"竹板子还是轻的,据我以往的经验,太后杀他的头也不过分。"

侧福晋也担心起来了:"那怎么办?挺好的一个人,编点戏就杀头。"

三格格一笑:"不会的,皇太后要动怒,我去说服皇太后。"

曾王爷、侧福晋一惊:"你?!"

三格格自信地说:"我!你们看不起女儿?"

曾王爷、侧福晋忙解释:"不是不是!"

侧福晋又问:"如果皇太后非杀不可呢?"

三格格认真地说:"我宁愿陪朱绍文一起死。"

曾王爷、侧福晋又吓了一跳:"啊!"

三格格安慰二老:"二老放心,我死不了,因为皇太后就爱改戏,她对我说过,她要把乾隆先帝的内廷戏都编成皮黄,让戏子们唱。"

曾王爷指出:"那是皇太后改,别人改就不行了。"

"这次就要例外。"

"不可能。"

三格格伸出手:"不然,咱们拉钩。"

曾王爷把手躲开:"拉什么钩啊。"

戏台上演得正起劲儿。

贾桂(穷不怕)继续唱完最后一句大鼓:"他也不是什么小偷儿。"

刘瑾:"唱完了,咱们到花园看看。"

贾桂:"喳!爷跟我来。"

听戏间里,慈禧的脸上全神贯注,略带阴沉。戏台西边看戏廊里,扎王爷不住地望着慈禧。大格格兴趣不高地看着自己的手指。戏台东边看戏廊里,三格格爷儿俩有了争论。

三格格赞扬:"这段大鼓唱得真提精神。"

曾王爷看法不同:"原戏文可不是大鼓,全是念白。"

"这一段就是唱大鼓才有滋味。"

"这可是京戏啊。"

"京戏里夹点大鼓，不更能提神吗？"

侧福晋插嘴了："你们爷儿俩争什么？"

三格格解释："杂耍里这叫柳活儿，额娘，您表表态。"

侧福晋只好说："改得好，改得好。"

  舞台上继续表演。（贾桂引刘瑾小圆场）

  贾桂："爷说这两种花谁美？"

  刘瑾："我哪儿知道哇！"

  贾桂："山前住着棵芍药花，山后住着个花牡丹，俩人山上来比美，也不知芍药花比花牡丹的花蕊美，还是花牡丹比芍药花的花蕊美。"

  刘瑾："你到这儿说绕口令来啦？"

戏台右边听戏矮房里，三格格赞不绝口："绕口令冲口而出，隆隆不绝，句句出奇制胜，天才，天才，真是奇才！"

侧福晋从心里佩服："朱绍文的脑子真快。"

三格格从心里爱慕："当场编出绕口令，古今中外，还有谁？"

福晋又一次偷看三格格爱慕的表情，嘴角露出蔑视。戏台上正在火热表演。

贾桂:"过去把牡丹捧为'朝花',现在芍药花倾倒皇城。芍药花胜过牡丹十倍。"

刘瑾(悄悄语):"我该说什么啦?"

贾桂告诉他:"您问哪儿产的。"

刘瑾:"这花儿是哪儿产的?"

贾桂:"都是丰台花乡产的,有道是扬州芍药逊丰台,白白红红遍地栽。及早出门携伴去,卖花担已上街来。"

刘瑾:"你说起来一套一套的。"

贾桂:"那当然了,芍药当春色倍娇,佳人头上斗妖娆,丰台一片青青叶儿,十字街头整担挑。"

刘瑾:"越说越来劲儿。"

贾桂:"爷要不信,可问两宫皇太后,花乡花农每年都要给朝廷送芍药。"

颐乐殿听戏间里,慈禧乐不滋儿地对慈安说:"这个猴崽子,把咱们也编到戏文里去了。"

戏台东边看戏廊里,三格格望着穷不怕:"全才,真是全才,当场吟诗,又是贯口。"

侧福晋望着三格格说:"额娘从来没见你这么夸过别人。"

三格格的话也现成:"不是女儿没夸过人,是没有人值得女儿夸。"

福晋讥笑:"今日三格格可碰到对路人啦。"

戏台西边看戏廊里,扎王爷脸上露出了阴笑:"太后太宠着戏子了。"

大格格劝了一句:"阿玛操那心干吗!"

扎王爷脸上露出不满:"戏文本来都是一些历史文化,如果随便加一些说长道短的蜚语,恐怕对朝政不利吧。"

大格格一针见血:"是对您不利吧,是不是伤了您这个大才子的面子了?"

扎王爷心里更为不快:"你怎么拿阿玛跟戏子比!"

舞台上继续表演。

刘瑾:"桂啊,你累不累?"

贾桂:"我又累又饿。"

刘瑾:"千岁我早就饿了。"

贾桂:"老爷子也饿了,不要紧,我到庙门口买点京城小吃。"(以下又是加戏)

刘瑾:"快去快回。"

贾桂:"喳!"(下场后又回场)"买了两张煎饼,让老爷子先垫补垫补。"

贾桂走着:"多馋人啊!(吃了一口)怎么越吃越香啊!"(边吃边走,走过了门,敲起墙来,没人言语。他又吃吃,敲敲,台下笑声一片)

刘瑾从庙门出来，从背后看见贾桂大吃："桂啊！"

贾桂回过身来："唉！"（吃完了，拍拍手，擦擦嘴）

刘瑾："你买了几张煎饼？"

贾桂："两张啊！"

刘瑾："我那张呢？"

贾桂："我给老爷子留着呢。"

刘瑾："留在肚子里了吧？"

贾桂："奴才不是成心，我敲了半天门，没人开门。"

刘瑾："你敲了半天墙，门在这边啦，根本没关门。"

贾桂看了看，笑了："我走过梭了。"

戏台右边听戏矮房里，侧福晋用手背捂着嘴，笑而不止。三格格笑得头扎进侧福晋怀里："演上小品了，听朱绍文的戏，就像吃了一桌大喜宴。"东西看戏廊里，众人笑出了各种姿势。太后听戏间里，慈禧也掩口大笑了。

戏台东边看戏廊里，侧福晋对三格格说："真是个喜神。"

"不，是个笑仙。"

"喜神！"

"笑仙！"

曾王爷插话："喜神跟笑仙不一样吗？"

侧福晋一笑："对，对，一样一样。"

三格格已自我陶醉："施笑布欢的神仙！"

后台扮戏楼楼梯上，穷不怕下场时问刘瑾："我戏文改得怎样？"扮演刘瑾的陈老板气愤地甩袖抽了他一下，"呸！"穷不怕丈二和尚——摸不着头脑。

陈老板直埋怨："台上你念的戏文，拿来我瞧瞧？"

穷不怕不在意地说："我不都说完了，还瞧什么？"

陈老板认真地说："瞧本子。"

穷不怕明白过来了："我没本子。"

陈老板用微带吃惊的口气问："你没写在本子上啊！合着你心血来潮，想说什么就说什么。"

穷不怕不否认："就是啊，即兴表演嘛。"

陈老板带些挖苦的口吻说："你即兴了，我怎么办？"

穷不怕鼓动地说："你也可以即兴啊！"

"我即得出来吗？"

"你接着我的话儿说嘛。"

"咱们也没对词儿，我知道你要说什么？"

穷不怕诚意地说："我都给你留下话口了。"

陈老板打岔地说："活口！你还手下留情了，要不然还得把我宰喽！"

穷不怕解释说:"不是活口,是话口,也就是话茬儿、话题、话锋、话头……"

陈老板打断谈话:"行了,行了,别人都这样编,不就乱套了吗?"

穷不怕不服气:"你也可以编啊!"

陈老板赌气地说:"那我真编了。"

穷不怕欢迎地说:"你编吧。"

陈老板想了想:"我可得编得出来啊!"

穷不怕出主意:"要不,你就跟着我的心思走。"

陈老板反对:"不行,不行,我知道你什么心思,你一改词,我就接不上了,我接不上不就亮丑了!"

穷不怕耐心地说:"要不这样,我说完一句,你就跟着说嗯、啊、噢、嘿或多说俩字'是吗?''对啊!'"

陈老板不悦:"我给你捧哏来了。"

忽然李莲英到后台宣旨:"陈长河、朱绍文接旨!"陈老板、朱绍文二人立刻跪下:"奴才在!"

李莲英宣:"皇太后前殿召见。"

陈老板、朱绍文:"草民接旨。"

颐乐殿前边,慈安、慈禧身穿夏服站在正中,李莲英旁边站立。王孙大臣、福晋、格格们站立后边。陈老板、朱绍文出列:"叩见皇太后!"

慈禧面带喜色:"今日你二人配戏有方,戏中生戏,独出心裁，戏文全然一新。"慈禧看了慈安一眼："皇太后、王爷们看后十分喜悦，应该鼓励。"（唤）"来人，看赏！"

两个小太监端上两盘黄布蒙盖的赠品，陈、朱二人跪道："谢皇太后！"

慈禧说出心里话："这次戏文改得如此成功，是你们俩谁的革新？"

陈老板抢着说："都是朱绍文所为。"

慈禧看了身后王孙大臣一眼说："朱绍文大胆革新，使京戏洗心革面。你们说是不是？"众人点头，三格格话最多："太开心了，是个笑仙，京城少有的笑仙。"

慈禧对穷不怕说："那就叫京城笑仙吧！"

后边的扎王爷直撇嘴，三格格提示穷不怕："朱绍文还不谢恩。"穷不怕二次叩头："谢皇太后恩赐！"

后边，大格格对扎王爷说："太后把戏子看得比你们大学士还重。"扎王爷用手势制止："不准胡说！"陈老板脸色暗淡。慈禧对陈老板说："你们三喜班净出人才。"

陈老板带些讽刺口吻："朱绍文的本领大了，他能戏外编戏，节外生枝。"

三格格还在走神，慈禧突然问："朱绍文，你除去演丑当，还能演什么角色？"

穷不怕急忙回话："回皇太后，草民还能演武生，也能演净角。"

"除了京戏，还会什么？"

"草民就会京戏。"

"我看你大鼓唱得也不错，绕口令说得也挺上口。"

"草民瞎唱。"

"不，除去这些，你一定还会别的。"慈禧看了一下慈安，慈安点了一下头。

穷不怕怕话多招事："草民别无他长。"

陈老板发了话："回皇太后，绍文多才多艺，诗琴书画样样精通。他还会给皇太后画像。"

穷不怕心里咯噔一跳，慈禧不悦："我没死，画什么像？"

陈老板解释："皇太后误解了，画像在国外已很普遍，任何姿势、任何表情都能留在画上，挂在墙上，饶有余味。"

慈安插话："我也听说国外有画像。"

慈禧顺了一句："以后我们也可以请画匠进宫。"

陈老板心血来潮："让朱绍文先给皇太后画张像吧，以开画匠进宫之先河。"

穷不怕忙推辞："草民不会。"

陈老板拱火："不要过谦了，谁不知道你是民间大画家。"

穷不怕认真对陈老板说："我真不会。"

陈老板憋了一肚子话："你左右手都能画，谁不知道。"

慈禧好奇心盛，欣然下了旨："这样吧，你照着两把龙椅，把两宫画下来。"

穷不怕更为难了:"草民真画不好。"

慈安帮助解难,对慈禧说:"别难为他了,先让他画你一个人吧。"

慈禧想了想,终于点了头:"好吧,先画我一个人,你画不好,我不怪罪于你。"

穷不怕还是为难,陈老板仍帮太后说:"别客气了。"

穷不怕对陈老板:"我哪会画像啊。"

慈禧主意已定:"就这么定了。"

穷不怕没办法:"草民遵旨!"

慈禧脸露笑容:"这就对了。"

穷不怕想出一计:"启禀皇太后,草民画画有一请求。"

慈禧认真听:"讲。"

穷不怕也故作认真:"草民画像需要陈老板给端着颜色盘子,他端得最好。"

陈老板急辩:"我端不好。"

穷不怕正经地说:"不要过谦了。"

陈老板更急了:"我真端不好。"

穷不怕心中有数:"你左右手都能端,谁不知道。"

慈禧没有多想:"好!就这么定了,后日朱绍文来宫里画像,陈老板端颜色盘子,先领赏吧!"陈、朱俩人接旨:"是,草民遵命!"

行宫走廊里,三格格扶着侧福晋走着,侧福晋说:"我一直为穷不怕揪着心,这回可好了,我彻底放心了。"三格格缄默不语,侧福晋对三格格说:"还是你了解皇太后的心。"三格格仍然不语,面带愁容。侧福晋看了看三格格:"这回你开心了吧。"

三格格摇摇头:"开不了心。"

侧福晋不解:"朱绍文得了重赏,皇太后封他'京城笑仙',还不开心?"

三格格停住了脚:"我总觉得朱绍文以后的路很难走。"

侧福晋也站住脚:"为什么?他大胆改革京戏嘛,皇太后都支持了,谁还敢反对?"

三格格心事重重地摇摇头:"额娘没看见,朱绍文说话的时候,陈老板那副妒嫉人的样子,他让朱绍文给太后画像,就是给朱绍文出难题,就是想出朱绍文的丑。"

侧福晋像明白了什么:"我也看出有点不对劲儿,哎,皇太后就没看出来?"

三格格又轻轻摇摇头:"太后喜欢上了朱绍文的戏,想同他们一起开开心,额娘没听皇太后讲,画不好也没什么嘛。"

侧福晋也担心起来:"那朱绍文以后的日子怎么办?"

"难啊,他越坚持革新越难。"

"他不会换个戏班吗?"

三格格摇摇头:"都一样,京戏一代代传下来,那是金科玉律,不是随便可以改动的,朱绍文的前途只有两条,一条是留在京戏班改革，屡遭打击；另一条是离开戏班闯一条新道，也难啊！"

侧福晋拽着三格格："走吧，他难不难，用不着你操心。"

慈禧寝宫客厅里，一张空宝座儿，加上前边趴着一只黄狗，是穷不怕画画的全部"模特"。慈禧在帏幛后边坐着，穷不怕旁边立着一张画板。穷不怕跪着拿着画笔，欲画画儿，够不着画板。陈老板跪在穷不怕的左边托着一个调色盘。

帘后边，慈禧坐在宝座上，她身穿绣花蓝色大袍，青丝云发盘于头心正中，头上插着几枚茉莉花球。帘前站着李莲英，帘后俩宫女值班相陪。慈禧隔着白色锦帘、垂帘看着穷不怕画像。

垂帘前边，穷不怕上边够不着画板，左边够不着调色盘，他示意陈老板走近些。

陈老板跪着挪近了。穷不怕左手拿着画笔，觉得别扭，他把画笔换在右手，示意让陈老板到右边来。陈老板跪着挪到右边。穷不怕跪着还够不着画板，只好做样子成心给慈禧看。

帘后边，众人笑声不止。慈禧吩咐宫女给画匠搬个凳子，两个宫女搬来两个凳子。穷不怕跪在凳子上画像，陈老板跪在另一个凳子上端盘子。

穷不怕画累了，将画笔换到左手，向陈老板打个换地儿的手势。陈老板将凳子搬到左边，又跪在穷不怕左边的凳子上。

穷不怕的画面上，慈禧没画几笔，狗画得倒差不多。穷不怕左手累了，画笔又换到右手，陈老板搬着凳子跪在右边。陈老板有些不耐烦了："我说，你怎么老换手啊！"

穷不怕借此发泄："你不也知道，我左右手都能画像吗？"帘后边，慈禧也笑了。

帘前边，穷不怕举笔不下，陈老板举盘在旁，额上渗出汗珠。陈老板小声催："你倒是快点儿。"穷不怕不慌不忙："我在构思。"

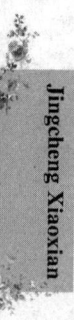

慈禧从帘后走出："我看看，画成什么样了。"李莲英、宫女跟在慈禧后边出来了。

穷不怕回太后："我没画完。"

慈禧抢着看："我先看看，我长得什么样。"

穷不怕为难了："没画完，真不好意思。"

慈禧一看："你画了半天净画狗了。"

"回皇太后，我对狗比较熟悉，所以先画狗了。"

"你喜欢狗。"

"草民喜欢狗。"

慈禧不悦："你对我不熟悉？"

穷不怕忙说："熟悉，熟悉。"

"熟悉怎么画不出来？"

"草民正在构思，正在构思。"

"你怕画错了掉脑袋吧!"

"草民不敢画错,只是……"

"只是什么?"

"只是画一张像,需要很长时间。"

"多长时间?"

穷不怕不敢少说:"一个月。"

慈禧惊奇:"这么长时间,你就进宫一个月吧。"

陈老板不悦:"我还得端一个月盘子!"

穷不怕装作无事:"回皇太后,草民对太后已经熟悉,太后圣容铭刻在草民脑中,草民在下边画好给太后送进宫来就是了。"

慈禧点点头:"也好,限期一个月,必须将画像送进宫来,不准有误!"

穷不怕领旨:"草民遵命!"

陈老板随着穷不怕走出寝宫门口话就多了,问:"还需不需要我端盘子?"

穷不怕抱着小狗:"不必了,多谢陈老板!"

陈老板抱怨:"我的胳膊酸得抬不起来了。"

穷不怕抓住时机劝告:"记住,在皇太后面前不要用别人的生命开玩笑!"

晚饭后,戏班还要在剧场加场演出。演出时间一到,演员们都集中到后台。穷不怕向陈长河走过来:"陈老板,咱们该出场了。"

陈老板的气还没消:"你找别人配戏去吧。"

穷不怕认真地说:"咱们不能撂场啊。"

陈老板直说:"我没撂场,我不跟你配戏。"

穷不怕找到胖子甲:"你赶紧化妆,咱俩上场。"胖子甲摇手:"我和你配不了戏,多包涵!"

穷不怕找到胖子乙:"咱俩配场吧!"胖子乙作了几下揖,也躲开了。穷不怕急了:"你们都不化妆就误场了。"

一个化了贾桂模样的人走了过来,穷不怕一看,此人化的妆跟自己的装扮一样,还说了一句"我化好妆了"。穷不怕心里明白了,原来有人代替自己了:"你们赶我走?"

几个人反帮腔说:"是啊,这哪是唱戏呀,你的毛病应该改改了。"

胖子甲说:"他改不了,他改词成性了。"

陈老板以班主的口气说:"吃这碗饭,就得按老规矩走。"

旁边人又搭腔:"唱戏,就得听班主的。"

陈老板说出心里话:"受不了,请另投班主吧。"

穷不怕看清楚了:"好,我走!"

刘老板借题发挥:"我提醒你两句,你有能耐,可以挑个班,当个班主。如果没有这个能耐,我劝你墨守点班规吧。"

穷不怕苦口婆心地说:"我也奉劝两句,我们艺人要讲究私德,不要让自己人跟自己人过不去,你还有找我的时候,好，我们后会有期！"

青衣小彩莲闪了过来："你到哪里去，连个家都没有。"

穷不怕语重心长地说："人穷我不怕，人心不能穷。"

小彩莲心里很佩服："真是穷不怕！"

三喜班门口，穷不怕背着小包从门里出来。外边挤满了人。众人没有悲伤："笑仙，笑仙出来了！""这就是轰动九城的笑仙！""京城笑仙！""皇太后封的京城笑仙！"

前面站着四个公差，每人手里拿着一份请帖，截住了穷不怕的去路。

公差甲："我是恭王府差役，恭王爷请笑仙前去赴会。"

公差乙："我是扎王府差役，扎王爷点了笑仙的戏。"

公差丙："我是车王府差役，后天车王爷设了堂会，要看笑仙的'贾桂念状子'！"

公差丁（丁三）："我是曾王府差役，曾王爷要看笑仙的《法门寺》。"

穷不怕作揖："多谢各位官爷，请官爷转告各位王爷，我朱绍文在这里辞谢了！"

公差甲："辞谢？这是什么话，为什么辞谢？"

众差役："是啊，你想拒绝？"

穷不怕解释："我已经离开三喜班，不唱戏了。"

众人吃惊："啊！"

公差乙："不唱戏了？"

公差丙明白了："他一人怎么能唱一台戏呢？"

人们让出一条路，穷不怕走过来了。穷不怕向远处走去，人们的脸上留下遗憾。

远处的土路上，穷不怕背着行李包渐渐向远处走去。

曾王府里，曾王爷正坐着喝茶，丁三进来禀告："回禀王爷，穷不怕已离开三喜班，不唱戏了。"

曾王爷一愣："他到哪里去了？"

丁三摇头："小的不知。"

三格格从里屋出来了："我知道。"

曾王爷对丁三："你先下去吧。"

丁三走后，曾王爷问三格格："你知道？穷不怕到哪儿啦？"

三格格顽皮地说："他就在京城街头。"

"这不废话，这么大京城，到哪儿去找他？"

"我就能把他找回来。"

"费那事干吗，算了，找别的戏班吧。"

"我额娘、大额娘都爱听他的戏。"

"你还挺孝顺。"曾王爷猛然想起，"哎，后天是你生日，要不给你换个戏班吧。"

"我不同意，没有笑仙来祝贺，叫什么生日。阿玛给我两天假，我准能找到笑仙。"

曾王爷不放心："你可是个女孩儿家！"

三格格故作不快："女孩儿家怎么了，我可以女扮男装嘛，再说，我的武功阿玛也不是不知道，碰上十个八个歹徒，还不够我收拾的。"

曾王爷细想："太费事了。"

三格格吓唬曾王爷："要找不回笑仙，我额娘就饶不了您。"

曾王爷认真起来："好好好，你去吧，你去吧。"三格格偷笑而去。

繁闹的街上，穷不怕走进一家小饭铺，小二给他上了酒菜，穷不怕问："我还没有点菜，店家怎么知道我爱吃狗肉?"

小二客气地说："刚才一位姑娘为你点的菜。"

穷不怕不明白，问："什么姑娘?"

小二认真："一位十五六岁的姑娘。"

穷不怕奇怪："这就怪了，后河沿这一带我不认识什么十五六岁的姑娘。"

"是不是你家中的妹子?"

"鄙人穷汉子一条，没有什么亲戚。"

"别管谁点的，只要合先生的胃口就行了。"

穷不怕想了想："也对!"穷不怕自斟自饮，外加啃狗肉。

饭铺门口，这时张三禄唱着八角鼓，骑着小毛驴向酒店而来："见一轮皓月当空挂，万籁无声鸦鸟乏……"店小二急忙迎出："客官，里边请。"张三禄拴上毛驴，背着八角鼓走进饭铺。

饭铺里的穷不怕一眼认出,忙起身抱拳相迎:"小人莽撞相问,这位就是单春泰斗张三爷吧!"

张三禄一愣:"鄙人正是张三禄。"

穷不怕作了作揖:"久仰,久仰。"

张三禄抱拳:"幸会,幸会,阁下是?"

穷不怕放下手:"我原是三喜班的丑当,晚辈叫朱绍文。"

张三禄还在抱拳:"原来是活贾桂,丑当泰斗。"

穷不怕不好意思:"过誉了,长辈坐下谈。"

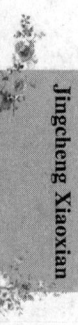

张三禄坐下,穷不怕吩咐店小二:"再上两盘狗肉,半壶贡酒。"

张三禄又问店小二:"有没有时鱼?"

店小二面带笑容:"有,护城河里现成的鲤鱼。"

张三禄吩咐:"烧上两条活鲤鱼,再来一盘臭豆腐。"

店小二高兴地喊去:"好啦!红烧鲤鱼外加臭豆腐!"

穷不怕面带敬意:"三爷在京城早已久享盛名,晚生十分敬佩。"

张三禄不以为然:"走街游巷,不值得一提。"

"今日相见,晚生三生有幸。"

"老朽六生有幸。"

"晚生正需要老师指点一条明路。"

"太客气了,你天资聪敏,是戏台上的名宿,让我撂地的指什么路哇?"

店小二上着酒菜:"酒来喽!"

穷不怕道出实情:"我已经离开了三喜班了。"

张三禄不信:"这不可能。不可能,不可能。"

"是真的,我要琢磨个新玩意儿。前辈的路很可能就是我的路。"

"你是有名的活贾桂,皇太后懿封你为京城笑仙,放着梨园的清福不享,何必受我这游街之苦。俗语说人往高处走,水往低处流嘛,你怎么从台上往地摊上走?"

穷不怕给张三禄斟了一碗老酒,自己也倒上了一碗:"我有一毛病,唱戏爱改词,动作也爱变式。"

"这点像我。"

"爱即兴表演抓个乐。"

"这点像我们这行。"

"看官一乐,我就认为自己演出成功了。"

"说到我心里去了。"

穷不怕道出心里话:"您看我学您这行,行吗?"

张三禄不假思索:"太行啦!"

穷不怕站起身来:"前辈,干脆您收我为学生算了。"

张三禄连连摆手:"不敢不敢。"

穷不怕想问实情:"晚生不够材料?"

"不不不,为师怕耽误了你。"

京城笑仙

"您承认是我的老师了！老师在上，受学生一拜。"

张三禄一把把穷不怕拦住："你先等会儿。"

穷不怕诚心地问："老师真不肯收学生？"

"不是为师不肯收，也不是为师保守，只因为为师自觉惭愧。"

"老师何出此言？"

"从表面看，我好像精通百业，变戏法、八角鼓、口技、单春样样全会，然而哪项也没钻通，我希望你像学京戏一样，要精通一技，或生或旦，这样就可以有一技之长了。"

穷不怕打心眼里高兴："多谢老师指点，前辈看晚生适合学哪行？"

张三禄寻思片刻："你原来是学京戏丑行，又善于现挂，我看你就学相声吧。"

"相声？"

"八角鼓即为相声。相，喜怒哀乐之相容也；声，各种仿学之谐音也。"

"我认为，相声可以包罗万象，老师多才多艺，正好可以熔铸到相声之中。"

"我不是没有来得及熔吗，我今天变一戏法，明天练一口技，上午一拳，下午一脚，不成体统。"

"老师应该悟出一条道来。"

"我已年近花甲，怕揉不出行道来，我倒希望你在相声这一行能悟出个新道道来。"

穷不怕跪下磕头："多蒙高师指点，受学生一拜！"

张三禄双手将穷不怕搀起："磕俩就行啦，快快起来。"

穷不怕举起酒杯："我一定不辜负老师所望，学生敬您一杯。"

张三禄接过酒杯："我喝我喝。"张三禄一饮而尽。

穷不怕又续了酒，举碗道："这第二碗酒，祝我们师徒俩初次相逢。"

张三禄碰杯："干！"

"干！"俩人一饮而尽。

"老师吃菜。"

"都吃都吃。"

俩人面带醉色，张三禄叫："小二……"小二急忙跑来。张三禄掏出银两："结账！"

穷不怕抢着付钱："今日认师，应该学生付钱。"

张三禄把钱推开："我为长者，怎能让你掏钱。"

穷不怕抢着："我付！"

张三禄不让："我付！"

"怎么能让您付呢！"

"怎么能让你付呢！"

小二拦住二人："你们都不要让了，早有人为二位付钱了。"

张三禄一愣:"有人付了?"

穷不怕忙问:"什么人?"

小二答话:"还是那位姑娘。"

张三禄不明白:"哪位姑娘?"

穷不怕高兴地说:"看来咱师徒俩要时来运转了。"

"不,咱们三人时来运转。"这时,十五六岁的小彩莲背着包出现在他们面前。

穷不怕一惊:"小彩莲,原来是你!"

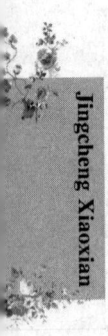

第二章　有情人庙中奇遇

饭铺里边，穷不怕、张三禄正坐着攀谈，发现董彩莲背着一个绿花合体的包袱在旁边站着，穷不怕有些惊奇："小彩莲，原来是你！"

小彩莲心中有数："我早看出先生要干一番事业。"

穷不怕有些误会了："都在京城，何必相送。"

小彩莲一撂包袱："我是给自己送行。"

穷不怕有些糊涂了："你也离开梨园了？"

小彩莲心里着急，目不转睛地望着穷不怕："许你离开梨园，就不许我离开梨园？"

穷不怕更不明白了："你在梨园一向顺心，为何突然离去？"

小彩莲埋怨："这就要问你了。"

穷不怕想了一想："我不明白。"

小彩莲有苦难言："慢慢你就明白了。"

穷不怕猜了猜又问彩莲："你准备回家是不是？"

小彩莲直说:"我一无亲人,二无有家,我回哪儿啊?"

穷不怕不解:"你准备上哪儿?"

"你还不明白?"

"不明白。"

"你使劲儿想。"

"不明白。"

"你玩命地想。"

"不明白。"

张三禄站起身来,向穷不怕告辞:"我明白了,后生,我告辞了。"

穷不怕有些着急了:"老师,我到哪儿去找您?"

张三禄为难地皱了皱眉头:"哎呀,我没有准地儿,你就在大街上转吧,人多的地儿,我总是要去的,什么护国寺、隆福寺、前门、天桥、蟠桃宫,你总会找到我的。"张三禄抱拳相告:"我们后会有期。"

穷不怕只得彬彬还礼,目送张三禄:"老师,我们后会有期。"

饭铺门外,男装俊俏的三格格路过此处,她看了一眼张三禄,又往里边看了看,在寻找穷不怕。她扫过每张桌子旁边的客官,单个的客官她更要多停留两眼,然而小彩莲给了她一个后背,穷不怕被房柱子挡上大部分,三格格只好回过头来追看毛驴上的张三禄。毛驴吧嗒吧嗒地远去了,三格格暗暗在后边跟梢。

饭铺里，穷不怕还在同小彩莲倾谈："你到底想上哪儿去？"

小彩莲脱口而出："你安排吧！"

穷不怕吓了一跳："我不好安排。"

小彩莲说起话来很随便："我就当你丫鬟吧。"

穷不怕为难了："我又不是什么名门闺秀，要什么丫鬟。"

小彩莲把想法挑明："我是说你闯荡江湖，我帮你缝缝补补。"

穷不怕更难为情了："使不得，使不得，你现在正是学戏的好年龄，不能耽搁。"

小彩莲不以为然："女子学戏有何用，上不了台。"

穷不怕心有远志："现在是男女不能合台，将来一定有坤戏馆。"

小彩莲心直口快："你教我唱戏不就得啦！"

穷不怕也有话直说："我不唱戏了。"

小彩莲心明眼亮："我知道你要说相声。"

穷不怕道出真情："我并不想进茶馆说相声。"

小彩莲心里早明白："凭先生的能力，完全可以在茶馆当名牌，因为你要练一手白沙撒字，只有选择地摊为台了。"

穷不怕高兴得差点儿跳起来："知我者莫过小彩莲。"

小彩莲更得意了："那先生还不收我为徒？"

穷不怕为难了:"你一会儿当丫鬟,一会儿当徒弟,把我弄糊涂了。再说,我现在刚刚认师,怎能收徒弟?"

小彩莲着急了:"这跟你认师没关系,你没老师,我也是你的徒儿。"

穷不怕有些为难了:"这怎么能行?"

小彩莲故作生气:"你果真不收?"

"果真不收。"

"一定不留?"

"一定不留。"

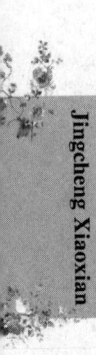

小彩莲取出一小白包,往桌子上一放:"好吧,给你,这是告别之物,咱们就此分手吧。"

小彩莲走了几步,又停住脚,对穷不怕说:"我一没事由,二没亲人,当初刘大哥把我托付给你,你不管我,我要出事,由你负责。"说完,彩莲甩袖而去。

穷不怕撂下筷子往外追人,没几步,撞倒了来人古董王,古董王不依:"你怎么追女人,就不顾别人哪!"

穷不怕搀起古董王:"实在对不起,实在对不起。"

古董王还要继续埋怨,认出穷不怕,心喜:"穷不怕!是你,京城笑仙!"

穷不怕一个劲儿地往外跑:"回来说,回来说。"

饭铺外边,穷不怕急忙紧追上去,嘴里还在"小彩莲""小彩莲"地喊着,小彩莲早已无踪无影了。穷不怕回到饭铺里，把包袱抖开一看，原来是一包碎块汉白玉，古董王在旁边偷偷观赏起来。

前门附近有四门三桥五牌楼，正阳门造就了天桥市场。庚子年前土甬路两旁都是生意场，八大怪耍的都是甬路两旁撂地的江湖玩意儿。

天桥游艺场里早已人头攒动，闹市里穷不怕身上背一白沙包，左手持一木板，右手持花扇，浪迹街头。他后边一群人哗然追逐。徐三、周八、古董王出现在人群之中，前边又来了贫麻子、云花。云花一眼认出："这不是活贾桂吗？"

贫麻子十分欣赏："笑仙！"

周八也兴趣倍增："笑仙！皇太后封的笑仙！"

贫麻子对众人说："听说先生会一手白沙撒字。"

云花也来精神了："让先生露一手。"

贫麻子同意："对，穷先生，您露一小手。"

徐三做事认真："先生姓朱，怎么叫穷先生？"

穷不怕自己解释："朱绍文是我的名，穷不怕是我的绰号，叫朱先生、穷先生都可以。"

徐三认真劲儿不减："请先生露一手吧。"

古董王第一个同意："对，先生露一手。"

周八号召众人："欢迎穷先生来一手！"

众人鼓掌："穷先生来一手！……"

穷不怕刚刚落下脚，地摊周围观众里三层外三层地把他围得水泄不通。穷不怕把汉白玉砸碎变成白沙，一只大手撒着白沙双"喜"字。当时的相声还是走着演，走到一处，看官多了，穷不怕就停下脚，用白粉画成圆圈，艺人把这叫作"画锅"。人们把穷不怕围在圈中。

观众越聚越多，人群里出现了董彩莲的身影。穷不怕用白粉画成圆锅，他用相声的最初阶段太平歌词调唱"拆十字"：

正月十五闹元宵，
二月初二太阳糕，
三月初三蟠桃会，
四月里妙峰山去把香烧。
五月初五是端阳节，
六月初六把谷穗瞧，
七月初七天河配，
八月十五影儿高。
……

他边唱边用白沙撒下了"穷不怕"三个字。

董彩莲露出了佩服之情，没等穷不怕唱完，她就丢进一把铜子。台阶上，张三禄正在偷看穷不怕表演。人群里，穷不怕刚刚唱完，董彩莲又带头扔钱，徐三、贫麻子、周八、古董王等众人鼓掌叫好,围观人纷纷解囊扔钱。

穷不怕发现彩莲带头扔钱,暗吃一惊。

穷不怕用簸箕收钱,人们陆续走散,彩莲帮助收钱,古董王把余人轰走,自己也跟着走了。穷不怕埋怨彩莲:"你怎么还跟着我?"

董彩莲心里早有准备:"我帮你收钱啊!"

穷不怕指出:"收钱可以,不能带头给我扔钱。"

董彩莲垂下眼皮:"人家也是为你好嘛。"

人们走光,穷不怕给彩莲一把钱说:"以后,你不要跟着我啦。"

董彩莲不要,把钱扣在穷不怕手上:"好好,我走,我走了以后,你也不要跟着我啊。"

穷不怕不解:"谁跟着你啊!"

闹市里人来人往,三格格男装出现在人群之中。

穷不怕走到一座破庙前,推门进来了。他看了看那些泥佛爷,心里不免有些嘀咕。他向泥像佛爷恭敬祷告一番,又四处寻觅,发现佛像后边有些烛光,他绕过来愣住了,原来董彩莲在烛光下正缝补着衣服。

穷不怕一愣:"小彩莲!"

董彩莲有理了:"你怎么跟着我啊!"

穷不怕张口结舌:"我……没跟着你啊!"

董彩莲故作镇静:"老佛爷能做证,我们俩谁先进的庙。"

穷不怕有嘴说不清:"你先进的,你先进的。你怎么到庙里来啦?"

董彩莲反问:"你怎么到庙里来啦?"

"我没有家啊。"

"我比你强。"

"怎么强?"

"我有家。"

"你家在哪儿?"

董彩莲可得着理了:"这就是我的家,以后你有空就到我这儿串门吧。"

穷不怕拿她没办法:"恐怕我以后得经常来了。小彩莲,我问你,你跟我说心里话,你为什么不留在戏班?"

董彩莲反问:"我问你,谁把小女领到戏班来的?"

穷不怕承认:"是我啊!"

董彩莲进一步问:"我冲谁来的戏班?"

穷不怕没有研究:"不知道。"

董彩莲又问:"谁把小女托付给你了?"

穷不怕想起了:"你恩人刘大哥啊!"

董彩莲进一步:"托付你什么?"

穷不怕答不上来:"这……"

董彩莲刨根问底:"五月节那天,你怎么向刘大哥明誓的?"

穷不怕张口结舌:"我……"

董彩莲占了主动:"你好好想想刘大哥向你说的话,好好想想你向刘大哥说的话。"

俩人沉浸在认真的回忆中。一座露天茶棚里,桌子上摆着一盘粽子。小彩莲坐在刘通的旁边,对面坐着穷不怕,刘通剥了一个粽子递给穷不怕说:"我这乡妹自小就喜欢学戏,要嗓音有嗓音,要身段有身段,动作十分灵巧,多谢先生把她留在戏班。"

穷不怕接过粽子没有马上吃:"戏班本无女伶,小彩莲的确聪明过人,班主才肯答应留下来。"

刘通再三拜托:"我家中有妻儿老小不能久留,今后还需先生多多照顾乡妹。"

穷不怕宽慰地说:"仁兄请放心,我拿小彩莲一定当亲妹妹照顾。"

刘通想点明实意:"当作亲妹妹恐怕不行。"

穷不怕不明:"仁兄的意思?"

刘通说出诚意:"你应把她收下为妻才对。"

小彩莲羞涩地低下头去。

穷不怕吓了一跳:"不不,使不得,乡妹年少,聪明秀慧,将来必有高郎。"

小彩莲心重地望着穷不怕,刘通道出肺腑之言:"贤弟此言差矣,为兄说出此话,早已深思熟虑。"

穷不怕满脸通红:"万万使不得。"

刘通步步逼近:"你要不收,就害了乡妹。"

穷不怕有些不明白:"仁兄何出此言?"

刘通说出要害:"乡妹父母双亡,无依无靠,你不收下,她孤身一人在世上怎能度生?"

穷不怕负责地说:"仁兄放心,乡妹交付于我,我一定照顾到她成家。"

小彩莲低头不语。

刘通见好就收:"也好,穷先生多考虑考虑,何时想通,我就可以做媒人,即可与乡妹成亲,我要告辞了。"

小彩莲站起,心里有些发慌:"刘大哥,你别走。"

刘通对小彩莲说:"以后你不要找我,有事找朱先生商量即是。"刘通抱拳,彼此告别。穷不怕不解地摇摇头。

……

还是这座破庙里,董彩莲借着微弱的烛光问穷不怕:"记起来了吗?"

"记起来了,不过当时你孤身一人,没有事业。"

"现在小女也孤身一人,没有事业。"

"不一样不一样,这次是你自己离开戏班的。"

"一样一样,小女在戏班也不能唱戏,班里班外小女都是孤零零的。"

"姑娘为何走这一步?"

"你走了，把我撂在戏班里算怎么回事？"

"在戏班里你还吃不饱呢，离开戏班怎么办呢？"

"先生真不知道小女的身世？"

"我实在不知。"

"不知道就不知道吧，你把小女收下就算救了小女一命。"

"我更糊涂了。"

"先生糊涂点好。"

"姑娘这是何意？"

"小女没意。"

"你就别绕弯了。"

董彩莲道出埋在心里很久的话："现在女伶学戏不能上台，只搞些杂活，受人歧视，本来就你能保护我，你一走，我不跟着你跟着谁啊！"

穷不怕也道出肺腑之言："说实话吧，现在我自己都自顾不暇，我怕耽误了你，我又不会照顾人！"

董彩莲把线头咬断，把衣服拽给穷不怕："咱俩谁照顾谁啊！"

穷不怕看了看衣服："我的衣服怎么到你手中了？"

董彩莲心里得意："这可是我在戏班里捡的。"

穷不怕承认："这是我扔的。"

董彩莲抓住理："破了俩窟窿，你就扔啊！"

穷不怕也有为难处:"我哪有心思补窟窿。"

董彩莲得理不让人:"戏台上你行,生活上你可不行。我帮你补补窟窿,帮你收收钱,你给我口饭吃不行吗?"

穷不怕没话了:"这……"

董彩莲做出决定:"我料你也没地方去睡觉,这样吧,我把这庙分一半给你,前堂算你的家,佛爷后边算我的家。"

一座露天的茶馆里,男装三格格正在一张桌子前喝茶。三喜班陈老板向茶馆走来,女小二热情招呼:"陈老板来了,里边请,里边请。"

陈老板夸奖:"你眼力真好,我只来过一次,你就记住我了。"

女小二得意:"三喜班的陈老板,京城人哪个不晓?"

三格格一愣,举着茶杯,注意着来人。女小二接着说:"戏台上见您的次数可多了,只是卸了妆对不上号。"

陈老板也得意地落座儿,三格格死死地盯着陈老板。

夜幕降临了,陈老板才从酒馆里出来。陈老板正在胡同里走着,三格格突然闪出来拦了路,手中拔出了宝剑。陈老板吓了一跳:"壮士为何拦路?"

三格格并无恶意:"陈老板,我向你打听一人。"

陈老板紧张的表情放松了:"你认识我啊?打听人,有举着剑打听的吗?"

三格格表示歉意:"对不起,请问陈老板,穷不怕现在何处？"

陈老板实话实说："我真不知道。"

三格格有些不快："是不是同行相克？你把他气走了？"

陈老板叹气："说心里话，当时正在气头上，事后想起来，我真后悔，真想把他找回来。"

三格格告诉他："他不会回来的。"

陈老板纳闷："你怎么知道？"

三格格思索了一下："他可能要钻研一种新玩意儿。"

陈老板反问："他现在在哪儿？"

三格格不满："我问你，你怎么问起我来了？"

陈老板诚意地说："我真不知道。不过找他并不难，他到街头巷尾去卖艺，你到闹市上去找，一定能找到他。"

三格格心里还是有些着急："我也知道到街头去找，京城这么多街头，我到哪个街头去找？"

陈老板给她出主意："这好办，你到最热闹的街头，有杂耍的街头，我看，他离不开前门、天桥、护国寺、隆福寺这些闹市。"

三格格叹了口气："这也够难找的，范围太大了。"

陈老板突然想起："是大了点，我想起来了，过两天，他要给太后送画像。"

三格格自语："他还要进宫？"

陈老板肯定地说："太后让他一个月交画像，没有几天了，他不敢违抗。"

三格格不感谢："都是你招的事。"

陈老板心里不快："我告诉你了，可不是怕你，论武功，我可能高你一筹。"说着，陈老板一下溜跑了。

还是这座破庙里，穷不怕举着画笔发呆，董彩莲悄悄过来："大哥哥也有发愁事？"

穷不怕淡淡看她一眼："你忙吧。"

董彩莲调皮劲儿又来了："我不忙。"

穷不怕说明话意："我是说，你忙自己的事去吧。"

董彩莲没有多想："我自己没事，你有事吗？"

"我也没事。"

"你面沉似水，还说没事。"

"有事你也帮不上忙。"

"你还没有说出，怎知我帮不上忙？"

穷不怕突然想到让董彩莲做模特，上下打量着小彩莲："你能帮忙。"说着，穷不怕搬个凳子来："你坐这儿。"

董彩莲坐下来不解地问："这是干吗？"

穷不怕找到一件像宫里的衣服给董彩莲披在身上："你给这穿上。"

董彩莲边穿边问："到底干吗？"

穷不怕仔细端详着董彩莲。

董彩莲被看得心里发毛了，欲脱宫衣："你想占我便宜是不是？"

穷不怕否定："不不不。"

董彩莲心诚坦荡："咱俩没定亲呢，你不能占我便宜。"

穷不怕心里有些着急："不是，不是，我还有三天就到期了。"

董彩莲不明白："到什么期？"

穷不怕如实解答："得交这个画像。"

董彩莲刨根问底："谁让你画像？"

"西太后……"

"西太后让你给我画像？"

"不，西太后让我给她画像。"

董彩莲欲系衣："那你找西太后去。"

穷不怕诚意相求："等等，你得帮这个忙。太后就给我一把她坐的椅子，就让我画她，天下有这样画像的吗？"

董彩莲乐得前俯后仰："你什么时候又学会画像了？"

穷不怕委屈得慌："我哪会画像呀，这是赶鸭子上架，圣旨啊。"

董彩莲又要系衣："你找西太后说理去！"

穷不怕实意相求："我把画一交，跟宫里就没有关系了，到时候咱们就吃咱们的开口饭了。彩莲姑娘，这个忙你得帮。"

董彩莲为难了："我怎么帮忙？"

穷不怕早想好了:"你做模特。"

董彩莲觉得新鲜:"做模特?我跟西太后长得一样吗?"

穷不怕看了看:"下部分都一样。"

董彩莲觉得是废话:"脚更一样,你就画下半截啊?"

穷不怕胸有成竹:"不,除了脑袋以外,都可以照着你身子画。"

董彩莲不悦:"有这么画的吗?"

"恐怕在宫里也得这么画,先得画别人的身子,然后再把西太后的脑袋搁上。"

"我听着怎么那么别扭。"

"你想,画张油像得一个月,西太后能坐一个月不动弹吗?"

"好吧,你快些画吧。"

画板前,穷不怕画了一会儿,直摇头。董彩莲走过来,一看画像是个无头女人,心里不快:"别画了,你画得是具无头女尸。"

穷不怕为难了:"那怎么办?"

"何时交画啊?"

"月底就得交,就三天了。"

"西太后看你画得像具死尸,能饶过你吗?"

"那怎么办?"

"我当然有办法。"

"姑娘有何高见,快说。"

"这时候想到我了,你给姑娘磕个响头,姑娘给你出个主意。"

"我都急死了,姑娘还在玩笑。"

"谁跟你玩笑了,我是在讲条件。"

"这样吧,姑娘要帮成我,事后我一定重谢!"

"重谢?怎么谢我?"

穷不怕下了决心:"我以后挣的钱,同姑娘五五分账。"

"五五分账太少了。"

"姑娘的意思?"

"你挣的钱全给我。"

"全给你,我用何钱吃饭?"

"对了,你还得吃饭,好吧,五五就五五吧。"

"一言为定?"

"一言为定!"

"姑娘快出主意吧。"

庙里后堂,董彩莲带着穷不怕往佛像后边来:"西太后让你画像,这有何难,如果要你的画像,我帮不了忙,要画太后的像,我有的是。"

穷不怕一惊:"有的是?在哪儿?"

董彩莲让穷不怕止步:"你在这儿等着。"

不一会儿,董彩莲抱出一卷仕女画:"看,这都是仕女画。"

穷不怕惊喜："你哪儿弄这么多仕女画？"

董彩莲得意地说："你别忘喽，我是唱青衣的，这些都是我的模图。"

佛台上，董彩莲展开一副："你看这幅行不行？"

穷不怕摇头："这是明朝的仕女，不行。"

董彩莲又展开一副："这幅呢？"

穷不怕一皱眉："更不行，这是唐朝的仕女，你得找清朝的仕女。"

董彩莲翻了一阵："真难找，有了，这是清朝的。"

穷不怕先喜后忧："不像慈禧。"

董彩莲坚定地说："像！"

"哪点像？"

"你看是不是女的。"

"是女的。"

"是女的那就行了，女人都喜欢别人说自己年轻漂亮。"

"欺君之罪要杀头的。"

"就凑合吧，我手里清朝的样品又不多，要不你给改几笔？"

穷不怕受到启发："唉，对，有了，我怎么把这茬儿忘了。"

董彩莲也替他高兴："有办法了？"

穷不怕比画着:"这张画上,我加点东西。"

"你可别乱加。"

"我加几笔就像慈禧了。"

"你加什么?"

穷不怕比画着:"在这儿加一只狗。"

董彩莲还是担心:"那行吗?"

"只要这只狗像,太后像不像没关系。"

"没听说过。"

"这只狗我画过,西太后挺喜欢的。"

"也许吧,狗能提神啊,太后一见到狗,也许就相信是你画的。"

穷不怕无奈:"也只有这条路了,不画是死路,画也是死路,添了这只狗也许有了活路。"说着,穷不怕加了几笔。

行宫门前,一辆骡车停了下来。穷不怕看了看马路,从骡车上跳了下来。一棵树后,男装三格格露出悦色,她刚要从树后闪出来,脸一下又变了色。原来董彩莲也从车篷里跳了下来。三格格又悄悄躲在树后,自问:"这女人是谁?穷不怕他是自己离开戏班的,怎么又冒出个女人?"

穷不怕掏出腰牌,从侧门进了行宫,董彩莲多情地望着穷不怕。

长寿宫,前殿、后寝、后檐、小戏台。前殿里,宝座儿、屏风、脚踏、孔雀毛氅、黄绒铺饰。慈禧看画像笑得前俯后仰,李莲英在一旁偷看,穷不怕在下边跪着。

慈禧心里甜丝丝地问:"这是我吗?"

穷不怕有些紧张:"是,太后。"

"我有这么年轻?"

"太后本来就年轻。"

"我有这么漂亮?"

"太后本来就漂亮。"

"快起来讲话。"

"谢太后!"

"这条狗倒像我的香玉,看来你真喜欢狗。"

"草民真喜欢狗。"

"小李子。"

李莲英答话:"奴才在。"

"你把那只小黛玉赏给朱绍文。"

李莲英接旨:"喳!"

穷不怕谢赏:"谢皇太后!"

李莲英将小黄狗赏给朱绍文。

天色已晚,穷不怕抱着小黄狗从行宫里出来。行宫门口外,董彩莲有盼地迎了上去。三格格注意着穷不怕怀里的小狗,眼望着穷不怕俩人上了骡车。

路上,骡车缓缓而行。男装三格格在后边隐身相随,庙门前,骡车渐渐停了下来,穷不怕、董彩莲跳下车来,三格格在一墙角隐身相望。

董彩莲推开庙门，穷不怕抱着小狗，董彩莲跟在后边进去了。

三格格气得自语："怎么住到一块儿去了。"三格格心里不是滋味地回家了。

曾王府侧福晋屋里，侧福晋坐在桌边，三格格摇着侧福晋的胳膊："额娘，您跟我坐着轿子出去一趟。"

侧福晋不慌不忙："什么事啊？"

三格格拉起了侧福晋："一会儿您就知道了。"

曾王府大门外，前有门罩的府门，门额上有"曾王府"三个字。门外蹲着一对石狮。侧福晋、三格格分别上轿，家人热情伺候。

街上，穷不怕边牵着小黄狗，与董彩莲并行。

闹市里，穷不怕牵着小狗，同董彩莲在一起。

曾府的侧福晋、三格格分别乘轿迎面而来。

轿前家人鸣锣开道反复喊道："侧福晋、三格格出游，行人回避！"……

行人与穷不怕等靠边而行，轿子偏偏在穷不怕前边停下。侧福晋、三格格分别下轿，三格格一眼看见穷不怕手牵的小黄狗，赞曰："好漂亮的小狗。"对侧福晋说："额娘，您看，这小狗十分可爱，世上稀有。"

侧福晋应和着："是不多见。"

三格格央求:"额娘,你给我买下来。"

"哪能见人家好东西就买。"

"好额娘,我长这么大,第一次见到这么好看的小狗。"

"你还那么任性。"

"快点嘛,好额娘,一会儿人家就走远了。"

侧福晋喊家人:"丁三……"

三格格截住:"额娘,别让侍卫去了,请额娘亲自出马。"

"让我亲自去说?"

"谁不知道,额娘是阿玛最得宠的侧福晋,只有额娘说才有面子。"

侧福晋无奈:"你这个孩子!"

路旁,侧福晋带着女儿来到穷不怕跟前。侧福晋对穷不怕说:"这位先生请留步。"

穷不怕认识侧福晋:"侧福晋有礼了。"

侧福晋很客气:"有礼了,我的女儿看上你……"

三格格拽了一下侧福晋袖口:"额娘问他姓字名谁,家中有几只小狗。"

侧福晋为难:"这挨得上吗?"

董彩莲同三格格相互打量。三格格推了一下侧福晋,侧福晋忙问:"请问先生尊姓大名?"

穷不怕礼貌回答:"草民姓朱名绍文。"

侧福晋一愣:"朱绍文?怎那么耳熟,家住何方?"

穷不怕如实回答:"家住破庙。"

三格格偷偷一笑。

侧福晋自语:"破庙?"

三格格止笑:"请问先生雅号?"

穷不怕不客气:"别人称我穷不怕。"

"这就对了,你的狗真好玩。"三格格拽了拽侧福晋衣角,让侧福晋说话。

侧福晋想到什么问什么:"不知先生家中有几只这样的小狗?"

穷不怕直言相告:"就此一只。"

侧福晋深问:"不知先生的小狗卖不卖人?"

穷不怕看了小彩莲一眼,小彩莲坚决地摇摇头。穷不怕只好回话:"这狗,是宝物,不能卖人。"

三格格摘下项链:"我这项链也是宝物,宝物换宝物你看如何?"侧福晋将三格格拽到一边。

轿子旁边,娘俩争论不休,侧福晋说:"使不得,使不得。"

"使得,使得。"

"这是传家之宝。"

"我喜欢小狗。"

"这项链是你定亲之物。"

"定亲之物?定什么亲?"

京城笑仙

"就是终身大事。"

"那就这么定吧。"

侧福晋差点跳了起来:"啊!跟谁定?"

三格格含羞不语。

侧福晋进一步说:"跟他定?你还不知道人家定没定亲。"

三格格很大方:"我问问他去。"

三格格走到穷不怕旁边问:"请问先生,你可曾定亲?"

侧福晋十分着急:"哪有这样问的!"

穷先生看看小彩莲,小彩莲羞答答。穷先生只好如实回话:"草民尚未定亲。"

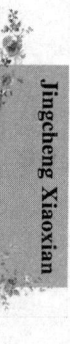

三格格高兴:"那就好了,额娘,他未曾定亲。"她又对穷不怕说:"我用项链换你小狗,你可换得?"

穷先生接过项链请教董彩莲:"你说呢,换得,换不得?"

董彩莲十分认真:"这小狗是皇太后所赐,不能随意换人。"

穷先生还回项链:"这位格格,小狗不能随便换人。"

三格格好说话:"不换不卖,借我玩两天行吧。"

穷不怕为难:"这……"

侧福晋拉过三格格:"越说越不像话了,走,赶明儿额娘给你找个更好看的!"

三格格撒娇:"不嘛,我就要这只。"侧福晋拽着三格格往轿子而来。三格格还使性子:"我就要那只小狗。"

侧福晋担心："你当着人家夫人，也不怕笑话。"

三格格不明白："谁是他夫人？"

侧福晋用嘴一指："旁边那女人，你看双眉带彩，二目有神，仙女一般。"

三格格不相信："穷先生说了，他没有定亲。"

侧福晋有经验："你知道什么？你看那女人面带羞色，就应该知趣。好一个倾国倾城的美人，真有沉鱼落雁之容，闭月羞花之貌。"

三格格不快："难道女儿就不漂亮？"

侧福晋一笑："漂亮，我女儿好像嫦娥再世，是天底下最漂亮的姑娘。"

三格格勉强笑了笑："我文武双全，我就不相信顶不上一个野丫头。"

"唉呀，你跟人家抢什么男人！"

"抢，就抢，额娘你知道这男人是谁？"

"是谁？"

"就是额娘最喜欢的那个笑仙。"

"啊？就是慈禧皇太后懿封的那个'京城笑仙'？怪不得他的名字我觉得那么耳熟！"说着，娘俩儿上了轿子。

长寿宫里，慈禧坐在正堂。李莲英进殿请安，慈禧问："朱绍文可有下落？"

李莲英回话："回太后，三喜班我已去过，朱绍文已不在戏班子了。"

慈禧微惊："他去何方了?"

李莲英小心伺候："戏班说他半月前就离开了三喜班,不知去向。"

慈禧不快："我说这次戏台上,不见活贾桂的影子,这个猴崽子,离开戏班子也不禀告我一声。莲英,你多派几个人,给我打听点朱绍文的去向,一有消息立刻禀告于我。"

李莲英接旨："喳!"

这时,外边太监喊："皇上到!"

话音没落,同治爷气冲冲地从外边进来："皇儿给母后请安!"

慈禧心疼地说："快坐下说话。"

李莲英急忙迎跪："给皇上请安!"

同治下令："你先下去吧。"

李莲英乖乖退下。

同治带气地说："母后!"

慈禧止住："你先消消气,先坐下。"

同治坐下后："母后……"

慈禧抢着说："是不是为四春出宫之事?"

同治直言："皇儿不明白,四个宫女天真无邪,有什么罪过,非要把她们轰出宫外?"

慈禧心平气和地说："她们都是汉女。"

同治不满:"汉女怎么啦,汉女就不能留在宫里?"

慈禧态度很坚硬:"不能留在宫里,我们大清皇室是八旗天下,留下汉女,就是留下不测之祸。"

同治不明白:"母后何出此言?"

慈禧站起,一本正经地说:"你可听说,你父皇在世时,圆明园曾出现过汉女四春?"

同治摇头:"未曾听说。"

慈禧细说:"她们是牡丹春、海棠春、杏花春、陀罗春。她们的名子是你父皇所赐,也是你父皇的四个侍妾,个个山塘月满、风姿秀丽,又都能拉会唱、善歌善舞,害得你父皇整日里醉生梦死、神魂颠倒。要不是她们,你父皇怎么能只活三十一岁,所以母后把她们轰出了宫外。"

同治不明白:"这同孩儿有什么关系?"

慈禧用心教子:"有,我问你,现下这四个宫女叫什么?"

同治脱口而出:"叫小牡丹春、小海棠春、小杏花春、小陀罗春。"

慈禧有话了:"对啊,她们同前辈汉女四春相比,不仅衣钵相传,而且绝技比前辈汉女四春还高上一筹,你作为一国之君,怎能儿女情长?"

同治不悦:"跟她们玩一玩就这么严重?"

慈禧十分严肃:"贪乐丧志,旷废大业,这怎么能行?皇儿应以国事为重,以端习尚。"

同治还是不以为然："皇儿不明白,看看歌舞,听听京戏,多两个宫女,就能丧志?"

慈禧出言有力："你中宫有皇后,东西宫有嫔妃做伴还不够?"

同治想法不同："母后,她们都是心地善良、活泼可爱的女子。"

慈禧直言相问："你是不是舍不得那个小海棠春?"

同治毫不隐瞒："的确,在四女当中,她最招人喜欢,她既会京戏,又擅长琵琶,出宫以后,她如何生存?"

慈禧心疼骨肉："好,念你对她深情,母后一定重酬于她。(喊)来人。"

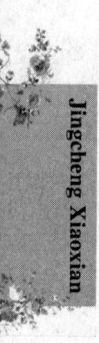

李莲英不假思索地上来,慈禧又下旨："传小海棠春进殿。"

李莲英传旨："传小海棠春进殿!"

二门太监又喊了一遍："传小海棠春进殿!"

从二门能看见同治、慈禧分别坐在殿内宝座上,长寿宫内,长得与董彩莲相仿的小海棠春望而却步地走了上来。离慈禧还有好远,她就开始行宫中礼："奴婢叩见皇太后。"

慈禧让她前站,接着又让她抬起头来。

小海棠春抬起头来,慈禧吃惊："果然金屋藏娇,独占风魁。我来问你,你出宫以后,有何去处?"

小海棠春实言回答："奴婢没有去处。"

慈禧关心又问:"你家在何方?"

小海棠春不敢撒谎:"奴婢自幼被商人买走,不知家在何方。"

慈禧细问:"你父母是谁,可曾知晓?"

小海棠春微微摇摇头:"奴婢更为不知。"

慈禧有些同情:"你出宫后,有何打算?"

小海棠春偷看同治一眼,同治打着留宫不走的手势,小海棠春不敢:"奴婢无有打算。"

慈禧叹了口气:"也实属可怜,念你伺候皇帝有功,偿你金条四锭。(喊)看赏。"

李莲英托上四锭金条。

慈禧叮嘱:"你出宫以后,好好安排生活。"

小海棠春跪谢:"多谢皇太后恩典。"

同治实在忍不住了:"母后,小海棠春情殊可怜,望母后广开圣恩,再留几日,缓筹良策。"

慈禧不悦:"这是咱们大清国祖规,汉女不能留在宫里,汉人不能留朝做高官。"

同治不满:"曾国藩也是汉人,他却做了首席汉官。"

慈禧不想当众理论:"皇儿,你话太多了。(对小海棠春)你准备何时动身?"

小海棠春早有自知之明:"奴婢立即出宫。"

慈禧当机立断:"好吧,你收拾收拾就可以走了。"

小海棠春行礼:"多谢太后!"

小海棠春同同治爷四目相对,脉脉含情。小海棠春一横心决然掉头而走,同治茫然自失地从宝座上站起。

宫中夹道里,小海棠春挎着布包急促地走去,同治从后边多情地追过来:"小海棠春!小海棠春!"

小海棠春只好站住行礼:"皇上!"

同治追上埋怨:"你真走啊?!"

小海棠春一笑:"奴婢还有什么办法?"

同治多情地说:"朕再也听不见你弹曲,听不到你唱戏了。"

小海棠春安慰皇上:"皇上可以找女伶唱啊。"

同治爱不释手:"你京城第一,无人可比。"

小海棠春心里也不好受:"皇上忘掉我吧。"

同治直言:"那怎么可能,你那悠悠琵琶声、动人的羌笛声,让朕耿耿于怀。"

小海棠春好心相劝:"皇上,你不要折磨自己了。"

同治满怀激情:"不,你不能走!"

小海棠春不敢抗旨:"这是皇太后的懿旨,这是大清朝的祖规。"

同治动之以情:"朕同你一起走。"

俩人没走多远,前边出现了两队黄衣禁卫军挡路,同治大怒:"你们!"

李莲英突然出列跪下："万岁爷不能同去，太后令奴才在这里等候。"

同治极为不满："哼！"

同治问小海棠春："你准备到何方去？"

小海棠春回话："奴婢真的没有想好。"

同治心里真着急："朕怎么去找你？"

小海棠春绝望地摇摇头："奴婢怎么能知道。"

同治说起梦话："要不你常来看朕。"

小海棠春流出了泪水："紫禁城的大门奴婢进得来吗？"

同治清醒了一些："是啊，生离痛于死别。"

小海棠春安慰同治："皇上，多多保重，皇上忘掉奴婢吧，奴婢走了。"

同治突然问："你的小白兔玩具呢？"

小海棠犹豫了一下："奴婢没有做完。"

同治看见红包袱上露出小白兔的头，他伸手拽出了小白兔玩具："你做完了，还说没做完。"

小海棠春一下扑进同治的怀里，热泪掉在同治手背上："皇上，奴婢以后不能伺候皇上了。"

同治悄声细语地告诉小海棠春："朕一定微服私访去找你！"

紫禁城外，小海棠春背着红色布包从城门里走出来。大街上，大店小铺，推车挑担，人来人往，熙熙攘攘。小海棠春背着红色布包出现在闹市上。

穷不怕前边牵着小黄狗,与董彩莲并行在路上。

贫麻子、云花、徐三、古董王等人截住穷不怕,要求来段相声。

贫麻子声音最大:"穷先生来段单春吧!"

云花带头响应:"是啊,我们都爱听先生的笑话。"

人们把穷不怕、董彩莲、黄狗围在圈中。小海棠春向人群走来,她发现了同自己相貌一样的董彩莲。

人群外边,曾王府的三格格坐着红轿出现在闹市上,三格格的轿子向人群走了过来,前边丫鬟水仙引路,后边护卫紧紧相随,一场好戏马上就要开场了。

第三章　真假小海棠春一条心

天桥老街上，老远看见一群人，曾王府三格格轿队开来了，丫鬟水仙在前边引路，后边的护卫紧随，轿前小海棠春挎着红包儿随着人群早已心旷神怡。

闹市人群中间，人们把穷不怕、董彩莲、小黄狗围在圈中。徐三、贫麻子、云花、古董王、周八也在人群之中。穷不怕用白沙写字招揽观客，地上出现了用白沙撒成的"路"字。扎王爷微服和男装大格格也向人群走来，穷不怕对众人说："这个'路'字，可以拆成'足'字和'各'字，连在一起，可解释为'道路人各有所适'。当年，乾隆皇帝进出城门，大学士刘罗锅回答问题的故事就是从这儿说起的……"

人群外边街道上，小海棠春挎着红包儿向摊位走过来，三格格的轿子也向摊位抬过来了，三格格坐在红轿里喜滋滋的。

小海棠春开始不以为然地在轿前走着，三格格的家人在吆喝："行人回避，三格格出游，让路，让路！"小海棠春这才急忙让开路。三格格掀开轿帘问:"前边干什么的?"

丫鬟水仙回话:"说相声的。"

三格格发话:"等等。"三格格看到人群中的穷不怕笑了,自语:"笑仙!这回你可跑不了!"

水仙天真,忙问:"谁跑不了?"

三格格故意:"你跑不了。"

三格格望着穷不怕吩咐:"果然是他,停轿。"

丫鬟水仙望了望三格格的眼神明白了,忙吩咐:"格格下轿!"

三格格有些发急了:"谁说下轿?不下轿!下轿看不见。"

水仙又重新发令:"原地抬着!"

几个轿夫加了加劲儿,停住轿,让三格格在轿中欣赏。

一棵老柏树旁边,小海棠春挎着包儿停了下来,她发现了人群中同自己相貌一样的董彩莲,先是一愣,她惊奇地打量着董彩莲的脸。微服私游的扎王爷和他女儿大格格也挤在人群里边,不过今日的大格格早已是男装打扮,挤在观众的最里圈,正在静听人们的纷纷议论。

群众甲说:"来段单春!"

群众乙说:"俩人来段双春也行。"

董彩莲向众人抱歉:"我不会说相声。"

众人要求着:"不要客气,跟穷先生在一起,哪有不会说相声的。"

众人鼓掌，董彩莲为难，徐三帮助解围："先让穷先生来段单春吧。"

贫麻子也帮腔："对，穷先生已成为京城第一大才子了。"

老柏树下，小海棠春还在吃惊地望着圈中同自己相貌一样的董彩莲。人群里边，大格格拱扎王爷的火："您不是京城第一大才子吗？"

扎王爷不服气："从哪儿冒出来的一个下九流，也敢称京城第一大才子。"

大格格想提示王爷："您不知道他是谁？"

扎王爷很想知道："不知道，他是谁？"

大格格有意地抬高嗓门："他就是西太后封的那个'京城笑仙'。"

扎王爷看不起："他怎么跑到这儿来了？"

大格格藐视地说："他让戏班班主给攮出来了。"

扎王爷傲慢一笑："他有什么才华？"

大格格嘴也一撇："能逗人乐还不是才华？"

扎王爷醋意而不安地敲着手里的书，然而这些失态之举恰恰被穷不怕看在眼中。

人群里边的观客仍然不住地要求着："来一段！""来一段！""穷先生来一段！"

旁边的街道上，轿中的三格格一直望着穷不怕，盼他早点儿开口。

另一条路上，二贝勒带着丁三、王四也走来了。

人群里边，众人一片鼓掌要求声："来一段！""来一段！""来一段双春！"

穷不怕抱拳："现在还不时兴女伶说相声，我给大家来一段单春吧！"

众人露出各种满意的神情，大家热烈鼓掌："好！""来一段单春！""来一段单春！"

穷不怕诚意地问："我来什么？"

贫麻子放大声音说："先生自定吧！"

云花同意地附和着："对，先生自定吧。"

穷不怕十分尊敬大家："大家想听什么，来段'老倭瓜斗法'？要不来段'乾隆爷打江南围'？大家说来哪段？"

扎王爷手里卷本书，啪啪啪直打手心，一股藐视的劲头，打断穷不怕的谈话。

穷不怕还在征求民意："要不来段'庄公打马'吧！"

扎王爷还用书啪啪啪打手心，穷不怕有些不快，看了看扎王爷手中的书，受到启发，说："好，我来一段'假斯文'吧。"

众人嘴巴一张："假斯文！""好好好！""我就爱听'假斯文'！"

扎王爷用卷书打着手心，不由自主地念叨："假斯文！"

轿子里的三格格一皱眉头："扎王爷！他来凑什么热闹？

没憋好屁。"

水仙没听清楚："格格说什么了？"

三格格直言不满："噢，我是说有的人看着穷不怕不服气。"

水仙也直问："格格是不是为穷不怕担心？"

三格格嘴硬："多嘴！"

人群里边，董彩莲看着小狗，穷不怕开始表演了："这段单春的名字叫'假斯文'。假斯文是一个人的外号，为什么叫假斯文，这里边可有个来头，假斯文大家懂不懂？假斯文就是不学无术，不懂装懂，斗大的字不识一箩筐，可是他偏要装作有学问，大家要问谁是假斯文，假斯文在哪儿？我告诉大家一个窍门，你们就能找到假斯文，假斯文手里时常拿本书，（扎王爷一愣）拿本书干吗呢，专到县衙门前听官差念告示，听告示干什么？听完告示回来，再向街坊显摆，以炫耀自己先知先觉。"

扎王爷手中的书一动不敢动了。

高台阶上，张三禄捋着胡须点头笑了笑。

路旁，三格格在轿子里望着扎王爷笑得入神。

树旁，小海棠春包袱有些沉了，从肩上摘下包袱挂在树上，用手擦了擦汗，远远地盯着董彩莲。

二贝勒发现了树上的包袱，他又发现了小海棠春的美貌，停住了脚。

丁三无心地催着:"贝勒爷快点儿!"

二贝勒目不转睛地盯着小海棠春,丁三、王四俩人面面相觑。俩人退到二贝勒跟前,丁三才叫了一声:"贝勒爷!"

二贝勒仍没察觉到,王四放大声音:"贝勒爷!"

二贝勒一惊:"干吗那么大声?"

丁三告诉:"穷不怕说上单春了。"

二贝勒不悦:"单春算什么,这里有小海棠春。"

丁三、王四望了望小海棠春,小海棠春全神贯注地看着穷不怕表演。丁三又问二贝勒:"贝勒爷认识她?"

二贝勒高傲地说:"她是当今皇上最宠幸的侍妃。"

丁三有疑问:"那怎么出宫了?"

王四插嘴:"会不会皇上看腻了?"

二贝勒反驳:"不会,她的魅力,皇上三辈子也腻不了。"

丁三奇怪了:"那怎么会出宫呢?"

二贝勒得意地一笑:"皇上的妃子太多了,准是太后想到我还没成亲呢。"

穷不怕在人群里继续表演:"这天,假斯文又来到衙门前,手里还是拿本书,准备听告示。官差贴完告示,看人来得不少了,官差便大声宣读:'今日共出三条告示,第一条,捧书不读者罚银二十两……'"

扎王爷看了看手中的书,赶紧把书藏进衣腰里。

穷不怕继续表演:"假斯文看了看手中的书,赶紧把书藏进衣腰里……"

场内扬起了笑声，扎王爷看了看四周，发现董彩莲、徐三等人正望着自己发笑，古董王也苦笑了一下。

穷不怕接着表演："官差又接着念第二条告示。第二条，身上藏书，侮辱圣文，痛打四十大板……"

扎王爷大吃一惊，悄悄把书掉在地上，惊动了周围不少人。穷不怕抓机会继续表演："假斯文大吃一惊，悄悄把书掉在地上。"

众人望着扎王爷大笑。

穷不怕立刻甩出了包袱："官差又念第三条告示。第三条，丢弃圣贤书者立即收监。官差立刻把假斯文铐上了……"

众人边望着扎王爷，边热烈地叫好，贫麻子叫得最欢，董彩莲佩服地望着穷不怕，周八望着穷不怕有些不服气。

轿子里，三格格正鼓掌叫好，抬轿人有些吃不住了，露出各种负重的表情。

台阶上，张三禄又满意地点点头。

树旁的小海棠春也露出笑容。

场内众人继续热烈叫好："再来一段！再来一段！"

扎王爷偷偷拾起书，同大格格狼狈地溜走了。

轿中三格格预料："要惹娄子了。"

水仙望了望三格格："谁惹娄子了？"

三格格还是那态度："你惹娄子了！"

在路上,扎王爷、大格格带着气走着。大格格心中不平:"穷不怕这人诡计多端,他拐弯抹角给阿玛难看。"

扎王爷倒能沉住气:"哼,不就是个下九流嘛,都是些啥玩意儿,乐得太早了,我迟早要给他颜色看看。"

大格格心里有些矛盾:"王孙大臣里还真没有这样的才子。"

扎王爷反问:"你还承认他是才子?"

场内众人赞不绝口:"真是京城第一大才子!""真是京城第一大才子!"

周八不服,出列抱拳:"穷先生,如果您是京城第一大才子,应该来一首回文诗。"

穷不怕心直口快:"哦!后生是想考考我,还是想难为我?"

周八故作腼腆:"我想跟先生游戏游戏。"

穷不怕明白了:"想和我比赛比赛,后生尊姓大名?"

周八抱拳:"我姓周名八,周八,我愿意借这块宝地给大家献上一首回文诗。"

没人鼓掌。

云花问徐三:"什么叫回文诗?"

徐三解释:"回文诗,就是正着念反着念字音都一样,有的四句一反,有的两句一反,有的一句一反。"

周八站在地台上:"我来个一句一反吧。"

穷不怕表示欢迎:"好,只要表演一句,就能听出水平来。"

周八重复地问了一遍:"一句一反,就是正着念反着念字音完全一样,对吧?"

穷不怕点头:"对!"

周八提高了嗓门:"我这回文诗首句是'我是狗尾巴花'。"

穷不怕立刻面带反感,周围人露出了不同的反应。

云花对周八说:"你反着念。"

贫麻子也催了一遍:"是啊,回文诗得反着念。"

周八无奈:"正着念'我是狗尾巴花',反着念是'花尾巴狗是我'。"

众人哗然大笑,古董王轻蔑地摇摇头,穷不怕在收场:"到此结束,到此结束。"

周八心里不服:"穷先生,您看我这诗艺术效果怎么样?"

穷不怕语重心长:"你并不了解回文诗。"

周八十个不服:"相声里不也有回文诗吗?"

穷不怕语不饶人:"你也不懂相声。"

周八百个不服:"相声不就是逗乐啊?"

穷不怕话更多了:"差矣,相声并非庸俗之乐。"

周八反问:"不逗乐叫什么相声?"

穷不怕带笑:"不同人有不同的笑因,这就得下功夫,要寻微探幽，琢磨高尚的健康的笑。"

周八想将穷不怕一军："请先生来一个！"

众人无恶意："对，先生来一个！"

徐三了解穷不怕："先生给他们来一个！"

贫麻子也跟着说："我们都等急了。"

张三禄从人群外边往里挤，场内穷不怕拿着一轴红布，向云花、贫麻子走来："好，我请二位帮忙。"

三人走到地台，云花、贫麻子唰一下把一轴红布打开。董彩莲托着砚台，穷不怕用毛笔唰唰写起字来。这时树旁一只手偷走了树杈上的红包袱，小海棠春深望着董彩莲和穷不怕，没有一点儿察觉。

场内穷不怕用毛笔唰唰写下了"画上荷花和尚画"，接着说："正着念'画上荷花和尚画'，反着念'画尚和花荷上画'，反正音都一样。"观众热烈叫好，鼓掌。"好！好！""真绝了！""肚子里的货真多！"

轿子里三格格鼓起掌来忘乎所以，抬轿人有些支不住了，歪七扭八龇牙咧嘴什么姿势都有。场内众人纷纷解囊扔钱。

云花对周八说："你那叫什么回文诗呀，正着念反着念字音都不一样。"

贫麻子打心眼里佩服："穷先生真是当今的纪晓岚。"

徐三点头："穷先生的文才胜过当年的纪晓岚。"

云花补充了一句："光有学历还不够，得有艺术细胞。"

古董王称赞:"天才!真是天才!"

众人赞许:"对,对,对,天才!"

徐三给穷不怕下跪:"先生,您收下我这个学生吧。"

周八也给穷不怕跪下:"先生,我服您了,您收下我这个学生吧。"

穷不怕将俩人扶起:"使不得,使不得,快起来,快起来,我现在没有固定的演出场地,怎么能收徒儿呢?"

张三禄惋惜地点点头,人们还在陆续扔钱。轿旁,三格格叫丫鬟:"水仙!"

水仙听命:"三格格!"

三格格吩咐:"你去把穷不怕给我叫来!"

水仙一愣:"叫他干吗?"

三格格很坚决:"叫你叫,你就叫。"

水仙应和着:"是!"

水仙穿过人群,挤进场内,礼貌叫道:"穷先生!"

穷不怕认真地打量水仙:"姑娘有事?"

水仙一急,不知说什么好:"我没事。"

穷不怕一笑:"没事就好。"

水仙说出来意:"三格格叫你过去一趟。"

穷不怕看了看路上的轿子:"三格格来了,我没看见。"

水仙不紧张了:"她看见你了,走吧!"

董彩莲看了看轿子里的三格格,穷不怕礼貌待人:"姑娘请!"

水仙很随便了："你随我来。"

穷不怕跟在水仙后边，董彩莲放下钱笸箩，跟在穷不怕后边。

树旁，小海棠春取包，发现树上的包不见了，脸色大变："我的包呢？我的包呢……我的金条丢了！钱……"

人们都追乐子去了，把小海棠春远远剩在后边。

二贝勒从树后闪了出来，二贝勒举着包袱："这是谁的包袱？"

小海棠春惊喜地过来："是我的，是我的！谢谢！谢谢！"

二贝勒端看小海棠春的粉面："咦！好面熟啊，我在哪儿见过你。"

小海棠春认真看了看二贝勒，并不认识："不会的，没见过。"

二贝勒认出："你是不是宫里的小海棠春啊？"

小海棠春一惊："你进过宫？"

二贝勒自豪地一笑："那是我经常串门的地方。"

丁三插嘴显摆："这是曾王府的二贝勒爷。"

小海棠春行礼："原来是二贝勒爷！"

二贝勒有话要问："怎么皇上让你出宫了？皇上不要你了？"

小海棠春急忙否认："不是，不是。"

二贝勒议论纷纷："皇上看腻你了？"

小海棠春忙更正："不是，不是，贝勒爷别瞎说。"

二贝勒克制自己："好好好，我不瞎说，你准备到哪儿去？"

小海棠春六神无主地摇摇头。

二贝勒还想深问："你准备回家？"

小海棠春摇摇头："我无家可归。"

二贝勒继续追问："你准备投友。"

小海棠春还是摇头："我没有亲友。"

二贝勒高兴："这就好了。"

小海棠春不知何意。

二贝勒同情地说："你流落街头，楚楚可怜，这样吧，如果你不嫌我府里狭窄，你到我府上寄宿吧。"

小海棠春望着二贝勒，二贝勒解释："当然，我府里比皇宫小多了。"

小海棠春有些动心："贝勒爷府里缺丫鬟？"

丁三抢着说："对对对，王府里缺丫鬟。"

二贝勒点头干笑，没有出声。王四趁机买好："可不，就缺你这样的丫鬟。"

二贝勒觉得说到心里去了："对对对，就缺你这样的丫鬟。"

丁三接着买好："你多有造化，刚出了皇宫，就进了王府。"

王四也会来事儿:"还不谢谢二贝勒爷。"

丁三乘机加油:"是啊,还不谢谢二贝勒爷。"

小海棠春给二贝勒施礼:"多谢二贝勒爷!"

二贝勒高兴劲儿就别提了:"不客气,那咱们走吧。"

再说穷不怕跟着水仙来到三格格轿前,穷不怕有礼:"穷不怕参见三格格!"

轿夫累得双手抬轿,众人笑。

三格格故装严肃:"穷不怕,你可知罪?"

穷不怕一愣:"草民不知。"

三格格深问:"我问你,你是否读过圣贤书?"

"读过,名流贤哲的书,草民都读过,草民是个落地秀才。"

"你捅了大娄子了,知道吗?"

"草民不知,望三格格指教。"

"你闯了杀身大祸了,全家性命难保。"

"为什么?请三格格明示。"

"我先问你,你家中还有何人?"

"草民只身一人。"

"有没有父母?"

"没有。"

"有没有妻室?"

"没有。"

"有没有小孩?"

穷不怕一愣:"小孩?"

三格格细问:"前妻的小孩。"

穷不怕解释:"没有前妻,也没有小孩,只身一人。"

董彩莲不悦,三格格继续追问:"你做过何事?"

穷不怕回话:"前做伶人,后说相声。"

三格格又问:"你知道今日是什么日子?"

穷不怕微微摇头:"草民实在不知,望格格明示。"

三格格一本正经:"今日是你赎罪之日。"

穷不怕吃惊:"赎罪之日?草民何罪之有?"

"你好大的胆,敢和我顶嘴,来人,把穷不怕带回府中审理。"三格格话音刚落,过来两名家丁押着穷不怕欲走。

董彩莲跪求:"三格格,是否因为奴婢的事株连先生?"

穷不怕解围:"你有何事?"

三格格也说:"是啊,没有你的事,你退下。"

董彩莲起来,对穷不怕说:"先生,我在前边美味居等你。"

穷不怕安慰她:"不会有事的,我一会儿就回来。"

董彩莲暗暗跟在穷不怕和轿子的后边,剩下的人还在看热闹,贫麻子直摇头:"林子大了,什么鸟都有。"

另一条路上,二贝勒几个人伴着小海棠春走着,小海棠春自我安慰:"我的运气真好。"

二贝勒抢着说:"我的运气也好。"

小海棠春问:"贝勒爷有什么运气?"

二贝勒反问:"你有什么运气?"

小海棠春解释:"我碰着贝勒爷,走了红运了。"

二贝勒照葫芦画瓢:"我碰着你,走了桃花运了。"

小海棠春一愣:"啊?"

二贝勒忙圆场:"桃花和红花差不多。"

小海棠春发现几个人的脸色不对,停了脚步。

丁三发话:"走啊,怎么停住了?"

王四接着问:"是啊,怎么不走了?"

二贝勒怕自己伤害姑娘:"是不是怀疑我是个假王爷?"

小海棠春摇摇头。

二贝勒得意地问:"你怎么知道我不是冒牌的王爷?"

小海棠春解释:"能在皇宫见到奴婢,肯定不是一般人。"

二贝勒夸奖:"聪明,你真聪明,那还犹豫什么,我们走吧。"

小海棠春又叮问了一句:"二贝勒府里真缺丫鬟?"

二贝勒急不可待地:"我实话告诉你吧,我不缺丫鬟,我缺媳妇。"

"啊!"小海棠春一怔,手帕掉在地上。

二贝勒举着从地上拾起的手帕,小海棠春不敢接。二贝勒往前走了几步，小海棠春往后退几步。二贝勒递过手帕，小海棠春却盯着二贝勒手里的背包："我自己拿着包袱吧。"

二贝勒心疼地说："我哪能累着你呀。"

小海棠春上手抢包袱："我不累，我不累。"

二贝勒躲着小海棠春："不行，不行，累着我，也不能累着你。"

小海棠春紧张的心情有些放松了："二贝勒真会开玩笑。"

二贝勒一笑："刚才是跟你开开玩笑，这回我可是认真的。"

小海棠春应和着："是，是，我看得出来。"

二贝勒紧了紧手里的包袱："那就别客气了。"

冷不防小海棠春上手去够二贝勒手里的背包："奴婢怕累着二贝勒。"

二贝勒身子一躲："你是皇上心上人，我能怠慢吗？你就安心在我府上住吧。"

小海棠春抢了半天背包没抢过来。小海棠春全身开始战栗，她望了望二贝勒色眯眯的眼神，跪下了："二贝勒，你就放了奴婢吧，你把包袱还给奴婢，奴婢将来有了落脚地，一定前来重谢二贝勒。"

二贝勒变脸："你真不识抬举，你西庙烧香，东庙许愿，四处奔走，好受吗？最后即使有了归宿，能比得上王府吗？我看你十分可怜，才下决心拯救你，走吧。"

小海棠春还是抢包袱,"还我包袱!"二贝勒不让。小海棠春有些发急了:"这是我的包袱。"俩人夺来夺去。

二贝勒道出实言:"告诉你吧,小爷早就看上你了,只因你原来是皇上的人,我没办法,现在你得听我的,走,跟我回王府,我娶你。"

小海棠春还是央求着:"不行,二贝勒,奴婢已经有了婚约了。"

二贝勒一愣,接着狞笑:"有婚约了,谁啊?你骗我,你十一岁进了宫里,有什么婚约?哦,还想保住贞节,留给谁啊?"

小海棠春流出了眼泪:"二贝勒,谢谢你把包袱还给奴婢,这是奴婢的度命钱。"

二贝勒还在耍赖:"包袱?我没拿你的包袱,这包袱是我从树上捡的。"

小海棠春忍着性子:"是奴婢挂在树上的,背着太沉了。"

二贝勒无意还包袱:"你说包袱是你的,也好,你跟我到府上慢慢说个明白,把人证物证都找到了,我自然把包袱给你了。"

"不不不……"小海棠春心里发慌地望着二贝勒色相逼人的脸。

"你要不敢去,这个包袱就不是你的,是你偷的。"二贝勒俩眼眯成一条线。

小海棠春辩解："不是偷的。"

二贝勒下令："来啊，把她给我带走！"

丁三、王四向小海棠春动手。小海棠春灵机一动，指着路旁："你们快来啊！快来啊！救人啊，救人啊！"

几个人往路边一走神，小海棠春起身撒腿就跑，二贝勒知道上当："给我追！"

丁三、王四追了上去，小海棠春跑着跑着跌了一跤，丁三、王四离小海棠春越来越近了。小海棠春爬起来就跑，一只绣花鞋丢在路边，二贝勒捡起了绣花鞋心驰神往。小海棠春向三格格轿子队伍跑来了，丁三、王四、二贝勒还在后边急追。跑着跑着，丁三发现了三格格的轿子，两脚不自主地停住了。

二贝勒奇怪地问："怎么不追了？"

丁三指着轿子："三格格在那里啦，正同穷不怕聊天。"

王四也说："是啊，她回去要禀告老王爷，二贝勒可就吃不了兜着走了。"

二贝勒无奈："真他妈的丧气，我喝凉水都塞牙。"

丁三宽慰他："二贝勒，你太心急了。"

王四有同感："是啊，心急吃不了热豆腐。"

二贝勒接受不了："我没急呀。"

丁三说出心里话："家里缺个媳妇都说出来了还不急？"

小海棠春趁机钻进人群之中，二贝勒掂了掂手中的包袱，苦笑了一下:"她的小命还在这儿呢,我就不相信她不回来找我。"

马路的另一边,穷不怕一直跟着三格格的轿子走着。没有多远,一扇讲究的有门罩的油漆大门出现了,门额上有醒目的"曾王府"三个字,门外蹲着一对石狮。穷不怕跟随三格格、家人进了王府大院,董彩莲在影壁后边偷视。

曾王府的配殿里,曾王爷坐在正中,左边福晋,右边侧福晋相陪。三格格喜滋滋地进来见礼:"阿玛!大额娘!额娘!"

三位长辈都没言语。三格格从身上解下佩剑,水仙把竹剑接过来了,侧福晋这才开了腔:"今天是什么日子你知道吗?"

三格格得意地说:"知道,是女儿的生日。"

侧福晋埋怨:"你怎么现在才回来。"

曾王爷没有怪意:"小宝贝把生日都忘了。"

三格格得意地说:"生日,女儿没有忘。不过,生日宴,年年都是老一套,女儿不稀罕,女儿今日亲自带回一个生日礼物。"

侧福晋好奇地说:"生日礼物?"

曾王爷忙问:"什么礼物?"

三格格向门外一击掌:"进来吧!"

只见门外小太监向穷不怕打个手势,穷不怕进殿了。穷不怕在殿里走着，众人投来了不解的目光。侧福晋望着穷不怕两只空手，曾王爷也打量着穷不怕的全身说："没什么礼物啊！"

三格格埋怨："这么贵重的礼物还看不见？"

侧福晋直言："别兜圈子啦，到底什么礼物？"

三格格拽着穷不怕："这就是礼物！"

曾王爷觉得新鲜："他是谁？"

三格格说明了："京城的名人，说相声的。"

福晋轻蔑地撇撇嘴，侧福晋眼一亮："是他！"曾王爷忙问："他到底是谁呀？"

三格格拉长声："穷——不——怕！"

侧福晋夸奖："比他哥哥有过之而无不及。"

三格格不以为然："这有什么，你们生日，不净请伶人办堂会嘛，我找个说相声的怎么啦？"

曾王爷挺高兴："穷不怕在京城可名震四海，这丫头怎么把他找来了。"

侧福晋问王爷："你知道穷不怕是何人？"

曾王爷很认真："不知。"

侧福晋挑明："就是上月朔日给皇太后演戏的活贾桂。"

曾王爷来劲儿了："那个喜神？"

侧福晋话也多了："对，慈禧皇太后封的那个笑仙。"

曾王爷也重视起来了："快快有请。"

三格格向走来的穷不怕介绍:"这是我阿玛。"

穷不怕过来施礼:"给曾王爷请安!"

曾王爷站起:"免礼,免礼。"

三格格接着引见:"这是我大额娘、额娘。"

穷不怕彬彬有礼:"给福晋、侧福晋请安!"

侧福晋直言:"我们见过面。"

福晋又轻蔑一笑,曾王爷话倒多起来:"穷先生已名噪京城,上次请都没请到,今来我府,是贵客临门,快快请坐!"

穷不怕坐后:"草民前来赎罪。"

曾王爷坐下不解:"先生何出此言?"

穷不怕直看三格格。

曾王爷还不明白:"这到底是怎么回事?"

穷不怕道出缘由:"三格格说今日是草民赎罪之日。"

曾王爷问女儿:"这从何说起?"

三格格撒娇地说:"今天是女儿的生日,他全然不知,这罪还小?"

众人乐,曾王爷城府很深:"小女失礼,请先生见谅。"

穷不怕用手抹去额上的惊汗说:"区区小事,不足挂齿,今日能见到清正廉洁的曾王爷,也是草民的福分。"

曾王爷喜欢来客:"过奖了,过奖了。"

侧福晋直圆场:"我这女儿十分调皮,先生不要挂心。"

三格格还在撒娇:"谁让他不让我玩小狗的。"

侧福晋瞥了三格格一眼:"怎么又来了?"

穷不怕站起:"既然王爷没事,草民告辞了。"

曾王爷诚意挽留:"等一等,今日先生既然来府,我们何不叙谈叙谈。"

穷不怕也不客气:"草民还有他事,改日再登门造访。"

曾王爷站起:"既然先生有事,本王也不强留,这样吧,五月初三是本王的生日,王府要开办堂会,今日同先生提前定好,到时候先生一定前来助兴哟!"

穷不怕告辞:"草民遵命,王爷生日草民一定前来,祝王爷千秋之喜。"穷不怕转身发现三格格拦住去路。

三格格问:"谁让你走的?"

穷不怕回话:"王爷。"

三格格又问:"谁让你来的?"

穷不怕不假思索:"三格格你啊。"

三格格有理了:"既然我把你请来的,你怎么没问问我让不让你走?"

穷不怕有礼:"草民向三格格告假。"

三格格心里乐开了花:"你想走也不难,你向我赎个罪。"

侧福晋说话了:"这丫头有点过分了。"

三格格不以为然:"我和他游戏游戏有什么!"

穷不怕请教:"不知怎么赎罪,请格格明示。"

三格格说出要求:"今日是我生日,你给我唱一段太平歌词,我就放你走。"

曾王爷不准:"不礼貌,不礼貌。客人初次来府,一没敬茶,二没上餐,就让人献艺,不礼貌。"

"那好,我让厨房备饭,先生你先等一下。"三格格借机要招待穷不怕一下。

侧福晋一笑:"看来先生不唱是走不了啦!"

曾王爷假惺惺地说:"都是你把女儿宠坏了。"

美味居饭铺,董彩莲带着小狗从外边进来了。董彩莲巡视了一圈,孤身在一张桌旁坐下,小二立刻上来迎客:"姑娘要点什么?"

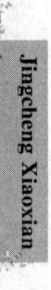

董彩莲点饭:"要二斤提褶包子。"

小二吓了一跳:"姑娘一人要这么多?"

董彩莲不想解释:"不要多问,再来一碗狗肉卤汤,两盘时季小菜,慢慢上来。"

小二听话:"好嘞,二斤提褶包子,一碗狗肉卤汤,外带两盘时季小菜!"

美味居门外,小海棠春看见"天王轩"的牌子,觉得饥肠辘辘,往里一望,发现了董彩莲,她立刻缩回身子,可又舍不得离开,她偷视良久。

美味居里边,小二端上包子,上着荤菜,盘子里冒着热气。

美味居外边,小海棠春在门口馋得直舔嘴唇,小海棠春心里诅咒，可恶的二贝勒抢走我的钱囊！

美味居内，董彩莲等了一会儿，不见人归，她从饭铺走了出来，去迎客人。

美味居门口，小海棠春急忙闪到一边，董彩莲从她跟前走过去了，小海棠春望了望董彩莲渐渐远去的背影，这才乘机溜进饭铺。

美味居里，小海棠春坐在方凳上，她偷偷地扫视了一下四周，没有惊动别人，只有一个酒鬼看了她两眼，又闷头喝起酒来。小海棠春拿起一个包子大口吃了起来。

董彩莲带着小狗儿停在路口张望。一辆轿车停下来，二贝勒从车上跳了下来，丁三、王四也跟了过来。二贝勒发现董彩莲，误以为是小海棠春："你们看，天助我也，山水分离又相逢，我说她不会走吧！"

董彩莲看了看二贝勒没有吱声，又往远处望去。

二贝勒走近董彩莲，向董彩莲献媚："娘子，等我吧！我准备单独给你买套房子，怎么样，我用车接你来了，走，上车吧，咱们回家！"二贝勒向丁三、王四使了个眼色，丁三、王四走过来拽人。

董彩莲挣扎着："你们光天化日之下要干什么？放开我……"

二贝勒重复着自己的话："咱们回家呀！"

董彩莲不客气："我不认识你们！"

二贝勒不生气:"我可认识你,我知道你等着我呢,你享福的日子到了,我给你选了一套单独的宅院,保证对得起你。"

董彩莲还在挣扎:"你们放手,你们放手……"

丁三把一团手帕塞进董彩莲的嘴里。几个人架着董彩莲正往前走,忽然一个人一个筋斗翻到跟前,一脚踢倒丁三,一拳打倒王四,二贝勒十分惊慌。

丁三、王四爬起来奔向来人,没几个回合,俩人被打得屁滚溜爬。

二贝勒向来人扑来,来人一脚把二贝勒踹出老远。

二贝勒率先逃跑了,两个家丁跟在后边逃命。来人正是花匠刘通:"小彩莲!"

董彩莲一见亲人,立刻喜形于色:"刘大哥!"

刘通奇怪:"你怎么站在这儿?"

董彩莲更奇怪:"你怎么到这儿来啦?"

刘通话多了:"我要是不来,真不放心,来了又怕给你招事,我到三喜班找你,他们说你早离开了三喜班。"

董彩莲点头:"离开两个多月了。"

刘通关心地问:"穷先生呢?"

董彩莲满脸乌云:"他让曾王府给叫走了。"

美味居里,小海棠春又吃包子又夹菜。

路口,刘通还在问董彩莲:"穷不怕怎没带着你去曾王府?"

董彩莲解释："王府只传先生一人前去。"

刘通关心地问："你们定亲了吗?"

董彩莲摇摇头："没有。"

刘通埋怨："怎么还不定亲?"

董彩莲替人说话："人家不着急。"

刘通帮助分析："他不着急，你得着急。你隐蔽之事，一旦查出来，还会把你送到宫里。"

董彩莲倒想得开："刘大哥，我已经买了饭，走，咱们一边走一边说。"

刘通还有事："不了，不了，我不能久留，我这次来，主要是看你们定亲没定亲，事情你得抓紧点。"

董彩莲感谢地点点头。

美味居里，小海棠春把汤喝净，桌上已杯盘狼藉，她打开一个手帕，把盘子里的包子包起来，急匆匆又溜出门外。

路口，刘通还在关心彩莲的事儿："你过去的事，穷先生知道了吗?"

董彩莲轻轻地摇摇头："不知道，我没对他说，刘大哥，你大老远的来，哪能不吃点东西。"

刘通不麻烦人："不不不，你别管我，我这个人心直口快，要碰到穷先生，说不定把你的事秃噜出来，给你惹麻烦，我还是躲开为好，我走了。"

董彩莲一看留不住了:"你多保重!"

刘通挥手:"你也多保重。"

还是这个路口,穷不怕回来了,董彩莲迎上去:"你怎么这么晚才回来,真让人担心。"

穷不怕一笑:"我料想也不会有事的。"

董彩莲拽着穷不怕的胳膊:"走,赶快去用饭,包子都凉了。"

穷不怕说明:"我已经用过餐了。"

董彩莲奇怪:"什么,你吃过了?你不是赎罪去了吗?"

穷不怕解释:"我何罪之有,只不过今日是三格格的生日,罚我唱了一段太平歌词。"

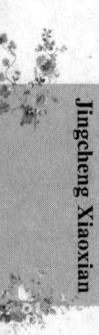

董彩莲故作生气:"好啊,你独自演出,也不用我收钱了。"

穷不怕说明:"他们没给钱。"

董彩莲找碴儿:"管饭不也一样吗?"说着,她掉头就走。

穷不怕追着问:"你干吗去?"

董彩莲话多了:"我一直等你,你倒自己吃宴去了,你吃饱了,我还没吃饭呢。"

董彩莲、穷不怕进了美味居饭铺,董彩莲见桌子一空,就说:"你看,饭人家都端走了。"董彩莲又"小二!小二!"地叫起来。

小二喊着过来了:"来了!"

董彩莲一边拿筷子一边吩咐:"我的包子给端上来。"

小二看清了:"是你啊,又来了!"

董彩莲提醒:"我刚才要的二斤包子呢?"

小二想起来了:"对啊,你还没给钱呢。"

董彩莲不怕给钱:"你端上来我给钱。"

穷不怕问:"你吃得了二斤吗?"

董彩莲想了想,对穷不怕说:"对了,你吃过了,我改要半斤吧。"

小二有话:"二两也没有。"

董彩莲不解:"你们打烊了?"

小二伸手要钱:"你先给那二斤的钱吧。"

董彩莲一愣:"小师傅一忙可能记错了。"

小二反问:"我记错了?你是不是要了二斤包子?"

董彩莲认真地:"是啊。"

小二进一步说:"我给你端上来的。"

董彩莲反问:"是不是又端回去了?"

小二不悦:"端上来又端回去,我吃饱撑的。"

董彩莲还解释:"小师傅,你好好想一想,包子我没吃。"

小二坚持:"我明明看见你吃了。"

董彩莲也不客气:"你看错了。"

小二不服气:"怎么看错了呢,你明明吃了,大家都看见了。"

董彩莲问:"谁看见了?"

"这么半天了,人都走光了。"小二在寻人,看见一个酒鬼,问道:"他也看见了,刚才是不是这位姑娘把包子吃了?"

董彩莲也问酒鬼:"是啊,那盘包子是我吃的,还是他端走的?"

酒鬼对小二说:"我看见了,是你把盘子端走了。"

小二起急:"是我端走的盘子?"

酒鬼细说:"对啊,是你端走的盘子,空盘子。"

小二来精神了:"对啊,我端走的是空盘子。"

董彩莲指责酒鬼:"你酒喝多了。"

酒鬼气粗:"我喝一缸也没事。"

穷不怕心平气和:"小师傅好好想想,她一个女子怎么能吃二斤包子?"

小二觉得理亏:"这我就不知道了。"

酒鬼想起了小海棠春:"她又吃又拿。"

董彩莲心里起火:"你这酒鬼,净胡说八道。"

酒鬼话多了起来:"千真万确,我没胡说。"

董彩莲拽着穷不怕说:"我们不吃了,走。"

小二拦住:"姑娘不吃,也得交二斤包子钱。"

"小二,这是二斤包子钱。"穷不怕掏出一把铜子,又放了几个铜子,"你再给我来半斤包子。"

小二高兴起来:"好嘞!再来半斤包子。"

董彩莲不解:"你……"

穷不怕掏钱:"今日咱们净遇倒霉事。"

"不吃了,你真窝囊!"董彩莲筷子一撂先走了。

穷不怕裹了裹包子出来了,他边追边喊:"彩莲!彩莲!你还没吃饭呢,要不我们找个好馆子?"

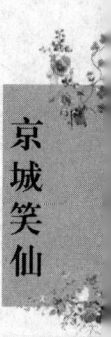

京城笑仙

第四章　同治爷的瓜子金和祖母绿

　　天桥闹市里商贾叫卖，行人往来。同治爷微服出现在闹市上，文喜、桂宝身穿茶驼色长衫两旁相随。
　　董彩莲在前边跑，穷不怕抱着小狗，拿着包子追。贫麻子、云花、徐三、周八也迎了上来。
　　徐三发现了穷不怕："穷先生！"
　　云花也看出来了："是穷先生！"
　　贫麻子号召："别让先生走喽。"
　　徐三心里发痒："得让穷先生来一段。"
　　几个人截住了穷不怕，贫麻子说："今儿这机会难得。"
　　周八也有同感："真不容易。"
　　贫麻子建议："咱们得找个地方，好好乐呵一下。"
　　云花看见穷不怕手中的包子问："是不是先生还没吃饭？"
　　穷不怕想解释："我吃了……"
　　贫麻子没等人家说完，就抢着说："您吃了就好。"
　　周八欲抱小狗："我给先生抱着小狗。"

小狗见生人汪汪叫起,穷不怕表示歉意:"我们黛玉不跟生人。"穷不怕寻着董彩莲的影子,正想摆脱。

云花心软:"是不是先生有事?"

贫麻子替先生回答:"先生没事。"

周八发话:"谁要放走先生,我就跟谁玩命。"

穷不怕还想走,几个人跪下,周八最后也跪下,徐三央求着:"先生教我们一段吧。"

穷不怕觉得不好意思:"快起来,快起来!"

徐三表示:"您不答应,我们不起来。"

贫麻子响应:"是啊,您不答应,我们不起来。"

穷不怕看了看四周有些为难:"这哪儿有地儿啊?"

贫麻子起来:"您跟我来。"

几个人拐了弯,前边的董彩莲停下脚步,回头见不到穷不怕了心里着急:"人呢?"

再说天王轩茶馆里一个女艺人在弹单弦。同治爷手摇一把雕翎扇在听小曲,文喜、桂宝坐在两旁。旁边的桌子上坐着古董王。店小二拿着铜壶续了水,问:"爷,要不要点冰冻果子干?"

同治爷问:"什么果子干?"

店小二细说:"山东菏泽出产的上好柿饼,加上鲜藕片、大红干儿、红肖梨片、桂花、蜂蜜,用冰一镇,那真是清凉香脆,酸甜可口。"

同治爷听着高兴:"每人来一碗吧。"

店小二介绍:"我们这里论盘。"

同治爷说:"每人一盘吧。"

店小二吆喝:"好嘞,冰冻果子干三盘。"

另一张桌子前,古董王盯上了同治爷手指上那闪闪发光的祖母绿首饰。

同治桌前,小太监文喜和桂宝吃起果子干互不相让,都夹对方的盘。同治爷把两盘换了个,俩人仍然夹对方的盘。

同治爷夹着一块柿饼子在听小曲,古董王凑到同治身旁,被文喜用胳膊挡住去路,古董王只好对面而坐。

古董王又望着同治手上发光的祖母绿首饰。同治在品尝着冻果子干,文喜轻声地提醒同治爷:"爷,人家看您首饰来了。"

同治这才望了望古董王,古董王笑曰:"爷手上的戒指是不是祖母绿?"

同治笑着把戒指亮了亮:"还算你有眼力,不错,正是祖母绿。"

古董王得寸进尺地说:"如果我没说错,这祖母绿只有皇宫贵人才有,当年康熙皇上戴过这种戒指。"

文喜上前阻拦:"康熙皇上是你随便叫的吗?"又问同治:"是不是,爷?"

同治不太领情:"又来耍贫嘴。"

文喜领悟主意："奴才不敢。"

古董王望着戒指跪在地上："草民给皇上磕头。"

同治一惊："你怎么知道鄙人就是皇上？"

古董王看了看文喜，现身说法地说："皇上已经兵分几路，在街上到处可以看见他们这些穿茶驼长衫的小爷。"

同治爷夸奖："你倒很伶俐。"

古董王并不领情："不是草民伶俐，是万岁爷手上的祖母绿戒指，告诉了草民皇上的身份，祖母绿戒指是康熙爷的传家宝，只有皇上才能佩戴这样珍贵的戒指。"

同治夸奖："你可真会说话。"

古董王得意地说："奴才不仅知道您是当今皇帝，还知道皇上来天桥的用意。"

同治感到奇怪："快起来吧，坐着说话。"

古董王嘴里说着"奴才不敢"，他屁股已坐在椅子上。

同治上心地问："你说说看，朕出来干什么？"

古董王不慌不忙地说："皇上是来微服私访一位女子。"

屏风另一边"隔墙"有耳，大臣桂庆伏耳偷听。

同治爷心里喜悦："你怎么知道朕心里所想？"

古董王来劲儿："草民知道皇上独宿乾清宫清冷寂寞，才出来消愁解闷。"

同治爷很顾面子："朕整天在宫里烧香念佛、修身养性，有什么烦心事？"

古董王说出实情:"塔院已被太后所占,爷到哪里烧香念佛?"

同治一惊:"你还知道塔院?"

古董王得意:"怎么不知道,那是乾隆爷所建,现在圣母皇太后正在那里吃斋念佛,她冷天住在养心殿东暖阁,天热,她就搬进中南海。"

同治爷惊奇:"你是什么人,对我圣母知道得那么清楚?"

古董王低头自喜:"小人姓白,在琉璃厂专营古董,人们都叫我古董王。"

同治爷又问:"你怎么知道朕是来私访一个女人?"

古董王说:"皇上喜欢的四个侍春,已被太后请出宫外。小海棠春是皇上最宠爱的一个,皇上怎么能不私访她呢?"

同治欣喜:"你到底是什么人,宫里的事情知道得那么多?"

古董王得意一笑。屏风另一边,桂庆深深点了一下头。

这时董彩莲突然出现在天王轩茶馆门口,她在四下寻人。

同治一下发现了董彩莲,误认为是小海棠春,惊喜地自语:"小海棠春!"

古董王顺着同治的目光看见了董彩莲,董彩莲还在环视四周,好像没有看见他们。

同治爷想起了在宫里,小海棠春的包袱里露出小白兔玩具的情景。

同治爷想起小海棠春扑向自己怀里的镜头。

同治爷看了看现在董彩莲冷酷的面孔。

同治爷想起了慈禧把小海棠春轰出宫外的惨景。

同治爷又看了看董彩莲视而不见的表情,他再也坐不住了,他边向董彩莲奔来,边喊:"小海棠春!小海棠春!……"

二太监随着同治爷往外追,店小二拦住了同治爷:"这位爷还没给钱呢。"

同治爷急忙解释:"我有要事。"

店小二不让:"有要事,也得给钱呀。"

同治往外挣脱:"你耽误我大事了。"

小二挡住同治爷不放:"谁耽误谁?吃我东西不给钱,耽误我的买卖。给钱!"

同治爷问文喜:"他找谁要钱?"

文喜说:"找爷要钱。"

同治爷不明白:"要什么钱?"

店小二理直气壮:"茶钱,饭钱。"

同治不懂这规矩:"什么茶钱、饭钱?"

文喜解释:"爷喝了人家的茶啦。"

同治爷不明白:"我喝茶还交钱?"

桂宝也说:"爷吃了人家果子了。"

同治还往外走:"我吃果子还交钱?"

店小二一把推了同治一个跟头："好哇，竟敢在我这儿耍无赖，你们谁也甭想走了。"

文喜满脸堆笑："我们爷初来乍到，不懂这儿规矩。"

桂宝也帮腔："是啊，不知者不为错。"

店小二有话："吃饭给钱，三岁小孩都知道。"

文喜耍贫："我们爷从江西拢贡来，不懂京城规矩。"同治爷点头。

店小二更有理了："江西人？江西人喝茶就不给钱？"

桂宝直圆场："你算算茶点，我们一共花了多少钱？"

店小二心里有数："早就算好了，三位，一共二两三钱白银。"

同治爷一摸衣襟："我没带银两。"吩咐文喜二人先给垫上。

文喜、桂宝直摇头："我们也没带钱。"

店小二变了脸："好哇！我一看你们就想赖账，三位，不给银子，今天谁也走不了。"

同治爷掏出一把瓜子金撂在桌子上："就用这个还你账吧。"

店小二不识货："用这假瓜子唬弄我，告诉你，真瓜子都不行，这假瓜子你哄孩子去吧。"一划拉，把金瓜子划拉了一地。

古董王从桌上拿起一个金瓜子对店小二说："这瓜子什么

做的，知道吗？"

店小二不假思索："黄铜。"

古董王嘴急歪了："黄铜？你真是有眼不识金镶玉，你放在嘴里咬一咬。"

店小二用牙咬了咬，笑开了花："是金子。"

古董王认真地指导："这叫瓜子金。"

店小二奇怪："你怎么知道的？"

古董王很自傲："你也不打听打听我是谁啊！"

店小二认出："你是琉璃厂的古董王白爷吧！"

古董王抿嘴一笑。

店小二作揖抱歉："我真是有眼不识泰山。"指着同治："这位爷的官职不小啊。"

古董王买好："我告诉你吧，西城的牛马柴炭，东城的布帛菽粟，南城的禽鱼花鸟，北城的衣冠诗赋，中城的珠玉绵绸，都归我们这位爷所有，是吧，爷？"古董王一回头，发现同治爷等三人已走远了。

大街上人来人往，同治爷四下喊人："小海棠春！小海棠春！"二太监在后边紧跟。

另一条街上，董彩莲正在东张西望地走着。

闹市人群中，还是那树旁空场，人们把穷不怕、小黄狗又围在圈中。徐三、贫麻子、云花、古董王、周八也在人群之中。穷不怕用白沙写字招徕观客，地上出现了用白沙撒成的两行字。人们钦佩地望着穷不怕。

穷不怕指着白沙字念道:"穷在闹市无人问,富在深山有远亲。"

众人一阵又一阵叫好:"好!好!""说得对!""说得太对了!"

台阶上,张三禄坐在老地方也鼓掌叫好。

人群中贫麻子说话了:"这话太对了,穷先生这么有才华,就没人问,因为没钱。"

云花看法不同:"你说得不对,我们这么多人都喜欢穷先生的玩意儿,怎么没人问?"

贫麻子解释:"不是喜欢玩意儿,是喜欢穷先生的人。"

云花辩解:"人也喜欢,你问问大家,喜欢不喜欢穷先生?"

众人齐曰:"喜欢!!!"

贫麻子觉得理解不对:"我不是说咱们穷人,我是说那些当官的。"

云花抢着说:"当官的也喜欢,皇宫也请穷先生去,王府也请穷先生,连三格格都看上穷先生了。"

云花一回头,董彩莲正挤进来,云花不好意思:"对不起啊!"

董彩莲没有深想:"没关系!本来就是。"

云花的话还没说完:"我是说穷先生威望很高。"

这时，街上忽然传来一阵锣声，一群官差、杂人冲了过来，官差边敲锣边轰人："走开，走开，这里不准说相声，不准说相声，说相声、耍杂耍的到街南去。街北都是戏园子，文明玩意儿。"

人群里的贫麻子问来人："何为街南，何为街北啊？"

官差脱口而出："以珠市口大街为界，街北边是大戏园，文明区；街南边是杂耍、卖艺的。"

穷不怕解释："官爷，我们是在集市之中，没在空街面上。"

官差很严厉："那也不行，别废话，赶快走开。"

穷不怕对众人说："好好，我们到河边天桥去。"

穷不怕刚要走开，发现扎王爷、大格格也站在人群之中。

大格格同这官差一使眼色，官差指挥俩人打开一条布幛，横在两树之间，上面写着"赛诗大会"，占据了穷不怕的地方。

贫麻子不服，停脚不动："怎么他占这地儿了？"

官差解释："人家是'赛诗会'，高品位。"

穷不怕抓住理了："官爷这话就不对了，我地上写的就是两句诗，出自《名贤集》。"

官差嘴硬："我没听说过。"

董彩莲举着一本书："你看这书上有。"

官差有些紧张："我没时间看，你们要有本事，你们也在赛诗会上露两手。要没本事就到天桥去。"

这时锣鼓声又响起,官差抱拳对众人说:"今日借这块宝地,举办'赛诗会',官府愿意以文会友,广结天下名流才子。不过,今日的'赛诗会',不是一般的'赛诗会',要比赛'回文诗',角逐京城第一大才子。"

贫麻子有话:"穷先生已经是京城第一大才子了。"

云花接着说:"对啊,大家公认的大才子。"

官差官腔十足:"没经官府报批不算。"

贫麻子不服:"李白、杜甫也没经官府报批呀!"

官差一本正经:"那你们找唐玄宗去。现在我们是大清朝。"

大格格向扎王爷递了一下得意的眼神。

徐三对穷不怕说:"先生,回文诗也是您的绝活儿,何不露一手?"

云花同意:"是啊,露一手,让他们长长见识。"

穷不怕不假思索:"我们不致那气,走!"

官差下令:"如果是无能之辈,你就赶快走开,如果有真才实学,就上来比试比试。"

穷不怕停下了,徐三说:"您听,先生,您走不了了,他将上军了。"

穷不怕拧劲儿上来了:"我还不走了。"

云花支持:"就是,本来这是您先占的地儿,让他们抢占了，您还不出出这口气?"

穷不怕一横心："好！听人劝，吃饱饭。"

贫麻子提高嗓门："谁要和穷先生比，请上来。"等了一会儿，接着说："如果没人上来，说明没有人超过穷先生，穷先生就是京城第一大才子了。"

众人鼓掌，穷不怕直劝阻，大格格对扎王爷说："口出狂言！"

扎王爷更是不服："不知天高地厚！"

大格格鼓动："阿玛，该您上了。"

扎王爷故作沉着："不忙。"

贫麻子宣布："如果没人敢比，穷先生就是京城第一大才子。"

众人鼓掌："同意！同意！"

官差提高嗓门："我不同意。"

贫麻子比他嗓门还高："少数服从多数。"

大格格走出来问："且慢！穷先生是何人，我怎么没听说过。"

贫麻子亮底："这就是皇太后懿封的京城笑仙。"

大格格故作惊讶："哦！你就是大名鼎鼎的朱绍文?"

穷不怕有礼："学生不才。"

大格格想考一考先生："请问先生，何为回文诗?"

穷不怕对答如流："回文诗，有几种作法，它既是诗，也是一种字音游戏。"

大格格又问："何为字音游戏？"

穷不怕话多了起来："字音、平仄、正反、字型、韵脚都有讲究。如果是比赛，必须俩人以上才叫比赛。如果没人比，学生就告辞了。"

穷不怕刚要起步，微服的扎王爷突然走出来："先生，等一等，既然这位先生才高八斗，我愿和先生比一比回文绝对，不知先生可有胆量？"

众人愣住了，张三禄兴趣大增，由台阶上下来。

穷不怕有礼："敢问先生尊姓大名？"

扎王爷傲慢不想多露："游戏游戏，不必留名。"

大格格走过来指着家父发话："这才是当代第一大才子，扎大才子。"

贫麻子直言："我怎么没听说过。"

大格格反复强调："这才是皇太后懿封的天下第一大才子。"

官差也强调："经过官府报批的。"

穷不怕抱拳："小人有眼不识泰山，今日班门弄斧，请大才子海涵！"

扎王爷神态高傲。

看起来要赛诗了，张三禄从人群外边往里挤。

扎王爷在场内说："咱们只比回文绝对。"

穷不怕强调:"学生愿意奉陪。"

扎王爷想亮牌:"好,我这回文绝对,由上下联组成,上联是一句回文诗,下联是一句回文诗,怎么样?"

穷不怕有礼:"前辈能当场作出回文绝对,学生心里敬佩,不知谁出回文上联?"

扎王爷不让:"当然我出回文上联,你对回文下联。"

贫麻子自语:"他倒不傻。"

穷不怕抱拳:"学生再向前辈请教。我们作回文绝对,不知是效仿古文,还是当场发挥现编?"

扎王爷强调:"当然当场现编,重复别人的绝对算什么本领?"

穷不怕同意:"好,学生明白了,学生愿意领教。"

扎王爷有个建议:"我们应该找个裁判。"

穷不怕同意:"对,找个裁判好。"

众人你看我,我看你。云花对贫麻子说:"要不,你当裁判?"

贫麻子问云花:"何为回文绝对?"

云花有些失望:"回文绝对你都不懂?"

贫麻子试着解释:"绝句我知道,不就是两组上下对联吗?回文绝对什么意思?"

云花深说:"上联两句正着念反着念,字音都得一样,下联两句正着念反着念,字音还要求一样。"

贫麻子有些怵头:"这么难,谁对得上来,这不是难为穷先生吗?"

云花心里有底:"未必。"

张三禄挤到圈内,众徒儿精神头来了:"老前辈来了!"

穷不怕也高声喊去:"师傅!"

云花高兴地说:"让老前辈做裁判吧!"

众徒响应:"对!老前辈做裁判。"

张三禄也不客气了:"好!我给你们做个裁判。"

穷不怕作揖:"多谢老前辈关照!"

扎王爷看了看张三禄:"好,就这么定了!"

张三禄重复要领:"好,大家听清楚没有,扎大才子出回文上联,穷不怕对回文下联,俩人不能效仿古人,效仿古人算输,必须当场现编。穷不怕要对上来,穷不怕为赢者,穷不怕要对不上来,扎大才子为输者。"

大家笑声不止,扎王爷不干了:"怎么说话?对上、对不上都是穷不怕赢?"

张三禄更正:"我说错了。穷不怕对上来,算穷不怕赢,穷不怕对不上来,算穷不怕输。"

扎王爷咽了一口气:"这还差不多!"

张三禄强调一点:"我再重复了一遍,效仿古人算输,必须当场作诗。"

众人拥护:"对,必须'现挂'!"

张三禄对扎王爷:"大才子开始吧!"

大格格对扎王爷:"是啊,开始吧,阿玛平时出口成章,还怕一个说相声的?"

扎王爷不客气了:"那好,我就献丑了。"

穷不怕礼让:"前辈请!"

一人挂出上联,扎王爷念道:"我的绝对上联正着念是'客上天然居,居然天上客',反着念也是'客上天然居,居然天上客',不仅字音相同,字形也相同。"

场内热烈掌声,大格格拍手叫好,周八也叫好。张三禄表扬:"好!真是天才!不愧当代第一大才子。"

扎王爷藐视地对穷不怕说:"请先生对回文下联。"

众人用不同的表情望着穷不怕,穷不怕平平一乐:"好!我对下联。"

大格格想到一好办法:"等一等,阿玛,我建议你们俩同时写出下联,让大家比较一下,看谁的下联精彩!"

众人叫好:"好!好!……"

张三禄同意:"好!这个主意好,扎大才子也可参加下联比赛,不怕不识货,就怕货比货。"

众人响应:"对对对!"

大格格也同意:"就这么办。"

扎王爷、穷不怕同时写下联,董彩莲替穷不怕捏把汗。张三禄锁着眉头观察四方。树旁站满了人,场内两个下联同时挂上,众人一看,发现一样。云花正着念穷不怕的对联:"人过大佛寺,寺佛大过人。"反着念:"人过大佛寺,寺佛大过人。"

大格格念了扎王爷那副,众人鼓掌:"一样,一样!"

周八发论:"真是棋逢对手,将遇良才。"

张三禄也说:"真是两个大才子!我看到了当代两大才子,大家再一次给他们鼓掌。"

众人又热烈鼓掌!众人纷云:"天才!""两大才子!"……

大格格面露不快,扎王爷文过饰非,对穷不怕说:"没想到你也对上来了。"

穷不怕抱拳向众人道歉:"学生惭愧,学生无能,学生不是天才,学生是个蠢材。"

张三禄直圆场:"你别客气了,大家都见到了。"

穷不怕欲道真言:"我不客气,学生是个蠢材。"

张三禄不明白:"你对得那么好,何出此言?"

穷不怕口吐真言:"学生愿意领罪。"

张三禄不明白:"何罪之有?"

穷不怕口是心非地说:"学生犯规了。"

张三禄不明白:"犯规?"

穷不怕话有所指:"学生没有按游戏规则去做。"

张三禄更糊涂了:"没有按游戏规则去做?你把话说明白

点儿。"

穷不怕揭秘:"这个游戏规则,不让用古诗,要求当场作回文诗,学生用的是当年纪晓岚的下联。"

众人大乱:"啊!"

张三禄这才明白:"你抄纪晓岚的?"

穷不怕点头认错:"正是!"

张三禄指了指扎王爷:"这么说你也是抄纪晓岚的?"

扎王爷没有言语。

张三禄严厉地问穷不怕:"你为什么抄纪晓岚的?"

穷不怕话中有话:"因为上联已经抄好了,下联只好接着抄。"

周围大笑,张三禄对穷不怕说:"到底怎么回事,你说明白点儿。"

穷不怕继续解释:"因为这上下联本来是连在一起的,是过去两位高人对过的回文绝对。上联'客上天然居,居然天上客'是当年乾隆皇帝所作,下联是大学士纪晓岚对的。"

众人乱了,有人指骂扎王爷:"故弄玄虚!""蒙事!""无耻!"……

张三禄也指责扎王爷:"原来上联你也是抄袭的!"

贫麻子不客气:"打肿脸充胖子!"

云花也有气:"是啊,不说好了吗,当场现编吗?"

扎王爷恼羞成怒,问穷不怕:"你怎么见得上联是乾隆爷出的?"

穷不怕从扎王爷手里夺过那本书："前辈看,这上边都印着了,这不是乾隆爷的上联'客上天然居,居然天上客'吗,这不是纪晓岚那句下联'人过大佛寺,寺佛大过人'吗。前辈看,我抄得没错吧?"

众人纷纷指责扎王爷："到这卖狗皮膏药来了!""还是京城大才子呢,屁!"

扎王爷怒气不减："你们不要信口雌黄、胡说八道,小心衙门要你们的脑袋。"

贫麻子不怕："先要你脑袋,招摇惑众,把别人的创作袭为己有,假斯文!"

众人指骂："假斯文!假斯文!假斯文!……"

一个亭子下边,穷不怕、徐三、贫麻子、云花、周八正在围着喝茶,旁边趴着一只小黄狗。贫麻子举杯："您就收下我们吧。"

众人也举杯："是啊,您就收下我们吧!"

穷不怕对四人说："谢谢后生对我的厚爱,相声现在正在摸索之中,我还不能收徒弟。"

徐三真情地说："慈禧太后都懿封先生笑仙了,您就是我们的老师。"

众人附和着："是啊,是啊!"

贫麻子有些撒贱："穷先生!……"

徐三打断:"先生不姓穷,先生姓朱。"

徐三又说:"朱先生多难听啊!"

贫麻子摇头:"穷先生也不好听啊!"

徐三觉得:"穷比猪好。"

贫麻子反对:"猪比穷好。"

徐三坚持:"穷好!"

贫麻子也坚持:"猪好!"

穷不怕止住:"行了行了,我名叫朱绍文,绰号叫穷不怕。朱先生、穷先生都可以,我不在乎这些,不要在这上边费脑子了。"

贫麻子赞扬:"先生才高八斗,对相声颇有高见,我们早已佩服得五体投地了。"

周八也佩服:"是啊,先生走到哪儿,人们就追随到哪儿,可见先生威望之高。"

徐三再三要求:"您收下我们吧,我们不嫌您穷。"

贫麻子也学话:"我们不嫌您朱。"

云花挑毛病:"你怎么说话?"

贫麻子表示:"我要学习朱先生的才华。"

周八也有同感:"对啊,先生肚子里的东西太多了。"

云花动员穷不怕:"先生收下他们吧,我也能帮帮场。"

穷不怕端起茶杯:"来,以茶代酒,我感谢大家对我的敬意。"

徐三着急:"不是感谢,是收我们为徒。"

贫麻子跟着表态:"是啊!"

周八也点头。

穷不怕说出心里话:"收下大家,就要养着大家,这是老祖宗的规矩。我现在力不从心,这事以后再说吧。"

徐三说出心里话:"暂时不收也罢,那先生答应我们一个条件。"

穷不怕忙问:"什么条件?"

徐三自圆其说:"您一有空儿,就教我们一些玩意儿。"

贫麻子点头:"是啊,我们就想跟您学点真东西。"

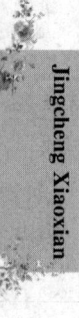

穷不怕答应了:"这倒可以,我有时间,一定跟大家切磋。"

贫麻子直言:"还切什么,您就教吧。"

穷不怕也说说心里话:"我的东西有一特点,跟文化有点关系,我最担心将来相声艺员把文化丢了。"

云花真诚地问:"先生嫌我们没有文化?"

穷不怕忙更正:"不是,不是,我是说不研究文化精髓的相声,会把相声变得庸俗喽。"

众人点头。

徐三举杯:"先生答应教我们相声了,我们以茶代酒,敬先生一杯。"

众人举杯:"干!"

这时，董彩莲向他们走来了，董彩莲当众对穷不怕说："我到处找你，你跑这儿闲聊来了。我跑了几个场子也不见你。"

穷不怕说："我刚出门，就让这几个小家伙给截住了。"说着穷不怕把徐三、贫麻子、云花、周八、董彩莲带到亭子里商量事。董彩莲语重心长地说："你得说相声，吃饭啊！"

穷不怕心里高兴，说道："嚯！管上我了，管得好！走，你还得帮我收钱。"

董彩莲不明白："到哪儿去收啊？"

穷不怕明白了："对了，弯脖树那儿不让说了，再开个相声场吧！"

董彩莲乐了。

徐三有个要求："先生，今天教我们一手再走。"

贫麻子巴不得了："是啊，您请我们喝半天茶了，该教了。"

周八要求不高："就占您一点儿时间。"

穷不怕想了想，说："好！今天我给你们出个字谜，我看你们中间有几人能猜出。"

众人点头同意。

穷不怕咽了一下唾沫："听好，打一个字啊，添土可种棉麻，添水可养鱼虾，添人非你非我，添马飞奔天下。"

贫麻子直抓头皮。

云花逗趣贫麻子:"怎么,抓耳挠腮了吧。"

徐三用心思考。

周八紧皱眉头:"先生再说一遍。"

穷不怕又重复一遍。

徐三乐了:"先生,我猜到了。"

穷不怕一喜:"说说看。"

徐三真的猜到了:"是'也'字。你也好,我也好的'也'。"

穷不怕露出爱惜之情:"说说看,怎么是'也'字。"

徐三细说:"添土可种棉麻,也字添'土',变成土地的'地'字,当然可以种棉麻;也字添'水',有水池当然可养鱼虾;也字添'人'念他,当然非你非我;也字添'马'变成奔驰的'驰',跑起路来当然飞奔天下。"

穷不怕赞扬:"好,孺子可教也,后生可畏,你叫什么名字?"

徐三欣慰:"学生小墨仙,小名叫徐三,学过京戏,念过私塾。"

云花用一种特殊佩服的目光看了徐三一眼,贫麻子偏偏看到了这道目光。

穷不怕举杯:"为小墨仙猜到字谜再干一杯!"

众人干杯,穷不怕问:"你是怎么猜到'也'字的?"

贫麻子也问:"是啊,你怎么一下子就猜到了?"

徐三很坦诚："这四句话，我从第三句开的刀，这句最容易揭底，添人非你非我，不是你我，不就是他吗，'他'字把人字一去不就是'也'嘛。"

穷不怕夸奖："有道理。"

云花问穷不怕："先生是不是看上他了？"

贫麻子小声问她："你是不是也看上他了？"

云花给了他一拳："去你的，没正形。"

周八对穷不怕说："先生是不是在选徒弟？"

贫麻子看了董彩莲一眼，小声对云花说："先生在选伴侣。"

云花望了望董彩莲："先生有事，我们别耽误了。"

四人目送穷不怕、董彩莲二人离开亭子了。

前边弯脖树旁，一个醉汉在轰着人群："走吧，走吧，穷不怕不会来了。"

群众甲问："怎么回事？"

醉汉泄了气说："这棵树的风水不好。"

群众乙忙问："怎么不好呢？"

醉汉卷着大舌头说："去年这弯脖树杈上就吊死一女人。"

群众甲不上心："那是去年的事。"

醉汉继续指着说："前两天一个女子在上边又丢了包袱。"

再说同治、文喜、桂宝在街上走着。同治三人一行，正路过这儿，听到"丢了包袱"，停了脚步，都在侧耳倾听。

群众乙问:"那包袱里有值钱的东西吗?"

醉汉口角生风:"听说有金条。"

同治爷一愣。

群众甲问:"有几根金条?"

醉汉卷着大舌头说:"这我没数,不知者,不能瞎说。"

同治上前忙问:"请问那女子长什么样?"

醉汉看了同治爷一眼:"唉哟,那个女子长得像天仙一般,漂亮极了。"

同治追问:"怎么个漂亮法?"

醉汉答不上来:"我没看见,不敢瞎说,听说她往这儿一站,就招出事来了,不不,她不应该站在弯脖树下。"

同治思虑一番:"是她漂亮招事,还是弯脖树招事?"

醉汉也思索了一下,笑了:"弯脖树招事。"

同治有见解:"我看这儿必有见财眼开之人。"

醉汉附和:"爷说得对,是有个贪财贪色之徒。"

群众甲拽了拽醉汉的衣角。

同治爷急问:"那个人在哪儿啦?"

醉汉随便一说:"那个人跑了。"

同治又问:"那个女子呢?"

醉汉接过话茬儿:"那个女子追穷不怕去了。"

同治指了指脚下:"这不是穷不怕的场地吗?"

醉汉话多:"穷不怕早让官兵轰走了。"

同治刨根问底:"穷不怕犯什么法了?"

醉汉顺口答曰:"没犯什么法,穷不怕你都不知道,穷不怕是说相声的,就是慈禧太后懿封的那个'京城笑仙',这儿不让说相声了。"

同治听明白了:"原来是活贾桂,我也正想听他的戏。那女子为何追穷不怕?"

醉汉为难:"这还真不知道。"

同治又问:"穷不怕长什么样?"

醉汉傻笑:"你问着了,我也正找他,想看看他长什么样。"

同治等扫兴离去。

还是弯脖树旁,醉汉坐在树下吧嗒吧嗒抽着烟袋,穷不怕、董彩莲向醉汉走来,醉汉正坐着轰人:"走吧,走吧,穷不怕不会来了。"

穷不怕想听个究竟:"为什么?"

醉汉信口开河:"这弯脖树风水不好,伤财害命。"

穷不怕追问:"怎么伤财害命?"

醉汉流着口水说:"去年弯脖树上吊死一人。前两天弯脖树上又丢了一个包袱,里边的金条都丢了,在这儿得失财,快走吧。"

董彩莲看清是醉汉:"是你啊!你怎么不走哇?"

醉汉有词:"我是专做善事的,忠告来往看官的。"

穷不怕细问:"这么说,看热闹的人都是你给轰走的?"

醉汉自喜:"小事一桩,不足挂齿。"

穷不怕又问:"谁丢金条了?"

醉汉轰着人:"快走吧,别打听,你打听,我也不说。"

董彩莲不想听了:"我们走吧。"

黄土路上,穷不怕、董彩莲边走边谈。董彩莲记忆犹新:"那日我也好像听见有人喊丢什么了,都是因为三格格叫你,我净和你致气了。"

穷不怕也说:"我也隐隐约约听到什么,都怪我那时脑子里很乱。"

董彩莲埋怨:"都怪半路杀出个程咬金,让三格格给咱们搅了。"

穷不怕有些积虑:"我们挣钱,人家丢钱,心里真不忍。"

董彩莲辩解:"这又不是我们所愿。"

穷不怕心里还是不舒服:"可人家是看我的玩意儿丢的钱。"

董彩莲不悦:"你又不是破案的,埋怨自己有什么用。世上好多倒霉事,埋怨得过来吗?你今天就找不着地方撂地,挣不到饭钱,你又埋怨谁呢?"

再说同治同两个太监正面对湖水议事。

同治自言自语地说:"小海棠春,朕对不起你,朕知道你现在遇难了,朕到哪儿去找你啊!"

文喜启发同治："您没听那醉汉说，小海棠春追穷不怕去了。只有先找到穷不怕，就能找到小海棠春。"

同治一听有理："是啊，穷不怕是唯一的线索。"

桂宝又发愁了："到哪儿去找穷不怕呢？"

文喜有信心："要能找到小海棠春，就能找到穷不怕了。"

桂宝信心不足："废话，两头都让你说了。"

同治说出内心话："说实话，朕也喜欢穷不怕的玩意儿，上次在宫里错过一次机会，心里十分惋惜。穷不怕到底在哪儿啦？"

城门楼前边，几个清兵两旁把守，旁边停着一顶绿轿子。一辆辆轿车从城门驶过来。

穷不怕、董彩莲准备过门洞，被迎面的轿车截住了。

门官在喊："女人把鞋尖露出来，快，鞋尖，女人把鞋尖露出来。"

扎王爷从轿子里出来，吩咐官兵，不管男人女人，一律检查鞋尖。

门官遵命："是，（喊）不管男人女人，一律检查鞋尖。"

一辆辆轿车上露出了一双双鞋尖。

扎王爷一回头，穷不怕看清了："原来是他！"

董彩莲还不明白："谁？"

穷不怕音量不减："和我对回文绝对的那人。"

董彩莲看清了："哟，原来他是个王爷。"

俩人躲在一棵大树后，穷不怕有话："怪不得那么趾高气扬的。"

董彩莲替他担心："这回你可得罪大人物了。"

穷不怕淡然相问："怎么得罪了？"

董彩莲说出心里话："你那伙穷学生把当朝大才子损得够呛。"

穷不怕一笑："这是他咎由自取。"

董彩莲好意提醒："别忘了，人家有势力。"

穷不怕无所畏惧："别忘了，我是穷不怕。"

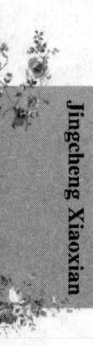

城门洞里又过来一辆轿车。门官高喊："露出脚尖来，脚尖往外露，多露点儿，快！"

从轿帘后露出一双大脚绣花鞋，门官报扎王爷："扎王爷，这是一双大脚绣花鞋。"

扎王爷心重："大脚？让这女子下车。"

门官扬手把轿车拦住："停车！停车！"

轿车停下了，门官高喊："出来，里边的女子出来，快出来！"

轿车里没人回应。门官一掀车帘，发现二贝勒坐在车里，他们并不认识："原来是男的，来人，把他给我拉下来。"

赶车的丁三拦不住清兵，几个清兵将二贝勒拽下来，又拉到扎王爷跟前："扎王爷，这小子是男的。成心穿一双绣花鞋。"

扎王爷大怒:"你男扮女装,好大的胆子,你想干什么?从实招来。"

二贝勒一扬脸看清了扎王爷:"原来是王叔!"

扎王爷认真看了看二贝勒:"原来是王侄!"他看了看左右:"忙你们的去!"他把左右支走,对二贝勒说:"快快起来,你怎么穿上绣花鞋了?"

二贝勒站起来:"王叔怎么查上绣花鞋啦?"

扎王爷一抱拳表示尊敬圣上:"王叔圣命难违。"

二贝勒叹口气:"小侄儿有难言之隐。"

扎王爷并不介意:"彼此彼此。"

二贝勒又问:"王叔是在查案,还是在找人?"

扎王爷会说话:"既是查案,也是找人。"

二贝勒有兴趣:"查什么案,找什么人?"

扎王爷吞吞吐吐:"这里不便说,以后再说。你呢?"

二贝勒要猜一猜:"侄儿在找人,也是在搭救人。如果侄儿没有看错,王叔查找的是女人。"

扎王爷点头:"王侄有眼力,如果本王没猜错,王侄找的也是女人。"

二贝勒一笑:"彼此彼此。"

扎王爷摇头:"不一样,不一样。你是为自己找人,我是为朝廷找人。"

二贝勒作揖告别:"既然王叔公务在身,小侄就不耽搁了。"

扎王爷佩服："好，果然有股邪劲儿，怪才！"

路边，穷不怕对董彩莲说："我们过不去了。"

董彩莲点头："回去吧。"

穷不怕、董彩莲边走边议，董彩莲说："原来你们戏耍的是扎王爷。"

穷不怕一笑："老天有眼，这是个大贪官。"

董彩莲猜测："他好像在破什么案，或者在找什么人。"

穷不怕补充："而且是女的。"

董彩莲问："怎么见得？"

穷不怕细说："你看，开始门官只检查女人的双脚。"

董彩莲有疑问："可是扎王爷下令男女全查！"

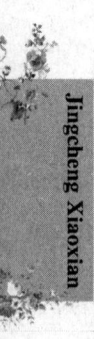

穷不怕解释："这是怕有些女人扮成男装混过城门。"

董彩莲不明白："为什么只查女脚呢，查什么样的女人呢？"

穷不怕话多了："这里学问很大，表面好像在查金莲大小、守不守妇道，实际上根据绣鞋的颜色，能判断出轿车中女主人的年龄大小。根据绣鞋的大小，又能判断民族之别，汉人裹脚，满人却不裹脚。恐怕不是找三寸金莲，他们要找的是满族妇女，至于找多大年龄的，现在我还不知道。"

董彩莲又问："这样做是上边的意思，还是扎王爷的意思？"

穷不怕分析细致:"找女人是上边的意思,查鞋尖是扎王爷的主意。"

董彩莲不明白:"他们要干什么呢?弄得我心里十分不安。"

穷不怕宽慰她:"跟你有什么关系?你不必不安。"

董彩莲说出心里话:"我替车上的人不安。"

穷不怕直言不讳:"扎王爷这是荒唐之举,他谁也找不到,你就放心吧。"

董彩莲点头,立刻又否定:"我有什么不放心的。"

穷不怕宽慰她:"你替他们放心吧。"

董彩莲一笑:"这还差不多!"

穷不怕请示彩莲:"我们到哪儿去撂地?"

董彩莲口气很硬:"今天哪儿也去不了啦!"

穷不怕没有那么多顾虑:"不,我们还回弯脖树吧。"

董彩莲指责他:"你怎么不长记性?"

穷不怕从两方面分析:"也许我们能碰见丢包人,也许能碰见偷包人。"

董彩莲给他扫兴:"也许谁都碰不到。"

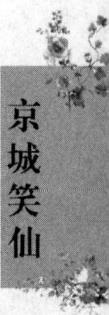

第五章　北京840座寺庙和40多个游艺场

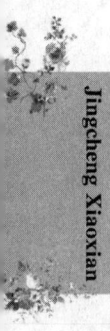

天王轩里客人不多。一张桌旁，同治带着文喜、桂宝正在桌旁喝茶。同治两眼一直盯着门口，古董王从门外进来了，同治好像没有看见，他两眼还在目不转睛地盯着门口，等待他要找的人。古董王倒向同治打了招呼："爷又来了。"

同治愣了一下，认出了古董王："是你啊！"

古董王坐在同治爷旁边："爷在等人？"

同治有些不好意思："我在喝茶。"

古董王不客气："我看出来了，爷有心事，心事还很重。"

同治叹了口气。

古董王讨好同治："我知道爷为谁担心。"

同治一怔："你说说看。"

古董王直截了当："爷为上次门口站着的那个女子担心。"

同治高兴："你真厉害！果然知道我心，你可知道她的下落?"

古董王吊同治爷的胃口:"我还真见过她一次。"

同治忙问:"在哪儿见过?"

古董王脱口而出:"在前门大街。"

同治有些扫兴:"前门大街那么大,我到哪儿去找?"

古董王在系动着同治的思维:"不过,我给爷提供一个线索。"

同治又忙问:"什么线索?"

古董王拐弯抹角地说:"这个女人同穷不怕走到一起了。"

同治不以为然:"这我知道。"

古董王有些奇怪:"穷不怕,爷也知道?"

同治得意地说:"我正想听他的相声看他的戏,到哪儿去找他呢?"

古董王认真回禀:"穷不怕并不难找,京城几个庙会、几个闹市他都去。"

同治告诉他:"闹市我都去过了,没见过他的影子。"

古董王详细指点:"他各处流动亮活儿,时间必须碰对喽。每月初七、初八是护国寺庙会,您得到护国寺找去;初九、初十是隆福寺庙会,您得到隆福寺找去;每月初一、十五是前门老爷庙市,您得到前门楼子找去。"

同治皱了皱眉头:"还有这么多讲究。"

古董王又说:"京城有840多座寺庙,30多个庙会,够

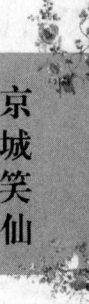

京城笑仙

爷逛的。"

同治听着心里痛快："民间真是个大乐园，比皇宫好玩多了。"

古董王一个劲儿地显摆："爷喜欢上了民间了吧，爷，今天妙峰山有庙会，爷还不到山上玩玩去。"

同治露出心事："妙峰山太远了。"

古董王逗同治爷："爷又想起小海棠春来了吧？"

同治感叹："是啊，小海棠春可吃苦了。"

古董王讨好地说："我能看出爷着急的心情。"

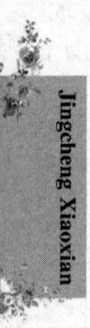

同治抑制不住："她的包袱丢了，盘缠全在里边，包袱一丢，等于断了她的生路，如果有办法，她不会到穷不怕场地帮场。"

古董王附和着："也许吧。"

同治探问："唉，你知道偷他包袱的是什么人？"

古董王一愣："这没听说。"

同治态度坚决："我逮着他，狠狠治罪于他。"

古董王献计："穷不怕我倒听说了一些。"

同治追问："听到什么了？"

古董王说出心里所想："听说穷不怕好像住在寺庙里。"

同治忙问："小海棠春是不是跟他住在一起？"

古董王不想直说："这我就不知道了。"

同治面露难色："840多座寺庙，到哪儿去找他。"

湖边木桥上,同治同两个太监在桥上走着。

同治深情地喊道:"小海棠春,你到底在哪儿啦?"

文喜学同治爷的腔调也喊起来:"穷不怕,你到底在哪儿啦?"

桂宝配合着喊:"穷不怕!我们在这儿啦!"

同治并不生气:"你们俩捣什么乱!"

这时,几个男女迎面走来,贫麻子、云花也在人群之中。听到桂宝说话,贫麻子对几个人说:"他们也找穷先生。"

云花对贫麻子说:"找穷先生的人多啦,谁不想听穷先生的相声。"

贫麻子接过话茬儿:"穷先生说去天桥也没去。"

云花猜测:"穷先生不定让谁截走了。"

贫麻子的话还没说完:"穷不怕在京城就是火!"

同治听到"穷不怕"仨字,精神一振:"穷不怕!"

贫麻子插话:"那当然了,穷先生,京城第一大才子嘛!"

同治吩咐文喜:"把他给我叫过来。"

文喜拽住贫麻子,云花也站住了。文喜嘴里很有礼貌:"这位壮士,请留步。"

贫麻子莫名其妙,同治走了过来:"刚才听到你们说穷不怕,壮士可认识穷不怕?"

贫麻子很傲气:"当然认识了,我们整天跟穷不怕在一块儿。"

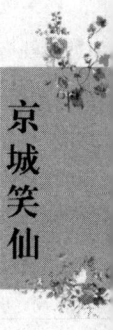

京城笑仙

同治忙问:"他现在哪儿撂地?"

贫麻子说了实话:"我们也在找他。"

文喜不明白了:"你不整天跟穷不怕在一块儿吗?"

贫麻子解释:"我们睡觉不在一块儿。"

同治认真地问:"穷不怕住在哪儿?"

贫麻子脱口而出:"住在破庙里。"

同治忙问:"住在哪座破庙?"

云花拽了贫麻子一下,又向他使了个眼色。贫麻子上下打量一下同治爷,留了个心眼,说:"住在北边,当然是又高又阔的大庙,香火最旺盛的大庙。具体哪座庙,我也不知道。"

几个人走后,同治下令:"传朕的旨意,让御林军搜查京城所有的大寺庙,一座庙一座庙地给我搜。"

大街上,持长枪的御林军穿来穿去。

大庙外,御林军从大庙里走出来。

同治、文喜、桂宝出现在大街上,忽然倾盆大雨从天而降,几个人拔腿向破庙跑来。破庙外长廊很宽,同治三人跑到庙檐下避起雨来。

破庙里,一阵雷闪扑来,董彩莲害怕地依在穷不怕怀里。这时从门外传来了同治皇帝和小太监文喜、桂宝的声音。

桂宝的声音:"穷不怕能跑到哪儿去呢?"

文喜的声音:"这个穷不怕把咱们的腿可遛苦了。"

同治的声音:"你们不说他住在庙里吗?"

文喜的声音:"大街上人都这么说。"

同治的声音:"京城的大寺庙咱们都找遍了,怎么还没有他?"

文喜的声音:"是啊,他能跑到哪儿去啊?"

桂宝的声音:"跑得了和尚还跑得了庙!"

董彩莲小声对穷不怕说:"有人找你。"

穷不怕点头:"别说话。"

这时小狗汪汪叫了起来,董彩莲惊慌地抱起小狗。

破庙门口,文喜在问:"这是谁的狗啊?"

桂宝猜测:"莫非庙里有人?"

这时又传出了狗叫,同治说:"这破庙也能住人?"

桂宝随便一答:"凤有凤巢,鸟有鸟窝,人分三六九等,哪能都住在皇宫。"

同治又发话:"有人也不会是穷不怕吧,他能住这破庙?"

桂宝有看法:"那可没准儿,人啊,下坡容易上坡难。"

文喜也说:"好庙谁让他住啊!"

桂宝脑子里有个闪念:"破庙咱们忘找了。"

文喜觉得有理:"对呀,咱们上那麻子的当了。"

同治发令:"要不咱们进去看看?"

文喜响应:"走,进去看看。"

同治、文喜、桂宝推开庙门进去了。破庙里,穷不怕、

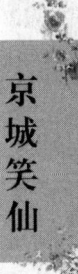

京城笑仙

董彩莲戴着脸谱，披着黄袍，扮成塑像，排在十八罗汉两旁。同治、桂宝寻庙一周，最后看了看列位佛像。

文喜问："这是什么佛爷？"

同治见过："这是十八罗汉。"

文喜发现问题："不对，不对，不止十八个。"

董彩莲眼露惊慌。

桂宝只看模样，没有数数："我看差不多。"

文喜数了两遍："我数怎么二十个？"

同治心驰神往："你还有心数佛像？赶快给我找人吧。"

桂宝心不在焉："我肚子直叫。"

文喜也不耐烦了："我都走不动了。"

桂宝叫苦："穷不怕啊，穷不怕！"这声音把穷不怕吓了一跳。

文喜接着诉苦："你可把我们害苦了！"

桂宝接着唠叨："我们不走了，就在这儿住一宿吧。"

董彩莲向穷不怕发出求救的目光，穷不怕暗示她沉住气。

同治还在吩咐："关键要给我找到人。"

几个人转了转："没有人哪！""我明明听见有狗叫。"

文喜建议："外边雨小点了，咱们先找个饭铺吧。"仨人走了出来。

破庙前堂，穷不怕和董彩莲从佛位下来，董彩莲叫苦："可吓死我了。"

穷不怕分析着来人:"他们到处找我,到底是凶是吉?"

董彩莲心直口快:"咱们没得罪人啊!"

穷不怕的心里平静多了:"是啊,咱们没做亏心事,咱们没罪,别怕。"

这时,忽听正中的释迦牟尼佛祖哈哈大笑:"一男一女,一庙宿生,还说没罪?"

穷不怕、董彩莲立刻跪下。穷不怕苦苦求饶:"佛祖保佑,我们身心清白,没做坏事。"

董彩莲也求佛:"是啊,老佛祖,我们没做坏事。"

释迦牟尼佛祖说话:"天上天下,唯我独尊,我已四禅八定、五眼六通,你们的事还瞒得了我吗?"

董彩莲苦苦相求:"老佛祖,庙里有佛身相隔,我们真没做坏事啊!"

释迦牟尼佛声音很大:"董彩莲,我来问你,世上人间,男女有别,你可知晓?"

董彩莲认真回答:"民女知晓。"

释迦牟尼又问:"男女授受不亲,你可明白?"

董彩莲回话:"民女明白。"

释迦牟尼三问:"你们已经庙宿一起,名声有染。"

穷不怕马上包揽过失:"释迦世尊,一切不净之名,不怪彩莲,都怪我朱绍文。"

董彩莲抢着承担后果:"不,佛祖,您惩罚我吧。"

穷不怕不干："不，惩罚我。"

释迦牟尼发话："董彩莲，我来问你，你可真心喜欢朱绍文？"

董彩莲实话实说："民女真心喜欢。"

释迦牟尼又问："你可愿做朱绍文之妻？"

董彩莲真心相表："民女早有此意。"

释迦牟尼一本正经："男婚女嫁，人世自古而然，为什么不明媒正娶？"

董彩莲有话要说："因为没有父母之命。"

释迦牟尼愿意成全："老尊愿做你们父母。"

这时，一道闪电，穷不怕发现佛像后边有个脚丫子在动。

董彩莲还在认真回话："没有媒妁之言。"

穷不怕直拽董彩莲的衣角。

释迦牟尼发话："老尊愿为你们做媒。"

董彩莲急忙礼谢："既附天地之常经，我们愿意定亲。"

穷不怕用劲拽了拽董彩莲的衣角，嘴里还说："你不要瞎说。"

董彩莲表忠心："我没有瞎说，老佛祖，我俩的婚事，我做主了。"

释迦牟尼拍板："好！"

穷不怕也不客气了："请佛祖走出来为我们做媒吧，我已经看见佛祖的脚丫子啦！"

张三禄笑呵呵地从佛像后边走出来。

穷不怕、董彩莲惊叫："原来是师傅！""原来是老前辈！"

张三禄发话："就这么定了，今日就是你们定亲之日。"

穷不怕觉得不妥："不可，不可，人生再穷，定婚也得有定婚之物，师傅请坐。"

张三禄看了半天，只好坐在佛像旁边。穷不怕、董彩莲也坐在石砖上。

张三禄也感觉到："是应该有个定亲之物。"

董彩莲对穷不怕说："人家定亲送镯子，送项链，你送得起吗？"

穷不怕眼睛一亮："你提醒了我，赶明儿，我送一串项链。"

董彩莲直言："你哪有哇？"

穷不怕表示："我给你买一串。"

董彩莲不信："你买项链，那太阳得从北边出来。"

穷不怕反问："我要送你项链怎么办吧？"

董彩莲认真起来了："你真送我项链？"

穷不怕追问："你不要？"

董彩莲心跳加快了："我不要……谁要……你现在买得起吗？"

穷不怕说了实话："现在买不起。"

董彩莲反问："明年买得起吗？"

穷不怕实话实说:"明年也买不起。"

董彩莲笑了:"你十年也买不上,哈哈哈……你做梦娶媳妇。"

穷不怕态度严肃:"彩莲,我要三天之内送你一串项链,怎么办?"

董彩莲心一跳:"三天?"

穷不怕说话算数:"对,三天。"

董彩莲有些紧张了:"你不能偷。"

穷不怕表示:"咱们从来不干下三烂的事。"

董彩莲心里直打鼓:"你不能借。"

穷不怕态度坚定:"借不算本事。"

董彩莲更紧张了:"你不能……"

穷不怕忙问:"我不能什么?"

"你什么都不能。"董彩莲站起身来,给穷不怕一个后背。

张三禄也站起来对彩莲说:"就这么定了,绍文送彩莲一串项链,就算定亲。我就是你们的主婚人。彩莲……一到真格的又害起羞来了,你准备准备,绍文三天之内给你定物,第五天你们就拜天地入洞房。"

董彩莲含羞地摆了摆肩膀。

穷不怕早站了起来:"不可。"

董彩莲一愣。

张三禄不明白了："怎么又不可？"

穷不怕实言相告："我们还没房子，怎么入洞房，总不能在破庙里成亲吧。"

张三禄也醒悟了："对了，还没房子。"

董彩莲转过身来说："我们再攒点钱就可以租房子了。"

张三禄有感触："要攒钱就不能老学我，应该找个固定的地摊。"

穷不怕早有想法："地摊最火的是前门、隆福寺和天桥。"

张三禄上心地问："你认为哪儿挣钱最多？"

穷不怕胸有成竹："当然是天桥，现在天桥正值鼎盛。五行八作，云聚于此，艺摊就有三百余家，集中了京城的高手怪人。"

张三禄说出最后看法："现在你应该在天桥显身手了。"

穷不怕表示："正中我意。"

天桥市场人头攒动，不时从四处传来了卖艺声、大鼓声和喝彩声。

张三禄背着八角鼓出现在人群中，人们不时地向张三禄打招呼："张三爷！"

挂着彩穗的白布幌子到处可见，在"面茶张""炒肝金""爆肚石""羊霜肠魏"的幌子中，最醒目的是"白记豆腐脑""糖李"和"豆汁薛"。

一个特大的黑面油饼从油锅里捞出来。

剃头挑子跟前一个老人在剃头，突然他向张三禄点头打招呼，不料头上拉了一个口子，疼得他咧了一下嘴。

各种艺摊支棚设帐。有的布棚遮凉，有的席围成场，有的长凳拉场。场内有拉弓的，有喷火的，有个小女孩在长凳上窝腰花，有的在空中翻跟头，有的拉着铁壶做的大低音胡琴，有的嘴唇上爬着一只蝎子。

张三禄在拉洋片场外停住了脚。

拉洋片场内一个中年艺人，一边拉着锣鼓钹，一边高声唱着："嘿，往里瞧来，又一片，寒冬腊月好冷天，大雪不住就纷纷下哟，咚咚锵咚咚锵，嗳……又一片；闲来没事，逛趟北京城，里九外七皇城四哟，九门八点一口钟，咚锵咚咚锵；嗳……"

醋溺膏、韩麻子走来了，醋溺膏招呼："张三爷到天桥来了！"

张三禄感叹："天桥真是个民俗宫，来京城皇宫可以不去，天桥不能不逛。"

韩麻子有感："自从穷不怕到天桥扎根以后，天桥的游客猛增。"

张三禄叫着众人："走，咱们看看他去。"

场外一个高坡上，徐三已化装成老叟，坐在一块石头上拧叶子（偷艺），他前边放着一个乞饭的大碗。他两眼望着"穷不怕单春场"。

单春场里众人正在鼓掌叫好:"再来一个!再来一个!"

群众甲:"再来一个单春!再来一个单春!"

群众乙:"来一首回文诗吧!"

众人响应:"来一首回文诗。"

穷不怕已写完一首回文诗。

贫麻子、云花拉着白幛绕场走了一周,又回到场中。

穷不怕对观众说:"这首回文诗的特点是七言回文绝句,又是一首抒情韵诗。不是一句一回文,也不是两句一回文,而且四句念完,整体回文。正着念四句是一首七言诗,反着念仍是一首七言诗,这难度就大多了。"

醋溺膏提议:"先生给我们念念。"

韩麻子想法相同:"是啊,念念。"

醉汉看出来了:"他就是穷不怕啊!"

穷不怕边比画着边念:"我先正着念,'麟龙昭德怀圣皇,人贱为女有柔刚。亲所怀想思谁望,纯贞志一专所当'。"

张三禄抢先叫好:"好!表现一女子对皇上的珍爱。"

穷不怕反向指着:"我反着读,还是一首七言诗,'当所专一志贞纯,望谁思想怀所亲。刚柔有女为贱人,皇圣怀德昭龙麟。'仍然表现这一女子对皇君的珍爱。四句整体翻,还是一首诗。"

众人鼓掌,醋溺膏、韩麻子带劲鼓掌叫好。

张三禄称赞:"天才!正着念反着念,都是恩恩爱爱的。"

醉汉赞不绝口:"老先生对爱情还挺有研究的。"

高坡上,徐三出神地望着穷不怕,周八往他碗里扔了一铜钱,他没有理会。

相声场里,众人纷纷往场内扔钱,丁三分着人群往里挤:"靠边,靠边!"

丁三挤到人群中:"穷不怕!"

穷不怕认出来了:"丁管家!"

丁三举着一个折子:"穷不怕听令!"

穷不怕问:"丁管家有何吩咐?"

丁三认真传话:"明日是曾王爷千喜之日,命你前去赴堂会,不得有误。"

穷不怕接着折子:"草民遵命!"

丁三看了一眼董彩莲,董彩莲多心地看了穷不怕一眼。看官纷纷走了,穷不怕抓了两把钱分给了贫麻子、云花。

贫麻子不要:"钱我不要,我要老师,您收下我这个徒弟吧,我私塾念不下去了。"

穷不怕心中有数:"你先收下钱,帮场子就得分钱,这是撂地的规矩。"

贫麻子收下:"好,钱我收下。我,您也收下吧。当伙计人家不要,先生收我为徒吧。"

云花也帮腔:"是啊,先生,贫哥怪可怜的,他干什么什么不行,他没地儿去,人总得有个归宿吧,您就收下他吧。"

穷不怕不快:"我成收破烂的了。"

贫麻子埋怨云花:"你怎么这么说话!"

云花好心地说:"我是为了你啊!"

贫麻子问穷不怕:"先生是不是嫌我有麻子?"

穷不怕忙解释:"不不不,绝无此意,人不可貌相,海水不可斗量,也许越有麻子越有前途。"

贫麻子高兴了:"这就对了,您同意了?"

穷不怕不明白:"我同意什么了?"

贫麻子明说:"同意收我为徒了?"

穷不怕当场表态:"好,你这个徒弟我收下了,找个时间开拜师会了,现在你可以正式帮场了。"

贫麻子跪谢:"多谢师傅!"

董彩莲对云花:"你要有意,也留下帮场吧。"

云花施礼:"谢谢师娘。"

董彩莲更正:"什么师娘,叫姑姑。"

云花试叫:"姑姑!"

董彩莲痛快地答应:"唉!"

张三禄、醋溺膏、韩麻子走过来祝贺。

穷不怕迎了过来,面向张三禄有礼:"老师来了!"

张三禄夸奖:"真是个大天才!"

醋溺膏夸奖不休:"老师这活儿可绝了。"

韩麻子建议:"以后朱先生可以用文笔教徒弟了。"

贫麻子过来插话:"不行,相声还得口传心授。"

云花指着贫麻子搭腔:"你不认识字咋办?"

众人望着贫麻子笑。

醋溺膏发表高论:"以后我也得在天桥开个场子。"

韩麻子赞扬:"最近高人纷纷来到天桥落户。"

张三禄对穷不怕说:"你一在天桥扎根,把全城的怪人都招来了。"

穷不怕解释:"不是我,天桥本身就是一片梧桐树,凤凰只有越来越多。"

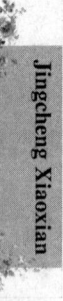

张三禄点头称赞:"此话有理。这回有专门的相声摊了。我们应该开个庆功会,庆祝庆祝。"

众人称快:"好好好!"

张三禄一开心话多了起来:"以后相声秀才、相声举人、相声状元就从这里诞生了。"

醋溺膏看法相同:"对对对,明天咱们开个庆功会。"

董彩莲拿起了曾王府的帖子提醒穷不怕,穷不怕一见帖子,想起了有约:"明天不行,明天曾王府有堂会。"

张三禄也想起来了:"我把这碴儿忘了,明天都谁去?"

穷不怕指着董彩莲:"我们都去。"

董彩莲故作不快:"我不去。"

张三禄动员她:"去吧,省得剩下你一人瞎琢磨。"

董彩莲嘴硬:"我没瞎琢磨。"

云花也做工作:"听说曾王爷功高德邵,宫里宫外远近闻名。"

穷不怕还在说服董彩莲:"曾王爷贤德善良、清廉刚正,明天你一见便知。"

张三禄好心再劝:"你们快点攒钱租房子,我等喝你们的喜酒啦!"

穷不怕劝董彩莲:"去吧,我们现在就是要给自己趟路子。曾王爷上次对我强调,让咱们都去。"

董彩莲抱着狗:"那狗儿也去吧。"

众人大笑。

曾王府配殿,曾王爷起床后正在系衣扣,侧福晋进来半蹲半站给王爷请安:"王爷睡得可好,奴妾给王爷请安!"

曾王爷面露喜色:"我很好,你睡得好吗?"

床旁边,侧福晋叠着被褥回话:"好。"

曾王爷说:"叠被还用你上手,这里有这么多用人。"侧福晋已把被叠好。

配殿桌旁,女用人往桌子上端饭。

侧福晋二次请曾王爷:"请王爷过去用早餐。"

曾王爷已坐在桌旁:"好好好。"

侧福晋三次请安:"奴妾少陪了。"

曾王爷伸手叫住:"一块吃点儿吧。"

侧福晋四次请安:"谢谢王爷。"

曾王爷话也多了:"这么会儿你请了四次安了。"

过了一会儿,桌面上已杯盘狼藉。侧福晋五次请安:"王爷,饭用完了,我给王爷梳梳辫子吧。一会儿人就来了。"

曾王爷高兴起来了:"正合我意。五次了,爱妾不要那么多繁文缛礼了。你也是本王的福晋。"

侧福晋六次请安:"谢王爷!"

曾王爷嘴一张:"又来了不是。"

配殿镜子前,曾王爷坐在靠椅上,侧福晋笑着,给王爷梳起辫子来,侧福晋好心提醒:"一会儿客人一多了,王爷别把穷不怕的事给忘了。"

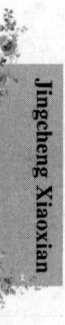

曾王爷心里有数:"忘不了,穷不怕是咱们的贵客。"

侧福晋道出心里话:"穷不怕满身都是才气,多板板的人,也会把你逗笑了。"

曾王爷想到福晋:"福晋可是块铁板,你说穷不怕能把福晋逗笑吗?"

侧福晋肯定地说:"当然能。"

曾王爷很乐观:"福晋一笑,咱们王府就都笑了。"

侧福晋挺同情穷不怕:"他要把福晋逗笑了,王爷就该奖励他点什么。"

曾王爷问:"你说奖励他点什么?"

侧福晋认真地说:"应该让他挑一件金首饰。"

曾王爷同意："就那么办。"

侧福晋给王爷梳着辫子，不久，发现了白头发："王爷有白头发了。"

曾王爷望着侧福晋说："你说我是不是老了？"

侧福晋忙说："不老不老，真不见老，就是这几根白头发闹的。"

曾王爷在铜镜子里看了看："真是这么回事。"

侧福晋献好地说："我给王爷揪揪白头发，一会儿更年轻了。"

曾王爷称赞："揪揪也好，省得我站在你旁边人家说我像你阿玛。"

侧福晋发现了一根："这儿一根。"她一揪，曾王爷咧了一下嘴。

侧福晋又发现了一根："这儿又一根。"又一揪一咧嘴。侧福晋忙问："疼吗？"

曾王爷强笑："不疼不疼！"

侧福晋发现一片白头发："这里有一片。"侧福晋越揪越快。

曾王爷龇牙咧嘴变换着难看的姿势。

侧福晋安慰说："越慢越疼。"

曾王爷受不住了："揪完了吗？"

侧福晋自问："怎么越揪越多了！"

曾王爷问："还有多少？"

侧福晋喘口气说："这边差不多了，那边还有一片。"

曾王爷心里咯噔一下："啊！"

门外，福晋站在上台阶，门卫喊："福晋到！"

福晋进了配殿给王爷请安："给王爷请安！"

侧福晋忙给福晋请安："妹妹给福晋请安！"

福晋吩咐道："你先下去吧，我来伺候伺候王爷。"

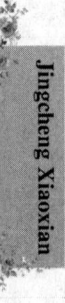

侧福晋下去了，福晋五官陪笑："我说你好几天不到我寝宫去了。原来你让这块膏药给贴上了。"

曾王爷解释道："侧福晋也是刚过来的，这几日我谁也没看你们。唉！我遇见烦心事了。"

福晋忙问："什么烦心事？"

曾王爷望着房顶上的鸽子说："我最心爱的那只鸽子丢了。"

福晋扑哧一笑："丢只鸽子就愁成这样，八成嫌我老了吧！"

曾王爷矢口否认："不不不，真是为了鸽子，这只鸽子，是我嘴对着嘴把它喂大的。"

福晋叹口气道："都怪我太老了，我都有白头发了，你还是黑头发。"

曾王爷安慰道："白头发黑头发都一样。"

福晋拿起梳子："我给你梳梳辫子吧。"

曾王爷礼节在先:"有劳福晋了。"

福晋有情地说:"我真恨你这顶黑头发。"

曾王爷说:"不用恨,头发都会变白的,你说我老了吗?"

福晋忙说:"老啦,老啦!你不年轻,都是这几根黑头发闹的。"

曾王爷在铜镜里看了看:"真是这么回事。"

福晋边动手边说:"我给你揪揪黑头发,不然咱俩就不般配了。"

曾王爷顺口说:"揪揪也好,省得你站在我旁边像我额娘。"

福晋发现了一根:"这儿一根。"她一揪,曾王爷咧一下嘴。

福晋又发现了一根:"这儿又一根。"又一揪一咧嘴。

福晋耐心地问:"疼吗?"

曾王爷忍着说:"不疼不疼!"

福晋发现一片:"这里边有一片。"越揪越快,曾王爷龇牙咧嘴,变换着难看的姿势。

福晋安慰说:"越慢越疼。"

曾王爷难忍地说:"差不多就行了。"

福晋自问:"怎么越揪越多了?"

曾王爷十分认真:"是吗?"

"这边没揪完。"福晋指着另一边,"这边又发现了一片。"

曾王爷找个下台阶:"太多了,就不用揪了,你坐在那儿歇歇吧。"

福晋信心十足:"不累不累,不获全胜决不收兵。"

曾王爷想到此结束:"行了。"

福晋决心很大:"不行。"

曾王爷解释:"侧福晋已经揪了不少了。"曾王爷真受不了:"不行不行,刚才侧福晋揪了一片了。"

福晋挑理了:"你让她揪不让我揪。"

曾王爷有些急了:"他揪白的,你揪黑的,一会儿我成秃驴了。"

救命草丁三进来报:"王爷,有一个喜信儿!"

曾王爷忙问:"是不是穷不怕来了?"

丁三讨好地说:"不是,王爷丢的那只鸽子飞回来了。"

曾王爷噌地站起来:"真的!我的小环回来了!"

曾王府院里,曾王爷、二贝勒、丁三在院中赏鸽。一群白鸽从窝里飞来飞去。房上还落着几只好看的鸽子。

二贝勒一指房上的一只墨环鸽子说:"阿玛您看,那只墨环是不是咱们丢的那只?"

曾王爷感叹不已:"是它,没错,整个京城没有比得上这只鸽子的。这只鸽子出得最好,我养了三十多年鸽子,没出过这样好的鸽子。宽脑门、大金眼、小宽嘴、大凤头,谁见谁爱。"

二贝勒随声附和:"整个京城找不出第二只。"

曾王爷吩咐:"你不要在这儿耍贫嘴了。告诉水仙,这只鸽子下窝以后,把这只鸽子翅膀给我绑上,别让它再飞跑喽,记住喽,绑上翅膀。"

二贝勒、丁三合曰:"记住了。"

曾王爷得意地走了。屋檐下,一个女仆用针线将鸽子翅膀缝上。

曾王府院里一隅,三格格正在舞剑。曾王爷拿着一个鼻烟壶走过来观看,三格格见阿玛过来,收了剑式问:"阿玛,穷不怕怎么还不来?"

曾王爷故作平静:"你着急了?他会来的,在宫里献艺他从来没迟到过。"

三格格还是有些担心:"这儿可不是宫里。"

曾王爷相信穷不怕:"他的为人阿玛了解。"

三格格试探地问:"他的近况阿玛知道吗?"

曾王爷不明白:"什么近况?"

三格格同情地说:"他流离失所,无家可归,住在破庙里,实在可怜。"

曾王爷没那么悲观:"噢,我看他搞起笑来挺开心的。"

三格格手中宝剑入鞘:"他把笑水送给了别人,把苦水留给了自己。"

曾王爷上心地问:"他真不在三喜班了?"

三格格真心相求："他早离开三喜班了，只说相声了，看样子他还要琢磨个新玩意儿，这么有才华的人，阿玛应该帮他一把。"

曾王爷闻了一下鼻烟："穷先生情殊可悯，我们怎么帮他？"

三格格大言亮出："把他收进王府来。"

曾王爷吓了一跳："收进王府？王府也不能每天办堂会说相声啊！"

三格格思维灵活："可以安排他兼点别的差事。"

曾王爷想不通："他是个布衣，地位贫贱，能做什么呢？"

三格格暗示："阿玛是菩萨心肠，以慈悲为怀。您不经常跟我讲，成就一个人，胜造七级浮屠嘛。看一个人要看他的品学，看他的才能，不能以贫贵论人。"

曾王爷承认："是啊，这话不错，穷不怕出身低微，阿玛没有看不起他，只是府里不好安排他的差事。"

三格格觉得没那么复杂："为什么？"

曾王爷解释："要安排他当公差，委屈了他，让他负责重任，他没有官职，地位卑贱啊！"

三格格出主意："阿玛真想安排他差事，那就把他的地位抬高点不就行了。"

曾王爷不明白："怎么抬高？"

三格格举例："譬如吧，让他做阿玛的弟子啊，让他做阿玛的乘龙快婿啊！"

曾王爷手里的鼻烟壶差一点儿掉在地上："啊！让他做女婿，这话能瞎说吗？"

三格格认真地说："女儿没瞎说。"

曾王爷掏出心窝话："你仁慈心善，同情他，阿玛知道，可不能感情用事。"

三格格不承认感情用事："女儿十分理智，没有感情用事，自古都是妻随夫高，为什么不能夫随妻高呢？"

曾王爷指出同情是有条件的："你怎么周济穷不怕，阿玛都能理解，就不能往那儿想。"

三格格撒娇："我已经想了，怎么办？"

曾王爷干脆："把他忘掉。"

三格格上心地问："为什么？"

曾王爷指出要害："你是格格，他是戏子，噢，对了，他现在连戏子都不如了，是个撂地的。"

三格格看法不同："阿玛，我问您，很多状元是不是原来都很贫寒？"

曾王爷同意一半："是贫寒，可是他们后来都是状元。"

三格格有志气："一个女人为什么等人家成了状元以后才嫁给人家，女儿要先行一步，看准一个人，先嫁给他，然后再帮他成为状元不行吗？"

曾王爷有经验："他成不了状元。"

三格格看法不同："他事业要有成，跟状元一样。"

曾王爷指责女儿："你太任性了。"

三格格借水行舟："阿玛也知道女儿任性，如果让女儿不高兴，以后就见不到女儿了。"

曾王爷心动了一下："你！"

三格格强调："女儿说话算数。"

"好！"曾王爷态度变缓和了，"先不要着急，有的事，还要跟你额娘商量商量，现在还不知道你额娘的意思，再说也不知道穷先生的意思，穷先生志抱山河、漫游江湖，怕不肯留在王府，我看这样吧，我争取先把穷先生留下来当听差。"

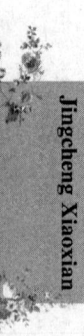

三格格亲了王爷一下："阿玛真好。"

曾王爷有条件："不过，一会儿他来了以后，我得全面考试考试，考考他的智慧，考考他的才能，考考他的为人，看看他够不够在我府当差的资格。如果一方面不合格，阿玛也不能收留他。"

三格格反问："如果阿玛考不住他呢？"

曾王爷态度坚决："阿玛必收他当艺差。"

三格格与曾王爷击掌为约："一言为定！"

曾王爷有些被迫："一言为定。"

侧福晋正好走过来："好，我都听到了，我给你们做个中证。"

曾王爷无奈地摇摇头。

丁三噔噔噔来报："王爷，穷不怕求见。"

曾王爷忙说："他来了，快请！"

曾王府院里，穷不怕前边牵着一只狗，后边跟着董彩莲从门外进来，曾王爷热情相迎："穷先生！"

穷不怕、董彩莲给王爷施礼："给王爷请安！"

曾王爷礼貌相迎："免礼免礼，快请，先生来得很准时。"

穷不怕说："草民不敢失信。"

曾王爷又说了一遍："里边请！"

穷不怕牵着狗，与董彩莲同行。

曾王府院里一隅，丁三同二贝勒躲在一边偷看穷不怕。丁三悄声细语地说："王爷真是开恩了，连狗都能进王府。真是开天辟地迎贵宾啊！"

二贝勒一眼看出董彩莲忙缩回头来："是她！她也来了。"

丁三不明白话意："谁呀，谁来了？"

二贝勒暗示："你看那女人。"

丁三仔细端详董彩莲："哟！她怎么跟穷不怕走到一起了？"二贝勒有感："发展够快的。"

丁三琢磨："也许他们早认识。"

二贝勒摇头："不可能啊，小海棠春从小就被选入宫，如果她有相好的，她不会对皇上那么痴情。"

丁三猜测："要不，他们刚认识的？"

二贝勒还是摇摇头:"刚认识的人也不能发展那么快啊!"

丁三分析:"她准是走投无路,才投靠穷不怕的。"

二贝勒有点动心:"这倒有可能。"

丁三也有了看法:"看起来俩人关系不一般。"

二贝勒有些担心了:"咱们怎么办,看来我阿玛十分器重穷不怕,这臭女人一告我状,咱们吃不了兜着走。"

丁三看重小爷:"您是二贝勒,还怕一个穷说相声的?"

二贝勒解释:"我不是怕他,我怕阿玛,阿玛真跟我认真起来怎么办?"

丁三脸上的目光呆滞了:"要不把包袱还给她?"

二贝勒想法不同:"哪儿还有包袱,金条我逛窑子都花了,就是没花,也不能把包袱还给他。包袱还给他,不等于自投罗网了吗,哪有把证据交给人家的。"

丁三说想起一个办法:"这么办,三十六计,走为上计,今天我陪二贝勒上城隍庙庙会走走。"

二贝勒眉头一皱:"不行不行,有客人来,阿玛准会找我。真是的,阿玛听什么相声啊!"

丁三又想到一个办法:"要不二贝勒今天攻读圣书,闭门谢客。"

二贝勒笑了:"唉,好主意,这个主意好。"

曾王府客厅布置成了寿堂。"千秋之喜"位于中堂,案前,高点寿烛,桌子上的供品有寿桃、寿面、寿酒、水果等。

家人男左女右，站在供桌两旁。曾王爷身穿便服与福晋、侧福晋一起望着客人穷不怕、董彩莲走来。

穷不怕带着董彩莲给曾王爷施礼："草民叩见曾王爷，祝曾王爷'千秋之喜'！"

曾王爷面带喜色："不必多礼，快快请起！"看二人起来，曾王爷指着彩莲问："这位是——？"

穷不怕一笑："她是草民的师妹。"

曾王爷伸手让座儿："先生请上座！"

穷不怕相让："草民不敢，王爷请上座！"

曾王爷真心让客："先生上座。"

穷不怕礼很重："王爷上座。"

曾王爷很有诚意："不不，客为上，孤王下手相陪。"

穷不怕过礼："谢王爷，草民实在不敢，王爷请！"

曾王爷上座，穷先生右座相陪，福晋、侧福晋坐在王爷旁边。董彩莲坐在穷不怕身旁。

曾王爷高兴劲儿不减："穷先生能来王府，王府蓬荜生辉。"

穷不怕谦词："王爷约我再三，我若不来，有失大礼。"

曾王爷说明本意："明日是本王寿诞之日，宾客一定很多，所以今日寿诞之前，先请穷先生相聚。"

穷不怕脸露谢意："草民受宠若惊，深感不安！"

有女仆上来敬茶。曾王爷让客："请先生用茶。能把先生请到府上表演相声绝技，我们全府上下荣幸万分。"

穷不怕自谦地摆摆手："我一撂地摊的，王爷何必这么抬举。"

曾王爷讲礼节："山不在高，有仙则灵。穷先生德艺双馨，名震九城，笑的天使，京城老小，无人不晓，连太后也夸奖过先生的功艺。"

穷不怕脸露谢意："王爷过奖了，以后多蒙王爷关照。"

曾王爷诚意："都说先生智慧过人，今日本王想要领教一下先生的智慧。"

穷不怕附和着："草民不敢。"

曾王爷语重心长："都说穷先生低头一主意，抬头一心眼，今日本王想请教一二。"

穷不怕不慌不忙站起："草民不才，请王爷赐教。"

曾王爷兴致勃勃："如果你能用智慧把我说到院中，我便送你车王府子弟书稿一套。"

穷不怕高兴万分："王爷此话当真？"

曾王爷态度坚决："君子一言九鼎。"

穷不怕跪倒叩头："多谢王爷赏赐。"

曾王爷一愣："你还没有把我说到院中，岂能领赏？"

穷不怕起来说："用个智谋，这很容易，不过，我有个毛病，我思考智谋之时，必须一人冥思苦索，屋里不能留有他人。"

小彩莲站起来说:"我们出去就是了。"

曾王爷也说:"对,我们出去就是了。"

说着,曾王爷带着福晋、侧福晋,随着董彩莲跨到院中。这时穷不怕从屋里出来,下跪领赏:"请王爷赐书。"

曾王爷一愣:"还没开始,怎能赏赐。"

穷不怕情急智生:"《孙子兵法》第五,搅乱阵营,随机应变!王爷已经站在院中了。"

曾王爷拍拍前额:"我上了你们二人当了。"

曾王爷叫人:"来人,赏赐穷先生车王府子弟书稿一套。"

家人赐书,穷不怕施礼:"谢王爷!"

三格格站在配殿门口偷偷地望着穷不怕,又忌妒地看了看董彩莲。

第六章 登王府盘查漏选秀女

曾王爷院里,穷不怕手里端着赐书心旷神怡,曾王爷、福晋、侧福晋、董彩莲站在院中都在为他助兴。这时丁三、水仙提着四只菜鸽走过来,曾王爷叫过丁三问:"你让水仙买了几只菜鸽?"

丁三回话:"买了四只。"

曾王爷吩咐:"你让水仙把菜鸽都绑上翅膀,再叫王妈拿去做她最拿手的鸽肴。"

丁三细问:"做几只?"

曾王爷手一比画:"四只,哎,记住哇,就杀绑翅膀的。"

丁三听命:"奴才记住了,奴才这就去通知王妈。"

厨房门口,丁三对王妈说:"今日有客人,王爷让你做鸽肴。"

王妈细问:"杀几只鸽子?"

丁三嘱咐:"就杀绑翅膀的,把绑翅膀的鸽子都杀了!没绑翅膀的一只也不要动。"

王妈点头，丁三又叮嘱了一遍："记住了吗？"

"记住了，绑翅膀的都杀喽。"王妈重复了一遍。

曾王爷客厅里，曾王爷、福晋、侧福晋依次坐好。穷不怕、董彩莲对面相陪。曾王爷看了看周围问道："怎么不见老二呀？"

福晋、侧福晋都摇头不知。

曾王爷对穷不怕说："我还有小儿，平时贪玩少礼，还望穷先生多加指教。"

穷不怕出于尊敬说："上有好者，下必甚焉，王爷这么贤良，二贝勒肯定也错不了。"

曾王爷呼唤："丁三，丁三！"

丁三进来，不敢正视董彩莲，低头面向王爷："奴才在。"

曾王爷吩咐："到后院把二贝勒请过来。"

丁三回话："二贝勒正攻读圣贤书，刚才嫌奴才打扰，把奴才轰了出来。"

曾王爷变成命令口吻："告诉他，这儿有贵客临门，让他见上一面，再去读书不迟。"

丁三还有顾虑："怕二贝勒读书入魔不肯前来。"

曾王爷不客气地说："平时都不好好读书，有客人来，端什么架子。"

穷不怕觉得礼太重："来日方长，二贝勒正在含英咀华，不打扰也罢。"

曾王爷心境不同:"穷先生温厚宽和、豁达知礼,能让小儿见上一面,也是我全家福分。"又命令丁三,"快去,让二贝勒过来。"

丁三答应:"喳!"

水仙又续茶,曾王爷让客:"先生,请用茶。"

穷不怕端起茶碗用心品茶。

跨院书房,二贝勒举着一本书直打瞌睡,丁三进来找人:"二贝勒!"

二贝勒睁不开眼睛。

丁三又叫了一遍:"二贝勒,老王爷让你过去见穷不怕。"

二贝勒一下精神起来:"什么,你说什么?"

丁三只好重复:"老王爷让你过去,见穷不怕。"

二贝勒紧张起来:"哎哟,你怎么不拦住哇?"

丁三解释:"我说了,二贝勒正在读圣贤书,没有时间会客。"

二贝勒点头:"对啊,那还让我去干什么?"

丁三学舌:"王爷说平时不好好读书,有客人来,端什么架子。"

二贝勒不服:"我没端架子,我也没架子。"

丁三继续学舌:"王爷说,能让穷不怕见上一面,是我们全家的福分。"

二贝勒接受不了:"哎哟,还福分呢,福什么分啊,非得

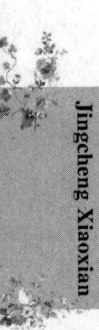

福出祸来，还不济听你话，咱们去城隍庙呢。"

丁三还在想办法："要不，拿着圣贤书露上一面。"

二贝勒担心："一露面就露馅了，要不，你就说我病了，突然病了。"

丁三说出要害："一说你病了，穷不怕还不到这儿来看你。"

二贝勒更紧张了："哎哟，穷不怕，你怎么跟我过不去呀。要不，豁出去了。我把包袱交给我阿玛，然后去见穷不怕。"

丁三寻思："你交包袱怎么说啊！"

二贝勒编了一下："我就说从树上捡的。"

丁三摇头："不行。"

二贝勒忙问："怎么又不行了？"

丁三解释："王爷一听说捡的，会把包袱交到顺天府，弄不好，你和小海棠春传到堂上对质，就麻烦了。"

二贝勒一听更着急了："是啊，我这不是自投罗网嘛。"二贝勒想了想说，"让她认不出我来最好。"

丁三想得多："人家如果认出来贝勒爷呢？"

二贝勒想了想，干脆直说："我就说我爱你，我要和穷不怕争夺你。"

丁三忧虑："这行吗？"

二贝勒没别的办法："那怎么办？"

这时王四进来又催:"二贝勒!老王爷让您马上过去。"

二贝勒带气:"我知道了。"

曾王爷客厅里,曾王爷、福晋、侧福晋、穷不怕、董彩莲在等二贝勒。丁三、王四守在门口等候。好一会儿,二贝勒拿本书进来请安:"孩儿拜见阿玛。"

穷不怕、小彩莲给二贝勒行礼:"草民幸见二贝勒。"

曾王爷语重心长:"孩儿,快给穷先生、二师姐见礼,今日以师礼相见。"

二贝勒用书遮面:"学生参见穷先生、二师姐。"

穷不怕客气:"二贝勒免礼。"

董彩莲也随便:"二贝勒免礼。"

二贝勒还用书挡住了半张脸,曾王爷冷不丁把书抽走:"拿书装什么样子。"

六目相对,董彩莲认出了二贝勒:"是你!"

门外,丁三、王四看得一清二楚。

客厅里穷不怕不知内情:"二贝勒请坐。"

二贝勒缩着脖子:"不不不,穷先生请坐。"

穷不怕知道礼法:"二贝勒坐。"

二贝勒生怕露馅,说了一句:"学生失陪了,学生正在攻读圣贤书。"二贝勒拔腿而去。

董彩莲向穷不怕暗使了个眼色。

穷不怕不知何意,审视了一下二贝勒。

曾王爷问侧福晋："三格格在闺房吗?"

侧福晋点头："在闺房。"

曾王爷发话："请出来见见穷先生。"

侧福晋吩咐水仙："请三格格出来一下。"

水仙出来，冲着后堂喊："三格格，有客人来了，王爷有请!"

三格格懒洋洋出来，伸了一下懒腰："谁来了?"

水仙解释："就是格格最想见的那个笑仙。"

三格格故装不知："哪个笑仙?"

水仙点明："就是穷不怕。"

三格格高兴："真的?"

水仙还有话："不过……"

三格格问："不过什么?"

水仙不愿意说出来："他身旁还带了个女人。"

三格格没当回事："又是她！没事……"

曾王府客厅，三格格进来向长辈见礼："孩儿见过阿玛、大额娘、额娘。"

穷不怕、董彩莲："给三格格请安!"

三格格打心眼里高兴："免礼。"

曾王爷用重托口吻对女儿说："见过穷先生，今后以兄妹相称。"

三格格心里别提多喜悦了："小妹给绍文兄行礼。"

穷不怕忙接礼:"不敢不敢。"

曾王爷命三格格:"见过二师姐。"

三格格给董彩莲行礼:"见过姑娘。"

董彩莲接纳不住:"免礼免礼,小妹妹长得真俊啊。"

三格格问彩莲:"咱们谁是妹妹?"

侧福晋插话:"当然你是妹妹,这是你未来的嫂嫂。"

三格格有些不高兴:"额娘净多嘴。"

曾王爷对客人们说:"让你们见笑了。"

穷不怕没把礼节看得多么重:"无须多礼。"

侧福晋把三格格拉到一边问:"你当着客人,怎么不注意一点儿礼节?"

三格格反问:"额娘,我怎么啦?"

侧福晋语重心长:"人家是你未来的嫂嫂,怎么成你妹妹了。"

三格格不拘小节:"他们成亲了吗?"

侧福晋指着二人:"你看俩人并排坐着,还不知趣。"

三格格觉得礼不到家:"并排坐着,就是未来夫妻啊,这是谁规定的?"

侧福晋有根有据:"这是祖宗规定的。"

三格格总觉得礼不到家:"我脸皮可没那么厚,她跟穷先生没入洞房,就和人家并坐在堂上,就让人家叫师母啊,叫嫂子啊,我可受不了。"

侧福晋话也多了："人家也没叫你啊！"

三格格不让人："没叫，我脸已经发烧了。"

侧福晋觉得发笑："你发什么烧啊？"

三格格有理儿："额娘，我跟您说，咱们今天请的就是绍文兄一个人。"

侧福晋越听越不像话："怎么叫上绍文兄了？"

三格格说自己的理儿："阿玛叫我们兄妹相称。"

侧福晋终于明白了："你到真会钻空子。"

这时家人报："扎王爷到！"

曾王爷等屋人都站起："快快远迎。"

侧福晋小声嘀咕："他怎么今日来了？"

三格格也不痛快："他来捣什么乱？"

客厅门口，全屋人迎了出来，扎王爷带着两个护卫走来了："恭贺曾王爷千秋之喜。"

曾王爷急忙还礼："同喜同喜。"

福晋、侧福晋、三格格过来见礼。

穷不怕、董彩莲及下人们给扎王爷叩拜："叩见扎王爷！"

扎王爷向护卫一摆手，护卫将贺幛送上。曾王爷这边早有家人丁三接过贺幛。

扎王爷对跪民说："平身！"众人才陆续起来。

曾王爷笑迎："扎王爷请！"

扎王爷礼让："曾王爷请！"

客厅里，扎王爷为上首，曾王爷为下首，其他人下边依次而坐。

扎王爷发话："明日本王有皇差，不能前来，今日特提前贺喜。"

曾王爷问："明日扎王爷要出远门？"

扎王爷脸变得严肃："有远有近，还是同治十一年漏选秀女一事。"

董彩莲一惊。

曾王爷也认真起来："圣上的秀女还没选完？"

扎王爷摆手："不，同治十一年选秀女，有些秀女隐瞒没报，抗旨私逃，圣上大怒，让本王查处严办。"

董彩莲脸色十分惊慌。

穷不怕发现了董彩莲这种变化。

曾王爷想着宫里："怎么圣上现在想起这事来了？"

扎王爷解释："四春出宫以后，圣上心情十分不好。王爷你想，太后将圣上四个最宠爱的侍妾轰出了宫，身旁没人陪歌伴舞，怎么能不恨起那些漏选入宫、抗旨私逃的秀女来。"

董彩莲不敢看曾王爷的脸。

曾王爷点头一乐："扎王爷也管起宫里事来了。"

扎王爷心里得意："事在宫里，人在宫外。最近忙得我腰酸腿痛，岁数不饶人哪。"

家人给扎王爷上茶。

曾王爷边点头，边对家人说："传王妈，为扎王爷备宴。"

扎王爷摆手："不必不必，我公务在身，坐坐就走。"

曾王爷指着水果，吩咐三格格给扎王爷削个苹果，又对扎王爷说："咱们也学学洋人，吃苹果削削皮。"

三格格拿着"小金刀"在削苹果。扎王爷望着三格格在夸奖："我们三格格懂事多了。"

三格格借机问候："大格格姐姐怎么没跟王爷来？"

扎王爷不客气："那是个野丫头，早骑着马到南苑去了。"

众人笑。

曾王爷替人买好："扎王爷国事太忙，不像我老待在家里。"

扎王爷会说好话："曾王爷身体欠安，理应多休息。"

扎王爷发现了穷不怕，脸露惊讶，曾王爷忙做介绍："这位是京城有名的笑仙朱绍文。"

扎王爷直言："我们见过面。"

穷不怕又站起施礼："草民见过扎王爷！"

扎王爷客套话上来了："在这里能遇到穷先生，也是本王的福分。"

穷不怕谦虚过话："草民不敢高攀。"

扎王爷抛出有分量的话："你都攀到慈禧皇太后那里了，还把本王放在眼里，本王几次派差役请穷先生都没给面子。"

穷不怕顺嘴说出："草民不敢。"

曾王爷看了看二人表情:"你们认识?"

扎王爷脸露尴尬。

穷不怕对扎王爷再次施礼:"上次在天桥不知是扎王爷,草民多有冒犯,恳请扎王爷见谅。"

扎王爷装出大量:"过去的就过去了,不必挂齿。"

穷不怕想到地摊:"以后还希望扎王爷在天桥多多关照。"

扎王爷原来的气没有消:"有太后关照你了,还用得着本王吗?"

曾王爷圆场:"好了,好了,一回生,二回熟。"

扎王爷又看到董彩莲:"这位是——?"

曾王爷给扎王爷介绍:"哦,这是穷先生的师妹。"

扎王爷想不起来在哪儿见过:"本王看着怎那么眼熟?"

董彩莲自圆其说:"我是帮穷不怕收钱的。"

扎王爷望着董彩莲的脚,在思索问题:"不是!"

三格格拿着削好的苹果从扎王爷身边走过,扎王爷伸手去接,三格格已经递给穷不怕。三格格知道失误,忙打圆场:"王爷要吃,我再削一个。"

曾王爷和侧福晋不解地对视了一下。

穷不怕举着苹果不好下嘴。

三格格手里移动着水果刀,苹果皮长长的宽窄不变地垂下来,引起了全屋人的注意和佩服。

三格格削完的第二个苹果又吃了两口,想起来了:"哟,扎王爷的苹果我给吃了，我再削一个。"

扎王爷忙说："我不吃了，我不吃了。"

侧福晋指着三格格说："你下去吃去吧。"

三格格不在乎地边咬着苹果边下去了。

扎王爷问曾王爷："王侄呢？"

曾王爷指了指："他在书房。"

扎王爷又说："我找侄儿有点事儿。"

曾王爷没想通："找他有什么事？"

扎王爷说明来意："我想请王侄儿出山，帮我跑跑道，查一查漏选秀女一事。"

"太好了，他有点事做最好了。"曾王爷正为二贝勒碌碌无为而发愁，现在他有了想法。

曾王府小客厅，扎王爷正同二贝勒坐着叙谈。

扎王爷说着心里话："圣上近日心情很不好，几个侍妾被赶出宫，勾起了十一年选妃一事，有几个秀女漏选，圣上让查出来严办。"

二贝勒请教扎王爷："我怎么帮助王叔呢？"

扎王爷指点："十一年选妃档案我马上拿到手，过两天你到我府上详谈。"

二贝勒点头："侄儿一定鼎力相助。"

扎王爷想起一事："唉，穷不怕身旁的那女人，我看着怎么那么眼熟？"

二贝勒有些惊慌,装作不知:"是吗?"

扎王爷谈看法:"太后太宠这帮戏子了,现在又出了个相声,信口开河,议人议事,敢谈论朝政,将来必引出大患。"

二贝勒知道说好话:"王叔高见!"

扎王爷坚信自己的看法:"事实会证明我的看法。"

二贝勒忙问:"王叔看出什么端倪来了?"

扎王爷看不惯一些人:"哼!说相声的,竟敢当众挖苦起我来了。"

二贝勒细问:"是那个穷不怕吧?您别往心里去,找个机会我给您出出气。"

扎王爷十分厌烦:"到时候,我要到太后那里奏他一本。"

二贝勒点头赞同,劝饮:"王叔请用茶。"

扎王爷端起茶杯:"王侄也喝。"

二贝勒心悦:"王叔怎么看上我了?"

扎王爷自有独见:"就从城门楼子那天,你穿那两只绣花鞋,王叔就看出你有股邪劲儿。"

二贝勒动了心了:"我也看上王叔了,咱们是王八看绿豆了,对了眼了。"

曾王府小戏园,为了便于穷不怕"白沙撒字",模仿天桥模样摆成相声场。穷不怕、董彩莲坐在"画锅"里,外边几排椅子相围。曾王爷和福晋坐在头一排,侧福晋和三格格坐在第二排,正在曾王爷身后,观众可多可少。丁三、王四也在其中。

董彩莲举着节目折子递给曾王爷:"请王爷点节目。"

曾王爷将节目折子传给福晋:"还是请福晋点吧。"

福晋望了望节目折子,传给了侧福晋,侧福晋又递给三格格:"还是让三格格点吧。"

三格格巴不得呢:"我点一段吧。"

"好,三格格点。"正合曾王爷心意。

三格格心里早就想好了:"来一段'莲花落'吧。"

曾王爷从心里支持:"对对,听戏先听'莲花落'。"

三格格提议:"来一段逗哏的。"

侧福晋附和:"逗哏的好,我就爱听开心的。"

众人、福晋点头说好。三格格看了半天:"来这段'摔镜架'吧。"

曾王爷一愣,穷不怕吓了一跳:"不可不可,这是妇人思归、守空房的段子,今日是王爷千秋之喜,应该唱'福寿禄喜蟠桃会'。"

三格格反对:"不唱,我就爱听'摔镜架'。"

侧福晋担心女儿任性:"大过生日的,摔什么镜架?"

三格格又强调了一下:"我就爱听这口。"

福晋发话了:"你们让人家点,人家点了,你们又不依。"

曾王爷决定似的:"'摔镜架'就'摔镜架'吧,那是戏,怕什么。"

三格格高兴地把折子一合，欲递给董彩莲，董彩莲刚要接，三格格又把折子亲自交给穷不怕。

侧福晋又补充说："都说穷先生的白沙撒字最精彩，让穷先生边唱'莲花落'，边撒个'寿'字。"

曾王爷指出要害："不可，不可，万岁爷过寿，王爷只能过生日。"

侧福晋觉得顾虑多余："这是演戏，怕什么？"

曾王爷只好顺着："那好那好，穷先生，你开始唱'莲花落'吧。"

"画锅"里，穷先生一边伴奏，一边唱配音："莲花落来莲花落，（哎，哩留莲花呀，咿呀，留莲花）唱一回八月秋风阵阵凉，一场白露一层霜，严霜单打独根草，挂大扁甩子落在荞麦梗儿上。雁飞南北知寒暑，秀女房中哭痛肠，小奴家许配张延秀，二哥南京去纳进，一去六年未还乡。去了一天画一道，去了两天画一双，去了也有多少日，不知不觉画满墙，二哥你有官没官回来罢，（哎，哩留莲花呀，咿呀，留莲花）撇下小奴守空房，也么嘿，嘿嘿莲花，哩留哩留莲花落。"

座位上三格格一边笑着，一边嗑着瓜子儿。穷不怕一抬头，她就用瓜子皮砍过去，瓜子皮都掉在曾王爷的脖领里。

曾王爷觉得脖子痒，用手抓出了瓜子皮，一回头，一个瓜子皮又打在曾王爷的脸上，三格格忙做解释："女儿没看见，真没看见。"

曾王爷淡然一笑："没关系，没关系，你砍吧。"

侧福晋插嘴说："地在下边，上边是脖领子。"

三格格解释："女儿不是丢阿玛。"

曾王爷宽宏大度地说："小事儿一桩，小事儿一桩。"

穷不怕抬了一下头，三格格又砍起瓜子皮来。

曾王爷缩着脖子回头问："你还有多少瓜子没吃完？"

三格格又解释了一遍："我不是砍阿玛。"

曾王爷问："你砍谁？"

三格格动情地说："我砍穷不怕，他唱得真逗。"

侧福晋真心地问："是逗吗？我都快哭了。"

曾王爷拐弯抹角地说："是得砍他，是得砍他，你砍得着吗？'

三格格也觉得："是远了一点儿。"

"画锅"里穷不怕又接着唱："小二姐两眼泪珠儿垂，忽见蝴蝶楼上飞，小奴家上前扑了一把，倒叫蝴蝶儿往外飞，大蝴蝶赶头小蝴蝶儿咬，小蝴蝶又把大蝴蝶儿追，这么个水虫儿还有夫妻意，奴的二哥哥怎么不回归？有官没官回来了罢，（哎，哩留莲花，咿呀，留莲花）留下了二姐守空帏。也么嘿，嘿嘿莲花，哩留哩留莲花落。"穷不怕写完"寿"字，唱词也到一段落，周围一片赞扬、起哄声。

三格格从座位上站起来，由女用人托着银两相陪，向穷不怕走来:"穷先生看赏!"

"画锅"里穷不怕施礼领赏:"谢三格格!"他刚一抬头,三格格一个瓜子皮正砍在穷不怕脸上。

座位上侧福晋乐得前俯后仰,曾王爷也乐滋滋地:"这回可砍着了。"

董彩莲醋意地望着三格格,众人笑声不止。座位上福晋终于乐了出来,侧福晋也捂嘴笑:"真逗!"

福晋还在笑,侧福晋发现了福晋笑,捅了一下王爷说:"王爷看,福晋笑了。"

曾王爷高兴:"福晋一笑,王府都笑了。"

侧福晋提醒:"王爷有言在先,福晋一笑,穷不怕就要留在王府。"

曾王爷痛快地答应:"就那么办。"

福晋说明:"我是笑那瓜子皮啦。"

曾王爷解释:"那也算,在这场合上笑都算数。"

侧福晋对曾王爷耳语:"其实福晋就是让穷不怕给逗笑的。"

曾王爷点头:"说相声的表演哭也能把你逗笑喽。"

这时厨房王妈进来:"王爷,寿席已备好了!"

曾王爷发令:"好好好,大家入席去!"

二贝勒书房,丁三进来,看见二贝勒在发愣,就说:"前厅那么热闹,二贝勒也不去看看。"

"小王没心情。"

"二贝勒的心事奴才知道。"

"我有什么心事?"

"二贝勒在琢磨一个女人。"

"谁?"

"穷不怕旁边那个女人,这个女人怪怪的。"

"你还真有眼力。"

"天底下竟有这么漂亮的女人。"

"不全是因为她漂亮,而是小王心里窝个谜团。"

"什么谜团?"

"小海棠春刚从皇宫出来,怎么跟穷不怕混在一块儿啦?"

"您又来了不是,这有什么奇怪?她一出宫,马上变成了下人。"

"她明明认出了我,为何不找我要包袱?"

"这倒真怪,不知她憋着什么屁。"

"好几根金条不要了,不会吧,她到底打什么主意?"

"二贝勒还要提防她一下为好。"

庭院里,曾王爷随着侧福晋走在最前边。穷不怕、董彩莲在后边并行。福晋、三格格、水仙在一块儿尾随。

穷不怕手里还托着三格格的赏品,董彩莲掀开赏品上边的红衫布,露出一枚闪闪发光的戒指,穷不怕一愣。董彩莲堵气把红衫布一盖："又是那枚定婚戒指。"

董彩莲醋意地往回跑，三格格追了过来，故意问："你干什么去？"

董彩莲站住脚，稳定了一下情绪："茅厕在什么地方？"

三格格坏笑："我带你去。"

俩人走后，侧福晋对曾王爷说："王爷看见，穷不怕把福晋都逗乐了。"

曾王爷高兴："是啊，福晋乐可不是件容易的事，比铁树开花还难哩。"

侧福晋心细："我看出来了，福晋喜欢上了穷不怕的相声了。"

曾王爷嘴不饶人："我也看出来了，你也喜欢上了穷不怕的相声了。"

侧福晋建议："王爷把穷不怕留在府内当艺差，这样可以老逗福晋乐。"

曾王爷说话直："对，也能老逗你乐。"

侧福晋说话："我们都乐了，王爷也开心了！"

曾王爷决定："好，既然能逗你们开心，就把他留下吧。"

侧福晋会讨好人："王爷心眼真好！"

庭院里土路上，三格格和董彩莲从后边赶来了。

三格格心里一直想着穷不怕："穷先生可是个大才子。"

董彩莲抿嘴强笑。

三格格忙圆场:"穷先生可需要个能干的好内助。"

董彩莲立刻收敛笑容。

三格格话多了:"一个艺人要想成功,要想在京城立住脚,要想名留史册,必须有人提携,必须有个有钱人、有地位人做他的后盾。一个妻子应该是男人成功的桥梁,不然人就被糟踏了。"

董彩莲没有明白:"你这是什么意思?"

"就这意思。"三格格淡笑,"当今社会,一个卖艺的,想凭本事闯天下,难啊,必须得有人提携。提携的人地位越高,名声越大越好。譬如穷先生得京城笑仙这个称誉是太后懿封的,所以,京城笑仙这个名字很快名噪京城。"

董彩莲接话:"这我知道。"

三格格深问:"你知道谁提示太后的?"

董彩莲微微摇摇头:"谁?"

三格格不客气:"我!"

董彩莲听着新鲜:"你?"

三格格一本正经:"是我,我把'京城笑仙'这几个字在恰当的时候送到太后耳朵里,而太后在最高兴的时刻,脱口而出。我想一个妻子就要有使丈夫扭转乾坤的能力,而不能只为丈夫收小钱。"

董彩莲动怒:"你!你讽刺我!"

三格格否定:"没有哇,我没有说你啊,我是说穷先生确实是个难得的大才子,必须有人提携,有人捧。"

董彩莲点了点头:"这我知道。"

三格格想深说:"所以我阿玛想……"

董彩莲叮问:"王爷想什么?"

三格格用王爷说词:"我阿玛想把他留在王府当艺差,你不反对吧。"

董彩莲惊愕:"啊!"

王府院里一棵枯槐下,众人路过枯槐不以为然,穷不怕望着这棵枯槐停住了脚。原来穷不怕发现了槐枝上发了新芽:"王爷请留步。"

曾王爷没有多想:"穷先生观赏古槐?"

众人留步,三格格、董彩莲也走过来,穷不怕话多了起来:"敢问王爷,这古槐有多少年?"

曾王爷没有多想:"从明朝嘉靖十年就有这棵古槐,算起来少说也有三百多年了,可惜在道光三年,这棵古槐已经枯死。"

穷不怕一笑:"王爷您看,上边已长出嫩枝新芽。"

曾王爷顺着穷不怕指的方向,看见了枯枝上长出几根新枝,新枝上萌发出无数绿芽。曾王爷又看见其他枯树上的新枝新芽,他的笑嘴咧开了。

众人也惊叫:"啊!啊!枯槐已然复苏了。"

曾王爷赞曰:"枯木逢春,大吉大利,此乃复苏槐也。"

穷不怕赞曰:"今日乃王爷千秋之喜,院中枯槐复苏,值得大喜大庆。"

众人纷曰:"是啊!真是大喜大庆。"

穷不怕提示:"王爷是否记得,乾隆十六年,时逢乾隆母后寿诞之日,国子监有棵枯槐,突然萌发嫩枝新绿,引起乾隆爷和满朝臣子赋诗赞许。"

曾王爷抢着回答:"记得记得。"

侧福晋建议:"我们也应该赋诗赞颂,庆贺王爷千秋之喜。"

福晋同意:"是啊,我们也应该颂诗作画。"

曾王爷还是看中穷不怕:"还是穷先生牵个头吧。"

穷不怕礼让:"今日是王爷千秋之喜,理应由王爷牵头。"

曾王爷不客气了:"那好,我让众人见笑了,一二三四五六七,枯树逢春又吐新。二四六八十,王爷过生日。哈哈哈……"

众人也笑,福晋问:"这叫什么诗?"

侧福晋给起个名:"前边七言,后边五言。"

曾王爷同意:"对,七言转五言。"

侧福晋无恶意:"连韵都转了。"

曾王爷谦虚起来:"作不好,作不好,让大家见笑了,我让小女替我作一首。"

众人鼓掌:"好好好,三格格来一首。"

福晋介绍:"这是我们府里的才女。"

三格格兴致很高:"今日小妹想跟绍文兄比上一首,不知绍文兄可给小妹这个面子?"

穷不怕谦虚地说:"跟三格格比诗的确不敢,三格格乃名府之后,出口成章。不过奴才在曾王爷千秋大喜之际,愿意赋诗一首,咏槐增辉。"

众人鼓掌:"好好好,听穷先生赠诗。"

穷不怕礼让:"还是三格格先咏。"

三格格礼也来了:"兄长为先。"

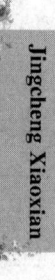

董彩莲看看三格格,望望穷不怕。

穷不怕开始吟诗:"闲步倚槐王府中,鸳鸯落枝啄新虫。抬头极目枯枝木,满帘绿芽萌新生。"

众人叫好:"好好好,有生气!""不愧满腹诗书!"

有人提议:"该三格格了。"

众人鼓掌,叫好,三格格也不客气:"我也对上一首。'周步一池销半年,枯树发芽飞鸟还。复苏槐下等知己,蝶飞王府有何难。'"

众人笑:"好好!""有情有意!""让人回味!"

董彩莲脸露忧虑。

福晋建议:"这些好诗应该留存府案。"

侧福晋同意:"对啊,不能光吟诗,应该赋诗作画,久留后世。"

曾王爷唤家人："对对对，来人啊，笔墨伺候。"

几个家人抬着案板，拿着文房四宝上来。桌案已摆好，曾王爷对众人说："我那首诗就算了吧，从穷先生这儿开始。"

侧福晋也说："从穷先生这儿开始。"

"恭敬不如从命。"穷不怕提起笔来刚要膏墨，三格格发话："绍文兄等等。"

说着，三格格打开一把白折扇："请兄长将此诗留在扇上，供来府人赏阅。"

曾王爷同意："留在扇上更好。"

侧福晋支持："是啊，谁想看看就看看，谁想吟吟就吟吟。"

董彩莲不同意，想暗示穷不怕，穷不怕没有理会。

穷不怕没有多想，将此诗写在扇中。

三格格看后一笑："好！"

曾王爷兴头来了："这回该我们三格格了。"

众人同意："对，该三格格对诗了。"

三格格得意将扇子一翻个，原来赋诗早在扇面上："我的诗已在扇面上。"

穷不怕愣住了，众人不住叫好，董彩莲脸上露出复杂表情。

三格格寝宫，三格格在欣赏着扇中诗句："鸳鸯落枝啄新虫……"

侧福晋从外边进来:"都看入迷了。"

三格格笑曰:"额娘你看,我这边蝶飞王府有何难,绍文那边鸳鸯落枝啄新虫。额娘听过鸳鸯吃虫子的吗?鸳鸯都是比翼双飞,我盼着蝴蝶飞王府,他却来了鸳鸯鸟,这诗对得太好了。"

侧福晋很冷静:"你又瞎想了,穷先生作诗在先,你对诗在后,他怎么知道你盼望蝴蝶呢?"

三格格不同意额娘的分析:"他干吗非比成鸳鸯,说明他心里有我。"

侧福晋另有解释:"他同彩莲不也可以比成鸳鸯吗?"

三格格的分析不同:"那落在我府古树上干吗,他不会飞到别处去吗?"

侧福晋想顺藤摸瓜:"他咏赞王府古槐,当然落在王府,你跟额娘说说,你留穷先生当艺差,有没有其他意思?"

三格格矢口否认:"没有哇!"

侧福晋试探地问:"女儿找郎君准备找个什么样的?"

三格格说话不沾边:"反正圣上那样的我不稀罕。"

侧福晋听着悬乎:"你口气好大。"

三格格直说:"傻书呆子我看不上。"

侧福晋进一步试探:"你喜欢穷先生那样的?"

三格格不回避:"反正我给他留下了秘密。"

侧福晋想摸底儿:"什么秘密?"

三格格嘴还是比较严的:"暂时保密,反正我会看人,穷先生将来必成大材。"

侧福晋在用反激法:"一个说相声的,不能登大雅之堂,上不了史册,只不过寻寻开心罢了。"

三格格心里话存不住:"那可不一定,后人一定有人为穷先生写传。"

侧福晋让他留个心眼:"这话别当着别人说,让人家笑话。"

三格格谈话还是那么随便:"我不就跟额娘说说嘛。"

侧福晋点出要害:"你要有这想法,就不好把穷不怕留下当艺差了。"

三格格听出来了:"额娘!您说出的话又收缩去了,好,我从明天起去逛天桥。"

侧福晋制止:"不能去,不能去,还是把穷先生先留下吧。"

三格格扑哧一笑。

曾王府餐桌旁,曾王爷陪着穷不怕、董彩莲围桌而坐,女佣上菜。

穷不怕拿出一个首饰盒,对曾王爷说:"今日是王爷千秋之喜,草民没带什么东西,这是小小纪念品,略表寸心。"

曾王爷没明白穷不怕原意,很知足:"太客气了!"

曾王爷接过首饰,随手交给三格格。

三格格脸色大变，一打开首饰盒，正是自己送给穷不怕的那戒指，怒气十足地瞟了穷不怕一眼，"啪"的一下扣上首饰盒。

众人不知发生了什么事。董彩莲沾沾自喜地看了看三格格，又得意地看了看穷不怕，曾王爷对穷不怕说："今日孤王有一事想同先生商量。"

穷不怕认真地问："王爷何事？"

董彩莲也望着曾王爷。

曾王爷亮出自己的想法："先生满腹经纶，果真才华过人，看一面二面不能快慰平生，孤王有意想留先生在府里当艺差，不知先生意下如何？"

穷不怕一愣："当艺差？"

曾王爷点头口吐真言："留在王府说相声，福晋、侧福晋、格格都爱听你的相声。"

众人点头附和。

穷不怕站身作揖："多谢王爷关怀有加！"

曾王爷正气凛然："逢己独唯贵！"

穷不怕谦虚严谨："不敢不敢，草民为街头艺人，不敢登大雅之堂，不敢脱众。"

曾王爷觉得可敬："王府确实经常举办各种堂会，非常缺少先生这样的艺才。"

穷不怕平易近人本色不变："王爷过奖了。"

曾王爷胸怀宽广："本王实心实意地留你。"

侧福晋也实意相帮："王爷就喜欢品学端庄之人。"

穷不怕再次相谢："草民十分感激。"

福晋也开腔表态："我和侧福晋也十分欣赏先生的相声。"

侧福晋立刻帮腔："是啊，福晋和我都想留你。"

穷不怕感谢："谢福晋！谢侧福晋！"

曾王爷进一步动员："你留在府里当艺差，拿'内廷供奉'，旱涝保收，也免受风霜之苦。"

董彩莲担心地望着穷不怕。

穷不怕说出自己的想法："王爷款留盛意，草民领了，只是小人在街头，绝非为了苟且偷生，自己学的白沙撒字，只有在地摊上才能施展技能。"

曾王爷终于明白了："噢！"

董彩莲松了一口气。

三格格强忍着怨气再留穷不怕："绍文兄，果然有大志，如果小妹看上你的才艺，执意留你在府内，你将如何？"

穷不怕婉言拒绝："三格格过奖了，说草民有才艺，实不敢当，山外青山楼外楼，人外有人，天外有天，如果三格格想留个说相声的，可另选高人。"

三格格假装动怒："你真不知好歹，你懂不懂得艺人成名得有人提携！"

穷不怕附和着："小人深知。"

三格格真伤心了:"你知不知道,太后懿封你"京城笑仙"这个美名,是本格格暗示太后的?"

穷不怕起身致谢:"多谢三格格提携。"

三格格据理力争:"曾王府给你营造一个发挥才能的氛围,你懂吗?"

穷不怕再次施礼:"草民明白。"

三格格痛心地说:"既然明白,为什么我好心没得好报?"

穷不怕再做解释:"三格格的好心草民领了,相声将来会进茶馆,会上戏台,会登大雅之堂的。不过现在必须从地摊上发展。换句话说,今日相声在地摊,正是为了明天上戏台。"

三格格堵气摔下筷子走了,三格格穿过过道回寝宫去了。

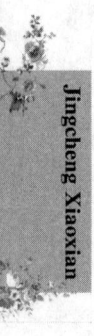

宴厅里,曾王爷为穷不怕摆了个小宴。饭桌上气氛大变,侧福晋直看王爷。曾王爷对穷不怕说:"既然穷先生不肯淹留,我们也不好强求。不过,我也劝先生三思,不管何时,先生想来,随时可以捷登王府。"

穷不怕真心感谢:"谢王爷恩典!"

曾王爷略表寸心:"今日我给先生备了一桌小小的鸽宴,愿意彼此留下美好的心愿。"

穷不怕有个新发现:"看来曾王爷很喜欢鸽子?"

曾王爷兴趣倍增:"本王喜欢鸽子不是创举。唐朝大宰相张九龄以养鸽子为乐,有'飞鸽传书'之说;南宋高宗赵构,喜爱养鸽,有'万鸽盘旋绕京都'之名句。鸽子有递信、观赏、食肉三大用途。"

穷不怕佩服:"没想到王爷对鸽子还有研究,王爷的鸽子主要是观赏鸽吧?"

曾王爷一惊:"你也懂得鸽子?"

穷不怕兴趣也不弱:"京城人谁都知晓,信鸽为灰色,赏鸽为白色。信鸽看飞盘,赏鸽看喷崽。"

曾王爷点头:"一点不假,昨日本王丢了一只自己喷的小墨环,没把本王坑死了,今天一早,乘先生来府之春风,又飞回来了。"

穷不怕为王爷庆贺:"失而复归值得庆贺。"

曾王爷心喜:"今日我设小小鸽宴,意义非比寻常。"

穷不怕举杯:"首先为曾王爷的宠鸽失而复归干一杯!"

众人举杯:"干!"几个女佣陆续上菜。

曾王爷指着餐桌上的盘子说:"这是'板栗炒鸽',这是'蛋菇',这是'香酥鸽脑',这是'鸽老',吃吃,鸽子肉嫩质美,高级补养,它可以和鹌鹑比美,有'男鸽女鹑'之说。"

穷不怕随便想到一问题:"曾王爷那么喜欢鸽子,还舍得吃鸽肉?"

曾王爷解释:"这是四只新买的菜鸽,并非本王家中所养。"

穷不怕佩服："看来王爷赋性喜鸽。"

曾王爷话也多了："本王只有两个愿望。一是以赏鸽为乐；一是以听你的相声为悦。本王今日诚意留你当艺差，你没给本王留面子。"

穷不怕又为难了："王爷怎么又提及此事了，草民实在不敢从命。"

曾王爷提出一个问题："难道你只为穷人作乐？"

穷不怕只好解释："现在的民众爱看地摊，没有民众的喜怒，就没有相声内容，将来民众会进戏园子的，草民希望举国上下，君民同乐，只不过我白沙撒地，留在府里就荒废了，只适合地摊演出。"

曾王爷只好转移话题："好了，我不再强求于你。"夹起一个鸽头放在穷不怕盘里，"来，尝尝酥鸽脑，四个鸽脑，你们一人一个。"

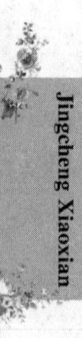

福晋、侧福晋、董彩莲、穷不怕看了看自己盘中都有一个鸽头。再定神一看，大盘中还有一个鸽头，穷不怕夹起这个，递给曾王爷："王爷，也有您一个。"

曾王爷推让："不不，今天没本王的，就宰了四只。"

穷不怕给王爷夹到盘中："王爷客气了，我们都不吃，王爷也得吃。"

曾王爷夹起鸽头，还在让："你们谁没有？"

四人都举盘:"我们都有了。"

曾王爷头嗡地一响:"怎么五个鸽头了?"

穷不怕用目一扫:"王爷没有错,我数了几遍,就是五个鸽头。"

曾王爷急唤:"王妈!王妈!"

过道中,王妈一边用围裙擦手,一边答应:"王爷,奴婢的手艺怎么样?"

王妈来到餐桌旁边,曾王爷仰首问道:"我问你,你杀了几只鸽子?"

王妈已站到桌旁:"五只啊。"

曾王爷细问:"你杀的哪五只?"

王妈回话很随便:"绑翅膀的鸽子我都杀了。丁三让我全杀喽!"

曾王爷脸色都变了:"错了!"

王妈坚信自己的做法:"没错,那五只都绑着翅膀。"说着把五只死鸽举了起来。

曾王爷一见那只墨环,抱在怀里,说了一句:"我的墨环,你还不如不飞回来了……"曾王爷晕倒在靠椅上。

第七章　街头行艺到天桥

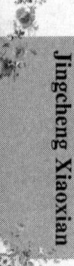

董彩莲、穷不怕伺候完王爷，董彩莲带气地从曾王府出来，独自一人在前边走着，穷不怕牵着一狗在后边直追："怎么了？"

董彩莲憋了一肚子气，穷不怕一路净解释："我怎么啦？"

董彩莲出口不逊："你口口声声说曾王爷最贤德，现在倒好，儿子抢女人，女儿抢男人。"

穷不怕追问："二贝勒抢谁了？"

董彩莲不愿说出："哦，你看他那两眼。"

穷不怕细问："他两眼怎么啦？"

董彩莲说出心里话："两眼不老实。"

穷不怕又问："三格格抢谁了？"

董彩莲没好气地说："抢你啊！"

穷不怕争辩："三格格跟二贝勒不一样，有的话三格格说得对，单独凭本事吃饭的社会还没到来，艺人成名需要有人提携的。"

— 200 —

"提携，提携，你让三格格提携去吧！"说完，董彩莲赌气走开了。

拐弯路上，董彩莲正往前走，二贝勒拦住去路，二贝勒热情地先打招呼："师姐！"

董彩莲怔了一下："二贝勒！你要干什么？"

二贝勒嬉皮笑脸："小弟给师姐赔礼了。"

董彩莲想绕道而行："不必了。"

二贝勒仍挡住去路："你要不原谅我，我死也瞑目不了。"

董彩莲不爱听，仍绕道而行。二贝勒死死拦住去路："你听我把话说完，不然我心里别扭一辈子。"

董彩莲直言："有什么可说的。"

二贝勒觉得委曲："很多事你都误会了。"

董彩莲不懂："误会？误会什么？"

二贝勒觉得有一肚子话要说："一切都是误会。我心地十分善良，给我提亲的人络绎不绝，踢破了门槛儿。"

董彩莲不想多说："跟我有什么关系，说这些干什么？你找他们去。"

二贝勒想把话说完："我谁也看不上，我就喜欢上你了。"

董彩莲欲走："我不想听。"

二贝勒不让走："我想说，你让我把话说完，我喜欢你，只喜欢你一个，算不算错误？"

董彩莲觉得他有病："你怎么啦？"

二贝勒想把话说完:"我看你跟穷不怕在一起,我不服。如果你陪着皇上,我心甘情愿;如果你要选择穷不怕,我就不服这口气,我要跟穷不怕争一争。你放心,只要你答应我,包袱我马上还给你。"

"你胡说什么啊,乱七八糟的。"董彩莲赌气走了。

破庙里,董彩莲正在梳头,穷不怕走过来了,董彩莲把脸转过去,给他一个后背。穷不怕又走到对面,董彩莲又把脸转回来。穷不怕再次转到眼前:"哥哥给你赔不是还不行?"

董彩莲想听听他心里话:"你说你今天错在哪儿啦?"

穷不怕想听听彩莲的心里话:"你说我错在哪儿啦?"

董彩莲开始挑毛病:"你哪儿做得都不对,委曲求全,低三下四。"

穷不怕解释:"还不都是为了咱们吃口开口饭,为了给相声开拓活路,我们凭我们的本事挣钱,有什么不对的?王爷、福晋、格格,他们找我们,说明他们都喜欢笑。"

董彩莲想点出要害:"这些我都了解,可有一点你还不了解。"

穷不怕实意地问:"哪一点?"

董彩莲真心点出要害:"你不了解女人的心。"

穷不怕解释:"彩莲,我非常了解你,今天你在王府的情绪不对头!"

董彩莲强作镇静:"我不对头?"

穷不怕借机反问："是不是有什么心事瞒着我？"

董彩莲有些发慌："我有心事吗？"

"你从头到尾没说几句话，你当我看不出来！"

"不说话，就有心事？"

"起码有三件心事。"穷不怕开始同董彩莲详谈。

"还不少，你钻到我心里去了？"董彩莲竖着耳朵听。

"不，三件心事，都挂在你脸上啦！"

"说说看，哪三件心事？"

"第一件，扎王爷一提追查同治十一年漏选秀女一事，你脸色十分惊慌。"

"我惊慌吗？我没觉得。"

"你在说谎。"

"好吧，就算我说谎吧。"

"你是不是与此事有关？"

"我不想连累他人，你别问了。"

"好，这事暂且不谈。"

"我的第二件心事呢？"

"二贝勒同我们见礼，你眼露厌恶之光，可以看出你原来认识二贝勒，或者见过二贝勒，而且对他印象很坏。"

"这条算你猜对了，他的确对我有非礼之举，被过路人给拦住了。"

"这你怎么不早说？"

"这也不晚呀,刚发生的事。"

"第三件事你可能不会承认。"

"第三件是何事?"

"对三格格的举止你多心了。"

"不对,就这条你说得不对。你不了解女人心,不是我多心,是你少心了。"

"怎么?"

"别看你在江湖上功宏业震,你在男女私情上就是个糊涂虫。"

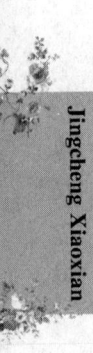

"你仔细说说,我怎么糊涂?"

"堂堂的笑仙,让人家用一把扇子给耍弄了。"

"她还是个孩子。"

"孩子,比我小几岁?"

"她只不过天真无邪,赋诗寻乐,图个新鲜,小事一桩。"

"小事一桩?如果她以扇子为信物,王府派人向你提亲,你该如何?"

"这怎么可能?王府的千金,寻个说相声的,不可思议。王爷也不会答应。"

"王爷要是答应了呢?"

"我太了解王爷了,根本不可能。王爷为了让全府的人开心,特别要让三格格开心,才对我们有好脸。三格格是王爷的心上肉，王爷尽量哄着她，但一动真格的，王爷会寸步不让。三格格现在还是孩子心，王爷也相信她再过两年就成熟了，就懂事了，自己就会做出决断。"

"不一定吧，世上无奇不有。我看三格格这个女人与众不同，说心里话，我很喜欢她，她宁挑高郎，不挑高房。你专门逗人笑，她就喜欢笑。"

"对！"

"还对？笑来笑去就笑到一堆儿去了。"

"这怎么可能啊，我们说相声的不逗人笑行吗？听相声的不笑我们受得了吗？难道你不喜欢和我一起研究笑？"

"不一样，她是别有用心的。"

"你是不是太多心啦？"

"定婚戒指都要给你了，我还不多心？我再说一遍，你太少心了！"

"谈话有两句投机这是经常的事，婚姻大事就不是儿戏的事了，我们吃开口饭的真不容易，不敢得罪人，还需要有人提携。"

"王爷提携你，格格也提携你，王府的大门打开了，你倒是让他们提携去呀！"

"我没答应留在王府当艺差啊！我只拿三格格当个小妹妹。"

"小妹妹？我听着怎么那么酸呢。"

天王轩茶馆里,同治、文喜、桂宝正围在一张桌旁喝茶。同治两眼一直盯着门口,门口进来了大海棠春,同治爷一下子精神起来,目光灼人地盯上了大海棠春。二贝勒带着丁三、王四进来,同治仍然目不转睛地盯着大海棠春。

二贝勒三人在一张空桌旁坐下。

店小二过来张罗:"三位爷要点儿什么?"

二贝勒发话:"时尚海鲜、京都小吃各来两盘,再来一壶老贡酒。"

店小二吆喝:"好嘞,时尚海鲜、京都小吃各两盘。"

二贝勒发现同治,脸马上一转,对丁三说:"糟了,皇上在这儿了。"

丁三望了望同治:"贝勒爷心理作用吧,皇上能到这里来?"

二贝勒压低声音说:"没错,旁边俩人是皇上的随身太监。"

丁三有疑问:"皇上到这儿来干什么?"

二贝勒在猜测:"看样子在微服私访。"

同治爷还端祥着大海棠春,怎么看怎么像小海棠春,他抑制不住迎了上去"小海棠春!小海棠春!"地叫起来,文喜、桂宝没有拉住皇上。同治拽住大海棠春的手:"我可找到你了,我可找到你了。"

古董王正从门外进来看个正着,大海棠春并不惊慌,正好借题发挥："我也找到你啦！"同治渐渐脸露失望。

文喜、桂宝已赶到，文喜向大海棠春道歉："对不起，对不起，我们爷认错人了。"

大海棠春挣扎："撒手哇！"

同治看清了，撒手了："你不是小海棠春？"

大海棠春："瞎眼啦，什么小海棠春？老娘是大海棠春。"

同治道歉："对不起，对不起。"

古董王也帮着说情："不是成心的，这位爷认错人了。"

另一张桌旁，二贝勒向丁三、王四一使眼色，俩人站起身来。二贝勒背着脸带着二人溜出了天王轩。丁三临出门时，又打量了同治爷一番。

店小二端着一盘螃蟹上来："清蒸海鲜来喽！"

桌旁空无一人，店小二四处寻人："人呢！"

同治像想起了什么，问大海棠春："刚才你说什么，你是谁？"

大海棠春说："我是大海棠春啊。"

同治立刻盘问："姑姑是从行宫里出来的吧？"

大海棠春上下打量着同治。

同治又上心地问："姑姑原来是不是咸丰先帝的侍妾？"

大海棠春一愣："你怎么知道的？"

同治还没敢暴露身份："我听说的。"

大海棠春调情："你知道就更好了，我在秦楼楚馆，我等

京城笑仙

你啊！"同治痛苦地望着大海棠春的背影。

这时古董王正向同治打招呼："爷又来了！"

同治刚刚发现古董王："又是你！"

小二过来问："几位爷，看没看见那张桌子上的人？"

没人理小二，小二嚷了起来："什么人呐！要了那么多酒菜人溜了，要成心砸我们牌子是不是？"

古董王答腔了："小二，这些酒菜没人要，算我的，都给我们端过来！"

长方桌子旁边，古董王和同治三人围坐饮酒。同治问古董王："秦楼楚馆是干什么的？"

古董王似笑非笑地说："秦楼楚馆是个妓院，是个有名的老妓院。"

同治心里一惊："太可怕了，大海棠春怎么落到这地步。"

古董王心中有数地解释："爷您想，一个弱女子从宫里出来，无依无靠，她孤零零一个人能到哪儿去？"

同治若有所思，古董王望着同治又说："爷是不是又想起小海棠春了？"

同治直言："是啊，一个弱女子从宫里出来，无依无靠，她孤零零一个人能到哪儿去？"

古董王拿起酒壶："爷，发愁的事想也没用！来，咱们喝酒，咱们喝酒！"

大街上二贝勒三人匆匆走着，他们东拐西拐，进了一家不小的饭铺。二贝勒三人边吃着饭边聊天。

丁三兴致勃勃地说:"皇上竟没有认出二贝勒。"

王四分析:"皇上净想着小海棠春了。"

一句话提醒了二贝勒:"糟了,皇上微服私访,要碰见小海棠春怎么办?"

王四不爱思虑:"那么好就碰见。"

丁三替二贝勒担心:"万一碰见怎么办?"

王四也有些走心了:"是啊,万一碰见怎么办?"

二贝勒有了主意:"办法只有一个,把小海棠春关在新宅里,与世隔绝。"

乾清宫里,同治坐在宝座上玩着小白兔玩具。文喜、桂宝正在叫苦不迭。

文喜感叹地说:"整个京城的庙宇我们都找遍了,就是不见穷不怕的身影。"

桂宝乱想:"也许他离开京城了。"

文喜也有些烦了:"也许他死了。"

同治吐着真情:"也许咱们找不到。"

文喜不同意同治爷的看法:"不可能,所有的闹市我们都去过了。"

桂宝发着牢骚:"所有的窑洞我们都找过了。"

文喜跟着唠叨:"寺院、道观我们也找了。"

桂宝急着补充:"连尼姑庵都找过了。"

同治不明白:"找尼姑干吗?"

桂宝孝敬地说:"说明我们负责任。"

文喜明说:"说明我们对皇上尽心了。"

同治直找客观原因:"也不怪我们,老天爷给我们的时间太短了。"

文喜道出心里苦:"这太后还直骂我们呢。"

同治不准苛责太后:"多嘴!"

文喜不服,偷偷自语:"本来就是嘛!"

这时,一个太监进来报:"启禀皇上,扎王爷到。"

同治发令:"让他进来。"

工夫不大,扎王爷进乾清宫向同治见礼:"皇上吉祥!"

同治礼让:"不必多礼,皇叔坐。"

扎王爷落座就说:"刚才我去宗人府……"

同治义正词严打断扎王爷的话:"十一年宫里选秀女的档案朕已看过。"吩咐文喜将抄制的材料交给皇叔。

文喜递过一摞材料,扎王爷接过来,大致翻了一下:"臣一定照办,不过臣不知皇上查出此事后将如何处置。"

同治直言:"让你查,你就查,不要问怎么处置。"

扎王爷听命:"臣知道皇上近来心情不好……"

同治打断他的话:"不提了。"

扎王爷还是有话要说:"臣有一言,不知当讲不当讲。"

同治心事重重地说:"皇叔请讲。"

扎王爷揣摩圣上心理:"臣知道皇上为失掉一侍妾而伤心。"

同治带气地站起:"朕岂止失去一个侍妾,不定漏掉几个爱妃了,不喜欢的都留在朕的身旁,朕喜欢的都离朕而去,查到漏选秀女,一定给朕严办,不要问为什么严办。"

扎王爷举止故作庄重:"臣遵旨。"

同治倒很随便:"朕还有一事,想差你一起查办。"

扎王爷请示:"皇上请吩咐。"

同治认真地说:"小海棠春出宫时,皇额娘送她四锭金条,不料四锭金条在前门被人明火抢劫,你要替朕查明此案。"

扎王爷上礼接旨:"噢,还有这事,臣记住了,一定严查速办。"

长寿宫里,慈禧正在问旁边的一位宫女:"今天奶怎么还没送来?"

宫女小心翼翼地说:"奶已经来了。"

慈禧立刻发令:"来了?还不快些送上来!"

宫女遵命:"是!"

宫女将奶送到慈禧面前跪下:"请太后用奶。"

慈禧刚要接奶,只见李莲英进来禀报:"恭喜太后,贺喜太后!"

慈禧面露喜色:"什么大喜事,快说来听听。"

李莲英半正经半玩笑地说:"太后的香玉生了。"

慈禧立刻眉飞色舞:"香玉又生了,这可是大喜事,生了几个?"

李莲英比画着说:"生了四个。"

慈禧迫不及待地说:"走,带我去看看。"

御犬厩狗圈,一只黑狗正奶着四只小狗。狗圈外,慈禧、李莲英和端着奶的宫女在观看,李莲英扒开栅门,几个人走进了御圈厩。慈禧抱起一只新生的小狗抚摸着,她接过宫女手中的人奶,把奶头塞进小狗嘴里。

这时桂庆噔噔走来:"李公公,李公公。"他在李莲英耳旁嘀咕了一番。

李莲英又凑到慈禧耳旁:"太后,桂庆有要事求见。"

慈禧觉得扫兴:"明日早朝再说吧。"

李莲英说:"不行啊,这事很急。"

慈禧觉得扫兴:"一会儿再说不行吗?"

李莲英心急面更急:"这事太后要知道晚了,一定责怪奴才。"

慈禧无奈:"让他到长寿宫等我,狗窝里怎么能接见?"

李莲英答应:"喳!"

长寿宫里,慈禧大怒,拍着椅柄怒道:"这帮没用的东西,连皇帝都看不住,竟让皇帝到下处游逛。"她看见桂庆还在跪着,吩咐道:"桂庆,你先退下!"

"谢太后!"桂庆领旨退下。

李莲英想讨慈禧欢心:"太后,皇帝出游不一定是坏事,太后您不也喜欢百戏杂陈吗?"

慈禧辩解:"不一样,不一样,皇帝的君婚不随意,他身体折腾得虚弱。"

李莲英附和着:"这倒也是。"

慈禧下旨:"传我旨意,总管太监张得喜、孟忠吉,顶戴太监周增寿进殿。"

"喳!"李莲英应旨后,立刻喊道:"总管太监张得喜、孟忠吉,顶戴太监周增寿进殿。"

二门小太监传旨:"总管太监张得喜、孟忠吉,顶戴太监周增寿进殿!"

三位太监匆匆进来跪下:"奴才叩见太后!"

慈禧声色俱厉地下旨:"你们必须看好皇帝,如皇帝再去下处游逛,我拿你们是问!"

三人齐曰:"遵旨!"

乾清宫里,扎王爷和同治继续攀谈。扎王爷讨好皇上说:"臣觉得皇上心情太郁闷了,时间一长,有损龙体健康。皇上应该多想开心之事。"

同治不太悲观:"现在大清国八方升平、四海无事,朕想到处走走。皇叔,你知道八大胡同吗?"

扎王爷一愣:"啊!那里可不能去。"

同治有些向往："听说八大胡同里暗藏春色，里边多是苏杭姑娘，个个韶年稚齿，十分美妍诱人，大海棠春也在秦楼楚馆领班。"

扎王爷微惊："皇上还知道大海棠春？"

同治上心地问："皇叔，当年圆明园四春为何被赶出宫外？"

扎王爷不太想说："多少年前的事情，就不要提了。"

同治很磨人："朕想听，说吧。"

扎王爷考虑再三，只好遵命："当年太上皇对圆明园四春十分垂恋，特别是那个杏花春，最受太上皇的宠爱。圣母十分嫉妒，才以汉女为由，把她们轰出宫外。"

同治并不生气："不准说圣母的坏话。"

扎王爷很认真："这是事实。皇上非让臣说。"

同治想摸摸底细："你听谁所说？"

扎王爷心里憋了很多话："宫里老王爷都在说。"

同治反问："难道他们也在说朕？"

王爷细心解释："不敢，不敢，不能瞎联系。皇上宠爱的是小海棠春，谁都知道。"

说到同治心里了："在朕的心里，没有人能代替小海棠春的。"

扎王爷打心眼里高兴："皇上如果能见到大海棠春，也许就会忘掉小海棠春。"

同治站了起来:"不可能,不可能,朕已经见过她了。"

扎王爷忙问:"皇上去过秦楼楚馆?"

同治说了实情:"没有,朕是在路上碰上的。朕忘不掉小海棠春,小海棠春也不会忘掉朕的。"

扎王爷只好顺着说:"忘不掉,忘不掉。"

同治拜托扎王爷:"皇叔替朕扫听一下小海棠春的下落。"

扎王爷接旨:"臣记住了。"

同治给皇叔出了个主意:"要想找到小海棠春也不难,先要找到一个人。"

扎王爷追问:"谁?"

同治明说:"说相声的穷不怕。"

扎王爷不明缘由:"皇上爱听相声?"

同治解释:"爱听相声,也为了找小海棠春。"

扎王爷还不明白:"这臣就不懂了。"

同治说明内情:"听说小海棠春跟穷不怕走在一起了。"

扎王爷猛然想起:"噢!原来是她!"

同治忙问:"谁?"

扎王爷自语:"我说怎么看怎么眼熟,难道她就是小海棠春?"

同治不明白:"皇叔说什么?"

扎王爷道出实情:"臣见过小海棠春。"

同治急问:"皇叔在哪儿见过?"

扎王爷细说:"在曾王府,曾王爷过寿那天,臣看见穷不怕和一女子在一起,臣看那女子眼熟,难道她就是小海棠春?"

同治走了过来:"就是她,别人都说他们俩在一起了。"

扎王爷一边察言观色,一边拱火:"俩人一起给曾王爷祝寿去了,看样子穷不怕挺有手段的,俩人很熟了。"

同治追问:"他们住在哪儿啦?"

扎王爷有点儿拿糖:"臣不敢瞎说。"

同治又催了一遍:"怎么不敢讲,有什么不敢讲的?"

扎王爷终于道出心里话:"听三格格讲,好像住在一座破庙里。"

同治忙问:"破庙,哪座破庙?九城里你应该最熟。"

扎王爷说出地点:"城隍庙西边有座释迦牟尼破庙。"

桂宝插话:"万岁爷,我想起来了,那天我们避雨不是在一座破庙里吗?"

文喜也想起来了:"对呀,十八个罗汉,变成了二十个罗汉,当时我就有所怀疑。"

桂宝的看法:"也许那庙里就二十个罗汉。"

同治否定:"不可能,就十八个罗汉,没有二十个罗汉的庙。"

桂宝还解释:"奴才不信,我数了两遍,就是二十个,没有人。"

同治坚定地说:"有,你们记不记得,当时听到了狗叫,我怀疑有人。我们上当了,那两个罗汉是人装的。"

扎王爷赞佩道:"圣上英明,就是穷不怕捣的鬼,穷不怕足智多谋。"

同治对俩太监说:"好,你们马上随朕出宫。"

扎王爷还在赞不绝口:"圣上英明,明访穷不怕,暗访小海棠春,真是一箭双雕之计。"

同治同扎王爷正往外走,听二门太监喊:"皇太后驾到!"接着慈禧出现在门口。

同治、扎王爷连忙施礼。同治偷看了一眼扎王爷,扎王爷无动于衷。

慈禧问同治:"皇上干什么去?"

同治惘然若失。

宫中夹道,扎王爷刚出宫门,迎面碰上了桂庆:"桂庆?"

桂庆施礼:"王爷!"

扎王爷当面夸奖:"你做得很对!"

桂庆吐露真言:"下官是为皇上着想,怕万岁爷出事。"

扎王爷奖给桂庆一个小金元宝:"你这也是为了大清江山,为大清朝廷的声誉。"

桂庆接过元宝:"谢王爷!"

扎王爷暗示:"一定要保护好皇上,有事多请示太后。"

桂庆让王爷放心:"下官明白。"

乾清宫里,同治正对文喜、桂宝发话:"朕暂时出不了宫,你们俩出宫盯住那座破庙,盯住穷不怕,盯住小海棠春,朕寻机出宫。"

文喜、桂宝接旨:"喳!"

曾王爷书房,曾王爷正伏在桌前用毛笔写公文。三格格在书架前翻书,翻了半天,找出几本满意的书,刚要拿走,王爷说话了:"你拿的什么书啊?"

三格格一笑:"都是些闲书。"

曾王爷过来:"我得检查检查,别把我收藏的那些史料拿走。"

曾王爷边检查书边念叨:"《广笑府》《笑得好》《笑林广记》《雅谑》《东方朔》,你怎么研究起'笑话'来了?"

三格格找话辙:"我从小不就爱听笑话吗,是吧?"

曾王爷边翻书边说:"对啊,每天得给你讲个笑话,要不不让我睡觉。"

三格格得意地说:"你们还叫我小蘑菇。"

曾王爷口气很坚决:"你本来就是小蘑菇。"

三格格顺手又抄了几本书,曾王爷把《东方朔》抽了出来:"你一本一本地看,不用拿那么多。"

三格格把《东方朔》又夺了回来:"我叼着看。"

曾王爷言近旨远地说:"《东方朔》这书为我独有,弄坏了没处找去。"

三格格好言好语地哄阿玛："我给您保存不一样吗？"

曾王爷觉得不对："你一下拿这么多书，看得过来吗？"

三格格说了句气人的话："这还不够呢。"

三格格寝宫，烛灯下，三格格笑眯眯地看笑话书。水仙蹑手蹑脚进来："格格不弹琴了，看上书了。"

三格格瞟了一眼："吓我一跳。"

水仙解释："不是我吓格格一跳，是格格自己吓自己一跳。"

三格格说话随便："做错事还嘴硬。"

水仙不服："本来嘛，格格看得太专心了。我每天都这么大声音，不会变的。"

三格格不想多说了："好好好，你忙去吧。"

水仙变得嘴硬："我不忙。"

三格格火了："你不忙我忙。"

水仙只好下去了："是！"

外边下起了倾盆大雨，三格格在寝宫里已换成男装，侧福晋和丫环水仙不解地望着她。三格格将包好的书籍斜挎在后背上，她问水仙："雨伞呢？"

水仙将雨伞递给三格格。

侧福晋急问："你干什么去？"

三格格有理："拜佛去！"

侧福晋觉得不妥："大下雨天的，拜什么佛？"

三格格有自己的理由："您不知道，一下雨庙里人就少，省得挤得慌。"

侧福晋吩咐："水仙，一路上好好侍候着三格格。"

水仙会说话："您放心吧。"

三格格挡住水仙不让去："不用你去。"

侧福晋担心："你自己出事怎么办？"

三格格满有把握："有人跟着才出事呢。"

水仙不高兴，"哼"了一下。

侧福晋也埋怨她："你真任性！"

三格格安慰母亲："额娘放心吧，老虎也不敢惹您女儿。"

三格格走后，侧福晋吩咐水仙："你暗中保护格格。"

水仙高兴地说："是！"

破庙里前堂亮着几根蜡烛，男妆三格格推开庙门进来，水仙在门外露了一下头。

庙堂后边，穷不怕正在书写相声段子，董彩莲抱着小狗站在旁边观看。穷不怕察觉到有人来了，董彩莲探出头来看个究竟。

堂前，三格格跪在正中佛前，焚香叩头祈祷："释迦牟尼佛祖在上，十八位佛徒在上，小民望风为仁兄穷不怕祈祷，我仁兄穷不怕有旷世逸才，钟爱相声，为人间施笑布欢，望众佛灵保佑我仁兄宏图大业，特献笑书九部，九字为大也，

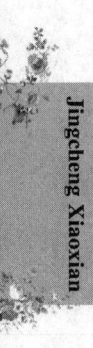

略表寸心。"

说着，三格格将笑书放在佛桌上，随后又放上两个银元宝。

穷不怕、董彩莲抱着小狗走了过来，看了看三格格的侧面，认不出来是谁，三格格刚要出去，穷不怕将她叫住："壮士留步！"

三格格装作刚发现穷不怕："穷哥！是穷哥，你怎么在这里？"

穷不怕还没认出："这位壮士是……"

三格格将帽子摘下，穷不怕才认出："原来是三格格。"

董彩莲立刻露出醋意，三格格说："穷哥，你就住在这儿啊？"

穷不怕不好意思："你看，我这儿连个座儿都没有。"

三格格嘴不对心："有地儿睡觉就行了。"

三格格看见董彩莲抱着的小狗说："这小黛玉见到我从来不叫。"

三格格边看边向佛爷后边走来："你们就住这儿啊！我得好好参观参观。"

三格格看这儿看那儿，重点看了看地上董彩莲的被褥："你就睡在这儿？"

董彩莲很满足："当然比格格的寝宫差远了。"

三格格伺寻风趣："这倒别有风趣，挺浪漫的。"

董彩莲并不自卑:"让三格格见笑了。"

三格格兴趣蛮高:"我可是真心话,要不咱俩换着住住。你住我的寝室,我住在这庙里。"

董彩莲不想高攀:"三格格真会开玩笑。"

三格格有自己的想法:"我可是认真的,你做我阿玛的干女儿,就能住在府里。"

董彩莲没有奢望:"我哪有那造化!"

三格格看这儿看那儿又问:"就你们俩住这儿?"

董彩莲点头:"前两天,来过一个无家可归的人,看了看我俩,不好意思留下,只好又搬走了。"

三格格说了心里话:"要碰上我,就不走了。"

董彩莲干笑着看了看三格格。

三人绕到堂前,三格格又看了看外边:"雨小多了,我该走了。"

穷不怕拿起书和两个银元宝说:"这里又没和尚,东西三格格带走吧。"

三格格摆出一副正经的样子:"这是我供奉佛爷的,岂能拿走?"

董彩莲有些担心:"这里什么人都来,这东西不定便宜了谁。"

三格格对穷不怕说:"这样吧,这本《东方朔》算我借给仁兄的,其他的书和这银两算我送给仁兄的。你说相声必

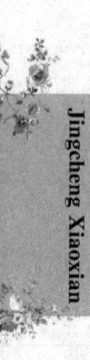

须逗人笑,这些书正用得着。"

穷不怕有分寸地说:"好,这些书我先留下,算我借看,那就多谢三格格了。"

三格格眼睛都笑了:"不用,这也算小妹一点芳心吧!"

董彩莲有些不悦。

穷不怕把元宝递回去:"这银元三格格带回去吧,我需要的时候,再找三格格借。"

三格格一下收了笑容,没接元宝:"你也不能老住在破庙里啊!"

董彩莲回了三格格:"我们已经找好房子了。"

三格格嫉妒地夺过元宝放在佛前:"这算我送给佛灵的。"

穷不怕翻着《东方朔》一书说:"东方朔是我们相声界的师祖,谢谢三格格,帮到我心里去了。"

三格格心情好了起来:"这不算什么,仁兄研究'笑',离不开书,我知道。需要什么书,你就找我好了,曾王府里没有的,我到别的王府去找,再没有,我就到国子监给你去找。"

穷不怕有些过意不去:"这已经很麻烦三格格了。"

三格格心里甜滋滋的:"谁让我喜欢这口呢。现在活着那么累,谁不喜欢笑啊!不管他帝王将相,还是贩夫走卒,谁不希望活得开心点。"

穷不怕爱听:"是啊,我们说相声的,有眼泪也是往上流。"

三格格问:"穷哥,我就爱研究笑,可以不可以说,笑是相声的核心,研究相声就是研究笑的学问?"

穷不怕还挺认真附和着:"还真是那么回事。"

董彩莲不服气地说:"让人笑可不是个简单的技术,要抖包袱先得铺垫,讲究三翻四抖,甩出的包袱才能逗人笑。"

穷不怕肯定董彩莲的话:"对,先得铺垫,铺垫好了,抖的包袱,就有笑的效果。"

董彩莲来劲头了:"就是,研究笑,得从生活中来,不能死抠书本。"

穷不怕也强调:"生活挺重要的。"

三格格不服:"多看点书,会受到启发,会得到智慧。"

穷不怕肯定:"对,对,看书很重要。"

董彩莲强调:"生活重要。"

三格格强调:"书重要。"

董彩莲坚持:"生活重要。"

三格格坚持:"书重要。"

董彩莲拉着穷不怕问:"你说生活经验重要不重要?"

穷不怕点头:"重要。"

三格格拉着穷不怕问:"你说一本好书重要不重要?"

穷不怕点头:"重要。"

董彩莲直截了当地问:"你说我们俩人谁重要?"

穷不怕不假思索:"都重要。"

董彩莲生气:"都重要,你跟她过去吧。"

三格格拉着穷不怕:"穷哥,咱们走!"

穷不怕这才明白:"啊!上哪去?"

三格格直言:"上王府!"

穷不怕扒开三格格的手:"咱们不研究相声吗,怎么研究起人来了,咱们今天只谈相声,不准涉及其他问题。"

三格格点点头:"好,谈相声,穷哥,我说,相声离不开矛盾,有矛盾才能逗乐,我总结了三十多种逗笑的方法,什么自相矛盾、阴差阳错、表里不一、违反常理、谐音异曲、一语双关、先褒后贬、张冠李戴……"

董彩莲打断三格格的话:"我根据穷先生地摊演出,总结了四十多种抖包袱的方法,什么大讲歪理、强词夺理、装傻充愣、故弄玄虚、刨根问底、比喻引申、借题发挥、谐音打岔……"

三格格打岔:"我又发现四十多种逗乐手法。"

董彩莲不示弱:"我又发现五十多种逗乐手法。"

穷不怕打住:"行了行了,咱们不研究相声了。你们怎么跟小孩似的。"

董彩莲问三格格:"你会抖包袱吗?"

三格格反问:"你会抖包袱吗?"

董彩莲坚定地说:"会!"

三格格将她一军："你抖一下，我听听。"

董彩莲不含糊："好，你听着，（表演上了）一个傻子向一个聪明人请教，鸡蛋是哪来的？聪明人告诉他，鸡蛋是鸡下的。傻子问，鸭蛋哪来的？聪明人告诉他，鸭蛋是鸭子下的。傻子又问，咸鸭蛋哪来的？聪明人又说了，咸鸭蛋哪来的你都不知道，咸鸭蛋当然是咸鸭子下的。"

穷不怕鼓掌鼓励："好好，彩莲进步不小。"

董彩莲高兴，三格格撇嘴："就这包袱？这叫'肉里噱'，不怎么逗乐。"

穷不怕夸奖："三格格还懂得肉里噱，真不简单。"

三格格高兴，董彩莲不服地问三格格："你能抖包袱吗？"

三格格坚定地说："能抖，我不仅能'外插花'，我还能抖'双包袱'。"

穷不怕兴趣上来了："双包袱，好！三格格还懂得双包袱，'攒底'的时候，能甩出双包袱，效果就大不一样了。"

三格格扬手向二人告别而去："小妹下次来听哥哥甩双包袱！"

穷不怕高兴。

董彩莲批评穷不怕："你还乐呢！"

穷不怕说出心里话："如果我们的看官，我们的听众，都能研究相声，我们的相声就会繁荣昌盛起来。"

董彩莲余气未消："三格格是成心的。"

穷不怕不明白："什么成心，我不懂。"

董彩莲带气地说："她都是成心的。"

穷不怕能沉住气："你把话说明白了。"

董彩莲蹦出心里话："她根本不是来烧香拜佛的，就是来找你的！"

穷不怕寻思道："你是说她知道我们住在这里？"

董彩莲倒出看法："她不仅知道咱们住在这里，还知道你在找笑话书。"

穷不怕不太相信："这怎么可能呢？"

董彩莲埋怨他："你一见到三格格就变糊涂了。"

再说三格格回到寝宫，屋里空无一人，她边换衣服，边叫："水仙！"不久水仙从门外答应了。水仙进来，三格格问："你干吗去了？"

水仙反问："格格干吗去了？"

三格格看着水仙的脸："你管起我来了！"

水仙有理："不是我管你，是侧福晋让我管你。"

三格格看了看水仙的湿衣服问："你跟着我来了？"

水仙边给三格格换衣服换鞋边说："不是我跟着格格，是侧福晋让我跟着格格。"

三格格大喘了一口气："你还是跟着我来了，好哇，你看见什么了？"

水仙摇头："我什么都没看见。"

三格格半信半疑:"好,额娘问我,你就说我什么都没干。"

水仙点头:"我就说格格给佛祖烧香去了。"

三格格点头:"这我就放心了。"

水仙埋怨:"三格格,你净做傻事。"

三格格一愣:"什么傻事?"

水仙存不住话:"格格留下银元宝,让他们租房,他们不更住一块儿了吗?"

三格格明白了:"你真跟着我来着!"

水仙没有恶意:"我替格格着急。"

三格格心宽:"着急也没用,不给元宝,他们也住在一起了。"

回过头来再说,穷不怕、董彩莲带着狗在大街上走着,人们向他们围了上来,富向南说:"这不是穷先生吗?"不一会儿人们把穷不怕围了个水泄不通,周八也在人群之中。范向西眼一笑,带头挑逗:"穷先生来一段!"接着人们鼓掌催场。

穷不怕向众人作揖:"多谢看官捧场,学生穷不怕已有了艺摊在天桥,望众位看官去天桥助威,以后学生不在街头行艺了,请看官多多包涵。"

众人还是鼓掌不放。

贫麻子、云花挤进人群里来。贫麻子劝众人说:"行啦行啦！别鼓掌了，要看我师傅表演，到天桥去看，以后不在大街上行艺了。走吧，走吧，天桥见！"

众人还是鼓掌叫好。

小太监文喜、桂宝向人群走来。

贫麻子对穷不怕说："看样子您走不了啦。"

穷不怕决定表演谢客："好！我给众位来一段单春。"

场外，文喜问人群中的周八："请问，这是干什么的？"

周八打量了一下文喜："穷不怕说相声啊！"

桂宝问："穷不怕？那位是穷不怕？"

周八藐视："连穷不怕都不认识，活着还有什么意思！"

文喜忙接话茬儿："知道，知道，大名鼎鼎的穷不怕，太后封的笑仙谁不知道。"

周八打量了文喜、桂宝二人，文喜向桂宝递了眼色，桂宝脸露春风："踏破铁鞋无觅处，得来全不费工夫。"

文喜暗示桂宝注意董彩莲："那一定是小海棠春了。"

桂宝会意地点头："没错！"

第八章　脆枣项链表真心
皇上认错了人

　　大街上临时组成的相声场，一群男女老少在围观穷不怕表演，穷不怕这边有礼："学生给大家献上一段单春，名字叫'没主意'。一个人应该有主心骨，如果没主心骨，生活当中就会遇到麻烦。有这么爷俩儿，住在通州。这天爷俩儿赶着一头小毛驴进城……"

　　小太监文喜、桂宝站在圈外窥视，贫麻子、富向南、范向西、云花也在人群之中。文喜着急地问桂宝："咱们爷什么时候来呀？"

　　桂宝心里没底："你问我呀，我问谁呀？"

　　穷不怕接着表演："爷俩儿赶着毛驴进城，开始的时候，爸爸骑着驴儿、儿子拿着鞭子在后面赶驴儿。走了一会儿，就听见有人议论，'你看，当父亲的骑着驴，让儿子在下边走，真忍心！'爸爸听见以后，赶紧下了驴，把儿子抱在驴上,自己拿着鞭子赶驴儿。走了一会儿,又有人议论,'哪有儿子骑驴,让老人家在下边走的,一点儿孝心也没有。'儿子一听这话,马上要下来,爸爸说:'你别下来,干脆我也上去。'驴驮着爷俩儿往前走。谁知没走多远,又有人议论,'你看看,这么一条毛驴,驮着两个人,还让不让驴活啊!'父子俩一听这话有理,全下来了。怎么办呢?驮一个人也不行,驮俩人也不行,干脆,俩人全不骑,俩人牵着驴走。没走多远,又有人议论,'这样溜驴,越溜越瘦。'爷俩儿一听,'对啊!驴走白路太吃亏了,不能让它减分量呀。'于是俩人把驴一绑,往肩上一扛,俩人扛着驴往城里跑。为什么跑?因为驴太沉了,俩人越慢越累,所以扛着驴往城里跑。跑是跑,就怕别人在前边挡路。别人不明白怎么回事,心说是不是给慈禧太后送驴啊,所以看热闹的,有的不知道怎么回事,前边路上挡了不少人。这爷儿俩有些急了,一边跑,一边喊: '牲口来了,牲口来了,靠边,靠边,牲口来了……'"

说着,穷不怕让别人靠边,他溜走了。

后边,富向南、范向西带头鼓掌,众人叫好。

文喜、桂宝也站在人群之中鼓掌。文喜突然想到任务,拽着桂宝说:"别傻站着了,咱们干什么来的。"

桂宝醒悟:"啊!追!"俩人向穷不怕的方向追去了。穷不怕、董彩莲走进了破庙,文喜、桂宝在树后边盯梢。

破庙里，穷不怕和董彩莲面对佛像跪下，董彩莲向佛像祷告："以后我们不行艺了，我们有自己的场子了。到时候我们一起唱戏，一起收钱。"

穷不怕祷告："或者，我说相声，她收钱。"

董彩莲祷告："或者，我唱戏，他收钱。"

穷不怕眼珠一转："或者我们都不唱戏，都不收钱。"

董彩莲眼睛一睁："那咱们喝西北风啊！"

穷不怕抬头微笑："歇几天，我带你玩玩去。"

董彩莲认真地问："有这日子吗？"

穷不怕态度坚定："有，彩莲，我给你买来一件首饰。"

董彩莲大胆猜测："项链？"

穷不怕点头："对，项链，我说话算数。"

董彩莲思前顾后："真的吗？我不信。"

穷不怕挺认真地说："真的，你闭眼，我给你戴上。"

董彩莲闭眼。

穷不怕教话："当着佛祖说'永不变心，白头到老'。"

董彩莲又睁开眼："让我一人说？"

穷不怕补充："我们俩一起说。"

佛像前，俩人跪好齐曰："我们向佛祖发誓，我们白头到老，永不变心。"

董彩莲再次闭眼，一串脆枣挂在脖子上了，彩莲一睁眼看着项链："脆枣啊！"

穷不怕保证似的说："将来你会戴上真项链。"

董彩莲没有奢望："行了，有了这串脆枣项链，我就很满足了。"

穷不怕谈了新感觉："你戴上脆枣项链显得更漂亮了。"

董彩莲提醒："你可别学洋人。"

穷不怕没明白："洋人怎么啦？"

董彩莲面带羞色："洋人净兴咬脖子咬嘴。"

穷不怕装作欲动："洋人办到的，我们也能办到。"

董彩莲躲着脸："咱们可不兴。"

穷不怕温情地问："为什么？"

董彩莲也会解释："你咬一口，我就少一个脆枣。赶明儿脆枣就没了。"

俩人乐，董彩莲靠在穷不怕怀里："我们永不分离。"

穷不怕表真心："永不分离。"

旧庙门口，文喜、桂宝带着同治爷赶到。文喜啪啪拍着庙门："万岁爷驾到，万岁爷驾到！"

桂宝帮助拍门："穷不怕开门，穷不怕开门！"

半天不见动静，文喜、桂宝推开庙门，同治随二人而进。三人进来后，扫视了半天没有人，文喜喊道："穷不怕，穷不怕！"

桂宝想到同治："万岁爷驾到！万岁爷驾到！"

文喜也跟着喊："万岁爷驾到！万岁爷驾到！"

桂宝又叫人:"穷不怕,穷不怕!"

同治看了看四周说话了:"别万岁爷了,没有人,喊也没有用。"

文喜感到奇怪:"明明是这座破庙,怎么没有人影了?咱们找找,上次就没有找彻底。"

桂宝同意:"对,上次一害怕就没仔细找。"

文喜补充:"上次一饿就没仔细找。"

文喜、桂宝在各处寻找。文喜拽了一下桂宝,一指十八罗汉:"你看这佛爷。"

桂宝看了半天不明白:"佛爷怎么啦?"

文喜疑惑:"怎么剩下十八个啦?"

桂宝不明白:"十八罗汉不就是十八个吗?"

文喜逮住理了:"这时候你承认十八罗汉了,在宫里你咬定二十个罗汉。"

桂宝解释:"我怀疑有人偷走两个佛爷。"

文喜说出真相:"不对,上次这两边的佛爷是穷不怕他们装的。当时,我想再数数,你都不让数。"

桂宝也挑毛病:"你这话可不对啊,你当时没说那假佛爷是穷不怕啊。"

"你没等我数完,就要撤。"

"你要不喊肚子饿,我能撤吗?"

"是你先喊走的。"

"你先喊的!"

"是你!"

"是你!"

同治一起指责:"你们俩干什么来啦!"

桂宝埋怨文喜:"他净事后诸葛亮。"

文喜埋怨桂宝:"你事后诸葛亮还当不上呢?"

同治同时问俩人:"你们不说穷不怕住在这儿吗?"

文喜说:"没错,我们俩亲眼看见的。"

同治追问:"还有小海棠春?"

桂宝证明:"没错,一男一女,挺扎眼的。"

同治义正词严地说:"够了,你们现在谁有本事,谁把穷不怕找出来。"

文喜一指桂宝:"他有本事。"

桂宝一指文喜:"他有本事。"

文喜手点着说:"他有本事。"

桂宝手点着说:"他有本事。"

同治下令:"你们都给我找。"

俩人接旨:"是,皇上。"

文喜、桂宝在庙里四处找寻。文喜从后殿地上拾到穷不怕一只臭袜子,藏在身后。桂宝从后门也拾到穷不怕的另一只臭袜子,藏在身后。俩人来到同治面前抢功:"我找到了。"

同治仰头问:"你们找到什么了?"

文喜、桂宝同时亮相:"穷不怕的袜子。"

同治用手扇着臭味。

同治几人回到了乾清宫,同治坐在宝座上还跟两个小太监撒气:"废物!真废物!"

文喜、桂宝:"是,皇上。"

同治心里的气解不了:"真废物!"

文喜、桂宝:"没错,是,皇上。"

同治埋怨:"人都找到了,还把人看丢了。"

文喜找辙:"回皇上,我们当时没带圣旨。"

同治的想法:"你就不会说皇上要见他。"

文喜说出顾虑:"皇上要是出不来怎么办?"

桂宝接着补充:"事先告诉他们皇上来,皇上也不安全啊!"

同治真不死心:"他们搬哪儿去了,你们应该知道。"

文喜真没办法:"回皇上,庙里没留人,我们没法打听。"

桂宝也憋了一肚子话:"也没留纸条,我们到哪儿去找?"

这时,一个小太监进来禀报:"扎王爷殿外候旨见驾。"

同治发令:"传!"

小太监传旨:"扎王爷进殿!"

扎王爷进殿后:"臣给皇上请安!"

同治很随便:"这么晚了,扎王爷何事?"

扎王爷上报:"钦差大臣仁义被刺……"

同治说:"朕知道了,早朝上不是奏过了吗?"

扎王爷有话:"事情有进展。"

同治上心地问:"凶手已经捉住了?"

扎王爷摇头:"还没有。"

同治反问:"没捉住前来干什么?"

扎王爷说出来意:"微臣想贴个告示。"

同治觉得多余:"这也来问朕,朕早朝已准奏,你照章办理就是了。"

扎王爷高兴:"遵旨。"

扎王爷向文喜:"皇上今天怎么这么大火?"

文喜向王爷耳语:"出大事啦!"

扎王爷急问:"什么大事?"

文喜认真地说:"穷不怕失踪了。"

扎王爷反应平平:"穷不怕怎么会失踪了?"

文喜眨了眨眼:"真失踪了,我们眼盯着把人给盯没了,这么大的事皇上能不着急吗?死个钦差大臣算什么!"

同治听到了指责:"多嘴!"

扎王爷讨好皇上:"回禀皇上,臣知道穷不怕的下落。"

同治急问:"穷不怕在哪儿?"

扎王爷肯定地说:"穷不怕就在天桥撂地。"

同治埋怨:"你怎不早说?"

扎王爷解释:"天桥人声杂乱,臣也是最近刚知道的,穷不怕在天桥扎根了。"

同治重嘱："记住，找穷不怕、侦破金条失窃案、查漏报秀女是大事，别的全是小事。"

扎王爷点头："臣明白！"

穷不怕的新居门口，门框上贴着红纸，穷不怕正在红纸上写对联。董彩莲在一旁举着墨盒。穷不怕一边写，云花一边读着对联："无时不怕穷经皓首，力精食志朱紫著身。横批，舌治心耕。"

这时，贫麻子走过来了："师傅，贴上对联啦，真漂亮！"

穷不怕把毛笔交给了董彩莲问徒儿："你看这副对联怎样？"

贫麻子打心眼里佩服："不错，不错。"

云花挑逗："上面的字，你认识几个？"

"你又揭哥哥短了，我非得教训教训你。"贫麻子追云花撒气。

云花躲在穷不怕身后："师傅，你看他又欺负我。"

穷不怕向着云花，责怪贫麻子："一点儿当哥哥的样子也没有。"

云花也逮着机会了："就是，一点儿当哥哥的样子都没有。"

贫麻子申诉："她先招的我。"

穷不怕指责贫麻子："你不念了半年私塾吗，这几个字还不认识?"

云花揭老底:"他吹牛,他念了半年和尚经。"

贫麻子辩解:"说相声用不着认字。"

穷不怕得出结论:"所以你不学白沙撒字。"

贫麻子知道自己错了:"赶明儿,您一边教我说相声,一边教我识字。"

云花大包大揽:"不用师傅教了,我教你就行了。"

贫麻子高兴:"一言为定?"

云花很有诚意:"我每天教你认五个字。"

贫麻子叮了一下:"一言为定?"

云花有信心:"一个月我保你会写一百个字。"

贫麻子高兴得跳了起来:"真的,一言为定!"

云花故作正经:"一年我保你从一能写到一千。"

贫麻子听明白了:"都是数目字啊!"

云花说了心里话:"别的字让师傅教你,我教你嫌累得慌。"

贫麻子又唠叨上了:"你又耍弄我。"

董彩莲对贫麻子说:"你是得学俩字。"

贫麻子心里不好受:"您也向着云花。"

几个人从外边进了院,院里有北房三间,两明一暗。云花指着一个明间说:"我跟姑姑睡在这屋。"她又指着另外一个明间说:"师傅睡在这屋。"

贫麻子指着一个暗间："我睡在那屋。"

云花戏弄贫麻子："你回自己家去睡，这屋是装牲口的。"

贫麻子反问："你怎么不回？"

云花对着董彩莲的脸："姑姑让我留下的，对吧！"

董彩莲没办法："你这丫头，嘴真甜。"

贫麻子有感触："师傅，您这院子里还可以盖几间东西厢房。"

穷不怕的屋里，穷不怕和董彩莲坐在正中，云花给他们斟水。贫麻子端起一碗递给师傅。

穷不怕边喝边说："多快啊，我都有徒儿啦！"

贫麻子话多了："就凭您的声望，一年收百八十个不成问题。"

穷不怕吐了真言："一个也不能收了。"

贫麻子不明白："为什么？"

穷不怕摊牌："从现在起，我们每月要拿出恤金，敬养我的师傅，你们的师爷。"

贫麻子有些多心："是不是收我以后，师傅有些后悔了。"

穷不怕解释："后悔倒不后悔，就是有些顾虑，相声本来是幽默之举，可是以后的子弟，斗字不识，岂不变成了耍贫嘴的玩意儿。"

云花得意："你看怎么样，不认字不行吧，我要是男的，师傅准收我，是吧师傅。"

贫麻子保证:"师傅,我一定好好学习诗书。"

云花劝穷不怕:"师傅,您别吃后悔药,现在真读诗书的人,就不学相声了,他既然入了朱门,以后我帮您教他认字吧。"

穷不怕点点头:"好吧,能者为师,互相取长补短。"

贫麻子高兴极了:"好嘞!"

云花吹吹冷风:"嗨,你别高兴太早,等办完师傅的喜事才教你呢。"

贫麻子认可:"那当然啦!"

云花问董彩莲:"姑姑,您和师傅的喜事什么时候办啊?"

董彩莲看了穷不怕一眼说:"早着哩,你师傅要先立业,后成家。"

穷不怕一笑,对董彩莲说:"我们该走了。"

贫麻子忙问:"师傅您哪儿去?"

"我和你姑姑要赴一个堂会。"

"师傅去哪家王府?"

"今天不去王府。"

"今日进宫?"

"比进宫还重要。"

"那是哪家的堂会?"

"是我师傅、你们师爷家。"

"师爷有何喜事?"

"师爷家有丧事。"

"丧事还办堂会?"

"这不是一般的丧事。"

"师爷家孤身一人,谁死了?"

"师爷他老伴死了。"

"师爷光棍一人,哪有老伴?"

穷不怕认真地说:"他家的骆驼死了。"

众人乐!

穷不怕不乐:"你们别乐,骆驼就是你们师爷的老伴,家里的重活儿、远道活儿都离不开它,我们给他凑个份子,再办个堂会。"

贫麻子顺着师傅说:"是得把师爷逗笑喽。"

穷不怕吩咐:"今天场子靠你们俩人,天桥八大怪要用场子,你们把场子好好收拾一下。"

贫麻子对云花说:"你先去,我吃点东西就到场子找你。"

云花揭短:"你想偷懒是不是?我这儿什么吃的都有。"

贫麻子没有辙,只好随着云花去干活儿,俩人刚走出门外,见门口跪着二人,一位是周八,一位是化妆成老者的徐三。

贫麻子乐了:"这位是徐爷吧?"

徐三老汉一抱拳:"贫爷!"

贫麻子对着周八问:"这位是……"

周八自我介绍:"你忘了,小弟周八。"

贫麻子一本正经:"大清早,二位有事?"

周八说明来意:"我们来到朱府,想见穷先生。"

徐三点头:"对,想见穷先生。"

贫麻子对徐三说:"你整天坐在我们地摊旁边,天天偷看我师傅的玩意儿,还没看够?"

周八抢着说:"我们找穷先生,是来拜师的。"

贫麻子问:"你们二人是一起来的?"

周八摇头:"不不不。"

徐三摆手:"我们在这儿碰到的。"

贫麻子问徐三:"你也拜师?"

徐三点头:"没错,真心拜师。"

贫麻子问徐三:"你拜师干什么?"

徐三认真地说:"学相声啊。"

贫麻子托着徐三的胡须:"你还有牙吗?"

徐三张嘴:"我牙口倍儿棒。"

贫麻子有些藐视:"你这把胡子,还想当我师傅的徒弟,给我师傅端洗脚水差不多。"

周八得意:"我可没有胡子。"

贫麻子想交个实底:"你们就死了心吧,我师傅都立誓了,不收徒弟了,你们赶快回去吧。"

周八有些失望:"为什么?"

贫麻子自信地说："你们想，有我在这儿顶门立户，还收你们干什么？"

徐三实心实意相求："我们见见朱先生。"

贫麻子挥手："不见不见，我师傅早走了，堂会都忙不过来，哪有时间见你们，如果你们真心想入朱门，就给我磕几个头吧！"

周八、徐三不欢而去，贫麻子肚子里也饿得咕咕直叫，他也想找点吃的。

正阳门外，商贾叫卖，行人往来。同治爷微服出现在大街上，文喜、桂宝身穿茶驼色长衫两旁相随。

这时由远而近传来喊叫声："逮麻子来了！逮麻子来了，是麻子都逮哟！麻子快跑吧！"

人群沸动，两个官差铐着一个麻脸走来了。

前门五牌楼告示前面人头攒拥。男女老幼、士农工商都挤着看告示。

贫麻子一边咬着烧饼，一边看着告示，他本不认识字，一边用手指理着字行，嘴里一边嘟嘟囔囔好像在念告示。

衣服褴褛、须发花白的徐三也挤了进来，看贫麻子神态，忙问："这是什么？"贫麻子一时回答不出，举着烧饼说："这是烧饼。"

徐三不解，忙问："你数什么啦？"

贫麻子实话实说:"我数芝麻啦。"

徐三急了,指着告示问:"不是芝麻,我问那黑的、红的是什么?"

贫麻子指着烧饼:"你问那黑的红的呀,黑的是糊了的芝麻,红的是豆沙馅的记号啊!"

贫麻子把徐三气得够呛。不多时,同治爷等三人也来看告示。

文喜念告示:"逮捕麻子。"

贫麻子吓了一跳,偷偷掩上麻脸。

徐三问文喜:"麻子怎么啦?"

文喜说了一句:"麻子把钦差大臣给杀了。"接着又念起告示来:"五月端午,正阳门关帝庙宇,烧香人众,有一麻脸之徒,乔装信男,将钦差大臣仁义,用短刀刺死,著步军统领,五城各坊,见有麻脸形迹可疑者,立即拿究惩办,严参治罪,决不宽贷。有向各御史报官者,奖。有庇护者与麻脸同罪——扎王府。"

文喜对同治说:"这是扎王爷的告示。"

贫麻子还用胳膊掩着脸。

同治爷抬头仰望:"京城的麻脸指不胜屈,哪里逮得过来。"

贫麻子掩着脸,逃出人群。贫麻子刚走到"月盛斋"旁边的小胡同里,就听着后边喊:"看你往哪里跑,看你往哪里跑。"

贫麻子在前边跑,白胡子徐三在后边追。俩人转来转去,转到一条大胡同里,贫麻子气喘吁吁跑在前边,白胡子徐三在后边直喊:"截住他!截住他!"

过路的人,包括古董王不明真相,有意无意地截住贫麻子。

古董王挺身而出,问白胡子老头:"他偷你什么啦?"

众人也帮腔:"是啊,你到底丢什么啦?"

徐三诚实地说:"我什么也没丢,他欠我东西。"

群众甲说:"欠人家东西也不行啊。"

古董王重复说:"对,欠人家的,也不行。"

古董王又问徐三:"他到底欠你什么?"

徐三指着贫麻子:"让他自己说。"

古董王问贫麻子:"你欠人家什么?人家可是老实巴交要饭的。"

贫麻子说:"我没欠谁的啊!"

徐三嘴硬:"欠了,你打赌打输了,还不认账。"

贫麻子看出徐三:"原来是你啊!"

徐三认真地说:"不是我是谁啊?"

古董王看明白了:"你们原来认识。"

贫麻子已化险为夷:"认识认识,我们两个摊在天桥离得不远。"

徐三不明白："什么摊啊？"

贫麻子解释："我们相声那摊，和你要饭那摊不是离得不远吗。"

众人一下轻松起来。

古董王问徐三："他到底欠你什么东西了？"

徐三一本正经地说："他欠我一段相声。"

众人大笑。

古董王领会其意："是不是你们俩人打赌，他输了，答应给你说一段相声。"徐三惊奇地问："你怎么知道的？"

古董王张出两手轰众人："人家是老相识，我们婆媳妇打幡凑什么热闹。"

众人纷纷离去，贫麻子埋怨徐三："你怎么开这个玩笑。"

徐三不以为然："我爱听相声，你又不是不知道。"

贫麻子说："你整天听我师傅的相声，还不够。"

徐三话多了起来："你师傅没来，我就爱听你的，相声又不是包子，坏不了肚子，多多益善嘛，过来。"

石凳旁，徐三拽着贫麻子："咱们就在这石凳上来一段。"

贫麻子心烦："现在不是时候。"

徐三误会了："怎么，你看不起我这个叫花子。"说着，徐三掏出一把铜钱往石凳上一扣。

贫麻子起身要走："咱们改日再说吧，今天不行。"

徐三瘾头不减："嫌我钱少？"

贫麻子心绪不宁地说:"不是,不是。"

徐三又问:"嫌听的人少?"

贫麻子加重语气说:"不是不是。"

徐三不解:"那为什么?"

贫麻子把事挑明:"你没看见告示,现在到处逮麻子!"

徐三不服地问:"麻子怎么啦?"

贫麻子说:"麻子杀人了,杀了钦差大臣。"

徐三硬气地说:"这我知道,那也不能见麻子就逮啊!"

贫麻子压低声音说:"现在就是见麻子就逮。"

徐三没把这事看重:"你逮进去,关一段时间也没关系啊。"

贫麻子听着不舒服:"我吃饱撑的。"

徐三相信真理:"一找到真凶,你就会释放出来。"

贫麻子反问:"错杀无辜怎么办?"

徐三无可奈何:"那就没有办法了。"

贫麻子分手前说:"我暂时回不了天桥了,你赶紧回天桥,天桥麻子不少,你通信儿让他们躲一躲。"

徐三痛快地答应了:"唉!"

天桥路上,穷不怕修长面瘦,头盘大发辫,腰系油巾,前牵一狗,后跟着董彩莲走过来了。

古董王迎面走来,和穷不怕擦肩而过。

古董王觉得发现了什么,回头看了看穷不怕、董彩莲,然后加快了步伐。

天王轩茶馆里边，同治、文喜、桂宝正望着门口喝茶，忽见古董王匆匆进来，来到同治桌前施礼："万岁爷！"

同治像见到救星："古董王！"

文喜提醒古董王："在这儿不能乱叫。"

古董王点头，问皇上："您找到穷不怕了吗？"

同治失望地说："没有，都说穷不怕在天桥撂地，地摊上没有他。"

古董王抢功说："穷不怕马上就过来，万岁爷您看。"

没多久，穷不怕牵着狗，带着董彩莲从门口路过。

同治爷发现了董彩莲，立刻惊叫起来："小海棠春！"同治立刻起身追出来。

穷不怕牵着狗，带着董彩莲正往前走，同治三人在前，古董王在后边匆匆追上来。一个人跑来，差点把同治爷撞一跟头，嘴里喊着："逮麻子来了！逮麻子来了！"同治嘴里埋怨下告示的扎王爷："不办正事！"

古董王向狗投了块烧肉，狗停了下来咬肉，穷不怕他们不得不停住了脚步。

董彩莲一回头，同治爷惊喜地叫出："小海棠春！"

董彩莲莫名其妙地看了同治一眼。

同治爷不顾一切地向董彩莲奔来。

董彩莲似有察觉，举目看了看同治爷。

同治爷暗示她说："你不认识我了？不认识我了？"

董彩莲认真回忆着。

同治爷提醒她："我是……我是……"不好说出名字。

董彩莲面带失望地望着同治爷。

同治爷望了望穷不怕，又提醒地对董彩莲说："你忘了，你忘了……"

董彩莲毅然地掉过头去。

同治爷误会了，以为董彩莲认出了自己，又不敢相认。他换了一个方向，对着董氏脸说："你不会忘掉我的，我也不会忘掉你。"同治爷上手拽住董彩莲。

董彩莲挣扎："你走开！"

同治动情地说："你仔细看看我。"

董彩莲还在挣扎："你撒手哇！"

同治感情已上来："不，我不撒手，你不能走，我不能看不见你，你也想见我，对吧！"

董彩莲说了实话："我看见你就恶心！"

看热闹的人越来越多。

同治摇头："不是，不是，这不是你的心里话。"

董彩莲不时地向穷不怕投来求救的目光，嘴里还骂着同治："你无赖！你色狼！你撒手哇！"

穷不怕看了看同治，又看了看文喜、桂宝。

同治忍耐着:"你骂我什么都行,我知道你恨我额娘,你恨我们家族,但不包括我,我是真心爱你的。"

穷不怕又发现了街上还有其他太监。

董彩莲挣扎:"你是疯子,是无赖,你撒开手。"

同治热情似火:"我不撒手。"

古董王替皇上着急:"姑娘,你仔细看看他是谁?"

董彩莲坚决地说:"我不认识。"

同治不相信:"你认识。"

董彩莲使劲挣扎:"撒手!"

同治坚决地:"不撒手。"

董彩莲又向穷不怕投来求救的目光。

这时穷不怕把狗绳撒开,黄狗汪汪地向同治扑来。同治爷狼狈逃走,黄狗仍旧在后边追赶。"黛玉!黛玉!",穷不怕叫住了黄狗,黄狗乖乖地跑到穷不怕身边来。

文喜和桂宝掩口而笑。

路边,文喜、桂宝俩人追上了同治爷。同治爷心有余悸地说:"这狗比圣母的黑宝玉还厉害。"

两个小太监仍大笑不止。文喜说:"爷没听见,人家的狗叫黛玉,太后的狗叫宝玉,黛玉将来能做太后,当然比宝玉厉害啦!"

桂宝更正说:"错了,太后的宝玉也是位千金。"

同治爷说:"你们又在耍贫嘴。"

再说穷不怕这边,古董王礼貌地向穷不怕作揖:"穷先生,我是琉璃厂的古董王,在下可以作证,那位爷(指同治)没有疯,也不是无赖,他的确在找一个人。"

穷不怕认真地问:"他找何人?"

古董王说话吞吞吐吐不好启齿:"在找一个……是不是让他们谈上一次?"

穷不怕点明话意:"你是说我在场不方便?让我走开,对吧?"

古董王点头:"正是这意思。"

穷不怕不明白:"他要找的人为什么不能跟我谈?"

古董王犹豫:"这个……"

穷不怕猜测:"是不是旧相识?"

古董王点头:"先生明智。"

穷不怕提出关键:"他们什么时间分开的?"

古董王自圆其说:"分手有一年了。"

"你告诉那位爷,他找错人啦。"穷不怕断然说完,拉着狗绳,招呼董彩莲:"我们走。"

古董王又追上同治禀告,同治接受不了:"不会错啊,朕怎么会认错了。"

古董王突然想到一个问题:"是不是两个相似的女人?"

同治考虑:"不会啊,她伴随朕十几年了,错不了。"

古董王心细:"也许有错的时候,皇上想想,刚才碰面只不过三两分钟，又在撕撕打打中见的面，怎么能观察好一个人呢。希望万岁爷冷静回忆回忆，冷静比较比较。找个长时间观察观察。"

同治不悦地走开："岂有此理，她在朕旁边那么多年，朕会认错人？"

大街的另一边，董彩莲站着问穷不怕："他那么撒野，你怎么不吭声？"

穷不怕比较沉着："我不是让狗帮你忙去了？"

董彩莲挑理："他拽我那么半天，你也不帮忙。"

穷不怕解释："如果他一拽你，我就上手打他，那我就不是穷不怕了。"

董彩莲不解："他明明耍流氓，你也不管我。"

穷不怕有理："我在观察啊！"

董彩莲反问："他耍流氓，你还观察？"

穷不怕有看法："他不是流氓。"

董彩莲埋怨："你还向着他说。"

穷不怕心里有底："他真的不是流氓。"

董彩莲追问："那他是什么人？"

穷不怕沉着地问："这人，你真不认识？"

董彩莲觉得奇怪："我怎么能认识他。"

穷不怕用探讨的口吻问："我问你，他为什么认识你？"

董彩莲没有深想："他认错人了。"

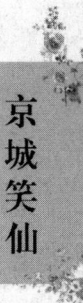

京城笑仙

穷不怕进一步问:"他为何认错人呢?"

董彩莲觉得话里有话:"我哪儿知道啊!"

穷不怕用启发的口吻问:"难道这里边没有隐情?"

董彩莲还没明白话意:"你说我有事瞒着你?"

穷不怕摆手:"绝无此意,绝无此意。"

董彩莲还谈自己的看法:"这人就是条癞皮狗,多亏了咱们这条狗,比他厉害。"

穷不怕还按自己的想法问:"你说拿雕翎扇的这人是谁?"

董彩莲思索了一下:"不像我们天桥人,看起来是个有钱的公子。"

穷不怕再次启发她:"公子太小啦。"

董彩莲大胆地猜:"是王爷?"

穷不怕告诉他:"还小。"

董彩莲的心怦怦跳:"他是谁?"

穷不怕指着路上这里那里站着的茶驼色长袍小太监,暗示董彩莲:"你仔细看看他们。"

董彩莲仔细看了看街上的小太监。

穷不怕反问:"跟拿雕翎扇旁边那两个人一样不一样?"

董彩莲看了看:"一样。"

穷不怕细问:"怎么一样?"

董彩莲心里有些紧张:"都穿茶驼色长袍。"

穷不怕进一步问:"还有呢?"

董彩莲摇头："没有了。"

穷不怕强调："还有一点。"

董彩莲反问："哪点相同？"

穷不怕正经地说："他们嘴上都不长胡子。"

董彩莲乐出了声："他们都是太监！"

穷不怕点头："对，他们都是太监，拿雕翎扇这人，很可能就是当今皇上。"

董彩莲吓了一跳，她吃惊不小："不可能不可能，你别吓唬我。"

穷不怕认真地说："我没吓唬你。"

董彩莲不明白："皇上怎么会认错我呢？"

穷不怕猜测："他可能在找一个人。"

董彩莲急问："找什么人？"

穷不怕从头分析："你先想想，最近发生的怪事。"

董彩莲追问："什么怪事？"

穷不怕总结着："几次发生怪事。"

董彩莲还不明白："还有什么事？"

穷不怕帮助回忆："那天你买了二斤包子，你明明没吃，店小二和那醉汉认定你又吃又拿，这次皇上又认错了你，为什么有这么多巧事？答案只有一个。"

董彩莲明白了："还有一个长得跟我相似的人？"

穷不怕点头："对了！不但相似，可以说非常像，而且这人就在我们的周围。"

董彩莲站着思索起来了。

穷不怕发话："走吧，师傅还在家里等着咱们呢。"

街上人们还在乱跑，一边跑，一边喊："逮麻子来了，逮麻子来了！"

公差甲、乙逮住了醉汉。

一顶绿轿由远处及近开来，一队喽仆在前边鸣锣开路。

扎王爷神气十足地坐在轿中。

公差甲、乙架着醉汉往轿前而来。

公差甲说："扎王爷，我们捉住一个麻脸。"

绿轿停下，扎王爷注意嫌疑犯："你抬起头来。"

醉汉不慌不忙地抬起头来。

扎王爷望着醉汉的脸，看不出麻子。

醉汉有心计地问："请问王爷，什么叫麻子？"

公差甲说："大胆！对王爷有这么说话的吗？"

扎王爷不急："脸上有小坑就叫麻子。"

醉汉追问："有几个小坑就叫麻子？"

扎王爷不好回答："这要具体问题具体分析。"

公差乙指着醉汉脸说："你这样的脸就是麻子。"

醉汉不服："我只有两个小麻坑，是我长粉刺时抠成的。"

"胡说！"公差乙对扎王爷说，"他眼睛上边一堆麻子。"

醉汉较劲儿："你仔细看看，那是麻子吗？"

公差乙指责他:"你对谁说话呢?"

醉汉还在较真儿:"那是雀斑!"

扎王爷端详了一阵醉汉,对手下说:"放人,放了他。"

公差乙有话:"王爷,干吗放了他?"

公差甲也说:"我们逮着他可不容易啊。"

扎王爷命令:"叫你们放,你们就放。"

"谢王爷!"醉汉主动走了。

公差甲不明白:"王爷,为什么放走他?"

扎王爷指责:"你们连雀斑和麻子都分不清。"

公差乙有别的顾虑:"我们老完不成公差,怎么办呢?"

扎王爷指着头说:"多想办法啊!那也不能张冠李戴。"

公差甲想起了什么:"扎王爷,我总觉得穷不怕场地上有个麻脸。"

扎王爷得到了启发:"唉,我也有点印象。"

公差乙提议:"我们到天桥去,今天正好有八大怪表演。"

扎王爷严厉斥责:"我们是办公差,又不是看杂耍。"

公差甲、乙:"是!"

天桥穷不怕相声场地,看观人不少,虽然穷不怕没来,七大怪联合公演也够声势。同治爷带着文喜、桂宝也夹在人群之中看热闹。

天桥八大怪中丑孙子、醋溺膏、韩麻子三位说相声的站在中间,盆秃子、田瘸子、鼻嗡子、常傻子两旁相陪。

场内七大怪正在表演。

丑孙子说:"别人称我们天桥八大怪。"

醋溺膏接话:"今天我们来了七个。"

韩麻子解释:"来的人里没有穷不怕。"

盆秃子接话茬儿:"穷不怕没有来。"

鼻嗡子替老哥说话:"真人不能轻易露面。"

常傻子同意这说法:"露面的没有真人。"

观众不解:"啊?"

田瘸子继续发挥:"我们借穷不怕这块宝地。"

盆秃子劲头十足:"七大怪联合公演。"

周围人不住地叫好,圈外文喜问同治:"爷看得可开心?"

同治含笑点首:"不错,联合公演让我们赶上了,可惜又没有穷不怕。"

文喜知足:"能看到七大怪知足吧,总比一个个拜佛要强得多。"

同治点头:"这倒是,在我们宫……公公那里从来看不到民俗野味。"

文喜即兴而说:"您没听说,来京城,皇帝可以不拜,天桥不能不逛。"

同治有些急了:"谁说的?"

文喜含糊其辞:"他们都那么说。"

天桥穷不怕相声场上,七大怪继续表演。

丑孙子引头:"我们三个是说相声的。"

醋溺膏:"应该说四个说相声的。"

丑孙子:"穷不怕没有来。"

醋溺膏:"穷不怕是相声开山祖。"

丑孙子:"穷先生很忙,各大公馆、王府都在请他赴堂会。"

韩麻子:"他不来没关系,这里有他的盟兄弟。"

醋溺膏:"谁啊?"

丑孙子:"我呀,我代表穷先生向今天看官问好。"

周围又是一片叫好声。

丑孙子:"今天新来的看官不少,大家来着了,我们七大怪凑到一起表演也不容易。这样吧,我们先自我介绍一下。"

醋溺膏:"介绍什么?"

丑孙子:"咱们每人介绍一下自己的名字。"

醋溺膏:"我们都是野鸭子,没真名。"

丑孙子醒悟过来了:"对了,我们都没名字,那介绍一下每人的字号。"

韩麻子:"我们都是草鞋——没有号。"

丑孙子:"那你们有什么呢?"

韩麻子:"我们都有外号!"

醋溺膏:"大名鼎鼎的外号!"

丑孙子:"好吧,我们介绍一下自己的外号。"

七大怪抢着说:"我叫……"

几个人都抢着说自己的外号,听不清。

丑孙子下令:"停停,咱们一个个地来。"

七大怪不语。

丑孙子着急了:"说呀,谁先说?这样吧,谁的本事大,谁先说。"

七大怪抢着说"我的本事大",然后抢着表演自己的绝活儿,有唱小曲的、鼻吹管的、学口技的……

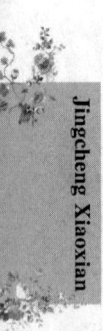

第九章　秦楼楚馆露真伪

穷不怕场内七大怪继续表演。

丑孙子又发话了:"停停!停停!什么乱七八糟的,大杂烩!听不清楚,这样吧,谁辈分最大谁先来!"

七大怪都不言语。

丑孙子着急了:"怎么又不言语了?"

常傻子说出内心话:"穷不怕辈分最大,他没来。"

丑孙子往下想:"没来的不算,剩下的人谁辈分大。"

"我辈分最大!"鼻嗡子答道,然后开始表演,"信口诙谐一老翁,招财进宝写尤工,频敲竹板蹲身唱,谁道斯人不怕穷。"

丑孙子苦笑:"这是你吗?"

鼻嗡子回答:"这是穷不怕。"

丑孙子重复自己的意思:"我让你说说你自己。"

田瘸子自告奋勇:"我来,我会白沙撒字,'日日街头沥白沙,不需笔墨也涂鸦,文章扫地平常事,求得钱来为养家。'"

丑孙子又问:"这是你吗?"

田瘸子回话:"还是穷不怕。"

丑孙子问他们:"你们怎么老提穷不怕?"

田瘸子有凭:"他是八大怪之首。"

鼻嗡子有据:"他是八大怪之冠。"

常傻子有根:"他是相声的开山祖。"

盆秃子有理:"他的辈分最大。"

丑孙子做总结说:"他是老天桥、老北京的代表。"

演艺圈外,观者越围越多,同治对文喜说:"我好像看见穷不怕了。"

文喜回话:"是啊,我们没有白来。"

这时,人群北边有些乱,徐三站起身来,分开人群走了进来:"丑孙子,丑孙子!"

丑孙子挡住徐三:"你怎么进来了,你在坡上看不是很好吗?"

徐三有话:"我找你们有事。"

常傻子过来帮腔:"你没大事,不就是要钱吗?"

徐三挺正经:"我要这点钱没用。"

七大怪纷纷过来投币:"多给你点儿。"

徐三有些急了:"我不是要钱。"

鼻嗡子向大家解释:"他不是为了钱,是要饭,对吧?"

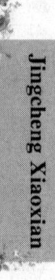

徐三掏心窝地说:"我平时也不是为了要饭,是为了听相声。"

鼻嗡子、常傻子二人架着徐三往外走:"回你坡上听去不是很好吗?"

徐三回头直喊:"丑孙子,你赶快躲一躲,官兵抓你来了!"

丑孙子有些急了:"放开他,放开他,到底怎么回事?"

徐三大声说:"扎王府贴了告示,麻子惹事了,把钦差大臣杀了,现在到处逮麻子,扎王爷往天桥来了,你赶快躲一躲。"

丑孙子不解:"我没麻子。"

徐三镇静一下:"对了,你没麻子,你赶快通知一下麻子们都躲一下。"徐三发现韩麻子:"特别是你韩麻子,你的麻子太深了!"

这时,几位官兵已站到圈外,韩麻子一看不好,掉头就往外挤。

圈外,七大怪四下分散宣传,转移注意力:"逮麻子来了,别让麻子跑掉!"

周围人一乱,官兵挤不过来,韩麻子早已逃之夭夭。

同治也在人群中挣扎,文喜、桂宝分着人群,给同治开路:"别挤了,别挤了,你们挤着爷了。"

圈外的小太监干瞪眼,挤不进去。同治带着二人从人群中挤出来。文喜问:"皇上,挤到您没有?"同治整了整衣帽:"不要紧,只有待在宫里没人挤。"

文喜提议:"我们找个地儿吃饭去吧。"

同治同意:"好吧,吃完饭,明天再来。"

文喜、桂宝惊讶:"还来?"

同治决心很大:"还没看到穷不怕呢。"

桂宝佩服:"爷的瘾头上来了。"

同治毅力倍增:"想当年,刘玄德三顾茅庐,朕也应该三顾天桥。"

文喜讨好:"应该应该。"

别人找不到穷不怕,穷不怕原来正在老师张三禄家。张三禄发烧躺在床上,额上蒙块降温的湿毛巾,穷不怕、董彩莲站在床前伺候。

张三禄不忍心地说:"你们都来了,绍文,今天恭王府不是有堂会吗?"

穷不怕胸有成竹地说:"恭王府堂会往后推了,先来看望师傅。"

张三禄绝望地说:"你们来得好,让我好好看看你们最后一面。"

董彩莲心酸地说:"您别说这话。"

穷不怕想知道病情:"师傅您到底怎么啦?"

张三禄绝望地说:"我祸不单行啊。"

穷不怕想知道内情："您遇到什么祸了？"

张三禄痛心疾首地说："昨天晚上我的毛驴丢了，今天一大早骆驼又死了。"

穷不怕安慰老师说："我们是给骆驼办堂会来了。"

张三禄语气不顺地说："我的骆驼可不是一般的骆驼，我的骆驼驯服听话，运起煤来稳当可靠，吃起饭来比骡马还少。"

穷不怕替师分忧地说："老师不要多想了，骆驼一死，就不能复生，我给它的后事办好就是了。"

张三禄悲痛辛酸地说："我的毛驴可没死啊，活生生的也不见了。"

穷不怕再次安慰："老师先不要着急，您的毛驴什么时候丢的，我算一算能不能回来。"

张三禄突然想到穷不怕有特殊才能："对了，都说你能掐会算，你给我算算，我的毛驴还能不能回来。"

穷不怕竭力安慰老师："好，我问什么，您得如实跟我说，说得不对，算得不准。"

这时的张三禄变得很听话："行，你问。"

穷不怕分散着老师的忧愁："您这头毛驴，原来拴在什么地方？"

张三禄如实回答："就拴在院里那棵槐树上。"

穷不怕提出一关键问题："丢驴在什么时辰？"

张三禄在回想。

穷不怕提醒:"您得说准喽。"

张三禄认真回答:"正是昨夜子时。"

穷不怕追问一句:"不会错吧?"

张三禄肯定地说:"没错,是子时。"

穷不怕捏着手指一算:"师傅,您的毛驴一会儿就回来。"

张三禄没听准:"你说什么?"

穷不怕又重复了一遍:"您的毛驴一会儿就回来。"

张三禄细问:"谁给送回来?"

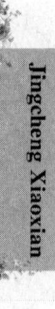

穷不怕望着老师说:"它自己回来。"

张三禄高兴起来:"真的?自己就能溜达回来?"

穷不怕肯定地说:"能回来。"

张三禄认真地问:"你不会哄我吧?"

穷不怕动了动心眼:"不会,不过,回来是回来,但是得有一个条件。"

张三禄上心地问:"什么条件?"

穷不怕认真地说:"您得吃服药。"

张三禄有些不信:"我吃服药,驴就自己回来,这挨得上吗?"

穷不怕解释:"挨上了,您必须吃服药,这驴才能回来。"

董彩莲端着药过来了。

张三禄被迫地接过药碗:"好,我吃,我吃。"

穷不怕讲出条件："您不能随便吃。"

张三禄手里的药碗有些烫手："吃药还有说头？"

穷不怕点了点头："一会儿午时钟声一响，您就马上吃，一口气把药吃完，驴儿就回来啦，这叫子时丢驴午时归。"

张三禄有些疑惑："你的话灵吗？"

穷不怕装作很正经："灵，不过得信守吃药规矩，钟鼓楼的钟声一响，您就开始吃，如果吃晚了，驴就从门口过去了，吃早了也不行，驴就拐进别人家门去了。"

张三禄将信将疑："还有这么多讲究。"

穷不怕说话脸不变色："一门有一门的规矩。"

张三禄有礼节地说："我先端着，你们都坐下。"

董彩莲心疼老人："我先端着吧。"

"我端着吧。"张三禄还是自己端着药，穷不怕搬了两个凳子，俩人坐在床边。

张三禄上心地问："什么时候喝？"

穷不怕故作认真的样子："午时钟声一响，您就喝。"

张三禄真不愿意劳累别人："我还不如死喽好了。"

董彩莲信心很足："您别说这丧气话。"

"是真话，我活着还让你们费心，让你们破费，为了养活我，"张三禄向穷不怕表谢意，"你连徒弟都不敢多收。"

穷不怕好心相劝："您别胡思乱想了。"

张三禄掏真心："不是胡思乱想，绍文，你有能力建业，不能因为我耽误你收徒弟，你应该收徒弟，像孔子一样，要弟子满天下。"

穷不怕知道老师的心："学生明白。"

张三禄的话没有完："两年之内，徒弟要布满京城，五年之内徒弟要布满全国。"

穷不怕点头。

张三禄追问了一下："你记住没有？"

穷不怕又用力点点头："学生记住了。"

张三禄还不放心，提出要求："你答应我，要多收徒弟，要不我这药不喝了。"

穷不怕真心表态："学生答应老师。"

张三禄又着急了："怎么午时还不到？"

穷不怕还在劝解："别着急，马上就到，这药您一口气都喝完，驴就健康而归，如果药剩碗底子，驴就瘸着腿回来。"

张三禄被哄笑了："讲究太多了。"

穷不怕也高兴："这叫天时地利。"

张三禄诚心地答应了："我都喝，我都喝……"他喝了一口说："怎么午钟还不响？"

穷不怕把屋门敞开，从外边正传来钟鼓楼的钟声。穷不怕、董彩莲高兴地齐声说："午钟响了。"

穷不怕发令："您快喝！"

床边，董彩莲也催上了："您喝！快！"

张三禄大口大口喝起来，刚喝了一会儿，觉得不对味，看看碗里，笑了："不是药，是粥啊，看我这老眼昏花的。"

穷不怕实意地说："您眼神不错啊！"

张三禄有些自悲："不行啦。"

穷不怕指着："那红小豆看得见吗？"

张三禄望了望碗里："看得见。"

穷不怕鼓励地说："比我强，我看不见。那白米粒看得见吗？"

张三禄精神头来了："看得见。"

穷不怕又指着贴在碗上的小芝麻问："这小芝麻看得见吗？"

张三禄摇摇头："看不见了。"

穷不怕幽默地说："这点我比您强，我看见了。"

张三禄笑声不止："你们净逗我笑，你们拿我当老小孩儿，给我解闷来了。"

董彩莲高兴："师傅，您看驴回来啦！"

院里站着一头驴，张三禄高兴地下了地："我的驴回来啦！"

三人都来到院中，董彩莲上心地问："师傅的病好些了吗？"

张三禄变了一个人："好了，全好了。"

穷不怕幽默地说："这碗药还真灵。"

张三禄摸着驴，脸上笑容收敛了："这不是我的驴。"

穷不怕哄着老师："是您的驴。"

张三禄终于明白了："你们给我买了头驴，你们又破费了。"

董彩莲劝慰："师傅病好了，我们破费点算什么。"

穷不怕接着说："身体比驴重要。"

几个人又朗笑起来。

再说穷不怕的相声地摊，常傻子把长凳放在场中，云花坐在旁边观阵。观场的人群里有富向南、范向西、群众甲、群众乙。周八戴着一副墨镜，挎着一架老式照像机，也出现在人群之中。从场内看，场外高坡上，徐三爷盘腿坐在地上，面前摆着一个饭碗，一边乞钱，一边观看场内表演。扎王爷、公差甲、公差乙穿着便装出现在人群之中。

穷不怕没有到场，相声场地里，几位艺人在借场表演。

常傻子正在说："今日我借师兄穷不怕这块宝地，给诸位表演一手单掌开石。"

范向西有想法："我们要听相声，你给我们来一段相声吧。"

富向南也有同感："是啊，学学穷不怕的相声也行。"

常傻子为难了。

范向西问："穷先生怎么没有来？"

常傻子实话实说："我师兄赴堂会去了。"

群众甲、乙:"来一段相声!""我们听相声!"

范向西同意众人要求:"我们想听相声。"

常傻子为难了:"很抱歉,我不会相声。"

富向南兴趣很高:"你不会,我们会。"

范向西点头赞同:"是啊,你不会,我们会。"

富向南说出想法:"要不我们替你说。"

范向西也有这意思:"穷不怕的相声我们都听会了。"

常傻子向云花征求意见:"你看呢?"

云花心里有数:"他们都是我师傅的票友。"

常傻子看了看周围:"唉,贫麻子怎么没有来?"

云花轻声告诉他:"现在不是抓麻子吗,他躲起来了。"

人群里公差甲看了看扎王爷,扎王爷在嘴上打手势,不让说话。

常傻子看了看富向南、范向西:"我看让他们俩来一段,行吗,大侄女?"

云花点了一下头:"你看行就行吧。"

常傻子发令:"好,你们二人给大家来一段,不过咱们可得三、七分账。"

富向南、范向西齐说:"中!中!"

富向南、范向西走到场中,周围叫好,鼓掌!

相声场旁高坡上,徐三正向场内张望,周八架着照相机向徐三走来,一把铜钱丢在徐三碗里算是救济。徐三望了望来人，抱拳感谢："是你啊！"

周八礼貌地说："看您老偌大年纪，没儿没女，漂流街头，十分可怜，我给您老来张相吧。"

徐三望了望照相机，说："是画像吗？"

周八不肯说明内情："比画像要高一筹。"

这时围过来几个人，围观的人七嘴八舌地说："这是什么东西？""从来没见过。"

周八只说："这是进口货。"

古董王认出："这不是照相机吗？"

周八一笑："有识货的。"

群众甲说："照相机干吗用的？"

周八得意地说："对着谁照出来就像谁，比画像还像。"

徐三插嘴说："对着我就不会像你，是吗？"

周八回话："那当然了。"

徐三催场："你可得快点，我坚持不了多长时间。"

周八轰着人群："靠边靠边，大家不要动手，这进口照相机很娇贵，连慈禧太后也没有见过。老人家，您不要动，我一按快门就行了。"

徐三不明白："你一按快门，我就挺了？"

周八急不得恼不得："挺了干吗？这又没子弹。"

徐三耐心地问："不是枪毙？"

周八耐心解释："不是，不是，您老坐直喽。"一揿徐三的鼻子，徐三坐直了。

再一看头还有点歪，周八揪了揪徐三的耳朵，头才正过来。

徐三很有耐性："行了吗？"

周八说："我一喊'行了'，您就可以动了。"

两个公差在人群里转来转去，一个麻子分着人群躲来躲去。

徐三有些坚持不住了："你倒快点呀！"

周八一按快门，冒出一股白烟，古董王从后边拍了一下周八的肩膀，把他叫走了。徐三还在一动不动等待他的口令。

扎王府里，扎王爷和二贝勒正在畅饮。

扎王爷端起酒盅，二贝勒捂住酒盅劝阻："皇叔不要再饮了，酒多伤身啊！"

扎王爷含悲欲饮："仁义是我的盟兄，被麻子杀死，至今找不到凶手，我活着有愧啊！"

二贝勒劝解："王叔不要自责，现在很多事情都很难办，漏选秀女一事，侄儿至今也没有查出端倪。"

扎王爷安慰地说："王侄尽职就行了。"

二贝勒直叫苦："王叔提供的线索，侄儿一家家都查验过了，一点儿踪迹都没有。"

扎王爷心里也有苦："九门我吩咐人把守，你又做了入户调查，得，我们都对得起皇上了。都是那小海棠春出宫闹的。

钦差大臣被杀，皇上连问都不问津。"

二贝勒附和着："对皇上来说，小海棠春当然是头等大事。"

扎王爷有话："对本王来说，逮麻子凶手才是头等大事。"

二贝勒劝阻："王叔您真喝多了，这话可不能随便说。"

扎王爷不说难受："我这不就对你说吗，皇上把小海棠春看得比命还重。"

二贝勒有自己的看法："皇上也是为找不着小海棠春着急啊！"

扎王爷进一步说："小海棠春我找到了！"

二贝勒一惊，故意问："在哪儿？"

扎王爷望着二贝勒的脸说："就在你们曾王府里。"

二贝勒吓了一跳："王叔可别吓唬我。"

扎王爷解释："我是说，那天我在曾王府里见到了她。"

二贝勒装蒜："哪天啊？"

扎王爷觉得心中有数："就是给你父王拜寿那天，穷不怕身边那个女子就是小海棠春。"

二贝勒吓得脸变了色。

扎王爷道出心里话："我已经禀告给皇上了，皇上要亲自寻找小海棠春。"

二贝勒面色如土。

扎王爷压低声音："听说，小海棠春不认皇上了，骂皇上神经病，骂皇上疯子！"

二贝勒有言直说："王叔您喝多了吧！"

扎王爷自以为是："不多，本来就是，那天在天王轩门口，皇上碰上了小海棠春，皇上上手就拽，小海棠春破口大骂，全城人都知道。"

二贝勒情不自禁道："太好了！"

扎王爷深问："你说什么？"

二贝勒："谁让皇上把小海棠春看得比捉拿杀人凶手还重要呢！"

扎王爷："怎么贤侄的看法跟王叔一样了？"

二贝勒："人家都说我像您的孩子。"

扎王爷："不管怎么说，我还是得去捉拿杀害我盟兄的凶手，为仁义兄报仇。"

二贝勒答应："对，有仇不报非君子。"

"皇上的事儿，我顾不了那么多了，"扎王爷掏出一张王牌，"盘查漏选秀女一事，全权委托王侄了。"

二贝勒说出想法："王叔放心，我一家一家地搜，一家不漏，替王叔效力。"

扎王爷用话点给他："你光查住家不行，那些聚众场所，像会馆、旅社、妓院，你都不要放过。"

二贝勒觉得有理："侄儿记住了。"

扎王爷又重复了一遍："这件事全权委托王侄了。"

"王叔放心好了，不过我干好了，王叔别忘了提携我。"

"那当然了，王叔一定在皇上那里给你加封。"

"好，让我阿玛好好看看我，治治他的势利眼。"

"来，我们干一杯。"

俩人举起了酒杯。

扎王爷先开口："为了早日找到麻子凶手，为了早日查到漏选秀女，为了早日拿获偷金条的盗贼干杯！"

二贝勒手一抖，扎王爷一碰杯，二贝勒的酒盅碰掉在桌上，酒洒了一菜桌。

扎王爷忙问："怎么啦，王侄？"

二贝勒故作镇静，忙整理桌面："没什么，没什么。"

扎王爷又想起一事："皇上的圣旨我还忘了一件事。"

二贝勒忙问："哪件事？"

扎王爷接着说："逮住偷小海棠春金条的那个盗贼一定要严办。"

二贝勒偷着擦了擦额上的汗珠："严办！严办！"

秦楼楚馆门口，四个妓女在门前招客。二贝勒带着丁三、王四来到，两个妓女搀着二贝勒，另两个妓女伴着丁三、王四往里走："小爷里边坐坐，小爷咱们里边聊聊。"

二贝勒一边挣脱纠缠，一边往里走，嘴里说道："你们领家的呢？谁是领家的？"

大海棠春从院里迎了出来："哟，小爷来了！里边请，里边请,是喝茶,是听曲,还是找个人陪陪?"

二贝勒一本正经,掏出一个腰牌:"奉圣旨查案,你将全院十八岁至二十五岁的名册拿来,名册上的人在院里排好,等我一个个盘查。"

丁三、王四早就站在二贝勒身旁。

几个妓女早躲到大海棠春身后。

大海棠春不慌不忙:"皇上圣旨,哪个皇上圣旨?"

二贝勒严肃:"当然是当今皇上的圣旨。"

大海棠春冷不防地夺过腰牌一看:"这是扎王府的令牌,你怎么说是圣旨?"

二贝勒大怒:"大胆!"

丁三、王四想上手,二贝勒伸胳膊拦住:"皇上下旨让扎王爷查案,你敢不从!"

大海棠春把牌子扔给二贝勒:"查就查吧,怎么查,说吧。"

二贝勒又重复了一遍:"十八至二十五岁的人马上集中到院里。"

院里,众妓女站了一个弧形。大海棠春把名册递给二贝勒,对二贝勒等三人说:"这是名册,十八岁到二十五岁的人全在这里。"

二贝勒细问:"一共多少人?"

大海棠春:"三十九人。"

二贝勒带着丁三、王四来到一人面前,二贝勒问第一个妓女:"你叫什么?"

这个妓女回话:"我叫柳花。"

二贝勒又问:"哪儿的人?"

一妓女回话:"河北三河人。"

二贝勒看了一下名册:"何时来的秦馆?"

一妓女接着说:"我十三岁就来到秦馆。"

二贝勒等来第二个人面前问:"你叫什么?"

二妓女回话:"我叫桂花。"

二贝勒又问:"哪儿的人?"

二妓女回话:"江苏人。"

二贝勒看了一下名册:"何时来的秦馆?"

二妓女抢着回答:"前年秋天。"

二贝勒来到第三个人面前,一看是个小伙子,差点乐了出来,一把把他揪了出来:"你站在这儿凑什么热闹?"

二贝勒责问大海棠春:"怎么男的也出来了?"

大海棠春十分镇静:"他是茶房伙计,你没说只查女的,都听到了,你只要十八岁到二十五岁的。"

二贝勒只好认头:"得,得,男的都出来。"

从队里又冒出来三个男的。

二贝勒接着问:"女的到底有多少人?"

大海棠春:"三十五人。"

二贝勒来到第三个妓女跟前:"你叫什么?"

三妓女回话:"我叫石榴花。"

二贝勒又问:"你从哪儿来?"

三妓女接茬很快:"我从杭州来。"

这时,丁三对二贝勒耳语了一番,二贝勒边走边数了一遍人数,对大海棠春说:

"怎么少一个,你不说三十五个人吗?"

大海棠春看了二贝勒一眼:"小爷还挺认真,是少了一个,身体不大舒服,没有出来。"

二贝勒认真地问:"她现在在哪个房间?"

大海棠春一指:"在楼上。"

二贝勒三人随着大海棠春登上木楼梯,走进走廊。

大海棠春在一房间门口停下,二贝勒三人随着赶到,只见屋内一个妓女背朝门,脸朝窗户站着,几个人走了进来。大海棠春向二贝勒解释:"她不舒服,没有下楼。"

二贝勒提出异议:"不舒服,还能站在那儿欣赏风景?"

大海棠春解释:"老躺着更不好。"

二贝勒问窗前女:"你叫什么名字?"

那妓女不答话。

二贝勒提高嗓门:"架子不小,问你啦,你叫什么名字?"

大海棠春代替回答:"她是我们馆的花魁,她叫荷花。"

二贝勒带气:"我让她自己回答,你叫什么名字?"

只见那妓女转过身来:"你说呢,我叫什么名字。"原来那妓女正是小海棠春。

二贝勒看清了:"是你?!"

小海棠春逼近二贝勒:"是我!我正等着你呢。"

二贝勒连连后退:"不不不……"

小海棠春目光逼人:"我知道你迟早会来的。"

二贝勒面带乞求:"你误会了,我是办公差来的。"

小海棠春手里握把攮刀向二贝勒逼来:"我可是专办私差的。"

丁三、王四向小海棠春扑了上去,丁三:"反了你了,这是二贝勒!"

小海棠春毫不畏惧:"我杀的就是二贝勒!"

丁三同小海棠春厮打在一起。

二贝勒下令:"撤,我们撤!"

大海棠春拦着小海棠春:"你冷静点儿,你冷静点儿。"

丁三上手揪着小海棠春,小海棠春挣脱开丁三,小海棠春照着二贝勒就是一攮子,大海棠春用胳膊一拦,攮刀正扎在大海棠春的胳膊上。

小海棠春惊叫一声:"啊!"

二贝勒三人狼狈而逃。

血从大海棠春胳膊上淌出。桌子旁,小海棠春用白布给大海棠春包扎。大海棠春笑着安慰小海棠春:"没什么,没什么，这算什么。"

小海棠春后悔："我也不知道哪儿来的这股狠劲儿。"

大海棠春语重心长地说："你还年轻，太天真了，报仇不能凭感情用事，他是扎王爷派来的人，你惹得起？"

小海棠春切齿痛恨："他毁了我一生，断送了我的前程，这样就完结了吗？"

大海棠春好心劝告："不完结，又怎样，你不告过他吗？怎么样，你连衙门的门坎都进不去。"

小海棠春乞求地问："那我怎么报？"

大海棠春态度很坚决："等，只有等。"

小海棠春求教："这不用您说，我当然等，您说，同治爷会来找我吗？"

大海棠春心里有个谜："我不是跟你说过吗，我在天王轩碰见过一个人，在打听你，而且知道我也是从宫里出来的，你说他不是宫里的人，是哪儿的人？"

小海棠春进一步打探："他长得什么样？"

大海棠春描述着："二十来岁，个子不高，手里拿把雕翎扇。"

小海棠春上情地说："一定是皇上，他一定会找到我的。"

大海棠春同情地摇摇头："我们俩多相似啊，当年，我也是这样等咸丰爷的。"

小海棠春道出心里的故事："是啊，我们都受过皇上的恩宠，又都让慈禧轰出宫外，慈禧硬说我是假满人。"

大海棠春心里平静多了："这事并不奇怪，我比你早出来几年，看到的比你多。我看她才不像满人。"

小海棠春佩服地说："您懂得真多，您收下我做干女儿吧。"

大海棠春同意："只要你不嫌弃我，我愿意做你的干额娘。"

小海棠春扑在大海棠春的怀里："额娘！"

大海棠春紧紧搂着小海棠春。

再说，二贝勒回到寝宫后，狠狠地在床上躺着，丁三、王四站在床边侍候。

二贝勒像得了心病："没想到小海棠春跑到秦楼楚馆去了。"

丁三说出自己的想法："应该让她在北京城消踪灭迹。"

二贝勒误会了："要杀人？我可不想杀人！"

丁三说明实意："不是杀人，把她轰出京城，轰得越远越好。"

王四看法不同："能把小海棠春轰出京城，还能把穷不怕轰出京城吗？"

丁三觉得为难："那怎么办？"

二贝勒有个主意："小海棠春把心已交给了穷不怕，那么穷不怕和皇上就是情敌。"

王四分析:"二贝勒是说,让皇上治穷不怕。"

丁三摇摇头:"不行,小海棠春四根金条的事,皇上能善罢甘休吗?"

二贝勒也觉得内疚:"是啊,这么多钱,皇上要知道是我拿的,会饶我吗?"

丁三更为难了:"这怎么办?"

二贝勒坚持自己的想法:"只有将穷不怕、小海棠春一起轰出京城才行。"

王四说出心里话:"即使把他俩轰出京城,皇上能轰出京城吗?"

二贝勒望着天花板直喘气:"是啊!皇上也饶不了我呀。真是活见鬼啦,哪儿都是小海棠春。"

丁三得到启发:"二贝勒先冷静冷静。"

二贝勒心跳得很厉害:"我冷静得了吗?再冷静刀子就进去了。"

丁三安慰说:"二贝勒着急也没用啊,您得能忍,我觉得这里边有点儿不对。"

二贝勒忙问:"哪点不对?"

丁三分析:"您仔细想想,前两天,小海棠春还在穷不怕身旁,今天怎么就到秦楼楚馆了?"

二贝勒也觉得有问题:"对啊,变化也不会这么快啊!"

丁三大胆谈想法:"会不会是两个人?"

二贝勒"腾"地坐了起来："小王也想到这点了，走，跟我来！"

穷不怕院里，穷不怕、董彩莲正在教云花京戏动作。

云花问师娘："男女起霸一样吗？"

董彩莲言之成理："男女起霸好多不一样，女人有鹞子翻身，男人没有。咱们练吧。"

云花做好准备。

董彩莲给云花指出："你这动作有点像武生。"

云花有想法："我想先学刀马旦。"

董彩莲点头："也好。"

云花谈出想法："上场我可以女伴男装，同姑姑配戏。"

董彩莲对穷不怕："我们给你垫垫场也好。"

穷不怕重视戏剧基本功："其实相声也离不开京戏。很多柳活儿前身都是京戏的底子。"

董彩莲提议："我们练吧。"

云花重新做好准备。

董彩莲对穷不怕说："你伴奏吧。"

穷不怕用嘴伴奏："锵，得得得……锵，提甲出场式亮相。"

云花随着伴奏摆个提甲出场式亮相。

穷不怕继续伴奏："锵，得得得……云手。"

云花来个云手。

穷不怕继续伴奏……出踢腿，弓箭步，骑马蹲裆式。

云花随着"锣鼓点"连续摆出这些动作。

穷不怕院门外，二贝勒、丁三、王四正在偷看董彩莲练功。看累了，三个人找了个露天酒铺围桌而坐。

二贝勒问二随从："看清了吗？"

丁三抢着说："奴才清楚了，穷不怕旁边还有个小海棠春。"

王四随和着："大清天下，无奇不有，竟然有两个小海棠春。"

丁三看法不同："什么两个小海棠春？只不过是一对相似之人。"

二贝勒忙问："你认为哪个是真小海棠春？"

丁三看法坚定："当然秦楼楚馆那个是真的了，王爷认为呢？"

二贝勒点头："看法一样，难怪穷不怕身边的女人不找我要金条。"

丁三夸奖："二贝勒高明。"

二贝勒心里打颤了："高屁，这回麻烦了。"

丁三不明白："怎么麻烦了？"

二贝勒道出苦言："皇上要知道小海棠春进了秦楼楚馆，能饶过我吗？"

丁三、王四："是啊，是啊！"

二贝勒"腾"地站起来，走来走去："怎么办，怎么办？"

丁三有歪点子："只有让皇上别出宫。"

二贝勒心里豁然开朗："你接着说。"

丁三说明原因："皇上要不出宫，不就碰不到小海棠春了吗？"

二贝勒又点头："言之有理。"

王四有看法："皇上已经盯上穷不怕的地摊了，能不出宫吗？"

二贝勒觉得有理："对呀，穷不怕那里有个勾魂的，皇上能不出宫吗？"

丁三想个办法："就没有人能管住皇上吗？"

二贝勒得到启发："对，太后正在查皇上微服私访的事。"

丁三不明白："太后？"

二贝勒放心一笑："天助我也。"

丁三不明白："二贝勒笑什么？"

二贝勒心里有数："这我就放心了。秦楼楚馆让她永远成为一个秘密。皇上不会到那儿去玩儿。"

丁三明白了："皇上只有想穷不怕的女人了。"

二贝勒冷笑了一下："让他们彼此折磨吧！穷不怕的女人到底归谁，现在还不好说。她不是小海棠春就好办了。穷不怕，我要和你争到底！"

丁三提醒:"二贝勒还是小心为妙。"

二贝勒不明白:"什么意思?"

丁三道出想法:"奴才的意思,皇上是不是真出不来?如果皇上要出来,还会有麻烦。"

二贝勒点了点头:"嗯,我有办法了。"

二贝勒辞了丁三等人,押着一箱银元来到扎王府。

扎王爷见客桌上放着一箱银元,问二贝勒:"王侄,这什么意思?"

二贝勒表谢意:"王叔这么器重我,侄儿感戴不尽。"

扎王爷猜到了:"王侄还有别的事吧?"

二贝勒一笑:"王叔真是京城第一大才子,侄儿知道王叔讨厌穷不怕,侄儿老想着替王叔出气,王叔干脆找几个人把穷不怕轰出京城。"

扎王爷也笑了:"我把穷不怕轰出京城也用不着银子啊。"

二贝勒脸露央求之情:"就算侄儿孝敬王叔的。"

扎王爷望着二贝勒的脸说:"你送我银两,还有别的用意吧?"

二贝勒一笑:"王叔,漏选秀女的案子太难查了。"

扎王爷脸露烦情:"是啊,选秀女又不是选妃子,送选的面太大了,到哪儿去找?"

二贝勒耍了耍心眼儿:"还让王叔找偷金条的人,人家连皇上都不认了,还找金条有何用?"

扎王爷也有同感:"是啊,净给本王找麻烦。至今金条失窃案一点儿线索也没有。"

二贝勒口吐真情:"我们压力太大了,皇上老给脸色看,好像我们欠他金条似的。"

扎王爷也心烦:"王叔也怕老碰见皇上,当着下人的面,皇上一点儿面子也不给我。"

二贝勒怨言满腹:"皇上老微服私访也不叫事儿。"

扎王爷心悦:"说到点上去了。"

二贝勒越说越来劲儿:"再说小海棠春心已给了穷不怕,皇上老看着也受刺激啊。"

扎王爷进一步问:"王侄的意思呢?"

二贝勒态度坚决:"少让皇上出宫。"

扎王爷点头赞许:"英雄所见略同,你找我就是这目的?"

二贝勒接着出主意:"王叔可禀奏慈禧太后,就说八大胡同净是妓院,免得皇上染上脏病,让太后管住皇上。"

扎王爷微笑:"王侄你说晚了,太后早就知道了。皇上的一举一动都逃不过太后的眼睛。"

二贝勒猜到了:"王叔已经先行一步了?姜还是老的辣!这样我们可以腾出时间一起对付穷不怕了。"

扎王爷拍着贡品:"这箱子银两,你阿玛知道吗?"

二贝勒摇头:"不知道,这是侄儿的私人财产。"

扎王爷点头:"太后那儿你就放心,我会三天两头地去,穷不怕我早晚把他轰出京城，给你一洗天桥之辱。"

二贝勒一满足说漏了嘴："也是给王叔洗天桥之辱。"

再说秦楼楚馆里，大海棠春一直为小海棠春揪着心，这天她对小海棠春说："你是不是先躲一躲？"

小海棠春也看出来："你怕二贝勒派人来行凶？"

大海棠春有些担心："他做贼心虚，事情已败露，什么可能都有。"

小海棠春心里有数："不会的，他杀我一人，没有用，他知道我会把内情告诉你们的，除非他铲平秦楼楚馆。如果怕我连累大家，我就先躲避一下。"

大海棠春解释："不是这意思，我什么也不怕，我只怕二贝勒狗急了跳墙，伤害你。"

小海棠春心里很平静："我不怕，他们要杀我，他们也不得好死，我要等皇上，我相信皇上会替我做主的。"

大海棠春放心了："好，我给你扫听着皇上的音信。"

再说穷不怕家里，董彩莲、云花正在院里赏花，贫麻子从外边跑了进来："大姑，大姑！"

董彩莲奇怪地问："怎么又叫大姑了？"

贫麻子有理："我一细想，云花叫你姑姑了，我就别叫你姑姑了。"

云花接底："大姑不也是姑姑吗？"

众人乐。

董彩莲止住笑:"贫根儿,有什么事?"

贫麻子说明来意:"我找您借点行头。"

云花替姑姑问:"什么行头?"

贫麻子说了实话:"要女人的头套片子、配珠。"

云花进一步追问:"借女人行头干吗?"

贫麻子反问:"你干吗练男人的武式?"

云花有理:"我演戏啊!"

贫麻子同理:"我也演戏啊!"

云花说了实话:"你要演大姑娘,有人看吗?"

贫麻子要争这口气:"这回我让你开开眼。"

董彩莲答应:"云花,你把我的戏妆给他找上几件。"

云花指着贫麻子:"他不把话说清楚,我不管找。"

贫麻子央求:"好妹妹,我男扮女装自有道理。"

云花追问:"什么道理啊?"

贫麻子不想说:"你就别问了。"

云花坚决问个底儿掉:"不说清楚不行,你扮好女装,跑女茅房去了怎么办?"

董彩莲直乐,贫麻子保证:"决不会,我还是去男茅房。"

云花发令:"男茅房也不准去,你把人吓跑喽。"

贫麻子觉得没路走了:"那把我憋死。"

董彩莲替贫麻子解围:"云花这丫头也学顽皮了,该找婆家了,还像个孩子。"

贫麻子又来劲了："大姑，您一提到这，我倒想起来，云花的婆家我早给找好了。"

云花含羞："姑姑还没成亲，我着什么急。"

董彩莲实心实意："别学我，拖了好几年，也成不了亲。"

贫麻子心里佩服："好大姑，真是好大姑。"

董彩莲不爱听："行了，行了，一口一个大姑，我问你，你替云花看上谁了？"贫麻子还不肯说出大名："眼前我倒给他选上一个。"

董彩莲嘱咐："你可得看好人。"

贫麻子认认真真地说："看好了，我反反复复琢磨了好几个月。"

董彩莲细问："人老实吗？"

贫麻子保证："人绝对老实。"

董彩莲替云花追问："说说看，他家里还有什么人？"

云花羞答答地躲在董彩莲身后。

贫麻子说得很流利："他孤身一人，上无父母，下没有儿女。"

董彩莲挑出毛病："这不废话吗，没成亲，哪儿来的儿女。"

贫麻子解释："我是说他人品老实，绝不沾花惹草，长得不胖不瘦、不高不矮。"董彩莲听着不错："那还挺匀称的。"

云花偷笑不语。

贫麻子说点儿实际的:"别的毛病没有,就是人穷了一点。"

董彩莲不怕穷:"穷没关系,咱们不都穷吗?"

贫麻子解释穷:"他不是一般的穷。"

董彩莲深问:"怎么个穷法?"

贫麻子比画着:"他每天拿个碗要钱。"

董彩莲明白了:"要饭的?"

云花脸色也变了。

贫麻子还挺护穷人:"您别看不起人,他很可能是天桥第二拨八大怪。"

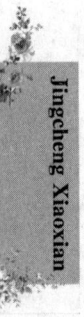

董彩莲认真起来了:"这个人我见过没有?"

贫麻子实话实说:"见过,天天见。"

董彩莲又细问:"云花认识不认识?"

贫麻子看了一眼云花:"认识,保证云花满意。"

董彩莲追问:"你说的到底是谁啊?"

贫麻子亮底:"就是咱们相声摊旁边土坡上,老偷听我师傅相声的那个徐三。"

董彩莲有疑惑:"那不是老头吗?"

贫麻子认真地说:"对,徐三老头。"

云花抡着拳头向贫麻子头上打来:"我打死你,我打死你!"

贫麻子躲来躲去:"我可是好心好意,实心实意。"

董彩莲制止二人:"快不要闹了,云花,你带他捡几件行头,我和你师傅要到恭王府赴堂会去了。"

这时穷不怕进来了:"云花,这几天为师不在,相声场全由你们费心了。"

贫麻子抢功:"师傅请放心,我能顶家立户了。"

第十章　老王爷哭的坟头
原来埋的是头死骆驼

贫麻子对着铜镜子把自己打扮成青衣，头上戴上套头、簪珠等，他得意地问云花："你看，我像不像阔千金？"

云花看他化的妆过分了："你像个万斤，你还真上场啊？"

贫麻子心里话："我再不上场，吃什么？"

云花担心地说："你真吃了豹子胆了，你就不怕公差逮女麻子。"

贫麻子还在化妆，得意地说："你看我脸上还有麻子吗？"

云花担心地说："你一说话人家也能听出麻子来。"

贫麻子立刻改成青衣腔："这位小妹，你不必担心，一切事由姐姐为你做主。"

云花"扑哧"一笑。

大街上，穷不怕前牵一狗，后随彩莲，直奔恭王府而来。

扎亲王的轿子迎面而来，前边几人鸣锣开道，后边跟着一哨人马。

公差甲鸣锣反复喊道:"各户百姓听真,王府贴出告示,逮捕麻脸,不得有误。有包庇者,与麻脸同罪。"

穷不怕急忙回避,正准备绕道而行。

轿子里的扎王爷突然发话:"穷不怕不必绕行。"

穷不怕带着彩莲连忙来到轿前跪下:"穷不怕给扎王爷叩头。"小狗在一边立着。

扎王爷撩开轿帘问:"你今日为何离开天桥?"

轿前的穷不怕回话:"草民另有重任。"

扎王爷想听个明白:"讲!"

穷不怕对着轿子说:"今日草民前往恭王府赴堂会。"

轿子里的扎王爷:"本王也有一想法。"

轿前穷不怕请示:"请扎王爷明示。"

轿中扎王爷说:"本王现在去天桥听戏,你一离开,实属扫兴,干脆,我府也办个堂会吧!"

穷不怕回话:"奴才求之不得。"

扎王爷求乐心急:"明日我府设宴等你,你看如何?"

穷不怕为难:"明日草民去不了。"

扎王爷觉得扫兴:"你去不了,我办什么劲啊!"

穷不怕说明:"明日恭王府真有堂会。"

扎王爷只好后推:"那就后天吧!"

轿前的穷不怕还有难处:"后天是恭王府堂会的最后一天。"

京城笑仙

扎王爷只好后延："那就大后天吧。"

穷不怕不得不说："大后天车王府堂会已订。"

轿子里的扎王爷十分扫兴："我等于白说了，咱们以后再订吧。"

轿前的穷不怕再次施礼："多谢王爷！"

扎王爷忍着性子："快起来吧！"

"谢王爷！"

穷不怕、董彩莲站起。

土路上，扎王爷坐轿往天桥而来。

天桥杂耍场，扎王爷身穿便服，由公差甲、乙相陪，出现在天桥人群之中。

公差甲："这回保证能逮个麻子。"

扎王爷也有决心："哼！我要一洗上次天桥之辱！"

公差乙："是啊，让穷不怕知道知道王爷的厉害。"

公差甲："麻子只是穷不怕的徒弟。"

公差乙："寒碜他的徒弟就是寒碜他。"

扎王爷考虑更深："岂止是寒碜问题，几个案子都同他有关系。皇上最近来没来天桥？"

公差甲："奴才真没有看见。"

扎王爷吩咐："嗯，那好，如果发现皇上，马上禀告于我。"

公差甲："是不是向皇上不好交差了？"

扎王爷严斥:"不要多嘴。"

穷不怕相声地摊,圈里贫麻子、云花在为表演做准备。圈外土坡上,坐着个徐三,他扮成了老者正在引颈张望。

观客陆续走来,站在场外等着看表演,扎王爷带着公差甲、乙出现在人群之中。

相声场里,扮了花旦妆的贫麻子悄声细语地对云花讲:"人家正盯着你哪!"

云花不解其意:"谁啊?"

贫麻子学着花旦道白:"你顺我的手腕瞧。"他一指坡上的徐三老汉。

云花不给他好脸:"你一点儿正经的也没有。"

贫麻子脸皮厚,继续挑逗:"好好好,错过这村,可就没这个店了。"

云花同情地望了徐三一眼。

贫麻子看到了云花的眼神:"人不错吧?"

云花有同情心:"人孤零零的,怪可怜的。"

贫麻子也有同情感:"太可怜了。"

云花想得更多:"要有个亲人在旁边做伴就好了!"

贫麻子得意地望着云花的脸:"起怜悯之心了?"

云花承认:"我心太软了。"

正中贫麻子的意:"有门。"

云花有个念头一闪:"我倒有一个想法,可有点儿麻烦你。"

贫麻子不在乎:"没关系,好事我一定成全你。"

云花望着贫麻子:"我说出来怕你不愿意。"

贫麻子态度很坚决:"我愿意。"

云花说出想法:"你应该把他请到家里做干爹。"

贫麻子面露尴尬:"你同情他,让他做我干爹?我'王花买老子'来了。"

云花想得深:"他要病在炕上,谁来照顾?"

贫麻子倒很乐观:"这你别担心了,他身体比我都棒,我都跑不过他。"

云花细问:"你怎么知道他身体棒?"

贫麻子不怕露丑:"那天,他追我,几步就把我追上了,就像老鹰抓小鸡一样把我抓住了。"

云花犯坏一笑:"这我相信。"

贫麻子自责:"嘿!我怎么这么比方。"

云花有看法:"你想抬他。"

贫麻子解释:"我可不是成心抬他,我这小伙子累得呼哧带喘,他站在那儿面不改色心不跳。"

云花看出:"你吹他?"

贫麻子又解释:"不是吹,身体就这么棒,我给你仔细说说。"

云花不想听了:"不用说了,你把你干爹请到家里对他说吧。"

贫麻子真心地问:"你真不同意?"

云花说了:"他要倒退四十年还差不多。"

周围人鼓掌催开场。云花对贫麻子说:"我们开场吧!"

贫麻子拿着一双新布鞋带着云花走到场中间,行礼完毕,仿花旦道白:"今天我们二人给大家来一段化妆相声《姑嫂贤》,这是我师傅穷不怕亲口传授的。我说妹妹。"

云花进入角色:"哎!嫂子。"

贫麻子仿纳鞋底:"今天初几啦?"

"今天八月十五啦!"

"你哥哥我的丈夫怎还不回来?"

"说不定一会儿就回来。"

"我赶紧打扮起来。"贫麻子手中的两只鞋一只当镜子伸在脸前,一只鞋当粉扑儿,往嘴巴子上拍粉。一会儿两只鞋当成两面镜子,一前一后地照起头型来了。

众人响起一片叫好声。

人群中,扎王爷问旁边的古董王:"这俩人是新来场的吧?"

古董王顺嘴回答:"不是。"

扎王爷又问:"他们是穷不怕的什么人?"

古董王对扎王爷说:"这位爷不常来天桥吧?"

扎王爷打量了一下古董王:"你怎么见得?"

古董王直言:"看爷的表情不认识这两个团门的。"

扎王爷看得出:"听口气,你跟他们很熟?"

古董王很得意:"岂只很熟,平时还素有交往。"

扎王爷考问:"那个俊嫂子叫什么?"

古董王顺口一说:"他叫贫麻子。"

扎王爷没听清楚:"什么什么?"

古董王知道失口,忙改口:"他叫贫麻花。用手比画着,麻花,懂吗?又脆又香又甜口。贫麻花,很值钱的麻花啊。"

扎王爷言简意深:"女子长得漂亮就值钱。"

古董王话多了:"错了,他不是女人,他是顶天立地的男子汉。"

扎王爷起疑:"他是男儿?"

古董王慢悠悠地说:"不但是男儿,还有一脸……"(马上捂上嘴)

扎王爷追问:"一脸什么?"

古董王心血来潮:"一脸横肉,一化妆就是漂亮女人了。"

扎王爷表扬了一句:"你听相声听的,也像说相声的了。"

演艺场内圈里,艺人们继续表演着。云花怀里抱着一只鞋,充当怀中的娃娃,娃子哭个不停,贫麻子逗能地说:"把孩子给我。"他抱着那只鞋,哄着娃子,娃子不哭了。

云花比画着:"外边有人敲门,我看谁来了。"

"准是你哥哥回来了。"贫麻子说着,把鞋一只只贴在地上。

云花问："你这是干什么？"

贫麻子正经地说："我给你哥哥贴几个棒子面饼子。"

众人乐。

人群里，扎王爷也鼓起掌来："不错，不错，这是谁的徒弟？"

古董王告诉王爷："穷不怕的徒弟，他叫贫麻……花。"

扎王爷对公差说："别忘了执行公务，你盯住那贫麻花，看他脸上有没有麻子。"

公差甲有些顾虑："他可是穷不怕的徒弟。"

扎王爷口气大："我们逮的就是麻子，不管他是谁。"

公差甲点头："我懂了。"

地摊旁边，这时从外边开进一辆老式汽车，汽车在人群外面停下。从车上跳下阔气的一男一女。男的正是周八，还戴着那副墨镜，那女的叫春姐。俩人发现地摊旁高坡上的徐三，惊喜地向他走去。

春姐猫腰上手就搀扶徐三："大爷，我们可找到您了。"

徐三后退："别别，男女授受不亲。"

春姐又说："你是我大爷怕什么？"

徐三一愣："我不认识你啊！"

春姐十分有耐心地解释："对，您不认识我，您认识我爹，您可把我找苦了。"

周八也帮腔:"没想到您就是我大爷。"

春姐诉苦:"我找遍了整个京城,原来您在这儿凉快哪!"

徐三怕误会:"我不是凉快!"

人们陆续围过来,花旦打扮的贫麻子、云花,闲客古董王也在人群之中。

贫麻子说了句:"这是我们天桥有名的乞丐徐三爷。"

徐三认真地问春姐:"你爹是谁?"

春姐打哑谜似的说:"您跟我们上车,到我们家里,就知道了。"

徐三还不相信:"你们找错人了吧?"

春姐笑掏真言:"没错,您是不是姓徐?"

徐三觉得奇怪:"对啊!你们怎么知道的?"

春姐进一步攻心:"您老叫徐向东。"

徐三更莫名其妙了:"没错啊!"

春姐人心有数:"您在老家行三,人称徐三爷。现在家里就剩您一个。"

徐三纳闷地问:"对啊,您怎么知道的比我都多。"

春姐笑容不减:"都是我爹告诉我们的。"

徐三还没明白:"你爹是谁啊?"

春姐又上手搀扶:"您一到我家就知道了。"

周八也过来动员:"您老人家,快上车吧!"

徐三半信半疑:"我哪能这么做?"

春姐面带诚意："我们要找不到您，对不起我爹。"

春姐同周八一起，将老人搀到汽车上。

汽车外边，这里的人群议论开了，群众甲说："这老人要了几年饭，这回熬到头了。"

众人赞颂："是啊，可遇见大善人了。"

贫麻子倒感觉有些遗憾："天桥少了这位三爷，不热闹了。"

汽车里，徐三从窗口伸出头来，同没有卸青衣妆的贫麻子说："你告诉穷不怕，回来我还听他的相声。"

人群中传来贫麻子高声嘱咐："您老放心吧，您老享您的清福去吧。"

云花挑逗："你不认干爹，叫别人认走了。"

小车徐徐开动了。

贫麻子自言自语："当世人情如纸，这里会不会有什么差错？"

古董王坚持自己的看法："这老头家贫如洗，除了那身发了霉的乞丐服，别的一无所有。不是亲友，谁请大爷啊！"

几句话逗得大家笑而不止。

贫麻子又思索了一会儿："也许这事是真的，一上年纪，不爱回首前尘，把亲友都忘了。"

古董王有自己的看法："是亲友看他穷，把他忘了。"

云花说了句放心话："这回老人也算有了归宿了。"

古董王替老人高兴："他风烛残年，还有人接走纳福，真有造化。"

贫麻子触景生情："是啊，有人接我来多好啊！"

公差甲分着人群说："我们接你来了。"

贫麻子一见公差，立刻学着青衣道白："这两位相公是不是找我苏三哪？"

公差甲很粗鲁："别废话，你不是苏三。"

贫麻子拿腔拿调："我不是苏三是谁啊？"

公差乙直言："你是贫麻子。"

贫麻子吓得变了韵："老爷，我可没办坏事。"

公差甲一下给他戴上刑具："你男扮女装，掩盖麻子，知罪吗？"

贫麻子想解释："小的没有罪，真的，我一点儿坏事也没做过，要不你问问大伙。"

公差甲说："我们不管你有罪无罪，谁叫你长麻子啦！"

公差乙说："少废话，走！"

云花上去拦住："麻子怎么啦，长麻子犯法吗？"

公差甲将云花推开："这里没你的事。"

土路上，两个差官押着贫麻子正往前走，发现文喜和桂宝挡住了去路。

公差甲问："何人截道？"

文喜不慌不忙："我们不是截道的，我们截个人。"

桂宝直截了当："对了，你们把这个麻脸给我们留下，你们走你们的道吧。"

公差甲怕失职："不行，他是个要犯。"

文喜明说了："我们留的就是要饭的。"

贫麻子苦笑："我成要饭的啦！"

公差甲不服："你们不要妨碍公务，我们奉了扎王爷的命令。"

文喜心中有数："我们是奉了我们爷的命令。"

公差甲态度很硬："扎王爷的命令谁敢惹！"

文喜不以为然："我们爷的命令谁敢惹！"

公差甲气没消："你敢跟扎王爷作对！"

文喜口气不减："扎王爷也得听我们爷的。"

扎王爷从后边分着人群过来："谁那么大口气，敢叫我的阵。"

文喜一见扎王爷立刻施礼："扎王爷！"

扎王爷一愣认出来了："原来是文喜、桂宝。"

文喜对扎王爷暗示地说："这个人是要犯，我们爷……要亲自审理。"

扎王爷小声地问："爷现在何处？"

文喜直言："爷在天王轩茶馆。"

扎王爷下令："好，把罪犯交给他们。"扎王爷又讨好地对文喜说："你告诉爷，这个罪犯是我亲自抓捕的。"

文喜表示上奏:"我们爷会重赏王爷的。"

文喜、桂宝把贫麻子带走:"走,我们一定把你审个水落石出!"

众人迷惑不解。

扎王爷吩咐手下:"派二十个精兵强将把天王轩茶馆围起来。"

大街上,云花急火火地跑着,迎面穷不怕前牵一狗,同董彩莲走了过来。

穷不怕叫喊:"云花,云花,干什么去?"

云花急巴巴地说:"师傅,您可回来啦!"

穷不怕不明白:"出什么事啦?"

云花急得脸上冒汗:"贫麻子让公差逮走了!"

穷不怕宽慰:"先别急,稳住心。"

云花尽量抑制情绪:"我能不急吗,贫麻子套着刑具让人家带走了。"

穷不怕细问:"谁给带走的?"

云花急得语无伦次:"两拨人,直抢贫麻子,可能谁抓到贫麻子谁有赏。"

穷不怕想问个究竟:"到底谁给抓走的?"

云花脑子里还在现场:"谁抓走谁得赏。"

穷不怕让她冷静下来:"净惦着得赏了,到底是哪个府抓走的,我们好想办法搭救。"

云花回忆着:"哪个府说不清,最后是两个穿茶驼色长袍的把他带走的。"

董彩莲猜测:"是不是和尚?"

云花觉得像:"可能,可能。"

董彩莲联想后可怕:"他触犯仙界了?"

穷不怕不想瞎议论了:"不要瞎猜了,你们先回去,我去打听打听。"

董彩莲关心地问:"你去哪儿打听?"

穷不怕认真又诙谐地说:"我听这狗的,他让我上哪儿,我就上哪儿。"

穷不怕牵着狗渐渐远去了。

回过头来再说春姐卧室,徐三坐在太师椅上,周八给他点烟袋说:"这烟袋是乌木的烟袋杆,白铜的烟袋锅,翡翠的烟袋嘴,水绿玻璃地儿,一吸烟,半边脸都是绿的。"

徐三笑眯眯地点点头,望着周八:"我想起来了,你要跟穷不怕学相声对不对?"

周八自圆其说:"对啊,咱俩都要拜穷不怕为师。"

春姐给他送香茶:"这是真正的龙井茶,喝一口,鼻子两天都冒香气;喝两口,拉出的屎都是香的;喝三口,做梦香得找不着家。"

徐三惦念着心事:"你们的爹在哪儿呢?"

春姐劝他:"您老别着急,先喝口茶,败败火。"

徐三吐了口烟说:"我要看不见你爹才着急呢。"

春姐逗他:"您想我爹了。"

徐三回答得好:"我知道你爹是谁啊!"

春姐又续了点水:"那就别着急啦!"

徐三把水碗推到一边:"你们把我弄糊涂了。我越糊涂越着急,你们不是说,一进门就能看见你爹吗?"

春姐从柜子里拿出一张二人照。

(特写:徐三同乾隆爷的合影)

春姐指着照片说:"大伯,你老看看这个是不是您?"

徐三一愣:"是我啊,我什么时候跟别人照过相呢?"

春姐指着相片上另一个老头说:"这就是我爹。"

徐三仔细看了一眼:"我怎么不认识?"

春姐耐心地说:"您仔细看看。"

徐三反复看了几眼:"仔细看也不认识。"

春姐启发他:"您跟谁照过相?"

徐三冥思苦想:"我跟谁也没照过相。"

春姐好心埋怨说:"大伯,您一上年纪,就忘事了。"

徐三差点说漏了:"我不老……当然比你们大了几岁。"

春姐大大方方:"这照片送给您吧,您要时刻记着我父亲。"

徐三为难地说:"我真记不起来,没这事啊。你们还是让我走吧。"

春姐按住徐三："我们要是让您走了，就对不起我爹了，您先小住几天，您不是想听穷不怕的相声吗，以后我们带您常去，行不行？"

徐三高兴了："那行。"

春姐吩咐："周八上饭！"

春姐把徐三搀到桌子旁边坐下，周八端着一只烤鸡上来了，春姐又端着一壶陈年贡酒过来了。周八撕了一个鸡腿递过去，春姐倒了一碗老酒递过来："我们俩给您老洗尘。"

徐三推开老酒和鸡腿说："你们不把话讲明白了，我不喝。"

春姐香腮带泪："这是我爹的遗嘱。"

徐三着急地问："遗嘱?！你爹什么时候死的？"

春姐把声音压得低低地说："我爹上月谢世了，他让我无论如何也得找到您。"

徐三直埋怨自己："我怎么记不起来你爹的模样啊！"

春姐宽慰了几句："您记不起来不要紧，我们决不会忘掉我爹的把兄弟。"

徐三又问了一遍："我和你爹是把兄弟？"

周八也插话说："是啊，大伯，请接受我们一拜。"

春姐进一步表示真心："国一日不能无君，家一日不能无父。今天，您就当我们爹吧。我们给爹叩头了。"

周八、春姐以头碰地，怦然有声。

徐三接受不起:"快起来,快起来,我担当不起。"

春姐态度坚决地说:"您不答应我们,我们死也不起来。"

周八也旁敲侧击:"是啊,我们让您每天吃山珍海味,睡高枕软床。"

徐三一拍白头:"我真是交上好运!老来运转,又得一对儿女,可是我在你们这儿一住下,就听不到穷不怕的相声了。"

春姐还在做工作:"哎呀,您听什么相声,我这里有吃有喝,让您快慰平生。"

徐三觉得为难:"我这个人离不开相声。"

春姐表示决心:"好好,我们保证让您听到相声。您要不答应,我死也不起来。"

徐三觉得良心受责:"我答应你们就是了,快起来,快起来,我真受不住了。"

周八扶着春姐起来:"我还没说受不住了,您先说受不住了。"

春姐吩咐周八:"吃完饭,你带咱爹沐浴更衣。"

春姐在里屋门口等着,不一会儿,徐三换了一身新衣服,由周八搀扶着从里屋出来。徐三还要够原来的袜子,春姐一把抢过来,扔到窗外,她像变戏法一样,拿出一双长袜给老爷子穿起来:"爹,这是洋袜,您尝尝洋袜滋味儿。"

周八拿来一双方头福字履,也改了称呼:"爹,这是给您老买的新福字鞋。"

徐三还是有些忧虑："你们这样对待我，我真是受宠若惊，你们什么时候让我回天桥听相声？"

春姐撒娇地说："我早答应您了，您在我们这儿小住一段，让我们孝敬个够，我们没爹受不了，以后我经常带您去听相声。"

徐三说出了唐山话："中！"

这时有人"砰砰砰"地敲门，春姐开门一看，常傻子站在门外，春姐问："你找谁啊？"

常傻子直言："听说你们这里收留老头？"

春姐不悦："我们这里又不是慈善院。"春姐刚要关门，被常傻子把门顶得一动不动。常傻子有理："徐三爷不是被你们收来了吗？"

春姐不明白："哪个徐三爷？"

徐三从里边出来："徐三爷就是我啊！"

常傻子逮住理了："他就是徐三爷。"

徐三又问常傻子："你怎么来了？"

常傻子有理："我找你来了，听说这里收老头。"

春姐向常傻子解释："他是我爹。"

常傻子向春姐解释："我就是你爹的朋友。"

徐三求情："让他坐坐。"

周八过来了："进来吧，进来吧，你到我爹屋里坐坐。"

常傻子随着徐三进了屋。

周八同春姐商量:"让他吃一顿饭吧,然后送他回去。"

春姐有点舍不得:"饭可不能白吃,我们跟他又没交情。"

周八不拿饭当回事:"白吃就白吃吧,都是天桥的老人。"

春姐勉勉强强:"我得给他找点儿活。"

春姐卧室里屋,常傻子同徐三聊得很热乎,常傻子说:"天桥人都不放心你,才打发我来探望你。"

徐三很想大家:"别人怎么不来?"

常傻子留有心眼:"别人来,他们容易起疑心。"

徐三咂着烟袋点点头:"让父老乡亲放心吧,你看我穿的是绫罗绸缎,吃的是山珍海味。他们对我特别好,拿我当亲爹对待,过了眼前这几天,我还回天桥。"

常傻子也想留下:"我陪你半天?"

徐三不太同意:"不用了,过两天我就回去了。"

常傻子看上这儿了:"这儿好,你就别回去了。"

徐三摇头:"不行,不行,我想大伙儿,我离不开穷不怕的相声。"

这时春姐走了进来,对徐三说:"爹,您老过来一会儿。"

徐三又咂了两口烟,不太通气,春姐把烟袋接了过去,对常傻子说:"你给我爹通通烟袋。"说着,春姐把一根长针递给了他。

常傻子提出关键问题:"你们这儿还需要干爹吗?"

春姐回答得很干脆:"我们有一个干爹就够了。"带着徐三进里屋了。

外屋茶桌旁,常傻子独自一人,用长针通烟袋,怎么也通不进去,他找了一个称砣往里一砸针,啪的一下,烟杆折了。急得他东找西找,把墙上的秤摘了下来,把秤钩秤绳都解下来,只剩一根称杆。他一头按上烟嘴,一头按上烟袋锅,急急忙忙把破烂收拾一下,人从屋里出来了。

周八、春姐一看常傻子要走,更加使劲留了。

周八有实意:"晚饭马上就熟了,一定吃完饭再走。"

春姐也表欠意:"刚才不知道您是我爹的朋友,现在知道了,不能走。"

徐三也纳闷,问常傻子:"你不说陪我半天吗,怎么又变卦了?"

常傻子实话实说:"我认识门了,以后再来。"

周八不让走:"您老不能走。"

春姐接着留:"您要一走,让天桥的朋友笑话我们。"

俩人拉着常傻子:"您吃完喽再走,吃完喽再走,您吃完喽再走……"

常傻子认真了:"要不我就吃完再走?"

俩人一下撒了手:"啊!"

常傻子一看见徐三手里的烟袋:"我还是走吧!"

徐三心也活了:"要不,我跟他一起走。"

俩人急忙拉住徐三:"您可不能走哇!"

"他不能走,我走!"常傻子出来了。

徐三举着烟袋,怎么嘬都不通气。

天王轩一隅,同治皇帝坐在正中,文喜、桂宝两旁垂立。

文喜向门外喊:"带贫根儿。"

两位小太监押着贫麻子上来,摘掉刑具后,小太监退下。

同治不慌不忙地问:"你叫什么名字?"

贫麻子跪着说:"小的叫贫根儿。"

同治下旨:"你抬起头来。"

贫麻子仍低头回答:"小人有罪,不敢抬头。"

同治问他:"你有什么罪啊?"

贫麻子自言自语:"是啊,我有什么罪啊?"

文喜不干了:"你敢顶嘴,还说没罪。"

贫麻子认罪:"有罪,有罪。"

同治问:"你有什么罪?"

贫麻子回话:"我不该长麻子,我也不想长啊!"

众人乐,桂宝插话:"你这是跟谁说话啊?"

贫麻子认罪:"是,老爷。"

同治不太生气:"你看我像老爷吗?"

贫麻子看了看说:"像,像,像!"

文喜有意告诉他:"比老爷大得多,告诉你,这是当今圣上。"

"圣上！"贫麻子立刻惊叫起来，连忙叩头，"草民不知，草民有罪，草民有罪，草民给万岁爷叩头，万岁爷吉祥！"贫麻子以头碰地，猝然有声，头上的配套、配珠掉了一地。贫麻子慌忙收敛："奴才该死，奴才该死。"

同治忍俊不禁。

文喜借题发挥："你男扮女装，欺骗圣上，还说没罪。"

贫麻子赶忙解释："不敢，不敢，草民为了混口饭吃。"

同治转了话题："好了，好了，这里不是公堂，起来说话。"

贫麻子爬起来谢恩："谢万岁！"

同治正经地问："你知道朕把你找来什么事？"

贫麻子坐下了，自以为是："小人略知一二，大街上贴出告示，到处逮麻子。"

同治摇摇头："不管他们，朕到天桥游玩过几次，怎不见你的师傅穷不怕？"

贫麻子茅塞顿开："原来圣上要看我师傅表演。"

茶馆外，扎王爷的二十几个精兵强将把天王轩茶馆围了起来。扎王爷恨自己保护圣上来晚了。

茶馆里，同治说出心里话："穷先生德艺双馨，令人敬佩，朕微服私访，不知穷先生为何多日不曾露面？"

贫麻子代作解答："我师傅艺高才绝，的确高人一筹。请我师傅赴堂会的人接二连三，明后两日他得去恭王府堂会，大后日得去车王府堂会，如果圣上想看他的玩意儿，我禀告师傅来天桥演出即可。"

同治思忖片刻说："车王府的堂会先停一停，恭王府的堂会完了以后，叫穷不怕到天桥来，三天以后，朕来天桥看他的玩意儿。"

贫麻子满口答应："好，我一定转达。"

文喜挑出毛病："不是转达，这是圣旨。"

贫麻子叩谢："遵旨！"

天王轩门口，贫麻子出来正碰见扎王爷，贫麻子匆忙施礼："扎王爷，咱们改日见。"

扎王爷有话要问，然而人已经走远了。扎王爷匆匆走进天王轩茶馆，向同治爷施礼："臣给皇上请安！"接着，扎王爷带有责备的表情说："皇上……您怎么……？"

同治爷举手打断他的话："是不是嫌朕带的人少了？曾王爷、恭王爷都能一人微服私游，难道朕就不行？"

扎王爷责备不减："皇上出来怎么也得多带几个护卫。"扎王爷看了看文喜等，又说："就这么几个穿长衫的？"

文喜不服："怎么，王爷看不起我们，王爷带的兵，咱们可以一对一地比试比试。"

扎王爷不理睬。

同治一语双关地说："不是有人到太后那里告朕的状吗，

嫌朕出游太多了。"

扎王爷尴尬："臣不敢，臣不敢。"

同治话不留情："你什么不敢，到处随便抓人。"

扎王爷辩解："皇上，您是说贫麻子吧，他是嫌犯，皇上怎么把嫌犯放走了？"

同治爷反问："你怎么知道他是嫌犯？"

扎王爷回话："他脸上有麻子。"

同治爷话多了："麻子就是嫌犯？麻子是天花病落的，朕要得上天花，你把朕也逮起来？"

扎王爷有口难辩："这……这……臣贴告示，上过奏章。"

同治爷细说："朕准了你的奏章，是让你弄清事实，捉拿凶手，不是让你到处逮麻子。"

扎王爷只好认命："是！是！"

同治爷接着指责："告示上应该把凶手的个头、胖瘦、高矮写出来，不然单独指出麻子，你会伤害民众的。"

扎王爷有苦说不出，自语："我哪儿知道凶手长什么样啊！"

同治爷继续谴责："你差点儿误了朕的大事，知道吗？"

扎王爷不解："大事？什么大事？下臣不知，请皇上明示。"

文喜抢着说："万岁爷出来微服私访穷不怕，几次碰不到他们师徒，今天刚找到穷不怕的徒儿贫麻子，差一点儿让你断送了。"

扎王爷刚明白："下臣不知，下臣不知，下臣有罪。"

同治爷还有话："再说，仁义的死因，你还没调查清楚，听说他同日本人川岛有关系。"

扎王爷解释："川岛是仁义的女婿。"

同治爷打断："朕不是说这关系，有三十几个婴儿失踪，有五个婴儿惨死在百善堂，有人怀疑倒卖儿童案与川岛和仁义都有关系。"

扎王爷嘴软了："臣确实不知。"

同治爷教训他说："你要记住，大清国的民众，最痛恨依靠洋人势力来坑害百姓的。"

扎王爷口是心非地说："是！是！"

同治进一步问："朕让你查金条盗窃案、漏选秀女案，你查得如何？"

扎王爷含含糊糊地回话："臣正在稽查。"

同治很不满意："这么长时间了，一点儿线索也没有？"

扎王爷口头认错："臣有罪。"

同治爷发话："你下去吧。"

"是！"扎王爷口头接旨，心里说别着急，过不了多久，圣上你就出不了宫了。

扎王爷出宫不久，他带着公差甲来找钦差大臣仁义的坟地，然而他看了一个墓碑不是，又看一个墓碑还不是。扎王爷心里起疑，明明埋在这里了，怎么不见了？

公差甲插嘴："墓碑可能叫人们挖走，卖破烂了。"

扎王爷大斥："多嘴，墓碑能卖破烂吗！"

扎王爷发现了几个没有墓碑的坟："这么多没有墓碑的坟头，哪个是仁义盟兄的坟头呢？"

公差甲管不住嘴："一定是那座最大的坟头。"

扎王爷来到一座最大的坟头前边，上了贡品，烧了香，接着扎王爷失声痛哭起来："仁义大伯，你死得好惨啊，连人头都找不到了，凶手也没找到，我对不起你！对不起你的女婿川岛，是我害了你，我给你磕头了，愿你在天之灵安息吧。"说着，扎王爷呜呜呜地哭了起来。

忽然墓后传来了穷不怕的哈哈大笑声。

扎王爷恼羞成怒："什么人，出来！"

这时，穷不怕牵着一只狗从坟后出来："给扎王爷请安！王爷别哭了。"

扎王爷看清是穷不怕，接着又望着坟头抽噎着："你死得好惨啊！"

穷不怕也假意解劝："是挺惨的，可是人死了也不能复生啊！"

扎王爷哭得更伤心了："这是做晚辈的心意啊！大爷啊，大爷啊。"

穷不怕知道隐情："扎王爷，你错了。"

扎王爷一愣："我没错啊！"

穷不怕点明："您是王爷，这么哭有损身份。"

扎王爷理直气壮："王爷怎么啦！王爷不是人？王爷也有长辈，这是我大爷。"扎王爷又"大爷大爷"地哭起来。

穷不怕难为情地说："他不是你大爷。"

扎王爷忙问："他是谁？"

穷不怕点明实情："它是一头死骆驼，是我师傅死的骆驼，我帮助埋在这儿了。"

扎王爷匆忙站起："骆驼！你怎么不早说！"

穷不怕家里，一尊菩萨泥塑面前，云花和董彩莲跪着祷告，云花嘴里滔滔不绝地数落着："保佑我贫哥大难不死，保佑我贫哥大难不死。"

董彩莲正接着祷告着："请菩萨保佑我这个徒儿，他可是好人，您行行善心，把他放回来吧！"

云花突然想起："坏了，带他走的人不是和尚，头上都拖着大长辫。"

董彩莲忙问："那是什么人呢？"

云花猜测："是不是阴曹地府的人把他带走了？"

两个女人仍然跪在菩萨面前祈祷，"菩萨保佑贫根儿这条小命吧。""保佑这条不值钱的小命吧。"

这时，门一开贫麻子进来了，贫麻子叫："姑姑，你们怎么啦？"

几个人一下子围过来，看他身上受没受伤。

贫麻子追问："到底出什么事啦？"

云花动心地问："你没让人家打坏吧？"

贫麻子实心眼："没有。"

董彩莲问得更细："没上刑吧？"

贫麻子心里一点事儿也没有："没有。"

云花想问个究竟："你上哪儿去了？"

贫麻子心里起乐："我享清福去啦。"

众人吃惊："啊？"

贫麻子来劲了："你们猜，是谁把我请走的？"

云花抢先说："我只看见两个公差用枷锁把你请走了。"

贫麻子提醒："后来，往后想，后来谁把我请走的。"

云花接着说："后来两个穿长袍的，怕不是和尚吧？"

贫麻子得意得很："不是，那是皇上身边的小太监。"

云花感到惊奇："你见到皇上了？"

贫麻子劲儿更大了："岂止见到，皇上当面还赞扬我了。"

云花心情好多了："皇上是怎么赞扬你的，我都知道。"

贫麻子笑开嘴："你说说看。"

云花学男腔："你男扮女装，欺骗圣上，该当何罪？"

贫麻子知道是玩笑话："你们都知道了。"

云花说上瘾来了："你说点我不知道的。"

贫麻子信口开河："皇上还夸我德艺双馨，令人敬佩。"

云花开心地问:"那是夸你吗?"

贫麻子说了实话:"是夸我师傅。"

云花想乐乐不出来:"皇上把你放了,我真想不通。"

贫麻子甩了两句咧子:"非得皇上把我杀了,你才想得通。"

云花细说缘由:"外边到处逮麻子,逮了麻子,怎么又放麻子。"

贫麻子话没说完:"原来同治爷,醉翁之意不在酒。"

董彩莲认真地问:"在什么?"

贫麻子说了实情:"皇上是来私访师傅。对了,同治爷三天以后要在天桥看师傅表演。"

穷不怕在院里接话:"好,到时候我去。"

院子里,穷不怕把狗拴在院中,推门进来了。

贫麻子高兴地问:"师傅,您都听见了?"

穷不怕决心很大:"听见了,到时候把场上帮忙的伙计都叫着,我们替天桥八大怪露上一小手。"

众人搭腔:"对,露一小手。"

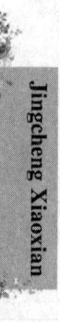

第十一章　穷不怕箭射
铜钱名震天桥

一大早，春姐卧室里传出来男女吵架声，女的是春姐，男的是周八，俩人一大早就吵了起来。春姐的声音压倒男方："我嫁给你一年多，你给我买什么啦？"

周八也不示弱："你身上穿的，嘴里吃的，哪样不是我买的！"

春姐明话直说："我是说金银首饰，人家大姑娘小媳妇谁不三金嘎子，两金簪子地戴着。看我，出门让人笑话。"

周八觉得委屈："你凭良心说，我没给你买过金嘎子？"

春姐撒泼："哪儿啦？哪儿啦？"

徐三跨进里屋来劝架："大清早，小俩口吵什么？"

春姐一见老人，委屈得直掉泪："爹！您给评评这理，谁家媳妇不戴几支金簪子。"

周八拉着徐三辩说："您别听她的，上月我还给她买了一支金簪，她隔着窗户扔出去了。"

徐三问春姐:"这是真的吗?"

春姐有自己理由:"含金不到20K。"

徐三觉得心疼:"那也不能扔啊。"

春姐不在乎地说:"旧的不去,新的不来嘛!"

徐三又问周八:"你舍不得给她买好的?"

周八不承认:"没那事,你让她说说,北京的首饰店,我们都转遍了,没有她随心的,给我转得脑瓜仁疼,她也没挑上一个。"

徐三又问春姐:"是这么回事吗?"

春姐还在巧辩:"他根本没那耐心,一进首饰店,他眼睛根本不看首饰。"

徐三问周八:"那你看什么?"

周八抢着说:"我净看她脸色了。"

春姐向徐三撒娇:"要不,爹,您跟我挑一个去吧。"

周八松了一口气:"爹,您老跟她去一趟,亲自体会体会吧!"

徐三有些为难:"我又不懂首饰。"

黑紫色古硬木柜子旁,周八走过来从柜子里掏出两个金元宝交给了徐三:"一回生,二回熟,您跟着春姐挑首饰,用不了多久,就都懂了。"

春姐摇着徐三的胳膊说:"爹,您老跟我去一趟,看我买得回来买不回来,让他长长见识。"说着,春姐从徐三手中夺过一个金元宝:"你让爹拿这么多,也不怕把爹累着。"徐三顺水推舟,把另一个元宝也塞给春姐:"你都拿着,我不更轻松了吗?"

春姐把元宝放在桌面上。

箱子旁边,春姐拿出一件最高贵的缎面中式服,非让徐三穿上:"我爹都没舍得穿这衣服。"

徐三边穿边嘟囔:"我穿这么好的衣服干吗?"

春姐说出用意:"现在都狗眼看人低,一见你穿得好,保证让你好好挑。"

徐三点了点头:"咱们准备到哪儿去买?"

春姐心里早就有数:"当然到前门首饰楼。"

前门首饰楼十分着眼,春姐搀着徐三,托着金元宝从外边进来。老掌柜眼睛不住地盯着春姐手中的金元宝:"二位来了!来人!上茶!"

一位伙计端着壶具过来:"这边坐,这边坐。"

春姐把徐三安排在桌旁:"您先喝点茶。"

老掌柜笑眯眯地问春姐:"夫人挑点什么?"

春姐早准备好了说什么:"选一件宝簪吧。"

老掌柜向春姐介绍品种:"这二龙戏珠簪是贵族用具,这金凤簪是活的。"

徐三坐在一旁像个有钱的大爷似的在品茶。

春姐拿着二龙戏珠簪让徐三看:"爹,您看,这就是

'二龙戏珠'，您看好不好？"

徐三看到春姐不满意的神色，就说："你看有没有更好的。"

春姐转过身来对老掌柜说："我爹问有没有更好的。"

老掌柜又递给一种："这是麒麟簪。"

春姐拿着首饰来到茶座前请示徐三："爹，这是麒麟簪，您看行吗？"

徐三照方抓药："还有更好的吗？"

柜台前，春姐又过来问掌柜："还有更好的吗？"

掌柜又拿出一种说："这是金凤簪，能做凤凰展翅表演。"

春姐拿着首饰又来茶座前请示徐三："爹，这是金凤簪，能展翅飞翔。"

徐三还是照方抓药："还有更好的吗？"

柜台前，春姐又问掌柜："还有更好的吗？"

老掌柜说："这三种乃是宫里最珍贵的首饰。"

春姐细问："哪个最好呢？"

老掌柜说："都是最好的。"

春姐托着三个样品又来茶座问徐三："爹，掌柜的说三个都是最好的，您说哪个最好？"

徐三很简单："你喜欢哪个，哪个就最好。"

春姐为难地说："我要随便挑一个，周八准又和我吵架，真应该让他也来就对了。"

徐三顺嘴答话:"对呀。"

春姐又想出一个主意:"要不您在这儿等一下,我回去同周八商量一下。"

徐三点头:"也好,也好。"

春姐又来到柜台前对掌柜说:"你们给我爹续点水,我征求征求我官人的意见去。"

老掌柜献殷勤:"你们放心好了,我们一定好生照顾老爷子。"

春姐开着汽车走了。

掌柜的亲自给老爷子续水:"您喝足了,不要着急。"

徐三闭目养神:"我不着急,只要你们不着急就行了。"

前门首饰楼门口,老掌柜不时地出来望望,过了老长时间,还不见春姐踪影:"汽车怎么还不来!"

徐三站了起来,老掌柜迎了过来:"您是不是又上便所。"

徐三点头:"是啊,我说我喝一壶就够了,你们非给我续了五壶。"

徐三到茅厕方便去了。

这时,小伙计慌慌张张地从外边跑进来对掌柜说:"不好了,我们都上当了。"

老掌柜安慰道:"不要慌,有话慢慢说,找到春姐的家了吗?"

徐三也着急地从便所出来,回到了前堂茶座,问小伙计:

"春姐在家吗?"

小伙计气喘吁吁地说:"放屁!那根本不是春姐的家,是个旅馆,账房说了,她男人上午结账就走了,春姐一直没有露面。"

徐三也一愣:"这不可能啊!"他拿着茶杯的手直哆嗦。

老掌柜不解:"难道他们丢下老爹不管?"

伙计说:"树林大了,什么鸟没有!"

老掌柜把徐三的碗抢了过来:"你别喝了,再喝,我们马桶都盛不下了!"

徐三也埋怨:"我说喝一壶就够了,你们非得给我老续水。"

老掌柜继续问:"你说,你女儿上哪儿去了?"

徐三觉得问题严重:"她不是我女儿。"

老掌柜一愣:"你说什么?"

徐三强调:"她真不是我女儿。"

老掌柜不明白:"她不是你女儿,管你叫爹?"

徐三想辩解:"他们家缺爹,就把我扣下了,我们真不是一家人。"

老掌柜又问:"你们在哪儿认识的?"

徐三老实回答:"在天桥。"

老掌柜眉头一皱:"糟了,天桥有风马雁雀四大骗行,让咱们遇上了。"

老掌柜对徐三说:"这回你走不了啦,我们到衙门去说理,你女儿骗走我们的都是价值连城的首饰,她跑了,你做爹的得赔偿!"

徐三掏出那张合影:"我真不是她爹,这边这个才是他爹。"

老掌柜夺过相片,伙计也过来凑热闹:"哪个?哪个?"

徐三用手指:"这个。"

老掌柜看清了:"这不是乾隆爷吗?"

徐三吓呆了,坐下:"啊!乾隆爷?"

再说同治带着文喜、桂宝出现在天桥的街道上。

同治爷问随从:"穷不怕今天能来吗?"

文喜回话:"万岁爷下了御旨,他敢不来吗?"

同治爷还有些担心:"我是说万一。"

文喜很坚定:"没有万一。他有几个脑袋啊?"

同治爷喘了口大气:"但愿如此。"

文喜十分佩服:"皇上这招真高,既能看到穷不怕的玩意儿,又能同小海棠春见面。"

同治爷想得很多:"也不尽然。你说也怪,在宫里只想着小海棠春,一到天桥,心里豁然开朗,脑子里就变成八大怪了。"

准备前往天桥的不仅有同治爷,还有曾王府的二贝勒和三格格。

曾王府院里,三格格正在院中舞剑,二贝勒在外院一侧射箭。

三格格收剑后走了过来:"哥,该吃饭了,还在练箭?"

二贝勒又在瞄准一个铜钱,没有理睬妹妹。

三格格还在问:"莫非要出去打猎?"

二贝勒一箭射中铜钱中心。

三格格鼓掌:"好箭,兄长箭术见长,是否准备出府打猎?"

二贝勒苦笑:"非也,兄长要同能人比箭。"

三格格马上问:"同谁?"

二贝勒看了妹妹一眼:"同穷不怕。"

三格格一惊:"穷不怕!什么时候?"

二贝勒很坚决:"今天。"

三格格又问:"在哪儿比?"

二贝勒语气很重:"在天桥。"

三格格有心地点点头。

二贝勒望了妹妹一眼:"怎么,妹妹就这么死心了?"

三格格回了一句:"我的事你甭管。"说着,三格格走了。

去往天桥的土路上,曾王府二贝勒身背弓箭,一派武生打扮,他骑着小毛驴走在后边,丁三、王四在前边探路。

丁三讨好地问:"贝勒爷,天桥快到了,爷准备先玩什么?"

二贝勒提醒:"又忘了,叫什么?"

丁三急忙改口:"小爷,先玩什么?"

二贝勒问他:"天桥什么最好看?"

丁三忙回答:"当然是穷不怕的相声。那是活贾桂,外号盖天桥。"

二贝勒看了看四周:"不错,天桥真是民俗宫,别处不去,会会穷不怕。"

丁三又逗二贝勒:"咱们看完穷不怕,我带小爷上西边城隍庙再看看别的妞。"

二贝勒急问:"那里有妞?"

丁三细说心里话:"这几天花乡的走会进城了,花乡不但花美,它的妞更美。"

王四插嘴说:"那咱们先去看花会吧!"

丁三不同意:"穷不怕不能不看,不看穷不怕等于这辈子没吃过白面。小爷,您不还想和穷不怕比试比试吗?"

王四挑丁三的错:"这不叫比试,这叫英雄夺美。"

二贝勒心里涌上一股邪劲儿:"说得好!白面要吃,穷不怕也要比。不震住穷不怕,就得不到董彩莲。"

丁三想问个究竟:"小爷,咱们到底先上哪儿?"

二贝勒说出了心里话:"先去城隍庙看妞。"

几个人大笑,二贝勒拍了一下驴屁股,小毛驴加快了速度。

天桥豆腐脑白摊前,同治爷带着小太监文喜、桂宝早来到这里。附近,这里那里都有穿着茶驼色长衫的小太监在暗处侍卫。

文喜问同治:"爷,是不是想吃豆腐脑?"

同治爷说:"刚吃过致美斋的拿手四做鱼,又吃过天桥的馄饨,本不想吃,可这豆腐脑味不让你走。"

白掌柜召唤着:"几位客爷,新点好的豆腐脑,尝尝吧。"

同治爷一点头,几个人围桌而坐,文喜对白掌柜说:"白掌柜,我们每人一碗。"

同治补充说:"我多来点辣的。"

白掌柜夸奖自己的买卖:"我的豆腐脑,白嫩没有泡儿,羊肉口蘑浇,提味有烂蒜,咸辣管个够。"

同治听得高兴:"你说起来还一套一套的。"

豆腐脑白把一碗热乎乎的豆腐脑递给了同治爷:"听爷的口音,不是我们南城人。"

同治得意地说:"我是城中人,以后要常来天桥。"

几个人喝着豆腐脑,豆腐脑白说:"是是是,看得出来。"

同治兴趣倍增:"我要不说,你怎么看得出来?"

豆腐脑白忙改口:"听得出来,听得出来。"

同治又问:"劳驾,穷不怕今天来场子了吗?"

豆腐脑白用手一指:"来了,你看,要不怎么那么多人。"

这时,远处一堆人在看热闹。摊旁小路,二贝勒带着丁

三、王四骑着驴路过此地,王四在前边吆喝着:"靠边,靠边,小爷来了!"

豆腐脑白向小爷施礼:"官爷来了,吃点儿豆腐脑?"

丁三冲着豆腐脑白高喝:"没眼力见儿,赶快靠边儿!"

豆腐脑白反问:"官爷说谁呢?"

丁三理直气壮:"说你们了,你们也不打听打听,我们爷是谁,连皇帝见着,也得退避三分。"

豆腐脑摊儿前,同治吩咐文喜:"看看这是什么人?"

摊旁小路,二贝勒带着人扬尘而去。

白掌柜朝二贝勒的去向唾了一口唾液。

文喜对同治说:"奴才觉得像曾王府的二贝勒。"

同治在思索问题:"噢!"

见豆腐脑白过来,同治告别:"银子我放在桌上,你这豆腐脑味绝了,我以后短不了来。"

豆腐脑白客套施礼:"爷慢走!"

穷不怕相声场,场子很简单,一张桌子,两排条凳。没表演的伙计坐在条凳上。穷不怕用白沙画个圆锅,锅外算是观众席。借着旁边的席棚,挂着一个"穷不怕"的布招。场内除了穷不怕以外,还有六男二女八个伙计。他们是子弟贫麻子、董彩莲、云花,其他五名群众可由师兄弟韩麻子、丑孙子、常傻子等搭班。

人群外,同治爷三人分着人群,隐在里圈里。同治爷认真打量着穷不怕。穷不怕手里的小竹板、旁边的白沙子口袋、地上的大笤帚引起了同治爷的兴趣。董彩莲一转脸,同治爷心又跳快了。

同治爷的画外音:"小海棠春果然在这里。"

董彩莲的脸一直没有往这儿瞅。

同治爷死死地盯着她,心说:"今天朕看你往哪儿跑!"

同治爷想起了自己拽董彩莲的袖管和被狗追咬的情景。

同治爷想起了小海棠春玩着小白兔玩具的情形。

文喜捅了同治爷一下:"爷,那不是贫麻子吗?"

同治爷如梦初醒:"哦……哦。"

曾府的三格格和丫鬟水仙女扮男装,也出现在人群之中。三格格看看穷不怕,又看看董彩莲。看看董彩莲,又看看穷不怕……

穷不怕相声场里,贫麻子一眼发现人群里的同治爷,刚要招呼,同治向他摆手止住,贫麻子只好向穷不怕耳语了一番。

穷不怕若无其事,他身旁放着一小口袋白沙子,手里拿着两块小竹板,夹着一把没有苗儿的大笤帚。节目开始了,穷不怕一只手击拍着两块小竹板,单腿跪地,膝下垫着笤帚,另一只手用拇指和食指捏着白沙信手在地上撒字,工夫不大,勾出个一丈二尺的"福"字来,接着在福字里填着小字。他边写边唱太平歌词:"庄公打马出城西,人家骑马我骑驴,一回头看见一个推车汉,比上不足比下有余。天为宝盖地为池,为人好比混水鱼。妯娌们相和鱼帮水,夫妻们相和水帮鱼。阎王爷好比打鱼汉,不知来早与来迟。劝诸公吃点儿罢喝点儿罢,行点德做点儿好那是赚下的。"

随着喝声,大福字里填好了两行小字。

贫麻子、云花每人手里垂下一副写好的字联。

贫麻子解释:"大福字里就是这副字联。"

看官人群中,同治爷边看边念云花手中的字联:"三字同头常当当。"又念贫麻子手中的字联:"三字同旁吃喝唱。"

观众一阵叫好:"好好好!"

文喜问话:"请问先生,'常当当,吃喝唱'有什么讲头吗?"

穷不怕比画着说:"都是因为我吃喝唱,才落得常(肠)当当。"

众人鼓掌叫好。

桂宝要求:"听说先生对联造诣很高,能不能当众露上一手。"

场里,穷不怕把两块小竹板面向群众一翻说:"这上边刻着对联一副,'满腹文章穷不怕,五车书史落地贫。'"

观众赞不绝口:"好好!"

人群中的同治爷也暗暗称赞:"太妙了,比我的老师要高明得多。"

三格格发现了皇上，她拉着水仙往旁边躲了躲，还在看贫麻子、云花手中的字联，用别人身影挡住了自己的身体。

场里，贫麻子给同治爷等作揖："各位爷，我师傅乃是对口相声创始人，现在天桥能说对口相声的只此一家，别无分店。能把文字游戏带到对口相声里的，又是我师傅独创。有女看官的相声场，天桥独一无二。现在我师傅表演一手绝活儿，当场作嬗递，嬗递也叫顶针对联，为康熙爷始创。"

同治爷兴奋了一下，用扇子敲了一下手掌："太好了！"

文喜兴趣也很高："爷还不对上一副？"

同治爷喜不经儿地不语。

场里贫麻子："当场作嬗递，哪位看官出个上联？我师傅当场对下联。"

云花有个好建议："你先解释一下，什么叫嬗递？"

贫麻子高兴得唾液横飞："对，我向各位看官做一解释，嬗递就是顶针对联，一般的对联，上联一句，下联一句。顶针对联要求上下联各两句。"

云花接着细问："什么叫顶针呢？"

贫麻子接着解释："上联里各有两句，要求第一句最后一字，就是第二句的开头那字，也是第二句结尾那个字。"

云花像受启发似的问："也就是说，第一句最后一个字，要出现三次。"

贫麻子点头："对，不出现三次，不叫嬗递对联。"

云花又一个建议:"你出个上联吧。"

贫麻子又摆手又摇头:"我可出不了,请看官中高人出上联,由我师傅当场对下联,哪位看官出题?"

穷不怕向看客作揖:"学生请高师出题。"

同治爷走到圈里:"好吧,我给你出个嬗递上联。"

董彩莲看出皇上:"皇……"

同治爷用手势堵住她后话。

穷不怕注意着皇上。

同治爷兴奋至极,对董彩莲说:"你认出我来了?"

董彩莲点头,脸上立刻产生愧色:"那天……"

同治此时心胸宽广:"那天没认出来,我不怪你。"

董彩莲侧目而视:"民女有罪。"

同治此时心胸变得大度:"你没罪。"

董彩莲心里发慌:"谢谢……爷!"

"谢谢就远了。"同治死死盯着董彩莲,三格格看在眼里。

圈外看官等得不耐烦:"你出不出啊?""你出上联啊!""不出下来吧!"

文喜凑到同治爷跟前,提醒同治爷说:"大家听爷出上联呢,爷!"

同治还是死死盯着董彩莲。

文喜提高声音说:"爷!大家等您出上联呢。"

同治慢慢回过神来。

人群中有人喊:"出不上来给人下来。"

同治有了勇气:"好,我出上联。"

董彩莲提出要求:"上联两句必须两尾一头相同。"

此举难不住同治,同治口角生风:"我已出好,听,'书童研墨',有墨字,'墨抹书童一手墨。'又有两个墨字。"

董彩莲叫好:"好!墨字出了三次,第一句尾,第二句头和尾又反复出现两次。"

"对!"同治一兴奋又重复了一遍,"书童研墨,墨抹书童一手墨。"

众人催阵:"好!该穷不怕对下联了。"

董彩莲对穷不说:"该你对下联了。"

穷不怕四下一作揖,笑着向同治点头:"我的嬗递下联是'皇上添煤,煤爆皇上两眼煤。'"

众人一片笑声。

穷不怕解释:"我的煤字,也出现三次。"

董彩莲为穷不怕开脱:"煤太多了,把皇上两眼都迷上了。"

同治忙解释:"没关系,没关系,这是文字游戏。"

观众纷纷鼓掌。

同治突然对董彩莲说:"你出来一下,到天王轩去,我在那儿等你。"

董彩莲一愣。

穷不怕代替回答:"一会儿我叫贫女前去。"

同治带着文喜、桂宝退出人群。

董彩莲责问穷不怕:"你明明知道皇上认错人了,还叫我前去。"

穷不怕有想法:"你正好向皇上解释一下,你不是皇上要找的人,也正好摸一摸皇上到底找的什么人,我们帮他解开这个谜。"

董彩莲想了想,点头:"也对。"

众人叫好,掌声四起:"再来一个!"

这时,土路旁边二贝勒从驴上下来,下人拴好牲口。几个人来到豆腐脑摊旁,二贝勒站着吃豆腐脑,丁三、王四两边站陪。

掌声阵阵传来,二贝勒埋怨丁三:"两边全耽搁了,城隍庙上的妞没看见,这边热闹也完了,要钱咱们倒赶上了。"

丁三忍着听,二贝勒急忙用餐,突然二贝勒把碗一撂说:"我一向吃东西不给钱。"

白掌柜不敢得罪:"应该,应该。"

二贝勒掏出一块大铜子:"今天我开眼了,别找了。"

白掌柜口里说:"谢谢爷!"

二贝勒三人一走,白掌柜蔑视地将铜钱往桌上一扔。

穷不怕地摊人群外,二贝勒三人分着人流挤了过来。

丁三问二贝勒:"爷不是要跟穷不怕比一比吗?"

二贝勒心劲儿很高:"不比,我干吗来的!"

二贝勒三人从人群里挤了进来。

穷不怕向南边鞠躬，外边观众扔下了不少铜子。

贫麻子冲西边鞠躬，外边观众扔下了不少铜子。

董彩莲、云花鞠躬，发现地上有好几枚铜子，云花乐了："这边看官早给准备好了。"无数小铜子中，发现一枚最大的铜子，董彩莲伸手刚摸到钱，铜子躲开了，她追了几步，铜子自己"跑"开了，原来铜钱上系着一条细线，不一会儿回到了主人二贝勒手里。

二贝勒同丁三、王四一阵狂笑。董彩莲认出来了："是二……"

二贝勒得意地用线抖着铜钱："你逮得着，我就给你。"

躲在一边的三格格不满地看着哥哥。

穷不怕不慌不忙，跃身一挥笤帚，铜钱被绕在笤帚上，穷不怕轻易地把铜钱托在手中："这位爷，给我一枚大铜钱，我岂能有不收之礼。"

众人大笑，二贝勒一掉脸，穷不怕才认出："原来是二……"

二贝勒摆手，不让他把话说明："我是来同你们游戏游戏。"

二贝勒在圈中，向众人说："今日小爷借穷不怕这块宝地，想露一手。"

贫麻子不认识二贝勒，往前凑了几步说："你不打听打听我们是谁，谁敢惹我。"

二贝勒往贫麻子跟前凑了几步："我就敢惹你。"

周围人屏住了呼吸，贫麻子又问了一遍："你敢惹我？"

二贝勒也重复了一遍："我就敢惹你。"

贫麻子对众人说："谁敢惹我们俩？"

周围人一阵哄笑。

天王轩里，同治爷坐在桌边饮茶，文喜、桂宝站在两旁在等董彩莲。过了多时董彩莲出现了，董彩莲给同治爷行跪拜礼："民女见过皇上。"

同治心里很不平静："快快起来说话。"

董彩莲坐在对面最远处。

同治望着董彩莲："你受苦了！"

董彩莲没觉得苦："没什么。"

同治心里有误解："朕知道你包袱丢了，金条让那色狼给偷走了。"

董彩莲一愣："您说什么？"

同治想谈点知心话："朕是说皇额娘给你的金条。"

董彩莲更糊涂了："奴婢不明白皇上的意思。"

同治还陷在误解中："朕知道你受打击，受刺激太大了。"

三格格在旁桌出现了。

董彩莲不知怎么回答："没什么，没什么，那天民女真不知道是皇上。"

同治还觉得愧得慌："都是朕不好，你恨朕吗？"

董彩莲不明白地摇摇头。

同治深问："你恨皇额娘吗？"

董彩莲又摇摇头。

同治疑恨难忍:"皇额娘把你轰了出来,你原谅她了?"

董彩莲更正说:"皇上你错了。"

同治一把逮住董彩莲双手:"朕是错了,朕对不起你。"

董彩莲把双手挣脱出来:"不是,皇上,我不是小海棠春。"

同治不相信自己的耳朵:"不,你骗朕,这不是你的心里话,你是不是跟穷不怕好了。"

董彩莲点头。

同治站起来,发疯似的:"不,你不能忘掉朕,你不会忘掉朕。"

董彩莲又说了一遍:"我不是皇上所要找的小海棠春。"说着,董彩莲慌忙躲避,跑出了天王轩。

茶馆的另一张桌旁,三格格和水仙正在饮茶。几个人的眼睛一直盯着同治爷的餐桌,刚才的一场真龙假凤的戏看得一清二楚。

同治还在说:"我真不明白,她明明认出朕来了,为什么不敢承认自己,为什么还走?"

文喜也奇怪:"小的也不明白。"

桂宝也乱猜:"是不是她的心转向穷不怕了?"

同治真不明白:"难道朕在她心里比不上穷不怕重要?"

文喜进一步分析:"也许她有难言之隐。"

同治没把事情看得那么严重:"有什么难言之隐,可以说嘛。"

文喜老往难处想："也许您救不了她。"

同治非常自信："我救不了她？谁能救她？"

三格格走了过来："皇兄！"

同治一愣："你是？"

三格格露出女发。

同治脸上露笑："原来是三妹，快坐，快坐。"

三格格坐下。

同治热心地问："你也来看热闹？"

三格格点头："刚才在穷不怕场子，小妹看见皇兄了。"

同治打心眼里高兴："你都看见了？"

三格格点头："皇兄原来认识这位姑娘？"

同治亮出心里话："她原来就是宫里的小海棠春。"

三格格有一事不明："皇兄既然喜欢她，为何让她出宫？"

同治心里有怨言："都是皇额娘……"

三格格点了一下头："原来是这样，小妹明白了，皇兄只有在宫外多多相见了。"

同治实意相求："还求三妹多多成全。"

三格格试探地问："不知皇兄决心大不大？"

同治发誓："海枯石烂，此心不移。"

三格格喜形于色："好，这小妹就放心了。"

同治心里喜悦："你原来还为皇兄操心？真是好妹妹，皇兄得好好谢谢你。"

三格格点头："谢什么，这是小妹应该做的，不要把这事儿记在心上，不过，皇兄一定要沉住气。"

同治点头。

三格格起身告别，带着水仙走了。

文喜动员皇上："皇上，咱们也该回宫了。"

同治心里像有事："朕再看一眼。"

文喜明知故问："看谁呀？"

同治也会应付："看穷不怕。"

文喜拉着桂宝："走，咱们看穷不怕去。"

俩小太监捂嘴而笑。

穷不怕场地，二贝勒学着天桥的生意经，抱拳正向众人说："小爷愿意交天下武林好汉，今日想和天下武林好汉比比箭法。"他用手往前一指豆腐脑白棚子上边挂着个布制铜钱模样的幌子，又说："看见没有，那儿有个钱眼，谁能用箭穿钱孔，小爷我奉陪打擂。"

随着他的话音，观众让开一条"人胡同"。豆腐脑白不知何事，顺着"人胡同"跑了过来。

贫麻子一抱拳："这位爷，您今天在我们这儿设擂台，我们老少爷们的饭辙就没了。"

二贝勒说出自己的想法："小爷想和穷不怕比比箭法。"

贫麻子解释："我师傅是说相声的，不是武林高手。"

二贝勒有自己的说法："在天桥立脚的，不是武林高手，就是绿林好汉，没有绝活，赶快卷铺盖离开天桥吧！"

丁三在人群中也借题发挥:"听说穷不怕文武双全,会扔手弹,不知敢不敢和我们小爷比试比试,不敢比试算什么八大怪!"

这时,周八突然出现在人群之中,自言自语地埋怨丁三:"连天桥的规矩都不懂,早晚要吃苦头的。"

贵二也说:"就是,这点小伎俩,难不倒穷不怕。"

再看场里,董彩莲又出现在场子里,穷不怕对二贝勒说:"小爷,大铜子我还给你,我们不比了。"

董彩莲把大铜子递给二贝勒,二贝勒一把打翻,当他看准是董彩莲,反手就想抓董彩莲的胳膊。董彩莲"嗖"的一下抽回胳膊,二贝勒难堪地说:"穷先生,我看得起你,才找你比试,我想你不会只徒虚名吧。"

穷不怕强忍着性子:"小爷,我们立个场子很不容易,小爷要比武射箭理应单摆擂台。"

二贝勒更狂了:"今天要没人跟我比箭,我就是天桥之星,八大怪之首应该是我,哈哈哈,偌大的天桥,没有一个敢打擂的!"

贫麻子小声对穷不怕说:"欺人太甚,教育教育他。"

穷不怕换了一种口气说:"我斗胆向小爷领教领教。"

二贝勒神气地问:"领教什么?"

穷不怕口严心慈地说:"刚才小爷点到我的手弹,不知何意?"

二贝勒不知天高地厚地说:"听说你的手弹百发百中,不知能不能和我的弓箭比比高低。"

穷不怕善意地问:"怎么个比法?"

二贝勒傲气逼人地说:"你我同时发功,看谁能穿过铜钱眼儿。"

穷不怕想问个明白:"小爷是说,小爷用弓箭,让我用弹弓同时打铜钱眼心。"

二贝勒面带讥笑:"对,我的弓箭能穿过铜钱眼心,不知你的石弹有没有这方面的本领?"

穷不怕哈哈大笑:"我的石弹要穿不过这钱眼,我就在天桥弯脖树上吊死。"

二贝勒吓了一跳:"弯脖树不在景山吗?"

穷不怕谈笑风生:"景山弯脖树是皇上上吊的地方(人群中同治爷摸了摸自己的脖子),天桥弯脖树才是我们穷人寻死的地方。"

二贝勒听着不太自在,淡淡一笑:"你说的可是实话?"

穷不怕语气坚定:"打赌无戏言,我用人头做赌注,小爷敢不敢用人头做赌注?"

二贝勒吓得直摸脖子:"咱们不要玩命嘛!"

众人一阵哄笑。

二贝勒又说:"我看咱们打赌赌点实际的东西。"

穷不怕同意:"可以,小爷用什么做赌注?"

二贝勒摸了一下弓箭:"我用弓箭做赌注,如果我射不进铜钱眼心,我当众折断我的弓箭。"

穷不怕叮问一句:"一言为定?"

二贝勒不好改口:"君子一言,驷马难追。"

穷不怕下令:"好,那我们开始比吧。"

二贝勒止住:"等等,等等,你还没下赌注呢!"

穷不怕反问:"小爷,你看我用什么当赌注好?"

二贝勒不假思索地说:"我这人好吃好玩。"

穷不怕正看见豆腐脑白,说:"这样吧,小爷既然爱吃豆腐脑,我就用豆腐脑摊子当赌注吧!"

豆腐脑白正好在旁边听见,不禁生气地说:"怎么不用你的场子做赌注?"

二贝勒进一步问:"如要我的弓箭穿过钱心?"

穷不怕果断地说:"豆腐脑棚子就归你。"

二贝勒高兴地说:"真的?那我可以天天吃豆腐脑了。"

豆腐脑白不禁着急地说:"有这么打赌的吗?"

众人乐。

贫麻子凑近穷不怕说:"师傅,您说话得留点儿余地。"

穷不怕胸有成竹地说:"不用留,豆腐脑摊也不是咱们的。"

二贝勒叮问一句:"你输了,豆腐脑摊真的归我?"

穷不怕一拍胸脯说:"大丈夫一言九鼎。"

穷不怕将豆腐脑白拉到场中,说:"你做好准备。"

豆腐脑白说:"我招谁惹谁啦?"

穷不怕把锣交给豆腐脑白:"你管敲锣,你鸣锣三声,我们就箭弩齐发。"

二贝勒拍手叫好:"好好好,就这么办!以锣声三响为令。"

董彩莲掩口而笑。

穷不怕发令:"敲吧!"

豆腐脑白拿起锣锤直发抖,"当""当"刚敲两下,不敢敲了。

穷不怕问:"怎么不敲了?"

豆腐脑白说:"我再敲一下,我的豆腐脑摊子就没了。"

穷不怕埋怨:"你想到哪儿去了!"

豆腐脑白:"我不能给自己敲丧钟啊!"

穷不怕信心十足地说:"你不了解为兄的为人?"

豆腐脑白说:"了解啊!"

穷不怕问:"我的绰号叫什么?"

豆腐脑白说:"叫穷不怕。"

穷不怕解释道:"对,一想到穷,什么都不怕了。"

豆腐脑白说:"万一……"

穷不怕斩钉截铁地说:"没有万一,只有一万。"

豆腐脑白还是有些忧虑:"我要真的把摊子输了怎么办?"

穷不怕果断地说:"我把这个场子给你。"

豆腐脑白还不放心:"你给我,我也不会说相声,不会唱二黄啊!"

穷不怕一言及义:"你就当我们的老板。"

豆腐脑白高兴了:"那行,你给我打足气了,我敲,双方预备好。"

穷不怕和二贝勒各自拉弓上箭(或石弹)。

豆腐脑白精神头来了:"今天列位来巧了,大家做个旁证,要是小爷输了,小爷自己折弓断箭;要是穷不怕输了,我的豆腐脑摊……我说起怎么那么别扭?"

穷不怕代替说:"就送给小爷。"

豆腐脑白勉强地说:"就这么办。"

二贝勒重复了一遍商定:"大家听到了,做个旁证,要是我射不进铜钱眼,我立刻折弓断箭;要是穷不怕射不进去,这豆腐脑摊就归我了。"

穷不怕同意:"就这么办。"

豆腐脑白闭起眼"当、当、当"敲了三下锣。

周围人屏住了呼吸,只见二贝勒射出一箭、穷不怕射出一弹子。空中一支箭飞到半截,被弹子撞歪了方向,弹子不偏不离从铜钱的方心里穿过。四周响起一片叫好声。同治不住鼓掌。

同治为二贝勒的失败而叫好:"欺行霸市,不得好报!"

二贝勒脸变得铁青,向下人一挥手欲走。

穷不怕一指二贝勒的弓:"您这把弓还带走?"

众人闹哄:"说话算数!"

二贝勒一气之下,双手握弓向右腿膝盖一磕,弓折两段,众人叫倒好,二贝勒弃弓而走。

场里另一边，众人向穷不怕祝贺。董彩莲用笸箩正在捡钱，一只手托着一个元宝出现在他眼前，董彩莲抬目一看："皇……"

同治用手势止住，兴奋至极，暗示他不要讲明。

董彩莲点头，同治将元宝放在笸箩里："朱绍文果然文武双全，我大开眼界。"董彩莲跪谢："谢这位爷。"

同治发话："不用客气，谁跟谁啊！"

董彩莲又鞠一躬，转身离去。同治往场里追去，文喜、桂宝一把拉住。同治不明白："知道是我，她怎么还走哇？"

文喜劝同治："这影响不好。"

文喜、桂宝想把同治拉出场外，同治死活不出来。这时，李莲英突然出现在同治旁边："皇上，太后请皇上回宫。"

同治刚要发火，见路旁停着一座红轿，原来慈禧坐在轿中。场内外艺人与看官看见慈禧、认出同治一起跪下："原来万岁爷驾到！万岁爷吉祥！"

穷不怕、董彩莲再次叩谢："谢万岁爷！"

第十二章　十不闲前脸
就是架子花脸

穷不怕场地，同治看了一眼董彩莲，带着随从痛苦而去。皇上走后，众人活跃起来了："把皇上都招来了，穷哥大名远扬了！""这回我们天桥也露脸了！""相声也该进皇宫了……"

周八过来给穷不怕跪下："恨相见时晚，朱先生，请收下晚生这个徒儿。"

穷不怕一愣："又是你？"穷不怕脑子里浮现出周八表演回文诗的情景："我是狗尾巴花，花尾巴狗是我。"

周八自责："小人周八，娶了个不轨之妻，害得我家破人亡，我敬佩先生绝技，愿投在先生门下。"

穷不怕发话："有话起来说。"

有人认出他："这不是给徐三照相那人吗？"

众人不约而同地向旁边土坡望去，出人意料，徐三穿着乞丐服又端着碗在乞讨。

穷不怕一时心动，从钱兜里抓拉半天，托着一个银元宝向徐三走来，后边招来了一群人。穷不怕十分同情地把元宝放在徐三碗里。徐三一惊："朱先生，您这是干吗？"

穷不怕同情地说："你的事儿我都知道了，你生活潦倒，无依无靠，您偌大年岁，还给我们捧场，我们都应该以仁义为本，以慈善为怀。"

云花也帮腔："您就收下吧。"

贫麻子半正经半玩笑地说："云花让你收下，您就收下吧！"

云花踩了贫麻子一脚："这是我们师徒的心。"

贫麻子重点解释："也是云花姑娘的心。"

云花又给了贫麻子一拳。

穷不怕又说话了："钱不算什么，花了再挣。"

徐三坚决不收："朱先生，您太不了解我的心了。"徐三把银元塞给穷不怕。

穷不怕不解："莫非我平时多有得罪？"

徐三把自己的白发白胡须一捋，原来是位二十来岁的小生："您看我是谁？"

穷不怕愣住了："原来是你，小墨仙！"

云花惊叹："是他，第一个猜出师傅字谜的小墨仙！"

"我早看出你不像个老头儿，"贫麻子对云花说，"是吧？"

徐三自我介绍："小墨仙是学生的艺名，学生本名叫徐向北。"

贫麻子给起个名:"就叫徐三吧,这好记。"

云花含笑不语。

贫麻子对云花说:"你可表过态——"贫麻子学云花的腔调:"他要年轻几十岁,我就嫁给他。"

云花双手捶贫麻子。

徐三给穷不怕跪下道:"两年前,我从戏班下来,想拜在您门下学相声,先生死活不收留,后来我就化装成老乞丐,在旁边捯叶子,现在您的段子我已偷学三十多种,希望您收下我这个徒儿。"

穷不怕将银元宝交与贫麻子收存:"现在还是不可。"

徐三苦苦相问:"为什么?"

周八接过话茬儿:"因为你同妖女合伙做坏事。"

徐三一见周八分外眼红,一下跳起:"我正找你们。"

周八也不示弱:"我也正在找你们。"

徐三一针见血地说:"你们两口子,狼狈为奸,坑害前门首饰楼。"

周八也念念有词:"你们一男一女贪财图色,假装父女,欺骗首饰楼,反咬我一口!"

徐三不服气地说:"你们早设好的圈套让我钻,怪我有眼无珠,上了你们狗男女的当。"

周八强辩:"我一没去首饰楼,二没见赃物,与我何干?"

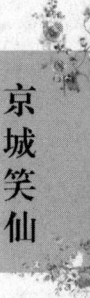

京城笑仙

徐三脸气得发紫:"你们既是合伙夫妻,又是合伙罪犯。"

周八也急得直跺脚:"我上了你们俩的当,你扮作老丈当干爹是韬晦之计,实际上你们男盗女娼。"

徐三气得直发抖:"你们才是男盗女娼,蛇蝎心肠。"

周八又提高嗓门:"你们是男盗女娼,狼子心肠!"

俩人说着动起手来。周八上手来个鸳鸯连环腿,徐三跃起来个倒踢紫金冠。周八闪身来个风卷残叶,徐三转身来个虎尾脚,俩人打在一起。

穷不怕拿笞帚中间一断,徐三、周八断然分开。

穷不怕用教训的口吻说:"你们口口声声要我收你们为徒,我凭什么相信你们?"周八抢先回答:"我经过公堂审训,已无罪释放。"

徐三心里有底地说:"我也经过公堂审训,也无罪释放。"

穷不怕深问:"你们都没罪,谁有罪?"

周八一指徐三:"他有罪!"

徐三一指周八:"他有罪!"

穷不怕止住说:"行啦,行啦,你们也知道,说相声的从来不做伤天害理之事。我朱门门后绝不收天桥风马雁雀骗子入门。你们谁要证明自己清白,谁就要把妖妇和赃物拿来交给首饰楼。"

徐三跪下:"老前辈,我要不把赃人赃物拿来归案,我绝不再投奔到你的门下。"

周八也跪倒:"我要不把这事弄个水落石出,我绝不回来见您。"

穷不怕做事果断:"好,一言为定!"

徐、周同曰:"一言为定。"

散场以后,董彩莲、穷不怕在回家路上还谈论着一天发生的事,董彩莲思虑最多的当然是同治皇上的露面。董彩莲心神不定地对穷不怕说:"看来狗咬的那人真是当今皇上。"

穷不怕安慰她说:"我早看出来了,没关系,皇上一赏我们银两,前怨就一笔勾销啦。"

董彩莲认真地说:"我已经打听清楚了,皇上要找的人叫小海棠春,是皇上的侍妾,可能长得同我有几分相似。"

"皇上已经把你当成他的情人了。"

"你怎么这么说话,我已经跟皇上讲明白了。"

"没那么简单吧。"

"为什么?"

"除非皇上找到小海棠春,你才能真正解脱。"

"那怎么办?"

"只有认真对待,现在咱们要对付的不只是皇上一个人。"

"还有二贝勒。"

"你也想到了?"

"看他贪婪的眼睛我就心慌。"

"我们是得想点办法。"

三格格迎面站着,穷不怕首先发现了:"三格格!"

董彩莲接着发现:"三格格。"

三格格一笑,对穷不怕说:"朱哥,多日不见,已成了天桥八大怪了。"

穷不怕没有多想:"格格见笑了,我只不过混口饭吃。"

三格格想起旧事:"岂止混饭,连王府的饭都留不住你,想必仁兄现在混得不错。"

穷不怕想起一事:"哪里,哪里,我正有事拜托三格格。"

董彩莲看着穷不怕。

三格格又一笑:"有事找我,要没事就想不起来我吧?"

董彩莲也帮助说:"我们经常念叨你。"

三格格一撇嘴:"念叨我?是在梦里,还是在饭桌上?"

穷不怕态度真诚:"我是有事想跟格格谈。"

三格格抓住机会:"那好,仁兄要谈,我们俩单独谈谈。"

穷不怕看了董彩莲一眼,彩莲控制自己的感情避开了:"你们谈吧。"

三格格对董彩莲一笑:"一会儿我还找姐姐有事。"

一家酒铺里,穷不怕、三格格围桌而坐,桌上摆着酒杯酒菜。

三格格大大方方:"说吧,是让我向阿玛汇报,还是让我看着我哥哥。"

穷不怕一惊："三格格果真聪明绝顶，我还没说，三格格就知道我要说什么了。"

三格格哼了一声："这不明摆着吗，你看上的女人，我哥哥也看上了。"

穷不怕解释："不，他们之间没有爱情。"

三格格钻了空子："咱们之间有没有爱情？"

穷不怕一本正经："三格格又开玩笑了。"

"我什么时候同你开过玩笑？"三格格更正经，她打开诗扇接着说，"我们对过诗，都喜好研究'笑'，这是巧合吗？我佩服你的才华，我在太后那里给你提携过，我在阿玛那里给你做通了工作，留你在王府当艺差，我还不是真心吗？格格非得找状元才叫爱情？我喜欢你就不是爱情吗？"

穷不怕处世经验多："格格你别激动，格格的恩情我们领了，我们一定报答。"

三格格说话直爽："我没问你这个，我问你，我是不是真情？这是不是爱？"

穷不怕以长者自持："爱……应该是双方面的。"

三格格不明白："你真的一点儿也不爱我？"

穷不怕真情相告："我一直拿你当小妹妹。"

三格格秀眉一皱："小妹妹？没这个词儿，咱俩单独见面，你不要提妹妹两字。"

穷不怕改口很快："好，格格，你要是不愿意帮忙，我就走了。"

穷不怕刚站起来，三格格命令："坐下！"

穷不怕没有坐下，三格格心有些软了："我说不帮忙了吗？你的意思不就是让我做你女人的保镖吗，让她安安稳稳过日子，等你们时机成熟，入了洞房，度上蜜月，再经过我努力，我就可以提升为你们家的女侍卫了。"

穷不怕待人诚朴："没有这意思，不敢，三格格，你是格格，怎么会成为我们的侍卫？"

三格格站了起来："我可以明确告诉你，让我管着点我哥哥可以，让我做你女人的保镖，一辈子也办不到。"

穷不怕深表情意："格格误会了，格格对我是有恩的，我不会忘记格格。"

三格格望着穷不怕的脸："是真心话吗？"

穷不怕深情表示："苍天在上，绝不敢撒谎。"

三格格的话没有说完："那我问你一句话，你要说实话。"

穷不怕不以为然："什么话？"

三格格大露春情："如果要没有彩莲姐姐，你会不会爱我？"

穷不怕为难了："这我没想过，因为现在有彩莲。"

三格格开了个玩笑："我要让彩莲姐姐消失了呢？"

穷不怕急了："你要怎样她？"

三格格乐了出来："看把你急的，我不会害她。"

穷不怕可认真了:"彩莲要有个三长两短,我可跟你没完。"

三格格不服气:"彩莲姐最后要是看不上你,那就是你自己找的。"

俩人分手后,三格格约董彩莲到湖边谈心。

董彩莲实心地问:"格格跟我谈什么事?"

三格格亲切地叫了一声:"姐姐。"

董彩莲差一点儿乐了出来:"今天怎么这么亲啊?"

三格格没憋好屁:"姐姐走好运了,我不能不告诉你。"

董彩莲心里很平静:"我有什么好运?"

三格格的话突如其来:"皇上看上你了,已经魂不附体了,皇上已经离不开你了。"

董彩莲给她更正:"错了,妹妹,皇上要找的是另外一个人,只不过相貌跟我有点儿相似。"

三格格看法不同:"一样,皇上已经认定你了,如果你要没意见,这事包在小妹身上,我跟皇上共同给你买下一个行宫,姐姐就可以住在行宫里,皇上可以经常去看望你了。"

董彩莲不急,反而笑了:"你就和穷不怕在一起了。"

三格格央求:"好姐姐,你就成全成全我吧!"

董彩莲吐了真言:"告诉你吧,如果我要想进宫,我早就进宫了。"

三格格不解:"这什么意思?"

董彩莲知道失言:"我只是比方,我的意思是我不愿意做小妾,我愿意过一夫一妻恩恩爱爱的生活。"

同彩莲分手后,三格格回到曾王府寝宫里,水仙迎上来帮助三格格卸男装,侧福晋从外边走了进来。

水仙给侧福晋请安:"侧福晋!"

侧福晋对丫鬟说:"你先下去吧!"

"是!"水仙遵命而下。

侧福晋埋怨三格格:"你一出去就是大半天,还扮了男装,到哪儿去了?"

三格格边脱衣服边说:"去天桥了。"

侧福晋坐下了:"什么,天桥!那是你去的地方吗?"

三格格坐在对面:"连皇上都去得,我怎么去不得。"

侧福晋忠告:"那是下处,下九流的地儿。"

三格格不爱听:"额娘,不准你这么说,那里有很多好人。"

侧福晋不爱听:"好人,你碰见什么好人啦?"

三格格理直气壮:"穷不怕,穷不怕已经是八大怪之首了。"

侧福晋的气消了一些:"穷先生到天桥了?"

三格格脸露崇拜之情:"人家可受欢迎了。要文有文,要武有武。你看人家怎么长的。"

侧福晋相信:"穷先生的人品,娘是了解的。"

三格格的话可多了："谁不想听听他的相声。"

侧福晋认真起来："你只是为听相声吗?"

三格格嘴很硬："就是啊，谁不愿意开心啊。"

侧福晋试探着问："你不会有别的想法吧?"

三格格故作平静："不会，额娘，您还不了解女儿?"

侧福晋抛出实话："我还真不了解你，前几次你见到穷不怕，娘总觉得你思想有点儿不对头。"

三格格反问："我有什么不对头?"

侧福晋也说不清："额娘总觉得，你见到穷不怕跟见到别的男人不一样。"

三格格可有话了："咱们王府整天门庭若市，男人倒不少，可是那些王孙公子不是看咱们家的地位，就是看咱们家的金银财宝，有谁真心对我好哇!"

侧福晋觉得也对："也是。"

三格格意深情切："我看穷不怕比他们品德都高尚。"

侧福晋点头："我也看得出来。"

三格格叹了口气："我要生在穷人家多好。"

侧福晋开玩笑似的说："你要跟穷不怕生在一个院更好了。"

三格格埋怨："额娘，人家心情不好，您还说这风凉话。"

侧福晋说了实情："穷不怕不愿意留王府，我有什么办法?"

三格格来了精神头:"我有办法了。"

这时,曾王爷进来,问三格格:"没看见你兄长?"

三格格话外有话:"您还是让他自己说吧。"

曾王爷觉得有事:"灯儿怎么啦?"

三格格吐露真情:"他在天桥,自恃己能,骄横无赖,非得让人家狠狠地治一顿。"

侧福晋也觉得问题严重:"你不要管,他亲娘都管不了,咱们更管不了。"

曾王爷明白事理:"是得好好管管。"

侧福晋说出自己的看法:"我不是他亲娘,让他亲娘去管吧。"

三格格说了一句心里话:"福晋净宠着他。"

侧福晋严格管己:"他们还说我宠着你呢,现在是个人管个人,别让外人看笑话。"

回过头来,再表长寿宫里,慈禧与同治相视而坐,李莲英垂立一旁。

同治不满地说:"皇额娘,您怎么一点儿也不给儿臣面子。"

慈禧面带微笑:"皇额娘没说你什么。"

同治心中不悦地说:"皇额娘当着天桥民众的面叫皇儿,比骂皇儿一顿还难受。"

慈禧不以为然:"他们是他们,你是你,这有什么关系?

皇儿是好儿，有些人用心不良，想把皇儿往坏道引。"

同治争辩："我听听戏、听听相声有什么不对，皇额娘不也喜欢看百戏杂陈吗？"

慈禧忍着性子："皇额娘没有怪罪你啊！你要想看他们的玩意儿，可以把他们召进宫来。"

同治有自己的看法："杂耍一进宫，那就没有天桥味了。"

慈禧严肃起来了："那是下处，皇儿正得天花，好好保养身体才是，皇额娘问你，你去天桥见到谁了？"

同治毫不隐瞒："我见到相声开山祖穷不怕啦。他才华横溢、文武双全，冠八大怪之首。"

慈禧认真地问："穷不怕？我好像在哪儿听说过。他的真名叫什么？"

同治望着慈禧说："他叫朱绍文。"

慈禧一惊："原来是他！笑仙！"

同治奇怪地问："皇额娘见过他？"

慈禧说起戏来滔滔不绝："他是大名鼎鼎的京戏二黄小花脸，也是第一代京戏泰斗，他与陈老板最早都在徽班坐科，后来又在三喜班配戏。"

同治觉得失望："咱们说的不是一个人，皇儿说的穷不怕原来是唱十不闲的，后来改唱莲花落，说上了相声。"

慈禧坚持自己的看法："这你就不懂了，十不闲前脸就是架子前脸，这两个朱绍文保准是一个人。"

同治还是不信:"同名同姓的人有的是。"

慈禧否定地说:"不会,我说这两年没有见到他了。陈老板住在三喜寓,谭鑫培住在大外廊营,唯独穷不怕让我漏掉了住址,原来他在天桥卖艺。咱俩说的朱绍文就是一个人。"

同治深一步问:"皇额娘一定很欣赏他的戏?"

慈禧的话可多了:"岂止额娘欣赏,宫里的人谁都很欣赏,连你皇阿玛在世时,也经常点他的戏。皇儿小的时候,也看过他好多出戏,也许你记不得了。"

同治说了一句:"皇儿好像有印象。"

慈禧劝同治:"皇上先回去休息吧!"

"谢皇额娘!"同治遵旨退下。

慈禧对李莲英说:"你把穷不怕给我传来,我看看是不是那个京城笑仙。""喳!"李莲英答应后退下。

同治皇上回到乾清宫大发雷霆,拍得龙案啪啪作响:"是谁向圣母告了密?!"

文喜也着急:"这事只有我们两个奴才知道。"

桂宝发誓:"是啊,任何人我们也没说过。"

同治多心:"莫非朕的行动被某些人监视?"

文喜觉得不对:"不会啊,谁这么大胆,敢监视皇上。"

桂宝有主意:"要不然,皇上把李莲英叫来,一问便知……"

同治下决心:"好,文喜,你把李莲英给朕传来。"

"当着太后的面，不太好吧，不如这么办……"文喜向同治耳语。

同治点头："好，这事交给你办。"

文喜接旨："喳！"

紫禁城内一条街道，李莲英正往前走，文喜突然拐出来："李总管留步。"

李莲英一愣："是文喜啊，皇上有事？"

文喜面露微笑："李公公英明，皇上传你进殿。"

李莲英为难："我身有要事，马上出宫。"

文喜一下变得严厉："皇上有要事，传你立刻进殿。"

李莲英只好改口："好，我去见皇上。"

乾清宫里，李莲英进来："奴才叩见皇上。"

同治不客气："朕问你，朕出宫私访是谁向我圣母告的密？"

李莲英变得口吃："这……"

同治催问："讲！"

李莲英搬出后台："皇太后不让奴才说。"

同治明说："那就是你告的密。"

李莲英矢口否定："不不不，皇上外游，奴才还向皇太后说了好多好话。"

同治半信半疑："果然如此？"

李莲英保证："确实如此。"

同治表示："跟朕作对，绝无好下场，你可记得安德海的下场？"

李莲英点头："奴才记得，奴才不敢。"

同治进一步问话："你说谁向太后告的密。"

李莲英有些忧虑："是……"

同治催促："说出来，朕与你做主。"

李莲英道出实情："是……桂庆告的密。"

同治不明白："桂庆，朕同他一无仇二无恨，他为何要告密？"

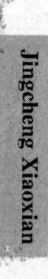

李莲英不敢乱说："奴才不知。"

同治换一角度问："他受谁支使？"

李莲英面带为难："奴才确实不知。"

同治无奈："你先下去吧。"

李莲英起来："多谢皇上！"

还是乾清宫里，同治坐在宝座上发话："传桂庆上殿。"

文喜传令："传桂庆上殿！"

桂庆进殿跪叩："臣叩见皇上！"

同治严肃叫了一声："桂庆！"

桂庆回话："臣在。"

同治直言问话："朕来问你，朕出外私游，是你向太后告的密？"

桂庆一愣："臣是受人之托。"

同治追问:"是谁指使的你?"

桂庆犹豫片刻:"是……"

同治再追问:"是谁?"

桂庆如实回话:"是扎王爷。"

同治不信:"是谁?"

桂庆用肯定的口吻上奏:"是扎王爷。"

同治急得直叫:"哈哈,他自己去天桥私游,还告了朕的密状,朕没有亏待过他呀!"

文喜向着皇上:"真是知人知面不知心。"

同治对桂庆说:"以后你再与朕作对,朕绝不饶你。"

桂庆保证:"臣不敢。"

同治发话:"你先下去吧。"

"谢皇上!"桂庆叩礼而下。

龙椅旁文喜说:"皇上,皇上得治罪扎王爷。"

同治不明白:"他为什么告我的密?"

俩人摇头。

同治猜测:"难道朕妨碍他什么?"

俩人摇头。

同治有些发难:"不管因为什么,朕要贬他的职,可也得找个理由啊!"

文喜好心相劝:"皇上不必着急,机会自然会有。"

再说漱芳斋宫内小戏园里,慈禧、慈安在前殿正分坐两旁谈心,这时李莲英忽然进来见礼:"回太后,穷不怕已经带到。"

慈禧来了精神:"宣!"

李莲英答应:"喳!宣朱绍文进殿!"

穷不怕低头进殿,在两位太后面前施宫礼跪道:"朱绍文给太后叩头。"

慈禧认真起来:"抬起头来。"

穷不怕抬头。

慈禧高兴万分:"果然是你!"

穷不怕谦辞:"不敢,草民惊驾了太后。"

慈禧开门见山:"你什么时候改说相声了?"

穷不怕顺口答道:"掐头去尾已有两个年头了。"

慈禧还在追问:"你唱戏唱得好好的,怎么改行了?"

穷不怕说出实情:"草民不适合留在戏班。"

慈禧看法不同:"不,我看你演戏演得很火,把我们都给吸引住了,怎么能说不好。"

穷不怕表示谢意:"多蒙太后抬举。"

慈禧辩解:"这不是抬举,是实情。"

穷不怕也很随便:"草民唱戏有个毛病。"

慈禧忙问:"什么毛病?"

穷不怕实话实说:"草民唱戏爱改台词,爱和观众交流。"

慈禧不以为然地说:"你是丑角,加几句逗乐话,这有什么不好，与台下交流，增加沟通又有什么不对？你上次要不跟我交流，我还记不住你呢。"

穷不怕摇摇头："一种玩意有一种玩意的规矩。京戏里的戏文要求严谨，唱戏的人严守金科玉律，一字一句、一举一动不能随意改动。"

慈禧不同意这个看法："我看不一定吧！"

慈安发话："西太后就爱改戏文，很多戏文都是西太后改的，不管什么戏文经过西太后的嘴就变得顺溜了。"

穷不怕自谦地说："草民没那水平。"

慈禧夸奖说："不，你改得很逗哏。你就是为此离开戏班的？"

穷不怕叹口气说："的确如此，草民爱改动戏文，戏友们看不惯，后来我明白了，我应该琢磨一种新玩意儿。"

慈禧有看法："看来，你从京戏的行当里又琢磨出个相声来。"

穷不怕也有看法："相声并非我发明，草民还有老师张三禄，还有前辈马麻子，相声也绝非京戏一种柳活儿，它综合了各种曲调，相声由八角鼓发展而来。"

慈禧马上来了精神："八角鼓？八角鼓又是我大清国的创举，莲英，你知道八角是什么意思？"

李莲英讨好地说："八角暗示着大清国八旗之意。"

慈禧兴趣倍增："八角鼓下红黄二穗有何含意？"

李莲英回话:"黄者为宗室,红者为觉罗。黄红两穗可谓宗室觉罗八旗二十四固山是也。"

慈禧高兴地说道:"乾隆爷在世时,怕战士想家,遴选了八旗子弟,成立八角鼓班,唱八角鼓的都是我们满族八旗子弟。朱绍文你是哪个旗?"

穷不怕回话:"我是汉军旗人。"

慈禧点了点头:"这就对了,八角鼓讲究吹、打、弹、拉、说、学、逗、唱八个字。"

穷不怕接着说:"相声也讲说、学、逗、唱。"

慈禧得意地说:"只有国泰民安,文艺才能昌盛。盛唐时期,天下诗人如蚁,我们大清国也是,名伶遍天下。"

慈安也在鼓励:"朱绍文一定多才多艺啦!"

慈禧又问个事儿:"听说你是个秀才。"

穷不怕点头:"草民不才。"

慈禧大言不惭:"你戏台上能编戏,这一点倒像我,我很欣赏。"

李莲英讨好慈禧:"西太后将乾隆时内廷的本戏都改成了皮黄。"

慈禧心血来潮:"现在我们大清国正值对联鼎盛,你能不能当着两宫作副对联?"

穷不怕从命:"草民遵命。"

慈禧发话:"作对联免跪吧。"

"谢太后!"穷不怕站起身来。

宝座上的慈禧出了题目:"你以'大小'为开首,作副对联。"

慈安觉得太容易了:"那太简单了,以'大小'为开头,再以'天地'为结尾。"

慈禧点头:"好,你把'大小''天地'融在对联之中。"

殿下穷不怕接旨:"草民露丑了,(吟)小童生蓝衫拖地,大主考红顶朝天。"

殿前慈禧脸露喜悦:"'大小''天地'全用上了。"

慈安不满意:"字数太少了,应把'东西南北'都融在其中。"

慈禧觉得有理:"对,你来副长句对联,把'大小''天地''东西''南北'都融在对联之中。"

李莲英别出心裁:"对对联,可是西太后的拿手好戏。"

慈禧笑在点子上:"要不我来上联,你敢不敢对下联?"

殿下穷不怕回话:"草民只能从命。"

殿前慈禧出上联:"好,小童生蓝衫拖地,南牌楼,北牌楼,南北牌楼排南北。"

殿下穷不怕对下联:"大主考红顶朝天,东当铺,西当铺,东西当铺当东西。"

殿前宝座上的慈安不住地称赞:"好!"

慈禧精神头来了:"好吧,看来你的相声里也有学问,露露你的本行,说一段单春吧?"

殿下穷不怕请太后出题:"单春,就是笑话的发展,但又要有包袱有交流,请太后点戏。"

"我不点了,你看我们姐俩儿,"慈禧指了一下慈安,"最好能当场编一段。"

"来一小段也行。"慈安也附和着。

"遵命!"穷不怕脑子里正在现编。

慈安等着着急:"是不是想不起来?"

穷不怕话接得很快:"草民已经编好,只是单春里有两位皇后,草民不敢随便说。"

慈安很想听:"你说说,我听听怎么回事。"

穷不怕说出顾虑:"草民怕有不当之处,会招来杀身之祸。"

慈安给他包票:"说笑话何罪之有?"

慈禧也发了话:"太后让你说,你就说吧。"

殿下穷不怕开始说:"草民遵命。草民今日一见太后,就能想到,当年咸丰皇上,为什么对两位太后得邀天宠,除了太后俏丽动人、秀外慧中以外,还因为两位太后都有让皇上垂恋的特殊本领。"

殿前慈禧、慈安相视而笑。

殿下穷不怕接着说:"皇上要选宫人,自然得问籍贯、姓名、住址、年龄。两位太后回答得十分巧妙,动人爱听。慈安太后回答问话时，爱露着牙齿，因为牙齿白。所以爱发'七'字音。慈禧太后回答问话时，爱拢着嘴，因为拢着嘴姿势美，所以发的都是'屋'字音。两位太后各具丰采，博得咸丰皇帝和老太后的心欢。"

宝座上，慈安边笑边露出牙齿，发"七"字音。

慈禧边笑边合拢嘴唇，试发"屋"字音。

殿下穷不怕继续说："草民学一学两位太后回答皇上的问话。先学慈安太后。皇上当着老太后问，'娘家什么旗籍？''满镶黄旗。'旗字是七字音。'你姓什么？''钮祜神禄世袭。''家住哪里？''广西。''母亲是何人？''穆扬阿之妻''今年多大？''后年十七''喜欢什么？''唱歌下棋。'"

宝座上慈安乐得合不拢嘴。

殿下穷不怕接着说："草民再学一下慈禧太后的回话。咸丰皇帝问，'娘家什么旗籍？''与她相同。''你姓什么？''叶赫那拉家族。''原籍哪里？''祖先内蒙古。''家住哪里？''辟才胡同里屋。''父亲是何人？''母亲的丈夫。''今年多大？''前年十五。''喜欢什么？''每天打鼓。'"

宝座上慈禧乐得直用手背捂嘴。

殿下穷不怕接着说："最后皇上问，你们愿不愿意留在宫里？两位太后，异口同声张嘴回答：'愿意！'得！嘴形都变了。"

宝座旁，两位太后在抑制笑容，慈禧发话："小李子，赏银二十两。"

慈安接着说:"再加十两。"

"喳!"李莲英从小太监手中接过银两,赏给穷不怕。

穷不怕跪下领赏:"草民谢恩!"

慈安站起对小太监说:"我们回宫吧。"

穷不怕施礼:"草民再谢太后。"

慈安走后,慈禧坐在上座。穷不怕谢恩刚刚站起,进来一个小太监向李莲英耳语了几句走了,李莲英对慈禧太后说:"琉璃厂那个商人要见太后。"

慈禧明知故问:"哪个商人?"

李莲英细说:"就是奴才引见的那个古董王。"

慈禧故作烦恼:"又是他。"

李莲英看太后脸色:"太后不见,我就让他回去。"

慈禧看了穷不怕一眼问:"商人找我何事?"

李莲英说明来意:"他得到一台照相机,要奉献给皇太后。"

慈禧暗喜:"宣他进殿。"

李莲英宣旨:"喳,宣古董王进殿。"

二门小太监宣:"古董王进殿。"

不一会儿,古董王架着一台照相机上:"给皇太后请安!"

慈禧想细看看此人:"抬起头来。"

古董王同慈禧四目相对脉脉含情。

穷不怕看在眼里。

慈禧故作平静："你进殿何事？"

古董王说明来意："小人用重金买下了一台照相机，想敬奉给皇太后。"

慈禧发话："奉上来看看。"

李莲英递了过去。

"这又是个洋玩意。"慈禧看了一会儿，看了看古董王，"你起来说话。"

古董王礼谢："谢太后！"

慈禧内心喜悦："照相机我也听说过，它能给一个人或几个人都照下来，是吗？"

古董王更得意："是这样，人的喜怒哀乐都能拍照下来。要不，我给太后照一张？"

"容易照吗？"慈禧通过李莲英把相机还给了古董王。

古董王用镜头对着慈禧："只要镜头对着太后，一按快门就行了。"

慈禧不悦："拿开拿开，别对着我。"

古董王解释："不对着怎么照啊？"

慈禧有看法："镜头对着人多不吉利，还没有人敢拿着东西对着我。"

古董王有耐性："太后不照也罢，草民望太后将此物收下，将来必将知道此物的奥妙。"

"好，先收下。"慈禧递给李莲英，"这么一说，它比画像又强了。"

古董王勇气上来了:"那是自然,画像由于画匠水平不一,画不好容易走像。"

慈禧点头,看了看穷不怕。

穷不怕借机欲退:"太后要有事,草民告退了。"

慈禧有自己的想法:"不不不,我留你自然有事。古董王说照相比画像好,朱绍文,你的看法呢?"

穷不怕不想多事:"草民没有什么看法。"

慈禧不悦:"怎么能没看法,谁强谁弱,自然有高低之分。"

穷不怕只好吐露真言:"画像和照相既然是两门技艺,自然里边都有雅俗之分。"

古董王坚持:"照相和画像是高低之分。"

穷不怕重申:"门类之分。"

古董王争辩:"高低之分。"

穷不怕坚持自己的看法:"门类之分。"

古董王谈出看法:"科学一发展,照相终究代替画像。"

穷不怕进一步深谈:"社会在发展,照相有可能流行,但它永远代替不了画像,我国最早的人像艺术,永远属于东晋的《女史箴图》。"

古董王不甘心:"太后,我看照相能代替画画。"

穷不怕辩解:"按先生看法,将来荣宝斋可以改成照相馆啦?两种技艺可以互相渗透,然而《女史箴图》永远是传世之宝。"

慈禧兴趣不减:"《女史箴图》我也听说过,是个插图长卷。"

穷不怕很欣赏:"图上的人物,点睛传神,十分巧妙。"

古董王思路特别:"我看洋人不一定有这种看法。"

穷不怕反驳:"洋人既然有照相机,为什么要抢我们的《清明上河图》,照相机能照出本质,画像能画出心灵。"

慈禧听出点门道:"绍文说得是理,画画能画出心灵,你几年前画的画像,我经常拿出来观赏。"

穷不怕谦虚:"草民画得不好,太后还在收存?"

慈禧盛气凌人:"为什么不存,画出了我神灵,莲英啊,你取出来让绍文看看,他都忘了。"

穷不怕觉得没有必要:"不看也罢,草民没有忘。"

慈禧心盛:"让古董王也观赏一番。"

古董王也心血来潮:"草民正要领教。"

李莲英将画像打开。

古董王看愣了:"太后,这上边画的是太后您吗?"

慈禧反问:"怎么不是,难道不像吗?"

古董王不敢乱言:"像、像,这是太后年轻的时候。"

慈禧进一步逼问:"我现在老了吗?"

古董王只能说奉承话:"不老不老,太后现在雍容正茂。"

慈禧又问穷不怕:"绍文,你说我老了吗?"

穷不怕也讨好地说:"不老,当今太后和我画上的太后一样年轻。太后怎么能老呢？"他又对古董王说："太后为什么喜欢这张画，因为我这画画出了太后的心灵。"

古董王"气"不成声。

慈禧说出喜欢的缘由："这张画我喜欢它还有一个缘由，我旁边这只御狗，画得十分逼真。"慈禧问穷不怕："我赏给你的那只小御狗，还在吗？"

穷不怕顺着太后说好话："在在，它已'长大成人'，十分招人喜爱。"

慈禧有兴趣地问："它下没下小狗？"

穷不怕实话实说："没有，没有，我一直把它关在院里。"

古董王没憋好屁地说："穷先生出门，前牵一狗，后随一女。对这只御狗，像对他女人一样珍爱。"

慈禧一笑："这就对了。"

穷不怕有理由："我一放出去怕和外边的狼狗咬架。"

慈禧觉得有理："这就好了。"

古董王想借机告辞："太后如果有事，草民先告退了。"

慈禧兴趣没减："不不不，你照相机我留下了。一会儿详细说说怎么用。"

穷不怕也想借机脱身："太后有事，草民告退了。"

慈禧谁走都不放："不不不，我还有事要说。你看我，你们谁走我也舍不得，外边传说我是妖婆恶母，其实我对下人十分器重。"

穷不怕借机说好话："太后礼贤下人。"

古董王借机奉承："太后平易近人。"

慈禧想一个人一个人谈事儿："古董王你稍等片刻，我有话要问朱绍文。"

穷不怕急问："请太后明示。"

慈禧话上来了："刚才，我同你说了，跟你学莲花落的事，你还没回话呢！"

李莲英也借机说："是啊，我也想跟你学学莲花落。"

穷不怕用疑虑的眼光看着李莲英："公公也想学莲花落？"

李莲英又重复了一遍："我是真心想学。"

慈禧对穷不怕说："你每月朔望两日进宫表演相声，同时教我们唱曲子，你看如何？"

穷不怕只好说："谢太后开恩。"

慈禧接着问："你看，还有什么要说的？"

穷不怕有个要求："草民教太后唱曲子，还需要带来一个徒儿，有些段子，俩人才能表演。"

慈禧痛快应准："那可以啊，听说你已经把相声改成双人相声了。"

穷不怕顺杆爬："草民就是这个意思，我同徒儿贫根儿一起进殿。"

慈禧当然同意："那还用说，一个人怎么能说对口相声！"

穷不怕说出要害："我这徒儿哪样全好，就是外表有点那个。"

慈禧不明白："哪个？"

穷不怕如实相告:"他是麻子。"

慈禧顺嘴说了句:"麻子怕什么!"突然又想起同治,"麻子可不行,万岁爷正在出天花,回来传上可不得了。"

穷不怕宽解太后:"他的麻子是小时候得的,现在不传人。"

慈禧想想:"也对,那让他进殿吧!"

"遵旨!"穷不怕答应后退下。

穷不怕家里,穷不怕向董彩莲、贫麻子汇报后,董彩莲问穷不怕:"李莲英也想学莲花落?"

贫麻子蔑视李莲英:"他男不男、女不女的阴阳嗓还学莲花落?"

穷不怕也有顾虑:"我也怕糟蹋咱们的玩意儿。"

贫麻子蔑视地说:"他要学会莲花落,我就改行去卖切糕。"

董彩莲心里也堵得慌:"你们得想想法子,不然他学不好,把你们的东西也糟蹋啦。"

穷不怕想出个点子:"要不然咱们让他出出丑。"

董彩莲问:"怎么出丑?"

穷不怕小声谈了几句,董彩莲拍手称快:"好主意,好主意!"

贫麻子也乐了:"让西太后欣赏他的阴阳腔吧。"

这时长春宫里慈禧正同古董王密谈。

古董王说出心里话:"我已经好几天没回去了。"

慈禧随便想了想:"你还没成家,还有人惦着?"

古董王也会找辙:"我也该回琉璃厂看看买卖了。"

慈禧自以为是:"我这儿比不上你的古董店?"

古董王顺着说好话:"太后要欢迎我来,以后我可以还来嘛。"

慈禧知道不好留了:"好吧,你要什么珍宝,你就开口吧!"

古董王再表忠心:"太后我可没这意思,我这台照相机是无偿送给太后的。"

慈禧也大方起来:"好吧,我也无偿地送你几件珍宝,说吧,你喜欢什么?"

古董王装作想了想,然后望着太后的头说:"如果太后赏脸,我想要几个簪。"

慈禧心里早有数:"什么簪?"

古董王一口气说出:"金凤簪、麒麟簪、二龙戏珠簪。"

慈禧咬咬牙:"你可真不少要。"

古董王笑了:"太后心疼了不是?"

慈禧下了狠心:"我还心疼什么,几件簪子算什么,一会儿让李莲英带你挑选几件。"

古董王想得深远:"这几件金簪太后得下手谕。"

慈禧用手一指:"你哪个便宜也不放过去。"

第十三章　照相没有穷不怕画像好

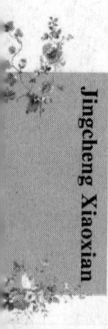

　　古董王拿着几件珍宝从紫禁城门口出来，周八立刻迎了上去，徐三赶忙躲在一边盯梢。古董王、周八二人东拐北拐地进了一家酒馆。徐三化装成一个老者坐在一角自饮。周八同古董王坐在另一张桌前庆幸。

　　周八看着宝物合不拢嘴："为王兄接风洗尘，干一杯。"

　　古董王碰杯："干！"

　　周八开玩笑地说："我还以为你出不来了。"

　　古董王面带傲气地说："哪能啊，这回你知道为兄的能耐了吧！"

　　周八又敬古董王一杯："佩服，佩服，七岁男儿不能留宫过夜。你这二十郎当的汉子却能潜宫留宿，佩服！"

　　古董王更自傲了："这几天整个宫里就有两个男人，一个是皇上，一个是我。"

　　周八自饮了一口："要不我怎么佩服呢。"

古董王自吹："这就叫作本事。"

周八带出羡慕之情："看来太后对你十分宠爱。"

古董王有新的看法："不,有比我还受宠爱的。"

周八想知道："谁?"

古董王露出嫉妒之情："穷不怕。"

周八想听个究竟："何以见得?"

古董王面带醋意："我给西太后照相,西太后迟迟不照,却喜欢穷不怕的画像。"

周八听着新鲜："穷不怕还会画像?"

古董王出口不逊："会画个屁,画得根本不像西太后,倒像穷不怕旁边的那个女人,西太后偏偏喜欢这张画。"

周八开玩笑地说："是不是你吃醋吃多啦。"

古董王不承认："不,太后真心喜欢他,让他每月朔望两日进殿说相声。"

周八开始相信了："原来是这样。"

古董王将三件宝簪交与周八。周八从簪中拣出一支宝簪送给古董王："这支二龙戏珠留给仁兄留念。"

古董王不在乎地推过去："你太小瞧为兄了,咱们有言在先,照相机给我露脸了,太后赠的东西都归你,我哪能和你分斤掰两啊!"

周八很讲义气："也不能让仁兄白跑啊!"

古董王事情看得远："以后说不定还有求老弟的时候。"

周八打开一包银元:"这是纹银二十两,聊表寸心。"

古董王执意不要:"你把我看成什么人了。"

周八真情地说:"你要不收,我全不要。"

古董王无奈:"你别不要,这银两我收下还不行吗?"

周八同古董王从酒馆分手后,来找春姐。在一棵老槐树下,周八同春姐密谈起来。周八把得到的宝簪交给了春姐,春姐把两支金凤簪一比较,真是一模一样!

周八得意地说:"一百年以后也不会变样,这里不能久留,你赶快走!"

春姐把宝簪刚刚收起,徐三从树上跳下:"你们走不了啦。"徐三从腰中拔出一把亮剑:"妖婆,我找你找得好苦哇。"

春姐一愣:"我不认识你,你是谁?"

周八趁机从春姐手里抢过宝簪。

徐三喊道:"我是你干爹!"

春姐也亮出一把刀:"呸!你想占老娘的便宜。"

徐三给她提个醒:"真是贵人多忘事,你把我请到你家,我同乾隆爷还照了一张合影。"

春姐明白了:"原来是你……徐三!"

徐三承认:"正是徐三爷。好男不跟女斗,走,你跟我走一趟。"

春姐问:"到哪儿去?"

徐三一本正经:"前门首饰楼。"

"呀呸!谁让你是我干爹,你替老娘还账去吧!"春姐扭头就跑,徐三刚一追赶,周八拔刀拦住去路:"徐三爷,春姐是我找回来的,何必和我抢功。"

徐三想揭老底:"不要演戏了,如果你是一条汉子,咱们一起上首饰楼。"

周八把刀一横:"你要问问它(刀)同意不同意!"上手与徐三打了起来,春姐借机奔命逃跑。徐三一脚把周八踢翻,又一跟头,挡住了春姐的去路。

前门首饰楼,老掌柜正在照着一副手镯,门一响,老掌柜一抬头,徐三押着春姐走了进来。自从上次失盗,老掌柜在门上安了一条秤砣簧。一个大秤砣系着长绳从高处拴在门上,门一开,秤砣随着绳子而上升。徐三、春姐进来后,秤砣下垂,又将门拉上。老掌柜根据声音注意进出的人。

徐三一抱拳:"老掌柜,我已把骗首饰的妖女拿到,今日交给您处置。"

老掌柜认出春姐:"就是她,女贼,来人啊!"

从里面出来两个伙计,把女贼押好:"你把首饰交出还则罢了,不然把你送到官府定罪。"

徐三一抱拳:"老掌柜,我走了。"

老掌柜十分感谢:"还没问壮士姓名?"

徐三亮牌:"我就是上次她的'爹',老掌柜有事到穷不怕摊旁找我。"

穷不怕相声场，开场前，穷不怕、董彩莲正在清点道具，周八突然出现："穷先生！"

穷不怕一抬头："是你！"

周八一笑，把首饰一托："穷先生，我已完成使命，妖女骗走的首饰，我已全部追回。"

穷不怕追问："那妖女呢？"

周八早编好了要说的话："徐三抢功，他将妖女夺走，送往首饰楼。"

穷不怕有办法："等徐三回来，一起对证。"

这时，徐三实然出现："我已经来了，周八一派胡言，妖女是我亲手拿到的。"周八抢功："胡说，我已将她找到，你从我手中夺走。"

徐三揭穿老底："你胡说，你们二人狼狈为奸，你想让她拿着宝簪逃走。"

周八装作不干了："你血口喷人！"

徐三并不示弱："你喷人血口！"

这时，首饰楼老掌柜气喘吁吁跑来："壮士，壮士！"

徐三一愣："老掌柜，你怎么到这儿来了？"

老掌柜上气不接下气地说："你把女贼……拿住了。"

徐三睁大眼："对啊，我已经把妖女交给您了。"

老掌柜摇头："不好……"

徐三没弄明白："送到你那里不好？"

老掌柜否定："好……"

董彩莲都着急了："又好，又不好，到底怎么回事？"

老掌柜冲着董彩莲说："不好……"又冲徐三说："好！"

穷不怕端过来一碗水说："您先喝点水，把气喘匀喽，慢慢说。"

老掌柜坐在条凳上把水碗放在一边说："不好了。"

徐三细问："怎么不好了？"

老掌柜对徐三说："你走了以后，进来一个蒙面人，把妖女抢走了。"

众人大惊："啊！"

周八笑着安慰老掌柜："老掌柜不用发愁，你丢失的宝簪，我已把它找回。那个妖女也是我逮的。"周八用手一指徐三："他从我手里把人抢走的。"

老掌柜指责徐三："这就是你的不对了。"

周八火上加油，指着徐三说："他扮成老头跟妖女一起骗走的宝簪，对不对？"

老掌柜说："他可不是坏人，一看就是老实人。你可不能诬赖好人啊。"

周八气坏了："嘿！你这个偏心眼的。"

众人乐。

周八对穷不怕说："先生相信我，妖女是我逮的。"

徐三也对穷不怕说:"先生相信我,妖女是我逮的。"

周八指徐三:"他瞎说!"

徐三指周八:"他瞎说!"

周八对着徐三的脸:"你骗人!"

徐三对着周八的脸:"你骗人!"

周八指着徐三:"妖女跟你一伙的。"

徐三指着周八:"妖女跟你一伙的。"

周八拉穷不怕胳膊:"先生,别听他的。"

徐三拉穷不怕胳膊:"先生,别听他的。"

周八对穷不怕说:"先生相信我。"

徐三对穷不怕说:"先生相信我。"

穷不怕用智说:"我相信谁,现在定不下来,但我相信,你们俩人之中,只有一个人是可信的。这样吧,给你们三天时间,三天之内谁要是把妖女送到首饰楼,我就相信谁。"

周八气粗地说:"好!"

徐三有气无力地点头。

这天,穷不怕把老掌柜约到茶馆里议事。

穷不怕告诉老掌柜:"你要做好准备,三天之内周八会把妖女给你送去。"

老掌柜不敢相信:"送去?先生这么有把握?"

穷不怕点头:"肯定能送去。"

老掌柜不明白:"为什么能送去?"

穷不怕说出根由:"周八的事情已经败露,徐三把他调查个底掉,周八当众亮出那三件金簪,答应送回来了。东西能回来,人露面还有什么顾虑,大概他想把大事化小,用犯罪未遂来收场。"

老掌柜听得在理:"倒也是,我不明白,既然把金簪骗走,为什么又送回来?"

穷不怕分析:"他们后边有什么背景,我还不知道,只能证明一点儿,他后边有高人相助,使他化险为夷,说明他们还想在天桥混下去。"

老掌柜向穷不怕请教:"他们要送回妖女,我该怎么办?"

穷不怕思虑了一会儿说:"应随机应变。"

老掌柜觉得没把握:"干脆,先生帮人帮到底。"

这时穷不怕相声场,众人已散,穷不怕还没归来,云花若有所思,贫麻子看出来了:"云花,你在想什么?"

董彩莲有种感觉:"近来云花总是默默无语。"

贫麻子有看法:"是含情不语。"

董彩莲猜测:"莫非有什么心事?"

贫麻子好逗的性子又上来了:"我明白了。"

董彩莲认真地问:"明白什么啦?"

贫麻子脸不变色:"云花已经许过愿。"

云花急问:"我许过什么愿?"

贫麻子学云花腔调:"徐三要年轻几十岁,我就嫁给他。"

云花红着脸追打贫麻子:"你又来了!我没说,我没说。"

董彩莲在假劝架:"说了也没什么,别人也不会知道。"

云花也在假埋怨董彩莲:"姑姑,您也跟着他瞎说。"

再说前门首饰楼,这天老掌柜正扒拉算盘,周八带着春姐走了进来,周八一进门,嗓门比平时高了八倍:"老掌柜,您是不是想找她。"

老掌柜看清了:"逮回来了?"

春姐含情脉脉:"我也没跑,逮什么?"

老掌柜刚要动怒,周八托着三支金簪说:"老掌柜,您看看这三支金簪是不是您的?"

老掌柜接过来看看:"是,没错,就是这三支。"

周八气粗地说:"您看损没损坏?"

老掌柜认真翻看。

周八又拿出西太后换给的三支:"如果有所损坏,我们再赔您三支。"

老掌柜一看还有三支:"你们怎么还有三支?"

周八气粗地说:"您别以为除了你们首饰楼有,别处就没有。"

老掌柜性拧:"别处肯定没有,京城只此一份,再有就是假的。"

周八把首饰递过去:"你看是不是假的。"

老掌柜翻看着:"是真的。"

周八立刻来话了:"你以为只有你有真的?"

老掌柜解释:"再有真的,就是宫里的。"

周八有话了:"你说对了,这是西太后给我们的。"

老掌柜将信将疑,看看他,看看她。

春姐也来劲了:"他到宫里去挑,我到你这儿买,耽误你们几天,闹得满城风雨的。"

"姑娘,可不是几天,快一个月了。"老掌柜把三支金簪还给了周八。

周八话更多了:"老掌柜,您看,有没有损坏?"

老掌柜说话认真:"没有,没有。"

周八又掏出两个银元宝赔礼:"这算我们赔礼的。"

老掌柜推过来:"不能要,不能要。"

周八推回去:"你不要就是看不起我们。"

春姐也帮腔:"你不要就是不原谅我们。"

周八表示:"我们从此和好。"

春姐也跟着表示:"我们做个朋友吧。"

老掌柜还是过意不去:"我提个建议,用这银子孝敬你们干爹吧。"

周八又把银子推过去:"您收下吧。"

老掌柜推过来:"真不能要。"

春姐又帮助周八说话:"您收下吧。"

这时穷不怕从里边出来:"这银子不能收。"

周八一愣:"先生!"春姐也一愣。

穷不怕接着说:"老掌柜三件宝物能回来就好了。"

周八想起一事:"先生,人和东西我都如期送回,这回该相信我了吧。"

穷不怕一笑:"我相信你。"

周八高兴对春姐说:"先生相信我了。"

穷不怕把话说完:"我相信你,相信你们俩是夫妻,相信你们俩合伙作案。"

周八忍着性子:"先生,您怎么在这时候还做文字游戏?"

穷不怕反问:"难道我只会做文字游戏?"

周八的心怦怦跳快了:"先生说我什么,我不在乎,因为事实就在这儿摆着,先生说过的话不会不算数吧。"

穷不怕态度认真:"当然算数,你说我哪句话不算数?"

周八挑理了:"先生说没说过,谁把妖女逮回来,您就收谁为徒弟。"

穷不怕承认:"说过。"

周八指着春姐说:"我已经把妖女送来了。"

春姐反驳:"你才是妖女呢。"

穷不怕心里有数:"可是最早是徐三送来的,这点老掌柜可以做证。"

老掌柜证明:"没错,我做证,徐三把妖女先送来的。是一个蒙面人把妖女救走的。"老掌柜一细看周八:"我看,你就像那个蒙面人。"

周八火冒三丈："您真是老糊涂了。"

穷不怕见机插话："我说过,你和徐三之间只有一个是对的。"

周八抢着说："我是对的。"

穷不怕揭底："你对什么?干的是风马雁雀那一行,认干爹,骗首饰。"

春姐反驳："不,我们是买首饰,我们不但到这儿买,还到宫中去买。"

穷不怕进一步揭底："你们买得起吗?一台旧照相机侥幸救了你们的命,这叫瞎猫碰着死耗子,正赶上西太后在兴头上,是古董王帮了你们大忙,对吧?在宫中我遇见了古董王。"

周八、春姐无话可说了。

穷不怕又对周八说："你还想做我的弟子,我看你还是从做人开始吧。"

周八绷着脸拽着春姐："我们走。"周八、春姐走出首饰楼。

俩人一出首饰楼,就急赤白脸地争吵起来。

春姐埋怨："我们折腾一场白折腾了。"

周八反驳："没白折腾,我们把他们嘴堵上了,还剩三支金簪。"

春姐挺心疼照相机的："这是用照相机换的。"

周八亮底："我们的照相机不就是用一个旧砚台换的吗?"

春姐还是指责他："你净蒙外国人。"

周八解释："这不是蒙，旧照相机在国外不值钱，说不定旧砚台到国外就成为宝物了。咱们大清国越老的东西到国外越值钱，什么旧瓶老碗的，以后多琢磨点儿。"

春姐委屈地说："我总觉得我们今天太亏了。"

周八坚信自己做得对："我们想在京城立住脚，就得这样做，不然我们就得去外地，这三支金簪，路费一折腾就用完了。"

春姐只好认头："听天由命吧。"

一家饭铺里，周八同古董王坐在一张桌前饮酒。柴小姐陪着父亲柴庄主在另一张桌前吃饭。

古董王对周八说："老弟，我想问你一句，有了这几件宝物，你就发了，准备做什么买卖?"

周八早有想法："我准备在天桥盖一座最大的清茶馆。"

古董王不解："唉，你有这么多钱，还用得着盖茶馆?"

周八谈出想法："这你就不懂了，我表面开清茶馆，实际上筹办一个评书茶馆，把天桥评书一路角色都拢在我那里，我要与穷不怕、徐三一争高低。"

古董王摇摇头："龙蛇之争何苦呢?"

周八不明白："你怎么又替穷不怕说话了，不是你在宫中吃醋的时候了。我要一洗碰壁之辱，让相声永远撂在地摊上。"

古董王举杯："好，祝你心想事成，干！"

周八撞杯："干！"

这时，穷不怕和董彩莲从门口进来在寻找座位。

董彩莲发现了柴庄主父女，心里一惊，拽了一下穷不怕袖口，向穷不怕一使眼色："我们走吧。"

穷不怕开始没明白彩莲的意思，后来发现了古董王同周八也在一起饮酒。

柴小姐也认出了董彩莲和穷不怕，用筷子暗示父亲："您看。"

柴庄主还没明白女儿的意思，柴小姐明示："董彩莲！"

柴庄主顺着女儿的目光在找董彩莲："哪儿啦？是她！跟她在一块那人不是那老道吗？"

柴小姐看了看穷不怕："是啊，他们俩怎么混在一起了？"

柴庄主瞥了穷不怕一眼："老道还俗了？不是什么好玩意！"

穷不怕、董彩莲向铺外走去。

柴庄主、柴小姐急火火地站了起来，想尾随他们身后，周八一下认出了柴庄主："三舅！"

柴小姐认出周八："表哥！"

周八迎了过来："三舅，你们怎么到这儿来了，怎么没到家里去？"

柴庄主玩性没减："我们准备逛逛天桥，玩完了就去看看你们。"

周八让着父女："现在就去家里吧。"

柴小姐急着要追穷不怕："你先陪客人吧，一会儿我们去。"

柴庄主也随女儿意："我先陪你表妹逛逛，一会儿我们见。"

周八还在劝说："您着什么急啊，要不我带着你们逛逛。"

柴庄主摆手："不用，你有客人。"

周八面带笑容："没关系，我们老见面，您大老远地来了。"

柴庄主不以为苦："远什么？不就七八里地吗，以后多走动走动。"

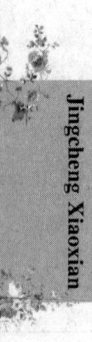

周八还要说几句，柴庄主爷俩儿急匆匆地从饭铺里出来了，柴小姐扬手："一会儿见！"

周八只好回到原位，伴着古董王饮酒。

柴庄主爷俩儿从饭铺出来，四下寻找穷不怕和董彩莲，柴小姐脑子里都是这俩人的影子："他们俩怎么好上了？"

柴庄主四处寻找："这么一会儿他们跑哪儿去了？"

柴小姐猜测："您说，他们俩是不是成亲了？"

柴庄主心里做了病："我不管他们成亲不成亲，我要一洗刑台之辱，我让臭老道耍个够，心里一块石头老堵在我的心口。"

柴小姐劝慰："您生那气干吗？事情过去两年多了。"

柴庄主不服气："你忘了，那么多人嘲笑我们，咱们让他耍过来耍过去。"

柴小姐忍俊不禁地笑了。

柴庄主埋怨："你还笑，你不恨那老道了？"

柴小姐收敛了笑容："我恨那董彩莲，她耽误了我的前途。"

柴庄主道出了心里话："人家走了两年多了，你不还没搞上对象嘛。"

柴小姐不爱听："爹，您怎么向着董彩莲说话啊。"

一条平坦的土路上，穷不怕、董彩莲边走边议。董彩莲侧着脸问："你看见他们了吗？"

穷不怕随便谈论着："看见了，周八跟古董王在一起喝酒怎么啦？"

董彩莲跟他想的不一样："不是周八，我是说柴庄主。"

此话引起穷不怕的注意："柴庄主来了？"

董彩莲担心地说："柴庄主跟柴小姐在那儿用饭啦。"

穷不怕上心地问："他们发现咱们没有？"

董彩莲顾虑重重："柴小姐直看我，肯定认出来了。"

穷不怕不怕："没有事，土霸王就怕挪窝，一挪窝就没有势力了。"

俩人刚回到穷不怕相声场,一个矮胖子、一个高瘦子、富向南、范向西等人便朝穷不怕、董彩莲簇拥过来。

富向南带头要求:"穷先生给我们来一段儿宫里的段子。"

范向西也跟着说:"是啊,听说慈禧太后喜欢上了穷先生的相声。"

富向南心里十分钦佩老师的为人:"慈禧太后不仅喜欢穷先生的相声,还喜欢穷先生的画像。"

穷不怕感到奇怪:"你们听谁说的,消息传得怎么这么快!"

矮胖子插话:"没有不透风的墙。"

高瘦子强列要求:"您给我们来一段吧。"

富向南说出要求的具体内容:"您把给慈禧太后说的给我们说说也行。"

范向西反复响应:"是啊!再来一遍也行。"

穷不怕满足大家要求:"好吧,我给看官来一段新段子,大家坐好。"

前几排人已坐好,周八也在人群之中。穷不怕对众人说:"我给看官表演个小段。我最近进宫,发现宫里笑话不少,特别是在慈禧周围,经常发生一些笑话。一次,慈禧让一位宫女给她梳头,那位问了,平时不是梳头房的太监给慈禧梳头吗?是,应该这样,那一天,为什么让宫女梳头,这我就闹不清了。也许梳头房的太监没在,也许这位宫女梳头梳得好。原因咱就别管它了。"

人们眼前出现了一个"宫女"模样的人,给扮装"慈禧"模样的人梳头,旁边还站着一个高个"宫女",几个人给穷不怕的相声配像。

穷不怕接着说:"这位宫女给慈禧梳头技术十分熟练,先用拢子,后用篦子,从上往下唰唰梳得慈禧心里舒舒服服的。慈禧的头发本来就是又黑又亮,加上宫女梳得好,那头发真是乌黑光滑、增辉夺目。但是,天有不测风云,慈禧闭着眼睛正享拢发之福,只觉得头皮上被什么东西揪了一下,略微有一点微疼,心说不对,慈禧就问是不是头发掉了?宫女一看篦子上可不是掉了一根儿头发吗,她的心就咚咚地跳快了,怎么,害怕了。慈禧说:'拿过来,我看看。'慈禧一看自己这根又黑又亮的头发,十分心疼,她发怒地说:'你把这根头发给我安回去,必须安结实喽。'宫女忙说:'是。'过了一会儿,慈禧问:'安好了吗?'宫女回话:'安好了。'其实她把这根头发塞在袖口里了。慈禧一听说安好了,气更大了:'撒谎!头发掉了,怎么能安上?'宫女答:'既然安不上,太后就别叫奴才安了。'慈禧一听宫女敢顶嘴,就不让她拢了:'你别拢了,你给我拿双袜子去。'不一会儿,袜子拿来了。慈禧一看袜子两只是一顺,都是左脚上的袜子,气更大了,就吩咐一个高个宫女打她嘴巴。平时,这个高个宫女跟拿袜子这个宫女有点不和吧，所以高个宫女想，如果我使劲儿打她嘴巴，那是欺人太甚，于是这个高个宫女就轻轻打她嘴巴。太后一看不用劲儿打，心里火更大了。她就让拿袜子这个宫女，反抽她嘴巴，使劲抽！拿袜子这个宫女本来火不打一处来，一听慈禧发了令，这个宫女使足了气，啪啪啪抽这个高个宫女，把火都撒在她身上了，疼得这个高个宫女哇哇直叫。她借着镜子一看，嘴巴子上有道印，以为嘴巴被打裂了，她用手直捂嘴巴子那道印，后来明白了，不是嘴巴裂了，原来是慈禧那根头发安在她嘴巴上了。"

笑声，众人鼓掌叫好！

柴小姐、柴庄主挤了进来。柴小姐望着穷不怕说："那不是那老道吗？"

柴庄主也看清楚了："在这儿说相声了。"

柴小姐指着董彩莲："她也在这儿？"

人群里的周八闻声回头："三舅，你们也听相声来啦？"

柴庄主反问："他是说相声的？"

周八告诉他："他就是说相声的穷不怕。"

柴庄主有疑问："他原来是老道？"

周八进一步告诉他："他原来也不是老道。"

柴庄主坚持自己看法："没错，两年前他到我们庄里去过，那时他是老道。"

周八露出老熟人的口气："不可能，两年前他在三喜班唱京剧。"

柴庄主、柴小姐同时反驳："不对啊！"

周八怀疑："你们是不是认错人了？"

柴小姐帮助父亲说话："不会啊，那个女人是不是叫董彩莲？"

周八一听："正是啊，你们怎么知道？"

柴庄主觉得要说的话很多："回家我详细对你说。"

几个人来到周八家。桌前，周八陪着柴庄主、柴小姐边吃边聊。周八听罢介绍说："穷不怕还有这么一段故事，我还真不知道。"

柴庄主道出不满心情："他冒充老道，冒充得还真像。"

周八帮他出主意："三舅要报一辱之仇，就得从董彩莲身上入手。"

柴庄主点头："我觉得董彩莲来路不明，这里边一定有什么蹊跷。"

周八大包大揽："我也有同感，这事您就交给我吧。"

柴小姐举起酒杯："我敬表哥一杯，我们可等你的好消息。"

周八表态："我一定给三舅报这个仇。"

兄妹碰杯。

乾清宫门外，扎王爷来到门前，门守太监打招呼："扎王爷来了！"

扎王爷发话:"回禀皇上,就说本王有要事求见。"

小太监答应:"扎王爷等候。"

小太监进去多时不出,扎王爷急得踱来踱去。半天才看见文喜同小太监走了出来。文喜上前给扎王爷行礼:"扎王爷有礼。"

扎王爷准备同文喜启步,文喜却说:"王爷止步,今日皇上身体不适,不予召见。"

扎王爷逮住理了:"皇上病了,本王更得看看。"

文喜有话:"且慢,皇上下口谕,无论谁来一概不见。请王爷改日再进殿。"

扎王爷大怒:"岂有此理,连我都不见!"

文喜欲回宫,扎王爷叫住他:"文喜留步。"

文喜礼问道:"王爷还有何事?"

扎王爷回话:"本王有要事要面圣。"

文喜重复圣旨:"皇上说了,任何事情都不能打扰他。"

扎王爷说明来意:"本王向皇上禀奏小海棠春的事。"

文喜想问个究竟:"小海棠春怎么啦?"

扎王爷怒斥:"放肆,本王要亲自面圣。"

文喜明说:"皇上说了,即使扎王爷来了,也不召见,王爷请回吧。"

扎王爷犹豫了一会儿:"是这么回事,董彩莲并非是小海棠春。本王已经盘查清楚。"

文喜给王爷出了主意:"如果扎王爷认为需要皇上得知,不妨慢慢向奴才说明,奴才再禀奏皇上。"

扎王爷觉得有理:"好吧,皇上身体好转以后就麻烦你啦,穷不怕的女人董彩莲跟皇上要找的小海棠春,恐怕是面貌相似的两个人,董彩莲是梨园出身,她并不是小海棠春。"

文喜又提出疑问:"小海棠春也是梨园出身啊。"

扎王爷进一步说明:"小海棠春在宫廷伺候皇上之时,董彩莲已经在三喜戏班了。"

文喜明白了:"原来是这样,原来是两个人了。奴才马上禀皇上得知。"

扎王爷讨好地问:"皇上的病好了?"

文喜带出埋怨情绪:"扎王爷,怎么糊涂起来了。"

扎王爷想摸个底儿掉:"皇上生本王的气了?"

文喜不客气:"正是,几日来皇上一直生扎王爷的气,奴才问扎王爷,皇上出宫私游一事,是谁派人监视皇上,又是谁告的密?"

扎王爷装出自责:"我没……噢,我有时候嘴快……"

文喜替皇上出气:"扎王爷嘴快不要紧,现在西太后把同治爷看得很紧,同治爷想出宫又出不去,同治爷能不生气吗?依奴才之见,扎王爷以后尽量要回避皇上,以免皇上动怒,扎王爷要吃亏的。"

扎王爷只好表露谢意:"我还得谢谢你!"

文喜不买那账:"不用谢了。"

扎王爷走后,文喜回到乾清宫,同治一见文喜的表情就问:"皇叔可走了?"

文喜买功:"让奴才给劝走了。"

同治出言不逊:"这个混蛋,朕早晚要革去他郡王职位。"

文喜说出难处:"革是革,皇上没有抓住他的罪柄。"

同治吩咐:"要是有罪柄,朕非得剥他的皮,文喜你给朕注意他的行踪。"

文喜接旨:"有情况,奴才一定禀报。"

同治又细问:"他今日何事进殿?"

文喜说明扎王爷的来意:"扎王爷他已盘清楚,穷不怕的女人不是小海棠春。"

同治恍然大悟:"对呀,朕也觉得这里边有问题。那为何俩人长得如此相像?"

文喜答不出:"这奴才就不知了,只知道董彩莲一直在三喜戏班。"

同治想知道:"小海棠春的下落可知晓?"

文喜如实回话:"奴才不知。还得万岁爷自己偷游私访。"

同治顾虑多多:"还私访?圣母的眼睛这么多,朕如何出得去?"

文喜给皇上鼓劲:"皇上的眼睛也不少啊。"

同治嘱咐:"私访注意不可声张。"

文喜心眼较活:"奴才看,微服出宫还是有办法的。"

同治急问:"怎么做?"

文喜有了主意:"用完午膳以后,别人以为万岁爷午睡,我们就可以偷偷出去了。"

同治夸奖:"还是你有办法,找到小海棠春,朕一定重赏于你。"

文喜礼谢:"奴才提前谢了。"

回过头来再说穷不怕门口,云花拿着一对"门神爷"出来,发现徐三正在门口跪着,她把门神贴在门上后忙问:"徐三,干吗给我跪着?"

徐三解释:"我给穷先生跪着呢。"

云花接底:"穷先生也看不见啊!"

徐三决心很大:"他一出来就会看见的。"

云花说个假设:"穷先生要一个月不出来,你也跪一个月?"

徐三点点头。

云花走了过来,对徐三说:"到底什么事,能不能跟姐姐说说。"

徐三态度坚决:"我只等穷先生。"

云花提出条件:"要不你给我磕个头,我给你请穷先生去。"

穷不怕正出来,忙说:"徐三,你这是为何?"

徐三跪曰:"徐三要拜先生为师。"

穷不怕有些不忍:"快起来说话,起来说话。"

徐三纹丝不动:"先生要不收我,我就不起来。"

穷不怕为难:"这又何必。"

徐三跪曰:"先生说过,说相声的犯法的事不沾,损人利己的事不做,现在我已将妖女捉拿归案,事情已经水落石出,您为何不收留我?"

穷不怕着急:"你和周八之事,我心里早就门清,这么说吧,你不用捉妖女,我也相信你的话。"

徐三追问:"为何老师迟迟不收我?"

穷不怕解释:"难啊,老师有老师的难处。"

徐三又猜测:"是不是老师嫌晚生化装成乞翁?孩儿立誓一辈子不留胡须,让您看个清楚。"

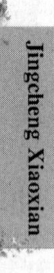

穷不怕一时也难说清:"这些原因也是,也不是。"

徐三一直盯着穷不怕:"老师今日为何吞吞吐吐?"

云花走过来了:"徐三,你要真想入我师傅门下,我给你出个主意。"

徐三想听:"姑娘请讲。"

云花爱开玩笑:"你给我磕个头,拜我为师就行了,穷不怕就是你师爷了。"

穷不怕发话了:"云花,不要开玩笑了。"

云花玩笑的脸上露出几分正经:"我看他实在可怜。师傅，要不我替您收下算了。"

穷不怕思虑的脸上露出了几分认真："你小小年纪，就想收徒儿。"

徐三趁机探问："老师，到底有何难处？"

穷不怕心里有苦痛："我作为一派掌门，都养不活弟子，我心里有愧于众人，让天下人耻笑于我。"

徐三保证："老师放心，弟子情愿吃糠咽菜。"

穷不怕微微摇头："不是你一个人的事，多一口人吃饭，要牵连众人。你不要着急，入门的事，要得到我的先师张三禄同意才行，拜师要拜四门相关的师傅，绝不是一句话的事。"

徐三决心很大："我早已发了誓，要步先生后尘。我化装成乞丐，就为了场外学艺。"

穷不怕重情重义，想了个情理通达的办法："这些我都知道，你步我后尘，希望我们是同行，不一定非拜在我门下。门派是为了糊口吃饭，认师是为了立场。我这个人门派观点并不强，云里飞不是我的子弟，然而我苦教于他，沙子颜是我同辈师弟，他的白沙撒地，也是我所教。侄女云花，从我这儿直接受艺。我看这样吧，我先门外教你相声，我的场地你可以加演早场，等到时机成熟，再正式收你为徒。"

徐三感激地立刻叩头："多谢恩师指点。"

穷不怕忙说："快起来吧，时间长了，腿该跪出毛病来了。"

徐三说了一句"多谢老师",起来后走了。

没多时,穷不怕院里热闹起来,八大怪来了三个,他们是丑孙子、韩麻子和醋溺膏。醋溺膏手里抱着贺幛,几个人笑哈哈走来。丑孙子还没进屋门就喊:"穷哥,穷哥怎不出来迎我们?"

韩麻子接着说:"是啊,我们全来了。"

醋溺膏喊:"穷哥,接我一把。"

穷不怕和董彩莲从屋里出来一愣,穷不怕看见他们抱了那么多东西:"你们这是干什么?"

丑孙子心直口快:"他倒问起咱们来啦,你看他装得多像啊!"

醋溺膏接着说:"还不接过去。"

穷不怕想问明白:"这是什么?"

醋溺膏挑明:"这是幛子,喜幛。"

董彩莲接过幛子:"谢谢你们!"

穷不怕还没明白:"这是怎么回事?"

丑孙子话多了:"他真不知道,还是装不知道。"

韩麻子说了一句公道话:"旁观者清,当事者迷。"

这时,门外管弦乐器响起,不一会儿,鼻嗡子、盆秃子响着乐器,田瘸子拿着对联,常傻子拿着一大喜字走进院里。院里,常傻子举着喜字喊起来:"穷哥,恭贺新喜!"

刚进门的几个人同曰:"恭贺新喜!"

常傻子话多了:"穷哥这回扶云直上,腾空万里。"

穷不怕想把事情问清楚:"常老弟,到底是怎么回事啊?"

常傻子呵呵直笑:"我们都给你办喜事来啦。"

穷不怕疑问更大了:"办喜事?我怎么不知道,谁通知你来的?"

常傻子一指:"我大嫂子通知的。"

董彩莲在一边偷笑。

穷不怕院里石板桌旁,董彩莲同八大怪都在场,穷不怕问董彩莲:"是你请的大伙吗?"

董彩莲反问:"不是你说的吗,有了场地,就办喜事吗?"

穷不怕全明白了,一笑:"对对对,咱们选个好日子,热闹热闹。"

丑孙子抢着说:"今天这日子不错吧。"

常傻子一掐手指:"不行,今天是'太岁冲犯',凡是南北方向的房屋,都不宜开工。"

丑孙子反驳:"咱们是办喜事,又不是盖房。"

众人乐起来不止。

常傻子只好说:"那行,那行,咱们说办就办。"

丑孙子对穷不怕说:"穷哥得准备一下,穷哥说个日子吧。"

穷不怕想了想说:"那就后天吧。"

众人拍手称快:"好!"

董彩莲面露喜色。

这时,忽听大门外突然有人喊:"董彩莲在这儿住吗?"

众人目光集中门口,花匠刘通走了过来。

刘通还在问:"董……"董彩莲认出来了:"刘大哥!"

穷不怕也出来见礼:"刘大哥来了,有失远迎。"

董彩莲也关心地问:"您怎么找来的?"

刘通话也多了:"我从天桥三步一打听,五步一问,顺藤摸瓜而来。"

周八从门口露了一下头,立刻缩回身子。

石板桌成了招待桌,几个人让刘通坐下,其他人仍然站着。刘通觉得不合适:"你们怎不坐啊?"

常傻子嘿嘿直笑:"我们都站惯了。"

丑孙子会说话:"我们都在附近住,就你道路远,你应该坐下来歇歇。"

刘通解释:"我坐不住,外边还有人等我。"

董彩莲奇怪地问:"谁呀,让他们都进来。"

刘通说了一句"他们在天桥了",把众人都逗笑了。

常傻子问刘通:"你也是给我穷哥贺喜来的吧?"

"贺喜来了,贺喜来了,"刘通问董彩莲,"你们什么时候办喜事?"

董彩莲笑曰:"后天,到时候您来吧。"

刘通痛快地答应了："来，我们都来。"

常傻子细问："你们来多少口？"

刘通随便一说："三百多口吧。"

众人一惊："啊？！"

常傻子也奇怪："怎么那么多人？"

刘通得意一笑："我把丰台十八村花会的人都请来了。"

常傻子明白了："进城出会啊！"

众乐。

丑孙子也说："你今天踩道来啦？"

刘通告诉大家："是啊，我们今天踩道，后天同喜啦。"

再说曾王府三格格寝宫里，三格格一个人正在喝闷酒。

侧福晋进来："哎！怎么喝起酒来了？"

三格格不理，照喝不停，侧福晋把酒杯抢过来："到底有什么不痛快事啊？"

三格格反夺酒杯："额娘，你让我喝醉了吧！"

侧福晋纳闷："好端端的，到底怎么啦？"

三格格吐出真言："穷不怕他要成亲了。"

侧福晋觉得好笑："他成亲，与你有什么关系？"

三格格不明白："你说我在穷不怕心里的位置，还顶不上一个戏子。"

侧福晋安慰女儿："鱼找鱼，虾找虾，额娘知道你现在心里难受，等以后你真的有了婆家，你就看不上穷不怕了。"

三格格摇摇头:"额娘,你不了解女儿。"

侧福晋也发愁:"额娘了解你,现在就是没有合适的姑爷。"

三格格心很烦:"额娘,让我自己待会吧,我好烦啊!"

侧福晋有条件:"你答应额娘,不喝酒了,额娘就走。"

三格格点头:"不喝了。"

侧福晋临出门一回头,三格格又端起了酒杯。侧福晋回身又走到桌旁,欲夺三格格手中的酒杯:"别喝了!"

三格格一手挡住额娘,另一只手喝酒不误。

侧福晋警告她:"你都醉了!"

三格格嘴硬:"没醉!"

这时门口水仙报信儿:"二贝勒到!"

二贝勒正进来,侧福晋正在夺三格格手中的酒杯:"都醉成这样了。"

三格格攥住酒杯不放:"没醉!"

二贝勒见状:"看你醉成这样子,还说没醉。"

三格格反击:"你的样子不比我强!"

二贝勒温和了一些:"三妹,哥哥知道你的心事。"

侧福晋借机拜托二贝勒:"你来得正好,劝劝你妹妹吧。"

二贝勒有把握地说:"二额娘,您放心吧。"

看侧福晋走了,二贝勒坐下问三格格:"是不是听说穷不怕要跟小海棠春成亲了?"

三格格抬起头来，傻笑："穷不怕要真跟小海棠春成亲就好了，她不是小海棠春，她是董彩莲。"

二贝勒故作吃惊："你说什么？"

三格格的话又多了："我已调查清楚，小海棠春同董彩莲是两个人，小海棠春已进了妓院。"

二贝勒进一步打听："皇上知道吗？"

三格格有点儿不耐烦了："我哪知道皇上知道不知道？"

二贝勒又问："穷不怕知道吗？"

三格格不想谈了："他知道不知道跟我有什么关系？"

二贝勒一阵阴笑："这回皇上就管不着我了。"

三格格一惊："你说什么？"

二贝勒存不住话："没什么。我是说，董彩莲嫁给穷不怕，我不甘心！"

三格格心很烦："你要没事，你先出去吧，我想自己静一会儿。"

二贝勒揭出妹妹的心理："穷不怕后天就成亲了，你静得了吗？这两天你应该把穷不怕夺过来。"

三格格望着哥哥没有吱声。

穷不怕院里，八大怪、穷不怕师徒都在。门外又有人喊："董彩莲在这儿住吗？"

常傻子来劲儿了："又来贺喜的啦！"

董彩莲向外门迎接。

第十四章　穷不怕闯王府要人
　　　　　三格格喜迎贵宾

穷不怕的院子里，八大怪、穷不怕师徒都在，就听门外又有人喊："董彩莲在这儿住吗？"

常傻子反应很快："又来贺喜的啦！"

董彩莲向外门迎接。

进来的是曾王府的侍卫丁三，他手里拿着帖子："董彩莲，王爷向你贺喜来了。"

董彩莲一愣："喜从何来？"

丁三说出来意："明天蟠桃宫庙会伶人汇戏，王爷知道你是梨园出身，偏劳你届时赏光。"

董彩莲有疑问："女伶能同台演出吗？"

丁三举着帖子："王爷知道你会化妆，这次要专看你化妆表演，让我来请你。"

董彩莲疑虑更大："王爷？王爷请我？哪个王爷？"

丁三一笑:"是小王爷,小王爷也是王爷呀。"

董彩莲不解:"二贝勒?二贝勒请错了。"

丁三态度坚硬:"没请错啊。"

董彩莲回绝:"我不会化妆。"

丁三忍着性子:"别谦虚了,都说你化得好。"

董彩莲追问:"都请谁了?"

丁三答曰:"京城名角,陈老板、谭老板都请了。"

董彩莲做了最后回答:"你回二贝勒,我们这里谢了,明天我们有活儿,就不去了;如果没有活儿,就去转一圈。"

丁三还不放心:"那可不行,二贝勒说了,董彩莲要不去,用八抬大轿抬也要把她抬去。"

董彩莲差点儿笑出来:"我有那么重要吗?"

丁三越说越来劲儿:"二贝勒专门点了你,说明就看重你了,有几位名角,等着你化妆。"

穷不怕过来为彩莲帮腔:"她已经离开梨园两年多了。"

丁三话又跟上来了:"这次专点离开梨园的名伶。"

穷不怕马上问:"怎么没点我呀?"

董彩莲也问:"是啊,二贝勒怎么把他忘了?"

丑孙子也站起来帮腔:"是啊,这个活贾桂,西太后都忘不了,你们怎么忘了?"

常傻子也凑热闹:"是啊!忘了我,也忘不了穷哥啊!"

丁三变得口吃了:"这⋯⋯这次主要请生角。"

董彩莲还有话儿:"我也不是生角啊。"

丁三解释了一下:"我是说男的就请生角。"

穷不怕责问:"光有生角怎么能唱折子戏啊!"

董彩莲又有话了:"是啊,陈老板一人能对唱吗?一个人能对打吗?"

弄得丁三没办法:"要不……我向二贝勒回禀一下,你们一起去。"

穷不怕有个主意:"这样吧,你们商量好了,我们就一起去;你们没商量好,我们就不去了。"

"肯定能商量好,我回去商量。"丁三把帖子塞给董彩莲,他告辞而去了,众人开心而笑,几个大怪走回院中。

常傻子对董彩莲说:"彩莲姐,你要小心一点儿,我看二贝勒没安好心。"

丑孙子的看法:"干脆,你们别去了。"

穷不怕考虑较多:"彩莲这次要不去,日后二贝勒肯定会借机找麻烦,我同彩莲一起去,不会出什么差错吧!"

丑孙子劝告:"你们可不要大意!"

刘通从桌旁站起:"你还是小心为好,你们坐,天桥有人等我,我该走了。"

董彩莲也站了起来:"我来送刘大哥,你们都留步吧。"

穷不怕嘱咐:"刘大哥走好。"

刘通拦住大家:"不要送,不要送,请留步。"

董彩莲送刘通到门外,刘通迟迟不走:"我对你一直放心不下。"

董彩莲看出刘通心神不定,关心地问:"出事啦,刘大哥?"

周八见他们出来,忙闪到树后偷听。

刘通偷偷告诉彩莲:"扎王爷正在查前年漏选秀女的事。"

董彩莲不明白:"我爹娘都下世了,他们也查?"

刘通帮助分析:"可内务府有你父母的名字。"

董彩莲顾虑不大:"花乡对我并不了解,我是你们的外来户,谁还会向内务府告我的密?"

刘通发现了新情况:"我正要和你说这件事,柴庄主进城了,而且发现了你们。"

董彩莲喜欢刨根问底:"你怎么知道的?"

刘通说出所见:"我发现他跟踪你们。"

董彩莲直言不讳:"这个冤家对头。"

刘通好心提醒:"千万小心。"

董彩莲点头:"让刘大哥费心了。"

刘通关心地问:"你的事穷先生一点儿也不知道吗?"

董彩莲认真回话:"不知道,穷先生心事很重,不让他知道也好。"

刘通也点头:"穷先生可是百里挑一的大好人啊!别拖了,后天办了吧。"

董彩莲决心很大："后天一定办。这事会不会牵连穷先生？"

刘通心很宽："一家人了，别考虑那么多了，保护自己别让官家抓走。"

董彩莲心里十分感谢："让刘大哥费心了，心里真过意不去。"

刘通很执着："我一生也没做过违法事，就是你的事，我隐瞒没报，欺骗了皇上。"

"刘大哥，你做得对，小女一辈子不忘。"董彩莲跪谢。

刘通急忙扶起："快起来，快起来，这是干吗？记住，逃征私嫁一事，跟谁也别说。"

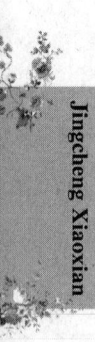

董彩莲答应："跟谁也不说。"

刘通松口气："这我就放心了。"

树后周八在暗处点头偷笑。

分手后，董彩莲找穷不怕往戏园子走来。

戏园后台有几个演员正在化青衣、花脸的脸谱。

穷不怕、董彩莲进来，同三喜班陈老板相见了。

陈老板很兴奋："朱绍文！幸会幸会！"

穷不怕迎上来："陈老板，幸会！"

董彩莲接着说："陈老板更福态了。"

众人也围了过来："大名鼎鼎的穷不怕给咱们梨园界露脸了。"

陈老板说出心里话："没想到我们在这里又相会了。"

穷不怕也很重感情："一分别又两年多了。"

陈老板说出心里话："你们一走，我心里怪想你们的。"

穷不怕分析了一下："这就叫作不分开不知道友情贵。"

陈老板实心地问："绍文，你说句心里话，假使你现在不是大名人，你恨不恨我？"

穷不怕坦率摇头："不会的，京戏这玩意，有它自己的戒规，不能随意改动，相声这玩意又离不开京戏。"

董彩莲帮助解释："我们天天练京戏戏功，相声里叫柳活儿。"

陈老板面露笑容："这就好了，我心里好受一点儿了。"

穷不怕又向："现在梨园这碗饭怎么样？"

陈老板摇摇头："不好吃啊！现在就好像没有根的浮萍一样无依无靠，不知什么时候就得改行。趁我胳膊腿还硬实，多出来几次。"

这时二贝勒带着丁三、王四从后台门口进来了，众人给二贝勒施礼，二贝勒说："这是陈老板吧？"

陈老板作揖："不敢不敢。"

二贝勒看见了穷不怕、董彩莲忙招呼："穷先生！未来的嫂夫人！"

穷不怕也有见面礼节："我们又见面了。"

董彩莲跟着说："也算经常见面了。"

"嫂夫人，今日我奉了皇上的口谕，"二贝勒打着手礼，"想同嫂夫人了解点事儿。"

董彩莲有些惊慌："请二贝勒明示。"

二贝勒故作镇静："你原来的名字叫什么？"

董彩莲一笑："小女坐不更名立不改姓，自娘胎生出来，就叫董彩莲。"

二贝勒绕着弯问："你有什么雅号？"

董彩莲肯定地说："没有。"

二贝勒亮出自己掌握的底儿："你可被选入秀女进过宫？"

董彩莲愣了一下："这……没有。"

二贝勒急问："怎么结巴了，是有，还是没有？"

董彩莲肯定地回答："没有。"

二贝勒进一步问："你是不是叫小海棠春？"

董彩莲否定："不是，我就叫董彩莲。"

二贝勒有话："有人说你……"

董彩莲有些紧张："说我什么？"

二贝勒把话说完："说你前年从宫里出来的。"

董彩莲松了一口气，反问："按二贝勒的意思，民女在宫里待了几年，前年刚刚离开皇宫？"

二贝勒点头："正是如此。"

董彩莲反问："这是谁说的？"

二贝勒气粗地说:"皇上。"

众人乱:"不可能呀。"

陈老板替彩莲做证:"前年,董彩莲明明在我们三喜班,怎么能又在宫里啊?"

董彩莲接着说:"莫非民女有分身法术?一半在宫里,一半又在民间?"

陈老板附和着:"就是啊!"

董彩莲认真地解释:"我从三喜班里出来,就同穷先生浪迹街头,同宫里有何关系?你这不是给皇上脸上抹黑吗?"

二贝勒又问了一遍:"嫂夫人前两年确实在三喜班?"

陈老板给做证:"那没错啊,他二人从我们三喜班走的。"

众伶纷纷帮腔:"是啊,他们是我们三喜班的,二贝勒,是不是有人活见鬼了?"

二贝勒说了句心里话:"这我就放心了,我已查清小海棠春同董彩莲是无关的两个人。"

陈老板埋怨:"查清了你还问?"

众人笑了。这时传来了锣鼓声,说明前台已开戏。传来的是蟠桃会《麻姑献寿》的声音:

麻姑唱(西皮二六):

"瑶池领了圣母训,回身取过酒一樽。

进前忙把仙姑敬,金壶玉液仔细斟。

饮一杯能增福命，饮一杯能延寿龄。

祝愿仙师万年庆，祝愿仙师寿比那南极天星。

霎时琼浆都倾尽，愿年年如此日不老长生。"

后台化妆室，穷不怕和几个演员正在化妆，陈老板陪着二贝勒走了进来。

陈老板礼让："二贝勒请坐！"

有人给二贝勒倒了一碗水："二贝勒请喝水。"

二贝勒在镜子前坐下，口角生风："今天本王一高兴，也想化化妆。"

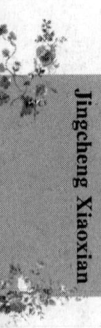

陈老板不知怎么劝告好："嗨！您饭铺里卖衣服——有吃有穿的，跟我们唱戏的凑什么热闹。"

二贝勒倒来劲儿了："小王是怀孩子吃白杏，就爱这一口。"

陈老板没办法："那好，二贝勒是自己化妆，还是……"

旁边的穷不怕插嘴了："自己化妆最过瘾。"

陈老板指着化妆品："二贝勒，您自己来。"

二贝勒拿着笔，对着镜子，不知怎么下手。

陈老板、穷不怕偷笑不止。

二贝勒忽然想起一人："彩莲哪儿去了，让彩莲给我化妆，女人心细。"

穷不怕冲着刀枪架旁边喊："彩莲，彩莲。"

董彩莲过来了，穷不怕告诉她："二贝勒有事找你。"

董彩莲走到镜子旁边问："二贝勒有事？"

二贝勒拣好听的说："都说你化妆化得好，今天你露一手，给小王化化妆，让小王开开眼。"

董彩莲为难："不能，不能。"

二贝勒追问原因："怎么不能？"

董彩莲说出原由："现在男女化妆有别。小女化男妆只是动口，不动手。"

二贝勒细问："那谁动手？"

董彩莲望着二贝勒："得二贝勒自己动手。"

二贝勒拿起了化妆笔："好好，你说我动手。"

董彩莲很沉着："不知二贝勒要化谁的脸谱？"

二贝勒想了一会儿："化戏祖唐明皇吧。"

董彩莲不慌不忙："那好，二贝勒先化眼睑。"

二贝勒侧着脸问："眼睑在哪儿？"

董彩莲告诉他："就是上眼皮。"

二贝勒拿着画笔比了半天，下不了笔："小王真不会下笔，老怕杵着眼珠子，你给小王画画？"

陈老板走来了："二贝勒，戏班的规矩，女伶不能给别人化妆，彩莲在三喜班给男伶也只是动动嘴，这么办吧，让彩莲动嘴，我给二贝勒勾几笔。"

二贝勒无奈，勉强答应："也行。"

陈老板问:"二贝勒准备化谁?"

董彩莲告诉他:"二贝勒想画我们祖师爷唐明皇。"

陈老板拿过画笔:"那好,我来。"

董彩莲又告诉他:"画神先画眼。"

陈老板说露了嘴:"二贝勒有眼吗?"

二贝勒不悦:"废话,我能没眼吗?"

陈老板变了口气:"您闭上眼。"

二贝勒一闭眼,陈老板在二贝勒两眼周围画了两个圆圈,下边又画八字胡,旁人捂嘴不敢乐,二贝勒一睁眼,哭笑不得:"你给我瞎画。"

陈老板忙说:"不是,不是,这是一个名人。"

二贝勒追问:"谁?"

陈老板闲心不小:"二贝勒猜猜。"

二贝勒往好处猜:"唐明皇?"

陈老板摇头:"不对。"

二贝勒想起名人:"宋江?"

陈老板还摇头:"不对。"

二贝勒心里一闪亮:"诸葛先生?"

陈老板又摇摇头:"不对。"

二贝勒追问:"是谁?"

陈老板说出答案:"南郭先生。"

二贝勒鼻子气歪了:"我成滥竽充数的啦。"

陈老板装出害怕:"草民不敢,草民不敢。"

二贝勒擦把脸,赌气而走,丁三、王四后边随去。

众人大笑,穷不怕向陈老板致谢:"多谢陈老板相助!"

陈老板也笑了:"小事一段儿,不值一提。"

二贝勒回到曾王府,独自一人在寝宫饮酒,丁三进来安慰:"二贝勒,喝上闷酒了?"

二贝勒没有回话,一饮而尽。

丁三讨好主子:"二贝勒的心事,奴才知道,是不是又想起董彩莲了?"

二贝勒把酒杯往桌上一礅,吓了丁三一跳:"想董彩莲?我想穷不怕,想一洗我天桥之辱。"

丁三试探地问:"二贝勒还想跟穷不怕比试比试?"

二贝勒气粗地说:"你以为小王不敢再比。"

丁三替主子揣摩:"唉,再比箭有什么意思,如果让皇上再碰见,显得二贝勒肚量太小了。"

二贝勒哈哈大笑:"皇上碰见?皇上碰不见了。"

丁三好奇地问:"皇上怎么了?"

二贝勒一阵阴笑:"皇上他出不来宫了。"

丁三想知道究竟:"到底怎么回事?"

二贝勒交了底:"西太后知道皇上老往下处跑,把皇上看得严严实实的。哈哈,天助我也。"

丁三细问:"那皇上就放弃董彩莲了。"

二贝勒不考虑那么多："皇上放弃不放弃，我不知道，皇上不近乎她，我近乎她。"

丁三献殷勤："二贝勒要想跟董彩莲近乎近乎，我倒有一个办法。"

二贝勒想听听："什么办法？"

丁三向二贝勒耳语了一番。

二贝勒摇手："不可，我阿玛要知道了，岂能饶我。"

丁三劝导："二贝勒这您就不懂了，您如果真能和董彩莲做成真戏，就会把穷不怕镇住，这就叫作势力。穷不怕吃了哑巴亏，他不说，老王爷怎么会知道？"

二贝勒觉得不妥："不行不行，我要名正言顺地同穷不怕争女人。"

这时，王四气喘吁吁地跑进来："二贝勒，不好了！"

二贝勒忙问："什么不好了？"

王四上气不接下气地说："董彩莲和穷不怕明日就要成亲了。"

二贝勒一受刺激，把酒杯碰洒了："你说什么？"

王四沉住气说："明天董彩莲就要和穷不怕入洞房了。"

二贝勒往椅子上一呆坐："好哇，抢在我头里了。"

丁三倒加油："我说什么来着，二贝勒，没有时间竞争，只有七嚓咔嚓。"

二贝勒寻思片刻："好，就按你说的办法办。"

这天傍晚，董彩莲正在街上走着，前边闪出一个蒙面人。董彩莲掉头返回，后路又闪出一个蒙面人。两个蒙面人前后夹攻，董彩莲左躲右闪："你们要干什么？"

一个蒙面人虚晃一招，另一个蒙面人逮董彩莲的胳膊，董彩莲挣扎来挣扎去，最后一团手帕塞进董彩莲嘴里。俩人抬着董彩莲往远处跑去，路边出现二贝勒阴笑的身影。

一座大门院里，二贝勒笑眯眯地站着。他一只手把董彩莲嘴里的布团揿出来，另一只手把董彩莲眼上蒙布拽下来。董彩莲看了看周围，认出了二贝勒："是你！"

二贝勒嬉皮笑脸："是我，你不会没想到吧，看看，这是我给你新买的大宅院，你在里边爱干什么就干什么。"

董彩莲对二贝勒说："二贝勒，你应该让别人尊敬你，你应该维护曾王爷在京城的威望，不要给曾王爷脸上抹黑。"

二贝勒不在乎："哪有那么多应该啊，要说应该，你应该嫁给我，我哪点儿比不上穷不怕？（招呼下人）来！"

丁三、王四答话："听着呢，二贝勒！"

二贝勒下令："把她带到屋里去。"

丁三、王四架着董彩莲正往屋里揪，只见一个黑衣人翻了过来，一脚一个，将丁三、王四踢倒在地。黑衣人架着董彩莲往外跑。二贝勒追了上来，一个皮球打过来，二贝勒抱着球坐在地上。

傍晚，曾王府门外，穷不怕气冲冲地闯入大门，被两个看门门官拦住:"干什么,干什么去?"

穷不怕直言:"我要见曾王爷。"

门官甲、乙把穷不怕推了出来,甲说:"曾王爷不见客。"

穷不怕拿出腰牌:"这是曾王爷给我的腰牌,让我随时可来。"

门官乙说:"不行,今天不行,曾王爷吩咐过了,今天晚上不接客。"

穷不怕语气变硬:"我找二贝勒。"

门官甲告诉他:"二贝勒不在。"

穷不怕态度坚硬:"不在我也找。"

门官乙说:"不在你找谁?"

穷不怕有话:"我等二贝勒。"

门官甲说:"你远点儿去等。"

这时三格格从院里出来,问门官:"怎么回事?"

门官甲回话:"他闯王府,一会儿找曾王爷,一会儿找二贝勒。"

三格格发现穷不怕:"哟,原来是文哥。"

穷不怕迫不急待地问:"三格格,你看见彩莲了吗?"

三格格对左右门官说:"你们没眼啊,这是咱们府上的贵客。"她向穷不怕一笑,"你进来吧。"

穷不怕随三格格进了王府大门,又来到三格格寝宫,三格格给穷不怕让座儿:"文哥坐下。"

穷不怕仍然站着:"格格看见彩莲了吗?"

三格格给穷不怕倒上了一碗茶水,递给穷不怕:"你先坐下,有事慢慢说。"

穷不怕把茶碗放在桌上:"我坐不下,我来找彩莲的,格格看见彩莲了吗?"

三格格故做惊奇:"怎么,彩莲不见了?"

穷不怕直言:"彩莲失踪了,有人看见两个蒙面人将彩莲架走的时候,二贝勒就在旁边。"

三格格细问:"丢失多长时间了?"

穷不怕说:"丢了两个时辰了。"

"不对啊,刚才我还见到彩莲了。"

"什么时候?"

"不到一个时辰。"

"在什么地方?"

"在你们家门口。放心吧,她丢不了。"

穷不怕自语:"要不她回家了?我回去看看。"

"唉,她没事,你坐会儿吧。"看穷不怕欲走,三格格端过水杯拦住他,"喝碗茶再走。"

"不了不了。"穷不怕断然走了。

三格格赌气地将茶碗往桌上一蹾。

穷不怕回到家里,看董彩莲好端端地坐在椅子上,他吃惊地问道:"你怎么回来了?"

董彩莲没事儿似的:"我不应该回来?"

穷不怕解释:"不是这意思,我听说两个黑衣人把你拖走了。"

董彩莲接他话说:"又一个黑衣人把我救了。"

穷不怕坐下问:"黑衣人是谁?"

董彩莲摇头:"我真不知道,他身手非凡,把我带到前街,他就没影了。"

穷不怕猜到是谁了:"我知道是谁了。"

董彩莲追问:"是谁?"

"是她!"

"她是谁?"

"三格格。"

"开始我也觉得是她,后来看她这么大劲儿,我怀疑是个男人。我想谢谢恩人,都不知道是谁。"

"是三格格,刚才她话里有话,已经暗示了我。"

"你又见到三格格了?"

"我不是到曾王府找你去了吗?"

"一路货色。"

"谁是一路货色?"

"三格格和二贝勒是一路货色。"

"三格格救了你,怎么同二贝勒一路货色?"

"二贝勒给我找个独院，三格格也要给我找个独院。这倒好了，我们住房问题解决了。"

"目的不一样，二贝勒找独院是想霸占你。"

"三格格找独院，为了让皇上霸占我。"

"三格格目的何在呢？"

董彩莲指着穷不怕的头："你是猪脑子啊？三格格的目的是让我给她让位。"

穷不怕自责："我觉得我越来越保护不了你了。"

董彩莲提出："我们结婚吧，这是最好的保护方法。"

穷不怕点头："也只有这条道了。"

天桥街上，鼓乐响器齐鸣。马路两旁挤满了看热闹的，徐三、周八、春姐、古董王都在人群之中。一顶红喜轿远远移来，轿前七大怪正在奏乐。丑孙子开道锣在前，后边两排响器。第一排中间鼻嗡子用鼻子吹管，两旁醋溺膏、韩麻子一个吹弯脖号，一个吹唢呐。后一排田瘸子吹笙，常傻子敲鼓，热热闹闹往前开来。乐队后，轿子前，有伴嫂、伴姑在轿前带路。看热闹的人群里出现了二贝勒、丁三的身影。喜轿队伍继续往前行，人群里出现了三格格的苦脸。鼻嗡子用力用鼻子吹管。

旁边周八对古董王说："穷不怕的谱儿够大的。"

古董王十分惊喜："八大怪都出动了，这恐怕是咱们民间最高级的庆祝仪式了。"

周八也有感觉:"看样子轿子要转遍整个天桥。"

古董王有同感:"可能吧,这是天桥人民的心愿。"

伴嫂、伴姑喜气洋洋地走着。

旁边丁三对二贝勒说:"这花费可少不了。"

二贝勒能猜到底细:"不,这是大家出来捧场,我要来这么一场,他们就吃上我了。"

穷不怕住宅的大门口,棕漆的大门上一对醒目的大喜字,门框上一挂鞭炮在燃爆。凝神看来,门框上有一副显眼的大对联:上联"一盏灯四个字酒酒酒酒",下联"二更鼓双面锣当当当当",横批"恭请鸿赞"。穷不怕身穿喜服、戴喜花在门前迎亲,贫麻子、云花伴在他两旁相迎。喜轿伴着响器渐渐走近了,两旁围了不少看热闹的人,三格格痴情地望着穷不怕。轿子停下了,穷不怕向轿前三鞠躬,伴嫂扶着彩莲下轿。徐三、古董王也面带喜色夹在人群之中。人群中二贝勒赌气挤了出来,丁三紧紧跟在后边。

双扇喜门打开,院内张三禄正在上香,彩莲蒙着盖头随着伴嫂迈过门坎。人群里三格格冷泪顺着面颊流下。

二贝勒气咻咻回到曾王府,看哪儿都不顺眼,他把挂着的一张字画撕了下来,把瓶里的插花拔出扔了。

丁三向二贝勒献计:"奴才有个一箭双雕的办法。"

二贝勒像泄了气的皮球:"现在有办法,晚了。"

丁三很乐观:"不晚,正是时候。"

二贝勒着急地问:"快说,我听听。"

丁三说出妙计:"得把三格格请出来。"

二贝勒追问:"请我妹妹何用?"

丁三向二贝勒耳语。

二贝勒阴笑点头。

曾王府三格格寝宫,丫鬟水仙进来了,有事禀告:"三格格。"

三格格床上躺着,没有听见。

水仙又大了一点儿声音:"三格格!"

三格格连身都不翻:"说!"

水仙传话:"三格格,丁三求见。"

三格格气没消:"不见。"

水仙好心相劝:"他说给三格格解忧来了。"

三格格嘴硬:"我没有忧。"

水仙说出考虑很久的话:"他说他能把穷不怕给格格变来。"

三格格翻过身来:"什么……你再说一遍。"

水仙又重述了一遍:"他说他能把穷不怕给格格变来。"

三格格听错了:"骗来?"

水仙解释:"不是骗来,是变来。"

三格格半信半疑:"变来?说胡话吧,都入洞房了,变来?晚了!"

水仙挺正经地说:"丁三说,正是时候。"

三格格说了一句:"让他进来。"

水仙接令:"是!"

三格格从床上坐起来,又理了理头发,坐在桌旁。不一会儿,丁三进来给三格格请安,三格格振作了一下问:"有什么事,说吧!"

丁三用讨好地口气说:"奴才知道三格格有发愁事。"

三格格不想啰唆:"讲!"

丁三面露笑容:"奴才想到一个消愁的办法。"

三格格不想听废话:"说!"

丁三改说梦话了:"奴才认为,只有再一次把穷不怕请来,用欢乐冲掉晦气,三格格才能振奋起来。"

三格格不想听了:"你不是说梦话吧?穷不怕马上要入洞房了,怎么能请得动?"

丁三有办法:"这事三格格交给奴才办好了,奴才保证在穷不怕大喜的时刻,把穷不怕请到三格格寝宫里。"

三格格不信:"你?好,正合我意。"接着又自言自语:"我早想把他劫过来。"

丁三没有听明白:"三格格说什么?"

三格格不想再废话:"没什么,没什么,我早想让你们把他接来,路上要好生伺候,不可怠慢。"

丁三接令:"喳!"

再说穷不怕屋里,婚礼开始,响乐齐鸣。大喜字在中堂正中,张三禄坐在高堂座位上。八大怪、云花、贫根儿都在人群之中。司仪丑孙子嗓音提高八度在喊:"一拜天地,二拜高堂(俩人给张三禄叩头),夫妻交拜。"

穿着婚服的穷不怕和蒙着盖头的董彩莲,随着司仪的声拍完成任务。

司仪丑孙子喊:"夫妻共入洞房。"

张三禄对大家说:"好喽,他们入洞房,我们大家喝酒去。"

贫麻子对云花说:"这回你就不用陪着师娘了。"

云花抿嘴一笑。

洞房里烛光通明,穷不怕摘掉董彩莲头上的盖头,四目喜对。

穷不怕脸露笑容:"我们终于成亲了。"

董彩莲抿嘴一笑:"一辈子也不分开了。"

这时院内传来了狗叫,董彩莲多心了:"是谁还舍不得走?"

穷不怕没有多想:"想偷听我们说话。"

狗叫声越发声大,穷不怕说:"我看看去。"

穷不怕来到院里正往前走,忽然被绳子绊倒,接着上来几个人,把他捆了起来,穷不怕的两眼被一条黑带蒙住了,接着几个黑影把他拖走了。

曾府三格格卧室里,穷不怕坐在方凳上,身上的绳扣、眼睛上的黑带被丁三等人解开。穷不怕发现三格格笑眯眯地坐在对面:"三格格!"

三格格脉脉含情："是我！让你受惊啦！是我让他们把你请来的。"接着又不满意地指责丁三："我让你们把穷先生请来，谁让你们捆来的！"

丁三无奈地说："回禀三格格，您也知道穷不怕足智多谋，我们怕请不来，才使下策。"

三格格的气还没消："我让你们一路上好生伺候，你们却把人眼睛蒙上了，你们先下去吧，我要找你们算账的。"

"请三格格开恩！"丁三临出去前直说好话。

三格格亲自倒了一碗水给穷不怕："绍文兄请用茶！"

穷不怕将茶碗放在身边桌上。

三格格也坐下来，心里美滋滋地说："绍文兄身穿婚服，坐在小妹寝宫，怕不会忌恨小妹吧！"

穷不怕压制内心的不满："三格格为何这样做？"

三格格心里并不好受："你入了洞房，我成了空房醉鬼，怕不公平吧！"

穷不怕没想到事情的严重性："我不明白三格格的意思。"

三格格哼了一下："事情没出在你身上，你当然不明白，我问你一句话，你说我这人是好人是坏人？"

"三格格当然是好人。"

"别三格格、三格格的，叫小妹。"

"好，小妹妹是好人。"

"阿玛让咱们以兄妹相称，你就拿我当妹妹？"

"对啊，我拿你当亲妹妹。"

"谁让你拿我当亲妹妹的。"

"亲妹妹不好吗?""

"难道没有比亲妹妹还亲的?"

"三格格。"

"又来了。"

穷不怕更正:"小妹在我心中……"

三格格追问:"怎么样?"

穷不怕说了心里话:"的确是个大好人。"

三格格不爱听了:"我大吗?"

穷不怕不知怎么解释好了:"你人不大,心大,这个心大,就是好心大,行了吧?这么晚了,不知三格格找我何事?"

"你先消消气,不要让这些小人之举伤了我阿玛的面子。"

"不会的,王爷是王爷,丁三是丁三,三格格有何事,望明示!"

"你也知道,我和哥哥不是一母所生,他是福晋所生,我是侧福晋所生,子随母变,我和哥哥是截然相反的两个人。他的倒行逆施,我是看不惯的。"

"这我知道。"

"代表王府风范的是我阿玛。我阿玛宽厚仁慈,喜欢热闹,他特别想看到我们一家人的笑脸。平时我大额娘总爱耷拉着脸,只有这几次你来,我阿玛才看见大额娘开怀大笑,我阿玛想把你留在府内当艺差,你为何再三不从?"

"原来三格格还是为了这事。那天,当着王爷的面我已经把缘由说明了。我是掌门,我手下还有几十口人吃饭呢。"

"你是说,你一走,你的徒儿名声不大,怕招不来看官,怕挨饿。"

"这是一方面;还有一方面,我希望相声这玩意儿一代代传下来,现在我的徒弟还没学好,还没成才,草民实在不敢从命。"

"人人都说你穷先生料事如神,我看穷先生并不明智。"

"何以见得?"

"相声在地摊上,一辈子都是下九流,要想发红发紫必须登大雅之堂,必须有朝廷大臣提携,你看梨园的程长庚、谭鑫培,哪个不是在宫里、在王府出的名。"

"这倒是。"

"既然已悟,为什么不从?"

"相声是需要有人提携,但当前相声这玩意,离不开地摊,离开地摊就不能生存了。"

"是不是舍不得你的白沙撒字?"

"原来有人劝我进茶馆,我的确扔不下这白沙撒字。"

"这很简单,进我王府,要舞台有舞台,要地摊有地摊。"

"这我知道,只是……"

"只是什么?"

"只是王府里只能来我一人，众多的艺人怎么办？"

"你管得也太多了。"

"我总觉得相声是土生土长的玩意，进大雅之堂还没到时候，现在还是常来常往为好。"

"你这个人总那么固执。"

"王府听相声，一个月能听几次，王府不是皇宫，一个月能听三四回、四五回就够了，剩下的时间我干吗？"

"当艺差嘛。"

"王府里还有什么艺差，我是个布衣，剩下的时间恐怕要喂马、做饭了，这哪有在地摊上自在。"

"难道你只能当布衣，你就没想过做王府的乘龙快婿？"

"三格格，你正视一下现实吧，这是不可能的事，不要自寻苦恼了。"

"你记住，没有人提携相声，相声就红不了。没有大人物提携你，你也红不了。现在有几个真正提携你的，还不都是寻你开心，只有我真正提携你，让你改换改换门庭。"

"我知道三格格的好意。"

"百戏杂陈必须有后台支着。"

"我知道。"

"我阿玛就是你的后台。"

"我知道。"

"我是阿玛的后台。"

"我知道。"

"你知道，还不领我的情。"

"草民十分感谢三格格。"

"我阿玛留你，还不是看我的面子。"

"多谢三格格的厚恩。"

"多谢?！拿什么谢我，用嘴皮子谢我?"

"草民心里一定记住三格格的恩德。大恩一定大报。"

"怎么报?"

"草民现在真没有想好。"

"我想好了一个报答方法。"

"请三格格明示。"

"今天你别走啦!"

"啊?"

三格格会演戏："你陪我宿，这里没有人敢打搅我。"

穷不怕十分正经："曾王爷是朝廷上有脸面的人，请三格格自重!"

三格格笑了："我想试试你的胆量，你倒教训起我来啦!"

三格格从墙上摘下一把八角鼓："今天你走不了啦!给我弹一宿八角鼓。"

穷不怕接过八角鼓，心里起疑地说："这……曾王爷正在染病，我们唱八角鼓合适吗?"

三格格巧言奉告："你太不了解我阿玛了，阿玛就希望我们高兴，我们一高兴，他病好得就快。"

穷不怕相信格格的话："三格格想得真周到。"

三格格催了一下:"那就弹吧!"

穷不怕真心地问:"三格格想听什么?"

三格格想了一下说:"听慈禧太后讲,你'拆十字'唱得不错,你给我也来一段'拆十字'吧!"

穷不怕响起八角鼓声唱了起来:"正月十五日闹元宵……三月三蟠桃会……"

二贝勒卧室里,二贝勒正同丁三谋划事情。

丁三谄媚地催主:"二贝勒,三格格已经把穷不怕缠住了,快点动身吧!"

二贝勒穿着外衣:"你给我准备的馒头呢?"

丁三从窗台上拿过来一个布包:"二贝勒,事成以后怎么谢我?"

二贝勒张嘴就来:"我回来,咱俩就去华胜楼,好好请你吃一顿。"

丁三叮了一句:"说话算数?"

二贝勒口气很大:"华胜楼算什么,只要让穷不怕戴上绿帽子,你要什么我给你什么。"

丁三高兴极了:"好啦!有二贝勒这么一句话,我等着上华胜楼了!"

二贝勒从家里出来,在路上喜冲冲地走着。过了一会儿来到了穷不怕家门口,二贝勒停住了脚,他轻轻推开院门,借着月光,他向黄狗抛去一块鲜肉,狗嚼着肉,不一会儿昏倒过去了。二贝勒又轻轻叩着屋门。屋里床上的董彩莲忙问:"谁呀?"

第十五章　二贝勒藏进水缸里
怕淹死　只好装牲口推碾子

穷不怕院内，二贝勒又轻轻叩着屋门。

屋里床上董彩莲忙问："谁呀？"

二贝勒模仿穷不怕的声音："是我啊，娘子，听不出来了？"

董彩莲忙问："你怎么才回来？"

二贝勒压着嗓子说："我给别人送点东西。"

董彩莲听话音不对，故意问："送什么东西？"

二贝勒现编瞎话："送画锅用的白沙子！"

董彩莲一语道破："咱们白沙子不用完了吗？"

二贝勒现编瞎话："院子里还有点儿。"

董彩莲开点门缝，想看看是谁，刚看清是二贝勒，伸手要顶门，已经来不急了，二贝勒把门推开："连我的声音都听不出来了。"

董彩莲不慌不忙施礼："给二贝勒请个晚安。"

二贝勒得意，把门反闩上："不必，不必。"

董彩莲口软心慌："二贝勒，这是干吗？"

二贝勒嬉皮笑脸："贝勒爷要看看你。"他向董彩莲身旁逼近："你不会想不到吧！"

董彩莲躲了一下："穷先生一会儿就回来，二贝勒你坐，你坐。"

二贝勒一阵淫笑："他回不来了。"

董彩莲一惊："他怎么啦？"

二贝勒淫笑不止："三格格把他留下了。朱师母，我替穷先生入洞房来了。"

董彩莲十分惊慌："你要干什么？"

二贝勒又逼近几步："今天让你陪陪贝勒爷，你敢不从！"

董彩莲直往后躲："二贝勒，你要自重，曾王爷在京城是有名的德高望重的人，你要给曾王爷争脸面。"

二贝勒向董彩莲逼近："我这算什么，你看人家扎亲王的大格格，放荡不羁，女扮男装，胜过男光棍。"说着，二贝勒向董彩莲恶虎般扑来。

董彩莲双手顶住："穷先生要知道喽，他不会轻饶你的，你不怕他告诉曾王爷！"

二贝勒脸露淫色："你一会儿就会把穷不怕忘掉了。"

这时，忽然传来啪啪敲门声。

董彩莲来精神了："你看，我说什么来着，穷先生回来了吧！"

二贝勒不太相信："不会啊！我小妹已把穷不怕缠上啦。"

董彩莲放开喉咙问："你是谁啊！"

穷不怕的声音："彩莲，连我的声音也听不出来了？"

董彩莲来精神了："你是绍文吗？"

门外穷不怕回话："不是我，是谁啊？"

屋里的二贝勒十分惊慌："快把我藏起来。"

董彩莲找了半天地方，打开一箱子盖儿："快进去。"

二贝勒跳进去，里边有半下衣服，怎么盖都盖不上盖。

董彩莲说："要不，把衣服拿出来。"

"来不及了。"二贝勒只好又爬出来。

敲门声越来越紧迫，董彩莲打开水缸："要不你藏在缸里。"

二贝勒一见水缸里的水过了多半截有些犹豫。

急促的敲门声加大了很多。

董彩莲急催："快点啊！快，你忍着点吧！"

二贝勒跳进水缸里，把头露在水外边，董彩莲盖盖儿，脑袋碍事，董彩莲只好使劲往水里按脑袋，二贝勒边往外吐水，边说："你想把我淹死啊！"

董彩莲盖了盖盖儿："你这脑袋碍事。"

敲门声不断，还夹有穷不怕的叫门声："娘子，还没听出来，是我，开门来，这么晚了，不会有别人来的。"

二贝勒从水缸里跳出来，一下跪倒了："朱师母，快想想办法救我。"

董彩莲想了一会儿说："这样吧，我们磨房里有个碾子，你装作牲口推碾的，快快快。"

二贝勒轻松多了："让我推碾子，好好好。"

董彩莲装作无奈："只有这个方法了。"

磨房里，董彩莲带着二贝勒进来了，董彩莲让二贝勒套上皮带套，装作牲口拉碾子，不时地发出咯咯的声音，为了让穷不怕听到。

董彩莲出来开门，穷不怕故作埋怨："怎么这么长时间才开门？"

董彩莲往磨房一指："我雇了头驴，正碾老玉米呢。"

穷不怕故意问了一句："牲口找到了？"

董彩莲故作结巴："啊……啊！"

穷不怕即兴阔论："这可是喜上加喜，咱们入洞房，牲口入磨房，有喜有乐，让牲口多给咱们碾点老玉米。"

俩人掩口而笑。

磨房里，二贝勒用力推着碾子，心里这个气啊！

外屋，穷不怕故作正经地夸彩莲："你可真有本事，现在大忙季节，牲口多不好雇啊！"

董彩莲也故作正经："再不碾点玉米，过两天咱们就没吃的了。"

穷不怕吩咐说:"索性把那袋玉米都碾完了吧。"

董彩莲也故作正经:"那还用你说,逮住这个机会,还不好好使使这个牲口。"

穷不怕劝彩莲:"你歇歇去,我看着牲口吧。"

董彩莲心里不忍:"不不不,你忙了一天太累了,牲口的事儿交给我吧。"

穷不怕心疼彩莲:"交给我吧。"

董彩莲体谅丈夫:"交给我吧,要不你先睡。"

穷不怕装作不好意思:"入洞房,哪能我一个人先睡啊。我等你啊!"

磨房里的二贝勒吓得浑身发抖。

外屋的穷不怕望着彩莲:"你真漂亮!"

董彩莲话也现成:"你刚发现。"

穷不怕带响地亲着自己的胳膊。

董彩莲捂着嘴笑。

磨房里的二贝勒停住脚,竖耳偷听。

外屋床上,董彩莲亲了穷不怕一口,俩人接吻,激情相抱,董彩莲问:"刚才你到哪儿去了?"

穷不怕放大声音说:"我想起一个朋友。"

董彩莲追问:"什么朋友?"

穷不怕脸朝窗户说:"曾王爷,他为了那只鸽子,已染病多日,我看看他好没好。"

董彩莲真心地问:"王爷他好了没有?"

穷不怕指着磨房:"见好,还没好利索,我看看牲口去。"

董彩莲假装拦住:"你干吗啊?"

穷不怕比画着:"你听,牲口站住了。你雇的牲口不行。"

磨房里的二贝勒用袖子擦擦额上冷汗,加快了步伐。

外屋董彩莲在说:"你听,没站住,你在床上歇着吧。明天还要早起,不然客人们就会敲门了。"

穷不怕装作担心:"这牲口你玩得转吗?"

董彩莲成心高声说:"你小瞧我了,什么牲口到我手里不顺顺当当的。"

穷不怕边躺下边说:"你给他套上懒铃,给他饮点水。"

董彩莲用葫芦瓢舀了一瓢凉水说:"是得给牲口饮点水。"

董彩莲来到里屋磨房旁,拍了一下碾子:"吁吁!"

二贝勒站住,接过凉水,如饥似渴地喝起来。

董彩莲又给二贝勒脖子套上一个懒铃:"我让你偷懒!"

二贝勒一推碾子,铃铛铃铃地响起来。

外屋,躺在床上的穷不怕,听到传来了铃铛响声捂嘴偷乐。穷不怕、董彩莲唱起了恩恩爱爱的情歌。磨房里的二贝勒懊丧地听着情歌。

次日拂晓,远处传来公鸡打鸣声。炕上的穷不怕发出震耳的鼾声。董彩莲推开里屋磨房的门,悄悄地对二贝勒说:"快快,他睡着了,你快走吧!"

二贝勒摘掉懒铃,如释重负,顺着董彩莲推开的门缝,悄悄地溜了出来。

这时,院里被蒙汗药晕过去的黄狗已醒过来,冲着生人汪汪汪地叫起来。二贝勒连滚带爬地逃走了。

屋里穷不怕夫妇俩开心地大笑起来。笑后,穷不怕心情有些沉重:"二贝勒不会善罢干休的。"

董彩莲心情也加重了:"那怎么办?要不我们找曾王爷,把事情挑明。"

穷不怕摇摇头:"曾王爷已经管不了他了。"

董彩莲不明白:"为什么?曾王爷不清政廉洁吗?"

穷不怕细说:"那是说他办案,碰到家里事就不那么好处理了。"

董彩莲担心:"你是说,他可能护着二贝勒?"

穷不怕又摇摇头:"不会,曾王爷不会,只是曾王爷身不由己,福晋、侧福晋整天在王爷面前争风吃醋,围得王爷团团转。二贝勒是福晋的心肝,三格格是侧福晋的心肝,一天到晚把王爷弄得头昏脑涨,曾王爷处理起家务来很难。再说,曾王爷的身体又不好,管不好二贝勒,他倒有可能被气出病来。"

董彩莲有些泄气:"那怎么办?官了,私了,都了不了。"

穷不怕没有现成的想法:"我们只能再想个另外办法。"

董彩莲又想起一招:"要不然,找太后,找皇上。"

穷不怕得到启发:"对,找皇上。"

董彩莲有疑虑:"皇上能管此事吗?"

穷不怕笑了:"这叫一块骨头哄两只狗,论公论私,皇上正管。"

董彩莲说:"我不明白。"

穷不怕话多了:"你同小海棠春外貌相似,这是先决条件。当皇上知道二贝勒调戏小海棠春以后,皇上绝不会善罢甘休。"

董彩莲笑了:"我懂了。"

再说曾王爷府,二贝勒跟跟跄跄摸回自己的房间。丁三喜滋滋地迎过来:"二贝勒,您累坏了吧。"

二贝勒一愣,又顺势点了点头。

丁三关心地问:"您见到董彩莲了吗?"

二贝勒懊丧地说:"能见不到吗?"

丁三好心奉承:"您得悠着身子,一去就一宿。"

二贝勒心里恼火:"我想早点回来,人家让我回来吗?"

丁三以为美事成真,讨好地说:"成,二贝勒这回可走运了。"

二贝勒鼻子差点儿气歪了:"走运,走晕啦。"

丁三满脑子美梦,兴味未减:"二贝勒,咱们上华胜楼吧。"

二贝勒唾了一口:"呸!华胜楼,你自己去吧。"

再说周八茶馆，周八和古董王正在饮茶。古董王有话："你的茶馆还是这么冷冷清清，你不如改个书茶馆吧。"

周八有顾虑："改书茶馆就能兴旺起来？"

古董王态度坚定："那是，上午卖茶，下午、晚上就可以用评书招揽茶客，现在有很多叫座儿的评书，像道光年间的《绣像施公案》，就可以找人说说。"

周八还是顾虑重重："不过，开书茶馆也得有人提携。"

古董王有话："我不答应你，给你认个干爹吗。"

周八借机求人："这事儿我就拜托白兄了。"

古董王有把握："没错，你就等机会吧。"

周八有些不好意思了："上次三支金簪有救命之恩，我还没有酬谢，今日又来麻烦白兄。"

古董王玩笑地说："也许，我这辈子欠你的。"

周八想摸摸底儿："白兄在发什么财？"

古董王直言："我离不开古董。"

周八表忠心："近日白兄可曾进宫？西太后需要什么稀罕物，你就说话，抛头颅洒热血我也要去给找。"

古董王也有烦恼："想起穷不怕，我就不想进宫了。"

周八不明白："你怕在宫里碰见穷不怕？"

古董王也不明白："你说西太后怎么那么看重穷不怕？"

周八谈看法："西太后打年轻时候就爱看玩意儿，什么京戏啊、百戏杂陈啊，她全爱看。"

古董王还是想不通："爱看戏是爱看戏，可是她对穷不怕这人太偏心……"

周八进一步劝解："男人都爱吃醋，这有什么，这是太后的一个癖好，别忘了太后也是个女人，又是个寡妇，喜欢伶人，就像……"看古董王不悦，周八忙改口："喜欢她的小狗一样。白爷你甭往心里去，想多了心里会憋出病来。"

古董王直大喘气："不出这口气，我岂是六尺男儿。"

周八劝人耐心十足："你没有失宠啊，何必这么唉声叹气的。"

古董王叹了口气："要没有穷不怕，太后对我不就更好了。"

周八终于点头了："我明白了，穷不怕挡你路，我能帮你出这口气。"

古董王还犹豫："真能出这口气?"

周八有把握："能，现在正有一机会。"

古董王急着追问："什么机会?"

周八很得意："保证让西太后恨起穷不怕来。"

古董王很想知道："快讲。"

周八还有点儿拿糖："成功之后别忘了我的事。"

古董王脸露干笑："我一定给你找个王爷做干爹。"

周八叮问了一句："一言为定?"

古董王保证："君子一言九鼎。"

周八吐露隐言:"好!你知道不,穷不怕一家有欺君之罪。"

古董王兴趣猛增:"欺君之罪?什么欺君之罪?快讲。"

周八话多了起来:"穷不怕的女人,本是宫中备送秀女,同治十一年选秀女之时,她庄园隐报,现在她又私嫁穷不怕。照大清律例,私嫁之女与其夫必须分开,而且俩人要双双治罪。这不是大快人心之事吗?"

古董王有些犹豫:"这事已过去好几年了。"

周八心里有底:"过了几年也是犯律,现在扎王爷正在清查此事。自康熙以来,处罚过多少个逾期之案。董彩莲这事只要报到扎王爷或刑部那里,穷不怕夫妇立刻吃罪服刑。"

古董王有些怜悯心:"这不好吧,有道是宁拆十座庙不破一家婚。"

周八没想到:"你还心疼他们。"

古董王是有些犹豫:"我这个人是讲凭能耐胜过他人,我就不相信,你的茶馆有我古董王相助,超不过穷不怕去。"

周八尴尬一笑:"也对,茶馆里的玩意儿怎么也比地摊上的高上一筹吧。"

古董王笑了:"这就对了。"

周八举起茶杯:"来,以茶代酒,干!"

古董王也举起茶杯:"干!"

两杯相碰。

穷不怕相声场地，场内立着一张桌子，桌子上放着醒木、扇子、手巾、竹板。徐三兴致勃勃地向圈外来人点头示意。圈外围满了人，云花姑娘也在人群之中。

徐三向众位一作揖："白沙撒字作生涯，欲索钱财谑语赊，弟子更呼徐向北，场外名色亦堪夸。今日我借穷先生宝地一块，给众位表演一段穷先生的单口相声。学生本是梨园后生，我是生旦净末丑，神仙老虎狗，前台的文武场，后台的大衣箱、二衣箱、梳头桌大提包我全行……"

人群中众人议论纷纷：

群众甲："（唐山口音）他从哪儿来的？"

群众乙："（天津口音）不（布）知道。"

群众甲："他是谁的徒弟？"

群众乙："哎呀，我哪知道哇！"

群众甲："你问问他中不中？"

群众乙："你别打岔（镲），你听，这人的声音那么耳熟。"

群众甲："我也好像在哪儿听过。"

周八对群众甲说："老鼠做供桌，它想充神仙，你让他报报家门，没家门谁听他瞎白话。"

群众乙抢着对徐三说："你报报家门，你师傅是谁？没家门谁听你白话。"

场里，徐三在台上还继续说："我唱一出《二进宫》吧，不热闹;我来一出《空城计》吧,角色太多;干脆,我来一折《黄鹤楼》吧!"

人群中,周八在拱火:"没有家门谁听你白话。"

群众甲:"这人在别处好像说过相声,我怎么想不起来在哪儿听过。"

群众乙:"这人的声音太熟了,好像是个要饭的。"

群众甲:"没有家门应该抄他家伙。"

群众乙:"到底跟谁学的?"

众人纷纭:"报家门,报家门,你跟谁学的相声?"

云花早就忍不住了:"他跟我师傅穷不怕学的,你们想听就留下,不想听的请走人。"

群众甲:"阿弥陀佛!"

群众乙:"无量佛!"

群众甲:"善哉,善哉。这位姑娘,多有得罪,我们不是冲着穷先生,更不是冲着姑娘您,团门原是团春,说相声首先要报师门,这是江湖的规矩,无师不成艺。阿弥陀佛!"

云花有话说:"他在穷不怕场子,当然学穷不怕的玩意儿了。"

群众乙:"那也应该先报师门呀!"

场里,徐三接过话茬儿:"好,我自报家门,我是穷先生场外捋叶子的。"

人群中乱了起来,云花对徐三说:"你还不及不报呢。"

群众甲不懂:"挦叶子,挦什么叶子?"

群众乙:"是挦桑叶,还是挦榆树叶?"

周八解释:"挦叶子就是听不起相声,在旁边偷着学人家的相声。"

群众甲:"噢,听蹭啊!"

群众乙:"偷艺者为小偷也。"

众人笑。

云花对徐三说:"你要拜我为师,就没这么多事了。"

徐三不太介意:"你就别跟着起哄了。"

周八想逗能:"你们真不知道他是谁?"

众人:"不知道,不知道。"

群众甲:"真不知道。"

周八兴趣蛮高:"你们仔细看看。"

群众乙:"看不出来。"

周八亮底:"他不就是坡上要饭的那个老头吗?"

群众甲:"我说他的声音怎么那么耳熟。"

群众乙:"我说那个声音好像是要饭的吧!"

群众甲:"他胡子怎么没了?"

群众丙:"八成叫哪个姑娘给啃了吧。"

众人笑。

群众甲:"没有家门得教训教训他。"

"你们欺人太甚了!"云花说了一句,拂袖而去。

场里,徐三并不惊慌:"我站在这里,不是骗饭吃的,我在戏班里,人称活杨香武,我先给大家翻几个跟头。"说着翻

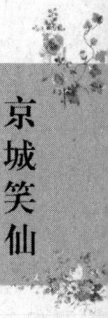

京城笑仙

起跟头来。众人鼓掌,说到做到,掌声不息。

群众丙赞扬:"说相声的翻起跟头来了。"

穷不怕、贫麻子出现在人群中。

徐三在场里接着说:"我们说相声的很多都是从戏班过来的,穷先生也是有名的活贾桂。穷先生说过,相声可以包罗万象,今天我要学说《黄鹤楼》这段子,以京戏为柳活儿。我先去诸葛亮。这桌子前头是前台,桌子后头是后台,这是上场门儿,这儿是下场门儿,我打诸葛亮送刘备过江这儿唱。(叫板)嗯噔(学打家伙)!台,台,台,台,大大台(过门)……"

周八踩点出场,他妄自尊大地从场前走过,他在桌前稍停了一下,把桌上的手巾拿起来,盖在醒木上,把徐三手中的扇子夺过来横放在手巾上,又大摇大摆地走过去了。

徐三表演停了下来。

人群中有人问:"这是什么意思?"

群众丙:"嫌徐三没有相声老师,将他一军。"

群众甲:"艺人得有艺人的规矩。"

群众乙:"我们不听野相声。"

群众甲:"没有老师,先回去拜师去吧。"

群众乙:"说啊,你的老师是谁?"

群众甲:"野鸡没名,草鞋没号。"

众人乐。

群众乙:"八爷,没有老师,携家伙。"

场里,周八欲把桌子上的手巾、扇子、醒木都抄走。

人群中，群众丙问徐三："说啊，你是谁的门下？"

穷不怕刚要说话，只听人群中张三禄喊道："我的门下。"

张三禄笑么嘻儿地走向桌前。

贫麻子、穷不怕同时喊出："师爷来了！""师傅！"

场里，张三禄豁达老练，走上来，拿起桌子上的折扇，啪的一下打成半圆，他一边扇扇子，一边向周八微笑说道："扇子一把扎枪刺棒，周庄王指点于侠，三臣五亮共一家，万朵桃花一树生下，何必左携右搭。孔夫子周游列国，子路沿门教化。"说着，张三禄把手巾搬家，露出醒木，"柳敬亭舌战群贼，苏季子说和天下，周姬陀传流后世，古今学演教化。"扇子一合，醒木一拍。

周八等人早看呆了："张三禄！"

人群中，群众甲偷偷地说："暗春泰斗！"

场里，周八上前拱手抱拳："周八有眼不识泰山。"

张三禄没给周八下台阶，他又按原样，用手巾将醒木盖上，把扇子横压在手巾上。

周八只好左手拿起扇子说："一块醒木为业，扇子一把生涯，江河湖海便为家，万丈波涛不怕。"右手拿起醒木说："醒木能人制造，未嵌野草闲花，文官武将亦凭色，入在三臣门下。"

周八再次向张三禄拱手："在下有眼不识真人，我赔今日包银。"

张三禄嘲笑地问："同行不必客气，请问你是谁的门下？"

周八结结巴巴："我……我……想拜穷不怕为师。"

贫麻子揭底:"原来他没有师门。"

笑声四起,众人的讥笑声臊走了周八。周八狼狈而逃,云花沾沾自喜。

穷不怕过来给张三禄行礼:"学生见过老师!"

徐三给张三禄叩头:"徐三给老前辈叩头,多谢老前辈救场。"

云花好逗:"你还没谢我呢!"

徐三不解:"谢你?"

云花表功:"是我请来的师爷。"

徐三跪着还没起来:"多谢姑娘!"

云花说便宜话:"给我作个揖就行了,何必磕头。"

众人笑后,渐渐散去。

张三禄对穷不怕说:"这样的好苗子为什么不收入门下?"又对徐三说:"也不能怪他,我现在年高不能撂地,全靠'不怕'他们养活我,收徒怕影响我的口粮。我宁可吃糠咽菜,也要把相声传下去。"

穷不怕向师傅表示:"谢谢师傅指点。"

徐三再次给张三禄跪下:"给师爷叩头。"

再表曾王府二贝勒卧室。二贝勒从床上捂着右腰坐起,唤丁三:"丁三,这膏药怎么不管事啊?"

丁三坚信膏药:"管事啊,这是京城有名的回回膏。"

二贝勒指着右腰:"管事我这儿怎么还疼?"

丁三细问:"您原来哪边疼?"

二贝勒一指:"左边啊!"

丁三追问:"您左边还疼吗?"

二贝勒如实回话:"不疼了。"

丁三得理了:"还是的,这不就见好了嘛。"

二贝勒也有歪理:"可我右边原来不疼啊!"

丁三脑子很活:"没关系,把左边膏药揭下来,贴在右边不就行了。"丁三边说边做。

二贝勒又问:"赶明右边不疼了,上边疼呢?"

丁三话跟得很快:"再把膏药揭下来贴上边。"

二贝勒总结了一下:"合着串着疼啊!"

丁三言不及义:"回回膏就是来回串着疼。"

二贝勒语气不顺:"还不及就一个地儿疼呢!这个该死的穷不怕,我早晚要跟他算这笔账。"

丁三拱火:"君子报仇十年不迟。二贝勒还怕他一个说相声的!"

二贝勒埋怨起王爷:"都是我阿玛宠着他,这个老不死的。"

丁三警告地:"王爷病可好啦,小心让王爷听着。"

二贝勒气不顺:"他就知道管我,不管我小妹。"

丁三不让他乱想:"你别管你妹妹啦,管好您自己就行了。"

二贝勒发誓:"我得不到董彩莲那个小娘们,我不甘心!"

丁三突然想起:"哎!今天城隍庙有花乡的走会。"

二贝勒不感兴趣:"我不爱看走会。"

丁三引诱小王爷:"花乡的小妞美。"

二贝勒有怨言:"上次白去了一趟,就没看到。"

丁三有信心:"这次就不会白去。穷不怕的老婆不就是花乡的妞吗?您干吗非一棵树吊死,非得惦着有夫之妇呢?"

二贝勒觉得眼前亮了很多:"对啊,咱们现在就瞧瞧去,多带几个人。"

丁三有意地取笑:"您右边不疼了?"

二贝勒也会回话:"可能串到别人身上去啦!"

俩人大笑,顺着土路南下,没走多远,二贝勒直捂着腰:"怎么又疼了?"

丁三也会说话:"一会看看花会,二贝勒的腰就会好了。"

土路两旁挤满了围观群众,没过多久,丰台十八村的小车会带着旱船向庙前走来。八辆"小车"走在前边,每个彩棚里坐着一位浓施粉黛的"秀女",每辆车前有一男童拉纤,后边有一老翁推车,边扭边唱小曲。小车会的后边就是锣鼓喧天的跑旱船,前边两个男孩打着锣鼓,在反复"咚隆咚"——"咚咚,擦,擦,擦,擦"的节奏锣鼓点中,船上的秀女边扭边唱着《绣门帘》。

人群里,二贝勒看得两眼发直,他带着丁三、王四和一伙家丁挤在马路的最前头。二贝勒盯着车上一个个秀女,感叹地说:"一个比一个漂亮。人家怎么长得?"

丁三献媚地说:"真是的,花乡不仅花美,妞更美。"

二贝勒对下人说:"帮二贝勒挑一个,陪二贝勒玩耍耍,小爷新买的宅院还空着哩。"

丁三两眼寻来寻去:"我看后边那个就不错。"

二贝勒认真看来:"你真有眼力,这个妞太美了,走,咱们截她去。"

庙前有卖牡丹花的,卖芍药花的,卖熏香草的,卖条柳什物,卖农具的,热闹非凡。二贝勒带着众家奴过来:"这么好看的花哪儿出的?"

花农刘通说:"这是丰台十八村的鲜花,举世无双。"

二贝勒拿起一支,用力气地闻了闻,很快陶醉在芳香之中:"好香的牡丹花啊!"

花农刘通好心指正:"客爷,这不是牡丹,这是芍药。今世的芍药已胜过牡丹十倍。"

二贝勒自圆其说:"牡丹是花中之王。"

花农刘通笑着摇摇头:"花王的位置早让给了芍药了。史书上记载,'扬州芍药逊丰台。丰台的芍药甲天下'。"

二贝勒不服:"你真是老头卖瓜自卖自夸。"

花农刘通坚持己见:"不怕不识货,就怕货比货。"

二贝勒也认真起来:"我上哪儿比去!你说,最好看的花是什么?"

刘通耐心不减:"我们花乡的黄菊、红芍早成为皇宫的御花,这些都是最好看的花。"

这时,丁三凑到二贝勒旁边耳语:"花会过来了。"

二贝勒把手中的芍花一扔:"走!"

花农刘通冲着二贝勒的身影摇摇头:"还是不识货!"

路心上热闹非凡,一溜儿"秀女"坐着一溜儿小车从土路上开过来。丁三、王四带着一群家丁分着人群向小车会挤过来。八辆小车会过去了，丁三带着众人切断了队伍，截住了旱船。二贝勒用扇子挑逗旱船上的"秀女"："想不到花乡的妞这么俊。"

"秀女"的扮演者金利早停下了舞蹈，他不慌不忙一扬手，将二贝勒的扇子打翻。

二贝勒不生气，想用手摸一个秀女的下巴，不料秀女一反掌，二贝勒的手打了自己下巴一下。

二贝勒倒吸一口凉气："这个妞，劲头儿还不小，好了，你下来，小爷陪你一块扭扭。"

"秀女"女腔十足："大爷，我不配。"

二贝勒忙赞颂："你配，你配，小爷就喜欢你这脾气。"

"秀女"仍学女腔："我长得不合你要求。"

二贝勒心速加快："合要求，你太美了。"

"秀女"仍学女腔："小爷，你赶快放我过去，不然你会后悔的。"

二贝勒激动地摇摇头："我永不后悔，来，接小妞回宅府。"

丁三指挥几个人驾着秀女往回走，花会里杀出几位花农，有化妆的，有素妆的，拿着刀枪同丁三手下人厮杀起来。"秀女"当着二贝勒把女妆一卸，露出男人的长辫。

二贝勒一愣："原来你是男的，你敢戏耍小爷！"

二贝勒轮刀就劈，"秀女"从旱船中跳出，上步闪身。二贝勒使用白鹤展翅，刀往里推。"秀女"转身扫二贝勒的双腿，二贝勒拧身一纵，"秀女"双拳走空，俩人蹿蹦跳跃，闪展腾挪,打在一处。

王四又领来一群人马,向小车队杀来。

花农刘通向"秀女"喊去:"金利,撤,他们又来人了。"

"秀女"虚晃一招,跳了出来,只听二贝勒气急败坏地说:"砸,把他们的小车、旱船都给我砸喽!"

上来一群家丁,把一只旱船砸得七零八落。

二贝勒高叫:"丁三!"

丁三摸刀:"手下在。"

二贝勒下令:"传我的命令,三天之内,把丰台十八村给我平喽!"

"是!"丁三接令而退。

穷不怕家门口,花农刘通带着金利来到穷不怕门前,刘通念着门上的对联:"无时不怕穷经皓首,力精食志朱紫著身。横批,舌治心耕。"

刘通对金利说:"这就是穷不怕的家,看,上联里含有穷不怕,下联里说明他姓朱,横批'舌'字说明他是以说相声为生的。"

刘通叩着门环,啪、啪、啪敲门。狗叫,穷不怕迎了出来。

穷不怕认出:"刘大哥来了。"

刘通让金利:"叫姑夫。"

金利施礼:"姑夫好。"

穷不怕礼让,刘通带着金利进了院里,穷不怕随在客后。屋门口,董彩莲忙挑起门帘:"刘大哥!"穷不怕伸手让客:"请!"

穷不怕屋里，穷不怕指着上座说："刘兄请坐。"

刘通等人入座儿："你们喜事办得不错吧?"

董彩莲有话："刘大哥前天怎么没来?"

刘通心里不忍："妹子，都是这花会把我拖累了。"

董彩莲担心："怎么，出事啦?"

刘通话长："前两天就不顺，今天刚刚出会，旱船就让人给砸了，三天之内，还要平掉丰台十八村。"

董彩莲上心地问："谁那么大胆?"

刘通的话很多："后来一打听，是曾王府的二贝勒，他不懂'秀女'是男扮女装，他想调戏旱船上的'秀女'。"刘通拍了拍金利的肩膀，"大小伙子能不打起来吗？你是咱们花乡的人，不能见死不救啊！"

董彩莲气不打一处来："又是二贝勒?"

刘通想问个究竟："他经常这样?"

董彩莲提醒："上次你在路边救我，你忘了?"

刘通想起来了："就是他呀，真是狗改不了吃屎。"

董彩莲一乐："这不算什么事。"

刘通直大喘气："还不算什么?"

董彩莲解释："我是说，有你妹夫呢，这就不算个事。"

刘通放心地点点头："这倒是，大兄弟演相声哪儿都能去，听说还能见到慈禧太后。"

董彩莲对慈禧不感兴趣："见到慈禧太后管什么，还不是拿艺人当猴耍。"

刘通不明白："你的话我怎么听不懂啊，一会儿'有你妹夫呢'，一会儿'当猴耍'。"

董彩莲解释："我是说，你妹夫帮忙，靠得是智慧，而不是靠关系。"

刘通又点点头："我懂了，这回我懂了。"他对穷不怕说："彩莲夸上你了。"

穷不怕笑么丝地说："我们说相声是撂地的，不管别人看得起，看不起，我们自己先得看得起自己。"

刘通想起一事，关心地问："你说这么长时间的相声了，原来的京戏功夫不都白扔了吗？"

穷不怕的话又多了起来："扔不了。原来京戏讲'说、唱、念、做、歌、舞、乐、优'八个字，现在相声讲'说、学、逗、唱、吹、拉、弹、打'八个字。唱京戏的不要求他会相声，说相声的一定要会唱京戏，我们叫柳活儿，要柳出包袱来。"

刘通心里有些着急，不时地向董彩莲使使眼色。

董彩莲提醒穷不怕："你一说起相声来，就没完没了，不管人家爱听不爱听。"刘通忙说："爱听，爱听，咱们这些庶民百姓，哪个不爱听相声。"

穷不怕想说的话太多了："我再说两句，老万人迷，老云里飞，他们都是京戏科班出身。老万人迷在天桥唱《二进宫》时，老生、青衣、花脸的唱功让他一人包了。老云里飞去《三岔口》中的刘利华、去《连环套》中的朱光祖时，那武艺和诙谐语言正是相声里的好包袱。"

董彩莲沉不住气了："我说，你少研究点相声，人家刘大哥等着你拿主意呢！"

穷不怕心里有底："不就是要平丰台十八村的事吗？"

董彩莲吓了一跳："这事还小吗？"

穷不怕心里异常平静："这事也不算大。"

董彩莲的心都要跳出嗓子眼了："还不算大？"

穷不怕解释了一下："我是说这事解决起来难度不算大。"

董彩莲直出主意："曾王爷挺看中你的，你跟曾王爷说说情不行吗？"

穷不怕摇摇头："曾王爷让我到他府上当艺差，我给回了，怕只怕曾王爷不给这面子。"

董彩莲更为难了："那怎么办？"

穷不怕也叹了口气："难哪！再说，曾王爷虽然为人清廉，但他不一定管得了自己的孩子。"

刘通急问："有没有别的办法？"

穷不怕说出心里想法："只有把慈禧太后搬出来压一压他。"

董彩莲觉得希望不大："慈禧太后会听你的摆布？"

刘通也很想出力："我每年都给慈禧太后送石榴花，可今年还不到月份。"

穷不怕说出自己的想法："你不到月份，我到月份了。每月朔望两日我要进宫给他们说相声，教他们唱曲儿。把慈禧太后哄高兴了，事情就好办了。"

刘通拉过金利："赶快给姑夫磕头，不然十八村的人都饶不了你。"

金利咕咚一下给穷不怕跪下了："谢谢姑夫！"

第十六章　穷不怕进宫教慈禧唱太平歌词　李莲英唱戏老跑调

乾清宫里热闹非凡，穷不怕、贫麻子在教慈禧、李莲英等唱太平歌词，同治爷在一旁坐观。

穷不怕手敲竹板同众人一起唱太平歌词《不求人》："天下雨，地下滑，自己个儿栽倒自己个儿爬，要得亲朋拉一把，还得酒换酒来茶换茶。"

穷不怕壮了壮胆："好，太后，我们一起唱前两句。"

慈禧点了头。

穷不怕喊："起！"

穷不怕和贫麻子带着慈禧唱起："天下雨，地下滑，自己个儿栽倒自己个儿爬。"

穷不怕夸奖："太后学得太快了。"

李莲英也顺势拍马："太后会的戏太多了，背这几句话算什么？你们把我教会了，算你们的本事。"

穷不怕有自己想法："好，咱们试试，李公公和我们一起唱这两句。"

李莲英痛快答应："好，我们一起唱。"

穷不怕喊："起！"

穷不怕和贫麻子模仿李莲英的音调，带着李莲英刚唱完"天下雨，地下滑"一句，俩人声音突然终止，剩下李莲英阴阳怪气地走调唱"自己个儿栽倒自己个儿爬"，乐得全屋人前仰后合。

慈禧也被逗乐了："罢，罢，阴阳怪气地老跑调，以后太监不要学莲花落了。"

李莲英遵旨："喳！"

慈禧有所考虑："莲花落这个名字不好，朱绍文！"

穷不怕听旨："草民在。"

慈禧也胡解释："莲花都落了，这跟我们大清国的太平盛世很不相称。"

穷不怕应和着："草民有罪。"

慈禧有想法："以后别叫莲花落了，就叫太平歌词吧。"

穷不怕、贫麻子跪下过礼："谢太后赏赐！"

这时，同治爷站起："还是让我说段相声吧。"

穷不怕听着新鲜："万岁爷想说相声？"

同治爷话很直接："我想跟你一起说段相声。"

穷不怕做事儿比较慎重："草民不敢，草民不敢，草民有徒儿陪着您说。"

同治爷不依："不行不行，咱俩说双口。"

穷不怕直想推辞："草民实在不敢。"

李莲英插了话："万岁爷平时就爱串戏。"

慈禧也说好话："他爱演个武生，什么石秀、赵云的。"

穷不怕把顾虑摆在前边："我没跟同治爷对过词儿。"

同治爷谈笑自若："朕串戏从来不对词儿，化完妆就上场发挥。"

李莲英喜欢捧场："对啊，万岁爷喜欢现场发挥。"

同治爷态度坚定："就这么定了，今天咱俩来一段。"

穷不怕只好从命："草民从命。"

同治爷又问："咱们化妆吗？"

穷不怕回话："相声又不是京戏，不用化妆了。"

同治爷站在穷不怕右边，穷不怕直换位置："皇上站在这边。"

同治爷任性地说："我就站在这边，你给我捧。"

穷不怕只好听命："草民遵命，皇上说哪段？"

同治爷想了一下："说一段打架的吧！"

穷不怕很有耐性："相声里有劝架，没有打架。"

同治爷好说话："那就来一段劝架吧！"

穷不怕接令："那好，我先介绍一下段子的内容，一对夫妻爱打架，旁边的街坊来劝架。"

同治爷不明白就问："什么是街坊？"

穷不怕话来得很快："街坊就是邻居。"

同治爷认真地又问："什么是邻居？"

穷不怕又解释："一个院的就是邻居。"

同治爷点了一下头："圣母皇太后就是邻居？"

穷不怕觉得不好解释："不不不，万岁爷跟圣母皇太后还是一家子。"

同治爷又问："我母后、皇太后是邻居？"

穷不怕觉得越解释越乱："皇上跟母后、皇太后也不是邻居，紫禁城里主子都是一家，我是说平民的院宅，一个院有的住了好几家。"

同治爷点了点头："朕懂了。"

穷不怕接着谈主题："两口子吵架，邻居劝架有个规矩。"

同治爷爱听："什么规矩？"

穷不怕细说："男的应该劝男的，女的应该劝女的。"

同治爷又问："如果两口子没打架，怎么劝啊？"

穷不怕好解释："两口子没打架，就不用劝了。"

同治爷想露一手："不，两口子没打架，朕就会劝。"

穷不怕不明白："没打架也能劝？"

同治爷很得意："朕就会劝。"

穷不怕想欣赏一下："皇上劝一个。"

同治爷暗指西太后："你们两口子相处多日，和和睦睦的太不成体统。"

穷不怕看同治爷要表演，他主动地捧话："和睦还不成体统？"

同治爷表演反话："你们干吗亲亲密密的？"

穷不怕表彰同治爷的话："您这是劝架吗？"

同治爷越表演越来劲儿："你们干吗不打架啊！"

穷不怕跟着表演："我们打不起来。"

同治爷进入了角色："打不起来也得打。"

穷不怕接着表演："我舍不得打。"

同治爷挺能发挥的："舍不得打，我帮助打。"

穷不怕接着表演："有这么劝架的吗？"

同治爷接着编："未免太不给年轻人留地步了。"

穷不怕见好就收，一下跪下了："草民不会说了。"

同治爷有想法："下次换个人跟我说。"

穷不怕接旨："草民遵旨。"

同治发话："朱绍文。"

穷不怕认真对待："草民在。"

同治有心机地问："下次你们什么时候进宫？"

穷不怕回话："本月十五。"

同治一皱眉："太长了，还得半个月，提前进宫吧，后天进宫一次。"

穷不怕只好听命："草民记住了。"

同治嘱咐："你一定来。"

穷不怕一愣："我还来？皇上不是要换人吗？"

同治有要求："下次你带个人来。"

穷不怕忙问："带谁？"

同治早就考虑好了："你带你女人一起进宫。"

穷不怕心里吓了一跳："民妇她不会说相声。"

同治话也现成："没关系，我也不会说相声，我们一起学吧！"

穷不怕看看慈禧，看看皇上，最后向慈禧求救："圣母皇太后知道，一般女戏子不会说相声。"

慈禧这时向着儿子："皇上不说了吗，不会说没关系的。"

穷不怕只好从命："是。"

慈禧又解释了一下："别人想进皇宫还进不来呢，这是你们家的造化！"

穷不怕考虑多多："是。"

慈禧欲站起："莲英，我们走吧。"

李莲英遵命："喳！"

乾清宫门口，慈禧还没出门，穷不怕追了上来："草民还有一事禀告太后。"

慈禧忙问："什么事？"

穷不怕回话："草民还有一件东西转奉皇太后。"

慈禧继续问："什么东西？"

穷不怕掏出一朵红石榴花，慈禧惊喜："这不是花乡的石榴花吗？这么早就开花了。"

李莲英接过石榴花递给慈禧，慈禧爱不释手："这花开得真好看！"

穷不怕带回了话："这是花乡专门给太后培育的。"

宫女给慈禧带上，慈禧心喜："刘通怎么没有来？"

穷不怕婉转地说："他不敢来了，他说这是最后一朵花。"

慈禧一听话中有话，忙问："嗯？你话中有话，什么意思？"

穷不怕动了动心眼儿："刘通说，以后宫里的、皇上的花他都不能送了。"

慈禧脸露怒色："好大的胆子！刘通竟敢与朝廷作对。"

穷不怕说出真情："倒不是刘通不想送，而是有人要铲平丰台十八村，花乡也就无花奉送朝廷了。"

慈禧怒气不减："谁这么大胆子，没有我的旨意，敢铲平丰台十八村！"

穷不怕有话："草民不敢说。"

李莲英抢说了一句："有太后给你做主，你说出来无妨。"

慈禧也说："有什么话，你尽管直说。"

穷不怕壮了壮胆："是曾王府的二贝勒。"

同治一听二贝勒，立刻皱了一下眉："又是他，小灯！"

慈禧想了想："他为何铲平丰台十八村？"

穷不怕叹了一口气："只因二贝勒调戏十八村小车会的秀

女，原来秀女是男扮女装，二贝勒恼羞成怒，才想出下策。"穷不怕又假叹息一声，激了激太后的火："小车会秀女要是个女的就好了。"

慈禧早就火了："女的怎么了？女的就能调戏啊！"

穷不怕解释："草民不是这意思，草民是说，如果是女的，二贝勒就没那么大火了。"

慈禧欲下令："还反了他不成！来啊！"

李莲英准备接旨："奴才在。"

慈禧下令："传我懿旨，赠十八村旱船会、献音会四面黄绫旗，看谁敢动一下！"

李莲英答应："喳！"

慈禧接着说："还有，鼓上旗子写上'万寿无疆'，看谁敢折我们皇家的寿！"

李莲英连声答应："奴才遵旨！"

慈禧站起来："传曾王爷即日进殿！"

李莲英接旨："喳！"

慈禧又唤："朱绍文！"

穷不怕回话："草民在！"

慈禧发话："这一段你要配合朝廷，多跑几趟十八村，把此事摆平。"

穷不怕见机行事："草民理当效力，不过……"

慈禧问："不过什么？"

穷不怕说出新事："不过，后天奴才还要进宫伺候皇上，跟皇上一起表演相声。"

慈禧做出决定："伺候皇上的事以后再说吧！"

同治一愣，看了看慈禧，说不出话来。

穷不怕得寸进尺："皇上，草民的女人就先不用进宫了。"

慈禧发话："不用进宫了。"

穷不怕立刻上礼："谢太后！谢皇上！"

曾王府里，曾王爷正在训斥下跪的二贝勒："你这个不仁不义的孽障，祖宗的功德让你败尽了。今天我先打折你的双腿。"

曾王爷挥着藤子棍打得二贝勒哇哇乱叫。

二贝勒求饶："阿玛，您别打了，您给我一刀算了。"

曾王爷一气之下，从幛上拔下宝刀，刀背冲着二贝勒吓道："你以为我不敢杀你。"

侧福晋在旁边添油加醋："王爷，刀拿倒了。"

曾王爷翻转刀锋指向二贝勒，二贝勒东跑西藏，躲在侧福晋身后："二额娘，救救我。"

侧福晋不慌不忙："这时候你想起我来了。"

二贝勒嘴软了："二额娘，我听你的。"

侧福晋向曾王爷使着拱火的眼色："你就饶了他吧。"

曾王爷气未消："今天饶不了他。"

这时，福晋突然出现，拦住宝刀："什么事啊，动起刀来了?"

曾王爷声色俱厉:"他把我们老祖宗的脸丢尽了。"

福晋向着亲儿子:"我还没觉得丢人,你就觉得丢人了。不就是抢个小媳妇没抢到,抢了个大老爷们儿吗?"

曾王爷怒气未减:"伤风败俗,成何体统!"

福晋假惺惺:"儿子也是,冲咱们家身份,你自己抢什么哪,你看上谁了,托人把她抬进府来不就行了。"

曾王爷气不可止:"我今天非教训教训他。"

福晋就是护着儿子:"你把他杀了,他就明白了?"

曾王爷口严心慈:"明白不明白,也得让他长长记性。"

福晋追问:"怎么让他长记性?"

曾王爷恨子不成才:"我剁下他一只手。"

福晋商量口气:"有没有别的方法?"

曾王爷态度坚决:"没有。"

福晋又问了一遍:"当真要剁他的手?"

曾王爷越发疾言厉色:"当真要剁。"

福晋再问一遍:"决心要剁?"

曾王爷态度不变:"决心要剁。"

福晋把手放在桌上:"好吧,你先把我的手剁下来吧!"

曾王爷脑子一震:"福晋何必这样?"

福晋有话:"常言道'子不仁,父之过'。"

曾王爷重复一遍,揣摩话意:"子不仁,父之过。"

福晋指桑骂槐:"对了,儿子不仁,你剁我的手吧。"

曾王爷清醒了:"父之过,应该剁我的手。"

福晋目的已达到:"剁你的手也行。"

曾王爷把刀往地下一丢:"咳!"

穷不怕家门前,曾王爷带家人送来一只花会用的"跑旱船"。

穷不怕跪下相迎:"草民叩见王爷!"

曾王爷双手相迎:"惭愧,惭愧,快快起来。"

曾王爷扶穷不怕起来后说:"我已叫人搭好'旱船',有劳穷先生转给丰台十八村。"

穷不怕表示:"草民愿意效劳。"

曾王爷说明来意:"孤王有意收你当艺差,连帮助孤王管教管教我的逆子。"

穷不怕婉言拒绝:"承蒙王爷抬举,草民让您失望了。"

曾王爷把话打住:"好,不多说了。"

穷不怕衷表谢意:"王爷保重。"

城隍庙前,丰台十八村旱船会走在街上,前面四面黄绫旗迎风飘展。旗上、鼓上"万寿无疆"四字耀人眼目,二贝勒坐看驴车,丁三挥着鞭子从土路走来,二贝勒躲在一旁偷目而视。周八站在路中拦路:"给二贝勒请安!"

丁三多嘴:"不用请安,赶快让路。"

周八还想深问:"不知二贝勒是否去护国寺庙会?"

丁三说话不客气:"去不去护国寺与你何干?"

周八有个小小要求:"不知二贝勒能不能带我一段?"

丁三替主回绝:"好大的口气,你是什么人,敢同二贝勒平起平坐?"

周八暗藏心机:"我有一折子,二贝勒一看便喜。"

二贝勒发话:"等一等。"对周八说:"你有何事?"

"二贝勒一看便喜。"周八又说了一遍,把折子递给了二贝勒。

二贝勒打开折子一念:"献上秀女一名。"

二贝勒问周八:"秀女现在何处?"

周八解释:"就是穷不怕的老婆。"

二贝勒正经起来:"乱来,人家是有夫之妇。"

周八指出漏洞:"她是私嫁之秀女,应该抓来到王爷府上为奴。"

二贝勒爱听这话:"你说什么?再说一遍!"

周八的话可多了:"穷不怕的老婆董彩莲本是同治十一年备选秀女,她逃征私嫁,欺君犯上。"

二贝勒兴致上升:"来,上车,慢慢说来。"

周八爬上驴车后说:"不知二贝勒是不是去护国寺庙会?"

二贝勒说:"正是。"

周八高兴:"那好,我们正是一路。"

小驴车上路了。

单说二贝勒回到曾王府，福晋、侧福晋、三格格正在配殿中闲坐，二贝勒兴冲冲进来："这回可好了！"

福晋上心地问："什么事啊，那么高兴？"

二贝勒兴奋地告诉大家："你儿子出头露面的日子到了。"

福晋追问："到底遇到什么事啦？"

二贝勒幸灾乐祸地说："穷不怕这回可栽啦。"

三格格一愣。

福晋很想听："你越说我越糊涂啦，你坐下，坐下，慢慢说。"

三格格也问："穷不怕到底怎么啦？"

二贝勒坐下后说："他犯了欺君之罪。"

侧福晋仔细追问："他犯了什么欺君之罪？"

三格格更想听听："是啊，他到底犯了什么欺君之罪？"

二贝勒喜欢夸大其词："这回穷不怕可要吃皮肉之苦了。"

三格格半信半疑："何事这么严重？"

二贝勒直逗引妹妹："穷不怕还没挨打，你就心疼了。"

三格格十分关心："哥哥，到底怎么回事？"

二贝勒觉得开心："这回也叫我哥哥啦，告诉你，穷不怕身子骨要结实，八十鞭死不了。"

三格格站起来欲走："不听你的，没正经的。"

福晋也对二贝勒说："你当哥哥的一点儿正形也没有。"

二贝勒拉住三格格："好妹妹，我告诉你，你可别吃不下饭去。"

三格格十分不满:"你爱说不说,别吓唬我。"

二贝勒说了心里话:"穷不怕的女人,原来是个备选秀女,她逃避选秀,跑到京郊,后又进了三喜班,私嫁给穷不怕。"

福晋觉得问题严重:"这还了得,这是欺君之罪啊!"

侧福晋也有同感:"是啊,俩人都要吃罪!"

福晋越想越觉得二贝勒的话有理:"隐瞒之人也要吃罪!"

二贝勒越说越得意:"按大清律例,私嫁之女与其夫必须分开。哈哈哈……"

三格格心神不定地走了。

曾王府三格格寝宫,三格格看着折扇上穷不怕的题诗,不知不觉地念了出来:"鸳鸯落枝啄新虫。"

侧福晋从门外进来听到了:"你就放不下穷不怕。"

三格格真情外露:"额娘,现在绍文兄有难,咱们不能不救啊!"

侧福晋为难:"怎么救啊!他们犯了欺君之罪,我们要一帮忙,与他们同罪。"

三格格有看法:"这真不合人情。"

侧福晋忙问:"谁不合人情?"

三格格直言:"这条律例不合人情。"

侧福晋说出厉害:"这是西太后和皇上定的。"

三格格只想讲道理："我不管谁定的，人家不愿意进宫当秀女，为什么硬让人家去呢，如果轮到我，我也要跑。"

侧福晋替女儿担心："啊！你越说越不像话了，你敢违抗圣旨？"

三格格胆大包天："我早说过，我看不起小白脸皇上。"

侧福晋也忆起往事："同治十一年时，你将将不够十四岁，不然也得报宫候选。"

三格格谢天谢地："谢谢额娘晚生了我一年。"

侧福晋真心疼女儿："听额娘话，你不趟这个浑水。"

三格格看得更重："这可不是浑水，这是两条人命的事，穷不怕和董彩莲怎么能经得住八十皮鞭呢？"

侧福晋一时也束手无策："是啊，我也心疼他们，你叫额娘怎么办呢？"

三格格有个想法："额娘，干脆。"

侧福晋想听听究竟："干脆什么？"

三格格吐露真言："干脆您替董彩莲安排个忠厚人家。"

侧福晋吓了一跳："哎，那穷不怕呢？"

三格格胸有成竹："穷不怕娘就别管了，由我安排吧。"

侧福晋一时说不出话来："啊！"

曾王府配殿里，二贝勒也正对福晋央求有关的一事儿："娘，你就成全我吧。"

福晋不同意："不行，哪能要活人妻啊！"

二贝勒胡思乱想："不然董彩莲会被送到边疆去，下嫁给囚犯。"

福晋有话："她嫁给谁，你操哪门子心？你有堂堂的郡王爵位，什么样的小妞找不到！"

二贝勒话很多："额娘的话差矣，董彩莲可不是一般女子，连同治爷见她都垂涎三尺，听说同治爷追逐她，让穷不怕的狗给咬了回来。"

福晋替儿着急："儿啊，你好糊涂，说了半天，门户不对，你父王也不会同意的。"

二贝勒看上了董彩莲："人家董彩莲原来也是官宦人家，只因他父母被洋人杀害，她才逃难到京郊。"

"你了解得那么清楚。"

"孩儿想真心留下董彩莲。"

"不行，她已经做了活人妻子，哪能做咱们曾府的媳妇！做个丫鬟倒差不多。"

"额娘，您同意董彩莲留下了？"

"光我同意也不行，我得跟你阿玛说说。"

"先别跟我阿玛说，等人接来以后，再同我阿玛商量也不迟，不然好事让我阿玛给办砸了。"

"进来一个大活人，也得跟家里其他人说一声。"

二贝勒心一亮："要不，我跟妹妹商量商量。"

曾王府三格格寝宫，二贝勒坐着正同三格格商量事："好妹妹，哥哥想同你商量个事。"

三格格望着哥哥的脸："又要说什么？"

二贝勒假同情地说："我看，穷不怕和董彩莲怪可怜的。"

三格格有警觉地望着二贝勒："继续说。"

二贝勒面露慈善："我们不能见死不救啊！"

三格格试探地问："你说怎么救？"

二贝勒渐渐露出心底话："咱们哥俩儿应该一人救一个。"

三格格很爽快："你救男的，我救女的。"

二贝勒不是这意思："不不不，你救男的，我救女的。"

三格格坚持自己的看法："男的应该救男的，女的应该救女的。"

二贝勒不解地问："让我跟穷不怕在一起？"

三格格探底地问："你想跟谁在一起？"

二贝勒拐弯抹角地告诉妹妹："妹妹没明白我的意思，我觉得董彩莲按律例，押送到边疆，同囚犯结婚，这太可惜了。不如把穷不怕夫妇接到府上，哥哥成全董彩莲，妹妹成全穷不怕，这不是两全其美吗？"

三格格说出看法："哥哥你这样做，不怕留下骂柄吗？"

二贝勒装作糊涂："为什么？"

三格格指出要害："好端端的良家媳妇，为何留在你王府？"

二贝勒深问："妹妹的意思？"

三格格说出心愿："要留只能留下穷不怕。"

二贝勒想问个究竟："为什么能留下穷不怕？"

三格格倒出心里话："我是真心想跟他。"

二贝勒借机表白："我也是真心想娶彩莲。"

三格格觉得不同："你只想一时快乐。"

二贝勒想细问："怎么见得？"

三格格亮明观点："这样的人我见多了，到咱们王府来的人，有不少的都和你一样。"

二贝勒只好收场："好，咱们各走各的路吧！"

这天，丁三、王四带着四个家丁推开穷不怕院门而进。院里的黄狗见生人发出了汪汪叫声。董氏从屋里出来忙问："你们要干什么？"

丁三说话直截了当："你心里明白，跟我们走一趟吧！"

董氏心想："我明白什么？"

丁三出言不逊："不要装湖涂，你本来是宫里的备选秀女，你私嫁逃征。"

董氏先是一愣，振作了一下："谁能证明？"

丁三嘴不饶人："走吧，到时候就明白了。"

董氏心里坦然："走，也是去刑部，你们是哪个庙的神？"

丁三仗势欺人："你别敬酒不吃吃罚酒。来人……带走！"

几个人上手，用蓝布蒙住董彩莲的头，众家丁押着董彩莲出门。工夫不大，穷不怕从外边回来，看见二门大敞，知道不好,连唤了几声"彩莲,彩莲",没人回应。

再说二贝勒寝宫,被抢来的董彩莲在木椅上望着地板,二贝勒得意地站在对面:"朱师母没想到吧!"

董彩莲思考一番:"没想到的事太多了,只是二贝勒的人品我早想到了。"

二贝勒不在乎:"那好,咱们打开天窗说亮话。"

窗外三格格正在偷听,正听见二贝勒言不及义地说:"今天你要有能耐,再让我推一宿磨。"

董彩莲无所畏惧:"今天你要受到比推磨还要大的惩罚,一会儿穷不怕就会赶到。"

二贝勒吓了一跳,又愣了一下:"你不要用穷不怕来吓唬我,这是王府,不是你们家,今天我要让你推一宿磨。"

董彩莲丝毫不怕:"可以,你们磨房在哪儿?"

二贝勒嬉皮笑脸:"我可舍不得让朱师母推磨,俗语说'宰相肚子里能撑船,将军额上能跑马,'明天我就放你回去,你仍然是穷不怕的夫人。"

这时,三格格有想法,她从窗外走开了。

再说二贝勒寝宫,董彩莲问话儿:"我问你,谁给你通风报的信?"

二贝勒不想正面回答:"谁给我报信儿,这并不重要,关键是你逃征私嫁触犯了大清刑律,你只有两条路可走,一条是去刑部治罪,一条是到我府为奴。当然喽,到我府为奴,只是个形式，你仍然可以经常回去同穷不怕团聚。"

董彩莲此时出言不逊："这么说，我要到你府为奴，我还得感谢你。"

二贝勒自以为得意："那是当然。"

"那好，只要曾王爷准许，我可以到王府为奴。"

"我要同意，我阿玛必然同意。"

"那未必，现在将曾王爷请出，我要当面请教明白。"

"你别来这一套，我把阿玛请出，你当面告我的状！"

"大丈夫说话还能缩回去？"

"你说话可算数？"

"算数，只要曾王爷同意我来王府为奴，奴婢从命。"

"我不上你的当，你先伺候二贝勒一宿再说。"二贝勒解衣脱帽准备动手。

董彩莲四下寻找家伙："二贝勒别忘了，我在戏班学过武术的。"

"你别找了，刀子、剪子我早收起来了。"二贝勒向董彩莲渐渐逼近。

这时门一开，侧福晋、穷不怕、三格格扶着曾王爷进来了。曾王爷从侧福晋手中接过早准备好的藤棍，气愤地向二贝勒抽来："畜生，真是畜生！"

董彩莲一下扑到穷不怕怀里："官人！"

三格格羡慕地看着他们。

藤棍一下打在二贝勒脸上，露出血迹一条，二贝勒痛得乱叫："她逃征私嫁，触犯国法！"

曾王爷怒不可遏："你不要管别人，你不犯法就行了。"说着，曾王爷用藤棍又继续抽打二贝勒！

二贝勒跪下："阿玛，孩儿再也不敢了。"

曾王爷仍然打个不停。

二贝勒跪着求侧福晋："二额娘，您救救我。"

侧福晋有想法："你求穷先生救救你。"

二贝勒跪着求穷不怕夫妇："朱师傅、朱师母，小的再也不敢了，你们不救我，我阿玛会打死我的。"

穷不怕对曾王爷说："曾王爷，二贝勒要是认错，让他写份悔过书就是了。"

曾王爷还在打："不打死他，他改不了。"

穷不怕出了个主意："王爷不要往手上打，二贝勒还要写悔过书。"

曾王爷听劝，改打二贝勒屁股："悔过书上要注明再犯时重打。"

二贝勒跪着又求侧福晋："二额娘，救救我。"

侧福晋有些为难："我又不是你亲额娘，说轻了说重了都不好。"

曾王爷还在打："今天谁劝也不行。"

这时，福晋突然出现在门口："我说行不行？"

曾王爷一口咬定："你说也不行。"

福晋抢过藤棍，一下折断了："什么事啊，惹得你这么大火？"

曾王爷脸都气青了："这畜生找了一帮家人把穷先生的夫人抢到家里作乐。"

福晋一苦笑，对二贝勒说："你也是贱骨头，冲咱们家的家境，什么样的黄花姑娘找不到。"

穷不怕见缝插针："福晋所言极是，应该给二贝勒找个门当户对的人家才是，不然二贝勒发展下去必然祸及曾府，曾王爷是经不住折腾的。"

福晋拉着二贝勒："走，你这个没教养的逆子。"她转过头又对曾王爷说："我今日看在穷先生的面子上，原谅你这次。"

曾王爷不痛快："原谅我？不行，他还没写悔过书呢！"

二人走后，曾王爷对穷不怕说："家教不严，让先生见笑了。"

穷不怕也看明白了："曾王爷从严教子，草民十分敬佩。王爷该休息了，我们该回去了。"

曾王爷对三格格说："你派两个家人，出个车，将穷先生他们送回去。"

三格格高兴地对穷不怕说："文哥，你们随我来。"

穷不怕夫妇坐着马车回到了家中，穷不怕一进屋就说："刚才我一回家，看见门窗四敞，知道不好。街坊告诉我，你被一伙人带走，我一猜就知道是二贝勒所为。"

董彩莲有苦难言："事情来得特别突然，我无法通知你。"

穷不怕想刨根问底："到底什么事，闹得这么热闹？"

董彩莲一下跪下说："官人，我对不起你，都是我不好，牵连你犯法。"

穷不怕搀扶："快起来说话，什么又牵连又犯法的。"

董彩莲仍不起来："我有一事，一直瞒着官人。"

穷不怕仍旧搀扶："什么事？"

董彩莲还不起来："我十五岁那年，皇宫派人来八旗庄园挑选秀女进宫，我私自逃跑，后来被刘通大哥收养，刘大哥也一直隐瞒没报。再后来遇见你，他劝我私嫁给你，你把我带到戏班，又收留了我，是我连累了你。"

穷不怕面露笑容："我当何事，原来是逃征私嫁一事，怪不得当时刘大哥着急你的婚事，怪不得刘大哥不让你回庄园。我如果早知道内情，我们就早成亲了。逃婚？逃得好，逃得好，你不逃，我还得不到贤妻呢，快快起来。"

董彩莲还不起来："你听我把话说完，本来这事你丝毫不知，你没有一点儿罪过，由于罪妻私嫁有罪，才把罪过牵连于你。"

"你怎么又啰唆起来了，你要不起来，我也跪下。"穷不怕说着也跪下了。

董彩莲搀扶穷不怕，一起站起："使不得，使不得。"

俩人相视而站，穷不怕说："你告诉我，你为什么不愿意留在皇宫享受荣华富贵，而非得跟着我，过颠沛流离的生活？"

董彩莲语重心长："荣华富贵？哪个宫女在宫里荣华富贵了？最多做别人的小老婆，有什么意思？一夫一妻的生活再清苦，我也心甘情愿。"

穷不怕真情地问："真是心里话？"

董彩莲幸福地依在穷不怕怀里："这可能是天意！"

再说长春宫，慈禧和同治分坐在宝座儿上，文喜、桂宝和宫女分站两旁。李莲英进来报："回太后，穷不怕师徒已到殿下。"

慈禧发话："宣！"

李莲英遵旨："宣穷不怕二人进殿！"

二门小太监："宣穷不怕二人进殿！"

同治引颈张望。

穷不怕带着贫麻子进殿："奴才穷不怕、贫根儿叩见太后。"

同治失望地收回目光。

慈禧口喻："二人平身。"

穷不怕、贫麻子："谢太后！"二人站起。

慈禧对同治说："一晃又半个月没听笑仙的相声了，今日笑仙带来一新节目，皇儿可以开开眼界。"随后又问穷不怕："我说的戏码儿，你预备好了吗？"

穷不怕回话："回太后，宫里听的段子，草民已经准备了。"

慈禧下令："既然准备了,就开始吧。"

穷不怕接旨："草民遵命。"

小戏台,穷不怕(甲)、贫麻子(乙)站好位置,开始表演。

甲:"今日给慈禧太后演一段相声。"

乙:"这是个喜事儿。"

甲:"我们今天说相声,也想说点喜事儿。"

乙:"说什么喜事儿?"

甲:"咱们就说太后旁边的喜事儿。"

乙:"太后旁边的喜事太多了。"

甲:"我们先说一件最大的喜事儿。"

乙:"哪件最大?"

甲:"同治爷降世之喜最大。"

乙:"对,那是我们大清国的喜事儿。"

甲:"同治爷降世的整个过程都带喜字。"

乙:"你详细说说看。"

甲:"同治爷降世之前,在储秀宫后殿先刨了个喜坑儿。"

乙:"有喜字,刨喜坑儿干吗?"

甲:"同治爷降世后,要把胎盘、脐带都埋喽。"

乙:"这算一喜。"

甲:"要在喜坑儿旁边念喜歌儿。"

乙:"有喜字,念喜歌儿干吗?"

甲:"让万岁爷吉祥降世。"

乙:"谁念喜歌儿?"

甲:"由内殿总管带领两名姥姥到喜坑儿旁边念喜歌儿。"

乙:"喜上加喜。"

甲:"喜坑儿旁边还得放双筷子。"

乙:"什么意思?"

甲:"念喜歌的时候连筷子一快儿念:'筷子、筷子,快生子。'"

乙:"取那喜音,我又给添个喜字。"

甲:"万岁爷出生前五十天就开始上夜守喜。"

乙:"守喜,又是一喜,谁来守?"

甲:"两名姥姥。"

乙:"谁的姥姥?"

甲:"就是两名接生婆。"

慈禧看了看同治。

同治表情复杂。

乙:"他们来守喜。"

甲:"还有六名御医。"

乙:"他们也守喜。"

甲:"他们守着御药房。"

乙:"干吗?"

甲:"等喜。"

乙:"又是喜。"

甲："光这九个人不行，会计司官，还送来了喜婆。"

乙："什么喜婆？"

甲："精奇呢妈妈里，灯光妈妈里，水上妈妈里各十名。"

乙："真不少。"

甲："到了三月二十三日未时，只听嘎剌一声，同治爷降世万喜，总管太监禀奏皇上，万岁爷大喜。禀奏皇帝后，皇帝后大喜。皇上龙心大悦，当日将太后晋封为懿妃，把储秀宫的太监和各路太监、宫女、接生的姥姥、帮忙的妈妈一千多人，提职的提职，升官的升官，加赏的加赏，紫禁城一片喜气洋洋。"

乙："全是喜！"

宝座上，慈禧赞扬："好！皇儿你说呢？"

同治脸上露笑："皇额娘说好，一定好。"

同治回到乾清宫，在宫里踱来踱去，同文喜、桂宝一起议事，同治说："这个穷不怕，诡计多端。"

文喜不明白话意："怎么见得？"

同治吐出内心的苦处："朕要见他的女人，他却带来了贫麻子。"

文喜有看法："这都是太后的主意，只不过太后借着穷不怕的嘴堵上了皇上的嘴。"

同治点点头："这倒也是。"

文喜帮助出主意："皇上，想让穷不怕的女人进宫也不难。"

同治急问:"你们有什么办法?"

文喜得意地说:"皇上出宫下旨。"

同治还不明白:"什么意思?"

桂宝帮助解释:"文喜的意思,皇上出宫私访,到天桥当面下旨,让穷不怕措手不及,没有喘息的机会,他根本就没有机会见太后,还怕穷不怕、董彩莲不肯进宫?"

文喜继续说:"是啊,皇上,活人不能让尿憋死,别人不让皇上出宫,皇上就不出宫?现在天和气暖,正是出去走走的好机会,现在不出去,什么时候出去?说不定一出去,还能打听出小海棠春的下落。"

同治点头:"看起来你们想出宫想疯了,就依你们,明日用过午膳,你们随朕出宫。"

乾清宫门口,一个小太监照样看守门口。同治带着文喜、桂宝从乾清宫出来。文喜对门守小太监吩咐:"无论谁来,都说万岁爷午睡,一概不见。"

小太监听话:"是。"

紫禁城内街道上,出现了三个人物。文喜和桂宝戴着瓜皮帽,穿着黑背心。同治爷帽上缀着一粒明珠,玄色背心,带着龙团。三人迤逦而行,来到东华门,文喜与门官附耳几句,被放行而出宫。

三个人混出宫来,来到一条胡同内,同治脱下龙服,换上青服。慈禧的眼目桂庆从拐弯处就跟随着三人。

同治爷心里很着急:"我们快些行走,今日在天桥只能玩上一个时辰。"

文喜上心地问:"爷先看穷不怕,还是先去八大胡同?"

同治回话:"今日只能到一处去玩。"

文喜试探地问:"那就去八大胡同吧。"

同治决定:"不,看穷不怕玩意。"

文喜开始贫了:"找不到小海棠春,见见穷不怕夫人也行。"

同治训了一句:"多嘴!"

文喜讨好地解释:"谁让她们长得一样,这叫望梅止渴!"

同治真有些怒了:"你们有完没完?"

穷不怕地摊前,围观人不住地叫好,不少人纷纷往里扔钱。董彩莲拿着小笸箩向观众要钱,人们把钱扔到小笸箩里。小笸箩在一人面前停了一下,董彩莲一抬头,发现是同治爷,刚要施礼,同治爷打手势制止。

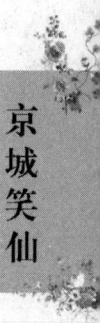

同治仔细端详董氏:"你近日可好!"

董彩莲点头:"好,爷……"

同治兴趣上来了:"好,好,好!"

文喜提醒同治:"爷,给人家掏钱啊!"

同治爷掏了半天钱:"我忘记带银两了,文喜、桂宝,你们先替我垫上。"

俩人摸了半天,文喜说:"我们也没带钱。"桂宝也点头。

同治爷埋怨:"你们怎么不带钱?"

文喜、桂宝:"我们跟爷学的。"

董彩莲一乐,刚要离去,同治爷叫住:"你把笔墨取来。"

席地上,董彩莲在研墨,同治看着董彩莲发呆,她长得多像小海棠春啊!

桂宝弯背当桌,董彩莲还在细心研墨,同治望着董彩莲的脸,又想起小海棠春拿小白兔的情景。

一只研墨的手停了下来,同治还在望着董彩莲的脸,文喜又说了一遍:"爷,墨研好了。"

同治心不在焉地在桂宝后脑勺上写起字来,众人大笑。

文喜提醒:"爷,纸在下边了。"

同治如梦方醒:"哦,哦!"

同治握笔写了一行字,文喜拿起御旨宣:"穷不怕看赏!"

穷不怕等人跪下。

文喜拿着字条念:"着内务府付给来人内帑银一百两。御笔。"

穷不怕接过御旨:"谢皇上龙恩!"

众人中不少新看客,看了看是皇上,马上跪下一片:"原来是皇上!"

同治发令:"穷不怕!"

穷不怕准备接旨:"草民在。"

同治下旨:"下月朔日,你带你女人进宫献艺,不得有误。"

董彩莲一愣,穷不怕接旨:"草民遵命!"

跟踪者桂庆看见董彩莲也是一愣,此人同小海棠春真是一模一样。

第十七章　八大怪顶针絮麻
戏耍贝勒爷

穷不怕刚回到院里，门外就传来张三禄喊声："绍文在家吗？"

院里黄狗汪汪直叫，张三禄连连叫了几声"黛玉""黛玉"，狗就不叫了。穷不怕听出声音来了："师傅来了！"董彩莲忙出来搀扶张三禄。

进屋后，穷不怕扶着师傅坐下。董彩莲端来茶水，张三禄刚开口："我今天来……"

穷不怕接茬儿很快："是为徐三办喜事的事？"

张三禄夸奖："你怎么知道的？"

穷不怕一笑："您跟我想到一处去啦。"

张三禄频频点头："就是，干咱们这行的，要不挤时间，总也没时间。"

董彩莲端上一杯水："师傅，您喝水。"

张三禄有条件："你们答应我，我就喝。"

穷不怕念叨："下礼拜有两个堂会，还得进宫一次。"

董彩莲决心挤时间："那下周也得办喽。"

穷不怕决心更大："不等下周，见缝插针，明天就办。"

张三禄高兴地端起茶杯："好，我喝水。"

穷不怕相声摊，穷不怕夫妇、弟子、八大怪等都在。穷不怕对八大怪说："同大家打个招呼，现在由于事态多变，明天我们要给徐三开拜师会，敬请各位光临。"

徐三美不滋儿的。贫根儿又逗上了："这回云花可乐了！"他找了半天云花，"云花哪里去了？"

丑孙子表示："明天我们准时到场。"

醋溺膏提前祝贺："恭喜大哥又收弟子了。"

常傻子留个心眼儿："留着明天一起道喜吧。"

这时，云花走来，递给穷不怕一封信："师傅，有人送来一封信。"

穷不怕打开一看，信中只有一句话："你夫妇有难，速逃！"

穷不怕一愣，追问："谁送的信，人呢？"

云花望土路远端树旁，三格格的背影正在渐渐远去。穷不怕也看见了："原来是她。"

贫根儿忙问："师傅，谁啊？"

常傻子觉得问题严重："穷哥，什么事啊？"

穷不怕对大家说："诸位，徐三的拜师会先停一停。"

徐三扫兴，想问个明白："师傅，到底出了什么事了？"

丑孙子更存不住话："是啊，穷哥，出了什么事了？"

云花拿过一封信给众人念："你夫妇有难，速逃！"

穷不怕向众人抱拳："我对不住大家了，我和彩莲要躲一躲。"

醋溺膏心急如焚："这为何？到底怎么回事？"

丑孙子想得很多："这信儿准吗？"

常傻子望着三格格渐渐远去的背影问："这女人是谁？"

醋溺膏还在刨根问底："她的话可靠吗？"

董彩莲向大家解释："她是曾王府的三格格，是我的好姐妹，她是冒着风险来送信的。"

丑孙子想问个仔细："你们到底有什么难？"

穷不怕简单告知："我同彩莲犯了欺君之罪。"

常傻子更糊涂了："你怎么又欺上君了？"

丑孙子催穷哥："你说说，怎么回事啊？"

董彩莲抢着说："是我连累了朱君，同治十一年，我本是宫中备选秀女，我隐报外逃，私嫁朱先生，犯下了欺君大罪。"

常傻子大喘气："我以为什么大事呢，这算什么欺君大罪，许可皇上选秀女，就不准我们穷哥选秀女？"

丑孙子替穷哥担心："这是好事啊，皇上要把我们嫂子选走，我们穷哥怎么办？"众人暗笑。

穷不怕的话很多："这个明春摊，有劳众位照顾，贫根儿、贵二、云花这个场子主要靠你们撑着。徐三，这阵风声过去，师傅立刻给你开拜师会。"

徐三心疼师傅，认真地说："师傅先不要惦记我，您和师娘避难要紧。"

穷不怕感慨："此事来得如此突然。"

云花心明眼亮："师傅，你看，二贝勒他们来了。"

这时，二贝勒带着丁三、王四从土路走来了，董彩莲自语："他们又没憋好屁。"

贵二急劝穷不怕："师傅你们先躲一躲。"

丑孙子也担心："是啊！穷哥，你们躲一躲。"

八大怪纷纷劝说："是啊，闪躲为妙。"

常傻子更直言："穷哥，你带嫂子远走高飞，这儿有我了。"

盆秃子发誓："我们有福同享，有难同当！"

众人响应："对，我们有福同享，有难同当！"

穷不怕作揖告辞："多谢弟兄们关照，穷某暂时告别了。"穷不怕、董彩莲向远处跑去。

一条土路上，丁三、王四从穷不怕后边追来。董彩莲跑得慢，穷不怕不时地等他。王府的人眼看要追上了，突然闪出几个人来，他们是常傻子、丑孙子和盆秃子。常傻子扛着条凳吆喝："场子搬家喽！"

丑孙子挡住了丁三、王四："官爷，你们大白天的跑什么，小心摔跟头。"

丁三上气不接下气："有点事儿，有点事儿。"

王四气喘吁吁地接着说："好事，好事。"

"对对，好事，好事。"丁三拨开丑孙子，还要往前追。常傻子把三条腿的长凳往路上一横："二位，坐下歇会儿。"

王四上气不接下气地说："不，不，不，我们二贝勒请朱先生去一趟。"

盆秃子会说话："既然要请，不必着急了，坐下歇歇再走。"

丁三气咻咻地说："不啦，不啦！不麻烦大家伙儿了。"

常傻子打开一小铁盒，拿出几丸药："我看二位爷气喘喘吁吁，身体虚弱，赐给你们两丸'百补增力丸'，免费，不要钱，尝尝。"

丁三、王四推辞："不用，不用，留着你卖钱吧！"

常傻子不傻："吃吧，吃吧，我有的是。"

这时，二贝勒也跑来，一看形势忙问："什么好东西？"

常傻子解释："百补增力丸。"

二贝勒直说好话："那么好的东西，常爷给的，快吃吧！"

丑孙子也劝说："二贝勒替他们吃吧！"

众人纷纭："对对，二贝勒替他们吃吧！"

常傻子一掌下去，把长凳上一块石头碾得粉碎。二贝勒看后，又望望丑孙子，心颤地说："好，我吃，我吃！"

二贝勒把丸药放在嘴里直要水："水，水呢？"

常傻子直言："这里没水。"

二贝勒干咽，丁三、王四过来帮助捋捋脖子，东西才算咽下。二贝勒要走，常傻子一伸胳膊："忙什么？二贝勒，坐下歇歇儿吧。"

二贝勒攥了攥常傻子的胳膊全是肌肉，只好说："好，我坐，我坐。"他一坐，三条腿一翻个儿，人整个儿跌倒在地上，众人乐起来不止。

常傻子解释："今天出来急，条凳安了三条腿。"

众人乐得更欢了。

城墙根下，穷不怕和董彩莲顺着城墙根跑着，二贝勒探头探脑地追过来。穷不怕和董彩莲顺着城墙拐弯了。二贝勒一拐弯，发现前边俩人不见了，只见城墙底下有一位相面先生。这相面先生正是八大怪之一韩麻子乔装而成。二贝勒东张西望走到这里，算命摊上的韩麻子开了口："这位爷气色不错啊，有造化。"

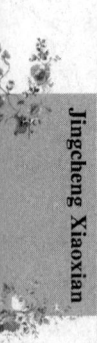

二贝勒还在找人，韩麻子话多了："看爷的相貌真是富态。"

二贝勒心中有气，出言不逊："别奉承了，我问你，你刚才看到两个人吗？"

韩麻子成心打岔："何止俩人，这里从早到晚人迹不断！"

二贝勒急赤白脸想知道："我是问一男一女！"

韩麻子话又多了："有！女的扶着男的。"

二贝勒爱听："对！"

韩麻子还在描写："男的比女的个高。"

二贝勒一听有门："对！"

韩麻子越说越来劲儿："男的留着山羊胡子。"

二贝勒一下大失所望:"老头啊!"

韩麻子兴头没减:"对啊,老太太搀着老头。"

二贝勒绝望地把话说得明白些:"我问的是一对青年男女。"

韩麻子打岔有耐性:"青年男女太多了,不知你问的是哪对?"

二贝勒仔细描绘:"男的长得挺瘦,女的长得挺俊。"

韩麻子大包大揽地说:"有,男的都挺瘦,女的都挺俊,不知阔爷问的是哪一对?"

二贝勒把话挑明:"我问的是穷不怕和董彩莲。"

韩麻子装傻:"他们是干吗的?"

二贝勒忍着性子:"天桥相声场的人。"

韩麻子又问:"他们到哪儿去了?"

二贝勒鼻子差点儿气歪喽:"废话,我要知道问你干吗?"

韩麻子给他出了个主意:"阔爷要想知道他们俩,相上一面便知。"

二贝勒半信半疑:"你说的可是实话?"

韩麻子早有准备:"你可以先验证,后给钱。"

二贝勒信以为真:"好,你给我相上一面吧!"

韩麻子看着他的脸:"爷的五官长得没治了。"

二贝勒咬文嚼字:"没治了,什么病啊?"

韩麻子解释:"没治了,不是得病,是最好的意思,爷的五官长得最好。"

二贝勒追问："怎么个好法？"

韩麻子一边比画一边说："都单摆浮搁的。"

二贝勒不爱听了："捏一块儿，我成包子啦！"

韩麻子反问："您说您有没有造化？"

二贝勒认真回话："有造化。"

韩麻子又问："您说您有没有福气？"

二贝勒维护自尊："有福气。"

韩麻子还问："您说您有没有运气？"

二贝勒没有思虑："有运气。你老问我叫什么相面，我问你我有没有造化？"

韩麻子爽快回话："有造化。"

二贝勒又问："有没有运气？"

韩麻子迅速回话："有运气。"

二贝勒再问："有没有福气？"

韩麻子张口就来："有福气。"

韩王爷细问："有什么福气？"

韩麻子信口开河："您是有福之人生在有福之地。"

二贝勒自语："对，我生在王府。"

过来几个观者，韩麻子还在认真相面："我看看您的掌法。"

二贝勒不明白："什么叫掌法？"

韩麻子解释："就是您的手。"

二贝勒伸出来："你看吧！"

韩麻子一边指着一边说:"这有三道纹,叫三地三才纹。"

二贝勒不置可否:"是三道纹。"

韩麻子说明:"别人看相,看这三才纹,我不看这三才纹。"

二贝勒认真地问:"你看什么?"

韩麻子比画着说:"我看这道旁纹,相书上叫冲煞纹。"

二贝勒逼着问:"我这冲煞纹好不好?"

韩麻子叹口气:"哎呀!不老大好。"

二贝勒追问:"怎么不好?"

韩麻子出口成章:"掌中横生冲煞纹,少年婚事受折磨,您的婚事不遂心吧!"

几句话说到二贝勒心里去了:"说得太对了,我婚事实在不遂心,我看上的人,人家不肯留下,有没有办法改变?"

韩麻子张口就来:"有哇!"

二贝勒忙问:"有什么办法?"

韩麻子自圆其说:"你克死本夫再嫁别人。"

二贝勒气炸了肺:"我嫁人啊?我是女的?"

围观者笑。

韩麻子故作正经:"哟!我看错手啦,男左女右,谁让你给我右手的,我看的是女相。"

众人笑声不绝。

二贝勒面露厌倦之容:"你到底会不会相面?"

韩麻子口气很大:"阔爷伸出左手,我一看便知。"

二贝勒带气伸出左手。

韩麻子细问:"这是您的手吗?"

二贝勒怒气不减:"废话,这不是我的,还是谁的?"

韩麻子看相:"男子要绵,女子要柴。"

二贝勒不解:"怎么讲?"

韩麻子详细解释:"男子手如绵,无钱必有钱;女子手如柴,无财必有财。"

二贝勒无话可说,"嗯"了一下。

韩麻子不怕啰唆:"这叫指,这叫掌。"

二贝勒嫌烦:"这我知道。"

韩麻子话又多了起来:"指为龙,掌为虎。只许龙吞虎,不许虎吞龙,指长掌短便好,掌长指短要分详。你这手倒是好手,不管怎么说都分瓣儿。"

二贝勒着急地问:"我问你,那俩人的去向知道不知道?"

韩麻子还是不慌不忙:"知道啊!"

二贝勒接着问:"往哪儿去啦?"

韩麻子指点一下:"顺着墙根便寻音。"

二贝勒还不明白:"什么意思?"

韩麻子具体地解释说:"顺着墙跟走,就能听到他们说话的声音。"

二贝勒接受指点:"好,如果我找到他们,回来我给你银两;如果找不到他们,我跟你算账。"

韩麻子也不含糊:"好,我在这儿等着你。"

二贝勒顺着先农坛城墙走下来，经过先农坛北门、东门、南门、西门又绕了回来，腿一跛一瘸的。韩麻子热情相迎："阔爷，你看了相，还没给我银子呢？"

二贝勒气呼呼地说："给你屁！"

韩麻子抓住理了："君子有言在先，你顺着城根回来，给我银两。"

二贝勒不认账："我没说。"

韩麻子嚼死理："你说了。"

二贝勒气没处撒："遛得我围着先农坛四个门绕了一圈，还给你银两？"

韩麻子装作认死理："是啊，你不能白遛。"

二贝勒直翻脸："不白遛，我跟你算账来了。"

俩人越说火越大，简直像吵架一般，韩麻子不让人："这爷就不说理了，我指你方向能白指吗？"

"不白指，我两腿都肿了。"

"你的腿干吗肿啊？"

"我走了那么长的路，能不肿吗？"

"你干吗绕一圈啊？"

"你不让我顺着城根走吗？"

"我让你顺着城根寻声，你寻了吗？"

"我没听见什么。"

"是啊，你要听见，不就不用绕一圈了吗！"

"没有声音，我寻什么？"

京城笑仙

"你用什么寻?"

"用眼睛。"

"眼睛能听声音吗,得用耳朵!"

"耳朵听不见。"

"你是聋子?"

"你才是聋子。"

"那怎么听不见?"

"没有声音,我听见什么?"

"一寻就有声音。"

"怎么寻?"

"您耳朵贴在城墙上,就能听到声。"

"你怎么不早说?"

"这是回音墙,咱们京城人都知道,天坛里边有回音壁,这儿有回音墙。"

"那我再回去听听。"二贝勒准备向顺方向走去。

韩麻子指条路:"阔爷,你从这边走近。"

二贝勒埋怨:"你怎么都不早说啊?让我绕了一圈。"

韩麻子想起一事:"阔爷,你还没给钱呢!"

二贝勒说话干脆:"回来再说。"

二贝勒顺着城墙根下走了一段儿,附耳静听,果然听到男女嬉笑声。

城墙根的一角,醋溺膏正用口技学着穷不怕和董彩莲的嬉笑声。他先学彩莲发笑的声音:"穷哥,你真坏,嘻嘻嘻!

呵呵呵！嘻嘻嘻！呵呵呵！"笑声没完没了。

二贝勒一边加快步伐，一边附耳细听，声音越来越大了。

醋溺膏学穷不怕的声音："彩莲，咱们来一段'顶针絮麻'吧。"

醋溺膏学董彩莲："哥，什么叫'顶针絮麻'？"

醋溺膏学穷不怕："字头咬字尾，我说一句，你就接着说。"

醋溺膏学董彩莲："这好办，你来吧！"

醋溺膏学穷不怕："你接我的'人之初'。"

醋溺膏学董彩莲："性本善。"

醋溺膏学穷不怕："性相近。"

醋溺膏学董彩莲："习相远。"

醋溺膏学穷不怕："诫之哉。"

醋溺膏学董彩莲："宜勉励。"

醋溺膏学穷不怕："咱们背《三字经》来啦，我说人之初，你别说性本善。"

醋溺膏学董彩莲："我说什么？"

醋溺膏学穷不怕："你接我这最后一个字'初'字说个成语。"

醋溺膏学董彩莲："那行，你再来。"

醋溺膏学穷不怕："人之初。"

醋溺膏学董彩莲："初对吧？"

醋溺膏学穷不怕："对。"

醋溺膏学董彩莲:"初一初二。"

醋溺膏学穷不怕:"初三初四。"

醋溺膏学董彩莲:"初五初六。"

醋溺膏学穷不怕:"初七初八,该喝腊八粥啦!"

醋溺膏学董彩莲:"又不对了!"

醋溺膏学穷不怕:"咱们得用四字的成语。"

醋溺膏学董彩莲:"初一初二不正四个字吗?"

醋溺膏学穷不怕:"它不是成语。"

醋溺膏学董彩莲:"让我一次,下次我再接成语。"

醋溺膏学穷不怕:"好,让你一句,我重说'人之初'。"

醋溺膏学董彩莲:"初一初二。"

醋溺膏学穷不怕:"二八娇娥。"

醋溺膏学董彩莲:"鹅能凫水。"

醋溺膏学穷不怕:"水过漫楼。"

醋溺膏学董彩莲:"楼台殿阁。"

醋溺膏学穷不怕:"隔(音阁)山望月。"

醋溺膏学董彩莲:"月月关钱。"

醋溺膏学穷不怕:"钱关心喜。"

醋溺膏学董彩莲用不同的声调叫:"穷哥!穷哥!你真坏,穷哥!穷哥!"

二贝勒气得直打墙。

醋溺膏学穷不怕:"你要挨打。"

醋溺膏学董彩莲:"打我你疼。"

醋溺膏学穷不怕:"疼在我心。"
醋溺膏学董彩莲:"心心相连。"
醋溺膏学穷不怕:"连累彩莲。"
醋溺膏学董彩莲:"彩莲不怕。"
醋溺膏学穷不怕:"怕者不来。"
醋溺膏学董彩莲:"来者不怕。"
醋溺膏学穷不怕:"怕者不来。"
醋溺膏学董彩莲:"来者不怕。"
醋溺膏学穷不怕:"怕者不来。"

醋溺膏学董彩莲,撒娇起来:"你真坏,我早是你的人了,你当然不怕,哼哼,我早是你的人了,我早是你的……"

周八突然出现在墙头上,看见醋溺膏在演戏。醋溺膏用嘴亲着自己的拳头,学彩莲亲穷哥的声音:"穷哥,穷哥,我离不开你了。穷哥我是你的人啦,啵,啵。"

二贝勒耳朵离开了城墙:"真是贱货!"

周八看着醋溺膏拳头,苦笑自语:"啃猪蹄的来啦!"

周八回到自己的茶馆,看见屋里有几位茶座儿,二贝勒已坐在一边独饮,春花忙来忙去,系动着二贝勒的眼睛移来移去,不时地盯着春花的美容。

徐三从茶馆门口走过,春花叫住了他:"徐三哥!"

徐三顺口答应:"唉!"

春花用头招呼:"你进来啊!"

徐三停步:"你怎么知道我叫徐三?"

春花毫不紧张："穷不怕场上赫赫有名的徐三爷，谁不知道！"

"我怎么没见过你呀？"

"没见过我，干吗占我便宜？"

"我没占你便宜。"

"我叫哥哥，你干吗答应。"

"我听着新鲜，还没有人管我叫哥哥。"

"你要不承认占便宜，就进来喝点儿茶吧！"

徐三看了二贝勒一眼，就进了茶馆："喝点儿就喝点儿。"

徐三心里在嘀咕："我盯了二贝勒三天了，没发现什么意外之举，会不会师傅收的那封信有诈。"

春花继续让座儿："徐三哥，坐坐坐。"

徐三坐下，脑子转了转弯："这么说你管我叫哥哥，好挣我的钱。"

春花满肚子有趣的话："那当然啦！欢迎你常来喝茶，欢迎你，经常破费点儿。"

徐三频频点头："好好，以后我天天来。"

春花包了一包茶，又包一包，还再包第三包，都放在徐三茶壶里。

徐三有些过意不去："行啦，行啦，放那么多包干什么？"

春花解释："这是三种不同的茶，你都尝尝。"

徐三想得多："放在一块儿不串味儿吗？"

春花用铜壶给徐三沏了一茶壶："你就擎好吧！"

徐三突地想到一事:"我交几包茶费?"

"当然三包。"春花给他斟了一碗水。

这时,貌美的春姐从柜台后边出来,向二贝勒桌前走来,笑吟吟地说:"二贝勒来了,你怎么喝上这茶了,我给你换一壶龙井。"

二贝勒眼不抬地在品茶。

春姐压低声音说:"你这嘎嘣的,怎不到后院去啊,叫姑奶奶我等得好苦哇。"

二贝勒抬起头:"你占了几次便宜就行了。"

春姐一听这话有气:"是我占便宜,还是你占便宜。"

二贝勒有些烦了:"别争了。"

春姐悄悄地说:"走吧,到后院坐坐。"

二贝勒有顾虑:"周八要回来,你要我好看是吧!"

春姐估计:"他回不来,他的麻将至少还得打八圈。"

二贝勒看着来回走动的春花问:"这小丫头是谁?"

春姐心里有底:"是我远房一堂妹。"

二贝勒舔了舔舌头:"她模样比你好,可惜还是个花骨朵儿。"

春姐哼了一声,接着又好脸对他说:"你等着,我给你叫过来。"

春花还站在徐三桌旁伺候着。徐三喝了一口茶,马上又吐了出来,春花上心地问:"怎么啦?"

徐三指着茶杯说:"都苦了,你瞧茶水都黑了。"

春姐走过来问春花:"你放多少包茶叶?"

春花比画着说:"就放三包。"

春姐脸露惊诧:"啊,才三包?你怎么没放三茶叶筒啊?"接着春姐装作刚发现徐三:"原来是徐三爷啊,今天太阳从哪边出来的!"

徐三说话平平:"我来喝茶不行吗?"

春姐自圆其说:"行行,谁让你做过一段我的干爹的。"春姐又对春花说:"你招待招待二贝勒去。"

这时,周八从门外进来见到贝勒爷:"二贝勒,稀客,我给你请安。"

二贝勒坐在桌旁,说话随便:"我已经不是稀客了。"

周八献媚地说:"二贝勒怎么独自喝起闷茶来了?"

春花过来叫周八:"姐夫,怎么这么早回来啦?"

周八满面春风地说:"姐夫又赢了,春花,给我也来一壶闷茶。"

春花不明白:"咱们没有闷茶啊?"

周八使了使眼色:"跟二贝勒一样,来一壶龙井。我陪着二贝勒喝茶。"

春花去拿茶叶,春姐走了过来,故装正经:"二贝勒心情不好,都是穷不怕闹的。"

二贝勒借题发挥:"就是,这两天穷不怕两口子失踪了,不知躲到什么地方去了。"

春姐用目光指着徐三:"能找到穷不怕的徒弟,还怕找不到穷不怕?"

周八暗示她:"小点儿声。"

春花过来给周八、二贝勒沏茶、续茶。周八对二贝勒说:"二贝勒的心事,我能解开。"

二贝勒不信:"你能解……屁!"

春花十分注意他们的谈话。

周八又吹嘘起来:"昨日慈禧太后托梦给我,让我帮助二贝勒解难。"

二贝勒不感兴趣:"喝茶就是喝茶,不要阴阳怪气的。"

周八想说点实的:"二贝勒,我可没时间在这儿磨牙,您被别人涮了。"

二贝勒一愣。

周八接底:"您昨日是不是围着先农坛城墙转了一圈?"

二贝勒否定不掉:"就当是吧,怎么啦?"

周八开始揭秘:"您是不是附耳听见一男一女嬉笑?"

二贝勒奇怪:"你怎么知道的?"

周八接着问:"您听那一男一女像谁?"

二贝勒说出感悟:"像穷不怕和董彩莲。"

周八指出:"您上当了。"

二贝勒不解:"怎么上当了?"

春花成心凑近偷听,装作伺候茶座儿,周八还在说:"那根本不是穷不怕和董彩莲。"

二贝勒不相信:"那没错,俩人嬉笑无常,还……没法说了。"

周八揭老底："二贝勒是不是说亲起嘴来没完,那更不是他们俩儿,董彩莲那人规规矩矩,绝不是轻浮之人,是别人亲自己的手背,在做戏。"

二贝勒追问："是谁?"

周八接着说："是醋溺膏在玩弄口技,仿二人谈话。"

春花也一愣。

二贝勒还不信："不会,不会,这声音不是口技。"

周八学醋溺膏,用嘴亲着自己的拳头说："穷哥,我离不开你,穷哥,我早是你的人了。穷哥,我早是你的人了……"

二贝勒豁然明白："就是这声音!"

周八揭底："这是仿啃猪蹄的声音。"

二贝勒怒气大升："原来他们在戏弄我,我说回来再找那个看相的,怎么也找不着了。"

再说徐三桌前,徐三掏出银两欲付茶费,春花走了过来说："这次算我请客。"

徐三不忍心："我喝了茶,哪能不付钱?"

春花还有话说："徐三哥,你等等,我想送你一样东西。"

徐三很想知道："什么东西?"

春花从柜台后拿过来一个茶叶盒说："这是一件稀世珍宝。"

徐三开玩笑地说："空盒?"

春花诚心实意地说："你掂掂。"

徐三掂了掂:"还真沉,是不是金子?"

春花真诚地说:"比金子还值钱。"

徐三欲打开,春花捂住说:"你回到家再看。"

徐三真不好意思:"我喝着,还拿着,真不好意思。"

春花有想法:"你回去,如果能根据这盒东西,续一回《西游记》,以后你可以免费在这里喝茶。"

徐三有决心:"好,我一定猜破这个谜底。"

徐三走后,春花发现桌上的银两忙招呼:"徐三哥,银子!"

徐三说明:"这是我喝的茶钱。"

周八、春姐一撇嘴。

再说长寿宫里,慈禧在摆弄她的长指甲,李莲英进殿禀告:"回太后,扎王爷求见。"

慈禧心中不悦:"有事,让他明日早朝禀奏。"

李莲英还有话:"他说碰到一件悬案很棘手,不好当众禀奏。"

慈禧也有心事儿:"一会儿皇帝就到了,我没有工夫听他啰唆。"

"是!"李莲英听命欲下,慈禧又叫回,"等等,他碰到什么棘手的事了?"

李莲英回话:"奴才也不知。"

慈禧下旨:"你让他进来,简明奏上。"

李莲英遵旨:"喳!"

二门外，李莲英出来与扎亲王说："皇太后今日心情不好，王爷要简明短奏，时间不要太久。"

扎王爷答应："好，走。"

扎王爷随李莲英进殿。

宫殿里，扎王爷进来："臣给皇太后请安，太后吉祥！"

慈禧说话也不客气："免礼吧，一会儿皇上进殿，有事你要简明扼要地说。"

扎王爷要事直说："为臣收到一封检举信，发现一征女逃征私嫁，不知如何惩处。"

慈禧火气上升："逃征私嫁，好大的胆子，这区区小事，有何难惩处？你把她交与刑部，按前例惩处就是了。"

扎王爷遵旨："是，不过，这征女……"

慈禧下令："不管征女有何辩词，按刑律处理就是了。"

"是！"扎王爷接旨退下。

慈禧问李莲英："这征女是谁？"

李莲英也不知："奴才怎么知道，太后理应问清。"

慈禧分析："是不是这征女有来头，不然扎王爷怎么吞吞吐吐的。"

李莲英的意思："太后应该多问几句。"

这时小太监喊："皇上到！"

同治进殿，李莲英迎上："奴才给皇上请安！"

同治不感兴趣："靠一边吧！"

李莲英遵命："是！"

同治气冲冲走上："皇额娘！"

慈禧强露笑颜："快快坐下说话。"

同治气不平地问："不知皇额娘唤出皇儿何事？"

慈禧往下压火："皇儿不要着急，没什么大事。"

同治气未消："没有大事，皇儿就告辞了。"

慈禧上心地问："哎，母后问你几句话。"

"母后请讲。"

"皇儿是不是又去天桥了。"

"谁那么嘴快，我要狠狠地治罪于他。"

"人家是为了皇儿好。现在下处正闹天花，不能再去下处。"

"皇儿在宫里就染不上天花啦？"

"下处那么杂乱，母后怕你染上杂病。"

"整日在宫里，活像一大虎笼，皇儿一憋气，必然得病。"

"去下处心情就好？"

"皇儿一见到穷不怕，立刻心旷神怡，还有何病啊！"

"穷不怕过俩日就进宫，皇儿可看个够。"

"宫里跟天桥不一样。天桥的活儿一进宫就没有那味啦！"

"什么味不味，就这么定了，皇儿可以回宫去休息了。"

宫里廊下，同治爷出来。廊中遇到扎王爷，扎王爷给皇上请安，同治说："王叔还没有走？"

扎王爷有话:"臣有事向皇上禀奏。"

同治爽快:"王叔直言,不必拘理。"

扎王爷故作为难的样子:"臣遇到一件棘手之事。"

同治追问:"何事使王叔为难?"

扎王爷拿出一封箭信:"臣接到一封状信,状告逃征私嫁之女董彩莲。请皇上下旨。"

同治看完呈文,又退给王爷:"朕以为何事,原来发现一名私嫁之女,既然呈到王爷手里,王爷依法治罪就是了。"

扎王爷心里畅快:"谢皇上,臣一定严办。"

同治话也多了:"这又有何棘手,按大清律例,将私嫁之女与其丈夫分开。嫁者、娶者一并治罪,各打八十大鞭,知情不报人鞭五十。庄内女子与庄内婚嫁,园内女子与园内婚嫁。也可嫁给释放囚犯。"

扎王爷大谢:"皇上英明,只是……"

同治追问:"只是什么?"

扎王爷说出难情:"只是这私嫁之女的丈夫怕皇太后不肯治罪。"

同治有话:"越是我母后偏爱的,越要依法严惩。"

"喳!"扎王爷欲走,同治像想起什么,"这私嫁之女叫什么?"

扎王爷如实回话:"董彩莲。"

扎王爷走后,同治自语思索着:"董彩莲!"

再表张三禄家里,张三禄、云花、穷不怕、董彩莲正在议事，穷不怕觉得不忍："我们总在师傅这里住着，也不叫事。"

张三禄不以为然："嗨！平时请你们还请不到呢，这不遇到事了嘛？"

董彩莲有些不好意思了："您这儿屋子太挤了。"

张三禄好热闹："越挤越亲热。"

穷不怕又思索起问题来了："我不知道，这次事因从何而起，知道它的来龙去脉，也好想想对策啊！"

张三禄问彩莲："你好好想想，这次出事之前，你出逃之事，除了刘通知道，还有谁知道？"

董彩莲不假思索："真的没人知道，就刘通知道。"

张三禄分析："刘通会不会对外人讲？"

董彩莲微微摇摇头："刘通人品老实，绝不会外传。"

张三禄又细问："乡里其他人呢？"

董彩莲爽快回话："也不会啊，那次征选秀女，只在八旗庄园中进行，没有惊动外乡，我的父母被英法联军杀害，我只身一人逃出庄园，别人不知道内情。内务府官员，追查到花乡时，刘通隐瞒没报，并没引起其他人注视。"

这时，贫根儿、韩麻子、醋溺膏从外边进来。贫根儿抢着叫"师傅"。

董彩莲插话："你们怎么碰上的？"

贫根儿解释："就在门口碰上的。"

云花也问："有没有人盯上你们？"

贫根儿有把握地说:"没有,我绕了七个胡同,才拐进院里。"

众人大乐,云花又问:"到底打听没打听点确信儿。"

看样子,贫根儿的话很多:"当然有了,这次是扎王爷直接查办,他正在顺藤摸瓜。"

穷不怕接着分析:"我倒也听说,这次扎王爷亲自出马,问题是二贝勒怎么知道彩莲私嫁。这是个关键之事,是上边有名册,还是下边有人举报?"

张三禄谈出自己的看法:"看起来得认真对付扎王爷、二贝勒了。"

穷不怕也说:"是啊,我们老躲也不叫事。"

韩麻子分析说:"二贝勒让我们遛苦了,说不定也要报复我们一下。"

醋溺膏不在乎:"那就让他一块报复吧!"

韩麻子让穷不怕表态:"穷哥,你是个仙人,我们听你的。"

穷不怕谈出自己的想法:"这次事头来得凶猛,一种办法是我们同王爷们迂回周旋,另一种办法是我们逃之夭夭,别无选择。"

这时,徐三端着茶叶盒从门外进来,贫根儿问:"你手里拿的什么?"

韩麻子先发了话:"那不是茶叶吗?"

云花觉得不对:"不是茶叶,茶叶哪用得着双手端着。"

贫根儿问徐三:"里边到底是什么?"

徐三面不改色:"是个谜语。"

众人大笑,贫根儿又问:"谁送的?"

徐三不想说:"你不用问了。"

贫根儿还想问:"是男是女?"

云花兴趣很高:"看那害羞劲儿,兴许是个女的。"

徐三真不想说:"你们都别问了。"

韩麻子为晚辈高兴:"我徒儿也有人瞅上了。"

贫根儿不准红男绿女来掺和:"她敢!我们这里已经有人看上了。"醋溺膏、韩麻子俩人看了一眼云花。

穷不怕思索了一会儿问道:"里边到底装了什么东西?"

徐三摇摇头:"徒儿真不知。"

董彩莲直言:"看看不就知道了。"

徐三很讲信用:"人家不让随便打开,打开得有令。"

贫麻子也有些着急了:"什么令呀?"

徐三说出人家的原话:"人家说徐三哥,你到家再打开。"

贫麻子爱开玩笑:"还有人叫徐三哥了,谁那么大胆,只有我们云花妹子才能叫徐三哥。"

云花推了贫麻子一下:"去你的!"

董彩莲问徐三:"谁让你到家才打开?"

徐三不想说:"您别问了。"

云花嘴一撇:"给了一个茶叶盒,人都变晕了。"

徐三想解释:"这不是茶叶,你掂掂,沉着呢。"

云花掂了掂:"还挺沉。"贫麻子又掂了掂:"会不会里边装什么宝物?"

徐三学话:"人家说比金子还值钱。"

云花又逗上了:"比金子还值钱,也许是什么定情物。"

徐三否定:"什么定情物啊!"

贫麻子下令:"那就打开看看吧!"

徐三同意一半:"我进里屋打去吧!"

云花没那么多事儿:"还背着什么人啊,这里也没有贼。"

董彩莲也帮着说:"这里没外人,让师爷、师傅一起看看有什么不好?"

贫麻子也说:"让大家开开眼。"

徐三同意了:"好,我让大家开开眼。"

几个人围在桌子旁边,徐三费劲儿地打开盖,里边原来是一盒子臭醋,徐三五官被熏歪了,"臭醋!""臭醋!"地吼起来没完。

众人直扇鼻子:"真臭!真臭!"

徐三欲倒:"净骗我!"

穷不怕止住:"等一等,先别倒!"

徐三不明何意,穷不怕觉得这里边有戏,忙问:"谁送你的臭醋?"

京城笑仙

谈宝森 著

下

北京燕山出版社

目 录

第十八章　三格格心甘情愿背黑锅 …………… 525
第十九章　三格格亲到了穷哥的鼻子尖 ………… 555
第二十章　三节两寿入门磕头拜师　脑门鼓起了
　　　　　真情大包 …………………………… 586
第二十一章　比胆量给棺材里的死人喂饭　没想到
　　　　　　死人张嘴喝粥 …………………… 616
第二十二章　非情人互跪诉说真情 ……………… 646
第二十三章　万岁爷升天酒糟鼻子带鼻套不能露红
　　　　　　穷哥的白纸对联买的人照样多 …… 674
第二十四章　二贝勒坐上纸底轿　两腿只得跟着
　　　　　　轿子跑 …………………………… 706
第二十五章　慈禧封天桥八大怪　隔辈人传艺
　　　　　　振兴门族 ………………………… 737
第二十六章　朱门门庭若市　对诗句问横批
　　　　　　难走了闲杂人 …………………… 764
第二十七章　擦嘴唇的猪肉皮让猫叼走了 ……… 794
第二十八章　以假乱真，演"双簧"反受褒奖 …… 823

第二十九章　同治爷留下的御笔圣书和老佛爷的
　　　　　　翡翠鼻烟壶 …………………………… 853
第三十章　　穷不怕的回文诗正着念反着念发音
　　　　　　都一样 ………………………………… 882
第三十一章　理发挑子的大饼卷肉让狗叼走了 …… 912
第三十二章　生日宴前吟酒令　鼻烟壶风波露真情 … 941
第三十三章　逃难路上的穷不怕　高粱地里救难民 … 971
第三十四章　一条活鱼从热锅里蹦出来　众人勺尝
　　　　　　宽汤香香香 ………………………………… 998
第三十五章　慈禧万寿节来到天桥观瞻崇隆庆典
　　　　　　不料彩牌楼旁边躺着常傻子的尸体 …… 1028

第十八章　三格格心甘情愿背黑锅

张三禄家里,张三禄、云花、穷不怕、董彩莲、贫麻子、醋溺膏、韩麻子正在议论徐三手里那坛臭醋。穷不怕追问徐三:"谁送你的那坛臭醋?"

徐三解释:"周八茶馆里一个丫头。"

云花乱了神,忙问:"男的女的?"

贫麻子接茬:"丫头有男的吗?"

众人笑,穷不怕认真问徐三:"哪个丫头?"

徐三又解释:"新来的一个丫头,好像是周八的内妹。"

云花马上问:"你跑到他茶馆去了?"

徐三再解释:"不是让我盯着二贝勒吗?"

云花指责徐三:"你跟周八素来有仇,他们能不涮你吗?"

徐三又一次欲摔臭醋:"他们拿我开涮!"

穷不怕止住:"等等,她为什么送你臭醋?"

徐三摇摇头。

穷不怕深思细问:"莫非这臭醋里有什么寓意?"

徐三又摇头。

贫麻子为他着急："一问三不知。"

穷不怕很认真："她送你臭醋时候还说什么来啦？"

徐三一时想不起来："没说什么……让我好好想想！"

穷不怕猜测："这可能是个谜。"

徐三点头："对，她也说是个谜。"

穷不怕对大家说："既然是谜，我们每个人都猜猜。三个臭皮匠，顶个诸葛亮。"

云花很得意："我猜到了。"

徐三忙问："你说这臭醋是什么意思？"

云花多心地问起徐三来了："我问你，这个丫头叫什么？"

"叫春花。"

"你们见了几次面了？"

"萍水相逢，今天头一次。"

"她对你还说什么啦？"

贫麻子插话："嗬！调查起来了。"

徐三回答云花的提问："初次见面，就同我开玩笑。她管我叫徐三哥，还知道我是穷不怕相声场子的。"

云花点给他："说明她早就注意到你了。"

徐三点头："我也有同感。"

云花分析："我总觉得春花姑娘并不简单。"

徐三又点头："我也有同感。"

云花替徐三着急:"你怎么老有同感啊?"

贫麻子爱跟徐三开玩笑:"我觉得这臭醋不是给你的,是让你转给云花的,她爱吃醋。"

云花一听脸红了,嘴不饶人:"胡说,我吃什么醋啊!"

贫麻子正在兴头上:"那天我就看你吃起醋来啦!"

云花嘴不示弱:"你胡说!再说,她哪知道我啊。茶馆里人来人往的,是不是她怕徐三吃醋?"

贫麻子摆手:"不对,怕徐三吃醋,为什么送给徐三臭醋,这不是恶心徐三吗?我分析,春花对徐三没有恶意,只是逢场作戏。徐三,她是不是同你开个玩笑?"

徐三觉得:"开始倒像开玩笑,她给我沏了三包不同的茶叶,茶水都苦了,她乐得可开心啦。"

贫麻子谈出看法:"这就对了,她表面上跟你开玩笑,实际上为了挣茶钱。"

徐三另有看法:"开始我也这么想,后来她把茶钱算在她身上了。"

贫麻子紧问:"喝了半天茶,你没给银子?"

徐三实话实说:"给了。"

贫麻子自己觉得得意:"着啊,她让银子是假,收银子是真。"

徐三细想:"我看她让银子不是假意。"

贫麻子自信:"你吃过几碗干饭?买卖人都有手腕。"

徐三摇手："不是那样，银子是我扔下的。"

贫麻子坚信自己的看法，又问："临走，春花说什么啦？"

徐三如实回话："临走，春花说，这个谜我要猜到，以后我可以免费到那里喝茶。"

贫麻子坚持自己的看法："这不就清楚了，她拉着你，就为了拉个茶座儿。"

"怎么可能？"

"怎么不可能？你想，你猜一次谜，喝了几包茶。"

"喝了三包。"

"你猜两次，是不是得喝六包茶啊？"

"是啊！"

"你猜十次是不是得喝三十包茶啊？"

"我还老猜不着啊？"

"你老也猜不着。"

"为什么？"

"这个谜没有谜底。"

"她瞎给我出的？"

"你明白了吧。"

徐三还是摇头："你的看法，我不敢苟同。"

贫麻子心平气和地问："你不同意我的看法？"

徐三表示："我一点儿也不同意。"

贫麻子追问："你认为这坛臭醋什么意思？"

徐三十分沉着:"要想弄清这坛臭醋的寓意,必须弄清春花是个什么样的人,必须弄清她对我们的看法。"

贫麻子沉吟:"这个,两年你也摸不清。"

穷不怕对众人说:"用不了两年,大家好好想想,春花姑娘为什么送徐三一坛子醋。"看众人摇头,穷不怕问徐三:"你说一说茶馆当时都坐着什么人。"

徐三记忆犹新:"别的人跟咱们关系不大,原来只有曾府的二贝勒独自喝茶,后来周八进来跟二贝勒凑到一起喝。"

穷不怕提出一个关键问题:"这臭醋是周八进来之前送你的,还是周八进来以后送的?"

徐三记得很清楚:"周八进来以后,我临走的时候送的。"

穷不怕又问:"周八都跟谁谈话了?"

徐三对答如流:"他一直跟二贝勒密谈。"

穷不怕谈出看法:"我认为这坛醋,跟这俩人有关系。"

醋溺膏不同意:"扯不上,扯不上。臭醋跟二贝勒、周八有什么关系。"

韩麻子也有同感:"是啊,一个小丫头哪有那么多故事。"

穷不怕坚持自己的意见:"不,说不定这个谜语还有什么典故呢。"

贫麻子反复点头:"对,我同意师傅的看法,这里边一定有什么典故。"

徐三提出一个新问题:"周八跟这坛醋有什么关系?"

贫麻子分析:"太有关系了,说不定春花听到二贝勒和周八谈什么了,给了一种暗示。"

云花追问:"这臭醋暗示什么呢?"

贫麻子摇摇头说不上来:"不知道。"

云花又问:"为什么把臭醋给徐三?"

贫麻子又摇摇头:"不知道。"

云花又猜:"是不是让咱们都去喝茶?"

贫麻子急得解释不出来:"喝茶不喝茶是小事,这臭醋是件大事。"

云花又追问:"什么大事?"

贫麻子又摇摇头:"不知道。"

徐三叹口气:"白白话了。"

穷不怕觉得没那么简单:"没有白白话。"

贫麻子提议:"听听师傅高见。"

徐三也同意:"对对,听听师傅高见。"

穷不怕考虑了一下:"徐三,我还有一事要问。"

"师傅请问。"徐三望着师傅。

穷不怕抓住了问题关键:"春花给你臭醋的时候还说什么来着?"

徐三回忆了一下:"没说什么,她让我根据这坛臭醋续一回《西游记》。"

穷不怕一拍大腿:"这就对了,续一回《西游记》,你怎么不早说。"

徐三还不明白："这有什么含义？"

云花也没弄懂："臭醋和《西游记》有什么关系？"

穷不怕突然一笑："有关系，我明白了，你们明白了吗？"

众人纷纭："明白什么？"

这时，常傻子、田瘸子从外边进来。穷不怕启发大家："咱们想想臭醋跟咱们谁有关系。"

徐三想了想："都没关系啊，谁爱喝臭醋啊？"

穷不怕暗示："不是这关系，谁的名字跟臭醋有关系。"

众人望来望去最后盯着醋溺膏，醋溺膏不解地问："看我干吗？"

常傻子说明："你的名字跟臭醋有关系。"

醋溺膏不明白："不对，我叫醋溺膏，用醋和溺两种东西熬的膏，形容我单口相声功夫深。功夫不负有心人，铁杵磨成绣花针。"

田瘸子细问："你说什么？你的功夫是两种东西熬成的膏？"

醋溺膏十分认真："那没错啊！是醋和溺两种东西熬成的膏。"

田瘸子追问："哪两种东西熬成的膏？你一种一种地介绍。"

醋溺膏津津有味地说："第一种是醋。醋，你懂不懂？就

京城笑仙

是吃饺子蘸的那个醋，多不容易，稀醋熬成膏，这是什么功夫？"

田瘸子进一步给他出题："你再介绍下一种——溺。"

醋溺膏请教："溺……它是一种什么东西呢？"

田瘸子对醋溺膏说："问你呢，它是什么东西？"

醋溺膏泛泛解释："它是一种很美丽的……明白了吧？"

田瘸子大声回话："不明白。"

"你真不明白？"

"真不明白。"

"那就好办了。"

"蒙事呀！"

"干吗蒙事呀，我虽然不知道溺是什么东西，但溺字有三点水，说明它也是一种液体。"

韩麻子插话："甭管什么液体，熬出膏来也不简单。"

醋溺膏点了点头："这倒是。"

韩麻子让感谢："大家给你起的名字，说明大家对你的厚爱。"

醋溺膏嘴甜："谢谢大家！"

常傻子又发言了："你还得谢谢我。"

醋溺膏不明白："谢你干什么？"

常傻子说明原因："你这个溺字我知道是什么液体！"

醋溺膏直表扬常傻子："我们这傻兄弟，还独出心裁。"

常傻子不抢功："不是我认出来的，是一个秀才从《康熙字典》里给你查出来的。"

醋溺膏想听个仔细："你向大家解释解释，醋溺膏的溺字当什么讲？"

常傻子直言不讳地说："当尿讲。"

田瘸子没听清楚："当什么讲？"

常傻子心直口快："当尿讲。他没说是人尿，是马尿，还是猫尿，反正什么尿熬出膏来也不容易。"

众人大笑。

田瘸子话也多了："尿，加在醋里，不就是臭醋吗？"

贫麻子承认："又酸又臭的醋。"

穷不怕认真起来："溺的东西就不好闻了。"

韩麻子还不明白："就当醋溺膏是指臭醋，又说明了什么？"

穷不怕继续分析："春花自己不会提到醋溺膏，她一定是听别人谈到醋溺膏。"

贫麻子点头："分析得有理，一定是二贝勒和周八谈到了醋溺膏。"

穷不怕进一步诱导："二贝勒前去喝茶，心中十分烦闷，因为前两日在先农坛墙根被韩麻子、醋溺膏戏耍了一顿，他要伺机报复。"

韩麻子不解："这不可能啊，醋溺膏学口技不会出现问题的。"

云花也说："二贝勒腿都累瘸了,还去追那个声音,说明他并没有识破天机。"

穷不怕考虑深远："那是前天的事。今天,他知道内情了。"

徐三自语："莫非他成神仙了,能神机妙算了?"

穷不怕提醒大家："你们别忘了,春花还跟徐三说,让他续上一回《西游记》呢!"

云花还不明白："醋溺膏跟西游记有什么关系?"

徐三回忆说："《西游记》讲的是唐僧西天取经。"

云花接着说："是啊,最有名的是孙悟空大闹三界。"

穷不怕启发大家："闹三界以后呢?"

云花回答得好："遇到了九九八十一难。"

穷不怕接着提示："对啊,让徐三再续一回《西游记》,那就是醋溺膏遇上了八十二难。"

徐三眼前一亮："醋溺膏要遇难?"

穷不怕坚定地说："对,醋溺膏有难。"

云花认真思索了一番："师傅猜得有道理。"

徐三心里佩服："师傅猜得没错。"

贫麻子嘴笑歪了："我说师傅一参战,就迎刃而解了吧!"

穷不怕很谦虚："其实大家的话都启发了我。"

贫麻子信服穷不怕："师傅猜得没错。"

穷不怕把臭醋交给徐三："光说我猜对了还不行。徐三，你去找春花印证一下，看我们猜得对不对。"

醋溺膏赞成这主意："对，你去印证印证，我走也走个踏实。"

贫麻子坚信："师傅猜得没有错！"

穷不怕坚持找春花："那也需要印证一下吧。"

徐三刚要起步，穷不怕嘱咐："关键要打听一下周八他们捣的什么鬼。"

徐三点头："徒儿知道了。"

徐三来到周八茶馆，找到春花。徐三指着那坛醋，对春花说："这坛臭醋的谜底我猜到了。你让我《西游记》后边再续一回我知道怎么回事了。"

春花欣赏地说："你说说看。"

徐三有个条件："你先把谜底写在纸上，省得我说什么，你都说不对。"

春花拿出一张纸："谜底早就在上边，你说吧。"

徐三亮出谜底："谜底就是'醋溺膏'，《西游记》续了最后一回是说醋溺膏遇上了八十二难。"

春花亮开纸条上的谜底，纸上果然写着"醋溺膏"，春花高兴地称赞："真神了，你怎么猜到的？"

"你先告诉我，你为什么要提示我？你听到什么了？"

"你先告诉我。"

"你先告诉我。"

"你先告诉我。"

徐三坚持："我已猜到谜底了，应该你先说。"

春花犹豫了一下："你已经猜到谜底了，就不用我说了。"

徐三进一步探问："我只知道周八向二贝勒告密，可不知告密什么内容。"

春花粉脸含春："这已经够了。"

"那我白猜到谜底了。"

"我免费请你喝一辈子茶。"

"不不不，喝茶我还是要付钱的，而且我们还要感谢你。"

"感谢我什么？"

"感谢你提醒了我们。"

"你那聪明劲儿，让春花开眼了。"

"你还没告诉我周八搞什么鬼把戏了。"

"你还没告诉我，你怎么猜到的呢。"

"你告诉我，我肯定告诉你。"

春花说出心里话："好……你想啊，醋溺膏在城墙用口技学穷不怕两口子，周八都看到了，董彩莲逃征私嫁也是他听到的……行了吧，你该告诉我，你是怎么猜到的。"

徐三说出实情："我实话告诉你吧，谜底是我师傅穷不怕猜到的，文字游戏什么也别瞒过我师傅。"

春花佩服:"真可爱!"

"我师傅是可爱。"

"我说你可爱。"

"我师傅猜到的。"

"有这样的高师,他徒弟错得了吗?"

就在徐三、春花开心猜谜不久,穷不怕召集了韩麻子、醋溺膏等人在张三禄家里议事,贫麻子也非要来。穷不怕指着韩麻子、醋溺膏二人说:"你们二人赶快躲一躲。你们戏耍了二贝勒,二贝勒已知道了内情,他要伺机报复呢。"

醋溺膏相信又感谢穷不怕:"穷哥,干脆连嫂子,咱们一块儿到保定府躲一躲。"

穷不怕不同意:"不必,我们的事是大难,光躲也躲不了,还要同他们周旋。"

醋溺膏也不客气了:"那我们俩就告辞了。"

贫麻子说了句难舍难分的话:"你们要走好。"

韩麻子皱歪了眉:"我听这话怎那么别扭。"

众人送出醋溺膏、韩麻子。

再表扎王府,扎王爷同二贝勒正在密谈。二贝勒问:"王叔,这次宫中一行进展如何?"

扎王爷笑曰:"同治爷已下口谕,可以将董彩莲与其夫分开。嫁者,娶者,一并治罪,各打八十鞭。然后将董彩莲内嫁。知情不报者,鞭五十。"

二贝勒称快:"太好了,真是大快人心。"

扎王爷得意地说:"现在马上治他们罪,这回顺王侄心愿了吧?"

二贝勒当然喜悦:"多谢王叔执法如山。"

扎王爷又问:"现在穷不怕夫妇身在何处?"

二贝勒立刻结巴起来:"他俩……又……失踪了。"

扎王爷霍地站起:"废物!我让你看住他们,怎么把人看丢了?"

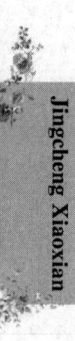

二贝勒咬牙切齿:"可恨天桥八大怪护着他们,层层设阻。"

扎王爷用力地吐口气:"真可恶,这帮乱贼,早晚是个祸害。"

二贝勒劝慰王爷:"不过,王叔不要着急,我倒有个让他们自动上钩的办法。"

扎王爷立刻追问:"王侄有何高见?"

二贝勒吐露出谗言:"王叔不也知道刘通瞒征没报吗,何不从刘通下手,只要按律将刘通鞭打五十,董彩莲会自投罗网。"

扎王爷不明白:"刘通是何人?"

二贝勒说出内心憋了很久的话:"他是花乡的花匠,十八村走会的把头人,他常常带着花会到城里厮混闹事。"

扎王爷火气大发:"岂有此理!本王一定要严惩不贷。"

二贝勒说出自己的想法:"王叔这么办,抓刘通的事按官府程序去抓,引诱董彩莲出洞之事就交给小侄了。"

扎王爷应允:"好,就这么办。你要言而有信。"

二贝勒内心喜得屁颠屁颠的:"王叔瞧好吧。"

再说这日,周八正在住宅里饮茶,春花忽然进来报:"姐夫,二贝勒求见。"

周八放下茶杯:"快快有请。"

二贝勒进宅,周八迎上施礼:"给二贝勒请安!"

二贝勒心里乐开了花:"免礼,免礼。"

周八让上座:"二贝勒请坐。"

二贝勒也很客气:"同坐,同坐。"春花给二贝勒斟饮,周八对春花说:"你到前边帮助你姐姐去吧!"春花听话下去,二贝勒这才问及正事:"贤弟,最近买卖如何?"

周八直叹气:"二贝勒明知故问,没有后台提携,我的茶馆根本兴旺不起来。"

二贝勒心里早憋了个主意:"我倒想出一个让你接近扎王爷的办法。"

周八急问:"快说,有何办法?"

二贝勒告诉他:"穷不怕、董彩莲一案,扎王爷已奏明皇上。"

周八喜出望外:"皇上恩准了吗?"

二贝勒吐露实情:"皇上已下旨叫扎王爷审理。"

周八心旷神怡:"太好了,真替我出了口大气。快说,有何办法让我接近扎王爷?"

二贝勒十分得意:"你的机遇来了。"

"怎么来了?我怎么样才能见到扎王爷?"

"别急,我一定让你见到扎王爷。"

"贝勒爷快说,有何办法?"

"审理穷不怕夫妇时,你可以出堂做证。"

"让我做证人,在堂上跪着?"

"这样你就可以见到扎王爷了。"

"这样能和扎王爷攀亲吗?"

"能!扎王爷一拍桌案,你就照着扎王爷的意思说。"

"二贝勒,你这不是糟改我吗?"

二贝勒一笑:"跟你开个玩笑。说实话,扎王爷这个人很难接近,处世又比较圆滑,你要得到扎王爷的信任,我倒有一主意。"

周八忙问:"有何主意?"

二贝勒巧言相告:"必须从他女儿大格格入手。"

周八急着想知道:"别人都这么说,这是为何?"

二贝勒耐下心来解释:"他十分器重他的大格格。只要跟大格格混熟,大格格替你说上几句好话,你就能认上扎王爷为干爹。"

周八觉得有理:"这倒是,我如何见到大格格?"

二贝勒心里有底:"这事不难,包在我身上。"

周八由衷地表示:"那我就多谢二贝勒了!"

二贝勒挑理了:"你怎么没问我,我有没有事求助于你啊?"

周八故作不好意思:"二贝勒何事需要我帮忙?"

二贝勒口气很硬:"有一事非你莫属。"

"二贝勒您就别客气了,有事请您直言。"

"我想狠狠制服董彩莲,以解我心头之恨。"

周八一笑:"那好办,你把董彩莲、穷不怕交予刑部,各打八十鞭,然后再将他们分开,这不就解你心头之恨了吗?"

二贝勒咬牙切齿地说:"这样做还不能解我心头之恨。"

"依二贝勒之见?"

"董彩莲一打八十鞭不是丧命,也是半死,这太便宜他们了。"

"这倒是。"

"我想压上穷不怕一头,叫穷不怕戴一辈子绿帽子。"

"哦!高!高!正中我意,二贝勒叫我何干?"

"让你给董彩莲腾一间空屋。"

"二贝勒你怎么不把董彩莲抓回王府?"

"不行啊,有我阿玛拦阻,在王府很难成事。"

周八想到一事:"听说你买了一套宅子。"

二贝勒有气:"早被别人盯上了。"

周八点了点头:"我明白了,让我给二贝勒腾出一间房子,那好办,把春花那间给二贝勒腾出来就是了。不过,二贝勒知道董彩莲现在藏在何处?"

二贝勒奸笑:"我有办法将她引出。"

周八若有所思:"穷不怕诡计多端,董彩莲会上你当?"

二贝勒一笑:"还有个人相助于我。"

周八想知道:"谁?"

二贝勒自信地说:"我妹妹。"

周八想得多:"她能听你的?"

二贝勒一笑:"上次穷不怕跑掉,就是她通的信儿,这次我还要让她再送一次信儿。"

曾王府配殿,福晋、侧福晋、三格格正在殿上饮茶。二贝勒回来了,幸灾乐祸地说:"大快人心,大快人心。"

福晋忙问:"什么事儿那么高兴?"

二贝勒冲口而出:"刘通已经伏罪。"

福晋追问:"这刘通何许人?"

二贝勒发泄闷气:"就是丰台十八村花会的把头人。上次因为他们男扮女装,孩子吃了好大的苦。"

福晋也反感:"他们又进城捣乱,真是野性难改。"

侧福晋想问个究竟:"这次刘通为何受刑?"

二贝勒得意地说:"他跟董彩莲逃征私嫁有关系。"

侧福晋很想知道详情:"有何关系?"

二贝勒张口就来:"他隐瞒官府,包庇董彩莲。"

三格格多心地注视着二贝勒。

福晋心疼儿子:"这还了得,他们胆子也太大了!"

二贝勒哼了一声:"董彩莲、穷不怕一个也跑不了。"

三格格上心地问:"刘通现在何处?"

二贝勒透露了点儿风声:"他关在扎王府,早挨了五十大鞭。"

三格格尽量压制内心的不平:"你怎么知道的?"

二贝勒脸色突变:"我……你怎么倒问起我来啦?"

三格格蔑视地站起来走了。

再表张三禄家里。张三禄、穷不怕、董彩莲、贫麻子、徐三、丑孙子、常傻子、贵二在屋中议事儿,云花拿着一封信进来说:"不好了,刘通出事了。"

董彩莲忙问:"出什么事啦?"

云花举着信说:"刘通让扎王爷抓走了,打了五十鞭。"

董彩莲马上自责:"都是为我,是我牵连了他。"

穷不怕劝大家:"先冷静,不要妄动。"

穷不怕接过信看:"此信何人所送?"

云花望着穷不怕说:"还是那个三格格。"

丑孙子说出看法:"是不是此信有诈?"

穷不怕机灵地说:"三格格不会弄假,不知消息来源有没有诈。"

董彩莲微微摇头:"这不会有假,他们哪知道刘通,我把他换回来,不然他会被打死的。"董彩莲拿了件衣服,准备往外跑。

穷不怕把她叫住:"彩莲,咱们先商量商量,你着急会上当的。"

董彩莲临出门又说了一句:"刘通的脾气,他至死也不会供出我,我要不去,他会被打死的。"说完她跑出去了。

张三禄着急地问大家:"谁去把她追回来?"

常傻子自告奋勇:"师伯,还是我去。我是飞毛腿,我能把她追回来。"

穷不怕觉得自己责任重大:"还是我去吧。"

常傻子有话:"不,穷哥,你留下跟大家商量一下对策。"

众人也要求:"对,咱们得商量个办法。"

常傻子从屋里出来,没走多远,看见远处有董彩莲的背影,常傻子撒腿在后边追。董彩莲跑着跑着,忽然半路上杀出四个骑马的蒙面人,七手八脚地将她蒙头抢走,常傻子撒腿追去。但是常傻子一拐弯,前边几人已不见踪影。常傻子自责:"他娘的……上当了。"

常傻子气呼呼地往回走,不一会儿闯进张三禄的家,他对众人说:"我们上当了。"

穷不怕忙问:"怎么上当了?"

常傻子大喘气地说:"我穷嫂被几个蒙面人抢走了。"

丑孙子一听，急不可待地说："走，我们找他去。"

常傻子实心眼："找谁去？"

丑孙子重复了一遍："找蒙面人。"

常傻子泄出心里话："早跑了。"

张三禄想问个究竟："这是谁干的？"

常傻子答不出："我哪知道，四个人都蒙着头。"

穷不怕猜测："一定是二贝勒。"

丑孙子追问原因："何以见得？"

穷不怕推测："三格格的消息一定来自曾王府。"

丑孙子细问："为什么？"

穷不怕分析："二贝勒已经知道三格格给我们送过信，他这是将计就计。这叫'人无伤虎心，虎有伤人意'。"

丑孙子也性急了："走！到曾王府找他们去。"

常傻子响应："走！咱们大闹曾王府！"

穷不怕道出了营救部署："事情出在二贝勒身上，人在没在曾王府还不好说。咱们这么办，我先独闯曾王府，如果能见到曾王爷，事情会迎刃而解；如果让二贝勒把我截走，大家以救我为名，大闹曾王府。"

张三禄听起来有理："对！这么办比较稳妥，董彩莲在没在曾王府，咱们根本不知道。"

丑孙子准备行动："我去找八大怪和天桥弟兄。"

分工以后，穷不怕往曾王府门口而来。意料之中，丁三、王四带着一帮人截路。丁三大叫:"此路是我开,此树是我栽,要想从此过,必须拿钱来。"

穷不怕痛斥:"堂堂曾王府,偏偏学山贼寨寇。"

丁三一笑:"跟朱先生开个玩笑,朱先生有何贵干?"

穷不怕还往前走:"我跟大门侍卫说说。"

丁三用胳膊拦住去路:"跟我说就行了。"

穷不怕直言相问:"你奉谁的命令?"

丁三答话:"奉曾王爷的命令。"

穷不怕揭底:"不对,你是奉二贝勒的命令吧!"

丁三蛮横:"别管哪个爷,就是不让进!"

穷不怕用胳膊扒开,丁三动手,俩人打了起来。不到几个回合,穷不怕将丁三打倒在地。其他人一拥而上,穷不怕故意被俘。这时一蒙面人杀出来相救,也故意被俘。

丁三吩咐:"将他们俩人关在暗间。"

这个蒙面人原来是三格格。二贝勒吩咐人把穷不怕、蒙面人押进一间暗室,俩人被倒绑着,眼睛上蒙着布带,穷不怕嘴里塞着布团,只听见三格格轻轻地叫:"绍文兄!绍文兄!"

穷不怕隔着布带望着三格格的方向。

三格格改称呼了:"穷哥,你在哪儿啊?"

穷不怕因嘴里有布团,只能发出"唔唔"的声音。

三格格向穷不怕跟前挪动。

三格格的脸碰到穷不怕的脸，想把穷不怕嘴里的布条取出来。

穷不怕把脸对着三格格。

三格格本想顺势亲穷不怕两口，没想到第一口亲上了穷不怕的鼻子尖："鼻子啊！"穷不怕把头抬高了。三格格第二口又亲上了穷不怕的脖子，穷不怕一痒痒，头来回躲。

三格格说："对不起，我的眼睛被蒙着。"

半天，三格格用嘴将穷不怕嘴里的布团叼出来，穷不怕说了话："三格格，没想到是你，快，我给你解布带。"

三格格的眼带离穷不怕越来越近了，三格格的心跳得越来越快了。

三格格眼睛上的布带被解开了，三格格的嘴一拐弯，亲了穷不怕一口，弄得穷不怕不好意思："三格格别这样，你怎么也被绑到这里？"

三格格动情地说："还不是为了救你。"

穷不怕问："那个蒙面人是你？"

三格格不想马上解释："快，我先给你解眼带。"

三格格用嘴解开了穷不怕眼睛上的布带。

穷不怕眼睛一睁，看了看四周："彩莲呢？"

三格格埋怨："你就知道彩莲，快，我给你解绳子。"

穷不怕背过脸去，将手上的绳扣送到三格格嘴边。绳子终于开扣了，穷不怕又反过身来解开三格格的绳扣："三格

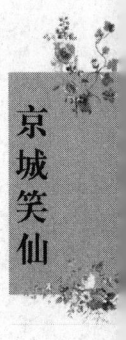

京城笑仙

格，救命之恩一定重报，我们逃出去吧！"

三格格催他："你逃走吧，我走不走没什么意思。"

穷不怕点头："我明白，他们认出你后，也不会把你怎么样。"

三格格很动情："人不会把我怎么样，可是我的名声就毁了。"

穷不怕没觉得那么严重："为何？"

三格格望着穷不怕的眼说："穷哥，我是女人啊，我和你关在一起，关了一宿，我有嘴也说不清。"

穷不怕有些过意不去："是我连累了你。"

三格格撒娇地说："穷哥，快别说了，我心甘情愿。"

"心甘情愿？"

"我心甘情愿和你背黑锅。"

"这何苦呢，我们没做什么大逆不道之事。"

"那也没有用，人言可畏。"

"我们出去后，我一定为你洗刷脏名。"

"穷哥，这事越洗越黑，我只有一个请求。"

"什么请求？"

"以后每年我的忌日，你为我烧一炷香，我就含笑九泉了。"

穷不怕吓了一跳："你说什么傻话？"

三格格含情脉脉："活着我们不能在一起，死了你为我烧香，我也满足了。"

穷不怕劝慰："你想死，这何必呢？"

"不死也有一个办法，可这样做太委屈你了。"

"我不怕委屈，三格格有什么恳求，你说吧。"

"你不会答应的。"

"为报答三格格的救命之恩，我一定会答应的。"

"你为我牺牲太大了。"

"到底什么事啊！"

"你叫我一声三妹，我就不死了。"

"就这要求啊，你倒早说啊，我叫你一百声都行。我早跟你说过，我一直拿你当小妹妹。"

"真的？"

"真的。"

三格格伸出手指："咱们拉钩。"

穷不怕没办法，也伸出手指："真是小孩儿，拉钩。"

俩人拉钩，三格格念叨："拉钩起誓，一百年不变。"

穷不怕也说："一百年不变。这回不想死了吧。"

三格格还有个要求："好吧，你叫我三妹。"

穷不怕像哄小孩似的："三妹！好了吧，我们赶紧逃走。"

三格格任性劲儿又上来了："还没完呢！"

穷不怕不解："什么没完？"

三格格蘑菇劲儿也上来了："这句话你还没说全呢！"

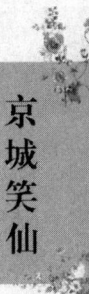

京城笑仙

穷不怕无奈:"你教我。"

三格格含羞教他:"三妹,我一定娶你!"

穷不怕刚要学觉得不妥:"娶……不,你又想到哪儿去了,不要想得太多了,我们快逃走吧。"

三格格心里有底:"不,不明不白地我不跟你走。"

穷不怕真没办法:"姑奶奶,现在不是谈心的时候,一旦被人发现,我就走不了啦。"

三格格心里有底:"你要怕死,你走吧,我不连累你。"

穷不怕转身要走:"那我真走啦!"

三格格急了:"唉,你怎么不管我了?!"

穷不怕想出办法:"我让曾王爷前来接你。"

三格格急吐内情:"这是我哥哥的跨院,你根本出不去。来,你背我,我给你指路。"

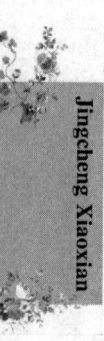

穷不怕有自己想好的办法:"不用,我让曾王爷来接你。"说着,穷不怕逃出暗室。

穷不怕在二贝勒院里,逐个屋子外边听了听,看了看。一间屋子有亮光,穷不怕用舌头舔破窗纸,看见春姐正同二贝勒面对面嬉笑无常。只听二贝勒说:"多蒙嫂嫂相助,事成之后,我定会重报。"

春姐动情地说:"你倒好,吃着碗里看着锅里,背着一个抱着一个也不嫌沉。"

二贝勒解释:"说到哪里去了,这次不是为了跟穷不怕置气吗?"

春姐情欲没减:"一会儿你美梦就做成了,怎么报答我?"

二贝勒大言不惭:"送你纹银五百两。"

春姐变脸:"谁要你银子!"

二贝勒真心地问:"你要什么?"

春姐撒娇地说:"臭德行,我要你人。你别做上美梦,就把嫂嫂给忘了。"

二贝勒好话相哄:"哪里,我跟她只不过逢场作戏。"

春姐心事重重:"跟我就不是逢场作戏?快走吧,我把董彩莲锁在西跨院。快去吧,夜长梦多。"

穷不怕正在偷看,忽然一蒙面人拍了一下他的肩膀,吓他一跳。那蒙面人打着手势将他叫出,俩人来到了院里一隅。那人摘掉盖头,原来是三格格。穷不怕一惊:"三格格,你轻功这么棒?"

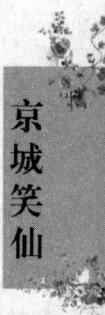

三格格没心细聊:"比你略强一点儿。"

三格格把穷不怕带出院外,看见马路上丑孙子带着天桥七大怪和众艺人举着火把迎面而来,她飞身而去,穷不怕拦住了众人。

丑孙子见面就问:"穷哥,嫂子到底怎么样啦?"

穷不怕把分析告诉大家:"她没在曾王府,看来她被关在周八院里。"

丑孙子怒气冲冲:"走,我们找周八去。"

"走，找周八去！"众人响应，大家转身欲走。穷不怕拦住众人："我跟常贤弟先夜探一下，大家稍后。"

徐三自告奋勇："师傅，我跟您一道去。"

常傻子扫视了一下徐三："这需要蹿房越脊，你行吗？"

徐三自我描述："您别忘了，我的外号叫赛云里飞。"

"那一道去吧。"穷不怕做出最后决定。接着三人同行，来到周八院外。

三人短衣襟小打扮，蹿进周八院中，顺着屋里的亮光，来到一间昏暗煤油灯的小屋檐下。这是周八院里的一间暗室。几人来到窗下，借着昏暗的煤油灯光，看见董彩莲在炕上躺着，旁边放着一碗没吃的饭菜。这时传来春花的脚步声，几人匆忙躲在一边。只见春花端着脸盆走了过来，她腾出一只手开了锁，门"吱"地一响开了。彩莲嗖地坐起，春花把门锁放在窗台上，端着水走过来说："夫人，洗把脸。"

董彩莲不理。

春花看见饭碗："你怎么不吃饭哪，夫人。不吃饭，没人说你好。饭还是要吃的，办法也要想。"

董彩莲仍然不理。

春花很有耐性："夫人，要不我喂你。"

董彩莲终于说了话："你端走吧，我不吃。"

春花拧了一把手巾："要不你擦把脸。"

董彩莲态度坚决："我不擦，都端走！"

这时从窗外伸进一只手从窗台拿走门锁。暗室里，春花还在动员彩莲吃饭："夫人，你不用我，我就走了。"春花在窗台上怎么也找不到门锁，又不敢声张，只好在床下寻来寻去。

董彩莲觉得奇怪："你在找什么？"

春花说了实话："门锁找不着了。"

董彩莲央求："小姑娘，你就放我走吧。"

春花边在地上找门锁，边透露了真情："夫人，我放你也没用，这里有几道院，院门让掌柜的上了几道锁，连我都出不去了。"

春花仍在找锁，董彩莲不解地问："你们掌柜的是谁啊？"

春花不愿意说："你别打听了，不要乱跑啊，我再找把锁去。"

春花走后，溜进来一个蒙面人，董彩莲吓了一跳："你是谁？"

蒙面人用一黑袋将董彩莲套上，背起来就走。蒙面人背着董彩莲从屋里出来将门反锁。这时，徐三闪进院来，向西跨院飞奔，蒙面人迅速向暗处躲避。不想，蒙面人背着董彩莲顺着墙根正想溜，恰恰被春花发现。春花见状刚要声张，徐三用手帕捂住了春花的嘴："快说，你们把一个夫人藏到何处了？"

春花直指自己的嘴，徐三将手拿下，春花看了一眼徐三才说:"徐三哥啊!"

徐三将春花松开:"原来是你!"

春花吐露真情:"他们把弄来的夫人藏在西跨院密室里。那是你什么人?"

徐三实话实说:"是我师娘。"

春花很佩服:"好一个俊俏的娘子。"

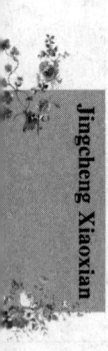

第十九章　三格格亲到了穷哥的鼻子尖

周八跨院大树旁，春花、徐三二人正商量对策，春花悄悄对徐三说："他们叫我严守秘密，如果走漏风声，必将严惩于我。"

徐三有办法了："那好办，你来。"

说着徐三将春花捆在一棵大树上，春花不解地问："你这是干吗？"

"周八他们会来救你的。"徐三用手帕堵上了春花的嘴，然后到跨院来找穷不怕、常傻子，三人今天是为了搭救董彩莲而来。

正这时，跨院门口春姐走来了，她用钥匙打开了跨院的大门，藏在暗处的穷不怕对常傻子说："这是二贝勒的姘头，她跟二贝勒串通一气，坑害彩莲。"

常傻子直言："原来是块臭膏药，留着她也残害忠良，这事就交给我吧！"

穷不怕有话:"不要伤害她,为她吃官司不值。"

常傻子很自信:"我自有办法。"

春姐正往跨院走来,常傻子闪了出来,没等她出声,便把手帕塞到她嘴里,接着将她双手捆好,用一个小黑布口袋将春姐头套住。常傻子往胳肢窝下一夹,噌噌噌往跨院跑去。院里的徐三在前边接应,穷不怕对常傻子、徐三说:"我给你们断后路,你们俩先走。"

俩人来到暗室门前,徐三推开暗间的门轻轻叫着:"师娘,师娘……"然而,半天没人答语,徐三向床上摸了半天:"我师娘不见了。"

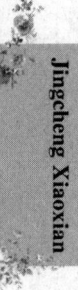

常傻子放下春姐,拿去头套问:"我穷嫂哪儿去了?"

春姐摇了摇头。

常傻子将春姐放在炕上,用被盖好,吹灭屋灯,同徐三俩人蹿出屋去。在院里俩人找到穷不怕,刚要从跨院门出去,只见二贝勒大摇大摆进来,三人赶忙藏在鱼缸后边。二贝勒向暗间走去,三人从跨院门口溜了出来,穷不怕这才问徐三:"你师娘呢?"

徐三回话:"师娘不见了。"

常傻子继续解释:"是个空屋子,我把被子给臭膏药盖上了。"

穷不怕不放心地问:"你师娘会不会转移到其他房间?"

徐三有主意:"咱们问问春花去。"

三人来到跨院大树下，看见春花还在树上绑着。徐三将用意告诉穷不怕，又将春花嘴里的手帕取去，指着穷不怕做介绍："春花姑娘，这是我师傅。"

春花兴奋："您就是大名鼎鼎的穷不怕？"

穷不怕心里不忍："姑娘受苦了。"

春花看了看身上的绑绳："我没法给您施礼啦！"

穷不怕指着那房子说："不必多礼。姑娘我问你，刚才你可看见我娘子是藏在那个暗间吗？"

春花回话："没错，刚才我还给她送水送饭。"

穷不怕又问："你离开那屋有多长时间了？"

春花回话："不到半个时辰。"

徐三告诉春花："我师娘不见了。"

春花一惊："不见了？不可能。"

常傻子也说："是不见了，我们刚刚从那里出来。"

穷不怕又问春花："姑娘想一下，除了那暗间以外，院里还有哪个房间能藏人？"

春花摇头："没有了，几间房子都有人占着。"

徐三自语："会不会二贝勒给转移了？"

穷不怕分析："不会是二贝勒，因为他正想往那个暗间去寻乐。现在你师娘肯定离开了周宅，不是让别人救走，就是让别人转移。"

常傻子性急："我们赶快去追。"

徐三又把手帕塞在春花嘴中:"姑娘,再委屈你一下。"

穷不怕看着春花的委屈样,心里很不落忍:"这样不合适。"

春花一笑:"我同意这样做,周八会来'救'我的。"

穷不怕大礼相谢!徐三拽走师傅,几个人蹿上了房,越脊而去。

再表周八正在寝室炕上躺着,一个女佣进来报:"周掌柜,不好了。"

周八坐起:"出了什么事?"

女佣上气不接下气:"我刚刚起床,想去厕所。"

周八急问:"别拐弯,你直说。"

女佣用手比画着说:"我路过前院。"

"前院怎么啦?"

"前院没事。"

"这不废话。"

"后来我进了东跨院。"

"东跨院怎么啦?"

"东跨院也没事。"

"那么多废话,哪儿出事啦?"

"在西跨院的外边。"

"到底出什么事啦?"

"春花被绑在树上了。"

"啊!那你还不给解下来,还叫我干吗?"

"没您吩咐,我不敢。"

"救人也得我吩咐啊?嘿!走,救人要紧。"

周八跟着女佣来到树旁,俩人急忙给春花松绑。周八取出春花嘴里的布团问:"谁给你绑上的?"

春花假惺惺道:"快,董彩莲被人救走了。"

周八半信半疑:"不可能啊,往哪边去了?"

春花指着房顶说:"一个蒙面人夹着她,从房上走的。"

周八吩咐:"我带人去追董彩莲,你去看着二贝勒。"

夜深了,二贝勒来到暗室门前,他用手一推,门是虚掩的,人闪了进来,他立刻又把门对上,他一边向炕上摸去,一边说:"好香啊,我从老远就闻到了……不要害怕……小爷和你做伴来了。"二贝勒向床上躺着的春姐扑来。

这时,春花掌着灯笼往暗室走来,从老远就听到了二贝勒的调笑声。春花一进门,炕上的二贝勒和春姐坐了起来。

二贝勒借着灯笼光,这时才看清身旁春姐的脸:"原来是你!"

春姐抿着嘴笑:"不是我,是谁啊!你还以为是春花?"

春花吓得将手里的灯笼掉在地上,掉头就跑。

再表一个蒙面人背着一个黑面袋,跑到墙角下停住了脚。蒙面人将黑面袋打开,里面装的原来是董彩莲。董彩莲一见蒙面人吓了一跳:"你要干吗?"

蒙面人在说话："不要怕，我也是女人。"

董彩莲认真地问："你是谁？"

蒙面一揭，原来是三格格，董彩莲惊喜地说："三格格！"

三格格一笑："是我。"

董彩莲有些不解："你来救我？"

三格格点头："我救你，可有一个条件。你答应我，我就帮你逃出这院，你要不答应我，我就给你放在这儿。"

董彩莲忙问："什么条件？"

三格格说："我要吃一个脆枣。"

董彩莲为难："哪儿有脆枣？"

三格格直言："你脖子上的脆枣项链。"

董彩莲直摇头："不行，不行，那是我们定亲之物。"

"我就吃一个。"三格格上嘴逮脆枣。

董彩莲躲来躲去，还是被咬一口："哎哟，你怎么咬我肉啊。"

三格格话多了："我喜欢你，也恨你，更忌妒你。我今日救你，不是向你妥协，是向你挑战，如果扎王爷把你和穷不怕判分开，我还是要抢你的丈夫，不，那时就不是你的丈夫了。我行得端坐得正，明人不做暗事，走吧。"

董彩莲告诉她："院门都锁着了。"

三格格不以为然："我背你，上来。我怎么进来的，还怎么出去。"

董彩莲趴在三格格身上："小妹妹，我们一定重谢你。"

三格格背着董彩莲蹿房而去。

三格格背着董彩莲正在路上跑，前边一伙人举着火把拥了过来，穷不怕、常傻子、徐三都来了，同举火把的人群会合了。

三格格将董彩莲放下："去吧，你的穷哥就在前边。"

董彩莲跪谢："多谢侠女相救。"她一抬头，三格格人已无影无踪。

董彩莲向火把方向跑去，一下扑在穷不怕的怀里："官人！"

不久，又发生了一件令人触目惊心的事。扎王爷坐在扎王府公堂之上，董彩莲跪在堂下。

扎王爷明知故问："何人下跪？"

董彩莲跪曰："罪女董彩莲。"

扎王爷望着跪女："你可知罪？"

董彩莲点头："罪女知罪。"

扎王爷追问："你知道身犯何罪？"

董彩莲承认："罪女逃征私嫁。"

扎王爷进一步盘问："知道不知道应该受何等处罚？"

董彩莲明白："应打八十大鞭。"

扎王爷叮问："还有呢？"

董彩莲百思不解地摇摇头："没有了。"

扎王爷口吐逸言:"不肯说,我告诉你,你和穷不怕要分开,你要下嫁囚犯。"

董彩莲央求:"不不不,我们不能分开,扎王爷,我宁愿受一百大鞭。"

"这由不得你了。"扎王爷一笑,向门口喊去,"进来吧!"

二贝勒穿着一个囚衣进来,扎王爷吩咐:"把董彩莲带走当老婆吧!"

"多谢扎王爷。"二贝勒拉着董彩莲欲走。

董彩莲大叫:"我不,我不……"

穷不怕突然惊醒坐起,原来是个梦,这时才明白过来,两口子住在张三禄家里。董彩莲见穷不怕坐起忙问:"官人,怎么啦?"

穷不怕心情平静多了:"没什么,我做了一个梦。"

董彩莲饶有兴趣地追问:"什么梦?"

穷不怕不想谈:"不谈它了。"

董彩莲兴趣蛮高:"是不是梦到我了?"

穷不怕点头承认:"那当然了,你没受到什么伤害吧?"

董彩莲摇了摇头:"你做梦能伤害我什么?"

穷不怕望着董彩莲脖子上的脆枣项链突然问:"你的脆枣项链怎么少了一块儿。"

董彩莲想起来好笑:"三格格咬了一口。"

穷不怕哭笑不得:"有钱以后,我一定给你换副真项链。"

董彩莲不以为然:"就戴着它吧,让我老想着三格格。"

穷不怕淡淡一笑:"三格格救得了咱们吗?"

董彩莲抱有幻想:"这次不救了我吗?能不能救咱们,三格格找皇上、太后说说情,也许给咱们一条生路。"

穷不怕还是有顾虑:"皇上御旨下到扎王府,哪能说收回去就收回去啊。"

董彩莲觉得有些后怕了:"我们是不是走到绝路了?"

穷不怕在想主意:"除非……"

董彩莲急着追问:"除非什么?"

穷不怕说出想法:"除非让皇上的精神高度兴奋起来,兴奋得不能控制自己。"

董彩莲信服穷不怕:"你又想起什么歪点子?"

穷不怕一笑:"让皇上认为你就是小海棠春就好办了。"

董彩莲直皱眉:"这怎么可能呢?"

穷不怕信心露在脸上:"有可能,你把皇上对待你的举动连起来想。"

俩人忆起了"天王轩"那桩乐子事。那天,穷不怕前牵一条狗,后牵彩莲,路过"天王轩"门口。董彩莲一回头,茶馆里的同治爷愣住了。不久,同治爷向彩莲奔来:"小海棠春!小海棠春!"

同治爷追上董彩莲说:"你不认识我了,你不认识我了?"

董彩莲怎么也想不起来了。

"我是……我是……"同治爷提醒他,又不好说出名字。

董彩莲面带绝望地望着同治爷。

同治爷望了望穷不怕,又提醒董彩莲说:"你忘了,你忘了……"

董彩莲毅然地掉过头去。

同治转了个方向,对着董彩莲的脸说:"你不会忘掉我的!我也不会忘掉你!"

董彩莲脸都气白了:"神经病!"

同治拉住董彩莲的袖口:"我是神经病,我想你想出病来啦。"

黄狗汪汪汪向同治扑来。

……

想到此,穷不怕兴奋地对董彩莲说:"皇上已把你当成小海棠春了。你别忘了,你用笸箩收钱,同治把一锭银元宝投给你。"

董彩莲还是放心不下:"可是现在我已经对皇上讲明,我同小海棠春不是一个人了。"

穷不怕解释:"讲明是讲明,感情是感情。男人是贱骨头,他对一个女人钟起情来,十头黄牛也拉不动。我们要利用这种微妙的情感,为我们服务,这叫作真真假假、虚虚实实,让公堂上弄个阴差阳错。"

董彩莲还是担心:"扎王爷为人圆滑,南北衙门都讨好他，他能听你摆弄？"

穷不怕有主意："我要把曾王爷请出来对付他。"

董彩莲心里紧张："你还上曾王府？这事已然够乱的啦。"

穷不怕态度坚硬："只有求曾王爷去请皇上，别人都请不动。"

董彩莲总觉得把握不大："这合适吗？"

穷不怕信心十足："我们只好借米做饭。二贝勒造的孽，要请出曾王爷来治理。"

话说曾王府，这天曾王爷和侧福晋正在饮茶，家人进来报："王爷，穷不怕求见。"

曾王爷忙说："有请！"曾王爷、侧福晋出门相迎，穷不怕向前施礼："给曾王爷、侧福晋请安！"

曾王爷吩咐下人："看座！"

侧福晋望着穷不怕的脸色："看样子穷先生一定有急事。"

穷不怕刚坐好就说："实不相瞒，奴才要大祸临头，前来求曾王爷搭救。"

曾王爷沉着老练："不要说得那么吓人，穷先生安分守己，何罪之有？"

穷不怕从头说起："祸起夫人。"

曾王爷吓了一跳："谁又欺负夫人了？"

穷不怕要说的话很多："不仅明欺，而且暗算。"

侧福晋十分钦佩穷不怕："穷先生明说吧，只要曾王爷能做到的，他就是掉脑袋也会帮助你的。"

曾王爷摸了摸脖子。

穷不怕说起话来，还是吞吞吐吐："曾王爷掉不了头，我跟夫人可能要分开。"

曾王爷不明白："此话怎讲？"

穷不怕详细解释："有人说我夫人是逃征私嫁的秀女。按刑律不但我二人都要治罪，而且和夫人还要分开。"

侧福晋插嘴："谁这么损啊？"

曾王爷想到立律："条律是先皇所制。"

侧福晋话又多了："皇上应该有亲身体会，他自己也不能同有情人在一起，这苦还没尝够哇。"

曾王爷警告："话太多了，我们都是皇亲国戚。"

侧福晋直爽："穷先生又不是外人。"

穷不怕话茬接得好："我要是外人，我就不会找王爷来了。"

曾王爷也直言："逃征私嫁有一定道理，人家自己不同意，为何强嫁于你。"

侧福晋抓机会表扬："王爷的话比妾的话分量还重。"

穷不怕也说："这是实情。慈禧太后给皇上选的妃子，万岁爷并非喜欢。"

侧福晋大发议论："天下就应该让有情人都成眷属。"

曾王爷说话更直接："如果有情人都成眷属，侧福晋就到不了我府上了。"

侧福晋反问："难道我对王爷还不真情？"

曾王爷实话实说："真情，真情。"

侧福晋联系现实："穷先生夫妇也是真情，王爷想个办法才是。"

曾王爷对穷不怕说："提到穷夫人，我倒想到一事。"

穷不怕忙问："王爷请讲。"

曾王爷想到往事脱口而出："上次你们到府上赶堂会，我同穷夫人第一次见面，倒想起一个人来。"

穷不怕马上追问："王爷想起何人？"

曾王爷说出内心话："想起一个宫女，她同穷夫人长得一模一样。她叫……她叫小海棠春，曾经得到万岁爷的赏识，后来因为她是汉女，被慈禧太后轰出宫外。"

侧福晋插话问："她俩长得像吗？"

曾王爷接着说："一模一样，不仅脸盘、个头儿像，连胖瘦、肤色都一样，所以第一次见到穷夫人，我愣了老半天。"

侧福晋问穷不怕："穷夫人是不是原来的小海棠春？"

穷不怕借题发挥："这事儿我一直也是个心病，我夫人同小海棠春，虽然说是两个不同的人，我总觉得世上还有一个同我夫人长相相似的人。那次在天王轩，连皇上都错把我夫人当成小海棠春了。"

曾王爷大笑:"这就好了。"

侧福晋问:"怎么好了?"

曾王爷心里有谱了:"这就有戏可唱了。"

侧福晋还不明白:"怎么有戏了?"

曾王爷点出主题:"只有把皇上抬出来,穷夫人才能得救。"

穷不怕笑了:"正合我意。"

这天,乾清宫里,同治坐在正中,曾王爷在左边站立,穷不怕在下边跪着。

曾王爷对穷不怕说:"你有什么事要对万岁爷说,你就说吧!"

同治也下令:"说吧。"

穷不怕有条不紊地说:"皇上,明日我女人进不了宫了,今日提前向皇上请假。"

同治感到突然,脸露不悦:"进宫的事不都说好了吗?朕定的事,你们敢不从?"

穷不怕解释:"不是草民不从,是草民女人明日另有官差。"

同治急问:"有什么官差?"

穷不怕道出内心话:"明日扎王爷对我女人要开堂问审。"

同治不明白:"问审?你女人身犯何罪?"

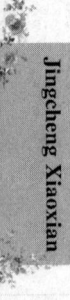

穷不怕语重心长:"我女人没罪,扎王爷把她当成小海棠春了,硬说她是同治十一年逃征漏选秀女。"

曾王爷很快做出明断:"一个出宫,一个没入过宫,挨不上边儿啊。"

穷不怕找出相同要害:"有一样的地方,俩人后来都没在宫里。"

同治有一点儿要问明白:"你女人长得是像小海棠春,怎么能是逃征漏选的秀女?"

穷不怕虚叹了一声:"谁让她俩长得相似,竟给皇上添麻烦了。"

同治想听个仔细:"朕还是不明白。"

曾王爷很有耐性:"也许她真隐瞒没报,犯了欺君之罪,明日皇上可亲自治她罪。"

穷不怕接着说:"是啊!皇上应该去。明日罪女身有二任,一是扎王爷让她去服罪,一是进宫给皇上表演,草民比较半天,还是服罪重要,她不配陪皇上演出。"

同治有话了:"谁说进宫不重要?"

穷不怕又重复了一遍:"草民认为,她不配进宫伺候皇上。"

同治不明白:"朕现在听不到小海棠春的歌声,难道听听别人唱曲也不行?"

曾王爷有话:"皇侄应该听,臣认为皇侄应该多想开心之事，龙体大安是头等大事，应该想些办法，把小海棠春找到，接回宫里才是。至于漏选秀女一事，皇侄不要太认真，皇上看着扎王爷把罪女严惩了就是喽，不要生那气。小海棠春回宫才是大事。"

同治沉重地摇摇头："回宫，回不来了，皇太后是不会同意的。"

曾王爷请示："明日扎王府开审一事，臣叔准备去一趟，不知皇侄去不去？"

"朕当然要去。"同治对穷不怕说，"如果董彩莲是逃征漏选秀女，一定严惩不贷！"

穷不怕吓了一跳："啊！"

没过几日，扎王府开堂，扎王爷坐在公堂上，师爷写供，刘通跪在堂前。扎王爷面对刘通发话："你顽抗失仪，来人，给我先打三十鞭。"

公差乙挥鞭抽打刘通，刘通咬牙痛叫，公差甲进来报："王爷，董彩莲前来投案。"

刘通失态，扎王爷高兴："好，穷不怕呢？"

公差甲："回王爷，穷不怕不知去向。"

扎王爷下令："跑得了和尚跑不了庙，带董彩莲。"

公差甲喊："带董彩莲！"

公堂门口，董彩莲进来见刘通被打，立刻下跪招认："王爷，不要打刘通，所有错事，都是民女一人所为。"

"住手。"扎王爷命令公差乙，同时又对董彩莲说，"好，你如实招来，免受皮肉之苦。"

董彩莲诚意问："王爷，我招什么？"

扎王爷点题："你逃征私嫁啊。"

董彩莲首先说明："民女逃征私嫁，与刘通无关，与穷不怕也无关。"

扎王爷心细："是不是刘通隐瞒没报？"

董彩莲再次声明："是我私嫁逃走，与他无关。"

扎王爷又问："这么说，你逃征私嫁，只和穷不怕私商密谋了？"

董彩莲态度坚决："穷不怕根本不知此事，是民妇一人所为。"

"好！"扎王爷对教师爷，"让她画押！"

这时，门外公差进来突然喊道："皇上到！"同治爷、曾王爷进来。扎王爷带众人施礼："下臣叩见万岁，万万岁！"

同治发话："爱卿平身。"

众人起身后，同治："朕今日前来听审。"

扎王爷对下人发令："给皇上、曾王爷驾座。"

同治、曾王爷走到堂前，分别在扎王爷左右两边坐下。

同治刚落座就问："扎王爷今日审理何案？"

扎王爷回话："遵圣上旨意，臣正在审理隐瞒宫选秀女、逃征私嫁一案。"

同治下旨:"王叔接着审。"

扎王爷接旨开审:"遵旨!刘通。"

刘通答道:"草民在。"

扎王爷问话直截了当:"宫选秀女,你隐瞒不报,可有此事?"

刘通回话也干脆:"小人没有隐瞒。"

董彩莲抢着说:"逃征私嫁都是民女一人所为,与刘通无关。"

扎王爷又问:"你离开八旗庄园,是不是刘通指使?"

董彩莲态度坚决:"民女没受他人指使,当时还不认识刘通,是民女私自逃跑。"

扎王爷乘机细问:"你如何离开乡园,如实招来。"

董彩莲如实回话:"听说皇上差人来庄园挑选秀女,我就跑了出来,半路碰到刘通,刘通就把我收下当小妹。后来柴庄主要把我绞死,穷不怕救了我,我就嫁给了他。就这么简单。"

扎王爷不信:"荒唐荒唐,哪有这么简单之事。"

同治在思索:"下跪是何人?"

董彩莲回话:"民女董彩莲。"

同治有话:"你抬起头来。"

董彩莲学戏中人物:"有罪不敢抬头。"

同治发话:"恕你无罪。"

董彩莲抬头，四目相对，同治动情："你再说一遍，你姓字名谁？"

董彩莲心里十分平静："民女名叫董彩莲。"

同治心动："不是自己的事，不要往身上揽。"

董彩莲态度坚定："回万岁爷，此事是民女一人所为，与他人无关。"

同治心里七上八下："不是你所为？"

董彩莲口严心慈："是我所为。"

扎王爷趁机发话："让她画押。"

同治不同意："画押何用？"

扎王爷的理由："以防翻供。"

同治打出手势："区区小事，多此一举。"

扎王爷表示："撤押。"

同治强调："按律章执事。"

扎王爷服从："遵旨。来啊，打董彩莲八十大鞭。"

同治出手止住："慢，一个弱小女子，怎经得住八十鞭。"

扎王爷解释："皇上，这是按立律行事。"

同治为彩莲开脱："她的话还没有说完，怎能行为？"

扎王爷只好对董彩莲说："你接着说。"

董彩莲问："王爷，我说什么？"

扎王爷请教皇上："皇上，她说什么。"

同治自己来问："董彩莲，你还有什么雅名？"

董彩莲自圆其说："小女，行不更名，坐不改姓，我就叫董彩莲。"

同治追问："还有呢？"

董彩莲果断回话："没有了。"

同治提醒："你在宫中不叫小海棠春吗？"

董彩莲一下明白皇上的用意和暗示了："那是皇上的赐典。"

同治为彩莲铺路："你就把怎么进宫，太后又怎么将你们轰出宫的事说一遍。"

董彩莲知道皇上憋了很多话："皇上，旁及太后之话，民女不敢讲，小海棠春出宫前后，皇上比民女还清楚，皇上替民女说就是了。"

同治正找机会："好，你不说，朕替你说。"

扎王爷问皇上："董彩莲进过宫？"

同治像个知情者："董彩莲十四岁进宫，得宠名小海棠春，她会京戏，会琵琶，是朕最受宠的侍妾。皇父在世时，我母后曾把小海棠春轰出宫殿，现在朕已长大，母后怕小四春影响政事，又因为她们都是汉女，便把她们轰出宫外。"

扎王爷问董彩莲："你是汉女，为什么不是小脚啊？"

董彩莲振振有词："我是后裹的。"

扎王爷又问董彩莲："你可会唱京戏？"

董彩莲直言不讳："民女会唱京戏。"

扎王爷进一步问:"你可会弹琵琶?"

董彩莲胆量逐渐增大:"民女会弹琵琶。"

扎王爷深问:"京戏会唱什么?"

董彩莲冲口而出:"回王爷,青衣、花旦、武旦、刀马旦,皇宫里演的戏,民女都会唱。"

扎王爷想挑眼又想不出好词句:"好大的口气。"

同治笑曰:"你给王爷唱上几句,免得他多心。"

董彩莲心里也暗笑起来:"遵旨。皇上点戏吧。"

同治随便一点:"现在正在审你,你就唱《三堂会审》吧。"

"民女遵旨。"董彩莲唱《女起解》,"崇老伯他说是冤枉能辩,想起了王金龙负义儿男,想当初在院中何等眷恋,到如今恩爱情又在哪边,我这里将状纸暗藏里面。离洪洞见大人也好申冤……"

扎王爷中途想制止,见皇上兴致盎然,只好罢休。扎王爷突然想到,这不是自己点的戏:"这不是《女起解》吗?"

董彩莲解释:"《三堂会审》没什么唱,就那么几句,我唱一下。"

扎王爷借此打住:"不用唱了。"

同治借题发挥:"小海棠春会唱戏没错吧?"

曾王爷也借机帮腔:"皇上所言极是,本王在宫中也见过小海棠春,扎王爷可能年少几岁,没有注意。"

扎王爷表示："臣也见过小海棠春。"

曾王爷接茬儿很快："都见过更好了，三个保人，还不能定案！"

扎王爷说："我只觉得面熟。现在有三个说法——刘通讲没有私嫁一事；董彩莲承认有私嫁一事；皇上言秀女已经进宫，又被轰出宫外。不知哪种说法属实。"

同治心里不快："难道朕的话你也不信？"

扎王爷自责："为臣不敢。"

公差甲报："穷不怕前来投案。"

同治、曾王爷有些慌乱，扎王爷心里喜悦："传！"

这时，门外公差喊道："传穷不怕上堂！"

穷不怕进来，跪在董彩莲旁边："草民给皇上、王爷叩头。"

扎王爷明知故问："你是何人？"

穷不怕报名："草民朱绍文前来请罪。"

扎王爷借机追问："你如实招来。"

穷不怕早准备好了回话："不知王爷让草民从何招起。"

扎王爷气得自语："又一个不知何罪！董彩莲逃征私嫁于你，是怎么回事啊？"

穷不怕反问："董彩莲逃征，王爷有何凭证？"

同治也借此发问："对啊，你说董彩莲逃征，有何证据？"

扎王爷拿出箭信交予皇上看后，公差甲又交给穷不怕看。

穷不怕看信上有一空洞，用手指试试大小，于是说："王爷，不知人证在何处？"

扎王爷为难起来："这个……"

同治追问："是啊，人证在何处？"

扎王爷说不上来："人证他……"

同治再次追问："他是谁？"

扎王爷说了实话："回皇上，本王没看见证人。"

同治又问："你证词从何而来？"

穷不怕看扎王爷为难的样子："可能由空中而来。"

同治又追问："是空中而来吗？"

扎王爷无奈："回皇上，正是空中飞箭而来。"

同治站起来，思虑片刻："没有证人证词何用？都给我退堂。"

"是，退堂。"扎王爷遵旨，又请教同治，"这几个人是不是先关押起来？"

同治态度坚决："证据不足，放人。"

扎王爷只好照办："遵旨，放人。"

同治又有新旨："扎亲王！"

扎王爷听旨："臣在！"

同治下旨："'漏选秀女，逃征私嫁'一案，就不用追究了，重点给朕追究小海棠春金条失窃案。"

扎王爷有礼："臣遵旨。"

同治问穷不怕:"你还有几日进宫?"

穷不怕回话很快:"今日就是朔日。"

同治有旨:"后天你要带你女人一起进宫献艺,不得有误!"

董彩莲有顾虑,马上回话:"民女不会说相声。"

同治面带微笑:"朕也不会,咱们一起学吗?"

穷不怕、董彩莲齐曰:"草民遵旨!"

同治面向曾王爷:"曾卿家!"

曾王爷站起有礼:"臣在。"

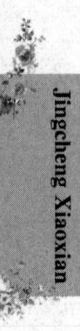

同治对曾王爷说:"念你对朕忠心耿耿,赏你江南布匹一百匹。"文喜、桂宝举过布匹,曾王爷惊喜万分:"谢万岁!"接过布匹。

同治起身宣布:"退堂!"

扎王爷有礼:"送皇上。"

众人跪成一片。皇上带着曾王爷、文喜、桂宝走开。

曾王府门口,两个公差在守门。穷不怕、董彩莲拎着一只鸽笼来到门前,里面装有两只漂亮的灰鸽子。

董彩莲跟门差说:"我们前来拜谢三格格。"

一位门差说:"你们跟我来吧!"

门差带二人进了王府,在一座寝宫门前停住了脚:"你们先在外边等候。"

三格格寝宫里,三格格独自喝酒,水仙进来禀报:"三格格，门外董彩莲求见。"

三格格停下酒杯："不见。"

水仙补充："还有穷不怕求见。"

三格格埋怨："你怎不说全喽，让穷不怕进来。"

水仙接令又补充说："唉，这次主要是董彩莲求见，穷不怕是陪着来的。"

三格格有自己的主见："我不管谁主谁次，我想见谁就见谁。去，让穷不怕进来。"

水仙只好听令："是！"

水仙从三格格寝室出来，站在门口说："三格格请穷先生入内。"

董彩莲刚要随夫起步，水仙拦住："穷夫人外边等候。"

穷不怕看了一眼董彩莲："三格格就这脾气。"

董彩莲一甩袖，生气地站在一旁。

三格格在寝室里正位坐好，面带酒色。穷不怕拎着鸽笼，随水仙进来："穷不怕给三格格请安！"

三格格发话："请穷先生坐在宾位上。"

穷不怕还原地站着："草民不敢。"

三格格不解："我让你坐，怎么不敢？"

穷不怕解释："草民是下人，礼当如此。"

三格格一哼："一会儿是我哥哥，一会儿是下人，真让我难为情。"

穷不怕继续解释："以兄妹相称，是年龄的差异和朋友之理；以下人相称，是咱们门第之差。"

三格格心里甜滋滋："你满脑子的弯弯绕，我不会上你当。我问你，你今日前来何事？"

穷不怕诚意回话："今日我们前来，是答谢三格格的救命之恩。"

三格格爽快："我没有救你。"

穷不怕强调："三格格几次救我们。"

三格格不太介意："我都忘了。"

穷不怕帮助回忆："第一次在暗室相救。"

"在暗室你是假意被俘，我也是假意被俘，只不过逢场作戏而已。我不救你，也会有人救你。"

"第二次你在周八家里救了我的夫人，我夫人前来答谢出于实意。"

"你对夫人讲，那是区区小事，不必挂在心上。我问你前来何事？"

"我是陪夫人前来答谢。"

"那是她的事。我问你前来何事？"

"三格格，你救了她，就是救了我，也是救了我的全家。"

"我对你有这么大的恩吗？"

"的确是救命之恩，侠女所为。"

"这么大的恩,你拿两只鸽子,是谢我,还是谢我父王?"

"都谢!前几日三格格救了我们,昨日王爷请来皇上搭救。这是两只好鸽,上次为了招待我们,王妈错把好鸽给杀吃了。"

"我阿玛没在家,这鸽子我可以转给我阿玛。"

"那好,多谢三格格。"

三格格又问:"我的礼物呢?"

穷不怕一笑:"吃的东西都拿不出手。"

三格格挑理:"那可以换种方式谢我呀!"

穷不怕探问:"三格格的意思……"

三格格一语破的:"我的意思早已向你表明,除非你来我家当艺差,别无其他报答之径。"

穷不怕顾虑重重:"这个……"

三格格抓住理了:"提起这事你就吞吞吐吐,还谈什么报恩呢?"

穷不怕难忘旧情:"三格格为人,三格格救命之恩,我们全家没齿不忘。"

三格格不爱听了:"又来了,你驳了我的面子,让我有何脸面见人。"

穷不怕看法不同:"三格格言重了。三格格的恩,的确要报。可是,我的恩师、天桥的兄弟们对我的期望,我还没有实现。"

三格格有些烦了："不用讲了,你实现你的抱负去吧,我也早做了打算。"

穷不怕关心地问道："三格格有何打算?"

三格格吐露真言："我已打算去西山杏花庵为尼。"

穷不怕吓了一跳："出家为尼?这又何必?"

水仙为小姐帮腔："三格格说话是算数的。"

三格格制止丫鬟："多嘴!"

水仙听令："是!"

这时,侧福晋带着董彩莲进来。侧福晋一进门就埋怨三格格："你怎么能把客人拒之门外呢?"

三格格有自己的理："额娘来了,额娘没见我忙着呢,我得一个一个接待。"

董彩莲很大方："草民给三格格请安。"

三格格觉得没必要："不必了。"

侧福晋指着宾位说："你们坐。"董彩莲、穷不怕坐下。

三格格质问穷不怕："这回你怎么坐下了?"

侧福晋替客人说话："你还不让人坐呀!"

三格格有怨言："人家有等级之分。"

董彩莲解释："刚才不怨三格格,三格格和我官人谈话,我都听见了。"

三格格心里更不是滋味了："你偷听我们谈话了。"

侧福晋忙解释:"我们这格格不会说话,你们包涵着点儿。"

董彩莲诚意表白:"三格格的救命之恩,我们理当要报。但让我官人进府当艺差,我们的确很为难。"

三格格解释:"我主要爱听朱先生的相声。"

董彩莲心很宽:"三格格如果爱听穷先生的相声,我倒想起一个办法。"

三格格娇声娇气地问:"什么办法?"

董彩莲很有耐心:"每月朔望两日进宫说相声,朔望的第二天我们就到曾王府给侧福晋和三格格说相声,你看好吗?"

三格格高兴起来了:"那太好了,每月两次说定了。"

董彩莲大包大揽:"我给定了。"

"真是好妹妹,快快坐到我这儿来。"三格格拉过董彩莲坐下。

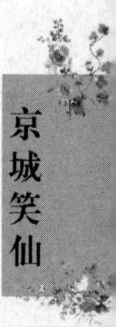

京城笑仙

董彩莲边坐边更正:"你是我妹妹。"

三格格否定:"你是我妹妹。"

"我大。"

"我大。"

"你哪年生人?"

"我是戊午年,你是哪年?"

"我也是戊午年。"

"你几月生日?"

"我二月生日。"

"我比你大。"

董彩莲问："你是几月。"

三格格面不更色："我是十二月。"

众人大笑,董彩莲做结论似的说："你还是妹妹。"

三格格转移话题,向穷不怕下指示："一个月来两次,说定了。"

穷不怕态度坚定："定了。"

三格格伸出手来："来,拉钩。"

穷不怕无奈地说："又拉钩!"

董彩莲抢着同三格格拉钩。

从王府出来,穷不怕和董彩莲路过前门大街,俩人并肩走着,董彩莲说："徐三的拜师会不能再拖了。"

穷不怕表示："从宫里回来就给他办。"

董彩莲有想法："这次进宫把徐三也带去吧,他脑子比较活泛,又有京戏功底,一定能得到皇上的欢喜。"

穷不怕考虑较多："不行。徐三还没有正式拜师,按门里规矩,没拜过师的,不能以本门人身份带出去。万一有个闪失,我们担待不起。"

董彩莲继续说自己的想法："徐三他向你偷学了两年艺,门里的规矩他都懂得,再说,有你给他捧哏,也出不了什么差错。"

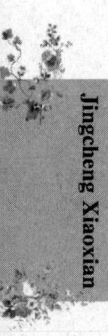

穷不怕给董彩莲分析："理是这么个理，不过理是理，规矩是规矩。相声这行当有这行当的规矩，我带出的徒儿一定是门里人，不然让天下人耻笑我们。再说，这次进宫皇上就点的咱们俩人。"

董彩莲有心里话："我一见皇上那两个眼睛，心里就不安。"

穷不怕心里有根："来了不是，不要想得太多。咱们不是商量好对策了吗？"

穷不怕、董彩莲正往前走，对面走来了小海棠春。

董彩莲一愣，捅了一下穷不怕，穷不怕微怔。

董彩莲拦住小海棠春："你是不是叫小海棠春？"

小海棠春犹豫了一会儿："是……我。"

董彩莲进一步问："你原来进过皇宫？"

小海棠春点头："我认识你们，你们就是穷不怕、朱夫人。"

董彩莲也点头："你现在在哪里落脚？"

小海棠春看了看四周："这里谈话不方便，你们跟我来。"

第二十章　三节两寿入门磕头拜师
脑门鼓起了真情大包

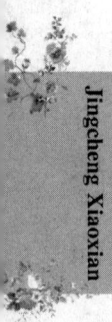

天王轩里，小海棠春、董彩莲、穷不怕围着茶桌饮茶。小海棠春不时地给穷不怕、董彩莲斟茶，她边续茶边说："穷不怕的大名早就如雷灌耳，我早就发现夫人长得与我相似。今日细看，真是奇迹，我们俩简直像一个模子刻出来的一样。"

董彩莲也乐滋滋地说："我俩的确像一奶同胞姐妹，怪不得大街上也常把我们认错。"

小海棠春也有同感："妹妹可曾记得两年前，你在饭楼买下饭菜，一转眼不翼而飞了。"

董彩莲记忆犹新："是有一次，我要了包子和水菜，出去迎夫君，回来没见东西，店小二吵着要收我的饭费。"

小海棠春直乐："那次正是我所为。我连吃带拿，一屋人把我当成你,竟没看出破绽。"

董彩莲还是有些不解:"妹妹为什么这样做?"

小海棠春收敛了笑容:"慈禧太后送我的金条被贼人抢走,从此断了我的生路。"

穷不怕明白了:"原来那天丢包袱的是你,你那包袱找到没有?"

小海棠春思索了一会儿:"不要问了,我会找到的,我会报仇的。"

董彩莲又问:"你现在在哪儿落脚?"

小海棠春不好启齿:"不说也罢,我现在也知道你们的住处了,有什么事儿,我去找你们。来,以茶代酒,我向你们赔罪!"

董彩莲觉得多此一举:"赔什么罪?"

小海棠春说明:"我丢包袱那天,把你订的饭都吃了。"

董彩莲扑哧一笑:"这是小事一桩,老挂在嘴边干吗。"

穷不怕对小海棠春说:"你能不能把你的住址告诉我们,我们有时候能见到同治爷。"

小海棠春一下惊讶起来:"你们见过皇上?"

董彩莲频频点头:"见过,皇上几次来天桥找你,有时错把我当成你。"

小海棠春十分犹豫地站起:"不用了,我会见到皇上的,我不能出来太久了,我先走了。"

同小海棠春分手后,董彩莲、穷不怕二人在回家的路上边走边谈论小海棠春。

穷不怕说:"看样子小海棠春有心事,连住处也不想告诉我们。"

董彩莲也有同感:"肯定处境不好,不好说出口。"

俩人到家以后,董彩莲在白手帕上绣了花,穷不怕在扇子上写了几行字。董彩莲伸过头来念着扇子上面的字:

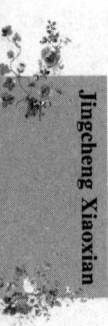

　　日吃千家饭
　　夜宿古庙堂
　　不做犯法事
　　哪怕见君王

董彩莲念完后,穷不怕问:"这四句话怎么样?"

董彩莲佩服地说:"好!徐三要记住这四句话,就等于记住你的为人,他一辈子不会走斜路。"

穷不怕也感叹人生:"我们吃的苦太多了。"

董彩莲表示:"苦再多,人也要正派。"

穷不怕劝她:"你早点儿睡吧,明天你还得忙一天呢。"

董彩莲劝穷不怕:"你先睡吧,我绣完这几朵花就睡。"

徐三拜师会在饭楼举行。保师丑孙子、引师韩麻子、代师醋溺膏穿着体面衣服在外边迎客。

常傻子走来了,向众人拱手抱拳。保师丑孙子抱拳还礼。

这时田瘸子走来了,韩麻子拉高了嗓门喊:"三爷到!"

韩麻子指路,田瘸子入屋。

屋里一派喜庆气氛。穷不怕、董彩莲、徐三、贫麻子、云花等满面光洁,听声儿立刻向门外望去。徐三深深给田瘸子鞠躬:"三师叔!"

评书陈、戏法杨又相继走进来,离老远向众人抱拳。

保师丑孙子一一还礼,拉高了嗓门喊:"陈爷到!杨爷到!哎哟,您又福态多了,满脸带福气,嘿嘿嘿嘿……"又看见莲花落盆秃子,嗓门提高八度,"盆秃爷驾到,三缺一,就等着您啦。"

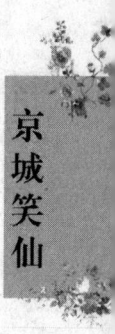

京城笑仙

盆秃子也欣喜:"三缺一?今天还要打麻将?"

保师丑孙子说:"不不不,拜师得请四门老师,您一到,四位老师就到齐了。"

盆秃子精神头儿也来了:"丑孙子今天满面红光,喜庆之色。"

保师丑孙子得意万分:"夸奖了,夸奖了。"

屋里众人目光集中在大门,徐三一一鞠躬:"陈老师好!杨老师好!盆老师好!"

穷不怕、董彩莲也以礼相见。

饭铺里,几张八仙桌周围,众人围坐。

保师丑孙子宣布："今日邀请各位光临，是为徐三带艺拜师穷不怕，我做保师，韩爷做引师，醋溺膏为相声代师，评书代师陈爷，把式代师张爷，戏法代师杨爷，莲花落文武大鼓代师盆秃爷。四门先师已到，徐三应三节两寿拜望师傅，礼有厚薄，各凭天良。"

条桌案正中摆着一尊泥塑木雕东方朔偶像。保师丑孙子扯着嗓子喊："拜相声祖师爷东方朔！由掌门穷不怕执礼。"

全场肃立，鸦雀无声。穷不怕焚香施礼，挽起马褂长袖，露出雪白的袖口抬起双手手腕，将一束焚香高举过头，缓步走到东方朔神位下面，恭谦地插香入炉。屋内香烟缭绕，光线朦胧，雾气弥漫。

徐三一直低头垂立。

穷不怕退了几步，朝神像跪下，一屋人唰一下都跟着跪下。礼毕，徐三将拜师字据红帖顶在头上，给穷不怕下跪。穷不怕接过红帖，保师丑孙子宣布："拜师三叩首！"

徐三向穷不怕叩首，磕头声在屋里回响。完后，徐三一直跪着，同时传出徐三画外音："尝闻之宣圣曰：自行束修以上，吾未尝无悔焉。未有不先投师受业而后成者。虽古之名儒大贤，亦上遵此训。今人欲入朱门求艺，贤敬修金，行礼敬师。今在祖师驾前焚香叩禀。自入门后，倘有负心，无所为凭，特立关书，永远存照。"

保师丑孙子宣布："由掌门先师穷不怕训示弟子。"

穷不怕咧着大嘴直笑:"不说什么了,都是熟人,在天桥我摊儿旁捋叶子也有年头儿了。呵呵呵,学相声不是儿戏,干一行,敬一行,爱一行。'子母活儿''贯口活儿''柳活儿''倒口活儿'、'明春暗春',都要用熟,许你藏拙,不许不会。不能蹚水,不准刨活!台上讲艺德,台下有道德,欺师灭祖,天理不容。"

穷不怕拿出一把扇子和一块儿醒木递给徐三:"这是拜师的信物。"

徐三双手接过道具:"谢谢师傅。"

穷不怕强调:"扇子上有一首诗,是为师的身世。"

徐三打开念:"日吃千家饭,夜宿古庙堂,不做犯法事,哪怕见君王。"

保师丑孙子宣布:"给师娘叩头!"

徐三跪得两腿发麻,站起来两腿发抖。他又向师娘三叩首。师娘董彩莲送他一副小竹板和一条手帕说:"这竹板是我和你师傅送你唱太平歌词用的,这手帕是我精心给你刺绣的。"

徐三表示感谢:"谢谢师娘!"

穷不怕递来一袋白沙:"这袋白沙用完,以后你要自制白沙,希望你把太平歌词传下去。"

徐三表示:"徒儿记住了。"

保师丑孙子说:"下面给各门师傅和师叔们三叩首。"

徐三给盆秃子、评书陈、戏法杨、把式张、韩爷、醋溺膏等人分别叩首三个，声音清脆可闻，又在屋里回荡。他觉得眼前别人的裤腿晃来晃去，师叔们的洒鞋变得越来越大。

董彩莲看出徒儿劳累："徐三快坐下歇歇。"

徐三昏昏沉沉坐下，觉得眼前发黑，半天才看清人脸。

这时保师丑孙子突然喊道："哎呀，师爷张三禄驾到！"

全屋人立刻肃静，只见张三禄穿着长袍，扣着瓜皮帽走来，他左右有两个随身弟子沈二和阿刺三，穷不怕迎面跪下："老师安康！"一屋子人唰地跪倒。

张三禄摘掉瓜皮帽，沈二立刻接过去，穷不怕给徐三介绍："这是你沈二师叔，这是阿刺三师叔。"徐三一一有礼相见。

大家让座儿，张三禄坐下说："坐坐坐，大家该怎么坐就怎么坐。"

穷不怕礼貌地对张三禄说："我们商量好，徐三拜完师去看望师爷，不知您要来，要知您来，早派人去接。"

张三禄笑呵呵："收隔辈人入门也是件大事，我哪能不来，前两年收贫根儿的时候，我不是也来了吗？"

穷不怕总觉得劳累师有些过意不去："是啊，是啊！"

张三禄对穷不怕说："这么大的事，头两天就该通知我。"

穷不怕解释："我们刚刚决定。"

张三禄有话："怎么，拜师会刚定下来？"

穷不怕点头:"是啊。"

张三禄有些疑问:"干吗这么仓促就办。"

穷不怕说出要情:"明天我要带徐三进宫,这也正是徐三出头露面的机会。"

张三禄立刻喜上眉梢:"好好好,徐三要见皇上,你入门后,好好学,学出来以后,我帮你物色个女人,成个家。"

董彩莲插话:"不用您操劳啦,他早物色好了。"

张三禄上心地问:"谁啊?"

董彩莲一指里边的云花,恰恰被云花发现,云花含羞地低下头,徐三也避开目光。

张三禄心明眼亮,乐陶陶地说:"好好,云花、徐三天生的一对,还不如今天一起办。"

董彩莲又有话了:"没出师哪能成亲啊?"

张三禄有私念,怕有遗憾:"等他出师,我怕赶不上啦!"

众人乐。

董彩莲好话祝愿:"您老长命百岁。"

人们已围着八仙桌坐好。穷不怕发话:"徐三还没拜见师爷呢。"

董彩莲不明白:"刚才不一起磕了吗?"

穷不怕老练地说:"那不算,得单独来磕。"

董彩莲觉得多此一举:"磕那么多,他的头都磕红了。"

穷不怕心里有数:"他磕的头比贫根儿入门时少多了,贫根儿磕得这脑门起了碗大的包。"

董彩莲觉得没有必要:"是啊,干吗要这么拜呢?"

穷不怕说:"这是祖师爷留下的规矩。别人看不起咱们说相声的,咱们自己要维护本行的尊严。"

董彩莲心里不解:"磕肿了就看得起了?"

穷不怕说出歪理:"磕肿了就记住师傅了。徐三,给师爷磕头。"

徐三明理叩首:"给师爷磕头。"

张三禄哈哈笑了起来:"罢了,罢了。"见礼完毕,张三禄又说:"为祖年迈多病,如果对徒孙照顾不周,还请徒孙见谅。"

徐三检查自己:"徒孙有过,拜师之前,本应先去看望师爷,请师爷降罪!"

张三禄觉得礼多:"这不怪你。"

穷不怕自查:"这怪我了。"

张三禄指着穷不怕对徐三说:"你师傅是我三个徒儿中最有才华的一个。"看沈二、阿刺三直咧嘴,张三禄接着说:"你们别咧嘴,绍文的功底远远超过了我,已成为当代的相声泰斗。"

穷不怕觉得没必要夸耀:"师傅过奖了。"

张三禄诚心诚意地对徐三说:"你好好向你师傅学习柳活儿,你唱过戏,又有一定的功底,你喜欢偷活儿,又善自通。

继承你师傅的柳活儿是没有问题的。对口活儿又是你师傅首创,你先要学逗哏,让你师傅帮你捧哏,不要嫌钱少,以后慢慢学会捧哏,自然钱就多了。钱是留不住的。我是挣多少花多少,别人劝我改改老毛病,恐怕我进棺材也改不了啦。"

徐三表示:"我一定记住师爷的教诲,向师爷和各位师傅刻苦学习。"

张三禄说明:"花钱你别学我,我这是臭毛病,能存钱还是存些钱好。"

贫麻子说出实情:"他存不了钱,不要着吃就不错了。"

张三禄还是向着徐三:"这也不全怪他。这几年钱不像前几年那么好挣了,地皮贵了,绍文迟迟不敢收徒弟。因为我有病不能上场,还得开百分之八十,都是徒儿相助。今日收了徐三,你们要抱成一团,凭义气吃饭,绍文这相声场在天桥还是首屈一指。我今天把大家找来,是有要事相商。"

众人抢着问:"什么事?"

张三禄表情严肃地说:"咱们商量一下挣钱问题。"

众人大笑:"还是老问题。"

穷不怕安慰老师:"师傅,这您不用操心。"

沈二也接着说:"是啊,有我们了。"

阿刺三也说:"到时候把银子给您送去。"

众人争说:"您就在家享清福吧。有我们这一口,就有您吃的,您别操心了……"

张三禄仍抢着说:"我是担心……"

众人抢着说,不让他说话:"您别担心。我们不担心,您担心什么。"

当天夜晚,穷不怕躺在家里床上睡觉。

不知过了多久,他一睁眼,发现董彩莲也睁着眼,马上问:"你怎么醒那么早?"

董彩莲望着穷不怕说:"我根本没睡着,就听你打呼噜了。"

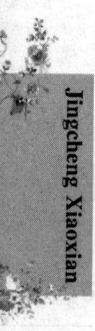

"不是呼噜的事吧,我打了一辈子呼噜了。你啊!有心事了?"

"你忘了明天什么日子。"

"明日是朔日。"

"朔日是什么日子?"

"朔日就是初一啊!"

"我问你,朔日你要去哪儿?"

"进宫说相声。"

"你们说相声与我何干?"

"第一次进宫有点儿紧张吧?"

"有点儿紧张?是一点儿吗?"

"你就想开喽,到宫里开开眼,看看热闹。"

"我还有心看热闹?"

"那你干吗去啊?"

"我问你呢!你给皇上说相声,皇上让我进宫干什么?"

"让你学相声啊!"

"我天天跟你学还不够,还非得到宫里学去?"

"皇上让你陪着他,一起来学。"

"皇上老拿我当小海棠春,早晚会出事的。"

"会出什么事?"

"他是皇上,想怎么做就怎么做。"

穷不怕发誓:"他敢!谁打我娘子的主意,我就要认真对付他。"

董彩莲还是担心:"你总不能叫皇上也给咱们推磨吧。"

穷不怕目光严厉:"必要时,也可以。"

董彩莲思前顾后:"我一看到皇上那两只眼睛,心里就不安。"

穷不怕心里有底:"咱们不商量好对策了吗?记住喽,明天你就点'打灶'那出戏,连京戏带相声一起演。我保你平安而归。"

董彩莲心里还是打鼓:"那行吗?"

穷不怕信心十足:"行,这叫巧妙心理学,保护自己。"

董彩莲长叹了一口气:"这样活着也太难了。"

穷不怕也有同感:"这倒是,每次相声里拐弯抹角地骂他们,我真怕他们听出来。"

董彩莲还有顾虑:"我可不会拐弯抹角,要演'打灶',我就真骂真打。皇上已碰到小海棠春,如果他要提及私嫁一事,我怎能吃得消嘛。"

穷不怕安慰她:"皇上他已经走火入魔,念于皇上对小海棠春的深情,不会对你怎么样。相反,你又能借此化险为夷。就说那次扎王府会演吧,皇上明知你不是小海棠春,可就有一种莫名其妙的心理。"

董彩莲心里包袱仍然很重:"我们在老虎嘴边卖肉,早晚还不是当虎食。"

穷不怕感慨万端:"是啊,人要活下去,相声也要活下去,我们要看着人家脸色活着,又不能丢掉良心。我们付出的代价太大了。你想过没有,紫禁城是大清国最宏伟的建筑,它是供皇上、太后们享用的。可是紫禁城的辉煌,永远属于那些建筑工匠,就像万里长城那样,长城下埋藏了多少孟姜女的丈夫,他们才是长城的娇子。京戏也是如此,程长庚、余三胜、张二奎他们到宫里唱戏,给慈禧、皇上开了心,尽管慈禧、皇上、太监、王爷们都唱上了京戏,但京戏功绩殊伟永远属于伶人,属于我们这个民族。我不是相声的祖师爷,我前边有张三禄、有马麻子,可人们却叫我相声开山祖。人们希望有一个相声行业,我们进宫把皇上、慈禧逗笑了,我们是在发展相声。"

董彩莲把话打住:"行了,你一说起来,又没完没了。早点儿睡吧,明日进宫一晚了,慈禧太后一变脸,你没准就变成阶下囚了。"

次日,长春宫上边坐着同治爷、慈禧,旁边站着李莲英等几人听相声,穷不怕和董彩莲正在跪着等旨。

同治发话了:"不用多礼,起来吧!"

穷不怕夫妇站起:"谢万岁!"

慈禧看见董彩莲一惊。

同治死盯着董彩莲的脸,半天才说:"今日朕想同董彩莲说段相声。"

董彩莲有些心慌:"民女不敢。"

同治给她鼓气:"这有什么不敢。朕叫你说,你说就是了。"

董彩莲还想推辞:"民女不会。"

同治亮出心里话:"朕也不会,咱们一起学。"

慈禧打量着董彩莲,又盯住了董彩莲那双大脚。

同治问穷不怕:"你怎么没教她说相声?"

穷不怕说明原因:"现在还没有女人说相声。"

董彩莲又解释:"民女原来是学京戏的。"

同治兴趣来了:"你学过京戏?"

董彩莲点头:"学过十年。"

同治进一步问:"你最爱唱哪出戏?"

董彩莲亮底:"民女最爱唱'打灶'。"

同治正了解此戏："你一定最爱演李三嫂啦！"

董彩莲承认："正是，这是民女的拿手戏。"

同治满怀喜悦："朕也爱演这出戏，今天咱们三人来一场。"

穷不怕心里有顾虑："只不过好长时间草民没演了，有些台词记不住了。"

同治兴致勃勃："现场发挥，朕就喜欢现场发挥。"

穷不怕还是小心为上："还是请奏皇上先说说戏，草民有所顾虑，万一走板，奴才吃罪不起。"

同治宽纵下人："演戏就是演戏，何罪之有。"

穷不怕还是说话严谨："此戏非同一般，源本不同，褒贬不一。"

同治没觉得多难："打灶，就是打灶王爷。"

穷不怕耐心细说："灶王还分为曾灶、祖灶、灶夫、灶子。"

同治对民俗颇感兴趣："我们戏里就是指腊月二十三升天的灶王爷。"

穷不怕又问："灶王爷何姓之人？"

同治念道："我神姓张名自国，玉皇封我掌厨中。"

穷不怕接着念："来到人间查善恶，未从做事我先清。"

同治又念："灶王爷本姓张，一碗凉水三炷香。"

穷不怕接着念："皇上所提姓张，那是后来的说法。据草民所知,最早灶王爷是指黄帝,后来又有人说是炎帝、神农、昆仑老母。还有人说灶王爷姓苏名吉利,灶王奶奶姓王名搏颊。"

这时慈禧插了话:"听说还有一灶王爷貌如美女,名字叫隗。"

穷不怕纠错:"回太后,此字不念槐,念隗。"

慈禧发怒:"你这猴崽子,挑起我毛病来了。"

穷不怕只好听令:"草民不敢。"

董彩莲替绍文说情:"回太后,我郎君不是成心,他就是这个毛病。"

慈禧不爱听:"没有问你,多嘴。"

董彩莲认错:"奴婢该死。"

穷不怕知道老佛爷已动怒,忙说:"草民多嘴,草民该死。"

慈禧命令李莲英:"你把杆子给我拿来。"

李莲英听令:"喳!"

董彩莲责怪穷不怕:"今天本来演灶王爷之戏,你却忘了灶王爷的对联'上天言好事,下界保平安'。"

穷不怕急转话题:"灶王爷这对联哪比得上慈禧太后的对联。"

同治插话:"你还知道母后的对联?"

穷不怕脑子快:"草民进宫多次,紫禁城里到处可见、到处可闻太后之作。谁不会吟咏太后的对联呢!"

同治兴趣倍增:"你能背诵母后的对联?"

穷不怕脑子一转:"草民怎敢不背。"

同治试探地催了一下:"你背一副,朕听一听。"

穷不怕装作回忆,接着吟出:"在太和殿题的那副对联,上联是'九有庆光华,日月所照',下联是'三无照怙昌,天地同流'。"

慈禧面露微笑。

同治兴趣不减:"储秀宫还有两副呢?"

穷不怕又当场吟出:"上联是'百福屏开,九天凝瑞霭',下联是'五云景丽,万象入春台'。"

慈禧也喜欢谈天说地:"这是我套用了乾隆爷的对联。另一副是'瑞集瑶图,融和开寿宇。祥呈阆花,熙皓乐康衢'。"

李莲英问穷不怕:"太极殿还有慈禧太后一副对联,你可知晓?"

穷不怕直言:"回公公,太极殿草民没进去过,言传怕误,望公公指教。"

李莲英也来了兴趣:"好,我吟给你听,上联是'昭明三光,清和六合',下联是'经营百亿,作成四时'。"

穷不怕作以更正:"公公,我记忆是'经营万亿',不是百亿。"

慈禧高兴："你这脑袋还真灵，要不背上几副对联，今天该吃杆子了。"

穷不怕谢主："谢太后开恩！"

慈禧感慨万端："到了我们大清国，诗词已衰落。楹联趋于鼎盛，一国之国君，如不会楹联，甚感遗憾。"

李莲英立刻赞颂："如今楹联盛过诗词，皇太后的楹联会久传不衰。"

同治感觉到对联的气氛："今日咱们怎么吟咏起对联来了？"

董彩莲责怪自己："都是灶王爷一副对联引起的。"

同治再次提出自己的意向："我们还是演'打灶'吧。"

穷不怕遵旨："是！皇上演小叔子，我演灶君。"

同治摆手："不不不，朕演灶君，你演小叔子。"

穷不怕哪敢戏中打皇上："我演灶君，奴才本身就是丑当。"

同治坚持己见："我演灶君，你可问母后，朕每次都演灶君。"

慈禧笑而不语。

董彩莲说出心里话："万岁爷，民女不敢演。"

同治追问："怎么不敢演？"

董彩莲说出心里话："灶君又挨打，又挨骂，民女哪敢打皇上。"

同治变成了贱骨头:"不不不,朕情愿挨打。"

董彩莲顾虑重重:"民女实在不敢,这灶王爷是个不受欢迎、在阴间乱告状的恶徒。"

同治倒来劲儿了:"朕就爱演这个反面角色。"

董彩莲又说出戏中之戏:"这个灶君要身穿一身黑衣,脸上要抹一层黑灰。"

同治抢着说:"朕知道,朕演过这个角色。"

慈禧站起:"皇上爱演就让他演吧。"

董彩莲遵命:"是,太后!"

李莲英随着慈禧走出,慈禧下旨:"你把穷不怕给我叫来。"

长廊下穷不怕恭敬地站在慈禧前边:"草民听皇太后教诲。"

慈禧问话:"朱绍文,我问你,点'打灶'这出戏是不是你的主意?"

穷不怕说了瞎话:"不不不,是我娘子临阵想到的。"

慈禧忽然问:"你这娘子哪儿的人?"

穷不怕回话:"丰台花乡的人。"

慈禧有想法:"我看怎那么面熟?"

穷不怕作以解释:"我们俩原在一个戏班里唱戏,是不是太后看过她的戏?"

慈禧说出心里话:"不,我觉得她像一个人。好了,不谈这个了，我叫你来是说，一会儿演戏，别让你娘子真打皇上。"

穷不怕也有深虑："草民也有此虑，一会儿打得差不多了，请皇太后派人把我娘子叫走。"

慈禧听着不舒服："打得差不多了？"

穷不怕忙改口："就是演得差不多了。"

"打坏皇上，我把你全家治罪！"慈禧甩袖走了。

长春宫小戏台上鼓点起，同治身穿黑衣，脸抹黑粉："我神姓张名自国，玉皇封我掌厨中。"

小叔子由穷不怕表演："糖瓜祭灶，新年来到，丫头要花，小子要炮。"

同治表演灶王："上天言好事，下界保平安！"

董彩莲扮成李三嫂，手持木条："你说得好听，没想到腊月二十三，我们给你买了那么多糖瓜，也没粘上你的嘴，你在玉帝面前说了我那么多的坏话，你说该打不该打。"

同治表演："该打。"

董彩莲举板不落。

同治催了一下："你打啊！"

董彩莲说了实话："民女不敢。"

同治直着急："打啊！"

董彩莲仍不动。

表演小叔子的穷不怕说："要不你打我吧！"

同治不依："不行，按着戏文走，打。"

董彩莲顾虑重重："不……不。"

同治催打："你别让朕着急啦，你再不打，朕受不了啦。"

董彩莲闭上眼："好，我打。"

董彩莲打一下，同治一咧嘴，随后又一笑，反复多次。董彩莲边打边说："皇上，行了吧？"

董彩莲一不留神，一板条打在皇上脸上，脸破了。

穷不怕吓住了："别打了，皇上脸都流血了。"

董彩莲随穷不怕跪下："民女该死！民女该死！"董彩莲将木板扔掉，欲用手帕给皇上擦血。

"没关系！没关系！"同治一把攥住董彩莲的手，"是这手打的吧，再打朕一下。"

董彩莲用力一抽胳膊，袖口给皇上抹了一脸血。

慈禧站起来："打得差不多了吧？"

穷不怕见好就收："演得差不多了。停！停！"

再表穷不怕场地，云花坐在长凳上坐镇。徐三、贫麻子走上前，听官一片掌声。

徐三（甲）、贫麻子（乙）开始说相声《打灯谜》。

甲："今天我们俩给听官说段相声。"

乙："这位（指甲）叫徐三，以前大家都见过。昨日春江楼已开了拜师会，正式拜穷不怕为师，他是我师弟了。"

众人听好，鼓掌。古董王、周八、张三禄、群众甲、群众乙、群众丙、群众丁也在人群之中。

甲："谢谢众位，谢谢众位。"

乙："今日给众位说一段《打灯谜》。"

甲："说相声讲究什么？"

乙："说学逗唱。"

甲："你能说点儿什么？"

乙："有大笑话、小笑话、反正话、俏皮话、绕口令、说个字意儿、打个灯虎儿、对个对子、吟首韵诗、续个酒令，这些都是说活儿。"

甲："灯虎子您还成？"

乙："我喜欢切磋。"

这时，圈外两个卖布头儿的在争买卖。

卖布头儿甲（富向南）吆喝："单刀赴会，布头儿减价哎！……（重复）"

卖布头儿乙（范向西）吆喝："老爷磨刀，买一送一哎！……（重复）"

圈里在继续表演。

甲："正宗叫灯谜，白天挂篦子，晚上挂灯，上边贴着纸条儿，分南北两派。有意目、要目、波号、波名、四字谚语、白头、粉底、玉帛、拢意儿、扣字儿……这都是打灯谜的规矩。"

乙："对口看来您打灯谜有两下子！"

圈外在继续吆喝。

卖布头儿甲（富向南）吆喝："单刀赴会，布头儿减价，带白拿！……（重复）"

卖布头儿乙（范向西）吆喝："老爷磨刀，买一送一带彩票！……（重复）"

圈里古董王、周八俩人会意而笑，侃侃而谈。

圈里的相声没法说了。

群众甲："外边比这儿热闹。"

群众乙："又带彩票，又白拿，咱们看看去。"

群众丙："走哇，外边看活儿不要钱。"

圈里人出来不少，云花拦住大家："听官，别走啊！一会儿有好活儿！"

卖布头儿的在吆喝，圈里人还在往外走。

云花挤出圈外，直轰卖布头儿的："你们到那边卖去，你们到那边卖去。"

卖布头儿的好像没听见，俩人吆喝得更带劲儿了。

卖布头儿甲（富向南）抱着一匹白布吆喝："快来买啊，单刀赴会，布头儿减价带白拿！……（重复）"

卖布头儿乙（范向西）抱着一匹青布吆喝："快来买吧，老爷磨刀，买一送一带彩票！……（重复）"

卖布头儿甲（富向南）："这块本色白呀，它怎么那么白呀，它怎么那么白呀，哎，你说怎么那么白？"

群众甲："我哪儿知道啊？"

卖布头儿甲（富向南）吆喝："它怎么那么白呀，它气死头场雪，不让二路霜，它赛过皇城的洋白面哩吧，买到您老家里就做被里去吧，是禁洗又禁晒，禁铺又禁盖，禁拉又禁拽，是禁蹬又禁踹，不怕洗，不怕淋，它又不怕晒呀！任凭你怎么洗它不掉色啊！"

群众甲："白色的没法掉了。"

卖布头儿乙（范向西）吆喝："这块德国青啊，哎，你说怎么那么黑？"

群众乙："我哪儿知道？"

卖布头儿乙（范向西）："怎么那么黑，气死活张飞，不让黑李逵，它赛过唐朝的黑敬德哩吧，在东山送过炭，西山挖过煤，开过两天煤场子，卖过两天煤了，它又当过两天煤铺的二掌柜的吧。这块德国青，真正德国染货哟，真正是德国人他制造的这种布的，面子要多宽有多宽，布匹要多厚有多厚，多快的剪子都剪不动它！"

群众乙："是铁板吧！"

卖布头儿乙："我说错了，不用剪子我都撕得动。你要几块儿布头儿，二枚钱一块儿。"

群众乙递过四枚钱："给我撕两块儿。"

卖布头儿乙（范向西）："给他撕了两块儿。"

卖布头儿甲（富向南）吆喝："三枚钱两块儿！"

群众甲："给我撕两块儿。"

卖布头儿给他撕了两块儿。看卖布儿头的人越围越多。

圈里的徐三、贫麻子早从台上下来了，圈里人越来越少。这时，张三禄从人群中走到台上，贫麻子像看到了救星："师爷！"

云花也提了精神："师爷来了。"

徐三觉得有把握了："这回就行了。"

张三禄拿起醒木用力往桌子上一拍，周围立刻静了下来，不少听官停住了脚步。

张三禄不慌不忙地说："听官不要乱，穷不怕进宫给皇上、太后说相声去了，一会儿很可能赶回场，借这空儿，我给大家说一段新书，叫《彭公案》。《彭公案》是《绣像施公案》的续篇，《施公案》听官都知道说的是黄天霸，《彭公案》说的是黄天霸的爸爸，谁，黄三太。俗话说，先有的儿子，后有的爸爸，就指的《彭公案》。那位说了，怎么买不到《彭公案》这书哇？告诉众位，这书还没编了（众乐），我们说书人中从雍正年间口传心授到今天。那位说了，儿子黄天霸怎么跟爸爸黄三太挂上钩的？书中有一段说的是飞镖黄三太镖打窦尔墩，正唱到黄三太打败了窦尔墩的时候，大家来贺喜，他家人来报说：ّ'夫人生了黄天霸。'爸爸和儿子就挂了钩（众乐）。有的剧目里，黄天霸镖打窦尔墩，那是后编的。闲话少说，书归正传。彭朋何许人？彭朋是康熙年间的进士，《彭公案》说的是诸位英雄同彭朋一起护卫着康熙皇帝。我给大家说一段最精彩的《彭朋脱难》。话说彭朋正在危难之时，只听身后来了一哨人马。谁吗？一拨老英雄，他们是南霸天飞镖黄开黄三太、赛毛遂杨香五、红旗李玉、凤凰张七张茂龙……"

圈外卖布头儿甲（富向南）："里边说上评书了，说上新书《彭公案》了。"

卖布头儿乙（范向西）："单春泰斗张三禄亲自上阵了。"

卖布头儿甲（富向南）："这咱们得听听去。"

卖布头儿乙（范向西）："这可是千载难逢的好机会。"

卖布头儿甲、乙收拾收拾进圈里去了。

群众甲："我们也听听去。"

群众乙："相声场听评书才过瘾哩。"

人们跟着卖布的也进来了，云花从圈外往里走。圈里卖布头儿甲（富向南）截住云花："掌柜的，泡壶茶行吗？"

云花看了看他："喝茶到茶馆去，本姑娘没预备茶。"

卖布头儿乙（范向西）："我们嗓子都哑了，来点儿水吧。"

云花有话说了："你们嗓子哑啦，接着喊就不哑了！"

卖布头儿甲（富向南）："书有意思，我们就不喊了。"

卖布头儿乙（范向西）："对，书有意思，我们就不喊了。"

云花不理他们，直接走到台上。

群众甲用手一量布头儿："这布头儿不便宜。"

群众乙："他整匹当零头儿卖还不便宜？"

群众甲："你量量，他三块儿布头儿还不够一尺，我们吃亏了。"

群众乙："可不是，上当了，还不及买整布呢。"

群众甲："找他去，那不就在那儿坐着吗？"

群众乙找到卖布头儿乙（范向西）："我们上当了。"

群众甲找到卖布头儿甲（富向南）："比买整块儿布都贵。"

群众乙："我这是德国青吗？"

群众甲："我这是法国白吗？"

卖布头儿甲（富向南）："我们嗓子都哑了。"

卖布头儿乙（范向西）指着嗓子："你有水吗？"

群众乙："水，有水也不给你喝。"

群众甲："你们净欺人。"

场上大乱，纷纷指责他们。云花又过来："你们到外边喊去！"

贫麻子也过来帮腔："到外边打去！"

人围成一团，根本出不去，张三禄说不下去了。三格格也在人群中看热闹。这时，穷不怕和董彩莲突然出现在表演台上。

不知谁说了一声："穷先生回来了！"场上唰一下安静下来了。

穷不怕抓住时机说："不准乱，怎么回事，一个个说。"

人群里群众甲说："他们卖的布头儿不够尺寸。"

群众乙："对啊，三块布头儿，还不够一尺呢。"

群众甲:"比买整块布都贵。"

群众乙:"我们上当了。"

众人口角生风:"上当了,上了他们当了。"

穷不怕又问:"谁卖给你们的布头儿?"

富向南、范向西走过来:"师傅,是我们。"

穷不怕望着他们:"又是你们俩,你们俩怎么卖上布头儿了。"

富向南脸对穷不怕说:"回师傅,我们是想置置气。"

范向西也接着说:"对,置置气。"

穷不怕进一步问:"跟谁置气?"

富向南口吐真言:"跟徐三。"

张三禄有话说了:"徐三也没招你们啊。"

范向西嫉妒地说:"不是,徐三入门了。"

富向南凄凉地叫苦:"我们一直还在门外。"

穷不怕明白了:"噢,你们想入我朱门。"

富向南深情表白:"对啊!是。"

穷不怕目光灼人:"我没收你们,你们跟我较劲儿?"

范向西忙做解释:"不敢不敢,我们只跟徐三较劲儿。"

群众甲不客气:"不但跟徐三较劲儿,他们俩也较上劲儿了。"

穷不怕进一步问:"你们俩怎么也叫上劲儿?"

富向南解释:"他要卖得快,说明他吆喝的功夫好。"

范向西解释:"是啊,他要卖得快,您该收他为徒了。"

穷不怕又哈哈大笑："你们这么一折弄，我就收你们了？"

"嗯嗯……"富向南、范向西刚点头又改口，"不会不会。"

穷不怕望着俩人问："你们俩谁卖得快啊？"

富向南抢着说："是我！"

范向西指着自己说："是我！"

穷不怕又问："你们俩谁卖得布头儿不够尺寸？"

富向南一指："是他！"

范向西一指："是他！"

群众七嘴八舌："他俩都不够尺寸。"

穷不怕对二人说："你们俩退大家布头儿钱去吧。"

富向南有难处："师傅，我们真不能退。"

范向西有苦处："是啊，这是我们的饭钱，我们剩下一大堆破布头儿有什么用。"

富向南解释："打袼褙都没人要。"

群众甲："我们留破布头儿也没用啊！"

群众乙："谁家老打袼褙啊！"

众人喊着："退钱！退钱！"

富向南向众人解释："谢谢众位，我们不是成心骗大家，我们没卖过布头儿。"

范向西做补充："我们是照着相声的词去卖，结果亏了大家。"

富向南向大家亮底："是啊，我们家底的钱都拿出来了。"

穷不怕严肃地问他们："你们是为了跟徐三较劲儿，还是为了拜师？"

富向南抢着说："为了较劲儿。"

范向西有自己的看法："为了拜师。"

富向南想了想："都是。"

范向西同意："对了，都是。"

群众不依，反复要求："退我们钱，退我们钱！"

穷不怕面对观众："好了，好了，大家先消消气，听我说段相声，然后让他们再退你们钱。"

富向南真为难了："然后也没钱啊。"

范向西心里焦虑："是啊，钱退给你们，我们吃什么？"

穷不怕对张三禄说："老师，今日我想给众位说一段相声，老师能否给我捧哏。"

张三禄看了看大家："理应如此，理应如此。不过我没怎么说过对口，请诸位包涵着听。"

穷不怕对老师也是对大家说："这个相声很简单，就是给死人喂饭。"

张三禄兴趣蛮高："啊！给死人喂饭？"

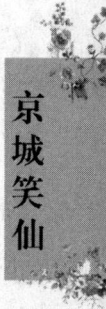

京城笑仙

第二十一章 比胆量给棺材里的死人喂饭 没想到死人张嘴喝粥

穷不怕、张三禄站在地台上说起来了。穷不怕去甲，张三禄去乙，俩人表演起来了。

甲："我们师徒俩给众位说的这个段子叫《大本事》。有俩人本事都很大，这俩人，比卖布头儿的这俩人本事还大。"

乙："卖布头儿的算什么本事。"

甲："我说的这俩人的本事，在场的没有能比的。"

乙："谁啊？"

甲："李铁匠和剃头王。"

乙："他们有本事？"

甲："本事大啦，他们的技艺都达到了炉火纯青的地步。"

乙："是啊。"

甲："不但本事大，胆量也大。"

乙："艺高人胆大。"

甲："卖卖布头儿算什么胆量，不就在相声摊旁边吆喝两嗓子吗?"

乙:"他们俩胆量怎么个大法?"

甲:"李铁匠问,'你晚上敢躺在死人旁边睡觉吗?我就敢。'"

乙:"这胆子可不小。"

甲:"剃头王也不含糊。剃头王说,'那不算胆大。'"

乙:"还不算胆大?"

甲:"剃头王说,'我夜里敢给死人喂饭。'"

乙:"啊!死人还会吃饭?"

众人乐。

三格格也在人群之中。

甲:"李铁匠也不相信,他说,'我不信,我们后院正死了一个老头。你晚上喂饭我看看。'"

乙:"将上他了。"

甲:"剃头王说,'喂就喂,明天早晨你看他嘴里有没有饭。'"

乙:"他真敢喂。"

甲:"到了晚上,剃头王摸到这家后院,看见后院真停着一口棺材,有点儿月光,看见棺材里真躺着个人,嘴在北边。"

乙:"也就是头在北边。"

甲:"他端着一小碗饭,盯住死鬼的嘴。"

乙："一小碗也用不了。"

甲："剃头王想，我只要把一勺饭倒进他嘴里，第二天李铁匠一看见死鬼嘴里有饭，我就算赢了。心里是这么想，可是腿直打哆嗦。"

乙："也害怕了。"

甲："剃头王舀了一勺饭往死鬼嘴边一送。"

乙："都撒了？"

甲："没有，那死鬼把嘴张开了。"

乙："啊！真吃呀？"

众人乐。

甲："剃头王都不知道这勺怎么送进死鬼嘴里的。"

乙："吓的。"

甲："剃头王以为自己看错了，他又试了一勺，死鬼又一张嘴。"

乙："吃上他了。"

甲："剃头王想不喂都不行了，心说，反正饭也不多，就这一小碗，都给你算了。结果一勺跟着一勺，不一会儿一小碗吃净了。剃头王刚要走，死鬼说话了，'没饭啦？'"

乙："死人还会说话？"

甲："剃头王吓得往外跑，没跑两步，死鬼坐起来，'我还没吃饱呢！'"

乙："啊？这是死人吗？"

众人乐。

甲:"剃头王连滚带爬跑了出来,出来以后觉得不对劲,死人怎么会说话呢?一想这声音挺熟,明白了,原来李铁匠捣的鬼。"

乙:"这玩笑开得太大了。"

甲:"第二天,剃头王乐呵呵地对李铁匠说,'昨天我给死人喂饭了,你输了吧。'"

乙:"李铁匠认输了?"

甲:"没有,李铁匠说要不今天晚上我也喂一次。"

乙:"让他喂了?"

甲:"没有,剃头王说,昨天打的赌已经算了,今天咱俩比一下手艺,看谁的手艺高。"

乙:"这倒应该比比。"

甲:"剃头王说,我剃头剃到中间,能露出绝招儿。"

乙:"什么绝招儿?"

甲:"他没说,李铁匠说我打铁打红的时候,也要告诉你一个绝招儿。"

乙:"又一个绝招儿。"

甲:"剃头王说,咱们谁输了谁请酒喝。李铁匠说就这么办。"

乙:"谁先表演?"

甲:"剃头王说,我先给你剃头。"

乙:"他先表演。"

甲:"剃头王给李铁匠围上白被单儿,给他剃了个紧辫头,中间是大辫子,只是在前边剃个边,他一边剃,一边说你做好准备,我该露绝招儿了。"

乙:"还得做准备。"

甲:"剃头王递给他一面铜镜,告诉李铁匠从镜子里可以看到他的绝招儿。"

乙:"什么绝招儿?"

甲:"只见剃头王剃完一刀,就把剃头刀扔到半空中,等那刀子快要落到李铁匠的头上时,剃头王才接住刀,接得非常准,动作又麻利又好看,头剃得又快又好。可把李铁匠吓出一身汗,他只见剃头刀扔上去,没见刀下来,怎么回事?眼睛闭上了,刚一睁眼,刀又上去了,他都没看准怎么接的,反正刀没落在头上。"

乙:"落在头上就疼了。"

众人乐。

甲:"头剃完了,剃头王问,'怎么,认输吗?'李铁匠说,'我还没有露绝活儿呢?'"

乙:"他还得来一手。"

甲:"李铁匠带着剃头王来到了铁匠房打起铁来,真是行行有状元,李铁匠抡起锤子又圆又准,动作协调,姿势动人。"

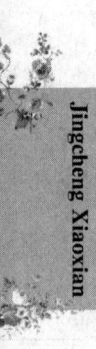

乙："他有什么绝活儿呢？"

甲："剃头王想他有什么绝招儿呢，莫非他在我头上抡锤子？不会，我头离他锤子老远。李铁匠说，一会儿炉子里的铁烧红了，绝招儿就出来了。"

乙："铁烧红了没有？"

甲："烧红了。"

乙："你该告诉我绝招儿了。"

甲："这绝招儿必须在铁烧红的时候才能说。"

乙："现在已经红了。"

甲："真红了？"

乙："真红了。"

甲："我说出来了，你可要记住。"

乙："我肯定记住。"

甲："注意，铁块儿烧红的时候。"

乙："怎么样？"

甲："千万别用手摸。"

乙："就这绝招儿啊！"

众人乐，听官叫好，鼓掌，纷纷往场里扔钱。三格格也往人群中扔了两块硬币。

云花、徐三用笸箩将钱捡起。

穷不怕端着笸箩，将钱送给富向南、范向西："这钱作为你们的补偿。你们还人家的布头儿钱吧！"

富向南、范向西急忙跪下："谢谢师傅，谢谢师傅。"

穷不怕当场施教："记住，在江湖弟兄中，逞能不算本事，剃头王、李铁匠都不算英雄。有本事去杀赃官，除恶霸，除暴安良，为民除害。在江湖中，人不亲，艺亲；艺不亲，祖师爷亲。人能兴地，地也能兴人。要想吃这碗饭，就得互相捧场子。"

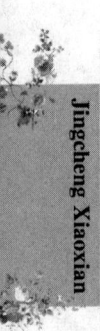

富向南仰头望着老师："我们懂了，我们不该在圣人面前卖字画。"

范向西也认错："不该在关老爷面前耍大刀。"

穷不怕搀扶二人："快快起来说话。"

俩人起身，富向南央求："老师，您就收下我们吧。"

范向西也跟着说："是啊，老师，我们都是为了让您收下，才做出蠢事。"

富向南又拽着徐三："徐三爷，您将军额上能跑马，宰相肚里能撑船，你和师傅说说，收下我们吧。"

范向西也央求："是啊，徐三爷，我早盼着叫你徐三哥了。"

张三禄过来："绍文啊，我看这俩孩子是块料，不然你就收下他们吧。"

范向西再乞求："师傅，师爷都说话了，您就收下我们吧。"

富向南保证："我们一定给师傅争脸。"

徐三也帮助说话:"师傅,我看这俩兄弟是真心想入门。"

穷不怕说:"这样吧,我提个条件,你们今天能做到,明天我就收你们为徒。"

富向南抢着说:"师傅您说吧,我们一定能做到。"

范向西也保证:"是啊,师傅,我们玩命也要做到。您说吧,什么条件。"

穷不怕发话:"你们听好喽,我就说一遍。"

富向南直催:"您说。"

穷不怕只说了一遍:"范跟头,富跟着。"说完,他自己收拾场地去了。

范向西琢磨话意:"翻跟头?"

富向南比画着:"就是翻跟头。"

范向西问富向南:"你学过翻跟头吗?我没学过。"

富向南不明白:"拜师还得翻跟头?"

范向西有说头:"老师叫翻,咱们就翻吧。"

富向南做了一个空翻:"你看我翻得行不行?"

范向西直叫好:"不错不错。我翻不起来,来个前滚翻还差不多。"说着做了一个前滚翻。

富向南提出:"咱们问师傅行不行。"

范向西觉得不行:"不行,师傅说'翻跟头'后边还有个'妇跟着'呢。"

富向南不明白:"什么叫'妇跟着'?"

范向西的理解:"'妇跟着'就是媳妇也跟着翻。"

富向南顺从解释:"那就叫媳妇跟着翻吧。"

范向西为难了:"咱们还没有媳妇呢。"

富向南也觉得难了:"那怎么办?"

范向西自己解释:"没媳妇就不用翻跟头了。"

富向南不同意:"那可不行,没答上题来,老师不收啊!"

范向西觉得更难办:"那怎么办?"

富向南脑子里闪出个主意:"要不咱们现场找个临时媳妇吧。"

范向西觉得是个办法:"对,跟着咱们翻跟头。"

富向南抱拳,对妇人们说:"各位姐姐,今日我们要认师,拜师要我们带媳妇翻跟头,我们还没有媳妇,我们要请两位临时媳妇,谁愿做我们临时媳妇请留下,我们谢谢啦!"

范向西也跟着抱拳:"谢谢大姐,请留下两个。"

妇女们纷纷走光,只剩下三格格没走。

富向南对三格格说:"这位大姐没走,看来愿意做我们临时媳妇。"

三格格扇了富向南一个嘴巴:"本姑娘是师奶奶,去,叫你们掌场的过来。"

范向西替富向南喊叫:"师爷,师爷,我师奶奶找你了。"

三格格啪又扇了范向西一个嘴巴。

张三禄不知怎么回事过来了。

穷不怕也走来了："原来是三格格。"

三格格笑了："今天你说得不错。"

穷不怕表谢意："多蒙三格格夸奖。"

三格格收敛（liǎn）了笑容："我不是夸奖你，我是来提醒你。"

穷不怕诚意相问："什么事，三格格请明示。"

三格格也不客气："你问我，我还问你呢，你今日去皇宫说相声没有？"

穷不怕回话："上午说了。"

三格格又问："明天什么日子？"

富向南想代师回答："明天是我们拜师的日子。"

三格格又扬起手来，穷不怕一把接住："明日是去曾王府赴堂会的日子，他们不知道。"

三格格一乐："你还真没忘。好，明日我等你。"说完，三格格走了。

穷不怕问富向南、范向西："什么事，你们把三格格得罪了？"

富向南抢着说："您给我们留的那道题，我们做上来了。您让'翻跟头，妇跟着'，我们翻完跟头了，就让媳妇跟着翻。"

范向西补充："是啊，我们俩都翻了跟头，当然我翻得不太好。可是前半题总算做出来了，就是后边那半道题我没做上来。"

穷不怕接着问:"后边什么题啊?"

富向南回话:"您让'妇跟着',是不是让媳妇也翻跟头?"

穷不怕哈哈大笑:"你们让三格格翻跟头,她能不打你们吗?"

范向西觉得委屈:"我们按您的题做啊。"

穷不怕反问:"我的题怎么说的?"

范向西顺口背诵:"翻(范)跟头,妇(富)跟着。"

穷不怕解释:"我来问你,你姓什么?"

范向西回答很容易:"姓范呀。"

穷不怕继续解释:"对啊,让姓范的跟姓富的磕头。"

范向西明白了:"头就是磕头哇?"

富向南又问:"妇跟着呢?"

穷不怕问富向南:"你姓什么?"

富向南回话:"姓富呀。"

范向西问:"富跟着怎么讲?"

穷不怕觉得很容易:"富也跟着磕头啊。"

范向西全明白了:"我们净磕头哇。"

穷不怕总的解释一遍:"范给富(富向南)磕头,重归于好,不要争买卖。富(富向南)也跟着给范(范向西)磕头。"

范向西大悟:"我们彼此磕头哇?"

富向南直点头:"原来这么回事啊!"

众人乐!

再表乾清宫。同治坐在龙椅上,文喜向皇上禀告:"奴才有一个喜讯禀告皇上。"

同治随口问了一下:"什么喜讯?"

文喜面带喜色:"皇上日夜思念的那个小海棠春,奴才已打听出她的下落。"

同治腾一下站起:"你说什么?再说一遍。"

文喜重奏:"奴才打听出了小海棠春的下落。"

同治急问:"她现在在哪儿?"

文喜回话:"他在八大胡同了。"

同治痛心地说:"她真做妓女了?"

文喜点头。

同治真心地说:"八大胡同朕差不多都找过了,没有她。"

文喜有目的地问:"秦楼楚馆皇上可曾去过?"

"秦楼楚馆?"同治顿了一下,"朕就差秦楼楚馆没去了。"

文喜得意地问:"皇上为何不去?"

同治猜测:"那里有大海棠春?"

文喜告诉同治:"小海棠春也在那里。"

同治十分惊喜:"两代海棠春碰到一起了?朕原来碰见过

大海棠春，她并不认识小海棠春。"

文喜继续解释："小海棠春不久前刚进了秦楼楚馆。皇上应该下旨，将她召进宫里。"

同治踱来踱去，有些话不便说出："不可……朕先去看看她。"

文喜分析："如果皇上只能见见她，而救不了她，岂不让她更痛苦？"

同治了解女人的心理："也许她需要这种痛苦。"

文喜点头："奴才明白了。"

八大胡同秦楼楚馆，小海棠春正在给众人唱单弦："见一人担雨伞背行囊自言是李旺问路，奉蔡状元差派……"

小海棠春边唱边流泪，大海棠春用手帕擦了擦小海棠春额上的汗珠。下边站着的同治爷也拿出了手帕，边听边擦泪。

小海棠春唱完了，猛地发现同治爷站在那里。

同治向小海棠春走来了。

小海棠春认出了同治，手里的弦琴掉在地上。

俩人越来越近了。

小海棠春扑在同治爷怀里，俩人紧紧抱着。

寝室床边，小海棠春依在同治怀里，文喜和桂宝守在门外。

同治爷攥着小海棠春的手说："你受苦啦！"

小海棠春含着热泪说："谁叫我是太后眼里的汉女。"

同治爷同情地："汉女怎么啦！汉女不是人？汉女就不能留在宫里？"

小海棠春用那娇嫩的手去捂同治爷的嘴："快别说……这是命。"

同治爷脾气上来了："我偏说。这不是命，这是命令。为什么把汉女都轰出宫来？"

小海棠春心里又委屈起来："我不是汉女，硬把我当汉女。别说了，皇太后要知道皇上来这里，我吃罪不起。"

同治爷轻轻抚摸着小海棠春的脸："你是怕朕吃罪不起吧，朕知道你会恨朕。"

小海棠春急忙摇摇头："民女不敢。"

"你受委屈了！"同治爷掏出那只小白兔玩具，安慰着小海棠春，"你看，朕一直保存得很好。"

小海棠春把小白兔接过来，不一会儿脸上布满阴云："皇上，你表面上富丽堂皇，实际上你也受了很多委屈。"

同治爷反问："朕受了委屈？你说说看。"

小海棠春心里有顾虑："奴婢不敢随便说。"

同治爷假装吓唬她："有话不说可是不忠。"

小海棠春还不想直说："我是说皇上身居皇宫，不仅有大喜之事，也有大悲之事。"

同治爷细问："喜从何来？"

小海棠春笑谈："皇上结婚盛典空前热闹，自乾隆爷八十寿诞以来,清宫八十年没这么热闹过了,这不是大喜之事吗?"

同治爷又问:"何为大悲之事呢?"

小海棠春言之有据地说:"皇上大婚后转为大悲。婆媳不和,棒打鸳鸯,致使皇上这位'贤姊皇后'独唱凤曲。皇上心里能不委屈吗?"

同治爷吃惊不小:"这些事,你都知道了?"

小海棠春脸上变换着复杂表情。

同治爷望着小海棠春的脸说:"你还没跟我说,你怎么到这儿来的?"

小海棠春终于道出肺腑之言:"我从皇宫出来,头一天碰见穷不怕卖艺,我一见他的女人跟我长得一模一样,简直就是我的孪生姐妹,我就失了神,加上穷不怕的玩意儿真让人入迷,结果把皇太后赏给我的金条全丢失了,我连吃饭钱都没有了。那天饥肠辘辘,没办法,把穷不怕女人点的饭菜我都给吃了,一屋人硬没看出来。后来我就以卖唱为生。我这么一个孤苦女子能在哪儿落脚呢?我漂游两年,最后也只有这条道了。"

同治疑惑地问:"你怎么偏偏落在秦楼楚馆?"

小海棠春含着泪说:"我是专等皇上的。"

同治不解:"等我?"

小海棠春进一步解释:"我听大海棠春姑姑说她碰见过皇

上,我就选择了这里等皇上。"

同治听着难受:"这何苦呢!"

小海棠春不客气地说:"都是你母后逼的。"

同治承认:"是皇家害了你。"

小海棠春转为笑脸,一指对面楼上大海棠春:"皇上,你看那人是谁?"小海棠春一指,窗户对面秦楼楚馆上的窗户正开着,名妓大海棠春正向他们微笑。

同治望了望对面窗户里的大海棠春:"是她!"

小海棠春钦佩地介绍:"她就是大名鼎鼎的大海棠春,是咸丰皇帝的侍妾。"

同治心里也很激动:"朕见过她一次,她就是我皇阿玛的宠妾,赫赫有名的圆明园四春之一,连我皇阿玛都拜在她的脚下。"

小海棠春进一步述说:"她也是慈禧太后给轰出宫来的。如今她是我们的头目,别看是半老徐娘,风韵犹在。"

同治站了起来:"朕过去看看她去。"

秦楼楚馆是中式楼房,几个人上着中式木楼梯。同治戴着凉缨小帽,穿着纱袍褶氅服,宛如五坊游侠子弟。文喜、桂宝穿着茶驼色长衫。小海棠春推开屋门,大海棠春带着四姐妹跪迎:"万岁,万万岁!"

同治伸手相迎:"起来说话。"

众女:"谢万岁!"

大海棠春起身后："皇上请坐！"

同治坐在桌旁正中，文喜、桂宝两旁垂立。大海棠春亲自跪而进茶："请皇上用茶！"

同治观其貌含情脉脉，罗襦半解，迟迟没有接茶杯。

大海棠春又说了一句："皇上用茶！"

同治醒悟过来，答曰："哎哎。"

大海棠春有话："当年奴婢在这里侍奉过咸丰皇上。"

同治半天才接过茶碗："姑姑请起，快起来，坐，坐。"

大海棠春同皇上相视而坐。小海棠春同四姐妹在大海棠春身后而站。文喜和桂宝在同治身后而站。

大海棠春对同治说："自从前年见圣上一面，奴婢回来便猜到是皇上。皇上长得真像先皇，面有父貌，行有父风。"

同治也有感念："一见姑姑，朕便思念起皇阿玛来。"

大海棠春面带自豪："圆明园四春，暗藏丽娇。四春当中先帝最宠爱奴婢，经常在我处饮酒，喝得神魂颠倒。先帝盛怒时，宫女必将遭殃，唯有我始终未尝摧折。"

同治想知深情："姑姑在官中这么得意，为何沦落到现在地步？"

大海棠春脸上转晴为阴："怪皇母慈禧太后，十分忌妒于我，在火烧圆明园之际，将我们四春轰出宫外。本来由于先帝的赏赐，加之我能歌善舞，我积下十万余金，本打算自奉人生，谁知刚走出宣武门，却飞来了不测之祸。"

同治忙问:"遇到什么不测之祸?"

大海棠春迟疑一会儿,终于陷入深情的回忆中:"那年,我正在桥下河畔洗衣服,岸上一个脚夫在看着我的金车。忽然,路上出现一顶红轿子和几个内监。其中一个内监看了一下金车,过来问我,'这金子何人之物?'我说,'是小女积下的赏钱。'那个内监却说,'胡说,一个小小的女子,哪儿来的那么多金子,分明是抢掠之财。'我解释,'不是,这是我多年的积蓄。'可是这位内监向其他内监一挥手,'拉走!'我眼看着东西被抢,疯似的向金车扑去,'这是我的金子!'内监们将车夫打倒在地,又将我拦住推倒。这时,我看见红轿里露出慈禧的笑脸,我心全凉了。内监将金车推走了,我只好趴在地上看着慈禧的轿影⋯⋯"说着,大海棠春拽过小海棠春,"皇上,她的经历,多么像我。女人在当今的社会无法自立,来到这地方有时还能等到知己。"

同治望着小海棠春半天说不出话来。

大海棠春强笑转移话题:"皇上看,这里的丫头大多是苏杭姑娘。"

同治随意看了看周围:"怪不得都这么漂亮。"

大海棠春讨好地说:"苏杭姑娘不仅人好,心眼也灵,皇上要经常来,她们都会伺候皇上。"

同治最后仍盯着小海棠春。

大海棠春会心而真情地说:"皇上跟小海棠春仔细商量,

你们多时会面一次。"

同治自叹:"难定啊,朕现下出宫也难了。"

大海棠春进一步探问:"谁还能管皇上?"

同治终于口吐真言:"母后。"

大海棠春出言不逊:"又是慈禧!她有什么?她在情场上已是手下败将,便用手中的权力为所欲为。"

同治说出最痴心的话:"不知小海棠春何时再能进宫?"

小海棠春回话:"紫禁城的大门,怕我终生难进了。"

同治为难了:"这怎么办?朕出不来,你进不去,这……这如何是好?"

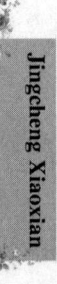

大海棠春向四个姐妹和文喜、桂宝使了眼色,一起退了出来,屋里只剩下同治和小海棠春。

……

同治坐在床上,小海棠春依在同治爷怀里。同治问:"朕早想问你,你看清没看清,到底是谁色胆包天,抢走你的金条?"

小海棠春心动了:"奴婢知道是谁。"

同治追问:"谁?"

小海棠春口吐真言:"曾王府的二贝勒。"

同治差一点儿跳起来:"啊,是小灯!他明明知道你是朕的人,还这样放肆,朕一定帮你出出这口气!"

这时文喜进来催主:"万岁爷该回宫了,不然……"

同治与小海棠春仍然依依不舍，又不得不告别分手。

同治回宫后，小海棠春想起了董彩莲，俩人不仅相貌相同，而且还有很多共同语言。她找到穷不怕、董彩莲，而且在天王轩的客桌上摆上酒菜。

小海棠春举杯对穷不怕、董彩莲说："我已见到皇上，来，为我干杯！"

董彩莲举杯："我们应该恭喜你呀！"

小海棠春欣喜若狂："来，干！"

三人撞杯而饮。

小海棠春面带思念："我能和同治爷见这一面，死也能瞑目了。"

董彩莲宽慰她："不要说这丧气话，以后日子还长着呢。"

小海棠春摇着头："我看得出来，同治爷再出宫很难了。皇上出不了宫，我也进不了宫，正如皇上所说，生离痛于死别。"

穷不怕愿意助人："以后我进宫之时，你要捎个信，带个话的，这我还能做到。"

小海棠春欣然点头："这可能是我最大的安慰了。"

董彩莲同情地说："妹妹身世实属可怜。"

小海棠春望着董彩莲的脸："姐姐非常羡慕你。"

董彩莲自豪地看了穷不怕一眼："为何羡慕我？"

小海棠春心里有苦："姐姐自幼命苦，不像你有了满意的郎君。"

董彩莲觉得自己大:"妹妹能得到皇上的赏识,也算一种福气。"

小海棠春面露喜色:"本来我们海棠春、牡丹春、芍药春、阿罗春在宫里生活得很开心,我又得到同治帝的宠爱,谁知后来慈禧皇太后变了脸,把我们当成汉女都轰出宫外,如果有路可走,谁会自毁名节。"

穷不怕插话:"你们俩到底是谁大?"

董彩莲问小海棠春:"妹妹哪年生人?"

小海棠春不假思索回了话:"我是丙戌年生人。"

董彩莲情不自禁地说:"我也是丙戌年生人。"

小海棠春兴致勃勃地问:"你几月生日?"

董彩莲喜滋滋地说:"二月初二。"

小海棠春欣喜万分:"我也是二月初二。"

董彩莲也十分惊喜:"这么巧?同年同月同日生!"

小海棠春感到高兴:"是啊,太巧了!"

穷不怕想到一事:"不对。"

小海棠春跟着问:"什么不对?"

穷不怕解释:"我是说没有这么巧的事,俩人长得一模一样,又是同年同月同日生,除非你们俩……"

董彩莲接着说:"是孪生姐妹?"

穷不怕点头:"对!"

董彩莲问小海棠春："你在哪里出生的？"

小海棠春摇了摇头。

董彩莲进一步问："你父母是谁？"

小海棠春又摇了摇头："我只知道我从小被义父买走了，义父叫赵大，我入宫不久，他就去世了。"

穷不怕分析："你的身世是个谜，你们俩的关系也是个谜。"

董彩莲对小海棠春说："让这个谜，永远藏在我们心里吧。"

小海棠春二次举杯："对！不管我俩是不是孪生姐妹，我们现在已经是亲姐妹了。"

董彩莲默认了："对！"

小海棠春催饮："干！"

两位女子碰杯。

穷不怕又插话："我想问妹妹一句。"

小海棠春发话："说吧，还客气什么？"

穷不怕说出心里话："你丢的金条有线索吗？"

小海棠春脸上立刻露出怒色："人早就找到了，皇上要替我出这口气。"

穷不怕想细问："金条到底是谁偷的？"

小海棠春不客气地说："曾王府的二贝勒。"

穷不怕一惊："是他！"

董彩莲明白了:"怪不得出了那么多阴差阳错的事儿。"

再说曾王府福晋寝室里,福晋正在端着盖碗喝茶,二贝勒惊惶地跑进来说:"额娘救救我,额娘救救我……"

福晋放下碗问:"出什么事啦?"

二贝勒惊慌失措:"皇上传我进宫!"

福晋不解:"进宫怎么啦?进宫是好事啊!"

二贝勒心里有鬼:"不不不,皇上要杀我。"

福晋噌地站起来:"要杀你?为什么要杀你?"

曾王爷、侧福晋突然出现,曾王爷说:"他抢了皇上侍妾的金条!"

二贝勒争辩:"我没有抢!我是从树上捡的,我只想和她开开玩笑。"

曾王爷气得满脸发青:"开玩笑!你的为人阿玛还不知道?小海棠春现在成了妓女,皇上岂能饶过你!"

二贝勒跪在曾王爷面前:"阿玛救救我,孩儿今后不敢了。"

曾王爷想问个究竟:"救你,阿玛怎么救你?阿玛问你,那四锭金条放在哪里?"

二贝勒慌不择言:"我花了。"

曾王爷气炸了肺:"花了?这么多钱,在哪儿花的?"

二贝勒在找辙:"一点点儿花的,都俩年了,还花不完?"

曾王爷怒不可遏:"一派胡言,你不同人家开玩笑吗?怎么把钱又花了?"

二贝勒张口结舌:"这……她老不来取。"

曾王爷声色俱厉:"行了,越抹越黑,罪有应得。"

福晋替儿子说情:"有罪也不至于死罪啊!"

侧福晋也帮着说:"王爷跟皇上说说情,看在王爷廉洁奉公、对大清功成不居的份儿上,让皇上减轻惩罚。"

曾王爷做事有分寸:"这事我做不了,功是功,过是过。孩子不能吃老子的老本,溺爱出逆子,自作自受。"

二贝勒表面也服软了:"孩儿以后听阿玛的话。"

曾王爷不爱听这话:"这话我都听出耳茧子来了。你知道吗,你断送了一个人的前程。"

福晋向老爷求情:"孩儿出了事,你难道一点儿不管?"

曾王爷想到受害者:"好,我只管一半,(唤)来人!"

丁三上来:"王爷!"

曾王爷吩咐:"套屋桌子上的四锭金条,你们给小海棠春送去,代我向人家道歉。"

二贝勒知道事情已经闹大,他来到扎王府求扎王爷帮忙。开始扎王爷、二贝勒还坐着叙谈,聊着聊着扎王爷惊愕地站起:"什么!金条是你拿的?"

二贝勒解释:"我只想同她开开玩笑。"

扎王爷疑惑地审视着二贝勒:"你这玩笑开得也太大了!"

二贝勒心慌意乱："求王叔到宫里说说情。"

扎王爷心里有苦："我去说情？皇上一直埋怨我办案不力，又怪我到太后那里打小报告，我要不去气还小点儿，见了我只会给你加罪。"

二贝勒已声嘶力竭："王叔，你得救救我啊！"

扎王爷看透了二贝勒："原来你一直在骗我，我一直在上你的当。"

二贝勒苦求："王叔，我心里一直拿王叔当最亲近的人。"

扎王爷也有难处："王叔不是驳你面子。这个事，只有求你阿玛到太后那里说情。也许太后看在你阿玛的功绩上，替你减点儿罪名。"

二贝勒无奈地站起身来："好吧，今日同王叔告别了。"

次日，二贝勒进乾清宫向同治请罪。同治一听小海棠春的遭遇，立刻站起身来斥训二贝勒："你好大胆量，在光天化日之下，欺行霸市，掠抢民女，偷劫钱财，十恶不赦，竟敢横行到朕的头上！"

二贝勒跪下认罪："臣兄错了，臣兄原来不知是小海棠春。"

同治反问："你是不知吗？你一眼就认出她是小海棠春，你第一句话就问她为什么出宫。你是色胆包天、目无国法，你没想到朕会微服私访，你没想到朕会遇到小海棠春。"

二贝勒无话可说："罪臣该死！"

同治怒容满面："朕不想见到你,朕把你送到宗人府治罪。"

二贝勒连连磕头："求皇上饶命!"

同治不理："来人!"

文喜、桂宝走了过来。

这时,慈禧突然出现："念曾王爷对朝廷功德无量,皇儿从轻处理吧!"

同治看了看母后,又看了看二贝勒,脸上露出无奈,半天才发话："曾灯接旨!"

二贝勒跪着："罪臣在。"

同治下旨："曾灯目无国法,为非作歹,掠抢民女,革去曾灯贝勒郡王衔,以示惩戒,发配黑龙江。朕活着的时候不想见到你!"

二贝勒叩首："谢万岁不杀之恩!"

二贝勒走后,文喜对同治说："这回可给皇上出气啦!"

曾王府门口停着一辆骡车,王四帮助二贝勒装着行李。福晋凑到二贝勒身边难舍难分地说："到黑龙江以后,托人给家里捎封信,以免你阿玛惦念。"

二贝勒没好气地说："我阿玛不惦念我,也不惦念你,他惦念我二娘,惦念三格格。"

福晋规劝他："傍走你就少说两句吧。"

二贝勒直念丧经："我回不来了,同治要死不了咱们见不了面了。"

福晋还在指责儿子:"这次你闹得太过火了。"

二贝勒不爱听:"额娘,我走啦,您多保重!"

福晋想起一事:"你等等,你跟你阿玛告别一下。"

二贝勒有气:"他都不送我,我也不理他。"

这时侧福晋从门里走了出来:"灯儿,你等一等。"

二贝勒头不回地在骡车旁等了一会儿。

侧福晋赶上来:"你等一下,你阿玛来了。"

福晋夸侧福晋:"你真给他请出来了。"

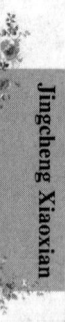

侧福晋嘱咐二贝勒:"你阿玛说你几句,你不要顶嘴。"

这时,曾王爷姗姗来迟,对二贝勒说:"你到边疆服役,好好听从边役官调遣。"

二贝勒不敢正视父王。

曾王爷又说:"这次皇上广开龙恩,只罚你有期差役。按你一贯作为,罚你终生差役也不多。"

福晋直劝王爷:"王爷,少说两句吧。"

曾王爷还想说:"你做的事别以为我不知道,家人都对我讲了。你到边疆要好好服役,博取民心。"

二贝勒不爱听,一挥鞭子,骡车启动了,曾王爷没好气地说:"你要有种,就别回来!"曾王爷欲晕倒,两个福晋抱住了他。

此时,穷不怕、董彩莲正在自己院内大笑,忽然太监文喜和桂宝来到门里宣旨，文喜宣曰："穷不怕、董彩莲接旨。"穷不怕、董彩莲赶忙跪下接旨。

文喜宣旨："皇帝诏曰，坏基春秧，日富允宜，朕体响安，心喜娱乐，择穷不怕夫妇，携带一徒，后日进殿献艺，特谕。"

穷不怕双手接旨："草民领旨。"

太监走后，俩人回屋里，穷不怕不明白："怎么让我们提前进宫了？"

董彩莲乱猜："皇上跟你说相声说上瘾来啦。"

穷不怕心眼儿多："不会有别的原因吧！"

董彩莲想点儿实际的："你准备带哪个徒弟去？"

穷不怕随便一说："我还没考虑好。"

董彩莲有想法："我看带徐三进宫比较合适。"

穷不怕问了一句："为什么？"

董彩莲说出原因："徐三脑子比较活泛，又有京戏功底，我看他去最合适。"

穷不怕点了点头："正合我意。"

董彩莲又问另外一事："富向南、范向西准备什么时候开拜师会？"

穷不怕早有打算："这两个孩子也不错，咱们再攒点儿钱就给他们办喽。过去拜师，总是徒弟请师傅。从徐三开始，我们一反常规，师傅请徒弟，办得也不错嘛。"

董彩莲有看法:"这俩人不一定让你请客。"

穷不怕都有考虑:"他们请客,我们也得预备足些,不然就亏了师傅那头了。"

董彩莲想法很多:"这倒也是。唉,上次跟你进宫,发现一宗不合理的事。"

穷不怕忙问:"什么事?"

董彩莲记得很清楚:"京戏那边唱一次,慈禧赏给几十两银子,咱们白话了一个晌午,才给十两小钱。"

"这还是多的哩,唱单弦大鼓的,一次还给不上一两白银。"

"你得争争气,不然这相声也太不值钱了。"

"夫人所言极是。我要给咱们说相声的和天桥八大怪争争气。"

"脑子就得活泛点儿。"

"我缺脑子的时候,你提醒我一下。"

"现在就有一事,需要你动动脑子。"

"什么事?"

"你跟徒弟进宫说相声,又让我去干什么?"

"这是个麻烦事。不过跟为夫在一起,不会有出格的事吧。"

"你们演完以后,如果皇上把为妻留下,陪他几日,那该怎么办?"

"那是不好办。"

"都说你低头一个主意，抬头一个点子，关键时刻，怎么没点子了？"

"不是我没点子，点子还没到时候，到了出点子的时候，就有点子帮你出点子。"

"什么时候了，你还说绕口令。"

董彩莲在家里正在唠叨，"真是的，女人惹事的就是这张脸，刚刚发配了二贝勒，又得对付皇上。"突然她脸上露出喜色，"我有办法了。"

穷不怕忙问："什么办法？"

董彩莲拿起一把菜刀要刺面部，穷不怕抢过菜刀："你这是干吗？"

董彩莲说出想法："只要皇上看我恶心，就会把我轰出宫来。"

穷不怕不客气地说："皇上一生气，也许把你杀了。"

董彩莲忧虑了："那怎么办呢？"

穷不怕安慰妻子："这样吧，我们先睡觉，明日一睁眼，主意就来了。"

俩人上床，董彩莲吹灭烛灯。

第二十二章　非情人互跪诉说真情

董彩莲一觉醒来，一睁眼，看见穷不怕眼望着天花板，忙问："有主意了吗？"

穷不怕很诙谐："快了，你先买点儿早点去。"

董彩莲追问："回来就有主意啦？"

穷不怕不慌不忙地说："回来我准备进宫。"

董彩莲嘴张得不小："还进宫呀！"

穷不怕胸有成竹："我进宫，你不能去，你再进宫随时都有风险。"

董彩莲还是担心："你自己进宫，皇上见不着我，风险不更大吗？"

穷不怕早就想好了："我就说你老拉稀来不了。"

董彩莲哭笑不得："你耍这小聪明，皇上看不出来？"

穷不怕埋怨自己："一个男人不能保护自己的女人，还算什么男人？"

董彩莲知道事情的难处："快别这么说，胳膊拧不过大腿，你跟皇上斗？"

穷不怕拧劲儿上来了："我就跟皇上斗！"

董彩莲边穿衣服下地，边哄着穷不怕："好好好，我先买点儿吃的去，回来你就有主意啦。"

董彩莲提着一提篮出门买东西，穷不怕坐在桌旁翻着一本《三十六计》。不一会儿，小海棠春提着一个提篮走了进来，穷不怕误认为妻室："你怎么回来了？"

小海棠春微笑着把提篮往桌子上一放。

穷不怕接着问："你买什么啦？"

小海棠春还是不语。

穷不怕又问了一遍："买了什么好吃的？"

小海棠春还是笑而不语。

穷不怕有些着急了："你怎么不说话啊？"

小海棠春终于说话了："你看看我是谁？"

穷不怕一看衣着不一样，马上明白了："哎哟，小海棠春！"

小海棠春含笑点头。

穷不怕心里责怪自己："真是稀客登门，我一点儿都没瞅出来，还以为我们家里的买了件新衣服。"

小海棠春顺嘴也说："连狗都瞅不出来。"

穷不怕觉得很抱歉："我看了半天，真的没认出来你。"

小海棠春也吐了真情："狗看了我半天，都没认出来。"

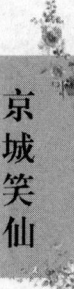

京城笑仙

穷不怕一下收敛了笑容:"今天怎么这么说话?"

小海棠春赶忙解释:"先生误会了。我是说,刚才我一进你家大门,你家的狗望我老半天,生没叫出声来。"

穷不怕看了一眼提篮,明白了她的来意:"狗拿你当主人了。姑娘突然登门,准有好事找我。"

小海棠春不客气了:"你就让我站着说话?"

穷不怕转过弯儿来了:"姑娘请坐。"

小海棠春在桌旁坐下,说出感受:"你的家好难找,进门之前还得从对联里猜谜语。"

穷不怕直道歉:"不知姑娘前来。"

小海棠春不客气:"你也不给我倒碗水。"

穷不怕端过一碗水:"姑娘喝水。"

小海棠春口角生风:"看来你对我们妓院的规矩全不懂。"

穷不怕觉得说得很对:"不懂,不懂,我没有体会。"

小海棠春口气缓和多了:"我跟先生开开玩笑,能和穷先生开开玩笑,我来生都感到幸福。先生不要介意,我非水性杨花,乃是重情之人。"说着,小海棠春把提篮往前推了推,"听说先生又要进宫演戏,请把我的礼物带给同治爷,略表我一点儿心意。"

穷不怕关心地问:"这是什么贵重礼物?"

小海棠春打开包裹皮:"馄饨和豆腐脑。"

穷不怕大喘气:"嗨!我还以为什么定情之物。"

小海棠春直言:"我哪敢给皇上送定情之物。"

穷不怕夸奖她:"这比定情之物还真情。"

小海棠春不明白:"为什么?"

穷不怕给予解释:"同治爷就爱吃天桥的馄饨和豆腐脑。金银财宝皇上在宫里见得多了,但宫里没有天桥的馄饨和豆腐脑。"

小海棠春笑嘻嘻地说:"说得太对了!"

穷不怕真情相告:"我一定给你带到,我十分同情你。"

小海棠春追问:"同情我什么?"

穷不怕道出心里话:"宫里不能留汉女,有情人被宫里赶了出来,这很不公平。"

小海棠春恨透了慈禧:"都怪那个老刁婆。"

穷不怕把事情看得更远:"其实不让汉女进宫,也绝非慈禧创举。早在顺治年间,顺治帝之母庄妃,就在宫外立过铁牌。"

小海棠春很想深知:"上边怎么写的?"

穷不怕背诵给她:"敢以小脚女子入此门者斩。"

小海棠春感到惊呀:"还有此事,我一点儿也不知晓。我也不知道我是汉女还是满女,我是后来裹的脚。我看汉女是那么婀娜多姿,比满族姑娘大脚好看。同治爷真随他父皇咸丰,专喜欢我们小脚女人。同治爷管我叫三寸海棠,说我长得美妙绝伦。看,我鞋尖缀着金光耀眼的明珠,我的鞋底是彩玉做的，里边又衬香屑，慈禧太后特别忌妒我。"

穷不怕有些糊涂了："忌妒你？"

小海棠春话没说完："忌妒我师傅大海棠春。"

穷不怕点了点头："这还差不多。不过，人美不美，不全在脚上。妇女干吗非得缠足？"

小海棠春埋怨："你还向着他们说话。"

穷不怕有自己的说法："我也是满人，我就找了个大脚满女。"

小海棠春责怪他："你不是皇上。"

穷不怕换个角度看："对对对，我不是皇上。不过，依我来看，你被赶出宫来，也不是坏事。"

小海棠春挑理："你还向着老刁婆说话，难道我命里注定要当歌女？"

穷不怕解释："我不是这个意思。我是说即使你是满人，被皇上看重，当了贵妃又怎么样？阿鲁特氏皇后，是个百分之百的满人，结果怎样？"

小海棠春亮出心里话："别的我不管，我只重视情，情大于天。我望眼欲穿，也要等我心上人。"

穷不怕心里感动："佩服，佩服，我的确被你的真情感动。你的馄饨、豆腐脑我一定送到同治爷手中。"

小海棠春接他话茬儿说："而且你一定要让同治爷吃，你一定在宫里嚷嚷，这是小海棠春送来的，这是小海棠春送来的。"

穷不怕不解："干吗？我找死啊？"

小海棠春说出用意："不，你要给同治爷洗刷罪名。"

穷不怕问小海棠春："万岁爷有什么罪名？"

小海棠春解释："万岁爷得了天花，可是宫中逸言，说同治爷的病是在我这里得的。"

穷不怕谈出看法："这三两句话洗刷不清。"

小海棠春望着穷不怕："你也向着他们说话。"

穷不怕详细说明："我是说这个事你越抹越黑，说不清楚，等将来国医发展了，必有定论。不过依我来看，天花还是不治之症。即使好了，也会落成麻子。你看李莲英和端王不都是麻子吗？"

小海棠春又担起心来："刚才我给皇上算了一卦，很不好。"

穷不怕马上问："卦里怎么说？"

小海棠春如实回话："同治这个年号不好。"

穷不怕忙问："怎么不好？"

小海棠春提心吊胆地说："卦里说，同治者，同于顺治也。"

穷不怕想理解："同治跟顺治皇帝一样？"

小海棠春憋了很多话："俩人都是六岁即位，俩人都得了天花病。"

穷不怕追问："把这些都告诉皇上了？"

小海棠春说出心里话："都不能告诉皇上，顺治才活到了二十四岁，同治爷要万寿无疆。"

穷不怕松了一口气："明白了，我们想办法把同治爷给你约出来。"

小海棠春心里万分感动："真谢谢你啦。反正我进不了宫，只有他出来，我们才能见面。"

穷不怕点头："我明白。"

小海棠春迫不及待地说："我真希望同治爷落个麻子，这样他的命就保住了。"

穷不怕随口跟话："但愿如此吧！"

小海棠春破口斥责："都怪那西太后老妖婆，她坑害了多少人。"

穷不怕惊诧地望着她："你敢背地骂老佛爷！"

小海棠春冷笑了一下："我当面也敢骂，不就是鬼命一条嘛。"

穷不怕忠言相告："佩服！光咒骂也无济于事，你得想办法见面。"

小海棠春叹了一口气："我办法都想尽了。"

穷不怕像突然想起什么，他上下打量着小海棠春，把小海棠春看毛了："你老看我干吗？"

穷不怕说出一句心里话："你真像我的夫人！"

小海棠春误解了:"你真坏!"

穷不怕望着小海棠春双脚:"可惜你是一双小脚。"

小海棠春不知先生何意:"你怎么老琢磨我?"

穷不怕脑子一闪:"你想不想见到同治爷?"

小海棠春觉得问话多余:"这还用问,见得着吗?"

穷不怕有把握地说:"你要想见,就见得着。"

小海棠春觉得遥不可及:"先生别跟我开玩笑了。"

穷不怕真心地说:"不是玩笑,是真话。"

小海棠春半信半疑:"先生有这么大本领?"

穷不怕想知道真情:"你就告诉我,想不想现在见同治爷,说说心里话。"

小海棠春真实地表态:"我怎么能不想见,同治爷好久没到我们秦楼楚馆了,他比我还难受。"

穷不怕实心地告诉她:"我倒有一个办法,能使你们见面。"

小海棠春着急地催问:"先生快说,什么办法?"

穷不怕说出想法:"我带你进宫。"

小海棠春觉得把握不大:"那行吗?"

穷不怕先把丑话说在前边:"不过得委屈一下姑娘。"

小海棠春不怕委屈:"什么委屈我都受得了。"

穷不怕说出办法:"你得扮成我的娘子。"

小海棠春立刻变了脸:"先生怎么也不正经起来了。"

穷不怕解释："你听我把话说完。昨日皇上降旨让我同娘子明日进宫，你若扮成我的娘子，就能同我一起见到同治爷了。"

"那可好了！"小海棠春高兴得跳了起来，"不过，你娘子就见不到皇上了。"

穷不怕口吐真言："我娘子见不见没什么。"

小海棠春又想到一方法："要不我俩一块儿去，让皇上猜猜哪个是真海棠春。"

穷不怕摆手："那不行，要让慈禧碰见，你们俩一个也活不了。"

小海棠春只好听劝："好吧，你带我进宫，我要向同治爷表明，我是纯洁的、无病的，我要为我洗刷罪名。"

穷不怕一下笑了："原来你为自己洗刷罪名。"

小海棠春腾地跪下："谢谢先生！"

穷不怕也跪下："我还得谢谢姑娘。"

小海棠春说出谢因："你救了我们。"

穷不怕也说出谢因："你救了我们。"

这时，门一开，董彩莲回来了，看见俩人对跪："你们怎么啦？"

穷不怕、小海棠春忙从地上爬起。

董彩莲一边放东西，一边说："你们跪着吧，没关系，没关系。"

穷不怕解释:"小海棠春想代替你进宫。"

董彩莲眼睛一亮,忙鞠躬:"那太好了,你救了我们!"

小海棠春直摇头:"你们救了我!"

董彩莲欲跪下:"我应该给你磕头。"

小海棠春一把拦住董彩莲:"先生磕过了,你就别磕了。"

穷不怕对小海棠春说:"你这次去任务太大了。"

小海棠春不明白:"任务?"

穷不怕说出任务的内含:"你得扮演好两个角色。"

董彩莲帮助解释:"对,在皇上面前,要扮演好你自己。在慈禧太后面前,要扮演好我。"

穷不怕嘱咐:"就是。在慈禧太后面前千万不要露馅,露馅是要掉脑袋的。"

小海棠春信心十足:"我明白。"

俩女人在镜子前打扮起来,董彩莲脱下上衣递给小海棠春:"穿这个。"

小海棠春穿着上衣,董彩莲又从箱子里取出一条裤子递给她。小海棠春转了一圈,一身彩莲打扮:"这回行了吧?"

穷不怕、董彩莲望着小海棠春那双小脚,穷不怕对董彩莲说:"把你那双新鞋拿来。"

董彩莲拿来一双大新鞋,小海棠春接过来问:"鞋也换?这鞋没有我那双鞋好。"

穷不怕诚心地说:"关键要换这双鞋,你小脚怎么能进宫。"

小海棠春坐下望着自己小脚："要不我把这明珠给换上。"

董彩莲也苦口婆心相劝："关键你要变成我，脚要变，头发也要变。"

小海棠春有些为难："这么大的鞋我也穿不了哇。"

董彩莲把大鞋里塞了不少布条，暗处又加了松紧带，小海棠春穿上大鞋在屋里试走了几步。

小海棠春的大鞋终于迈出了穷不怕家里的大门，徐三赶着一辆骡车停在门口，自己又礼貌地下车接人。穷不怕、徐三同小海棠春仨人刚要上自己的骡车，穷不怕发现旁边又停着一辆骡车，上边坐着三格格。穷不怕一惊："三格格！"

三格格多情地望着穷不怕。

穷不怕走近骡车："三格格有事？"

三格格含情不语。

穷不怕真心相问："三格格要到哪儿去？"

三格格望着穷不怕反问："我到哪里去你不知道？"

穷不怕心里有些着急："我怎么知道！我马上进宫，要不下次堂会，我们再仔细聊。"

三格格一笑："没有下次了，以后我听不到你的堂戏了。"

穷不怕心里一惊，他望了望三格格："三格格何出此言？"

三格格心神不定地说："我要出走，怎么能听你的堂会，今日正好与你告别。"

穷不怕关切地问："不知三格格到何处去？"

三格格仍然眼望着穷不怕："我想单独和你一人说几句，行吗？"

"可以。"穷不怕对身后二人说，"你们先上车吧。"

三格格看二人走远，从自己骡车上下来说："我去桃花庵，出家为尼。"

穷不怕一惊："你真出家！这是为何？"

三格格意深情切地说："该着我们二人今世无缘。好了，不说别的，望兄朔望之后，仍去府上给我阿玛、额娘表演，他们都爱听你的相声。"

穷不怕心里不是滋味儿："三格格放心，我一定言而有信。"

三格格痛心而言："我走了。"

穷不怕还是不舍："王爷怎没用轿子送你，显然府里不同意你出走。"

"都不送我，我也能找到归宿。"说完，三格格上车凄然而去。

穷不怕望尘摇首，凄然上了骡车。

董彩莲从院里出来，偷望着骡车渐渐远去的背影，心里也不是滋味儿。

单说徐三赶着骡车，穷不怕、小海棠春在车里坐着望风。

小海棠春望着三格格问："这个女人是谁？我看对你这么

有情。"

穷不怕制止:"别瞎说,她还是孩子。"

小海棠春了解女人心理:"什么孩子,我看她跟我差不多。"

穷不怕解释:"我是说她心理还是孩子。"

小海棠春认真地问:"你是说她社会经历少,是吧?她是哪家的孩子?"

穷不怕如实相告:"她是曾王府的三格格。"

小海棠春惊疑:"什么?!二贝勒家的人你也有来往?"

穷不怕耐心解释:"她与二贝勒截然不同,她与二贝勒很多事情针锋相对。"

小海棠春又问:"彩莲妹妹知道你们俩人的事吗?"

穷不怕不明白话意:"我们俩什么事?"

小海棠春忙改口:"彩莲认识三格格吗?"

穷不怕实话实说:"她怎不认识,三格格救了她几次命。"

小海棠春好奇地说:"我看你们的故事没有完。"

到了紫禁城门外,仨人的话一下少多了。穷不怕、小海棠春帮助徐三存好骡车,仨人往大门走来。李莲英早在门口等候,仨人正往前走,李莲英传旨:"朱绍文接旨!"

穷不怕带着俩人急忙跪下接旨:"草民在。"

李莲英宣旨:"皇太后口谕,长春宫召见朱绍文。"

穷不怕回话:"草民遵旨。"

穷不怕、小海棠春并排跟在李莲英后边，徐三坠在队尾。小海棠春一边走一边注意自己的大鞋。

长春宫里，慈禧早坐在宝座上。

穷不怕三人在地下跪拜："草民朱绍文、董彩莲、徐三叩见皇太后。"

慈禧发话："平身。"

三人站起，慈禧从上到下打量着小海棠春，最后盯在小海棠春的大鞋上。小海棠春急忙藏脚。

慈禧又发话："董彩莲！"

小海棠春急忙接话："草民在。"

慈禧语意深远："你要好好伺候皇上。"

小海棠春接旨："民女遵命，是不是让民女留在宫里？"

慈禧没有说话。

穷不怕替慈禧解答话意："一会儿让你留在宫里伺候皇上，我走时，再随我走。"

小海棠春不满意地望了穷不怕一眼。

慈禧又一次地看着小海棠春的大脚。

穷不怕、小海棠春、徐三还在殿上站着。

慈禧下令："你们去吧。"

小海棠春若有所思地望着慈禧，穷不怕悄悄对她说："彩莲，我们走吧。"小海棠春忘了自己扮演彩莲。

徐三又提醒了一句："师娘我们走吧。"

小海棠春这才醒悟过来："噢噢，走走。"

宫外檐下，小太监文喜在前边带路，穷不怕、小海棠春、徐三尾随在后。小海棠春悄悄对穷不怕说："你注意没有，慈禧太后老注意我这双鞋，好像她发现了什么。"

穷不怕早替她捏把汗："你今日表现有些失态，我叫了几声彩莲，你却没有反应。"

小海棠春这时也没全明白："彩莲是谁啊？"

穷不怕耐心地细谈慢说："是我的夫人啊。合着进宫前，我嘱咐你的话都没记住。"

小海棠春直埋怨自己："我一见慈禧，别的话早忘了，我恨不得咬她几口。"

穷不怕说出利害关系："如果慈禧发现咱们有欺君之罪，你别咬人家了，你等着人家咬你吧。"

小海棠春还很自信："不会，我看出来了，慈禧太后对我的态度变了。"

穷不怕没明白："怎么变了？"

小海棠春抱有幻想："她轰我出宫的时候，瞪圆了双眼，可是今天她让我好好伺候皇上，说不定慈禧回心转意了。"

穷不怕也希望："但愿她悔悟。"

"如果慈禧太后真的把我留在宫里怎么办？"

"你根据什么说太后要留你？"

"如果当初她不让我出宫，同治爷今天就不会跑出宫去逛妓院，慈禧太后一定悔悟了。"

"所以要留你。"

"唉，她要真留我怎么办？"

"她要真留你，你就留下吧。"

"那你自己回去。"

"本来你也不是我真夫人。"

"如果慈禧想到有你，不好跟我提怎么办？"

"她没什么不好提的。"

"她怕影响同治爷的声誉，把你杀了怎么办？"

"你想得太多了，你留不了宫里，同治爷也甭想出宫。"

"那不活活把同治爷气死嘛。"

"实际气得也差不多了。慈禧太后让你好好伺候同治爷，不是她回心转意，可能同治爷这边有情况吧。"

"同治爷怎么啦？"

"咱们问问小太监。"穷不怕叫住，"文喜小公公。"

文喜停住脚，穷不怕问："奴才想问问同治爷现在身体可安好？"

文喜回话："同治爷已经卧床不起了。"

"啊！"小海棠春险些晕倒，幸好扶住了木柱。

养心殿东暖阁同治爷的卧室，同治爷卧床不起，高枕侧身而卧，怀里抱着红眼红舌的小白兔玩具。旁边桂宝垂立，桂庆在下边跪着。

同治问话："你知罪吗？"

桂庆低头回话："下官知罪。"

"朕去不去天桥，关你何事？你屡次跟踪朕行，在母后面前挑动是非，用心何在？"

"臣有话可言。"

"讲！"

"臣后来跟踪所为，全是太后派遣。"

"朕的话就不听了。"

"以后下官不敢。"

"没有以后了，朕贬你为庶民，立刻出宫。"

"臣遵旨。"

"退下。"

"谢皇上。"

桂庆走后，文喜进来报："万岁爷，穷不怕等人求见。"

同治下旨："宣！"

文喜传旨："穷不怕等人进见。"

穷不怕、徐三、小海棠春进来后叩头："万岁！万岁！万万岁！"

同治发话："平身！"

三人站起，小海棠春端着饭碗走过来："万岁爷，这是天桥的馄饨、豆腐脑，御膳房刚刚热过，皇上赶热吃点儿。"

桂宝直摇头："皇上三天没进膳了。"

小海棠春不爱听："什么进膳进膳的，一听就腻了。皇上，尝点儿天桥小吃。"

同治忙说："朕吃，馄饨、豆腐脑朕都吃。"

小海棠春得意地坐在皇上一旁："怎么样？我来喂皇上。"

同治摆手："不可，不可。"

桂宝过来："我来喂。"

小海棠春用铜勺盛了一个馄饨，对桂宝说："你下去吧，我来喂。"

同治还是摆手："别别……"

桂宝抢着说："我来喂。"

小海棠春再次轰人："没有公公的事，你下去吧。"

同治不张嘴，向穷不怕求援："你把娘子叫下，过去朕有失礼之处，还请你们夫妇宽解。"

穷不怕宽慰同治："皇上，您就叫她喂吧。"

小海棠春申明身份："皇上，我是小海棠春。"

同治一惊："小海棠春！不，你骗朕，你是穷不怕家里的董彩莲。"

小海棠春埋怨："皇上，你连我都认不出来了，干吗还抱着我的小白兔呢。"

同治心里一震，小海棠春用眼一扫太监，同治会意，忙说："你们下去吧。"

太监们下去，同治又问穷不怕："这到底怎么回事？"

穷不怕跪下："她果真是小海棠春，草民有欺君之罪。"

同治爷卧床的身子稍微起了起，小海棠春端碗馄饨坐在皇上旁边。徐三站在一旁，穷不怕在地上跪着。

小海棠春为穷不怕求情，对同治说："这不能算欺君，对不对？他是为皇上好。"

同治点点头。

小海棠春继续说："许可他们说话不算数，就不准咱们说话不算数，对不对。"

同治笑而不语。

小海棠春替皇上发话："朱先生，你起来吧。"

穷不怕起来："谢……"看皇上没表态，又跪了下来。

同治发话："朱绍文快快起来。"

穷不怕叩首："谢万岁！"

小海棠春把皇上扶着坐了起来："我知道皇上爱吃辣椒，我放了两勺。"她喂着馄饨，又说："穷先生，你们开始演吧，让皇上一边吃一边听相声。"

穷不怕表白："草民给皇上说一段《字像》。"

地台上，穷不怕和徐三表演起对口相声《字像》来。穷不怕（乙）和徐三（甲）每人拿着一个小白沙口袋，面朝万岁，一边在地上撒字，一边说着相声。

甲："咱俩说一段《字像》。"

乙："什么叫字像？"

甲："你说出一个字，我就能说出它像什么，这叫作一字一像。"

乙："这就是字像。"

甲："光说出像什么不行，还要说出一升一降。"

乙："还要有一升一降，什么是一升一降？"

甲:"升是它当上了什么官。"

乙:"升官了,降呢?"

甲:"降就是丢官罢职。"

乙:"免职了。"

甲:"一字一像,一升一降还要有个规律。"

乙:"那有什么规律?"

甲:"必须是谐字。"

乙:"你举个例子。"

甲:(用手撇了一个"一"字)"你看这念什么?"

乙:"念'一'啊。"

甲:"它像什么?"

乙:"像擀面棍。"

甲:"做过什么官?"

乙:"这得向您请教。"

甲:"我看它做过巡按。"

乙:"八府巡按?"

甲:"不,寻找案板,擀面杖离不开案板。"

龙床上,小海棠春带头笑,她希望万岁爷也笑。

地台上,穷不怕和徐三继续表演。

乙:"因为什么丢了官?"

甲:"因为他心慈面软,心慈不能掌权,面软吃不了押条面啦!"

龙床上同治爷微笑点点头。

地台上，乙撒出"二"字。

乙："这字念二。"

甲："'二'字像什么?"

乙："像一双筷子。"

甲："您这筷子怎么是白的?"

乙："呵，象牙的。"

甲："人家筷子一边长，您的这筷子怎么一长一短呢?"

乙："我这……我夹红煤球来着。"

甲："呵，使象牙筷子夹红煤球?"

乙："要不它怎么烧下一块儿呢?"

甲："做过什么官?"

乙："做过净盘大将军。"

甲："为什么丢官罢职?"

乙："因为他好搂（搂钱）!"

甲："怎么?"

乙："不搂，菜怎么没啦!"

甲："两瘸腿筷子，还搂呢。（甲撒一个'而'字，又问）像什么?"

乙："像个粪叉子。"

甲："像个粪叉子? 粪叉子五个齿呀?"

乙："锛掉了一个。"

甲："做过什么官?"

乙："做过典史!"

甲:"九品典史?"

乙:"嗯,不,它点粪屎。"

甲:"因为什么丢官罢职?"

乙:"因为它贪赃。"

……

龙床上同治叫好:"好,说得太对了。贪赃者应该丧权,为什么不丧呢,我心慈就掌不了权,面软吃不了抻面。"

地台上,穷不怕忙解释:"万岁爷,我们可不是说您,您可不要对号入座,我们相声就说这个理儿,一人听了一个想法。"

龙床上的同治爷:"正中我怀。"

这时,慈禧、李莲英突然出现在门口。慈禧吃惊地望着小海棠春。

地台上,甲写个"大"字。

乙:"这字像什么?"

甲:"像个风筝,飞到天空,就这模样。"

龙床上小海棠春发现了慈禧,慌忙地从床上下来请安,一只脚的后脚根从鞋里露了出来:"太后!"

慈禧看看她的脚,又看了看同治满足的表情,一句话不说地望了穷不怕一眼,带着李莲英走了。

地台上甲指着"大"字,重复了表演。

乙:"这字像什么?"

甲:"像个风筝,飞到天空,就这模样。"

乙："做过什么官？"

甲："做过兵部侍郎。"

乙："因为什么丢官罢职？"

甲："因为他拐款潜逃。"

乙："怎么回事？"

甲："风筝是钱买的啊，放着放着线断了，那不是拐款潜逃了吗？"

同治有些不悦："这说谁了？"

穷不怕回话："这瞎说。"（向甲使了个眼色）

乙写了个"⊙"字

甲："这是什么字啊？"

乙："这是古写的日字。"

甲："这字像什么？"

乙："像皇宫里一个人。"

甲："像谁？"

乙："你猜猜。"

甲："他做过什么官？"

乙："没做过官，当过皇上的侍妃。"

甲："因为什么被轰出宫去？"

乙："因为她是汉女。"

甲："那怎么圆圈里还有一点儿呢？"

乙："她得了心病，想皇上。"

龙床的小海棠春发话了："该死，把我也编上了。"

同治大悦:"编得好!编得好!"

慈禧寝宫里,慈禧坐着同李莲英议事。

"你发现什么问题没有?"

"太后是不是说穷不怕的女人?"

"你很聪明,她不是穷不怕的女人。"

"太后英明,这女人一进宫,奴才就有所怀疑。"

"不,这次进宫的女人跟上次进宫的女人不是一个人。"

"您是说这是两个长得相似的女人?"

"如果我没猜错,上次进宫的女人是穷不怕的女人,这次是小海棠春。"

"奴才发现太后直看小海棠春的鞋。"

"不仅鞋有问题,这两个人的气质完全不同。"

"奴才也觉得哪儿不对劲儿,就是说不上来。"

"这还看不出来。上次来的那个女人,同皇上在一起躲躲闪闪;这次这女人同皇上亲密无间。如果她是穷不怕的女人,穷不怕能看着妻子这样表演?"

"太后所言极是,既然太后看出破绽,何不把小海棠春留下伺候皇上。"

慈禧有所顾虑:"我也考虑过,但是不行,女人总是皇上的祸根。"

李莲英说出内心话:"皇上现在已没有回天之力,留下无妨。"

慈禧不悦:"你说什么?"

李莲英认罪："奴才该死，奴才该死。"

同治寝宫，同治在床上躺着，死死地攥住小海棠春的手。文喜和桂宝垂立在一边。

小海棠春站在床边依依不舍地告别。

穷不怕、徐三在门口等着小海棠春。穷不怕有意放大声音："彩莲，咱们该走了。"

小海棠春根本不理这茬儿。

徐三又催了一句："师娘，咱们走吧。"

小海棠春摸着皇上的手，还是不理这茬儿。穷不怕走了过来："娘子，皇上该休息了。"

小海棠春这才如梦方醒，把手抽回来："走走。"

同治一直盯着小海棠春远去的身影，小海棠春边走边回头探望。俩人难舍难离的表情，让观者十分难受。

宫内小路，小海棠春、穷不怕、徐三往回来的路上走着，穷不怕走得最快。

小海棠春直问："走那么快干吗？"

穷不怕有些担心："我怕出事。"

小海棠春不解，忙问："怕皇上出事？"

穷不怕望着小海棠春："我怕你出事。"

小海棠春弄不明白："我出什么事？"

穷不怕揪着心解释："你现在对皇上深情厚意，对太后满腹仇恨，稍微一大意，会掉头的。"

几个人加快了步子。

慈禧的寝宫里，李莲英站在慈禧座位旁伺候，慈禧心神不定地问李莲英："你说，现在留下小海棠春，还是不留小海棠春？"

李莲英望着慈禧多虑的脸："奴才看留下有益，皇上现在主要需要的是精神安慰。"

这时，同治身旁的太监文喜急匆匆跑进来："回禀太后，万岁爷他……"

慈禧急问："万岁爷他怎么啦？"

文喜不敢隐瞒："万岁爷嘴里老呼唤小海棠春！小海棠春！"

慈禧发话："那就把小海棠春留下吧。"

文喜回话："小海棠春已经走了。"

慈禧下令："走了？还不快给我追回来！"

文喜接令："喳！"

宫廷路上，穷不怕三人正在往宫门走，文喜从后边追赶过来："小海棠春！小海棠春！……"

小海棠春心里忧虑重重，带头跑了起来："他们认出我来了，坏啦！"

文喜边追边喊："小海棠春，小海棠春，太后有旨。"

一听太后，小海棠春脚下跑得更快啦，一不留神，掉了一只鞋。文喜终于追上了小海棠春，喘息着宣："小海棠春接旨！"

小海棠春不明白："接什么旨？"

文喜传旨:"太后口谕,小海棠春留在宫里伺候皇上。"

徐三暗示小海棠春:"谢恩!"

小海棠春还是不领情:"谢什么恩?"

同治寝宫,慈禧守在同治床边,李莲英站在一旁,太监桂宝站在另一边。这时,文喜带着小海棠春进来。小海棠春照直地奔向同治:"皇上怎么了?"

同治伸着手,要小海棠春的手,小海棠春凑到同治床边。慈禧望着小海棠春那只没穿鞋的小脚说:"你就留在宫里伺候皇上吧。"

小海棠春并不领情。小海棠春把一只手伸给同治皇上,同治用另一只手抚摸着小海棠春的手。慈禧问小海棠春:"我送你的金条用完了吗?"

小海棠春回瞪了慈禧一眼:"太后知道这金条意味着什么吗?"

慈禧想起了二贝勒所为,改口说:"我知道你这两年很不容易。"

李莲英斥责小海棠春:"你怎么这么对太后说话?"

慈禧想到儿子病情,极力地忍着性子:"我倒很想听听,这两年意味着什么。"

小海棠春口角生风:"意味着你毁了皇上和我的前程。"

慈禧收敛了脸上的善容:"你的前程?你有什么前程?"

小海棠春口齿伶俐:"我原来是一名纯洁的宫女。"

慈禧开始严厉起来:"不就是一名宫女吗?"

小海棠春也不示弱:"是一名宫女,但是一名纯洁的宫女。"

慈禧乘机而问:"现在怎么不纯洁了?"

小海棠春交了底:"现在我已堕落到妓院。"

慈禧有话说了:"妓院?原来皇上的病是你传上的。"

同治着急地向小海棠春摆手,小海棠春也有口难辩:"不是我传的,不是我传的。"

慈禧下令:"将小海棠春轰出宫去!"

小海棠春一边辩解着"我没有病,皇上不是我传的,我没有病",一边被文喜、桂宝推出宫外。小海棠春没有想到,这是她与同治皇帝生离死别的一次会面,她离开同治而走了,同治也离开她而去了。1875年1月12日下午5时,饱经病魔的同治终于六脉断绝,瞑目而逝。天空下起了"雪片纸钱",一个太监在反复报丧:"同治爷驾崩了!……同治爷驾崩了!……"

第二十三章 万岁爷升天酒糟鼻子带鼻套不能露红 穷哥的白纸对联买的人照样多

同治卧室空床上只剩个红眼红舌的小白兔玩具。慈禧跟在李莲英后边，面容憔悴，悲视空屋。慈禧拿起小白兔玩具，伤心地抱在怀里，两行浊泪缓缓流下，接着悲痛欲绝。李莲英劝道："太后多多保重身子，治国安邦，母仪天下，还得靠太后撑舵。"

慈禧泣不成声："黄梅不去青梅去，他刚刚十九岁，正是英年。"

李莲英解劝："万岁爷已在惠灵安息，太后视葬回来该放心才是。"

慈禧悲痛欲绝："我要狠狠处置那帮混蛋！"

李莲英相劝："太后还是冷静为好。"

慈禧不爱听："你说我不冷静？"

李莲英解释："奴才不敢。奴才是说，太医整个脉案都说明万岁得的是天花，而不是别的病。太后就不要多想了。"

慈禧怒发冲冠："那帮引帝宿娼、引帝私游的家伙还留着干吗？"

李莲英思绪纷繁："天花十分厉害，同治爷升天，无独有偶，顺治帝二十四岁也被天花夺命。"

慈禧打断谈话："不要讲了，副总管接旨。"

李莲英接令："奴才在！"

慈禧紧紧抱着小白兔玩具对李莲英下旨："传我旨意，王庆琪引皇帝入娼，革去他的职务永不起用。"

李莲英应旨："喳！"

慈禧继续下旨："传我旨意，总管太监张得喜、孟忠吉、顶戴太监周增寿发落黑龙江，给官兵为奴。"

李莲英接旨："喳！"

天桥八大怪改行凑条街，穷不怕、董彩莲支张桌子卖对联，贫麻子卖切糕，徐三卖鸭子，韩麻子卖馄饨，醋溺膏卖豆汁，文武大鼓盆秃子卖粳米粥，张三禄卖青菜，京戏陈老板卖西瓜。街上人不多，穷不怕桌前人不少。

街心人群浮动，公差甲、乙陪着扎王爷走来了。公差甲喊道："扎王爷驾到！"街人跪下一片。

公差甲训令："太后懿旨，同治爷驾崩，全国上下闹城僻乡家家门口要挂蓝幌子，男女老少人人都要披蓝挂孝。男人不准剃头，不准引宴作乐。女人不准挂红，不准搽脂抹粉。

举国上下停止响乐一百天……"悄悄问扎王爷,"今天第几天了?"

扎王爷告诉他:"现在尚未百日孝满。"

公差甲又喊了一句:"有违者格杀勿论。起来吧!"众人起来。

扎王爷上心地问:"那些艺人呢?"

公差甲回话:"都改行了。这里有八个,八大改行凑条街。"

扎王爷说出了心里话:"你说也怪,天桥这地方几天不来还想得慌。"

人群中有人在议论:"懿旨早有告示了,怎么又下懿旨。他们是借着油子到天桥玩玩。下懿旨都是宫里的事,他们也不是宫里的。"

这时走来一个酒糟鼻子,公差甲上去就是一嘴巴。

酒糟鼻子不解:"怎么回事?"

公差甲反问:"怎么回事?"

"我没事儿。"酒糟鼻子一乐要走。

公差甲忙说:"回来,你没事儿,我有事儿。"

酒糟鼻子忙问:"官爷,有什么事儿?"

公差甲问:"你知道不知道现在是国服?"

酒糟鼻子说:"我知道,我没剃头,也没饮酒作乐。"

公差甲一扇手:"不是这个,你鼻子!"

酒糟鼻子摸了摸鼻子，莫名其妙地说："鼻子！在这儿啦！"

公差甲看他不明白话意，着急地说："知道你有鼻子。我问你，你鼻子怎么回事？"

酒糟鼻子不明白："我鼻子没有事啊。"

公差甲问："怎么鼻子尖是红的？"

酒糟鼻子解释："这叫酒糟鼻子。"

公差甲指出："我知道酒糟鼻子。太后懿旨，不准戴红知道不知道？"

酒糟鼻子点头："知道知道。"

公差甲责问："那你鼻子尖怎么还带红啊？"

酒糟鼻子不知怎么解释好："鼻子尖是红了点儿，天生长的，这又不是搽脂抹粉。"

公差甲严厉地说："那也不行，这种颜色就有辱圣灵。"

酒糟鼻子也惊惶："那您说怎么办？"

扎王爷插话："把它割去！"

公差甲提醒："不行，扎王爷，一割去，又见红了。"

扎王爷想出一主意："你买一个鼻套给套上。"

酒糟鼻子连声答应："哎，哎"，背脸又骂，"我上哪儿买去。"

扎王爷边走边问："穷不怕呢？"

公差甲指给他："人堆给挡上了，那不卖对联了吗？"

扎王爷凑了过去:"对联怎么用白纸呢?"

公差甲跟在旁边有理了:"不是不让见红吗?"

扎王爷醒悟过来:"我把这碴儿忘了,卖白对联还有那么多人买。"

公差甲谈了看法:"主要买他的字。"

公差乙摇摇头:"怕买他的词句吧。"

扎王爷会意地点点头:"对对!"

公差乙一指醋溺膏:"那不是说相声的醋溺膏吗?卖上豆汁了。"

公差甲开心地说:"本来醋就够酸的。"

公差乙也自以为很幽默:"加上豆汁就更酸了。"

扎王爷有所发现:"说相声的韩麻子卖上馄饨了。"

公差甲说起话来更损:"他的馄饨,万岁爷要是活着,也能把万岁爷气死喽!"

公差乙的眼睛也没闲着:"那不是他们的师傅张三禄吗?也不敢唱八角鼓了,卖上黄瓜了,还有人给他挑菜担。"

公差甲又有发现:"你看那唱花脸的陈老板,卖上西瓜了。原来跟穷不怕俩人老唱对台戏,现在俩人也吵不起来了。"

扎王爷嘴一撇:"看他那模样,谁敢买他的西瓜呀!"

公差乙又有新发现:"您看,那不是贫麻子吗?卖上切糕了。"

公差甲看了看贫麻子正吃切糕说:"还不够他自己吃的。"

扎王爷纳闷儿:"徐三怎么卖上鸭子了?"

公差甲解释:"他卖别的不会吆喝。"

扎王爷自言自语:"谁买鸭子呀!"

没人说话。

几个差人走到穷不怕桌前,穷不怕正在写字,董彩莲在研墨。扎王爷一发现董彩莲,就盯上了她,一心想报复,他对公差甲说:"查查头发。"

公差甲用手去摸董彩莲的头发,董彩莲躲了一下头问:"扎王爷写对联吗?"

扎王爷故作严肃:"查查你头上挂红不挂红。"

董彩莲捡好听的说:"连个红珠子也不敢戴啊。"

扎王爷还在找茬儿:"里边穿没穿红衣服?"

董彩莲翻了一下袖口问:"扎王爷你里边穿没穿红衣服?"

扎王爷解答了半截觉得不是味儿:"大热天,我穿一件衣服都热,还……你堵我的话是吧。"

董彩莲揭短地说:"同治爷宾天,扎王爷一定很难受吧。"

扎王爷苦笑了一下,压低了声音说:"这回,你的保护伞没有了。"

董彩莲的话来得也快:"难道扎王爷不是保护庶民的?"

扎王爷看了看公差甲、公差乙,生怕别人听见,一挥手,带着家丁走了。扎王爷等人往张三禄菜挑子跟前走来。

张三禄正卖青菜,很摆谱儿,他嗅着鼻烟,沈二替他挑着挑子,阿剌三提着水桶,不时地用笤帚往菜上洒水。

公差甲问张三禄:"你怎么让别人挑着?"

张三禄继续嗅着鼻烟:"这不头上的虱子明摆着吗,我上岁数啦。"

公差甲有话:"上岁数就别来了。"

张三禄更有话:"我不来,官爷请我吃饭吗?"

公差甲脸一绷:"我请得着吗?"

张三禄一笑:"就当我没说。"

公差甲在菜筐里翻来翻去:"有没有带红的菜呢?"

张三禄顺着公差说:"没有没有,太后有旨,不让带红,怎么能卖红色的菜啊。"

公差甲扒来扒去,找到一个小红辣椒:"红辣椒,这不是红的吗?"

张三禄强笑着拿起一个大点的半截青辣椒往红辣椒上一套说:"这里有套,这里有套。"

公差甲还在扒拉菜:"还有没有没带套的?"

张三禄一口咬定:"没有了,没有了,都有套,您就别使劲儿扒拉了。把套扒拉丢了,就犯错误了。"

公差甲又问:"有没有多余的套。"

张三禄一口咬定:"没有,差官问这个干吗?"

公差甲告诉他:"刚才有个酒糟鼻子买不着套。"

张三禄实情告诉他:"这次都是配套来的,明天我们可以多个品种,带点套儿来。"

公差甲对挑菜的青年说:"你挑来菜,你卖不就行了。"

张三禄接过茬儿来:"卖菜得吆喝,他不会吆喝,他是唱戏改行的,想多挣俩钱。"

公差甲问:"到你这儿能多挣吗?"

张三禄告诉他:"撂地说相声的,就比唱野戏的挣钱多。"

扎王爷对公差甲说:"让他吆喝吆喝。"

公差甲对张三禄说:"这么说你会吆喝了。"

张三禄自信地说:"相声这词是我发明的。相是模仿表情,声是模仿声音。"

公差甲逗他:"你吆喝吆喝,我听听。"

张三禄有话在先:"我吆喝卖菜,可别算响乐活动!"

"知道你是卖菜的。"

"我吆喝,您包圆儿吗?"

"我包得了吗?扎王爷让你吆喝,是看得起你。"

"好,我吆喝两声。"张三禄开始吆喝,"香菜辣椒,大葱,嫩芹菜。你们要看有意思,可以扔俩钱。"

扎王爷要转身:"你是卖菜,不是娱乐,我不能给你钱。"

张三禄叹口气:"我这儿白白话了。"

扎王爷等人走了。

张三禄来到盆秃子吊炉旁边,说:"你得吆喝。"

盆秃子难为情地说:"还得吆喝?"

"不吆喝,人家知道你是干吗的?"

"您吆喝半天,也没人买啊。"

"人家毕竟往我那看了几眼,比您强多了。"

"我也不会吆喝啊!"

"你就用大鼓的调来唱,这不算唱大鼓,这算叫卖。"

"对,我试试。"

"你唱那么多年文武大鼓了,还用试?"

"词变了,也得试。"

"那你试试。"

盆秃子吆喝起来:"吊炉烧饼圆又圆……"

扎王爷一回头:"唉!"

公差甲忙解释:"他是叫卖,您没听吊炉烧饼圆又圆吗?"

扎王爷又转回身来了。

盆秃子解释:"我没有打大鼓啊!"

公差甲警告他:"不能打鼓,一打鼓就算响器。"

等扎王爷走开后,张三禄对盆秃子说:"你接着吆喝。"

盆秃子有些为难:"没有家伙,大鼓的点出不来。"

张三禄从菜挑子里拿来一个砂锅:"这么办吧,这是丑孙子的砂锅,他打幡用的,你先使一下。这东西敲起来声音不大,你自己听出节奏来就行了。"

盆秃子很满意,先试了一下:"行,能打个点儿就能唱。"

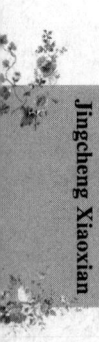

这时，菜挑旁边，张三禄看见一位老太太挑上菜了，忙说："我那边来人了。"他边往回走，边唱上了："香菜，辣青椒，大葱，嫩芹菜；腌大苤蓝，嫩水萝卜，大白菜；新大蒜，好韭菜。走呀！茄子，南瓜，嫩扁豆，黄瓜一个大子拿两条。"

老太太对他说："你够累的，唱了那么半天。"

张三禄客气："不累不累。"

沈二挑着担子说："他是不累，都在我肩膀上了。"

老太太拿起一根黄瓜："还挺新鲜，味道怎么样？"

沈二一撂挑，摸了摸肿肩，叫起板来："唉……苦哇！"

老太太扔下黄瓜："噢，苦的，我不要了。"

张三禄埋怨沈二："你怎么这时候叫苦啊！"

切糕摊旁，贫麻子吆喝："小枣哇切糕。"

老太太走了过来："有黄米的吗？"

贫麻子忙解释："老人家，您看准了，这就是黄米的，比鸡蛋黄还黄。"

老太太深问："是黏米的吧？"

贫麻子很有耐心："切糕全是黏米的。"

老太太说出实话："吆，黏米的，我消化不了。"

贫麻子自我安慰："你不买，我吃。"

吊炉旁边，老太太又来到烧饼摊前，文武大鼓盆秃子边用砂锅伴奏边用大鼓调吆喝着："吊炉烧饼圆又圆，糖炸麻花圈套圈。你要喝粥两个子一碗,烧饼大小你来看看,贱卖三天赔了本,我的名字叫盆有弦。"咚……哗啦,砂锅碎了。

老太太一听吓跑了。

鸭摊前,徐三正在练功:"老太太,买只鹅吧。"

老太太不高兴了:"你要不提,我给忘了。"

徐三好心推荐:"鹅是吉祥物,抱鹅定亲,双喜临门。"

老太太不解:"我还定亲,跟谁定?"

徐三赶忙圆场:"我是说给女儿定亲。"

"我没女儿,就有个老妈。"俩人越聊越近。

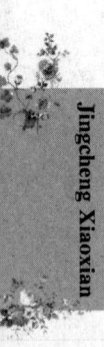

"您还有老妈?"徐三看老太太看出了神。

"许可老和尚活二百九,就不准我们活?"

"老人抱鹅高寿吉祥。"

"错了,我不想买鹅,我想买只鸭子。"

"您来着了,鸭子也有。"

"今天晚上我得看我妈去,我们娘俩涮鸭子。"

"我听怎那么别扭,有这么吃的吗?"

"我们就爱吃这口。不过,你得给宰了,煺好毛。"

徐三高兴起来了:"没有不开张的油盐店,我给您宰喽。"

老太太听着直皱眉:"你怎么说话?"

徐三也察觉到了:"我给您的鸭子宰了。"

老太太要求多:"光宰还不行。"

徐三话来得很快:"还得给您煺了毛。"

老太太又一皱眉："又来了。"

徐三脸红了："给鸭子煺了毛。"

老太太点点头："这还差不多。"

徐三提了一只肥的："您看这只怎么样？"

老太太上心地问："多少铜子？"

徐三望着老人的表情："十个铜子。"

老太太满意了："就是它。"

徐三的劲儿多大，刀一使劲儿，鸭子脑袋下来了。老太太一看身脑分家："脑袋下来了，我不要了。"

徐三直说好话："大娘，您不挑好了吗？"

老太太有理："是啊，我要全须全尾，我送人一只鸭子，脑袋搬家了，像话吗？"

徐三接受不了："大娘，您倒早说啊。"

老太太还有理："你看谁家杀鸭子把脑袋剁下来？"

徐三忍着性子："没关系，这只鸭子算我的，我再给您杀一只。"

老太太觉得有商量："这还差不多。"

徐三又提出一只："您看，个个都肥头大耳。"

老太太嘱咐："就是它吧，不要用那么大的劲儿。"

徐三把丑话说在前边："请您原谅，我是练把式出身的。"

老太太有理："你留下无头鸭，我已经原谅你了。"

"唉！谢谢！"徐三醒过味儿来，"我还谢您啊！"

老太太有话了:"我谢谢你吧!"

徐三谈正事儿:"您看好了,就不退了。"

老太太误会了:"刚说好煺毛,怎么又不煺了。"

徐三越解释越乱:"给您煺毛,不,给您退鸭子,我也乱了。"

老太太现在理解了:"哦哦,你乱了,我听明白了。你杀吧,不要那么使劲儿,一抹脖子就行了。"说着,老太太自己做了示范,她自己直抹脖子。

徐三摆好杀鸭子架子,用刀扛了几下,轻轻刺了两刀,突然想到不能见红,耳旁仿佛有人喊:"不能见红,不能见红……"他一松手,不想鸭子跑了,他用盆把案上的鸭血扣上,追起鸭子来了。老太太在他后边直喊:"徐三杀的鸭子跑了,徐三杀的鸭子跑了!"

街上扬起一场大笑,公差甲阻止人们:"不要笑,不要笑。"他笑得比谁都欢。

扎王爷还没看懂:"不要进行娱乐活动。"

公差乙解释:"他们没进行娱乐活动,他们追鸭子啦。"

扎王爷看着看着也掩口而笑。

穷不怕桌前人群不散。群众甲对穷不怕说:"你给我来副三字头的对联。"

"好,好。"穷不怕边写边念,"三字同头大丈夫,三字同旁江海湖。"

群众甲拿着对联称:"真绝了!真绝了!"

群众乙有些犹豫:"白对联怎么挂?"

群众甲拿着剪下来的一个"大"字往一张红纸上比画:"国服时间一过,你就这么一贴。"

群众丙提醒:"官差来了,快收起来。"

群众甲慌忙收起红纸。

群众乙对穷不怕说:"给来一副三字头的对联。"

穷不怕细问:"要跟他一样的?"

群众乙要求很高:"不,再来一副新的三字头对联。"

穷不怕想了一会儿写出:"三字同头芙蓉花,三字同旁姐妹妈。"

周围人不住叫好:"好好好!"

穷不怕对众人说:"大家散散吧,我方便方便去。"

说完他去便所了,而人们一直等他。

徐三鸭子摊前,徐三攥着鸭子往水里一烫,烫得鸭子哇哇乱叫。他往下褪着鸭毛,老太太话又来了:"你没杀死它,怎么就煺毛?"

徐三有自己的顾虑:"不行啊,老人家,我刚想起来了,一见血咱们就犯国法了。"说着他又褪了几把毛。

老太太手直发抖:"没有毛的活鸭子我害怕,我不要,我不要了。"

徐三举着没有毛的活鸭子:"这个又归我了。"

扎王爷走了过来:"男人不准刮胡子。"

徐三也会回话:"它不是男人,是男鸭子。"

众人笑。

穷不怕从厕所回来了,人们争吵着要对联,有一对兄弟对徐三说:"给我们来一首诗行不行?"

穷不怕接过话茬儿:"不让吟诗,给你们两副对联,回去一对就是一首诗。"

哥哥高兴地说:"好好,给我们来两副对联。"

弟弟提出要求:"要带土字的。"

"好!"穷不怕给兄长写了一副念道,"有土也为增,无土也为曾。"又给弟弟写了后两句,"去了增边土,添人便为僧。"

哥哥称赞:"真是绝了。"

弟弟玩笑地说:"如果咱俩找不到媳妇,咱俩就削发为僧吧。"

众人大乐。这时,又来两位姑娘,姐姐说:"穷先生,给我们姐俩也来首歌。"

穷不怕满口答应:"好好,你们要带什么字的?"

姐姐问妹妹:"妹妹,你说呢?"

妹妹说出想法:"我说带木字的吧。"

姐姐点头应许:"好,刚才是土字歌,给我们来首'木'字歌。"

董彩莲还在研墨。

穷不怕边写边念"有木也为桥，无木也为乔"给了姐姐，又念"去了桥边木，添女变为娇"给了妹妹。

姐姐望着妹妹："妹妹是够娇的。"

妹妹也不饶人："姐姐比我还娇。"

这时，又过来一对夫妇，夫说："穷先生，能不能给我们来一首'水'字歌。"

"好。"穷不怕答应后边写边念，"有水也为清，无水也为青。去了清边水，添米便为精。"写完，分别送给了年轻夫妻。

丈夫称道："太好了，她平时就像白骨精。"

妻子反攻："你好，像个狐狸精。"

穷不怕解释："你们理会错了，添米成精，说明你们家粮食满仓，发财了。"

夫妇俩含笑而去。

这时小海棠春身戴重孝走来了，站在穷不怕身旁不语。

穷不怕一愣："小海棠春！"

小海棠春仍然不语。

穷不怕口严心慈地说："你的心思我知道，我今天免费送你一副挽联。"

旁边有人说："对联改写挽联了。"

穷不怕解释："词性不一样。"

小海棠春觉得自己的心事别人很难理解："你怎么知道我的心思。"

穷不怕说出了实底："从上次随你进宫，我一切全明白了。"

小海棠春亮出心曲："如果只为我个人叹息，那也太渺小了，我是为同治爷而悲。"

穷不怕附和着："是可悲。"

小海棠春的话可多了："同治爷待人忠厚，情长意深，美而有德，端庄贞静……"

穷不怕听得认真："男人还讲贞静？"

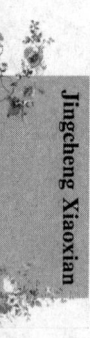

小海棠春为自己洗心革面："万岁爷说我端庄贞静。现在世上都传说万岁爷在我处染病。"

穷不怕很有耐心："我上次已对你讲清，是天花夺走了圣体。天花的危害，远远超过梅毒。"

小海棠春有些吃惊："天花这么厉害？"

穷不怕语重心长地说："这个病十分厉害，活下来也容易落成麻子，你看我们天桥，麻子就很多，贫麻子、尹麻子、马麻子、张麻子、韩麻子，连小怔米三也是麻子。"

小海棠春还是心恋同治："同治得麻子就好了，就保住命了，可惜他比天桥麻子的命还苦。"

穷不怕深知天花病的厉害："同治帝十九得天花，顺治帝十八岁得天花。"

小海棠春不明白:"为什么皇帝爱得此病?"

穷不怕言之有据:"皇上家族从蒙古寒冷地区到北京水土不服,容易得病,所以他们在承德建了避暑山庄。"

小海棠春上心地问:"此病就没治了吗?"

穷不怕谈了一些看法:"我从报纸上看到,外国早开始种牛痘,可是咱们大清国'天国至上,闭关锁国',不会舶来此术了。"

小海棠春心里佩服:"穷先生真是万事通。"

穷不怕没把自己看得那么重:"说相声的是个杂家。"

小海棠春想到正事儿:"咱们净说话,快给我写副挽联吧!"

董彩莲把笔递给穷不怕,穷不怕边写边念:"上联'君减生命民减寿',下联'野满麻子宫满疮',模批'早种牛痘'。"

小海棠春提示:"我看挽联就不必写横批了。"

穷不怕明白过来了:"对对对,挽联没有横批。"

小海棠春默读了对联说:"这好像给天花做挽联。"

穷不怕解释:"这你就不懂了,此挽联在你门前一挂,证明万岁爷升天,佐证天花。万岁离不开天花,天花离不开万岁。"

小海棠春拿着挽联满意地走了。

这时,西瓜摊前,只听陈老板卖西瓜声:"卖西瓜,不甜不要钱!"

陈老板提单刀,端着花脸架子往西瓜摊前一站,人们想看又不敢走近。

群众甲:"这是跟谁玩命啊?"

群众乙:"卖不出去的都这样。"

群众丙:"大国服的别出什么事。"

穷不怕走了过来:"陈老板,真是别来无恙,想不到我们在这儿又碰面了。"

陈老板说:"惭愧惭愧。看来你离开戏班对了,要不你怎么能成为相声泰斗呢。"

穷不怕说话现实:"现在你也不是京戏泰斗,我也不是相声泰斗,咱们再挣不到钱两,都饿得太抖了。"

陈老板为难地说:"我哪会卖西瓜。"

穷不怕教给他:"你得把西瓜切开,让人看见瓢,现在的人不见兔子不撒鹰。"

陈老板把一个西瓜摆在案上。

群众甲告诉他:"这就对了,卖西瓜得把西瓜切开。"

群众乙边往后躲边说:"是啊,我们得看看什么瓢。"

群众丙也跟着说:"就是啊,我们手里这俩钱也来得不容易。"

陈老板烦得直叫板:"唉……(唱京戏摇板)我的西瓜赛沙糖,真正的旱秧脆沙瓢,一个子儿一块不要谎,你们要不信,过来尝一尝。"用刀在西瓜中间一剁,嘴里同时喊,"你们吃啊……"

众人吓得直往后躲。

群众甲看清西瓜白瓤,忙喊:"生瓜蛋子,还让我们吃呢?你自己留着吃吧。"

众人乐。扎王爷带着公差甲、公差乙走过来,陈老板气得直发抖。

穷不怕提醒他注意:"别太抖啦!"

陈老板学上了京戏发怒:"呀……"

群众乙添词:"伪劣西瓜!"

群众丙解释:"不怪他,进来的就这样。"

群众甲说情:"他唱戏的哪会挑西瓜。"

陈老板抄起半个西瓜,说了一声:"喂猪去吧。"往远处一扔,正好扔到公差甲脸上。

公差甲刚要报西瓜仇,这时传来一个女人的哭声,公差甲被扎王爷叫走。众人顺着哭声找去,原来丑孙子身穿重孝,头戴麻冠,向这边走来。他左手执着哭丧棒,右手执着幡,他学着女人哭,引起众人大笑。

群众甲眼尖:"这不是丑孙子吗?"

群众乙解释:"他是穷不怕的师兄弟。"

群众丙佩服:"丑孙子摔丧盆是他的拿手活儿。"

群众甲接着说:"往常都是大年初一来这么一手。"

群众乙没明白:"今天怎么提前出殡了?"

群众丙明白过来了:"知道了,他为同治爷吊丧。"

扎王爷等人走过来,公差甲仗势告诉他:"不准娱乐!"

丑孙子仍然哭声不止。

公差甲又重复一遍:"不准娱乐!"

丑孙子有理:"我没有娱乐,我们是想念万岁爷。"

扎王爷埋怨:"想念万岁爷,有学女人哭的吗?"

丑孙子立刻改成男人哭:"我的爷啊!"

众人大乐。

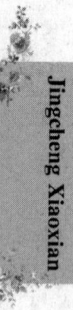

公差甲直起鸡皮疙瘩:"还不及学女人哭呐。"

丑孙子又改成学着女人哭。

众人乐。

扎王爷指出根本问题:"你不要让人乐。"

丑孙子有理了:"我没让他们乐!他们自己乐的。"

扎王爷没辙了,问众人:"谁让你们乐的?"

众人后退了几步。

丑孙子继续学老太太:"我的天啊……你怎么不管我了……"

扎王爷差一点儿乐出来,只好走开了。

公差甲问丑孙子:"你怎么又学老太太哭了?"

丑孙子有理由:"我想起了慈禧太后一定为儿子伤心。"

公差甲只好说:"那是,那是。"

丑孙子又学女人哭:"我的夫……"

公差甲又问:"你怎么又学女人哭了?"

丑孙子擦擦泪说:"这不是一般的女人。"

公差甲想知道:"是谁?"

"是阿鲁特氏皇后。你想,夫君死了,皇后能不伤心吗?"丑孙子装哭起来。

"那是那是……"公差甲突然醒过味儿来,"不对,不对,皇后早就吞金升天了。"

丑孙子打马虎眼:"是吗?要不同治爷怎那么伤心。"

公差甲警告他:"不要瞎哭。"

丑孙子表示:"不瞎哭。"

见扎王爷、丁三走开,丑孙子唾了他们一口:"我还得学你们怎么假哭。"

群众甲上心地问:"孙爷,今天怎么没摔丧盆?"

群众乙也有同感:"是啊,你的拿手活是'丑孙子摔丧盆'。不摔盆,怎么能哭你爸?"

群众丙替丑孙子解释:"今天不能哭他爸,只能哭同治爷。"

丑孙子想起来了:"你们不说,我给忘了,我的丧盆在张三禄老师那里啦。"

张三禄挤过来说:"你不提,我也给忘了,你的砂盆,盆秃子提前替你摔了。"

众人乐!

丑孙子为难了:"啊!提前摔了,我怎么办?"

群众丙也替主发愁:"是啊,丑孙子没盆怎么办?"

群众甲也有同感:"是啊,谁都知道丑孙子离不开盆。"

群众乙有个建议:"再找个盆吧!"

菜挑子旁,丑孙子从菜挑上拿起半两葫芦瓢,张三禄说:"这是我浇水用的,拿去吧,赔你啦!"

丑孙子把葫芦瓢往地上一摔,做好欲哭的准备,可是怎么摔也摔不碎。众人看他一次又一次地摔盆,盆不碎,人也没法哭,不禁笑出了声。

灵堂前,桌前有同治爷的画像,两旁贴着挽联,小海棠春默默地跪在地上。

穷不怕家里,穷不怕对众人说:"今日我把大家请来,为了请大家一顿。"

谁知众人怨气纷纷,丑孙子牢骚最大:"钱,我们都没挣着,都让你挣了。"

沈二也向着前辈说话:"张三禄师傅那么大岁数了,也白白站了一天。"

盆秃子也叫苦:"我没挣到钱,还敲碎了一个砂锅。"

徐三也觉得冤:"徒儿一枚钱没挣,还赔了两只鸭子。"

贫麻子怨气更大:"我的切糕都吃饱了,家里人还饿着。"

穷不怕心最宽:"好啦,好啦,我知道大家的难处,才把大家请到我家吃一顿。"

丑孙子上心地问："请我们吃什么？"

众人也关心："吃什么？"

穷不怕一本正经："喝粥！"

众人差点儿炸了窝："啊！喝粥啊？"

贫麻子俏皮话来了："现在还没有百日孝满，不能吃宴，对不对，师傅。"

丑孙子不客气："穷不怕的马屁精！"

穷不怕家里粥锅旁，人们排着队伍在领粥。穷不怕把第一碗粥端给张三禄："师傅，您先来一碗，暖暖肚子。"

董彩莲拿着马勺给排队的人一人舀一碗。

张三禄坐着喝起来："那我就不客气啦。"

徐三举粥："咱们以粥代酒，干！"

每人举起一碗："干！"

张三禄发令："等一等，我这碗没了。"

董彩莲又给张三禄盛了一碗。

贫麻子建议："我看，咱们不比赛快，比赛响怎么样？"

董彩莲请教："怎么比法？"

贫麻子解释："谁喝粥的声音响，咱们就多奖他一碗粥。"

众人鼓掌："好！好！好！……"

此起彼伏，高低疾徐的喝粥吸溜声在屋子里回荡着。

回京路上，王四赶着骡车，二贝勒坐在车里唱起了《洪羊洞》（孟良段）："一见贤弟丧了命，怎不叫兄痛伤情。哭一声焦贤弟，我叫一声焦克明（哪），贤弟呀！……"

长亭里，微服的扎王爷和女儿大格格正在亭中赏景，丁三急匆匆从亭边而过。

扎王爷叫住他："丁三，丁三……"

丁三忙过来见礼："哟，扎王爷，小人给扎王爷请安，给大格格请安。"

扎王爷想知道："你急匆匆干什么去？"

丁三如实回话："不瞒扎王爷，今日我府二贝勒返京，福晋让我多找些人去接迎。"

扎王爷故作惊喜："二贝勒要回京啦？"

大格格也惊异："小灯哥要回京了？"

丁三告诉大家："他正在途中，全府要隆重接迎。"

扎王爷表情很平静："是得好好庆祝庆祝，府上准备拿多少钱请人？"

丁三存不住话："福晋说了，钱不怕多花，要办得热热闹闹、体体面面的，像迎接新任巡府一样。"

大格格好奇地问："怎么，这回二贝勒要提升了？"

丁三会学舌："福晋说了，提前回京，就等于提升。"

扎王爷变得一本正经："对对对，说实在的，上次二贝勒被贬职实属冤枉，穷不怕的老婆明明逃征私嫁，却闹个先发制人。"

大格格另有看法:"二贝勒被贬,不是这个原因吧。"

扎王爷心里明白:"唉,一回事,同治爷风流气盛,偏向女色,加上二贝勒告密,这不自食苦果嘛。"

大格格知道父王的心:"这回您又有伴儿了。"

扎王爷直扬手:"岂只是个伴儿,灯儿是本王的左膀右臂。丁三,你准备请何人去接二贝勒?"

丁三有些犹豫:"我还真没考虑好,得找有头脑的,有号召力的,才能带动民众。"

扎王爷心里早有想法:"别人你不要找,本王给你出个主意。"

丁三上心地问:"王爷的意思是找……"

扎王爷心心相念地说出诡计:"找天桥八大怪。很有名气,吹吹打打,多闹热。让他们一造声势,后边肯定会跟上一群人。二贝勒的声望一下就抬起来了,这叫'借尸还魂'。"

丁三有些犹豫:"这怕不成吧,这帮穷花子,不听话啊。"

扎王爷继续出主意:"唉,你得多给钱。"

这点儿丁三没顾虑:"钱没的说,福晋说了,要多少钱给多少钱。"

扎王爷有把握地说:"这就行了,有钱能使鬼推磨。"

丁三另有所虑:"这帮人怕不好办吧,首先穷不怕就不好对付。"

扎王爷坚信地说:"人心不会一边儿齐,你只要舍得出钱,花上几百两,这八个人保证一多半儿人都得围着你转。"

丁三勉强同意:"好,我试试,这八个人,我花六百两。"

扎王爷大方:"还少,最少八百两,一人一百两。"

丁三听劝:"就按王爷说的,八百就八百吧。"

扎王爷继续出主意:"二贝勒离开京城,源于穷不怕这伙人,现在完旨回京还要找这伙人,这叫作……"

大格格接茬儿快:"从哪儿跌倒,还从哪儿爬起来。"

扎王爷不爱听:"嗨!"

茶棚里丑孙子、醋溺膏、韩麻子、盆秃子、常傻子在这里喝茶聚谈。

丑孙子想到皇上:"同治爷归天了,他就不会到天桥微服私访了。"

醋溺膏差点儿笑出来:"多新鲜啊!"

丑孙子的话没说完:"可是同治爷他一辈子也忘不了我们。"

醋溺膏又张口了:"现在已经忘了。"

韩麻子有话:"再过一段,人们把同治爷也忘了。"

常傻子说话最直:"同治爷白给咱们叫好了。"

韩麻子同常傻子逗:"没有白叫,你忘得了他吗?"

常傻子直摇头:"我忘不了。"

醋溺膏直点头:"那就行啦。"

常傻子说了实话:"我忘不了他,他死了,谁管我饭啊!"

众人直笑。

丑孙子想到饭辙:"我们是得想点儿饭辙。以前我们吃同治爷,他死了,我们吃谁?"

醋溺膏说出问题的实质:"我们主要得吃自己的本事。"

丑孙子接过话茬儿:"话是那么说,干我们这行的,就得人捧,越大人物捧,我们的名声就越大,我们的饭粒才足。"

常傻子想到了皇宫:"我看现在得吃慈禧太后了。"

丑孙子有同感:"对,傻兄弟说得对。"

常傻子又接着说:"穷不怕白给她说相声啦!她就不会到天桥看看我们……的玩意儿?"

众人乐。

醋溺膏分析了一下:"让她来是不可能的,让她给我们封个号还差不多。"

常傻子有兴趣:"封什么号?"

醋溺膏早就想好了:"封天桥八大怪。"

常傻子想得实在:"我们早是天桥八大怪了,京城谁不知道我们。"

醋溺膏想得很美:"那可不一样,慈禧太后一懿封我们,我们就上史册了,我们就由地方级变成国家级了。"

丑孙子想出一个办法:"我看这事得托穷不怕办。"

常傻子同意:"他老进宫献艺,让他向慈禧太后奏一本。"

丑孙子纠正说法:"这不是奏本。"

常傻子上心地问:"这是什么?"

丑孙子转了一弯说:"这是下旨。"

众人大笑。

这时,丁三从土马路上走来:"诸位爷都在这儿啦。"

茶棚里众人浮动,丑孙子先开了腔:"丁爷来了,坐坐坐。"

丁三来劲了:"有要事在身,不能久留,我打搅各位了。"

丑孙子直言直语:"丁爷有事请讲。"

丁三上礼:"晚生今日前来,有劳各位出山。"

常傻子无意打岔:"我们根本也没在山上,是出海吧。"

众人大乐。

丁三解释:"请各位是件好事。"

常傻子直言相问:"什么好事?"

丁三也直言相告:"府上想请各位抬趟轿子。"

丑孙子嘴快:"三格格要出阁?"

丁三不好说:"不不不。"

醋溺膏想问个底儿掉:"谁的喜事?"

丁三只好说:"二贝勒啊!"

醋溺膏深问:"二贝勒要娶媳妇了?"

丁三直摇手:"不不不,二贝勒自己坐。"

韩麻子的话也现成:"办喜事,有轿子房啊。"

丁三吐露点儿内情："这不想找些名人嘛，热闹热闹。"

韩麻子有疑点："二贝勒不是去边疆了吗？"

丁三笑脸回话："就是，就是，下午就要回京，现在正在路途上。"

盆秃子心里不悦："让我们去接二贝勒？"

丁三干笑："是啊！"

韩麻子也有看法："二贝勒发配边疆，回来还得迎接？"

常傻子不明白："什么叫发配呀？"

丑孙子解释："发配就是劳动改造。"

众人乐。

盆秃子直言："你找错门儿了。"

众人纷云："我们不是干这事的！""我们干不了！"……

盆秃子俏皮话又上来了："我是摔盆的，丑孙子是打幡的，不对口味。"

丁三直说好话："就让八大怪去抬轿，乐队的活儿我们单找。"

丑孙子直言："我们用八抬大轿去接二贝勒？"

丁三不敢说瞎话："是啊！福晋想，原来二贝勒同八大怪有些过节儿，想借这机会缓解缓解。再说曾王爷对大家不薄啊，特别器重穷不怕，不看僧面看佛面嘛。"

常傻子还有疑问："曾王爷请我穷哥到王府当艺差，怎不连我们哥儿八个都请进去？"

丁三想问个究竟:"常爷的意思是八大怪一起请?"

常傻子自傲地仰头:"就是啊,八个艺差也不多,今天你不就请八个人吗?"

丁三不敢顶嘴:"常爷的意思,我回去一定向曾王爷禀告。"

常傻子更得意了:"连天桥都搬进王府多好,相声场、大鼓场、武术场、戏法场、妓院都有了。"

丑孙子挑出问题:"妓院就不用搬了。"

常傻子解释:"养鸡的院子。"

丑孙子趁热收场:"嗯,我们傻兄弟爱吃鸡。"

丁三直说好话:"回去,我一定向王爷请求。"

常傻子得意劲儿不减:"好吧,王爷要准我们当差,我们八人就抬一趟轿子。"

丁三望着常傻子:"常爷是不是没饭辙了?"

常傻子亮实底儿:"那是,你是吃官饭的,我们刮风减半,下雨全无。"

丁三讨好地说:"常爷,这趟差,府里为什么不找别人?因为王爷看重了你们,有重赏。"

常傻子细问:"从城外抬到曾王府多少钱?"

丁三比画个四。

常傻子深问:"四十两?"

丁三摇摇头:"四百两。"

常傻子忙改口:"我说呢,几十两也想哄我们。"

丁三就会讨好人:"四百两不少了吧,王爷说这好事得想着八大怪。"

常傻子突然又想到一个问题:"是一个人四百两,还是八个人四百两?"

丁三不敢撒谎:"当然八个人四百两。"

常傻子脸上笑容全部消失:"那不一个人还是几十两吗?"

丁三解释:"几十两不少了。常爷你问问抬轿子的,这轿子活儿,每人也就四五两。"

常傻子摆手:"不行不行,我们是什么名声,天桥八大怪,抬上二贝勒就是九大怪。"

丁三试探地说:"要不再加点儿,六百两。"

常傻子也硬气多了:"不够。"

丑孙子想个缓兵之计:"要不,这样吧,等我们穷哥回来商量一下。"

丁三怕穷不怕回来:"不用商量,没时间商量,有几个算几人,不够我们再补上几个人。"

这时穷不怕正从土路走来。

茶棚里的丑孙子首先发现:"你们看,说曹操曹操到。"

常傻子直拍巴掌:"我穷哥回来了,正好。"

众人齐喊:"穷哥!"

第二十四章　二贝勒坐上纸底轿
两腿只得跟着轿子跑

茶棚里，几位老艺人对丁三提的方案正拿不准主意，这时穷不怕赶回来了，丑孙子一眼看见："你们看，说曹操曹操到。"

常傻子高兴得差点儿跳起来："我们朱哥回来了，正好。"

众人齐呼："朱哥！"

丁三脸露尴尬："朱先生。"

穷不怕和大家见礼："什么事，这么热闹。"

常傻子抢着说："大喜事，二贝勒回来啦……"

穷不怕笑脸收敛："二贝勒他怎么回来啦？"

丁三解释："万岁爷在世的时候有圣旨。"

穷不怕忙问："什么圣旨？"

丁三说话牵强："万岁爷说了，他活着的时候不想见二贝勒，这什么意思呢？"

穷不怕一下明白用意："那就是说，万岁爷死了以后想见二贝勒。"

众人大笑。

丁三绷着脸说："不是，意思是说万岁爷升天以后，二贝勒就可以回京了。"

穷不怕不客气地说："我怎么听说，二贝勒发配边疆是五年呢。"

丁三红着脸解释："最多五年，最少是万岁爷去世，你还盼着我们二贝勒死在边疆啊？"

穷不怕有自己的看法："不是不是，我是说咱们大清法律太灵活了。"

丁三趾高气扬："那得看对谁。"

穷不怕挖苦地说了一句："这话你说对了。"

丑孙子提出要害，向穷不怕学舌："丁爷要出高价，让我们用轿子去接二贝勒。"

穷不怕很镇静："还有这么好的事，说明王府一有喜事，就想起我们哥们儿来了。"

丁三爱听这话："对对对。"

穷不怕趁机细问："何时启程啊？"

丁三细说："午时在朝阳门南墙根下边。"

穷不怕又问："给多少酬金？"

丁三早就准备好了应酬话："六百两银子。"

穷不怕口气很大："六百两，太少了，再翻一倍，一千二百两。"

丁三吓了一跳："这太多了吧！"

穷不怕口气不变："不多，不能光我们挣钱，让天桥穷哥儿们瞅着，这不行。"

常傻子举双手赞成："对，我们一人一百两，其余的给助威哥儿们分了。"

丁三恳求："是不是再往下降点儿，我好向福晋禀奏。"

穷不怕态度坚决："不能少了。我估计这次王府去不了多少人，都得我们哥儿八个张罗着。"

丁三勉强一咬牙："好，一言为定。"

穷不怕表态："一言为定。"

丁三提出："午时见。"

穷不怕不含糊："午时准见。"

丁三还有些不放心："乐队我带，轿子……"

穷不怕口气更大了："其他丁爷就甭管了，轿子、轿夫，连旁边看热闹的，我都包了，由我安排。"

常傻子叮嘱丁三："你得带着银子，一手交银子，一手抬人。银子不够，二贝勒就撂在那儿了。"

众人又笑了。

丁三保证："常爷放心，我丁某人，说话算数。"说完，丁三扬长而去。

茶棚里众人议论纷纷，丑孙子声音最大："朱哥，这事能答应吗？"

众人附和着："是啊，这事不能答应。"

醋溺膏进一步对穷不怕说："朱哥，他要我们好看。"

韩麻子替醋溺膏补充："我们抬他等于向他认错。"

盆秃子也跟着说："我们不能只为这几个钱。"

穷不怕心里有主心骨："诸位说得都对，说完没有？"

丑孙子还有话没有说完："再说同治爷已摘掉他郡王衍的官衔，我们怎么能再以王礼相迎？"

醋溺膏还有话又接着说："是啊，慈禧太后要知道喽，会要咱们脑袋的。"

穷不怕的态度已定："众弟兄的心情我了解，二贝勒回来就是个祸害。我们要做好常战准备，不能掉以轻心。我们是不是以王礼相迎，一会儿迎完了就知道了，这钱我们挣定了。你们挣完这钱，该修理修理场子就修理修理场子，该给老人看病就给老人看看病。送上门的钱我们不能不挣。"

常傻子脑子还转不过弯儿来："钱可以挣，人我们不接了。"

穷不怕态度坚决："那哪行啊，人我们一定去接。"

众人："啊，还接啊！"

丑孙子问穷不怕："我们要上当，那怎么办？"

穷不怕给大家分析："大家想，王府没有派众人去接，说

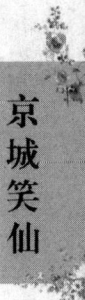

京城笑仙

明丁三他们背着曾王爷而行，或着说曾王爷不支持他们这样做。丁三把接人之事都交付于我们，这不正给咱们一次同二贝勒做游戏的机会吗？"

众人还是不解："做游戏？"

穷不怕有把握地说："大家听我调遣，就有游戏可做。"

众人答应："好！"

城墙根下，停着一顶轿子，八大怪和乐队在等候。丁三、徐三、贫麻子、富向南、范向西也在其中。俩下人抬着银两过来，丁三对穷不怕说："朱先生，点点数吧。"

"不用点。"穷不怕叫过徐三、贫麻子、富向南、范向西，对他们说，"你们把银子抬回去。"

徐三、贫麻子等抬着银子走了。

一辆骡车迎面而来。丁三带乐队，穷不怕带着八大怪准备迎接。骡车停在城墙根下，二贝勒从骡车上跳下来，众人叩首："叩见二贝勒。"

二贝勒发话："众民平身。"

众人："谢贝勒爷！"

二贝勒向轿子走来，由穷不怕伺候上轿。此轿无轿帘，八大怪站在轿子前后，穷不怕兼轿前领班轿夫，乐队在队伍前。穷不怕回头问："二贝勒，此轿我没安轿帘，不知对否？"

二贝勒没有深想："正合我意，我要四下观光。"

穷不怕装作讨好："是啊，也好让四邻看看您啊。"

二贝勒得意一笑。

穷不怕大喊:"起轿!"

乐队起奏,轿子抬起,轿后跟着骡车,浩浩荡荡沿着城墙而走。大街上两旁围满了观者。乐队、轿子、骡车从眼前而过。轿中的二贝勒得意地向两旁点头。乐队起劲儿演奏,丁三带劲儿指挥。轿子走着走着,二贝勒漏下一只脚,这时才知道轿子底不结实,又一使劲儿,又漏下一只脚。二贝勒碎步跟着轿子跑,嘴里不住地叫喊:"停下!停下!……"

乐队声音很大,二贝勒提高嗓门喊:"停轿!停轿!"

穷不怕告诉他:"二贝勒,不能停,不能停!"

二贝勒态度坚决:"停轿!停轿!"

穷不怕态度也变硬:"二贝勒,不能停!"

二贝勒发现:"你看这什么轿子底儿呀!"

穷不怕故作不知:"轿子底儿怎么啦?"

二贝勒说出感觉:"是不是纸壳做的?轿子底儿快掉了。"

穷不怕态度更坚决:"掉了也不能停。"

二贝勒边走边问:"掉了还不能停?"

穷不怕跟着轿子说:"你一停就露丑了。"

二贝勒心更慌了:"那怎么办?"

穷不怕主意已定:"你再凑合凑合。"

二贝勒从心慌到意乱:"我凑合得了吗?轿子底儿得换一个。"

穷不怕给他出主意:"半路哪儿换轿子去?二贝勒,你学那小车会,两腿快点儿倒,别人看不出来。"

二贝勒强笑:"好好。"他扶着轿子走起来。

轿夫有意加快步伐,穷不怕催二贝勒:"你得快点儿走,后边磕上您的腰啦!"

二贝勒只好加快步伐。轿子又走了一段,路旁人们喊上了:"小车会来啦!""这不是小车会啊,是轿子会吧。""还真没看过。""这不是八大怪吗!轿子里是谁啊,动作太死板了。"

穷不怕又发话了:"二贝勒,你得扭起来,不然人家就看破了。"

有人冲着轿子喊:"太死板了!扭起来!"

二贝勒无奈,在轿中扭起来。二贝勒满脸汗珠直发牢骚:"累死我了,我几夜没睡觉了。"

穷不怕给二贝勒一条红手帕:"二贝勒,再坚持一会儿,一会儿就到了。"

二贝勒用红手帕一擦脸,满脸红道道,旁人有话:"这不耍狗熊吗!"

穷不怕强忍着笑,两旁人们笑得前仰后合。

二贝勒知道被耍,他来到扎王府撒气,扎王爷陪同二贝勒饮酒,二贝勒气愤难平:"我又让这帮嘴皮子给耍了,这口气我真咽不下去。"

扎王爷劝他："王侄肚量还是那么小，君子报仇十年不迟嘛，这口气和上口气都要报。这帮下九流，我早晚把他们轰出京城。我们报复的时机有的是。"

二贝勒自气地直摇头："我连穷不怕的娘儿们都治服不了。"

扎王爷老奸巨猾："治服穷不怕的娘儿们不一定非得王侄亲自出马，可以把他交给别人嘛。"

二贝勒不太明白："王叔的意思是？"

扎王爷心里有数："到时候，王叔再指点于你。现在我只告诉你，为了这么一个臭娘儿们伤脑筋不值，再说董彩莲已经是有孩子的臭婆娘了。"

二贝勒有些吃惊："穷不怕有孩子了？"

"是啊，咱们先不谈他了，喝酒。今日王叔找你有要事商议。"

"王叔有何要事？"

"咱们干了这杯再说。"

二贝勒端杯："王叔，干！"

扎王爷也举起杯："干！"

俩人干了一杯，二贝勒又问："王叔到底什么事啊？"

扎王爷谈起宫中大事："同治爷宾天，光绪帝接位，王侄有何思想？"

二贝勒只想自己："没什么思想啊，我只想赶快返回京城。"

扎王爷又问:"同治爷宾天,应该谁继皇位?"

二贝勒不爱多想:"王叔,这您想得就多了,谁当皇上,也没咱们事啊。"

扎王爷说出想法:"错了,王侄,王叔想来想去,这个皇位应该让给王侄去当。"

二贝勒吓了一跳:"我!……不行不行。王叔何出此言?"

扎王爷说出看法:"历代皇帝宾天都是父位子传,哪有兄弟之间继位的?"

二贝勒解释:"同治他不是没有皇子吗?"

扎王爷直截了当:"既然兄弟相继,为何不继给你,为何不继位给恭亲王的儿子,我们都是爱新觉罗之后嘛。"

"这倒也是。"二贝勒思想一会儿,觉得有理,"光绪才四岁,这样做,慈禧太后仍然可以听政。"

扎王爷露出长者身份:"王侄能看到这儿就行啦,明日你随我一起进宫。"

二贝勒不明白:"进宫有何贵干?"

扎王爷说明用意:"王叔想让慈禧太后为你恢复郡王之位。"

二贝勒喘了口大气:"吓了侄儿一跳,我还以为让侄儿争皇位。争皇位是要杀头的。"

扎王爷觉得有把握:"快到燕九节了,宫里很热闹,慈禧太后近来的心情又很好，现在正是际遇良机，你有可能复位高升。"

二贝勒不抱希望："高升？不可能。慈禧太后不治我罪就不错了。"

扎王爷不明白："何出此言？"

二贝勒说出内情："我引同治爷私游。"

扎王爷想法不同："慈禧太后并不知内情，已经处理了替罪羊，你往后就不要提及此事了。"

二贝勒心里一块石头落地，他端起酒杯："王侄重谢王叔了！"

"不必客气，以后你多听我几句话就行了。"

"王叔，侄儿再敬你一杯！"俩人干杯。

这时，李莲英从长春宫出来，对外边的扎王爷、二贝勒说："太后近日身体欠安，不能召见王爷。"

扎王爷起疑："太后的病还没有好？"

李莲英含笑摇摇头。。

扎王爷、二贝勒只好踟蹰退下。

慈禧寝宫里，慈禧坐在床上，古董王拿着一本画册站在一旁。

慈禧倾心深问："你们古董店又有什么好玩意儿啦？"

古董王递过画册："这是一本新弄到手的秘戏图。"

慈禧接过来又问："什么秘戏图？"

古董王喜眉笑眼:"一看便知。这是我重金买下的。"

慈禧顺口夸了一句:"忘不了我就好。"

古董王又吹上了:"只要有天下稀物,我一定让太后先睹为快。"

慈禧打开一看,是裸体图,立即又合上了:"你好大的胆量,敢把这些不穿衣服的玩意儿拿到宫里。"

古董王并不害怕:"是太后让我找的。"

慈禧不爱听:"胡说,我让你找的是古董。"

古董王解释:"这在国外早已成为古董。就像以前穷不怕给太后画像那样,太后认为只有临死之人才画像,其实,外国不然,画像早已普遍,而且发明了照相机。"

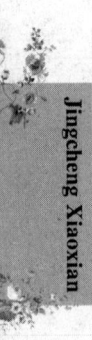

慈禧想起一件事儿:"你一提照相机,我想起来了。你给我找的那台照相机,还没使怎么就坏了?"

古董王话接得很快:"以后我另给太后找一架好的。那这本秘戏图……"

慈禧翻看了几页:"先留在我这里吧!"

古董王有意要走:"望太后多加保重,注意凤体安康。"

慈禧一捂腰:"我这腰怎么又疼了。"

古董王揣摩主意:"太后还需要我按摩?"

慈禧不客气:"按摩几天不管事,这回你要按摩就多按摩几天吧。"

古董王上心地问:"按摩多少天?"

慈禧不客气了:"按摩一个理程吧。"

古董王认真地问:"一个理程有多久?"

慈禧心里话:"一个月。"

古董王有顾虑:"我一个月不回去,那琉璃厂的买卖怎么办?"

慈禧不管那么多:"是买卖重要,还是我的身子重要?"

古董王会奉承人:"自然太后重要,太后现在正是春风得意之时。"

慈禧想听后边的话:"何出此言?"

古董王顺主说好话:"现在同治皇帝宾天,光绪皇帝年幼,全靠太后一手遮天,太后想干什么,不就干什么吗?"

慈禧不爱听:"别废话了,快给我按摩腰眼儿吧。"

古董王乖了:"草民遵命!"

光绪六年,还是慈禧寝宫,慈禧已卧床不起,两旁太监垂立。太医诊治无效,皇上下令全国征寻名医圣手。

慈禧下床呕吐(妊娠反应),一个宫女端来一杯水。慈禧喝了几口,走到马桶旁干哕了几下,最后吐了两口,不久又躺在床上。一个太监将马桶顶在头上运走了。

李莲英走来:"太后,浙江巡抚推荐的薛圣医来了。"

慈禧发话:"让他进来。"

薛圣医进来后放轻脚步,停在帏幔外给慈禧施礼:"给圣母皇太后请安!"

帏幔里的慈禧躺在黄色帏幔中，仰面朝天问："你哪里人？"

薛圣医回话："浙江丽水人。"

慈禧问话："你叫什么名字？"

"小人薛玉山。"

"几代行医？"

"五代行医。"

"你要小心诊脉。"

"是。"

慈禧将左手伸出帏幔外垫在枕下，帏幔外薛圣医锁眉号脉。李莲英对他说："看了几位太医，都说是血膨，薛圣医看……"

薛圣医摇头否定："并非血膨，太后不用紧张。"

李莲英一下轻松多了："那太好了，太后的病有救了。"

薛圣医安慰地说："病没什么危兆。"

李莲英上心地问："太后得的什么病？"

"一般的病。"

"一般的什么病？"

"吃点儿药就能好的病。"

"到底什么病？"

薛圣医使眼色让李莲英将两旁太监退下，又将李莲英叫到一边。屏障后几个宫女在偷听。

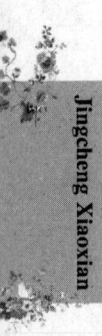

李莲英急问:"什么病啊?"

薛圣医压低声音说:"慈禧太后有喜了。"

李莲英并不紧张:"有什么喜?

薛圣医对着李莲英的耳朵:"老佛爷有身孕了。"

李莲英脸色严厉:"胡说!"

薛圣医并不胆怯:"小医不敢胡说。如果小医不说,再过几个月,慈禧太后肚子就要显形了,那时也就治不了啦。"

屏障后边几个宫女偷笑,传来了李莲英的声音:"现在怎么治?"

屏障前薛圣医还在指点:"打胎,让慈禧太后小产即可。"

李莲英寻思片刻:"那你就开方吧。"

薛圣医还有话:"开方前,有两点说明。"

李莲英细问:"哪两点?"

"第一点,宫里不能留医案,以免祸及太后和小医。"

"那是当然。第二点呢?"

"第二点,太后服药以后,要剧烈腹痛一阵。"

"有没有不痛的法子?"

"没有。"

"好,圣医请开方。"

薛圣医在御桌案上开药方,开好后,李莲英拿着处方来到慈禧床旁。慈禧看处方火冒三丈:"胡说!你把薛圣医给我处死。"

李莲英十分为难:"不行啊,太后,万一您真的有孕,过几个月,一显形,谁给您治病啊!"

慈禧望着李莲英的脸:"怎么,你也怀疑我?"

李莲英面露憨笑:"太后,不是我怀疑,我的看法并不重要,而是古董王在宫里住了一个多月,太后病了几个月,朝廷的事太后几个月没处理了。宫里宫外早就沸沸扬扬了。"

"宫外也知道啦?"

"太后想,谭鑫培几个月没开戏啦,穷不怕几个月没进宫说相声了,外边能没议论吗?"

"这个该死的古董王。"

"要不我叫人把他杀掉。"

"杀他也没用,留着他我也许还有用。"

"对啊,这种事越抹越黑。太后不去管他,他就会自生自灭。"

"你说这事能不能传到东太后耳朵里?"

"东太后何等聪明,宫里只要有一个人知道,她就会知道。"

"那怎么办?她知道后,会说我失德,我会受到祖法惩治。"

"慈安是要认真对付一下。"李莲英恶言恶语地说。

慈禧躺在床上,李莲英垂站一旁。一个宫女用盘托着一碗中药走上,跪在床前。李莲英发话:"太后,药来了。"慈禧坐起喝药，宫女端走空碗。不一会儿慈禧疼得直叫："哎哟，哎哟……疼死我了，疼死我了……"汗珠顺着慈禧面颊直淌下，慈禧忍受不了："这是什么药哇？……"

李莲英心里有底："太后，就是要疼一阵儿，薛圣医早就说明了。"

慈禧哎哟哎哟直打滚："我作了什么孽啦，莲英，我作了什么孽啦？"

李莲英尽心竭力地安慰："太后不要多想，您为国为民，母仪天下，何罪之有。"

慈禧自语："老佛爷，我初一、十五都给您烧香，一次没落过。你们问塔院的住持。"

李莲英奉承话张嘴就来："您就是老佛爷，不用问别人了。"

慈禧又哎哟哎哟地叫起来，李莲英弓腰相陪。

周八茶馆里冷冷清清，周八、春花同群众甲、乙、丙、丁发牢骚。群众乙对周八说："您这书馆跟没开一样，没有艺员，也没有听官。"

群众甲建议："听官都跑到穷不怕那边去了，您干脆改个清茶馆吧，评书在您这儿根本上不了座。"

周八嘴里带点儿情绪："我可比不上穷不怕，穷不怕是何等人物啊！慈禧太后都让他给治服了。"

春姐劝他："你别乱说，你的脑袋还想不想要？"

周八不爱听了:"我怎么乱说,无风不起浪,你想慈禧太后从二十七岁就守寡,她守得住吗?你问问,这里谁不知道,慈禧怀上了穷不怕的孩子,在宫里差一点儿丢了政权。"

群众甲也插话:"听说慈安的死是个谜。"

周八话又多了:"就是啊,几个时辰以前,慈安还劝慈禧从善,几个时辰以后,慈安就剩下三尺尸体了。"

群众乙也收不住嘴了:"听说慈安喝了慈禧的缩筋药酒。"

群众甲很想知道:"慈禧干吗药死慈安啊?"

周八话又多了:"这不明摆着吗?慈安知道慈禧怀孕了,慈禧大失祖德,不害死慈安有她的好吗?"

群众甲又深问:"慈安知道是穷不怕干的吗?"

周八谈看法:"纸里包不住火,慈安肯定知道,她要晚死两天,就会找穷不怕对证来。"

茶馆门外,董彩莲正从门前走过,听见里边议论穷不怕,就停住了脚。

馆里春姐在问:"慈安怎么知道是穷不怕的孩子?"

周八话多了:"好事不出门,坏事传千里。慈安能不知道?"

群众甲不太相信:"我看是宫里人干的事。"

周八否定:"不可能,不可能。宫里只有一个男人,就是小皇帝,第二个男人就是穷不怕。再说,宫里各部门都管得很严,各个宫、各个门都有太监看守,大鱼管小鱼,小鱼管虾米，生人做点儿不轨之事很容易露馅儿。这事就是宫外熟人所为，有太监庇护他们。"

群众甲想知道细情："怎么见得是穷不怕所为？"

周八有话："穷不怕每月朔望两天都要进宫。"

春姐接着帮腔："慈禧太后最爱听他的单口相声。"

周八接着说："而且越听越爱听。"

春姐话越来越多了："后来就不是半月去一次了，大小节日都少不了他，有时几天一去。"

周八的话画龙点睛："听着听着就剩他们俩了。"

什么难听春姐说什么："有时穷不怕根本不回来。"

周八下结论似地说："你说不是穷不怕的孩子是谁的孩子？"

董彩莲再也听不下去了，她闯进茶馆来，指着周八他们问："你们看见了吗？"

周八怕把事情闹大，忙迎过来压压火："朱夫人来了，坐、坐！"

春姐端碗水来："喝点儿茶！"

董彩莲没心喝茶："你们污言秽语中伤好人。"

春姐直推卸责任："这话可不是我们说的，京城到处都这么说。"

董彩莲出言不逊："都是信口雌黄，毫无根据。"

春姐反问："你怎么知道跟穷先生没关系？"

董彩莲的话也是现成的:"我最了解我的官人。"

周八另有说法:"胳膊拧不过大腿。有时穷不怕也身不由己,谁不怕权势。"

董彩莲反唇相讥:"他就不怕,别忘了他叫穷不怕。"

这时,古董王出现在门外,听到拌嘴,没有进来,一直在偷听。

茶馆里春姐插了一句话:"你们穷不怕够有本事的,你应该自豪。"

董彩莲不客气地唾了她一口:"呸!"

周八嘴也闲不住:"这事西太后寒碜,穷不怕荣耀!"

董彩莲又唾了周八一口:"呸!"

春姐没完没了:"现在是真话逆耳,假话顺肠。"

董彩莲也不客气:"假话顺你们肠子,真话逆你们耳朵。"

周八还在为自己解释:"谁都不爱听自己的官人有风花雪月之事,可是你得正视现实。"

董彩莲不服软:"现实就是你们口角生风!"

群众甲也有些烦了:"别吵了,别吵了!官府要是听到喽,咱们都得抓起来。"

春姐十分自信:"现在真是忠奸难分,咱们走着瞧吧。"

董彩莲永不示弱:"好,咱们走着瞧吧。"

古董王在门口得意地偷笑。

晚上,穷不怕回家,刚一进门,董彩莲就向穷不怕发火:

"你听听外边都说你什么?!"

穷不怕认为问心无愧:"说什么我也不怕。"

董彩莲讨厌那些摇唇鼓舌的谣言:"你不怕,我怕。舌根头能压死人。"

穷不怕没太当回事:"脚正不怕鞋歪。"

董彩莲心事很重:"我怎么出去见人。"

穷不怕语重心长:"你先在家歇几天,过几天就好了。宫廷里争权夺利跟我们有什么关系。慈禧得的哪是一种病。"

董彩莲想知道细情:"她得了几种病?"

穷不怕用手比画着:"少说也有七八种病。"

董彩莲没有想到:"你怎么那么门儿清?"

穷不怕随便一说:"我不是老进宫吗?"

董彩莲不爱听了:"别提你进宫啦!"

这时,院中狗叫,常傻子从外边跑进来:"穷哥在家吗?穷哥在家吗?"

董彩莲迎了出来:"常老弟啊,嗓门儿那么大干什么?"

常傻子对穷不怕说:"穷哥,你还在家坐得住啊,看官们点你名,要看你表演。"

董彩莲上心地问:"场上人多吗?"

常傻子实话实说:"多,比平时多好几倍。"

董彩莲用埋怨的目光望着穷不怕:"你听见没有!"

常傻子的话还没说完:"你的场子都盛不下了。"

穷不怕爱听："那就好了，我们挣钱的机会来了，让徐三多来几个段子，多收几次钱。"

常傻子净实话："人家要看你表演。"

穷不怕这话听多了："邪门歪道的我不伺候。"

常傻子吐露真情："人家都佩服你，说你真有本事。"

董彩莲关心地问："还说什么来了？"

常傻子憋在心里的话可有机会说了："还说慈禧太后的小孩儿要生下来，让你领他到天桥来说相声。"

董彩莲盯着穷不怕："你听见没有？"

穷不怕的话也多了："真是抬举我了。你们跟慈禧说说，以后别让我在宫里老跪着了。"

常傻子说了点儿实际的："朱哥跟慈禧这么近乎，何不让慈禧给咱们八大怪册封一下。"

董彩莲不抱希望："还盼着册封啊？"

穷不怕有点儿动心："慈禧太后要册封我们，这我同意。"

常傻子高兴："谢谢朱哥，我们有盼头儿了……"

这时，院中黄狗又在叫，常傻子抢先说："是不是慈禧太后懿旨来了。"

董彩莲出来观风，原来来者是贫麻子。贫麻子悲戚地说："我师傅呢？快！"

董彩莲看贫麻子情绪不对，忙问："出什么事啦？"

贫麻子泣不成声："我师爷他……"

董彩莲急问:"你师爷怎么啦?"

穷不怕、常傻子也从屋里跑出来,穷不怕忙问:"你师爷到底怎么啦?"

贫麻子两眼泪汪汪地望着穷不怕:"我师爷去世了。"

穷不怕觉得五雷轰顶:"啊!……你快通知一下向南、向西,咱们先去。"

张三禄墓碑上一行醒目的大字"大清国单春大师张三禄之墓"。墓前燃着香,摆着烧饼、酱肉、水果。穷不怕带着八大怪、徐三、贫麻子、富向南、范向西、董彩莲、云花等人,为张三禄烧纸叩头。

十年之后,穷不怕的院子里,穷不怕和徐三坐在高凳上正在教孩子们背绕口令。小喜子、小福子、秀秀和一群六七岁的孩子坐在小板凳上学绕口令。

徐三领背:"西西家有丝瓜,石石家有西瓜。"

孩子齐背:"西西家有丝瓜,石石家有西瓜。"

徐三领背:"石石用家里的西瓜,换西西家里的丝瓜。西西用家里的丝瓜,换石石家的西瓜。"

孩子齐背:"石石用家里的西瓜,换西西家里的丝瓜。西西用家里的丝瓜,换石石家的西瓜。"

这时,常傻子从外边进来:"穷哥,好消息!"

这一嗓子把孩子们都镇住了,穷不怕忙问:"什么好消息？"

常傻子面露喜色："慈禧太后过生日，叫咱们八大怪都去，可能要册封我们。"

穷不怕觉得有戏："好，机会来了！"

慈禧太后万寿节在颐和园慈禧万寿堂举行。颐和园北宫门外，仿搭天桥摊棚。慈禧太后正式懿封天桥八大怪，懿封穷不怕为天桥八大怪之冠。万寿堂正中高悬一副"列仙庆寿图"，两旁是寿联。案前高点黄色寿烛，几位宫女忙着上供品，有上寿桃的，有上寿面的，接着又上寿酒五盏，点心五碗。周围廊庑，李莲英指挥着人们挂印有"万寿无疆"的红灯。

不久从外边传来了京戏锣鼓声，北宫门外，穷不怕等八大怪仿天桥，在搭临时摊棚。花农刘通指挥着人们在马路两旁铺设菊花、石榴花御路。穷不怕走过来，上前打招呼："刘大哥，我们在这儿又碰面了。"

金利向穷不怕打招呼，刘通吩咐金利："让他们多搬点儿菊花、石榴花……"

金利带着花农："石榴花放这边，放这边。"

刘通对穷不怕说："大兄弟，大妹子没来？"

穷不怕告诉他："没有，她在天桥盯摊呢。"

刘通关心地问："孩子不小了吧？"

穷不怕笑吟吟地说："不小了，他遛马去了，喜欢赶马车。"

刘通拿着两个大石榴:"这给孩子带去,尝尝鲜。"

穷不怕替孩子感谢:"谢谢刘大哥!还惦着小侄子。"

刘通看了看现场:"这次规模够大的。"

穷不怕满脸堆着笑纹:"是啊,别说颐和园里边,就说我们这杂耍场子,要照天桥的样子,在北宫门外再搭一个临时天桥。"

刘通有些吃惊:"这得多大的工程啊!"

穷不怕不以为然:"比原来的计划还小多了,太后改在排云殿受贺了。"

刘通惊心不减:"她一人过生日,这么多人受累。"

穷不怕也说出内心话:"是啊,在世界上也是罕见的,你们的花路往哪儿铺?"

刘通说出实情:"从万寿山一直铺到紫禁城。"

穷不怕听着惊奇:"这工程比我们'假天桥'还大,这得需要多少花啊!"

刘通说了实话:"把我们的花都买空了。"没想到穷不怕还说"好",刘通大惊失色:"还好?"

穷不怕从另一个角度说:"大清国的要员,天下各路眼睛,在这日子口全会聚这里,让他们多看看咱们天桥八大怪,多看看花乡的芍药花。这也许是意外的惊喜吧。"

刘通明白了:"你是说,借这机会,让太后给咱们做做广告。"

穷不怕一语双关："别让太后白花钱。"

俩人乐了起来。这时，金利过来："刘大伯，您过来一下。"

刘通对穷不怕说："大兄弟，咱们一会儿再谈。"

从园里传来了京戏《蟠桃会》唱腔。

北宫门外，慈禧坐着凤舆而来，李莲英为领班太监。前阵鼓乐，后拥仪卫。李莲英喊道："太后驾到！"众人跪下一片。慈禧从凤舆中由两宫女搀扶而下，又有太监搬过宝座，宫女搀扶慈禧坐下。

众人跪着齐祝："祝老佛爷福寿绵绵，祝老佛爷万寿无疆！"

甲："祝老佛爷婺宿腾辉！"

乙："祝老佛爷蓬岛春霭！"

丙："祝老佛爷寿城开祥！"

丁："祝老佛爷贵寿无极！"

齐："祝老佛爷贵寿无极！"

慈禧宝座旁，一位官员捧着戏单跪下："升平署朱笔太平歌词什锦杂耍人员名单奉上。"

慈禧今天特别兴奋："呈上来！"

李莲英接过戏单递给老佛爷。

慈禧细问："这是哪儿报的戏单？"

官员回话:"三旗办事处所报。"

慈禧问最关心的事儿:"八大怪都来了吗?"

官员回话:"八大怪全部到齐。"

慈禧发话:"起来吧。"接着对李莲英说,"传八大怪过来,我看看。"

李莲英高声传旨:"传,穷不怕等八大怪见驾!"

远处一个小太监喧:"穷不怕等八大怪见驾!"

慈禧坐在宝座上,穷不怕站在下边。慈禧这时回想起不久前同穷不怕的一场会面。慈禧当时的心情不错:"说吧,你不还有话说嘛。"

穷不怕也会说话:"回太后,草民的意思,太后喜欢百戏杂陈,百戏杂陈也离不开太后。"

慈禧想听后边的话:"什么意思?"

穷不怕有想法:"太后到天桥看看,一定会大开眼界。"

慈禧现在就想知道:"天桥还有什么热闹?"

穷不怕说出想法:"天桥能人、奇人、怪人、身怀绝技之人,络绎不绝,有来有逝,有些即将失传,使后人望尘莫及。"

慈禧兴趣上来了:"你谈出几人,我来听听。"

穷不怕的话是现成的:"有的人头皮沾地,能翻五十个跟头,舌尖能贴在鼻尖上,耳轮能塞进耳朵里去,观众一扔完钱,耳轮能自动弹出;有的人用洋枪打活驴,枪一响,驴变到后台吃草；有的人一抬腿，腿能绕在脖子上；还有个训练蛤蟆的教书老头，地上撒些小米，只要一喊排好队，只见混在一起的黑黄两色蛤蟆，截然地排成黑黄两队，绝不混杂。这些绝活有目共睹，绝非天方夜谭。"

慈禧进一步深问："这些人现在在哪儿？"

穷不怕感到很遗憾："这些人有的昙花一现，有的风靡一时，有的后继无人，他们都不能上史册。如果太后能像京戏那样组织'内学''外学'的班子，宫里戏台上岂不蓬荜生辉吗？"

慈禧兴趣倍增："那个训蛤蟆的老头还在吗？"

"早已不知去向。"

"那个腿绕脖子的能人呢？"

"也无了影踪。"

"你说了半天，不是白说了。"

"没有白说，现在有现在的怪人和绝活儿。"

"现在还有哪些怪人？"

"有天桥八大怪。"

"这我也听说过，他们都是干什么的？"

"八个中有四个人是说相声的，其他四人有手指戳石的，有击盆为艺的，有鼻吹竹管的，有神力盘杠的。"

"都是杂耍啊！"

"也叫杂耍。"

穷不怕等八大怪从人群中出列，横排两排下跪，慈禧如梦初醒。八大怪各报自己绰号，"叩见老佛爷，祝老佛爷吉祥！"

宝座上的慈禧回过神儿来："今天是喜庆之日，随便一点儿。"

常傻子第一个站了起来，韩麻子又拽着他跪下了。

慈禧问穷不怕："谁是盆秃子？"

盆秃子抬起头来："草民是。"

慈禧发话："你站起来。"

盆秃子站了起来。

慈禧打量了一下："真够丑的。"

慈禧又问穷不怕："谁是田瘸子？"

穷不怕刚要启齿，田瘸子自己出列抢着说："草民是田瘸子。"

"真有点儿像铁拐李。"慈禧又问穷不怕，"谁是醋溺膏？"

穷不怕有一建议："太后，让他们自己报名吧。"

慈禧同意："好吧，你们自己报一下姓名吧。"

众人都不言语，慈禧有话："你们怎么都不说话？"

穷不怕知道内情："他们都没名。太后让他们报外号吧。"

慈禧一笑："你们报一下外号。"

几大怪轮着报外号："草民韩麻子。""草民盆秃子。""草民田瘸子。""草民鼻嗡子。""草民常傻子。"……

宝座旁，李莲英斥道："停停，你们懂不懂朝延规矩？"

慈禧今日宽宏大量："今日喜庆之日，图个吉利吧。你们一个一个说。"

场地上，田瘸子抢着说："我叫田瘸子，能神力盘杠。"

盆秃子接着说："我叫盆秃子，能击盆唱曲。"

鼻嗡子也站了起来："我叫鼻嗡子，能鼻孔吹笛。"

常傻子站起来了："我叫常傻子，能单掌开石。"

醋溺膏站起来了："我叫醋溺膏，能百种口技。"

韩麻子站起来了："我叫韩麻子，能插腰要钱。"

丑孙子站起来了："我叫丑孙子，能摔盆打幡。"

慈禧直咧嘴。

穷不怕最后介绍："我叫穷不怕，能表演双春。"

宝座上的慈禧直笑："真够丑的，一个赛一个丑。绰号也不好听，能不能改改？"

丑孙子首先回话："不行，这是众人给我们起的绰号，我们要改了，对不起大伙儿。"

常傻子话也多了："是啊，八大怪的绰号已名扬国内外，要改喽，估计影响不好。"

丑孙子补充说："对，不能随便改。别看我们外表丑，我们心里美。"

醋溺膏心里的话很多："对，别看我们都是傻子、瘸子、麻子，我们都有真功夫，我们不蒸馒头争口气。"

韩麻子直插腰:"包子有肉不在褶儿上。"

宝座上的慈禧发话了:"好了好了,听说你们八人名震天桥,绝技赛过八仙,你们就露一手吧。"

李莲英宣:"庆演开始!"

第一拨四个节目排成一行。中间一位女艺人表演弯腰顶碗,上边的碗摞得老高。

中间一位女艺人表演花样空竹,有一股高超"空竹德子"的劲头;一位京戏女戏子正在耍花枪;一位杂耍女艺人表演竹骨伞滚球。

天桥穷不怕场地,周围比以前多了几排长凳。正面挂着"杨氏冰冻、果子干"的大布广告做下场门。董彩莲坐在正中长椅上,秀秀、小福子、小顺子等一群孩子围了上来,孩子们嚷嚷着:"给师奶奶祝寿,给师奶奶祝寿。"

贫麻子之义女,秀秀七岁:"给师奶奶祝寿!"

徐三之子小福子,也是七岁:"给师奶奶祝寿!"

穷不怕之子小顺子十二岁说了一句:"我娘的生日都过完了。"

秀秀的话也现成:"咱们再给过一次。"

小福子举双手赞成:"对,咱们再给过一次。"

徐三过来对孩子们说:"好,咱们今天给师奶奶祝寿,好不好?"

众孩子:"好!"

徐三带着孩子们给师奶奶董彩莲跪下，徐三去甲，秀秀去乙，小顺子去丙，小福子去丁。场内凳上、凳下坐满了人，后边又站着不少人。京戏陈老板、扎王爷、日本人川岛也在人群之中。

徐三："给师奶奶（董彩莲）祝寿！"

齐："祝师奶奶福寿绵绵。"

甲："祝师奶奶婺宿腾辉。"

乙："祝师奶奶蓬岛春霭。"

丙："祝我妈妈寿诚开祥。"

丁："祝师奶奶贵寿无极。"

齐："祝师奶奶贵寿无极。"

人群中，川岛对扎王爷说："扎王爷没有参加太后万寿大典不觉得遗憾吗？"

扎王爷对川岛说："能陪着贵宾川岛阁下也是一种幸福。"

川岛笑着一指："你可真会说话。"

扎王爷反问："我倒想问，川岛先生没有参加太后万寿大典，不觉得遗憾吗？"

川岛笑着摇头，用下巴一指董彩莲："不遗憾，真天桥比假天桥更有意思，这里有真货。"

第二十五章　慈禧封天桥八大怪
隔辈人传艺振兴门族

颐和圆北宫门外，慈禧坐在宝座上，李莲英宣："庆演开始！"

第一拨四个节目排成一行。中间一位女艺人表演弯腰顶碗，上边的碗摞得老高。中间一位女艺人表演花样空竹，有一股高超"空竹德子"的劲头。一位京戏女戏子正在耍花枪，一位女艺人表演竹骨伞滚球，外国观众不住地鼓掌。

慈禧脸上露出笑容。

第二拨是四个男艺人的节目：田瘸子一组表演单手顶头；常傻子表演气功开石；鼻嗡子用鼻了吹双管，演奏小曲；醋溺膏表演口技，学各种鸟叫。在音乐声中，穷不怕在艺人中间出现，用白沙撒个大"福"字。中外观众不住地鼓掌，慈禧喜滋滋地望着穷不怕。

李莲英宣旨："穷不怕八人接旨！"

京城笑仙

穷不怕等八人跪下领旨。

李连英宣:"慈禧端佑皇太后谕旨,万寿大节,凤颜大悦,懿封穷不怕、醋溺膏、韩麻子、丑孙子、田瘸子、鼻嗡子、盆秃子、常傻子为天桥八大怪,封穷不怕为八大怪之冠。懿赐八大怪每人万寿节鼻烟壶一个,懿赐穷不怕万寿节金花鼻烟壶一个。特谕!"

两个太监用黄盘托着上来,其中一人掀开盘中黄盖布是七个鼻烟壶,七大怪每人赏给一个。李莲英从另一个太监手中接过黄盘,一掀黄盖布,露出一个金光闪闪的鼻烟壶,赏给穷不怕。穷不怕等八大怪:"谢老佛爷圣恩!"

慈禧下令:"宣曾王爷!"

李莲英传令:"曾王爷听旨!"

曾王爷跪下领旨:"臣接旨!"

慈禧发话:"由于曾王爷精制八大怪鼻烟壶有功,兹赏金花鼻烟壶一个。"

李莲英托上金光闪闪的鼻烟壶,曾王爷接壶谢恩:"谢太后恩典!"

李莲英又宣旨:"升平署大领管接旨!"

大领管跪下:"臣领旨!"

李莲英传旨:"圣母皇太后,万寿圣节是日,赏升平署人等大制钱三十贯。相声杂耍人,穷不怕赏银二十四两,七大怪各赏十二两,外加一百两,赏其余艺员,共赏银二百零八两，钦此。"

大领管官员接赏单："谢太后！"

再说天桥穷不怕场地，场内有董彩莲、秀秀、小福子、徐三、小顺子。徐三拉着京胡，董彩莲用四平调，带着秀秀唱尤三姐唱腔："替人家守门户百无聊赖，整日里坐香闺愁上心来。那一日看戏文把人恋爱，你看他雄赳赳一表人才……"

场外人群中，扎王爷、川岛、小喜子、小丽琴均在。小喜子望着场里的秀秀出神，不由自主自语："这个小戏子怎那么面熟？"

川岛被董彩莲的美貌吸引住了。圈外背弓骑马的大格格向父亲扎王爷打着手势。

扎王爷叫了两声"川岛兄、川岛兄"，川岛没有听见，他两眼还在愣神地望着董彩莲。

大格格只好留在马上看表演。

场内董彩莲带着秀秀还在唱："……回家来引得我春心言会云逮，女儿家心腹事不能够解开，也只好捺心情机缘等待……"

人群中川岛在问："这师奶奶是什么人？"

扎王爷回话："是穷不怕的老婆。"

川岛又问："有多大年龄？"

扎王爷估计："有四十好几了。"

川岛佩服地直摇头："不像，不像，像个二十几岁的少妇。我发现你们大清国的中年女子更有风采，更迷人。"

扎王爷也顺情说好话："川岛君的眼力果然不错，这是我们京城有名的美人，连当年的同治皇帝对她也垂涎三尺。"

川岛又指着秀秀说："那是她的小孩？"

扎王爷摆手："不，这是她捡来的孩子，管她叫师奶奶，是她掌上明珠。你看，这孩子一板一眼，都像她师奶奶。"

川岛点头："有其师必有其徒。"

众人一鼓掌，川岛从幻梦中醒来，在喝彩声中，见董彩莲和秀秀向众人谢场。徐三放下二胡站起身来作揖收钱："谢谢看官！"

人群另一边，人群里的小喜子问旁边的周丽琴："在这儿唱戏，也能挣钱？"

周丽琴点了点头："能挣钱啊，还能挣大钱呢。"

小喜子自信地说："我也能唱。"

人群这边，川岛痴呆地望着董彩莲。

大格格着急地向扎王爷打着手势，扎王爷对川岛说："我们走吧，天不早啦。"连叫了两次，川岛才听见，"噢！噢！"川岛跟扎王爷挤出了人群。

场里小喜子挤进圈里来："我也会唱。"

徐三先是一愣，打量了一下小喜子说："你也有节目？"

小喜子点了点头。

徐三望着小喜子说："那你就唱一段吧。"

有的看官欲走。小喜子不假思索地吆喝起卖金鱼来了："卖小金鱼喽，唉……"

众人一阵叫好声，走到半路的看官又回来了。

小喜子接着吆喝："冰糖葫芦……"

周围又是一片叫好声，周丽琴佩服得使劲儿拍巴掌。秀秀看出小喜子来了，笑着打招呼："是你！"

小喜子跑回原处，也笑眯眯地望着秀秀。

旁边周丽琴也拽他衣服："真棒！"

小喜子看出来了："是你啊！"

场里徐三抢着说："诸位别走，小哥儿几个演完了不容易，有钱您帮个财缘儿，没钱的帮个人缘儿，您站脚助威是看得起我们。"

众人纷纷扔钱，徐三向北边观众求援："这边就要十个子儿。"小福子、秀秀冲北边鞠了躬，地下只扔下两个子儿，徐三看没人扔了，就说："够了，够十个子儿。"

众人发笑，小福子实说："不就两个子儿吗？"

徐三装作醒悟说："噢，我数错了，把脚指头也数上了。"

众人又是一阵哄笑。

徐三给众人作揖："今日师傅穷不怕进宫艺演，我们早些收场啦，去接师傅，诸位包涵啦。"人们渐渐散去。

场里徐三把收的钱集在一起，他托着几个钱，突然想起小喜子："刚才帮场的那个孩子呢？"

小福子问:"是学卖冰糖葫芦那小孩儿吗?"

徐三夸奖地说:"他有嗓子,学得真像,是块好料哇!我还没给他钱呢。"

小福子又问:"他学过唱戏吗?"

徐三摇摇头:"没有,他就是卖冰糖葫芦的,可惜呀!"

秀秀插嘴说:"我见过他。"

徐三马上问:"在哪儿见过他?"

秀秀记忆很深:"在百善堂粥厂,我那天去排粥,他也去排粥。"

徐三忙问:"他叫什么?"

秀秀摇了摇头。

徐三真情地说:"你们把他给我找回来。"

小福子、秀秀齐说:"啊!我们到哪儿去找?"

天桥市场,小喜子跟在提笼架鸟人的后边走着。

拉洋片场,一个小孩儿一边拉着锣鼓钹,一边唱着:"嘿,往里瞧来,又一片,寒冬腊月好冷天,大雪不住就纷纷下哟,咚锵咚锵咚咚锵,嗳……又一片,闲来没事,逛趟北京,里九外七皇城四哟,九门八点一口钟,咚锵咚咚锵,嗳!"

小喜子离开拉洋片场走着,远处传来莲花落的唱腔。小喜子正走着,一只大手抓住了他的肩膀。再说扎王爷带着川岛在路上等大格格,大格格骑着马正从对面迎来:"父王,您怎么又认识日本人了?"

扎王爷不高兴:"你这是怎么讲话,这是川岛君,论辈数还是你大伯呢。"

川岛不介意:"没关系,没关系,我就喜欢顽皮的年轻人。"

大格格从马上跳下:"你会说中国话啊!"

川岛笑么嘻儿:"中国我已经来过四次了,咱们是友好邻邦嘛!"

大格格不会客气:"友好,友好,咱们走着瞧吧!"

扎王爷不好意思:"我这几个儿女,就属大格格调皮。"

川岛有看法:"女孩子调皮点儿好!"

大格格埋怨:"父王,您也不介绍介绍。"

扎王爷拍拍脑门:"我给忘了,我给忘了!来,我来介绍一下,这是日本有名的大富翁川岛阁下。"反过手来一指,"这是我的浪漫女儿大格格。"

大格格向川岛来了个飞吻:"我们后会有期。"她骑马走掉了。

川岛并不领情,相反不时回头深情地望望董彩莲。扎王爷带着川岛要办他们的正事。俩人来到骆驼坟前停了脚。骆驼坟前立着一块坟碑,扎王爷带着川岛向骆驼坟三鞠躬。川岛用手帕擦了擦眼角:"我岳父死得太惨啦!"

扎王爷讨好地说:"当时我想把天下的麻子都逮起来,为仁义报仇，可是遭到同治爷的反对。"

"你们中国有句古言，君子报仇十年不迟。"

"现在十年可多了。"

"还不到时候。"

"要等到什么时候？"

"日子不会长了，慈禧太后专横跋扈，不仅遭到本国人民的反对，也遭到广大友人的反对。"

"川岛君的儿戏话不要随便说，老佛爷要是知道喽，本王要掉脑袋的。"

"不说，不说，我们只是心照不宣罢了。"

"心照不宣，心照不宣。"

俩人分手后，扎王爷回到扎王府。大格格一见爹爹愁眉苦脸的样子，漫不经心地对说："我以为川岛君是个什么了不起的人物，原来他是个干瘪的老头儿。"

扎王爷不爱听："你可别门缝里看人，那是日本有名的大财阀。"

"父王不是说认识他，我就可以出国吗？让我出啊，我正想逛逛大日本呢。"

"别急啊，事情得一步一步来。"

"那就来吧，父王说怎么来？"

"第一步先认做干爹。"

"我做瘪老头儿的干女儿？"

"你不联亲,人家怎么推举你呢?"

"好吧,我忍着点儿吧,我就认他做干爹吧。"

"说认就认哪?"

"还让我怎么着,是不是得磕三个响头哇?"

"磕响头也不行。"

"怎么办?"

"还要有贡品。"

"贡品?这好办,王府里这么多金条,送上一盒就行了。"

"金子不值钱。"

"金子还不值钱。"

"人家洋人眼里最值钱的是旷古稀宝。"

"什么是旷古稀宝?"

"我带你看一件宝物。"

"什么宝物?"

"受封的八大怪一会儿坐船回来,你一看便知。"

河岸上挤满了人,人们都来看热闹,一会儿受封的八大怪就要坐船回来了。董彩莲、贫向东、徐三、富向南、范向西、云花、秀秀、小福子、周八、春花、春姐、小丽琴、群众甲、群众乙都在人群之中。微服扎王爷、大格格也站在亭中观候。

秀秀眼尖:"船来啦!"

小福子笑开了嘴:"师爷回来啦!"

俩人齐喊:"师爷回来啦!"

河中出现了两只船。一只船上,曾王爷端着装有鼻烟壶的银盒,坐在前方正中,两旁有侧福晋、二贝勒相陪。另一只船上,八大怪簇着穷不怕,穷不怕端着另一个银盒,其他七人端着铜盒。

河边船离岸越来越近了。

岸上周八对老婆说:"看见没有,八大怪一人得一份赏品,穷不怕跟别人的不一样,是银盒的。"

春姐眼尖:"你看,曾王爷手中还有一个,也是银盒。"

周八用目光比较了一下:"他们俩一样。"

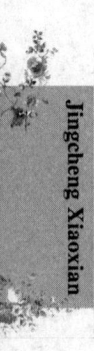

曾王爷上岸了,人们跪下一片:"给王爷请安!"八大怪上岸后也随着跪下。

曾王爷客气起来:"众民不必多礼,快快起来。"曾王爷一家顺着人胡同走了出来。二贝勒看了看春姐旁边娇姿秀丽的春花,因为春花正在抬头。

人们把八大怪团团围住,群众甲抢着说:"打开盒,让我们看看啊!"

群众乙也跟着说:"是啊,老佛爷赐的什么宝物?"

众人纷纷请求:"是啊,让我们开开眼。"

七大怪把铜盒凑到一起,一打开盖,七个鼻烟壶发出红光。

众人喝彩:"好好,发光鼻烟壶。"

群众甲要求:"该看穷不怕的了。"

群众乙响应:"穷不怕那个不一样。"

众人高呼:"看看穷先生的。"

小福子对穷不怕说:"师爷让我们看看。"

秀秀也跟着说:"师爷,看看啊!"

贫向东也磨老师:"师傅,打开看看。"

范向西也发话了:"是啊,师傅,我们等了半天了。"

徐三、云花、富向南面露喜色。穷不怕不慌不忙打开银盒,金花鼻烟壶发出夺目的金光。众人交口称赞:"好哇,珍宝,珍宝!"

群众甲兴奋极了:"真开眼哪!"

董彩莲也替丈夫高兴。

春姐悄悄问周八:"顶得上咱们原来的宝贝吗?"

周八不知话意:"原来有什么宝贝?"

春姐直说:"那几只金簪。"

周八不想提及此事:"还提那个干吗?我们已经花得差不多了。"

春姐又问:"不买下书馆、买下房了吗?"

周八看不上:"那叫书馆吗?拢不上人,成清茶馆了。"

春姐心里是认真的:"又引出你那么多话,我问你穷不怕这个金花鼻烟壶,顶得上咱们原来的金簪值钱吗?"

周八自信得要命:"比那金簪值钱,而且越放越值钱。将来会成为举世景仰之物。"

俩人越谈越投机,春姐感慨:"穷不怕真走运。"

"我真不死心。"

"你要把它偷过来?"

周八冷笑:"不,我拜不了他的门下,我跟他也远不了。"

春姐追问:"干吗啊?"

周八主意已定:"只有打着穷不怕的招牌,我们的茶馆才能兴旺起来;只有接近他,才能弄到这鼻烟壶。"

春姐认真地问:"你还真想弄到手?"

周八决心很大:"天下奇宝,让我看到的就别想跑掉。"

春姐冷笑:"人家让你接近吗?"

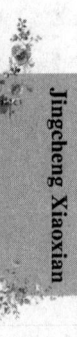

周八蛮有把握地说:"咱们走着瞧吧。"

多角亭子里,扎王爷爷俩儿正在聊天。扎王爷说:"看见没有,这就是旷古稀宝,有了这个宝物,你就能认川岛做干爹了。你能弄到手吗?"

大格格不明白话意:"你叫我去偷?"

扎王爷直皱眉头:"偷?丢不丢脸,我们王府还要不要声誉?"

大格格有些为难了:"还是的,我有什么办法?"

扎王爷也有些着急了:"你得动动脑子想啊!"

大格格想个不是办法的办法:"要不我也认个干儿子,让干儿子也送给我一件旷古稀宝。"

扎王爷觉得这是白日做梦："你想得倒美，你连婆家还没有呢，谁认你当干妈？"

大格格不服："那可没准。"

扎王爷心里没谱："那不定哪辈子嘞。"

大格格又说了个馊主意："要不我就在川岛面前撒撒娇，天天磨，也许就收我做干女儿啦。"

扎王爷又有话了："刚才你没看见，川岛并不买你的账。在川岛眼里，你还顶不上穷不怕家的穷婆娘呢。"

大格格不爱听了："父王怎么说话，要不把穷不怕的老婆抢来当贡品送给川岛。"

扎王爷不知说什么好了："亏你说得出。"

大格格央求地说："好父王，你替我想想办法。"

扎王爷说出想法："想办法，只有在两个人身上想。一个是穷不怕，一个是曾王爷。穷不怕的金花鼻烟壶要成为掌门人的信物，目前还动不了。曾王爷呢……有了……"

大格格忙问："有了什么了？"

扎王爷说出具体办法："只有从曾王府的侧福晋身上入手。"

大格格不太明白："为什么？"

扎王爷帮助分析："侧福晋是曾王爷的宠妾，只有接近侧福晋，通过侧福晋，金花鼻烟壶才有可能弄到手。"

大格格直皱眉头："那太难啦，人家是一家子。"

扎王爷倒很乐观："不难，侧福晋喜欢跳舞，到舞场就能找到她。"

大格格觉得没谱儿："哎呀，您想想办法，让我和川岛先接触接触。"

酒馆里传出了扎王爷、川岛、大格格的笑声。几个人正在馆里碰杯饮酒，这时二贝勒走了进来，一眼看见了扎王爷："王叔！"

扎王爷喜出望外："来来，我给你们介绍介绍。这是日本大帝国赫赫有名的川岛先生，这是曾王府的二贝勒。"

二贝勒对川岛施礼："晚辈认识川岛阁下十分荣幸。"

川岛也心悦诚服："快，坐坐坐，你们大清国大有人才。"

二贝勒靠着川岛坐下："在您面前我永远是学生，是晚辈。"

川岛也客气起来了："是学生太远了。"

二贝勒有想法："如果阁下不介意的话，晚辈愿做阁下的义子。"

大格格不高兴了："唉！川岛君早是我的干爹啦，是吧，你不要跟我争爹！"

川岛似笑非笑也没有说话。

二贝勒对大格格说："我做干儿子，你做干女儿，这不矛盾啊。"

大格格仍然计较："你不要跟我争宠，干儿女就一个好，两个就分心了。"

扎王爷听不下去了："行啦，行啦，你们想做川岛先生的儿女，就得拿出行动来，正式磕头。"

大格格表示："我一定给干爹找个好礼物。"

川岛很贪："一般礼物我不缺。"

大格格琢磨人心："女人还是缺的吧！"

川岛红着脸问："你怎么想到那儿去啦？"

扎王爷试探地对二贝勒说："你猜，川岛先生看上谁了？"

二贝勒不太上心地问："谁啊？"

扎王爷早有察觉："穷不怕的老婆董彩莲！"

二贝勒精神头儿来了："好！干爹果然有眼力。"

再说穷不怕家里，穷不怕对夫人说："天助我也，现在时机已成熟。"

董彩莲猜到了："可以建相声门派了。"

"我们就叫朱绍文团门吧。"

"可是你只有四个徒弟。"

"还有一大堆徒孙苗子。"

"他们都没正式拜师。"

"这回我们要看准苗子，开个相声班，我要亲自培训徒孙。再鼓励徒儿们精选传人，口传心教，朱门一定会兴旺起来。"

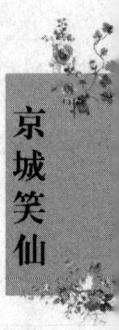

京城笑仙

"什么时候建门庆典?"

"明天。"

"今天干什么?"

"今天我要祭师。"

穷不怕家里摆设东方朔灵位牌,灵位牌上边挂着相声祖师东方朔画像。像下摆着慈禧太后赐的八大怪鼻烟壶。桌前有进香香炉和供品,穷不怕秉香朝祖,率领本门亲室门徒董彩莲、贫向东(贫麻子)夫妇、富向南夫妇、徐向北(徐三)夫妇、范向西夫妇、小顺子、小秀秀、小福子拜祖三叩首,叩拜相声祖师东方朔神灵。

东方朔灵位下,有张三禄灵牌,穷不怕烧香:"恩师,学生虽然没有正式拜师,但我受恩师教诲匪浅。明日朱派建门庆典,学生不忘恩师教诲。"说着,穷不怕跪下,"恩师仙灵在天,受学生一拜!"穷不怕叩头三个。

穷不怕屋里,穷不怕坐在正位,董彩莲右边相陪。贫麻子夫妇给穷不怕叩头:"弟子贫向东给老师叩头。恭喜老师!贺喜老师!"

穷不怕发话:"师徒同乐,一旁落座。"

富向南夫妇带着秀秀给穷不怕叩头:"富向南夫妇给老师叩头。恭喜老师!贺喜老师!"

穷不怕授礼:"师徒同乐,一旁落座。"

徐三、云花、小福子:"徐向北全家给老师叩头。恭喜老师！贺喜老师！"

穷不怕心里乐开了花："师徒同乐，一旁落座。"

范向西夫妇给穷不怕叩头："范向西夫妇给老师叩头，恭喜老师！贺喜老师！"

穷不怕同礼相待："师徒同乐，一旁落座。"接着穷不怕唤："贫向东！"

贫向东出列："徒弟在。"

穷不怕唤："富向南！"

富向南出列："徒弟在。"

穷不怕唤："徐向北！"

徐三出列："徒弟在。"

穷不怕唤："范向西！"

范向西出列："徒弟在。"

穷不怕发令："你们四人坐好。"

四人齐曰："我们不坐了。"

穷不怕接着说："不坐也罢。你们四人听着，如今的天桥八大怪，不再是江湖八大怪，而是朝廷封的八大怪，这回我们要上史册了。"

四徒弟摇头不信。

穷不怕解释："懿封懂吗？那是慈禧皇太后册封的。"

四徒弟点头。

穷不怕会联系："我们的名字要同慈禧的名字连在一

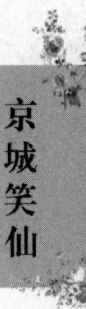

京城笑仙

起了。"

四徒弟摇头。

穷不怕谈看法:"我们上不了正史,上野史,别人不写我们,我们找人自己写。"

四徒弟点头:"这还差不多,这还差不多。"

穷不怕严肃起来:"今天朱门已正式建立,金花鼻烟壶定为朱门传人的信物,由掌门收管。我问你们,我们朱门大规是什么?"

众人又齐曰:"不忘师祖,艺德并重,光大朱门,提携后人。"

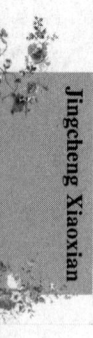

穷不怕心里高兴:"好!现在的关键是提携后人。我们朱门现在虽然名声在外,都是我们师徒所为,从长计议,隔继无人实为担心。徒儿们立刻见之行动,发掘传人,充实朱门。当然,我们收徒同京戏父业子传不同,我们相声门,不允许收自己儿子为徒弟,但我们可以交叉收徒。"

范向西不明白,立刻请教:"老师,何为交叉收徒?"

穷不怕解释:"譬如,向北(徐三)的儿子小福子可以拜在向东(贫麻子)门下为徒,向东的儿子可以拜在向北门下为徒。"

贫向东(贫麻子)有话:"老师,我没有儿子。"

穷不怕出主意:"没儿子,让向北(徐三)帮助想办法嘛。"

贫麻子又有疑问:"老师,有向西、向南就行了,干吗又给我们俩（指徐三）起名叫向北、向东?"

穷不怕指导："别忘了，看官是我们的衣食父母，每演完一段，你们四个人分别向东、向西、向南、向北给看官鞠躬。"

贫麻子明白了："要钱哪！"

众人暗笑。

穷不怕继续指导："平时你们可以叫原名、叫小名，重大场合下你们就叫向东、向西、向南、向北。"

贫麻子又不明白了："什么是重大场合？"

徐三解释："譬如要钱。"

贫麻子明白了："还是要钱哪！"

众人笑。

穷不怕想接着说："刚才我们说到哪儿啦？"

贫麻子回话："老师，说到我没有儿子了，没法交叉收徒。"

穷不怕醒悟过来了："没有儿子就不要老吵架，也不要老拜送子娘娘，让徐三帮你找个儿子。"

徐三还真有办法："老师说到这儿，我到真的想到一个孩子。"

穷不怕忙问："他叫什么？"

徐三直摇头："不知道。"

穷不怕又问："他住在哪儿？"

徐三又摇头："不知道。"

穷不怕直问:"那你什么意思?"

徐三回忆着说:"那天,这个孩子帮场,露出一副天赋的好嗓子。他是个流浪孤儿,我想既可以给贫向东做儿子,又可以给我做徒儿。"

穷不怕细问:"你怎么知道他是孤儿?"

徐三平时细心:"小秀秀原来见过他。"

穷不怕叫:"秀秀。"

秀秀过来了:"孙女在。"

穷不怕想知道:"你和帮场那孩子怎么认识的?"

秀秀钦佩地说:"在百善堂粥场认识的,他嗓子可甜哩!"

穷不怕感兴趣:"你详细说来。"

秀秀高兴地答应:"是!"

原来秀秀也有一段难以忘怀的故事。

那是在百善粥厂门口,上边发下小米,百善堂发慈悲,盖了暖厂,开粥场。那天黎明秀秀去打粥,跟帮场那孩子正在一块儿。密密实实的排粥队伍中夹着小喜子和秀秀。小喜子冻得哆哆嗦嗦,秀秀揣着手原地跺脚。小喜子抱着碗原地蹦高,秀秀揣着手比小喜子蹦得高。小喜子又用劲儿蹦高,赛过了秀秀。

天空渐渐亮了,队伍的面貌看清楚了,多半是男男女女的孩子,也有一些白发老人。队伍里最显眼的是擦胭抹粉戴着红绒花的大姑娘、小媳妇儿。

施粥开始了,一个戴着毡帽的半百老头儿掌勺施粥。排队的人伸过饭碗，一人一勺，队伍渐渐前进了。小喜子一抬头，发现队伍前边，离自己不远的地方有个拿着洗脸盆的胖太太，这正是发胖的春姐。他一走神，秀秀推了他一下："走啊，往前走。"

小喜子走了一段，向秀秀呶了一下嘴。

秀秀有所发现地望了望这位春姐，问小喜子："你认识她？"

小喜子摇摇头："不认识。"

秀秀不客气："不认识，干吗老盯人家？"

小喜子说明："我盯她的脸盆，你瞧那个大脸盆。"

秀秀心里有底："她拿脸盆也白搭，每人就给一勺粥。"

小喜子脑子活："我不信。"

秀秀想打赌："你看着。"

该春姐接粥了，她向施粥的小老头儿眉来眼去一番，施粥人拿着饭勺兜了一下她的下巴。

春姐不饶人："够本了吧，盛满喽。"

春姐端着满满一盆粥走了。

小喜子得意地说："你看怎么样，人家端走了一盆。"

秀秀天真："你下次也端着盆来。"

轮到小喜子了，施粥老头舀了一勺说："快走！"

轮到秀秀，施粥老头舀了一勺，秀秀不走，老头儿说："得了，一人一勺。"

秀秀瞪了老头儿一眼，追上了小喜子，她指着远去的春姐说:"我们跟着她,看看她到底干吗的。"

小喜子同意地说:"走!"

春姐端着粥盆前边走,两个孩子在后边追着尾随。春姐拐弯了,秀秀急追了几步,掉在一个没水的土沟里。"哎哟!"她心痛地说,"我的粥都洒了。"

小喜子安慰她说:"没关系,我给你一点儿。"

秀秀伸出一只手求助:"你拉我一把。"

小喜子伸过一只手去相助:"来,抓住我的手。"

秀秀在土沟里直埋怨:"我怎么那么倒霉。"

小喜子自信地说:"没关系,有我呢。"

秀秀攥住小喜子的手:"行了。"

小喜子问了一句:"你抓住了吗?"

秀秀回话:"抓住了。"

小喜子发话:"你使劲儿抓。"

秀秀一使劲儿,把小喜子也抓下沟来。

秀秀埋怨:"你的劲儿怎么那么小?"

小喜子说了实话:"我一天没吃饭了。"

俩人往上爬,秀秀举着饭碗觉得可惜:"咱俩的粥洒得都快没了。"

小喜子有信心:"走,找那胖太太要点儿去。"

一路上两个孩子跑起来。

再说春姐拐了几个胡同进了门,这是周八的家。两个孩子到了门外,小喜子走到这个高台阶门口想起了什么:"这门口我来过。"

秀秀听出话音，忙问："你认识她？"

小喜子一摇头："不认识。"

秀秀有话问："那你来这儿干什么？"

小喜子不好意思说："我随便说说。咱们走吧。"

秀秀奇怪："你怕他们？"

小喜子从半截墙处看见春姐端着粥盆过去了，忙说："你来看。"

秀秀凑过来看，看见春姐走到猪窝跟前，把一盆粥喂猪了。这时，他们身后突然出现一个小女孩，她叫周丽琴，她不饶人地说："你们偷看我们家干什么？"

小喜子回头，慌忙解释了一下："没什么，没什么，我们看你们家怎么喂猪。"

秀秀也支吾："对对，我们学喂猪。"

周丽琴认出了小喜子："原来是你啊！"

秀秀问小喜子："你们认识？"

小喜子认真看了看周丽琴。

周丽琴对小喜子说："你不是那个要饭的吗？"

小喜子撒腿跑了。

秀秀问周丽琴："他到你们家要过饭？"

周丽琴点了点头："那天我看他怪可怜的，我把我咬下来的饺子边都给他吃了。"

秀秀要强地说："我可不是要饭的。"她端着碗向另一个方向走去。

穷不怕家里，几人回忆完以后，穷不怕断定："没错，这孩子是个小乞丐。"

徐三也记得小喜子："看起来这孩子经常到百善堂粥厂去。"

秀秀印象最深："还经常到猪圈那家要饭。"

徐三问秀秀："你认识猪圈那家吗？"

秀秀点头："认识。"

穷不怕吩咐："徐三，你抓紧时间，让秀秀带着你去一趟，也许那家小姐知道点儿情况。"

徐三满口答应："好，我们抓紧时间去。"

穷不怕的院里，突然一阵热闹起来，原来八大怪前来祝贺。常傻子直喊："绍文兄自己喝上了。"

丑孙子也喊："是啊！也不请我们七个弟兄。"

穷不怕带着众人迎出，笑吟吟对常傻子说："常兄弟也文绉绉起来了，管我叫绍文兄了。"

常傻子自傲地说："如今我们都是朝廷命官了。"

韩麻子左右看看："东西厢房也盖好了？"

穷不怕望着徒儿："这都是徐三省吃俭用自己攒钱盖的。"

徐三有话："不不，师傅给了几次钱。"

韩麻子对晚辈们说："你们还客气什么，以后你们多照顾点儿你师傅。"

穷不怕的屋里。穷不怕，董彩莲坐在正中，董彩莲手托八大怪金花鼻烟壶。八大怪两边顺坐,桌上酒杯两行,鼻烟壶两行。

丑孙子举起酒杯:"今日我们八人得封,为天桥人增光耀祖。绍文兄更为出色,独树一枝,已建门派。真是可喜可贺。今日鼻烟壶在手,希望保住荣誉。雍正做了十三年,同治做了十三年,康熙时间最长,做了六十年……"

穷不怕打断了谈话:"我们不是做皇帝。"

丑孙子言归正传:"对了,我们不是做皇帝,我们是蹲天桥。来,为我们八人得封,共干一杯。"

众人举杯:"干,愿天桥八大怪美名远扬!"

常傻子补充了一句:"为绍文兄荣获八大怪之冠干杯。"

众人齐曰:"干!"

常傻子的话没完没了:"这回我们可要发了。"

穷不怕嘱咐大家:"挣钱还得靠我们自己,朝廷少给我们添点儿乱就万幸了。"

众人点头:"对!对!"

这时,小福子进来报:"报,门外曾王爷求见。"

常傻子吩咐:"把他带上来!"

穷不怕要以礼相迎:"不行,不行,人家是王爷,我们得出去相迎。"

常傻子的话没有完:"我们都懿封了。"

穷不怕做出最后决定:"那也得出去。"

众人出门,在穷不怕门口跪倒一片。曾王爷下轿,众人以礼相迎。在穷不怕家里，曾王爷单独会见了穷不怕。曾王爷和穷不怕桌前各放着一个金花八大怪鼻烟壶。

曾王爷举起酒杯："今日我俩要痛饮三杯。"

穷不怕举杯："有幸与王爷同饮。"

曾王爷为穷不怕祝兴："第一杯，庆贺穷先生懿封为八大怪之冠。"

"干！"俩人一饮而尽。

"第二杯，为老佛爷授权本王设制八大怪鼻烟壶干杯！"

"干！"俩人一饮而尽。

"第三杯，从此以后，我和先生的名字将连在一起。哈哈哈……干！"

"干！王爷，您能为我们穷人所想，我敬王爷一杯。"

"干！"

"高兴之余，我倒有些忧愁。"

曾王爷不信："你还有忧愁？我不信，我不信，说说看。"

穷不怕说出心中之苦："我已年近中年，徒辈也有四人，只是隔辈人，至今无望，鼻烟壶将来传给何人呢？"

曾王爷分析此话："你担心第二拨、第三拨八大怪中没有你朱门传人？"

穷不怕点头："正是如此，四个徒儿倒各有风格，只是隔辈人才黯然无光。"

曾王爷很乐观："这有何难？让徒儿们多收几个徒儿，你朱门九族就会繁荣起来。"

穷不怕再次点头:"也只有如此,我要隔辈传艺,振兴门族,只是好苗子太难寻找了。"

曾王爷鼓励他:"偌大的天桥还愁没有传人?老佛爷保佑你,绝世才子将会脱颖而出。"

穷不怕再次给王爷斟酒:"但愿如此!"

曾王爷笑而举杯:"你马上会门庭若市,不愁没有隔代人。"

穷不怕举杯还礼:"托王爷的福,干!"

酒后,穷不怕来到场地外,从老远看见场地人声鼎沸,他对身旁的妻子董彩莲说:"今日还没'画锅',就来了那么多人,不知道是凶还是吉。"

董彩莲有看法:"这不明摆着吗?如今你已懿封八大怪之冠,这些人有的是道喜,有的是慕名而来,有的恐怕咱们也弄不清来干什么。"

穷不怕向场地走来,徐三正在场中,见师傅走来,像释重一般说:"师傅,您可来了,大家等您半天了。"

第二十六章 朱门门庭若市 对诗句问横批 难走了闲杂人

众人一见穷先生回到场地,唰一下跪成一片,王六,酒糟鼻子,买黄瓜的老太太,写对联的夫妻,群众甲、乙、丙都在其中。

穷不怕问徒儿:"他们有何事?"

徐三说话也有趣:"他们不肯对我讲,非要找您本人。我想您不是缺隔代人嘛,可能大部分想当您徒孙。"

穷不怕脑子冷静:"不会吧,这里还有很多老人。"

徐三兴趣不减:"要不您问问试试。"

穷不怕感谢大家:"大家不要这样,有什么话只管说出来。"

众人纷纷而言,穷不怕听不清:"乱了,乱了,大家先起来,有话一个个慢慢说。"

谁也不起来,穷不怕想了个办法:"这样吧,从前边开始说,说一个走一个好吧。"他指第一位:"你!你先说。"

群众甲站起来，说出话来天津味儿："我带来一把扇子，请朱先生题名。"

穷不怕点点头，一指第二位："你！"

一个老头儿站起来："我想拜先生为师，学相声。"

穷不怕点点头，一指第三位："你！"

酒糟鼻子站起来："我姥姥家也姓朱，先生查一查我是不是您的外孙子。"

穷不怕又点点头，一指第四位："你！"

买黄瓜的老太太站起来："不知穷先生还收不收妾？"

穷不怕没有听真："收什么？"

董彩莲解释："问你收不收茄子。"

老太太更正："不是，你收不收小老婆。"

穷不怕点点头，一指群众乙："你！"

群众乙站起来，说话唐山味儿："我的手头儿很紧，不知穷先生能不能借我点儿银两。"

穷不怕点点头："好吧，五位的心意我都领了，五位可以走了。"

五人不依："您还没借我钱呢""您还没题名呢""您还没收妾呢""您还没续家谱呢""您还没收我为徒呢"……

穷不怕一指："这么多人要求，我哪能一一答复，望诸位海涵！"

众人不依："不行，不行，望先生赤心相待"。

徐三出个主意:"师傅,您答复一个少一个。"

董彩莲支持:"对,答复一个让他们走一个。"

穷不怕面对群众甲说:"你们一个个说吧。"

群众甲打开一把白折扇:"请先生落名。"

穷不怕有话:"天都冷了,还用什么扇子?"

群众甲说明心意:"舞扇是假,要您的金笔御言是真。"

穷不怕直皱眉头:"御言?我又不是皇上。"

董彩莲从桌子旁递给他一支毛笔:"你题上名字就是了。"

穷不怕在扇子上留了名,群众甲走了。

那位老头儿说话了:"老朽想拜您为师,学相声。"接着他咳嗽了几声。

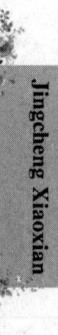

穷不怕真心地问:"您为何学相声?"

老头儿又咳嗽了几声:"现在挣钱的路子已绝,你们逗人几句乐就能挣钱,真让人羡慕,请受老朽一拜。"

穷不怕急忙拦住:"老朽不敢,老朽无能,天外有天,人外有人,请老爷爷另投高门。"老头儿失望而归。

酒糟鼻子给穷不怕叩头:"请接受外孙一拜。"

穷不怕脑子好使:"你姥姥家真的姓朱?"

酒糟鼻子回话:"没错,朱门酒肉臭的朱,跟你的朱一样,一笔写不出两个朱来。"

穷不怕进一步问:"请问,你姥姥家原籍在哪儿?"

酒糟鼻子没有撒谎:"在浙江。"

穷不怕有话了:"那就错了,我姥姥家在蒙古,你姥姥家在浙江,一南一北,风马牛不相及也。"

酒糟鼻子想改口:"也许老朽酒喝多了,记错了地址了。"

穷不怕好言相劝:"您走好,慢走……"

老太太提了一个特殊问题:"穷先生有几房太太?"

穷不怕拉过董彩莲:"只有一房。"

老太太真心地问:"不知先生还收不收妾?"

董彩莲误会了:"您这么大岁数,还有那花花肠子。"

老太太有话:"错矣,错矣,我有一外孙女,年芳十九,长得十分美貌,愿意做先生的小妾。"

穷不怕回话:"我乃读书人出身,一夫一妻足矣。"

酒糟鼻子又回来了:"老奶奶,我家中正缺一妾。"

老太太揪着酒糟鼻子的耳朵边走边说:"走!问问你老婆同意不同意你纳妾!"

众人乐。

群众乙向穷不怕作揖:"小人生活贫苦,愿意拉长脸向穷先生求借银两。"

穷先生一笑,给群众乙一把小钱:"老佛爷只赏赐我二十两银两,已经全周济给别人,现在我是有名的穷当当,这几个小钱给你,请你不要见笑。"

群众乙谢完走了。

穷不怕问徒弟们:"走了五个了吧?"

徐三告诉他:"又来了十个。"

穷先生面对众人跪下,妻徒随跪。穷不怕忠言相告:"诸位父老乡亲的情,我穷不怕领了。只因我穷不怕不是万能之人,家中缺少油米盐柴,我穷不怕帮助不了;想和富贵人家攀亲的、连宗的,我穷不怕也不够资格。想同我穷不怕学玩意儿的,欢迎互相切磋,只因我年事已高,不再收徒,只想收徒孙。我这里给大家叩头了。"

穷不怕带领妻子、徒弟给众人叩头,众人散了不少。

周八、王六等还跪着不起。

穷不怕看清是周八,站起来问:"先生也来了,不知何意?"

周八说出想法:"晚辈想拜在穷先生门下,已有数年,望老前辈再思!"

穷不怕态度坚决:"刚才已讲,我已经不收徒弟了。"

周八不依:"我做徒孙也可。"

穷不怕眼珠一转,有了主意:"你能和我对诗一首,我便收你为徒孙。"

周八起来:"先生此话当真?"

穷不怕保证:"绝不食言。"

周八只好照办:"先生请问。"

穷不怕念:"二木念个林。"

周八对:"戴宗问智深。"

穷不怕接着念:"武松哪里去?"

"拳打快活林。"周八对完后很得意,"怎么样?"

穷不怕继续问:"横批?"

周八头脑一嗡:"横批?还有横批?"

众人大笑:"答不上来了吧。"

徐三得意:"考就考你这手。"

众人笑曰:"当不了徒孙了!"

周八掩面而走,走到半路想起来:"诗歌哪来的横批?上当,上当。"没办法拂袖而去。

王六等几个小孩儿一起给穷不怕叩头:"给师爷叩头。"

穷不怕不明白:"这是怎么回事?快起!"

王六解释:"我们知道师爷年迈不再收徒弟,我们愿做您的徒孙。"

穷不怕没考虑好:"快快起来,使不得,使不得,入门拜师可不是一句话的事儿。"

一个妇女抢着说:"我们这孩子学私塾不是那材料,干脆让他学相声吧。"

一个老者也说:"是啊,我们这孩子学什么别人家都不要,先生收下学相声吧。"

徐三不高兴了:"我们不是收破烂的。"

穷不怕摸着孩子甲的头说:"跟我说,四十四个大涩柿子。"

孩子甲跟着学："四十四个大涩柿子。"

穷不怕还很满意："还行。"

徐三也夸奖："口齿清楚。"

穷不怕摸着孩子乙的头说："跟我说，谁说十四是四十四。"

孩子乙学："谁说十四是四十四。"

王六也抢着说："我也会学了。"

穷不怕摸着王六的头领教："板凳不让扁担绑到板凳上。"

王六早就会这两句："板凳不让扁担绑到板凳上，扁担偏要绑在板凳上。"

"好，看来你说过绕口令。"穷不怕对孩子们说，"我准备办个相声班，你们几个都可以去学。可要说明了，你们去学，可不算我朱门的徒弟，谁学得好，正式拜师才算我朱门之后，明白了吗？"

孩子们齐曰："明白了。"

王六着急知道："什么时候开学？"

穷不怕告诉大家："注意我场上通告，我一贴通告，就开学。"

徐三对孩子们说："大家先回去吧。"

孩子们就是不走。

穷不怕真情实意地说："你们先回去吧，我说话算数。"

王六有条件："您给我们留下您的大名，我们就走。"

穷不怕有意:"留在哪儿?有手绢吗?"

王六摇摇头,一脱上衣:"留在我们背上。"几个小孩儿露出了后背。

穷不怕不怕麻烦:"好!"他用毛笔在王六背上留下"穷不怕"三个字。

还是穷不怕场地,演出已散场,只剩下穷不怕和徐三坐在长凳上闲谈。穷不怕有感受:"刚才那帮孩子,倒启发了我。"

徐三忙问:"师傅请讲。"

穷不怕对徐三说:"我几个徒儿中,你的功夫最深,朱门的相声理应发扬光大,你应该多收几个徒儿。"

徐三明白师意:"我也有这想法。"

穷不怕上心地问:"你看那个王六怎么样?"

徐三说出心里话:"王六的天资倒不错,品德我还把不住,上次帮场那小孩儿,我早已看中,师娘也看上他了。"

穷不怕督促了一下:"我也想见见他,你们尽快找到他,咱们再做商量。"

徐三答应:"好!"

酒馆里,周八同古董王正在饮酒,周八举杯:"为我又一次失败干杯!"

"干!"古董王也举起杯,俩人一饮而尽。

周八二次举杯:"为我们茶馆关门干杯!"

古董王又举起杯:"干!"俩人一饮而尽。

周八三次举杯:"为理我们的人越来越少了干杯!"

古董王勉强地:"干!"

周八四次举杯:"为我越来越不是人干杯!"

古董王劝告:"老弟,不能喝了,我们得想想办法。"

周八悲观地摇摇头:"没办法。"

古董王很乐观:"有办法!"

周八抬了抬眼皮:"什么办法?"

古董王乐观不减:"我早说过,你得找个靠山。"

周八有些醉了:"我靠得住吗?"

古董王信心十足:"有一人你就靠得住。"

周八扬着脸问:"谁?"

古董王笑不叽地:"扎王爷。"

周八眉头一皱:"你说了几年了,咱们靠得上吗?"

古董王认真起来:"靠不上也得靠。扎王爷是当代最有权势的王爷,他在老佛爷和光绪皇帝之间八面玲珑,能说上话,就是不好接近。"

周八觉得渺茫:"这不废话嘛。"

古董王信心不减:"不过,我有办法。他的女儿大格格倒好接近,此人放荡不羁,行为常常越出女人规范,什么人都接触,有赛男光棍之美称。"

周八不明白:"我接触她有何用?"

古董王说出想法:"你通过她可认扎王爷为干爹,只要联上亲,一切都好办!"

周八还是不明白:"怎么好办?"

古董王反问:"你是什么身份?"

周八望着古董王:"我是茶馆老板。"

古董王画龙点睛:"她能把你的茶馆变成王爷茶馆。"

周八觉得难:"变得了吗?"

古董王给他鼓劲儿:"能变,你的茶馆后边有王爷撑着,还怕没人到这儿说书?"

周八还有疑惑:"这么大好处?"

古董王坚信自己的看法:"这你就不懂了,这就叫势力。你不久就有王爷做干爹,还怕茶馆火不起来?还怕那帮说相声的?"

周八细心请教:"怎么个联亲法?"

古董王支招:"这些人最喜欢古董,你拿一件见面礼。"

周八为难:"我哪有哇!老佛爷给的那几件宝簪,我这些年净出不进,除了两套房子,花得也差不多了。"

古董王有招儿:"那没关系,现在有更值钱的宝物了。"

周八急问:"哪儿啦?"

古董王提醒他:"你看到穷不怕、曾王爷手中的金花鼻烟壶没有?"

周八还不明白:"见到啦。那不是老佛爷赐的吗?"

古董王解释："对啊。再过些年，就变成古董，它就像老佛爷手中那个翡翠镂花嵌珠鼻烟壶一样，价值连城了。"

周八追问："白兄的意思是说……"

古董王明说："这两个金花鼻烟壶，只要到手一个，还认不上干爹？"

周八直摇头："弄到金花鼻烟壶，比上天摘星星还难。"

古董王替他着急："嗨，活路九十九嘛，为了老婆就得拜丈人。你现在就得用各种机会，广交天下名流，到时候办法就出来了。"

周八横心请教："什么时候带我认识认识大格格？"

古董王有把握地说："后天有个机会。"

周八又举酒杯："祝我们心想事成。"

贫麻子家里，贫麻子夫妇正给王母娘娘塑像磕头，接着俩人又为没有小孩而吵架和指责："就赖你""就赖你"……

这时，徐三正进来，屋里"战火"不停，钱氏埋怨贫麻子："人家徐三就比你强。"

贫麻子也不示弱："云花也比你强。"

"你就断子绝孙的命。"

"怪你不争气。"

"怪你！"

"你看人家云花天资多么聪敏。"

"你看人家徐三哥鳌里夺尊，功高盖世。"

"你看人家云花面含春色,哪能没小孩儿。"

"你看徐三哥侠肝义胆,哪能没有后。"

"你看人家云花,成家不到一年就有了小福子,现在孩子都上场说相声了,咱们的孩子还没影儿呢。"

"人比人气死人,人家徐三比你拜师晚,出人头地的事都是人家,人家能没孩子吗?"

"这挨得上吗?养孩子是女人的事,人家云花净做善事。"

"我也天天给娘娘烧香。"

俩人发现徐三,暂时停火,徐三却拱火:"你们没有小孩儿,就拿我们家开心啊。怎么不吵了,你们接着吵哇。"

贫麻子答应:"唉,人家云花没孩子的时候,就爱孩子。"

"我没孩子的时候净给你师傅看孩子。"

"人家云花天天吃红枣花生。"

"你们家吃得起吗?"

"人家云花长得就像生孩子的样。"

"你找云花生去。"

"你怎么这样说话,你不会生孩子还嫉妒别人。"

"你怎么知道我不会生孩子?"

"你生啊,要不今晚就给我生一个。"

"你这不是废话嘛。"

"没小孩儿是你命中注定的。"

"我让人给他算命了。算命先生说,'他要得儿子得下辈子,光绪八十年还差不多。'"

"因为你命苦。"

"因为你!"

徐三看不下去了:"贫哥儿,这种事不能怪别人,主要怪你。"

贫麻子瞪圆了双眼:"怪我?"

徐三好脾气:"你看嫂子吃苦耐劳,足智多谋,能没儿子吗?"

贫麻子还不明白:"怨我?"

徐三很有耐性:"你得把脾气放好着点儿。"

贫麻子心里不服:"没小孩儿跟脾气有关系?"

徐三好心好话:"关系可大呢,就得改脾气。"

贫麻子忍着性子问:"怎么改?"

徐三耐心耐到底:"你得变着法儿,把夫人哄乐喽。她一乐,不就给你生了吗?"

贫麻子进一步问:"怎么哄?"

徐三说出做法:"你向夫人道个歉。"

贫麻子更不明白了:"我没做错事啊!"

徐三好心指导:"就当你做错了事。"

贫麻子听不进去:"我亏心不亏?"

徐三真心教他:"你得表现出你的真心,露出痛改前非的样子。"

贫麻子还不明白了:"我怎么了?"

徐三一直实心实意:"你没有这决心就不会有孩子。"

贫麻子心软了:"我要不跟你嫂子吵了,就准会有儿子?"

徐三一本正经:"准有。"

贫麻子心动了:"向谁发誓?"

徐三看见王母娘娘像:"向王母娘娘祈祷。"

贫麻子一股脑下了决心:"好,咱们祈祷。"

王母娘娘像前,徐三、贫麻子俩人跪在像下面,徐三领着头:"你跟着我来,我说一句,你学一句。"

贫麻子领受了徐三的好意:"好吧,你来。"

徐三领祈:"我叫贫向北。"

贫麻子跟着表态:"我叫贫向北。"

徐三接着领祈:"我是个罪人。"

贫麻子一咬牙:"我是个罪人。"

"我对妻子老发脾气。"

"我对妻子老发脾气。"

"所以没有孩子。"

"所以没有孩子。"

"我立誓改掉毛病。"

"我立誓改掉毛病。"

"娘娘送我一个儿子吧!"

"娘娘送我一个儿子吧！"

徐三转过脸说："走吧。"

贫麻子认真地问："上哪儿去？"

徐三告诉他："接儿子去。"

徐三、贫麻子、秀秀几个人来到周八家猪圈墙外，看了看猪圈外边没有人，秀秀告诉大家就是这院。贫麻子也说："我们一跳进去，人就会出来了。"秀秀指了指："他们大门在那边。"

几个人拐到周八大门前，徐三在门口叫："主人在家吗？主人在家吗？"

小丽琴出来一看，马上叫他家大人："爸爸，爸爸，劁猪的来了。"

徐三解释："我们不劁猪，我们就找你。"

小丽琴这才发现秀秀："又是你！"

秀秀一乐："是我！"

这时，周八、春姐喜冲冲从屋里出来，几对目光一对愣住了。

周八收了笑容："真是冤家路窄。""哐"一下，把门关上了。

贫麻子也察觉到了："这不是周八嘛，原来是他家。"

徐三分析："他手中的钱花得差不多了，就剩下两套房子了。"

贫麻子嘴一撇:"就这德性,还想入我们朱门。"

徐三应和着:"他的茶馆,也快关门啦。"

几个人转到了天桥人市,多是妇女、儿童找活儿干。徐三带着贫麻子、秀秀在找小喜子。

秀秀有怨言:"到人市来干吗?"

贫麻子问徐三:"你是不是想在这给我买个儿子?"

徐三说了心里话:"二哥二嫂都三十好几了,话说就往四十上数的人了,旁边该有个孩子了。"

贫麻子实心地问:"买一个孩子需要很多钱?"

徐三表示:"我倾家荡产也帮你买个儿子。"

贫麻子进一步问:"买个什么样的孩子?"

徐三说实话了:"我就是来找帮场的那孩子。他是小乞丐,他要是没事干,会到这里找活儿来的。他早晚会变成你的儿子,将来你这儿子就是我徒弟,我的儿子又是你徒弟,咱们可亲上加亲了。"

贫麻子似乐不乐地说:"你想得倒很美。"

徐三望着他脸问:"你还有些犹豫?"

贫麻子说出心里话:"天上掉馅饼的事不会有的。"

徐三决心很大:"这回我让二哥开开眼。"

贫麻子发现王六:"你看是不是那孩子?"

徐三猛一看王六有些像,仔细一看又失望地摇摇头。

幼年王六拿着一盒"灵生丸",向他们走来:"大伯伯,你们买我这盒'灵生丸'吧。"

贫麻子心不在焉地看了看"灵生丸",又仔细地端详王六:"谁叫你卖'灵生丸'的?"

王六有些抽泣:"我妈妈的病很重,没钱买药。"

贫麻子失望地说:"他有妈妈,咱们走吧。"

秀秀有心:"灵生丸治什么的?"

徐三也失望起来:"治不育症的,瞎扯。"

贫麻子家里,钱氏正在纳小孩儿鞋底子,她招呼:"小福子,脱只鞋比一比。"

新旧鞋底一比一样大。小福子奇怪地问:"师娘,我这鞋还没穿坏,你咋又给我做了一双?"

钱氏一笑:"这不是给你做的。"

小福子忙问:"您给谁做的?"

钱氏笑容不变:"你师傅。"

小福子不相信:"您净骗我,这是小孩儿鞋。"

钱氏话中有话:"师娘家也要有小孩儿啦。"

"我知道了。"

"你知道什么?"

"我爸说过,要给您找个儿子!"

这时,院内有个孩子喊:"大娘,大娘!"

钱氏目光炯炯:"你听是不是有个孩子在叫我?"

小福子听了一会儿:"是啊!"

钱氏脸露喜色:"说刘备,刘备就到。"

小福子跑到院中,只见十来岁的王六在院中站着。他光着头,穿着蓝布衣裳,两鞋落满土,面带惊慌之色说:"小兄弟,大娘在家吗?"

小福子一愣:"你找谁啊?"

光头王六说:"我找大娘。"

小福子往屋里边喊边走:"师娘,有人找您。"

钱师母扶着门框出来一看:"你是不是从天桥来?"

王六点头:"是啊!"

钱氏继续问:"你是不是去过穷不怕场地?"

"是啊。"王六脱去上衣,露出背上穷不怕的题词。不过,他已找人描着穷不怕的笔体,在背上刻了字。

钱氏心疼地问:"背上刻字疼不疼?"

王六诚意地说:"上边是穷不怕的坠名,再疼也是福分。"

钱氏点点头:"快快,进来说话。"

"不啦。"光头王六咣当跪下,二目落泪。

钱氏忙问:"你这是为了何事啊?"

王六哭着说:"我在南郊智仁堂药铺做学徒,学了有半年多,净受气挨打,我要去看我姐姐,我姐姐没有小孩儿。我临走时从柜台上偷了两盒'灵生丸',想给我姐姐补养补养。不料,到家才知道,姐姐已经吊死了。柜台上伙计追来,非要打死我不可,我跑进您院!您老行行好,到门外看看,药铺伙计追上来,别说我在院子里。"说罢,痛哭不止。

钱氏有些心疼,吩咐小福子说:"你快到外边看看,把来人支走。"

小福子刚跨出门外,只见周八装成的店伙计向他走来:"小孩儿,你看没看见一个比你高一点儿的孩子?"

小福子望着这人愣了一下,忙说:"是不是穿着蓝布衣裳?"

周八也愣了一下:"对啊!"

小福子又问:"是不是他的辫子比较细?"

周八又说:"对啊!"

小福子又问:"是不是鞋上好厚的土?"

周八点头说:"没错!他在哪儿?"

小福子装作认真:"我不知道。"

周八有些着急:"那你跟我白话半天。"

小福子又细问:"你找他干什么?"

"他偷了药铺的灵生丸,掌柜的让我追回去。"

"刚才他慌慌张张跑来了。"

"现在呢?"

"现在又慌慌张张地跑走了。"

"走多长时间了?"

"没多久,你还得快点儿追,北边是弯脖树,每天都有上吊的。"

周八匆匆向北跑去。小福子回到院内，从后门叫出王六说："你放心吧，追你那人叫我给支走了。"

王六立刻给娘俩叩头："你们也知道了，我姐姐也死了。"他掏出一个小小四方玻璃盒，小边有小红纸签写着"灵生丸"，递给钱母说，"您把这药留下吧，我还没吃饭呢，您给我点儿盘费，我要离开京城。"

钱氏心疼孩子："你别走了，留在我家吧。"

王六直摇头："不行，他们会找上门来，把我揪回去！"

钱氏觉得有能力："不怕，欠他们多少钱，等你爸回来一起还他们。"

王六不解："我爸？"

钱氏说出想法："我们想把你留下，我就是你妈，我家里男人就是你爸啊！"

王六忙问："你们姓什么？"

钱氏说明："姓贫啊，叫贫向东，是穷不怕的徒弟。"

小福子也帮腔："我师娘正给你做鞋呢！"

王六不安："给我做鞋？你们怎么知道我来？"

小福子心里有底："我爸爸说的。"

王六忙问："你爸爸是谁？"

小福子自豪地说："大名鼎鼎的徐三爷徐向北，也是穷不怕的徒弟。"

王六思索了一会儿："谢谢你们的好意，我只能以后再报了,现在得马上离开京城,不然他们要打死我的。你们收下我这'灵生丸'吧。"

钱氏看了看"灵生丸"盒,的确写着"灵生丸"几个字,她犹豫起来了,自己没钱,没敢接药。小福子把药接过来了,他掏出了自己的钱说:"我这里有十个铜板,你先拿去吧。"

王六一把把药夺过来了:"十个铜子也想买'灵生丸'?"

钱氏看了看药盒:"'灵生丸'是治什么病的?"

王六认真地说:"它不治病,是让女人生孩子的。"

钱氏明白了:"是促生丸哪!"

小福子问:"那得多少钱?"

光头王六认真回话:"得十二两银子。"

小福子吃惊地说:"那么多钱啊!"

钱氏也解释:"我们撂地说相声的,哪有那么多钱。"

王六望着钱氏耳环,哭泣着要走:"您没钱,给我耳环也行啊。"

钱氏接过药,心疼地看了看孩子:"你等一等。"她摘下耳环,"你拿去吧,去当俩钱。"

王六再三叩谢:"谢谢大娘。"他拿着耳环走了。

小福子对着师母说:"刚才追他那人,我看着特别眼熟。"

钱氏认真地问:"你在哪儿见过?"

小福子摇摇头:"想不起来了。"他端来一碗水,"师母,您吃这药试试。"

钱氏面露喜色:"等你师傅回来再说吧。"

再说王六拿着耳环到街上找到了周八:"师傅。"

周八点了点头:"为师本领你都学会了,可以单独混饭吃了!记住,以后不要找为师来了。"

王六不解,面露吃惊:"为什么?"

周八解释:"为师要干一番惊天动地的大业,这些小小伎俩我年轻时都玩腻了。记住了吗?"

王六点头:"记住了。"

周八试问:"记住什么了?"

"以后不要找师傅了。"

"去吧,走得越远越好。"

王六向远处走去。

再说贫麻子家里,钱氏对刚进门的贫麻子说:"你看看,我有'灵生丸'了。"

贫麻子觉得蹊跷:"这是哪儿来的'灵生丸'?"

钱氏喜形于色:"咱们的孩子……"

贫麻子直言不讳:"哪儿来的孩子?"

钱氏提醒他:"你提的那个孩子。"

贫麻子直皱眉:"我想不起来哪个孩子。"

钱氏冲口直说:"就是你要找的那个孩子。"

贫麻子终于有点儿印象:"是他来了?"

钱氏如实说:"是啊,他说,他从穷不怕场地来。"

贫麻子还有点儿疑惑:"你没搞错吧?"

钱氏语气肯定:"没错,他的脊背上还刻着穷不怕三个字。"

贫麻子相信了一大半:"原来是他!"

钱氏想知深情:"谁?"

贫麻子申说:"背上留名,手拿着'灵生丸'。"

钱氏点头:"是他啊,没错。"

"错了。"贫麻子看法不同,他接过来看,"这'灵生丸'多少钱买的?"

钱氏得意地说:"我用耳环换的。"

贫麻子发现了疑点,又翻来覆去看了几遍。

钱氏说多了:"咱们俩也要开开窍了。"

贫麻子打开盒盖,拿出了一丸,看了看:"你上当了,这哪里是'灵生丸'。"

钱氏一惊:"你说什么?"

贫麻子用牙咬了咬:"这是酸枣面做的。"

钱氏手里的碗掉在地上。

再看京戏陈老板家,陈老板坐在一把旧木椅上,端着一个茶碗,小喜子在对面站着。

陈老板问小喜子:"你考虑好了吗?你还想去要饭,你就走;你要想学戏,你就留下。"小喜子没有吱声,陈老板又说:"学戏期间我要包吃包穿。"

小喜子给陈老板鞠个躬:"我学戏。"

陈老板有要求:"进门学戏,得立'关书'。"

小喜子有些担心:"我不会写字。"

陈老板拿出红纸褶子:"我已给你写好了。"

小喜子要求:"您念念。"

陈老板念关书:"梨园生计,五年为期,五年内所得银两,俱归师傅享用。自寻短见,与师傅无关。车轧马踩,天灾病亡,与师傅无关。如中途坠学,要赔偿年月损失。出师后自理,三节两寿拜望师傅。"

小喜子点头。

陈老板认真地问:"你看行吗?"

小喜子又点头:"行,行。"

陈老板负责地问:"听懂了吗?"

小喜子又摇了摇头。

符合陈老板心愿:"不懂就好了,你慢慢就懂了。"

小喜子又点点头。

陈老板有要求:"你按个手印吧。"

小喜子啪啪啪按了三个。

陈老板不解:"你怎么按那么多?"

小喜子表示:"我不变心。"

陈老板喝了一口茶说:"学戏的规定是五年,懂吗?"

小喜子忙说："懂懂。"

陈老板又告诉他："学戏期间一切收入归师傅。"

小喜子连说："知道，知道。"

陈老板茶碗一撂，说："好吧，你就留下吧。"

陈老板家里炉子上的砂锅浅儿将水烧热，小喜子洗完手小心翼翼地把茶壶、茶碗放在里边烫洗。

小喜子捏一点儿茶叶放在茶壶里，举着茶壶沏水。

陈老板洗漱完毕，用手巾擦擦嘴，和往常一起，又端起了茶杯。

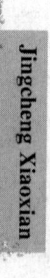

小喜子在吊嗓子："啊……"

陈老板拉着京胡，一停顿，陈老板喝口茶。陈老板的京胡又高八度。

小喜子提高嗓门："啊……"上不去了。

陈老板命令："重来！"

小喜子十分认真："啊……"还是上不去。

陈老板从桌子上抄起竹板，照小喜子屁股蛋上就是几下子。

小喜子全身有些发抖。

陈老板做示范："啊……"

小喜子还是"啊"不上去。

陈老板把小喜子带到屋里说："你对着观音跪着，想一想我怎么唱上去的！"

小喜子面对观音佛像跪着。陈母端上黑面馒头招呼他们："行啦，今天是第一天，悠着点儿，该吃饭了。"

陈老板用手帕擦擦前额的汗珠对小喜子说："你记住，每天早晨到窑台喊嗓子去。"

小喜子答应："啊。是！是！"

饭桌旁小喜子拿着馒头，三口两口地吃了进去了，第二个馒头又三口两口吃了进去，陈老板和师母吃惊地面面相觑。

晚上小喜子睡在床上，捂着屁股，龇牙咧嘴在翻身。

先农坛墙外窑台前边，小喜子在树林里，对着先农坛围墙喊嗓子："啊……依……"

忽然传来一女孩在练坤嗓儿："依……"

小喜子在重复练嗓子。

女孩儿在重复练坤嗓。

小喜子向坤音觅去，看不着人。

那女孩儿正是秀秀。

小喜子拉个"起霸"，秀秀站在旁边看了一会儿。小喜子收式以后，发现了秀秀："你！"

秀秀脸上带笑："是我！"

小喜子热心地问："你每天到这儿练嗓子？"

秀秀笑眯眯地说："一天不落，冬练三九，夏练三伏，你呢？"

小喜子面带悲观："我是第一次，也是最后一次。"

京城笑仙

秀秀上心地问："为什么？"

"这里的活儿太累了。"

"我们都在找你。"

"找我？我有什么值得找的？"

"你吆喝那两嗓子真棒。"

"那是我饿出来的。"

"你卖过糖葫芦？"

"何止糖葫芦，小金鱼、豆腐脑我都卖过。"

"这回找到你了。"

"找我干吗？"

"我师叔要给你钱。"

"什么钱？"

"你上次帮场的钱。"

"喊喊卖糖葫芦也挣钱啊？"

"挣，不但挣钱，还给你叫好哩，回来后我们都夸奖你。唉，我师大爷想要收你当儿子哩！"

"什么乱七八糟的？"

"你有爸爸吗？"

"没有。"

"你有妈妈吗？"

"没有。"

忽然秀秀一只手捂住小喜子的嘴。这时周八、古董王闪身而过，在第五棵松树后边藏起身来。小喜子、秀秀躲在另一棵树后，直看到周八二人走开，他俩才敢活动。俩人来到第五棵松树下，找了半天，没有找到什么秘密。

秀秀压低声音说："这两个人好面熟啊，想不起来在哪儿见过。"

小喜子觉得奇怪："他们到这松树下干什么？"

"不像练功的。"

"也不像上茅坑的。"

"不像截道的。"

"也不像正经人。"

"不像外来人。"

"也不像自己人。"

秀秀珍惜时间："咱们别不像了，咱们练咱们的功吧。"

小喜子同意："好，我还不知道你名字呢。"

秀秀故作正经："你就管我叫秀秀姐吧。"

小喜子没有多想："好，秀秀姐怎么练？"

秀秀噗哧一笑："你听我的吧。"

这时，大格格女扮男装骑马而来。小喜子，秀秀急忙躲到一边偷看。

那边古董王捅了一下周八："来了！"

大格格在马上拉开了弓箭，对准一只飞雁。不久，一只飞雁落在地上。古董王称赞了一句："好箭法！"他跑了几步把大雁捡起。大格格骑马赶到，古董王讨好地说："大格格不愧为女中英杰。"

大格格被人识出身份，有些不快："你是谁！"

古董王很镇静："大格格真是贵人多忘事，上次我请扎王爷和您在鸿雁楼吃过酒。"

大格格不自主地笑了："我看你怎么有点儿面熟！"

"这回想起来了吧。"

"还是没有，在鸿雁楼请我吃酒的人太多了。"

"我就是那个古董王，本人姓白。"

大格格笑出了声："你就是大名鼎鼎的古董王，想当年老佛爷也拜在你的脚下。"

古董王装作不好意思："这可不能瞎说，老佛爷天性喜欢古董。"

"我也喜欢古董。"说着大格格把帽子摘掉，露出风流女子本色，"既然被你识破，也没必要隐藏了。"

古董王十分惊喜："大格格真漂亮，实乃国色天香。"

"今天能陪我玩玩马吗？"

"我的马技不行，今天我给你带一个戏马人。"说着，把周八推荐出来，"人称赛毛遂，姓周。"

周八为难："我哪跑得过马。"

古董王口气无边："试试嘛，马能行，你怎么不行？"

周八说明："我不是马！"

只听大格格叫:"密斯周,来,我跟谁玩都行。"

古董王专会讨好人:"大格格一向礼贤下士,与民同乐。"

大格格不领情:"谁是士啊?"

古董王会来事儿:"他就是您的卫士。"

大格格招唤:"密斯周,来,追马!"

周八为难:"我追得上吗?"

古董王给他鼓劲儿:"拿出你的看家本领追。"

周八犹豫:"我哪有看家本领啊!"

土路上,大格格跳下马来,给他做了示范。她一拍马屁股,枣红马四蹄腾飞。大格格跑了几步,飞似地骑在马上。马又转到周八跟前,大格格喊:"密斯周,追!"

马后边,周八撒开腿猛追,马儿离他越来越远,最后无影无踪了。周八刚要松劲儿,只听见身后又一阵马蹄响,原来大格格骑着马从后边绕追上来了。

大格格伸出一只手:"密斯周,蹿上来。"马显然慢了下来。

古董王在旁边加油:"蹿!蹿!"

周八紧追了几步,往上一蹿,大格格一把逮住他的手,像拽死猪一般把他拽到马上。周八趴在马上一动也不敢动。大格格乐得前俯后仰,一不小心她从马上滚下来了。马驮着横趴着的周八远去了,大格格乐得更开心了。

第二十七章　擦嘴唇的猪肉皮让猫叼走了

大格格一不小心从马上滚下来了，马驮着横趴着的周八远去了，大格格看着周八怪模怪样的样子乐得更欢了。

路旁，古董王过来搀扶大格格，讨好地问："摔着没有？"

大格格不在乎："没有，没有，不摔不好玩。"

古董王还是有些不放心："那匹马能把我那朋友带到哪儿去？"

大格格心里有底："密斯周可美了，他可以逛一趟我们扎王府了。"

古董王心里佩服："啊？回扎王府啦！大格格，你真是平易近人，一点儿格格架子都没有。"

大格格很得意："我什么样的人都能交往。"

"佩服，佩服！"古董王说着拿出一张帖子，"这是周八给您的帖子。"

大格格不以为然："什么帖子？"

古董王细说："再过三日，是周八三十七岁大寿，让您赶个堂会,看看热闹。"

大格格哈哈乐了半天:"三十七大寿,连个整数都没有。"

古董王解释:"他很想广交你们这些社会名流。"

大格格摇摇头:"堂会,过时的玩意儿,应该来点儿新鲜的。"

古董王请教:"什么新鲜?"

大格格明实说:"舞会,外国人盛行舞会。这次庆祝老佛爷大寿,上海开办了舞场,中国那些笨拙官员,只在旁边坐井观天,不敢到舞池中伸伸脚。听说京城马上要开办舞场,我非得在上边露露脸。"

古董王附和着:"一定,一定。"

大格格把帖子送回来:"你还给密斯周吧!"

古董王有想法:"一会儿,您回王府就见到他了,您还是当面还给他吧。"

大格格觉得有理:"也对。拜拜!"

树旁,几个人走后,秀秀、小喜子两位小将从树后闪出。

秀秀催他:"咱们赶紧练吧。"

小喜子忙问:"练到哪儿啦?"

"该练'跨腿'了。"秀秀用嘴继续伴奏,"跨腿!"

小喜子表演到"跨腿"。

秀秀伴奏:"整袖。"

小喜子表演到"整袖"。

秀秀继续伴奏："正冠。"

小喜子想起炉子里该添煤了，忙说："我该走了。"

秀秀叫他："你还没告诉我你的名字呢。"

"添煤！"小喜子急急巴巴地说明走因，他拔腿走了。

秀秀望着他的背影自叹。

穷不怕场地，小福子挑着笼子，跟着师傅贫麻子走来了，发现徐三早来了，小福子招呼："爸爸，您早来了。"

徐三很有礼节："你们早安！"

贫麻子附和着："早安！"

秀秀过来了，兴奋地对徐三、贫麻子说："师叔，我见到他哩！"

贫麻子不以为然地"嗯"了一下，徐三细问了一句："见到谁啦？"

秀秀直言："就是你找的那个孩子。"

徐三竖起耳朵问："什么？你说什么？"

秀秀进一步说明："就是帮场那孩子，我找到了。"

贫麻子还没听明白："帮什么场？"

秀秀对贫麻子直说："我三叔给您找的那个儿子，我找到了。"

贫麻子不相信自己的耳朵："什么？你再说一遍。"

秀秀加大声音说："你的儿子我找到了。"

贫麻子着急地问他："在哪儿？在哪儿？"

秀秀不着急:"急什么!"

贫麻子急劲儿不减:"我盼了好多天了,今天能不急吗?到底在哪儿见到了?"

秀秀说出实情:"在窑台。"

贫麻子失望地追问:"他的家在哪儿?"

秀秀摇摇头:"不知道。"

徐三也问:"他有父母吗?"

秀秀摇摇头:"不知道。"

贫麻子又问:"他是京城的人吗?"

秀秀摇摇头:"不知道。"

徐三深问:"他现在住在哪儿?"

秀秀摇摇头:"不知道。"

贫麻子急得不知问什么好:"你知道他什么?"

秀秀得意地说:"我知道他的名字。"

俩人不约而同地问:"快说,他叫什么?"

秀秀自豪地说:"叫添煤!"

俩人失望地叹气:"啊!"

贫麻子换个话题问:"他到窑台干什么去?"

秀秀比画着:"练功啊!"

贫麻子又问:"他每天去吧!"

秀秀点头:"每天去啊!"

贫麻子拍手称快:"那就好了,那就好了!"

徐三不明白:"怎么好啦?"

贫麻子高兴地跳起老高:"这回可以暗地盯梢了。"

路边,一只小狗缩成一团在睡觉,贫麻子兴奋地把它抱起来。

徐三不明白:"小狗睡觉了,招你啦?"

贫麻子像抱小孩似的:"我喜欢它!"

小狗醒了,向贫麻子汪汪直叫,贫麻子撒手把狗丢在地上,小狗汪汪地追咬着他直叫,旁边人大笑。

再说扎王府大门口外,公差甲、公差乙正在守卫,看见大格格的马驮着周八往扎王对面的府马圈而来,周八趴在马背上一动不敢动,大家想乐又没乐出来。

公差甲问旁边的公差乙:"怎么大格格没回来?"

公差乙使了个眼色:"你看上边还驮个男人。"

公差甲乱猜:"是不是大格格找到相好的了?"

公差乙兴趣上来了:"咱们得好好问问。"

马圈门口,马停下了,周八从马背上溜到地上,公差甲问:"你是什么人?"

周八滚爬起来:"我叫周八。"

公差甲开问:"干吗的?"

周八没敢胡说:"开茶馆的。"

公差甲上心地问:"我们大格格呢?"

周八如实回话:"我们一块儿骑着马,半路上大格格掉下去了。"

公差甲不相信:"掉下去了?不可能啊,大格格骑马技术谁也比不了。"

周八真心地说:"大格格真掉下去了。"

公差甲望着周八的脸:"你是不是看上我们大格格了。"

周八不敢瞎说:"没有,没有,两码事。"

公差乙不相信:"你是不是爱上大格格了?"

周八不敢着事:"没有,没有的事。"

公差甲打量了一下周八:"你瞧他这打扮,大格格哪看得上他。我看他像小偷,想偷马,把大格格推下马去啦!"

周八着急地解释:"绝没那事,绝没那事。"

公差乙看法不同:"他不会是小偷。"

周八抓紧点头:"就是,就是,我绝不是小偷。"

公差乙说出真看法:"他想调戏大格格。"

周八急忙否定:"更没有,真没有,你们可以问大格格。"

公差甲想出一个办法:"这样吧,你跟我们到那边坐坐,等大格格回来再说。"

周八只好同意:"那也好。"

公差甲牵着马,带着周八,公差乙引路走进马圈。公差甲拴上马,向公差乙使了个眼色,俩人七手八脚把周八捆上了。

周八不服:"这个干吗?这个干吗?我是大格格的客人。"

公差甲有话:"先委屈你一下,等大格格来了,你就可以回去了。"

"要是大格格……"周八刚要解释,公差乙把手帕塞进周八嘴里。接着公差甲、乙退下,周八倚在马圈里气个不休。天色渐晚,公差甲和公差乙倚在扎王府大门上睡着了。大格格回来了,推开王府旁门,准备进去。公差甲醒了:"谁?噢,大格格回来啦!"

大格格像想起了什么:"我的马回来了吗?"

公差甲迷迷糊糊:"回来啦,我把它捆上了。"

大格格进去后把门反掩好,回到卧室。不久,大格格在床上躺下,女仆将红灯捻死。黎明,公鸡打鸣。大格格从扎王府大门出来,公差甲、公差乙急忙跟着她走进马圈。

公差甲问:"大格格这么早干吗去?"

大格格回话:"打猎去。"一看见周八倚着柱子睡得正香,大格格想起来了:"我把他给忘了。"

大格格大笑不止,她掏出周八那份帖子,对公差甲耳语了一番。公差甲、公差乙给周八松绑。公差甲把帖子还给周八:"这是你的帖子吧?"

周八扫兴地接过来。公差甲说明:"我们大格格没时间去。你还是请别人参加你的生日堂会吧!"

先农坛墙外窗台,小喜子同秀秀在练武打,贫麻子躲在树后看着他们。练完后,小喜子哼着京戏,走进陈老板的院里。贫麻子躲在一边美不滋地盯梢。

陈老板的院子里,陈老板拿着教棍在教小喜子翻跟头。陈老板一抬脸发现穷不怕站在门外:"朱先生!"

穷不怕作揖:"陈老板,别来无恙!"

陈老板满嘴好话:"哪阵香风把你吹来的?"

穷不怕赞扬:"你们院里香花弥漫,香气扑鼻。"

陈老板也有客气话:"我只剩这副老骨架子了,小喜子,见过穷先生。"

小喜子给穷不怕行礼:"穷先生好!"

穷不怕也客气:"免了免了。"

陈老板屋里,陈老板和穷不怕围桌而坐,小喜子给二位先师上茶。穷不怕上心地问:"陈老板因何走到此步?"

陈老板有些伤心:"没想到前年三庆园一把天火烧得精光,别人劝我东山再起。我是墙上挂王八——四脚无靠了。我想到自己苟延残喘,俩女儿也许了人家,晚年何不找点儿乐子玩玩。只好改弦易辙了。"

穷不怕又问:"所以老师傅收了个小徒弟。"

陈老板不以为然:"瞎收嘛,我这嗓子待着也是浪费,不如教个孩子。"

穷不怕很佩服:"这倒是个长久之计。"

陈老板说话直爽:"我可比不上你,你弟子满堂,已成了天桥大腕儿。唉,你得感谢我把你挤出梨园,不然你就成不了八大怪之冠。"

穷不怕很大度:"我也只是卖笑生涯。与陈老板合台唱《法门寺》的情景,现在还记忆犹新!"

陈老板觉得有愧:"惭愧!惭愧!那段不光彩的往事不提也罢。"

穷不怕转移话题:"不提也罢,还是寻点开心。谈谈你这小徒弟,你们师徒怎么接上火的?"

陈老板的话可多了:"这还要感谢三庆园那把大火。"

陈老板回忆。那次三庆园台上,正在演《法门寺》:

刘瑾(陈老板饰)(念定场诗):

四海腾腾庆升平,

锦绣江山属大明。(台打台)

满朝文武尊咱贵,

何必西天把佛成。(大锣归位——空底锣)

台下,小喜子在台底下串行叫卖:"糖葫芦!(重复)……"

台上刘瑾:"咱家(大锣一击)姓刘名瑾,字表春华(大锣住头)……"

小喜子声音更大了:"糖葫芦!糖葫芦!"

刘瑾仍在表演:"乃陕西延安府人氏。"

小喜子继续吆喝:"两文钱一串。"

刘瑾背台词:"七岁……"

小喜子只想着做买卖:"糖葫芦!"

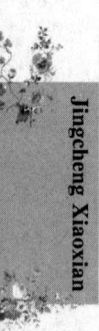

刘瑾一走神，受传染念错了："九岁……糖葫芦！……我也受病了。"

小喜子还在吆喝："糖葫芦！"

刘瑾想到台词："我说桂啊！外边什么鸡猫子喊叫的？"

贾桂禀告："启千岁，下边来了个卖糖葫芦的。"

刘瑾脑子里乱了："把他乌纱帽给我摘下来，叫他凉快凉快。"

贾桂为难了："他哪儿来的乌纱帽啊？"

这时，场子北方着火了，远看一片火景，一片混乱。小喜子喊道："着火了，着火了！"小喜子的声音压倒一切，"着火了，着火了……我的糖葫芦！……"

过后，穷不怕到陈老板家里串门，陈老板对穷不怕说："一把火把我的家当烧得荡然无存，当时留给我的就是小喜子的糖葫芦声，真是好嗓子！事后才后悔没留下小喜子姓名，前不久，我在天桥抓住了他。"

穷不怕急问："上我场子那次抓住的那孩子是不是他？"

陈老板美不滋地："你信儿可真灵。"

穷不怕招呼："小喜子，我给你送钱来了。"

小喜子从里屋出来，不明白："什么钱？"

穷不怕掏出一把钱："那天帮场的钱，给你，五个大铜子。"

小喜子小脸乐开了花："喊喊卖糖葫芦比卖糖葫芦挣钱

还多。"

穷不怕有个要求:"小喜子,你能不能再给我喊两嗓子,不过这次是考试,不给钱。"

小喜子有心眼儿:"以后给也行。"

穷不怕又催了一遍:"你模仿着喊。"

小喜子不明白:"什么叫模仿?"

穷不怕认真教他:"就是手里不拿着糖葫芦,要喊出卖糖葫芦那个劲儿。"

陈老板也帮腔:"着火那天,你在戏园子喊那两嗓子就行,再喊喊。"

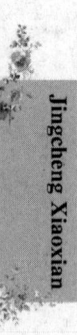

小喜子听懂了:"中,我装作卖糖葫芦的。"

穷不怕提出要求:"对,你要把真卖糖葫芦的声音学出来。"

小喜子觉得简单:"这现成,听着——(喊)糖葫芦!"

穷不怕进一步要求:"声音再大点儿,就像在戏园子一样。"

小喜子大声喊起来:"卖糖葫芦!糖葫芦!二文钱一串,糖葫芦……着火了,着火了……"

陈老板满意了:"行啦,行啦,一会儿街坊四邻都来了。"

穷不怕夸奖:"怎么样?不仅学得像,后边还抖个包袱!"

陈老板很自信:"要不我怎么把他抓来了。"

穷不怕点头称赞:"陈老板抓的苗子,肯定错不了,不知陈老板对这孩子有何打算?"

"随便教教，解解闷嘛。"

"你骗我，你想教出个名角儿来。"

"他出名角儿，我早听蛐蛐叫了，我悔恨这一生没收到一个像样的徒弟。"

"你两个女儿学得蛮不错吗?"

"女儿是女儿，徒弟是徒弟，我收徒弟晚了，是不是笑话我们老师少徒啊。"

"哪里哪里，高徒不在年少。"

"穷先生也学会恭维话了。"

"不是恭维，这孩子的确喜人，这是你祖坟冒青烟修来的福气。"

"踏破铁鞋无觅处，得来全不费工夫。"

"你是不是准备收他为义子?"

"你怎么问起这个，虽然师徒如父子，但儿子就是儿子，徒弟就是徒弟。我缺的是徒弟。"

"此话当真?"

"咱们自小打出来的，谁还能瞒过谁。"

"如果有人想收这孩子为义子，你可同意?"

"什么? 有人打这孩子主意?"

"你刚才说了，徒弟和儿子是两回事。"

"孩子正在学戏，三年另一节的契书已订，想收这孩子也得出师以后再说吧!"

"如果人家重金相谢呢?"

"我又不是倒卖孩子的，重金有何用？说回来了，谁打我的主意？"

"我！"

"你？"

"是我。"

"你也想收他做徒弟？"

"我想收他做徒孙。"

"你这不是想占我的便宜吗？"

"不相瞒，我有一徒弟看上了他，又有一徒弟想收他做义子。"

"我还是矬了一辈。"

"不不不，这纯粹是巧合，我那俩徒弟找这孩子好久了，你我肝胆相照，绝不隐瞒。"

"那你就等三年以后，接他走吧！"

"我倒有一良策，不知老板意下如何？"

"请讲。"

"如果你想收孩子为义子，我们绝不强人所难。如果老板只保留师徒之情，我想你带孩子练了半天，也应该有个场地表演。如果不嫌我的场地小，你可带徒儿到我场地搭班，这样对你对孩子都有收益。"

"你是说让我们到地摊上演出。"

"就是啊！"

"那丢死人了。"

"难道老板至今还瞧不起我?"

"不是不是,京戏和相声不同,相声在天桥土生土长,京戏大戏园子都在街北,而不在天桥,京戏一到天桥就矮人三分。再说相声场由撂地往园子发展,而京戏一开始就在大戏园子,哪能越发展越往地摊上滚。"

"老板,你只为你自己着想,根本没为孩子着想。"

"怎么见得?"

"孩子不是你一个人看上了,而是唱戏的、说相声的都看上了。"

陈老板有点儿明白了:"不错啊。"

穷不怕把话说完:"他不仅有好嗓子能唱戏,还有说学逗唱的天资。"

陈老板有疑问:"他没说过相声啊。"

穷不怕解释:"他刚才学过'卖糖葫芦',学过'着火了',这就是相声的功夫。"

陈老板醒过味儿来了:"我又上你当了。"

穷不怕有耐心:"让孩子多学一种技能有什么不好?京戏一到我场上,就变成一种新玩意儿,叫门柳。"

陈老板真心相问:"你还想让他学你的丑行?"

穷不怕考虑很远:"孩子学了戏,万一将来上不了大戏园子,怎么办?"

陈老板的话现成:"那就到天桥卖唱。"

穷不怕坚持自己的想法:"天桥撂地唱戏,可没有说相声的挣得多。"

小喜子爱听:"师傅师傅,我愿意上天桥唱戏。"

陈老板有话:"你还没学好呢。"

小喜子想到前辈说的话:"您不是说过,一边学一边上场子吗?"

陈老板解释:"那也得三个月以后。"

穷不怕抓住时机了:"三个月以后,我可等你啊!"

陈老板为难了:"到时候再说吧!你绕来绕去把我绕进去了。"

这天,穷不怕场地,穷不怕、徐三、贫麻子、小福子、秀秀都在等小喜子师徒来临。

贫麻子有点儿担心:"师傅,小喜子他们肯定来吗?"

穷不怕有信心:"没错,今天他不来,明天咱们都到陈老板家里吃饭去。你得耐心等待。"

贫麻子等不了了:"我够耐心的,等了四个月了。"

穷不怕脸露希望:"今天就盼到头了。"

秀秀突然一指:"你们看,他们来了。"

土路上,小喜子挑着笼子,陈老板拿着京胡从远处走来。穷不怕对众人说:"大家热情点儿,真情相待。"

秀秀、小福子先迎了上去,热情招呼陈老板:"陈叔叔好!"说着俩人帮助小喜子提笼子。

贫麻子看着小喜子入了迷,对陈老板说:"您就是老亲家了。"

徐三一抱拳："陈老板，咱们是十年河东，十年河西，今日又走到一起了。"

陈老板举京胡抱拳："幸会，幸会，过去有对不起你们的，今日看在孩子的面儿上，咱们一笔勾销。"

穷不怕摸着小喜子说："孙伙计来了！"

贫麻子摸了一下小喜子头："来啦，儿子！"

徐三擦了条凳，对陈老板有礼相让："师兄，请坐。"

陈老板坐下，有话要说："等等，我听着，咱们辈分有点儿乱了。"

场里大人们坐在了一边，贫麻子对陈老板说："老亲家，咱们今日不谈辈分，我请大家喝酒。"

陈老板不明白："我又没聘闺女，怎么是老亲家？"

贫麻子有话："聘儿子、聘徒弟都是老亲家，不管怎么说，今日我请客。"

陈老板诚意地说："今日我请。"

贫麻子争着："我请。"

陈老板不让步："我请。"

贫麻子决心已下："我非得请。"

穷不怕对陈老板说："你到我场搭班演戏，应该我们请。"

陈老板说出绝话："你不让我请，我就把孩子领走。"

穷不怕真心相待："这是何苦，我们有求于你，理应我们请。"

陈老板说了句心里话："今天主要是我求你们。"

众人一愣，互视不解。穷不怕真情地问："怎么是你求我们？"

陈老板直作揖："今日我求大家，把咱们辈分理顺喽！"

贫麻子不以为然："咱们辈分挺顺的，老亲家！"

徐三解释："是啊！您年长，您为师兄！"

穷不怕不以为然："陈老板，你想得太多了。"

陈老板实话实说："不是我想得多，乱就乱在这孩子身上了。"

穷不怕没把称呼看得那么重："小喜子没乱啊，是孙伙计。"

贫麻子对陈老板说："是咱们的儿子。"

徐三也对陈老板："在您家里是您徒弟，到这儿里来是我的徒弟。"

陈老板不爱听了："乱了乱了，你们管我叫什么？"

贫麻子叫好听的："叫亲家。"

徐三还以同辈相称："叫师兄。"

穷不怕的态度："我还叫你陈老板。"

秀秀跑来对陈老板说："叔叔，小喜子想跟我们到那边玩一会儿。"

陈老板烦得直摆手："先别玩了，辈儿都乱了。"

几个孩子站住了，小福子不解："怎么乱了？"

陈老板问穷不怕："咱俩以什么相称？"

穷不怕的话现成："陈老板跟我共事多年，理应兄弟相称。"

陈老板一拍大腿:"对啊!你听听你徒弟管我叫什么?"陈老板问贫麻子:"你管我叫什么?"

贫麻子也学会了嘴甜:"叫老亲家。"

陈老板问徐三:"你管我叫什么?"

徐三语气坚定:"您年龄大,当然是师兄了。"

穷不怕一听:"乱了乱了。"

贫麻子谈想法:"对啊!得从师傅这儿往下捋就顺了。"

陈老板点点头:"这就对了。"

贫麻子明白了:"我不应该管您叫亲家,应该叫大叔!"

陈老板抿嘴点头:"这就对了。"

徐三也更改:"您不是师兄,是师叔。"

陈老板点头:"这就对了!"

秀秀想通了:"我应该管您叫师爷!"

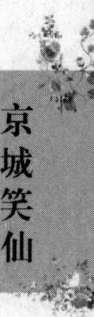

京城笑仙

陈老板笑开了嘴:"太对了。"

小福子也随着孩子们:"我也应该管您叫师爷!"

陈老板点了点头:"这就对了。"

小喜子学大家:"我也应该管您叫师爷!"

陈老板心猛一跳:"啊!"

穷不怕对陈老板说:"我看这么办,咱们论咱们的辈分,孩子论孩子的辈儿。"陈老板勉强接受:"这倒也行。"

穷不怕指挥孩子们:"你们叫爷爷!"

孩子们对着陈老板:"爷爷!爷爷!"

— 811 —

陈老板高兴了:"真懂事。"

穷不怕扶着小喜子:"孙伙计,你还得叫师傅!认师是一件大事。"

小喜子听话,对着陈老板说:"师傅!"

陈老板没有吱声,几个孩子从场子里出来,来到路边玩,孩子们把笼子放下,把小喜子拽走了。

几个孩子走出院门,话又多了。小福子对哥们儿说:"我们也应该师兄弟相称了。"

小喜子赞成:"对呀!"

秀秀问小喜子:"添煤,你多大了?"

小喜子更正:"我不叫添煤。"

秀秀上心地问:"那你叫什么煤?"

小喜子不生气:"什么煤也不叫,我叫小喜子。"

小福子倒埋怨秀秀:"你怎么管人家叫添煤?"

秀秀认真回话:"我亲耳听他说叫添煤。"

小福子又问小喜子:"你多大了?"

小喜子如实回话:"我八岁了。"

小福子在排辈儿:"那你是师兄,我七岁。"

秀秀对小喜子说:"咱们不变,你还叫我师姐。"

小喜子挺认真:"师姐!"

小福子一乐:"听她的哪,她比我还小呢,傻大个。"

秀秀生气了:"你好,地里排子。"她追得小福子满处跑。

贫麻子家里,大铁锅里煮着面口袋,红扑扑地直冒泡,

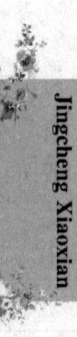

钱氏用竹条挑起染红的面袋。小喜子、秀秀在一边拍手称快："面袋染好了，面袋染好了。"

贫麻子在八仙桌上摆上了好多好吃的，用白面蒸的小刺猬、小老鼠、馒头花……贫麻子用筷子蘸着红色，给馒头花点着红点儿，旁边放着一个蒸品用的模子。贫麻子在召唤："小喜子，你过来！"

铁锅旁边，小喜子还在看锅里挑起的红面袋。

饭桌旁边，贫麻子还在召唤："小喜子，你看看，你爱吃什么？"

小喜子的兴趣还在红面袋上，秀秀对他说："我用这面袋给你做个背心吧。"

小喜子高兴："好！"

贫麻子又叫："秀秀，叫小喜子吃饭。"

秀秀拉着小喜子过来："看看二叔给你预备这么多好吃的。"

贫麻子一手拿着小刺猬，一手拿着馒头花："小喜子，你先吃哪个？"

"我爱……那个。"小喜子一指面口袋。

贫麻子埋怨老婆说："我说，你等会儿再摆弄成不成？先让孩子吃点儿饭。"

钱氏从锅旁又挑起面袋说："煮好了，煮好了。"她把面袋晾在竿上，随后又说，"小喜子，吃去，不吃白不吃，你叔父忙了半天，不能让他白忙活。"

小喜子刚坐在桌旁,贫麻子递给小喜子一个馒头花。小喜子三口两口咽下去了。

钱氏又递给小喜子一个面刺猬,小喜子三口两口咽下去了。贫麻子再递给小喜子一个馒头,小喜子三口两口咽下去了。钱氏又递给一个面刺猬,小喜子三口两口咽下去了。几盘面食噌噌地减少,贫麻子夫妇眼睛瞪得核桃大。秀秀在一旁抹嘴偷笑。

小喜子自己解释:"我吃得特别多。"

贫麻子不在乎:"不多不多。"

小喜子有些不好意思:"我把你们饭都吃了。"

钱氏高兴:"应该应该。"

小喜子有些担心:"你们养不活我。"

夫妇有决心:"能养能养。"

小喜子说出心里话:"你们会饿死的。"

夫妇抢着说:"没关系,没关系。"

秀秀乐出声来。

还是贫麻子家里,小喜子玩着小猫。贫麻子拿起一块生肉皮,对着古镜,在嘴唇上蹭来蹭去,小喜子偷偷注视着贫麻子。贫麻子把肉皮放在窗台上,小猫盯住了肉皮。贫麻子从屋里出来,云花正进院,忙问:"秀秀呢?"

贫麻子告诉他:"她回去了。"

云花见他一嘴油,忙问:"吃什么啦?二哥,怎么一嘴油啊?"

贫麻子爱吹牛:"猪肉炖粉条,肉太肥了,你吃了吗?"

云花不客气地说:"我们可比不了您,稀粥就咸菜,每天都这一套。"

贫麻子继续吹:"那太缺油水了。"

云花挖苦地问:"您不缺油水,也不见您长肉。"

贫麻子不以为然:"我就是干骨人,吃什么也胖不了。"

云花自圆其说:"要那么胖没什么用,有肉香在嘴里是真的。"

这时,那只小花猫跳上窗台,把肉皮叼走了。小喜子追来追去追不上。一会儿跳到炕上,一会儿钻到桌子底下。

贫麻子接着话音说:"咱们这些平民百姓,不认皇宫里的小窝头,就知道猪肉炖粉条。"

云花口是心非地说:"我要熬到你这地步就知足了。"

贫麻子不解其意:"你要想吃,赶明我让你嫂子给你端过一碗去。"

云花爱听这话:"好嘞,赶明儿我也开开眼。"

小喜子从屋里跑来,抓住贫麻子的衣角:"大哥哥,大哥哥,您擦嘴的肉皮让猫……"

贫麻子向后边推了推小喜子的右手,暗示他不要多嘴:"怎么叫大哥哥了,叫爹,叫干爹也行。"

小喜子不解其意,反而提高声音说:"大哥哥,你擦……"

贫麻子打断小喜子的话:"我是得擦擦嘴,油乎乎的不像话。"他用袖口将大油擦去。

小喜子急了:"不是擦嘴……"

贫麻子打断小喜子说话:"一会儿是,一会儿不是,你先回去吧。"

小喜子不顾一切把话说全:"你擦嘴的肉皮让猫叼走了。"

贫麻子尴尬地望了望云花,对小喜子说:"让你娘去追。"

小喜子不太着急地说:"娘的裤子不让你穿来了吗?"

云花对贫麻子说:"你还是赶紧追肉皮去吧。"

贫麻子哭笑不得。

天桥穷不怕相声场地,场外稀稀拉拉的人,小丽琴和几个小孩在人群之中。

场内有穷不怕、小喜子、陈老板、贫麻子、徐三、秀秀。穷不怕对小喜子说:"今日你得给大伙儿来一段。"

小喜子请示:"来一段什么?"

穷不怕耐心教导:"京戏开场之前,来一段文戏开场,表演一段优语。"

小喜子不明白:"什么叫优语?"

穷不怕解释:"优语就是小笑话。"

小喜子为难:"我不会。"

穷不怕的话画龙点睛:"当场抓哏?"

小喜子又问:"我抓谁?"

穷不怕指点:"抓哏,抓点儿逗乐的事。"

小喜子为难:"没有。"

穷不怕耐心教导:"你多和看官交流,交着交着就有笑料啦！"

小喜子说了大实话："我不会。"

穷不怕有办法："一会儿，我带你抓。"

"好吧，咱俩一块儿抓。"小喜子对陈老板说，"师傅您敲家伙吧。"

穷不怕告诉他："不用家伙。"

小喜子很固执："用家伙。"

穷不怕问他："干吗用家伙？"

小喜子说出想法："我一忘词，就让我师傅老敲家伙。"

众人大笑，看官越来越多，穷不怕十分耐心："好！这就是哏，小喜子，你看，谈着谈着哏就出来了吧。你抓住这个哏。别放过它，再用心一编，就能逗别人乐。"

小喜子明白了一些："就这么抓啊！"

穷不怕满面笑容："一会儿你说，我给你捧。忘词儿了不要紧，你说不上来，我就老说，跟你师傅老敲家伙一样。"

小喜子高兴得不得了："中！"

穷不怕有心地问："你这两天遇到没遇到逗乐事啊？"

小喜子想了想："有。"

穷不怕有兴趣："你说说看。"

小喜子看了看贫麻子，笑了。他向穷不怕耳语了一阵，穷不怕点头："好！咱们现在就编这个笑话，一会儿你自己说就行了。"

穷不怕和小喜子在小声嘀咕。

丽琴站在人群圈外,用手势把秀秀叫过来,他指着小喜子的背心问:"都穿上了,是用我那个面口袋做的吗?"

秀秀喜滋滋地说:"是啊,是我给做上的,你看我的手艺怎么样?"

丽琴看着小喜子背心的颜色:"我送的那包红色(shǎi)儿也用上了。"

秀秀自豪地问:"也是我染的,棒不棒?"

丽琴夸小喜子:"真帅!"

秀秀误会了:"帅吧!"

丽琴多情地说:"多精神!"

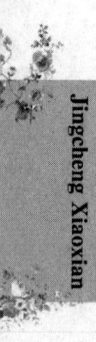

秀秀自得地说:"精神吧!"

丽琴借此在夸自己:"多合适!"

秀秀也在为自己自豪:"合适吧!"

丽琴吐露真情:"他当我哥哥多好。"

秀秀吓了一跳:"啊?!"

丽琴话没说完:"我缺一个哥哥。"

秀秀说了句气话:"你找他去。"

丽琴答应,走过去:"唉,喜子哥!"

秀秀拉住她:"你给我回来。"

丽琴不明白:"干吗?"

秀秀找了个理由:"他要表演了,不能捣乱。"

穷不怕带着小喜子走到场中,场里一下静了下来。穷不怕给众人抱拳:"各位看官,今日在我场搭班演戏的这位小艺员，名叫小喜子，他一会儿同陈老板一起给大家唱京戏，唱京戏之前，小喜子给大家说一段笑话。"穷不怕对小喜子说，"开始吧。"

小喜子乐了："我说什么？"

众人乐。

穷不怕指点迷津："拿出那年戏园子着火，你喊冰糖葫芦的劲头儿。"

小喜子为难了："拿不出来了。"

穷不怕又换了一招："这样吧，你跟周围人交流，把话引到笑话上。"

穷不怕对着看热闹的一个小孩儿说："早晨你吃饭了吗？"

小孩儿说："吃过了。"

穷不怕问："吃的什么？"

小孩儿说："吃的棒子面贴饼子。"

丽琴走来了，没有吱声。

穷不怕又问旁边一个小孩儿："你吃饭了吗？"

那个小孩儿摇了摇头："没有。"

穷不怕给小喜子使个眼色，让小喜子接着说。

小喜子对众人说："这个小哥还没有糊涂，没吃就说没吃，不像我们街坊，一个天津人，他没有吃饭，饿得胡说八道了，别人问他吃了没有，他总说吃了，吃了炖肉。一看他嘴唇的确有很多大油，怎么弄的？他从肉铺捡了一块肉皮，出门之前，用肉皮把嘴唇擦亮了，嘴唇的外边啊都是大油，别人一看跟吃了炖肉一样。"

一个小孩儿问："他天天吃炖肉呀?"大家再看穷不怕，早就回到座位上。

小喜子接着说："别人发现不对，哪能天天吃炖肉。一天，一个朋友问，'大爷您吃饭了吗?''我吃过了，你看，'一指嘴唇，'猪肉炖粉条，肉太肥了。'那个人说，'大爷，我们家好几天揭不开锅了，你请我吃一顿。'大爷心里直打鼓，'行，到我家去吃饭。'他坐了一铁锅水，他老伴在炕上躺着，也没敢叫她，就把女儿叫过来了，悄悄对她说，'你借点儿钱，捎点肉来。'大女儿去后，他对客人说，'我让她买肉去了，一会儿咱吃饺子。'等了半天，也不见大女儿回来，他没辙了，就往锅里续水，续了一次又一次。这时，突然炕上的小女儿叫他，'爸爸，爸爸!''什么事?''你抹嘴的那块肉皮让猫叼走了。'大爷急了，'让你妈去追呀。'小女儿说，'我妈的裤子不让你给穿走了嘛。'客人一听差点儿笑出来，忙问，'买肉的怎么还没回来?'大爷笑着说，'兄弟，咱们甭吃饺子了，我请你洗澡得了。'周围人大笑起来了。"

场里贫麻子在一旁窘迫一笑："这小子，把我的事也编到戏里了。"

秀秀在一边捂着嘴笑个不停。

穷不怕对贫麻子说："没关系，他也没点你名。"

徐三对穷不怕说："看来师傅很喜欢小喜子。"

穷不怕点头:"是块好材料,我要亲自带他,名义上是你徒弟,实际上把咱俩人的功夫都传给孩子。"

徐三替小喜子高兴:"他可真有福气。"

穷不怕直解释:"你们进门的时候,年纪都大了。"

徐三还埋怨:"那您还迟迟不收呢。"

穷不怕有些不好意思了:"不提啦,不提啦,过去的事不提啦!"

这时,天空突然下起雨来,人们立刻跑散了,艺员们赶忙收拾道具。雨点打在小喜子身上,红色一掉,流在身上七条子八条子的。小喜子撩起背心擦了擦脸,脸变成了关公。孩子们一下全乐起来了。

贫麻子埋怨家里:"都是他二婶给做的这衣裳。"

秀秀敢承担责任:"是我帮助二婶做的。"

贫麻子替秀秀说好话:"不怨你,你是小孩儿。"

秀秀明说:"是我煮的红色。"

贫麻子也会说话:"是我们家的铁锅。"

秀秀还在检查自己:"是我把活儿拿到你们家来的。"

贫麻子直揽责任:"不不不,你二婶和我心甘情愿。"

小喜子抢着检查自己:"不是,是我的主意,我要做一件徐三叔那样的背心儿。"

秀秀善抢责任:"不怪你,面口袋的秘密,是我告诉你的。"

丽琴受不了了:"都不怪,都不怪,就怪我。"

贫麻子不明白:"怎么又怪你了?"

丽琴在检查自己:"我不给你们面口袋,不给你们红颜色,就没有这事了。"

秀秀也受不了了:"主要怪我。"

丽琴抢责任:"主要怪我。"

小喜子抢责任:"主要怪我。"

丽琴抢责任:"主要怪我。"

穷不怕说了句大实话:"别在这儿怪了,赶快躲雨吧。"

第二十八章　以假乱真，演"双簧"反受褒奖

穷不怕场地，穷不怕、丑孙子、醋溺膏、韩麻子、董彩莲、徐三、贫麻子等在场。看官鼓掌要求："来一段！""来一段多口的！""把在宫里演的给我们演一段！"

穷不怕等人下不来台，表演了一场群口相声。穷不怕去甲，丑孙子去乙，醋溺膏去丙，韩麻子去丁。

甲："今日我们四个人一起说一段。"

乙："这可热闹了。"

甲："过去一个人说的叫单口相声。"

乙："穷不怕发明了俩人说，叫对口相声。"

丙："三人以上说的叫群口。"

丁："今天我们四个人来一段群口。"

乙："表演什么呢？"

甲："今天我们表演一段'四字联音'"。

乙："以前三人表演过四字联音。"

甲:"对,四个人表演,效果更好。"

丙:"什么叫四字联音?"

甲:"一个人说四个'四字句',四四一十六个字,得是一码事,末尾四个字得落在四声上。"

丁:"什么叫四声?"

甲:"譬如'达'的四声是搭达打大,这四个字在一段话里都要用上。"

乙:"谁先说?"

甲:"当然我先说,我说什么好呢?"

乙:"人家让你说宫里的事。"

甲:"我们就以慈禧太后为题,来一段四字联音。"

乙:"我们听着。"

甲:"太后为西。"

乙:"就是西太后。"

甲:"中间不能打岔。"

乙:"还有这规矩,你重来。"

甲:"太后为西,大摆宴席,戏楼听戏,西喜席戏。"

乙:"西太后喜欢宴席和听戏。"

看官面露喜色,这边接着表演。

乙:"好,该我的啦。我这是南来一雁,眼内揉盐,难以飞转,盐淹雁眼。"

丙:"怎么讲?"

乙:"一只雁落在我家窗台上,让我抓住了,它老扑腾翅膀,我给它眼里抹了点盐,这下什么也看不见,想飞也飞不了啦,所以叫盐淹雁眼。"

丁:"你干吗往雁眼里抹盐呢?"

乙:"这不是做四字联音吗?"

丙:"好,这回该我啦……"

笑声、叫好声四起。

这时,董彩莲过来向穷不怕耳语,原来李莲英在圈外站着。

李莲英发话了:"穷不怕接旨!"

穷不怕回话:"我一会儿就过去。"

李莲英又喊了一句:"穷不怕接旨!"

醋溺膏对穷不怕说:"你去吧,这里有我们呢。"

丑孙子对穷不怕说:"你去吧,你不去,也不让你演好。"

韩麻子也劝:"去吧!"

众看官要散场,穷不怕说:"大家别走,今天让丑孙子给大家露一手。"

穷不怕向李莲英走去,剩下三人继续表演。

韩麻子对丑孙子说:"对啊,大家都看你的了。"

丑孙子有点儿顾虑:"我的拿手活儿今天表演不大合适。"

韩、醋两大怪齐说:"合适。"

丑孙子解释:"每年大年初一是我大显身手的日子。"

两大怪齐口说:"今天也一样,破破例嘛。"

丑孙子还有顾虑:"我的绝活儿是哭丧,学各种各样的人物哭,很不吉利。"

韩麻子鼓励他:"吉利,大家就爱看你哭。"

丑孙子露点儿心里话:"我哭起来很惨,特别是学女人哭,最惨。"

韩麻子看法不同:"你越惨,大家越乐。"

醋溺膏帮腔:"说相声的一招一式都要引人发笑。"

丑孙子问众人:"今天非让我给大家哭一次?"

七大怪抢着说:"对,大家就爱看你哭。"

丑孙子不明白:"别人哭也一样。"

韩麻子有感受:"不不,你哭得好,你是哭的老前辈。"

看官甲也抢着说:"我还没见过哭的节目,让我开开眼。"

看官乙跟着说:"相声里哭也是笑。"

丑孙子拿着红线穗:"这个当'纸钱'吧,我学一下女人哭,哭之前有很多事要做。"

醋溺膏献计:"咱们就挂这个'纸钱'吧。"

这话说到丑孙子心里了:"对,别的礼节都省了,就用这串'纸钱'来表示。"他拿着红线穗说:"我挂到哪儿,表示哪家的老爷子就死了。"看了半天,挂在醋溺膏的左手上,他学起女人哭:"我的……"

醋溺膏发话了:"等等,等等。"

丑孙子眼泪差点儿掉下来:"怎么啦?"

"你挂错了,是他们家。"醋溺膏一指韩麻子,"他家老爷子死了。"

丑孙子接过纸钱,挂在韩麻子右手上,欲哭,韩麻子忙说:"等等,等等,你哭谁啊?"

丑孙子回话:"哭你家老爷子了。"

韩麻子用手一指:"错了,你看挂哪儿了?"

丑孙子看看韩麻子手中的纸钱:"没错,是你家老爷子死了。"

韩麻子启发地问:"老爷子死了,你挂在大门的哪边?"

丑孙子又认真看了看韩麻子手中的纸钱:"男左女右,噢,您家老太太也死了。"

韩麻子不高兴:"谁啊!你挂错了。"

丑孙子把"纸钱"摘下挂在韩麻子左手上,学女人哭:"我的爹啊,嘿嘿嘿嘿,你怎么走得这么早哇,你不能撇下女儿不管呀,我要和你一起走哇……谁让你们钉上棺材的,给我掀开啊,我要跟爹一道走哇……我要跟爹一道走哇!"

韩麻子心里有底:"别着急啊,这棺材的盖儿没钉上,我把盖儿搬开啦,你进去吧。"

丑孙子心里一愣,他看了看棺材,犹豫起来:"进去!(学女人哭)我的爹啊,嘿嘿嘿嘿,你怎么走得这么早哇,你不能撇下女儿不管呀,女儿我还有一儿一女呢,他们什么时候才长大啊，等他们长大以后，结了婚，入完洞房，我一定跟着爹走哇……"

韩麻子听明白了："哦，你又不走了。"

丑孙子还在狡辩："谁说我不走，这一个棺材里能盛俩人吗？"

韩麻子有心计："没棺材这好办，来人，再抬过一个棺材来。"他对丑孙子说，"来吧，这回连盖儿都没有。"

丑孙子在找辙："没盖儿使用方便吗？"

"太方便了，你进去吧。"韩麻子打着手势。

丑孙子嘿嘿嘿地乐起来。

韩麻子假正经地问："你乐什么？"

丑孙子口气定了："这棺材我留下了。"

韩麻子还有便宜话："就是给你的。"

丑孙子灵机一动，甩了一个包袱："我那匹马吃东西还没有家伙呢。"

韩麻子揭底："当马槽子啊！"

众人乐。

穷不怕院里，八大怪和朱门弟子都在等穷不怕。丑孙子着急："穷哥怎么还不回来？"

董彩莲心里更急："明天才是朔日，怎么今天就叫进宫里去了？"

常傻子口角生风瞎猜："是不是晚上不回来了？"

醋溺膏提醒他:"别吓唬嫂子了。"

丑孙子说句心里话:"不用说嫂子,我们也不放心。"

董彩莲心里敞快:"我倒不是不放心。"

丑孙子接着说:"就是有点儿担心。"

常傻子道出心里话:"就是慈禧那年闹孩子闹的,把我穷哥都捎进去了,把一家都搅翻了。"

盆秃子哑着嗓说:"常老弟,不会说话,你跟我在这边坐会儿。"

丑孙子同情地说:"盆老弟嗓子都说不出话来啦。"

常傻子瞎总结:"慈禧害孩子,盆兄害嗓子。"

丑孙子听着脑子受不了:"这挨得上吗!你快坐会儿。"

这时,穷不怕从门外进来。众人拥出来:"师哥回来了!""师傅回来了!""师伯回来了!""师爷回来了!"……

穷不怕见状一愣:"怎么啦?"

众人不语,深情相望,穷不怕追问:"到底出什么事了?"

贫麻子露出担心之情:"您这么晚才回来,我们还以为您出事了。"

穷不怕安然无恙:"我挺好的,没什么事。"

醋溺膏也猜:"要不慈禧太后出事了?"

穷不怕回话:"慈禧太后也没出事。"

董彩莲看穷不怕的眼神不对:"不对,你有事瞒着我。"

醋溺膏也看出来了:"对,你有事瞒着大家。"

丑孙子直问:"你是不是有难言之隐?"

常傻子乱猜:"是不是慈禧太后又留你做伴啦?"

穷不怕在石板桌旁坐下了:"这哪儿的事啊。都坐,都坐,我什么事也没瞒着大家。"

众人坐下,董彩莲挨着穷不怕坐下,首先问话:"每次进宫,天过午你就回来,今天为什么这会儿才回来?"

穷不怕如实回话:"今天太后话多一点儿。"

贫麻子听着不对:"多得太多了,多了三个时辰。"

董彩莲直截了当地问:"宫里出了什么事啦?"

穷不怕平平回答:"宫里没出什么事。"

董彩莲看着穷不怕眼睛不动:"你有事瞒着我。"

醋溺膏支持董彩莲:"你肯定有事瞒着大家。"

穷不怕面不改色:"没有,没有。"

董彩莲又问了一遍:"今天真没事?"

穷不怕回话:"今天真没事。"

董彩莲放心了:"那就好了。"

醋溺膏也放心了:"没事就好。"

穷不怕接着说:"明天才有事呢。"

董彩莲吓了一跳:"啊?你怎么大喘气呀!"

穷不怕重复了一遍:"明天真有事。"

董彩莲很想知道:"明天有什么事?"

穷不怕又解释:"明天不是我有事。"

董彩莲大喘气:"是谁有事?你真急死我了。"

穷不怕慢吞吞地走到盆秃子跟前,拍着肩膀说:"老弟,愚兄对不起你。"

盆秃子一愣:"什么事啊!对不起我?"

穷不怕做检查:"愚兄害了你了。"

盆秃子莫名其妙:"说得那么悬乎,什么事害了我?"

穷不怕心里忏悔:"我一辈子都对不起你。"

盆秃子不明白:"到底什么事啊?"

穷不怕说出实情:"慈禧太后明日让你进宫。"

众人大笑。

丑孙子没明白:"这是好事啊!"

穷不怕自我检查:"我不该答应这件事。"

丑孙子认为是好事:"你该答应啊!"

穷不怕说出实情:"对什么,让盆秃子唱单弦。"

众人担心:"啊!"

盆秃子埋怨:"我嗓子坏了,你没告诉太后。"

"告诉了,我说盆秃子正在倒嗓。"

"咳,我又不是孩子,倒什么嗓啊!"

"我说你嗓子都倒了。"

"这还差不多,太后说什么?"

"太后说,'我封了天桥八大怪,我要一个一个让他们进宫表演。'我说,'盆秃子嗓子哑了。'太后说,'我就爱听哑嗓。'"

盆秃子插话:"我哑都哑不出来了。"

穷不怕同情地说:"我也说哑不出来了,是不是换个别的大怪先进宫。"

盆秃子抢着问:"太后说什么了?"

穷不怕学话:"太后说他哑什么样也得唱,明天我是活着见人,死了见尸。"

丑孙子觉得事情棘手:"麻烦了,慈禧太后和你较上劲儿了。"

盆秃子绝望了:"坏喽,这回可完了。"

穷不怕自我检查:"是不是为兄对不起你。"

盆秃子摆手:"这和你没关系。"

穷不怕胸有成竹:"我也觉得和我关系不大。"

盆秃子急死了:"这是要我命啊!"

穷不怕不太着急:"太后不管你死活。我不想让你去,又没别的办法。"

盆秃子决心已下:"我去也是死,不去也是死。"

穷不怕望着盆秃子的脸:"不能白白送死。"

盆秃子又觉得两头为难:"我要不去,显得我们八大怪怕死,没有骨气。我要去,向西太后光张嘴不说话,丢不丢份子?"

丑孙子帮助他下决心："去！不管怎么也要去。将军死也要死在战场上。"

盆秃子觉得不能丢面子："对，我死后，你们一定把我和张三禄埋在一块儿。"

穷不怕没觉得那么严重："你先不要那么丧气，你考虑好了，决定去？"

盆秃子二下决心："决定去。"

穷不怕真心问："不反悔？"

盆秃子发誓："绝不反悔。"

穷不怕吩咐董彩莲："上酒。"

盆秃子不明其意："这是干吗？"

穷不怕说明："我们为你送行。"

盆秃子觉得沮丧："我听着怎那么别扭。"

人们在桌子周围坐好，盆秃子坐在当中，丑孙子端起酒杯："举杯销愁愁更愁！"

醋溺膏端着酒杯接着吟诗："抽刀断水水更流！"

常傻子举起酒杯："别了，明日上行吧。"

盆秃子举着酒杯："我怎么喝不下去啊？"

丑孙子劝诫他："你不要净想着死。"

盆秃子解释："我没有想着死，我只想着西太后。"

丑孙子不解："你还想着她？"

盆秃子说了句知心话："我骂她，明天我就干张嘴，看她把我怎么样。"

穷不怕哈哈大笑，又突然止笑问："你说什么？再说一遍。"

盆秃子重复："明天我就干张嘴，看她怎么样。"

穷不怕一拍桌子："你这么一干张嘴，我倒想到一个主意。"

盆秃子吓了一跳："什么主意？"

穷不怕说出："明日我派徐三跟你一同去。"

盆秃子净往坏处想："也好，我死了，也得有个收尸的。"

穷不怕批评他："你想到哪儿去了。"

盆秃子深问："那穷哥何意？"

穷不怕教给他："你明日在老佛爷面前，该怎么张嘴就怎么张嘴。"

盆秃子担心："这不是欺君之罪吗？唱不出来，老佛爷能饶得了我吗？"

穷不怕心里有数："你把老佛爷看得太正经了，有些刑法还不是她一句话的事儿，只要把她逗乐喽，死罪也能免刑。"

盆秃子紧张劲儿没减："我唱不出来怎么办？"

穷不怕有办法："你唱不出来没关系，让徐三在后边给你扶着椅子。"

盆秃子放松不下来："他扶椅子，我也唱不出来。"

穷不怕讲出办法："你唱不出来，还有徐三呢？"

盆秃子还不明白:"什么意思?"

穷不怕反问:"徐三谁的徒弟?"

这个盆秃子知道:"是穷哥您的徒弟。"

穷不怕告诉他:"这就对了,我的徒弟就有柳活儿的本领。"

盆秃子明白了:"你让他模拟我唱?"

穷不怕点头:"不但要学你,而且要学得像。"

徐三有些顾虑:"师傅,我行吗?"

穷不怕决心很大:"行,你要学不像,就不是我们朱门门徒。"

众人纷说:"你学学看。"

盆秃子也要求:"你学学我。"

徐三学唱单弦"岔曲":"皓月挂苍松……"

众人连连叫好:"好!好!真像!真像!"

这日清晨,听鹂馆里李莲英扶着慈禧刚刚坐好,进来一小太监报:"回禀太后,穷不怕带着盆秃子等人求见。"

慈禧心喜:"他们来了,让他们进殿。"

小太监宣:"穷不怕、盆秃子进殿啊!"

殿下穷不怕、盆秃子、徐三进来后,给老佛爷叩头:"给老佛爷叩头!"

宝座上慈禧发话:"起来吧。"

穷不怕、盆秃子、徐三:"谢太后!"

慈禧问盆秃子:"你今天预备了什么节目?"

盆秃子回话:"请老佛爷点戏。"

慈禧顺嘴一说:"那好,就唱岔曲《松月绕》吧,我好久没听到这曲子了。"

殿下盆秃子接旨:"是!"他看了一眼徐三。

穷不怕有话:"回禀老佛爷,唱单弦八角鼓需要坐着唱。"

慈禧发话:"好,看坐!"

盆秃子、徐三:"谢太后!"

小太监搬来把椅子,盆秃子坐在上边,徐三在后边相扶。

宝座上的慈禧问:"后边这人干吗啊?"

穷不怕不想揭底:"他是扶椅子的。"

慈禧不明白:"宫里的椅子没坏。"

穷不怕解释:"盆秃子的嗓子有点儿坏。"

慈禧更不明白了:"嗓子坏了也用不着扶椅子啊。"

盆秃子晃了一下身子,穷不怕忙说:"扶好!"

慈禧也觉得有理:"真得扶好!"

徐三赶忙扶住:"太后放心,有我呢。"

徐三在椅子后边唱,盆秃子坐在椅子上边用筷子击着瓦盆,表演起单弦《松月绕》(岔曲)来:

皓月挂苍松,

松青月色明。

松风水月，

　　　　月与青松……

　　宝座上的慈禧和旁边的小李子不住地点头："好！好！"

　　慈禧发话了："盆秃子呀，你唱得越来越好了，嗓子比过去清脆多了，穷不怕你这个猴崽子，竟敢欺骗我。"

　　殿下穷不怕急忙跪下："奴才罪该万死。"

　　椅子前后，徐三在后边唱，盆秃子继续在前边表演："月映流泉，松绕腾……"

　　宝座上的慈禧不住地赞叹："好！"禁不住地怒视着穷不怕，"小李子，给我拿杆子去。"

　　椅子旁的盆秃子忍不下去了，放下八角鼓，给慈禧跪下："穷不怕没有欺骗太后。"

　　徐三蹲在后边，还在低头用心唱："白头翁举杯邀月……"

　　慈禧这时才看出破绽走到后边，望着徐三张嘴。徐三猛一抬头，发现慈禧，连忙给慈禧跪下："奴才该死，奴才欺骗了太后。"

　　盆秃子直揽责任："不干晚辈的事，是草民欺骗了老佛爷。"

　　穷不怕也跪下请罪："与他们无干，都是草民的主意。"

　　宝座上的慈禧发话了："你们三人合伙欺骗我。"

三人齐道:"奴才不敢。"

慈禧怒气大增:"事情做出来了,还说不敢。小李子,给我先打穷不怕。"

殿下穷不怕急忙解释:"太后,奴才出于好心,既然太后想听单弦八角鼓,奴才想盆秃子唱不出来,干张嘴也得来,也得来伺候老佛爷。"

盆秃子还替穷不怕揽责任:"回太后,我们也是憋出来的点子,为了使太后高兴啊!"

宝座旁边,李莲英也说情:"太后,这几个人的确对太后忠心耿耿,穷不怕是读书之人,把他打坏了,谁还来给老佛爷说相声,是不是老佛爷从轻处置。"

慈禧扑哧一笑:"你以为我真打你们,好吧,杆子免了。"

众人高兴。

慈禧把话说完:"改成掌嘴吧。"

殿下众艺人吃惊:"啊!"

宝座上的慈禧下令:"盆秃子!"

盆秃子接旨:"奴才在。"

慈禧把话说完:"你给穷不怕掌嘴。"

盆秃子犹豫:"这……"

慈禧催了一下:"这什么?去掌嘴。"

殿下盆秃子:"奴才遵命!"他伸出右手,朝着穷不怕的嘴巴打去,落在自己的左边嘴巴上。

慈禧噗的一下笑了:"我料你也不会真打穷不怕,其实这些花花道子,事先禀奏我一声,就没事啦。"

殿下的穷不怕回话:"回太后,昨天在宫里还没想出这点子。"

慈禧一笑:"好了,这个玩意儿倒新鲜,一个人在后边说,一个人在前边学,比一个人表演好看。"

穷不怕、盆秃子、徐三立刻齐曰:"多谢老佛爷褒奖。"

慈禧发话:"你们起来吧。"

殿下穷不怕、盆秃子、徐三再次齐谢:"多谢老佛爷!"

慈禧想到一个问题:"这个玩意儿得起个名字。"

盆秃子深深点头:"请老佛爷赏赐。"

慈禧问话:"盆秃子,你姓什么?"

盆秃子如实回答:"小人没有姓。"

"你们没有姓……"慈禧看到皇宫里到处是黄色,"你们干脆就姓黄吧。"

殿下的徐三想说话,盆秃子捅了他一下。盆秃子、徐三二次跪下:"多谢老佛爷恩赐!"

宝座上的慈禧看了看二人:"你们俩都姓黄,这个玩意儿,就叫双簧吧。"

盆秃子、徐三齐曰:"谢老佛爷赏赐。"

慈禧又否定地摇摇头:"不行不行,大清国就一个皇上,只有皇上才能称黄,你们叫双簧,不行,起来吧。"

慈禧又转了一会儿："一个人在后边学声音，一个人在前边学动作，我看，这个玩意儿就叫双学吧。"

殿下俩人三次跪下："多谢老佛爷恩赐。"

穷不怕、盆秃子、徐三从宫里出来。盆秃子问二人："这玩意儿，到底叫双簧还是叫双学？"

穷不怕有办法："我们在外边表演叫双簧，进宫表演就叫双学。"

盆秃子同意："对，就这么办。"

徐三又问穷不怕："师傅，老佛爷赏赐我们俩都姓黄。我有姓啊！怎么办？"

穷不怕还有办法："这样吧，你在外边姓徐，进宫以后就姓黄。"

徐三接受不了："这像话吗！"

洋务局舞场琉璃灯五光十色，鲜艳夺目，软绵绵的音乐正在传来。外国绅商仕女穿戴时髦，几位大清官员坐在沙发上裹足不前。扎王爷花翎红顶，朝靴官服，拖着一条长长的辫子同曾王府的侧福晋合伴起舞，他的辫子常常甩在别人脸上。

舞场门外周八引颈向里边偷望。

舞场里扎王爷和侧福晋边舞边聊。扎王爷问候："曾王爷身体可安康？"

侧福晋笑脸相迎："托您的福，他身体尚安。"

"没想到侧福晋还那么年轻漂亮。"

"看王爷说的,老了!"

"可不是每个福晋都能跳舞!"

"这不赶上了吗?我要早生二十年,怕也进不了舞场。"

"你二十年以后,仍旧能进舞场。"

"多谢王爷嘉奖。"

"二十年以后,还能同我伴舞吗?"

"看您说的,我永远是王爷的舞伴。"

"可惜啊!"

"可惜什么?"

"可惜我王府的福晋都不会跳舞。"

"有我不就行了,您还想找几个舞伴?"

"倒也是,有侧福晋相陪,我三生有幸。"俩人一转圈,扎王爷的辫子抽在一外国女人脸上。舞场周围坐在沙发上的大清官员偷乐不止。

舞场门外的周八还在偷望,大格格挎着川岛的胳膊走来了。周八发现大格格忙招呼:"大格格,大格格……"

大格格停了一下脚,头也没回,听准是周八,立刻拔脚走了。

周八又追了两步:"大格格,大格格,你不是喜欢古董吗?"

大格格不自主地回了一下头,看他两手空空,朝他一笑。

周八立刻说:"我是密斯周,密斯周。"

大格格摇手告别:"拜拜!"

周八望着大格格背影,狠狠地一拳揍在自己掌心上。

这时,古董王从场外台阶上走下来:"周八,你到这儿来干吗?"

周八装模作样地说:"看看,看看。你不说舞场时髦嘛,我来看看。"

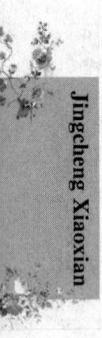

古董王干笑:"醉翁之意不在酒吧,是不是想找大格格玩玩?我还没问你呢,上次你趴在马上进扎王府,有没有人拦你?"

周八摆手:"快别说了。"

古董王爱开玩笑:"是不是别人以为大格格打猎打了个大狗熊。"

周八觉得丧气:"要当狗熊就好了,别人拿我当偷马的了。"

古董王感兴趣:"挨了一顿打?"

周八故作硬气:"打?谁敢打我?没有大格格发话,谁敢打我!"

古董王干笑:"大格格还真向着你。"

俩人越谈越来劲儿,周八会捧人:"有你中间做线,大格格哪能不向着我。"

古董王深问:"后来呢?"

"没有后来。"

"当时把你放了?"

"放了?他们把我绑在马圈里,饿了我一天一宿。"

"大格格没管你啊!"

"她一睡着了,把我忘了。"

"你瞧瞧,让你赶上了。"

"这小事一段儿。"

"后来大格格怎么想起你来了?"

"第二天她牵马,才想起我来了,这事别提了,别提了。"

"刚才跟大格格谈得怎么样?"

"刚才?"

"对啊,大格格不是看见你了吗?你们谈了吗?"

"没有哇。"

"我早就说过,你想认干亲,光嘴甜不行,得有古董。"

"你说,我上哪儿找古董去?"

"我早跟你说过,穷不怕和曾王爷手中的金花鼻烟壶,那是一送就准。"

"我上哪儿偷去?"

"我倒有个办法。"

"什么办法?"

"你可用高价通过二贝勒去买。"

"二贝勒?难啊,那得多少钱!"

"我说过了,钱我可以帮你。"

"没有机会啊!"

"那我们就得多往拍卖行跑啦。"

"拍卖行?"

"东交民巷那里有洋人拍卖行,专门买卖古董古物,也许我们能碰到一些真货。"

"这倒是个办法。"

再说穷不怕家里,穷不怕正在看书,贫麻子从外边进来:"师傅,就您一个人在家?"

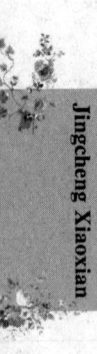

穷不怕说出他心里话:"你不就想见我一个人吗?"

贫麻子觉得神:"您怎么知道那么多?"

穷不怕进一步揭底:"我还知道,你是为借钱而来!"

贫麻子傻笑:"真神了!您怎么知道的?"

穷不怕说大实话:"这不是明摆着吗,你现在要收一个儿子,没有钱怎么能行。"

贫麻子心里美滋滋的:"对,对,他吃得特别多。"

穷不怕认真地说:"不仅是孩子问题,陈老板已供养他多日,又教他唱戏,你要收他为义子,必须给陈老板一笔抚养费。"

贫麻子也是有心人:"那是自然,我会教育孩子,让小喜子尊重双方父母,只是我觉得这孩子没心,对我也不太尊重。"

穷不怕一笑:"错了,这孩子太有心了,他有意地考验你是否有诚意。"

贫麻子不明白:"他为什么拼命地吃饭?"

穷不怕回答得好:"看你舍得舍不得。"

贫麻子又问:"他为什么把我的毛病编到戏文里?"

穷不怕又笑了:"试试你的脾气好不好!"

贫麻子觉得有理:"您这么一说我就放心了。"

穷不怕追问:"你下决心了吗?"

贫麻子说出心里话:"下了,我决心收下小喜子。"

穷不怕猜他来意:"我知道你到我这儿想要点儿钱。"

贫麻子说明:"不是要,是借点儿钱。"

穷不怕的话多了:"我同你师娘商量好了。"

贫麻子等下文:"嗯。"

"我同你师兄弟也商量好了。"

"不用同他们商量。"

"都商量定了,大家一致意见。"

"没有钱?"

"你怎么知道的?"

"师傅的家底我知道得一清二楚。"

"那你找我干吗?"

"想办法啊!"

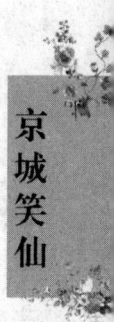

京城笑仙

"最后我们一合计,真想出个办法。"

"什么办法?"

穷不怕打开箱子拿出同治帝留下的御笔纸条。

贫麻子一眼认出:"这不是同治爷的御笔吗?"

穷不怕兴奋地说:"你还记得这御笔?"

"怎么不记得,那年同治爷看咱们玩意儿没带银子,写下这么一个空头御笔。"

"贫根儿,同治爷这份'御笔',到你收下的时候了。"

"师傅,别拿我开心了。"

"不是开心。我和大家商量好的,你师娘也点头给你。"

"你们真的同意了?"

"真同意了。"

"同意了也不管事。"

"怎不管事,这事我说了算。"

"我是说这张纸条不管事。"

"纸条?这不是一般的纸条,这是圣旨。"

"同治爷都驾崩了,还管事?"

"越驾崩了越管事。"

"都驾崩二十多年了。"

"驾崩时间越长越值钱。"

"您没哄我?"

"我不是哄你,是真事。同治爷写着了,欠咱们纹银一百两。"

"我拿这纸条,人家就给我一百两银子?"

"一百两不行,得要二百两。"

"我的祖宗,还要二百两,给我十两,我就烧高香。"

"为师不会骗你,我要有现银,也不会把'御笔'给你。"

"好吧,我到内务府试试。"

"到哪儿去?"

"内务府。"

"别去内务府。"

"同治爷欠咱们的银子不找内务府找哪儿?"

"东交民巷有个拍卖洋行,你到那里找洋人。"

"您净逗我,先帝给内务部开的条儿,我找外国人去要,管事吗?"

"管事,这不是要钱,是拍卖。"

"他们要说不认识同治爷呢?"

"他们比你还认识同治爷。"

"我试试吧。"

"记住,他们要不给二百两银子,你别撒手,要长点心眼儿。"

"您等着我的好信儿吧,说不定,明天我把纸条还给您。"

品德洋行门口，古董王和周八正在截买卖，来了一位书生，手里卷着一幅仕女画。古董王和周八迎了上来。周八先开了腔："这位书生，手里的画准备拍卖吗？"

书生看了看二人："正是。二位有意买吗？"

周八笑脸相迎："我们有意，能不能打开一看，让我们先睹为快。"

书生拿着画轴，将此画打开，是位仕女的风采画，画纸变得黄旧："这是明朝有名的画家古春画的。"

周八看了看古董王的脸色，古董王问："怎么要价？"

书生开口："一千两银子。"

周八倒吸口凉气，古董王说："一千两太少了，你上洋行拍个价，起码是这个数。"他用手比画两千两。

"两千两？"书生的心差点儿跳出来，他卷起国画，推门进了洋行。

外边，周八吃惊地问古董王："一张旧画这么贵？"

古董王告诉他："越旧越值钱。问题是这种画，咱们没有用，扎王爷家里有的是，你要想给大格格进贡，必须用稀世珍宝。"

周八的心快跳到嗓子眼儿了："一张旧画，一千两银子，稀世珍宝我买得起吗？"

古董王安慰他："没跟你说吗？需要多少钱，你到我那儿去拿。只要你能成事，我赴汤蹈火也支持。"

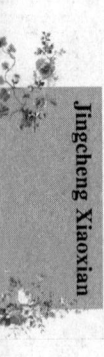

周八不知说什么好:"那我怎么谢你?到时候我一定还你转子钱。"

古董王装作很大方:"转不转没关系,咱们是谁跟谁啊!"

周八有一些担心:"咱们费了九牛二虎之力,大格格要不肯帮这个忙怎么办?"

古董王坚定地说:"帮,肯定帮,她让你认扎王爷做干爹,也就是一句话的事。"

周八想通了:"只要我能认干爹,花多少钱,我也豁出去了。"

古董王点头支持。

周八下了决心:"这帮说相声的是旗人,我要不认旗人为干爹,就玩不转。"

古董王笑了:"这就对了。"

周八的话越来越多了:"我要认上扎王爷为干爹,茶馆马上能重新开张。"

古董王也来劲儿了:"那当然了,开张时刻,举办盛大堂会,宴请社会名流。我一定吃你的喜酒。"

周八又着急上了:"现在万事俱备,只欠东风。不知什么时候才刮东风?"

古董王抓住关键:"有一件东西,大格格保准满意。"

周八张口又问:"什么东西?"

古董王画龙点睛:"八大怪鼻烟壶。"

周八眉头一皱:"你又来了,这不是水中捞月吗?"

古董王不想多说:"好,好,真言不传六耳,这事我只对你一人讲了。"

这时,马路一边,贫麻子拿着用红纸裱着的"御笔"走了过来,古董王提醒周八看:"贫麻子手里是什么玩意儿?"

周八偷看了一眼:"不知道哇!"

古董王提醒他:"是不是王羲之的题词?"

周八又看了看:"不像,我看像穷不怕的字。"

古董王使了个眼色:"咱们看看去。"

周八热情招呼:"这不是贫爷吗?"

贫麻子出于礼节:"二位爷也在这儿?"

周八话来得快:"贫爷来洋行,是买还是卖啊?"

贫麻子举了举手里的纸卷:"卖点儿东西。"

古董王兴趣倍增:"什么东西?我帮你参谋参谋。"

贫麻子不想打开:"毛笔字。"

周八深问:"什么毛笔字?"

古董王趁机发挥:"也许是王羲之的题词。"

周八猜测:"不像,纸还是白的,我看像是穷不怕的字体。"

贫麻子否定:"没我师傅写得好。"

古董王兴趣不减:"到底什么东西?我们帮你参谋参谋,省得你受骗。"

贫麻子支支吾吾:"领赏的毛笔字。"

古董王追问:"到洋行来领?"

贫麻子说出实情:"到内务府去领。"

周八又糊涂了:"这不是内务府。"

贫麻子也说不清:"都一样,都一样。"

古董王更糊涂了:"你把我说糊涂了。"

周八旁敲侧击地对贫麻子说:"你不如把东西打开,让古董王给你估估价,人家是行家,也免得你吃亏上当。"

贫麻子想了想:"也好。"

石头上,二人帮忙把"御笔"打开。古董王眼尖,脸露惊喜:"我见过,我见过,同治爷题词,我当时在场。"

周八也说:"我当时也在场,同治爷当时没有带银两,对不对?"

古董王同周八迅速递了个满意的眼神,就问:"你准备卖多少银两?"

贫麻子心里没底:"我看洋行给多少银两。"

古董王告诉他:"你心里要有数。"

贫麻子有话:"我要要价,那可高了,谁不知道先帝的御笔价值连城。"

古董王想泼点儿冷水:"恐怕洋行给不了你那么多银两。"

周八也谈了自己看法:"那帮洋人心里可黑哩,买你的东西把价压得低低的,到国外把价抬得高高的。"

贫麻子认真起来:"你看他在国外卖过?"

周八说不上来:"这……"

古董王自以为是:"要不你去试试,能出低价买你的就算不错了。洋人不会当时给你钱,他们寄到这里,碰到买主,再从中剥利。不如我给你们做个经纪人,你们当场现金交易。"

贫麻子问周八:"周爷也要买这御笔?"

周八拣了个理由:"我可不是倒卖,我是送人。"

古董王对贫麻子说:"要不你进洋行先去问问,如果卖不出去,再找我们。"古董王又对周八说:"咱们走吧。"

贫麻子有想法了:"等等……"

第二十九章　同治爷留下的御笔圣书和老佛爷的翡翠鼻烟壶

石头旁边，古董王、周八、贫麻子还在议字画价。贫麻子没有想到："周爷也要买这御笔？"

周八捡好听的说："我可不是倒卖，我是送人。"

古董王使了个激将法，给贫麻子出个主意："要不你进洋行先去问问，如果卖不出去，再找我们。"接着古董王对周八说："咱们走吧。"

贫麻子舍不得让他们走："等等，你们说在洋行卖，需要等多长时间？"

古董王表情复杂："这可不一定，他那里手续烦琐，也许一两个礼拜拍卖成功；也许半年不开张，开张吃半年。"

贫麻子又问周八："我要卖给你，你给多少银两？"

周八也只说出一句套话："我首先要听听你的意见。"

贫麻子只记住商品的命根："先帝的御笔，这可是无价之宝。"

周八是个老油条:"无价也得有价,不然如何买卖。"

贫麻子实心眼儿:"你也知道,这是我师傅穷不怕和大家的汗水,现在大家周济我,你总不能给得太少吧。"

古董王最想听到是卖价:"你开个价。"

贫麻子为生活上叫苦:"我现在有儿子啦,需要很多钱,给少了不够用的。"

周八又催了一下:"你说个数嘛。"

贫麻子的抱怨和希望融化在一起:"我家几代人都是穷光蛋,现在就指这张御笔了。"

周八最关心的是实价:"你倒说个价啊!"

贫麻子想说的心里话还没说完:"这件'御笔'时间撂得越长越值钱。"

周八催了一下:"你痛快点儿行不?"

贫麻子伸出个二的手势:"这个数。"

周八猜问:"两千两?"

贫麻子实说:"二百两。"

周八暗喜:"一见你就是个痛快人,我也不还价,再给你加点儿,二百零一两。"

贫麻子笑了:"不用加了,我就要二百两。"

古董王打着同行的手势:"好,一言为定,走,跟我们取银子去。"

周八得到"御笔",急不可待地找到扎王府的大格格。

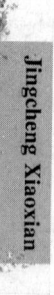

在一家酒馆里,大格格与周八相视而坐。大格格吸着烟,一派风流打扮。

周八讨好地问:"这是什么烟?"

"这是香烟,外国人都抽这个。"说着,大格格抽出一支,"你来一支。"

周八摆手拒绝:"我不会。"

大格格有心地问:"你不会抽烟袋吗?"

周八一点头:"那我会,从光绪爷到咱们平民百姓都会。"

大格格告诉他:"抽法都一样,会抽烟袋,就会抽烟卷,人家隆裕皇后还抽烟卷呢。怎么,来一支?"

周八接过一支,大格格划着火柴给他点烟。周八夹着烟的手直抖。大格格直笑:"你老哆嗦就没法点了。"

周八夹烟的手控制半天,烟才点着。周八吸了一口,学着大格格样子吐着烟。

大格格转了话题:"你那张'御笔'带来了吗?"

周八吐了口烟:"带来了,带来了。"他这才把'御笔'递给了大格格。

大格格边看"御笔",边仰天大笑:"没想到同治爷还有这等雅兴。"她又上下看了看周八,"你准备要多少钱?"

周八会说话:"大格格,您太小瞧我了,我虽是个下民,但不是为了钱。"

大格格想知道:"你为什么,直说吧。"

周八说出心里话:"我想在京城立住脚,只有一事相求。"

大格格吸了口烟:"说吧,跟我还客气。"

周八吐出真言:"我想和扎王爷攀个亲。"

大格格乐出声:"你想当官?"

周八解释:"不不不,我只想在天桥开个茶馆找个靠山。"

大格格明白了:"开茶馆,那还不容易。"

周八话多了起来:"对大格格容易,对我就难了。现在说相声的大都是旗人,我要不和扎王爷攀个亲,很难笼络人心。"

大格格不爱听:"开茶馆怎么会都是旗人,你不说你没本事。"

周八认头:"我是没本事,我的竞争对手们太厉害了。"

大格格细问:"你是说穷不怕、八大怪?"

周八点头:"这些人你也知道?"

大格格脸露傲慢:"我知道。"

周八顾虑重重:"你说,没有靠山,没有人提携,我立得住脚吗?"

大格格揭个底:"所以你想和我阿玛攀个亲?"

周八心诚相问:"攀亲难吗?"

大格格一阵野笑:"说难也难,说不难也不难。"

周八不明白:"此话怎讲?"

大格格指出路子:"如果你和我攀上亲戚,不就等于和我阿玛攀上亲了。如果老八杠子打不着，一辈子也攀不了。"

"和您攀亲戚，不敢不敢。"

"那怕什么？"

"多不好意思。"

"我全不在乎，你在乎什么？"

"您是王爷的大格格，我是江湖草民。"

"你和我攀上亲戚，就不是草民了。"

"是什么了？"

"就是王爷的亲戚朋友了。"

"大格格，我不是不想和您攀亲戚，我怕我不够格。"

"够格，只要我看中了，就够格。"

"王爷要不同意呢？"

"我的事，我自己做主。"

"您要看我够格，您就给我攀一下吧！"

"你真同意了？"

"同意了。"

"永不变卦？"

"永不变卦。"

"永不反悔？"

"永不反悔。"

大格格不客气了："那你就给我磕头吧。"

周八一愣："磕头？"

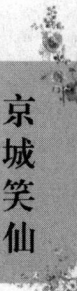

京城笑仙

大格格告诉他:"攀亲都得磕头。"

周八进一步请示:"是我一个人磕,还是咱俩人互相磕?"

大格格挑明:"你给我磕啊!"

周八还不明白:"认什么亲啊?"

大格格觉得心安理得:"认干妈啊!"

周八觉得难堪:"认干妈啊!"

大格格严肃了一下:"你以为拜天地啊!"

周八另有想法:"我以为拜扎王爷为干爹……"

大格格痛快:"管我叫干妈不一样嘛。"

周八正在排辈:"干妈?"

大格格高兴:"对了,我是干妈,磕吧!"

周八没有想通:"我又小了一辈。"

大格格自我得意:"你辈儿本来就不大,到扎王府还想占便宜?"

周八想到年龄:"你比我还小。"

大格格爱充大辈:"我全不在乎,你在乎什么?"

周八知道自己吃亏:"是啊,你捡了个儿子还在乎。"

大格格鼓励他:"你认完干妈,就是王府的亲戚了。"

周八心里有他想:"您看我合格吗?"

大格格口气肯定:"合格,只要我看中了,就合格了。"

周八提出问题:"王爷要不同意呢?"

大格格、周八不约而同地合说:"我的事,我自己做主。"

"你要三心二意就算了。"说着大格格把"御笔"一推。

周八乐了:"看您说的,我找了这么一个干妈,哪能不同意呢。我现在想通了,您就是干妈,萝卜小长在背上了。"

大格格高兴了:"对了,你要同意,你就磕头吧。"

周八跪下:"干妈在上,受干儿周八一拜。"

大格格又想到一事:"先等一等。"

周八不明白:"还有什么不合格的?"

大格格明确一事:"你和我们攀亲以后,你就不能姓周了。"

周八没想到:"还得改姓?"

大格格点头:"得姓我们亲戚的姓。"

周八请示:"我姓什么呢?"

大格格想了想:"姓富吧,不行,我有个干儿子已经姓富了。"

周八又想到一姓:"要不姓田吧。"

大格格一摆手:"不行,我一个干女儿姓田了。"

周八不明白:"您收了几个干儿干女了?"

大格格不想多说:"这你甭管了,各人姓各人的姓。"

周八有一个想法:"要不我随王爷。"

大格格坚决反对:"那哪儿行啊,那成真儿子啦。"

旁边桌旁围着的几个人,捂着嘴在偷笑。

大格格为难了:"这个姓真难起啊!"

周八跪得太难受了:"干妈,要不让我先起来说话吧。"

大格格脑里闪出一个想法:"有了,你就姓沈吧。"

周八磕了一个头:"谢谢干妈!"

大格格一摆手:"不用那么客气。"

周八想到一个问题:"你干儿子里有姓沈的吗?"

大格格一时答不出:"咱们先那么起着,不合适再改。"

周八一愣:"还改?"

别了周八,大格格来到川岛住所。川岛当面夸奖大格格:"'御笔'的好,你的能耐大大的长。"

大格格自吹自擂:"京城的东西没有我弄不到手的。"

川岛满脸挂笑:"大清先帝的御笔留给我们是最友好的象征。"

"中日两国唇齿之邦,理应'亲善'互助。"

"说得好,我们俩也更近了。"

"这回,你答应做我干爹了吧。"

"答应了,我收你这个干女儿了。"

"真的?"

"真的。你就叫川岛莲子吧。"

大格格给川岛上礼:"孩儿给干爹叩头。"

川岛乐了:"行了行了,快起来说话。"

大格格撒娇:"干爹,你可以带我去日本了吧?"

川岛摇头:"不,不,出国没那么容易。"

大格格一愣："怎么不能出国？"

川岛一乐："你要出国，得找一个古董。"

大格格指着川岛手里的："这不是古董吗？"

川岛要第二个古董："这是认干爹的古董，还要找个出国的古董。"

大格格偷偷自语："比我还黑。"

川岛严肃起来："你说什么？"

大格格好话来得快："我说您的头发比我的都黑。"

川岛笑了："这还差不多。"

这时扎王爷过来了，刚才的事情都看在眼里。扎王爷说："川岛先生，这回满意了吧？"

川岛不满足地摇摇头："坐坐坐。"

大格格把川岛的想法抖搂出来："我干爹说了，他们急需很多古董，这张'同治爷御笔'是认干爹的古董，我出国还得找第二个古董，我妹妹再出国还得找第三个古董。"

扎王爷半天说不出话来。

川岛把事情说得灵活一点儿："没有古董其他供品也行。"

大格格想知道："其他供品还有什么？"

川岛淫笑："穷不怕的老婆。"

大格格大吃一惊："啊，用活人做供品，你口胃太大了。"

扎王爷强作笑脸："古董也好，供品也好，都不要着急嘛。据我所知，值钱的古董，现在就一种。"

川岛不信:"天下的古董怎么说就一种。"

扎王爷解释:"本王是说能弄到手的古董。老佛爷手里有一个翡翠嵌珠鼻烟壶,你弄得到手吗?"

川岛几乎在摇头。

扎王爷明说:"现在有一对八大怪金花鼻烟壶,是老佛爷赐赏的,一共有两只,一只在曾王爷手里,一只在穷不怕手里。"

川岛看中了:"这的确是宝物,再过些年,就是古董。"

扎王爷解释自己的行为:"因此本王现在正极力地接触曾王爷的侧福晋,只有通过她,才有可能把金花鼻烟壶弄到手。"

川岛着急地问:"现在接触得怎么样了?"

扎王爷脸露难色:"谈何容易,心急吃不了热豆腐,我已接触几次,还没有什么进展。"

川岛问另一线索:"穷不怕手里的鼻烟壶呢?"

扎王爷觉得难上加难:"更指不上,它已成为朱派掌门的信物,至于川岛先生说的穷不怕的老婆,倒也不是可望而不可即之事。因为他们成亲国法不容,这个妇人逃征私嫁曾犯有欺君之罪,早应该把他们分开,只是报应还没到时候。望川岛兄不要着急,耐心等待时机。"

川岛对大格格说:"你出国之事,先不要着急,耐心等待时机。"

再表沈福居茶馆门上挂着"沈福居茶馆"的字匾。一挂红鞭炮挂在门框上噼噼啪啪地响着,围观了不少游客。店员高喊:"沈福居茶馆开业和沈掌柜过生日,双喜临门!"

沈掌柜身穿黑缎礼服,带领夫人春姐、妻妹春花、女儿丽琴站在门口迎接宾客。

古董王身穿礼服驾到:"恭贺沈掌柜!双喜临门!"

沈掌柜抱拳还礼:"同喜!同喜!"

春姐接到古董王手中"开业大吉"的贺幛。有人高声念贺幛:"开业大典!"

又有人向里边通报:"王爷驾到!"

茶馆里,因为茶馆开业和沈掌柜过生日,双喜临门。茶馆今日变成了寿堂和席厅。"寿"字中堂位在其中,案前高点寿烛。桌子上的供品有寿桃、寿面、寿酒、水果等等。家人男左女右,坐在供桌两旁。

外边人继续喊:"王爷驾到!"

屋里的客人、艺人听到喊声跪成一片。

古董王发话:"起来吧,起来吧,我是古董王,不是王府的王爷。"

众人起来,相互埋怨:"怎么报的家门?""怎么报的!"

古董王来到寿堂抱拳行礼。

沈福居茶馆门口,曾府二贝勒带着丁三、王四驾到,有人发现喊报:"二贝勒驾到!"沈掌柜带领家丁给二贝勒叩头:"叩见二贝勒!"

春花接过二贝勒手中的"贵寿无极"的贺幛。有人高声念贺幛:"贵寿无极!"

二贝勒的两眼死死盯着花容月貌的春花:"这不是春花吗?"

沈掌柜上前回话:"正是我妻妹。"

二贝勒话也多了:"几年的工夫,出落得这么漂亮。我说周八。"

沈掌柜忙作更正:"小人已不姓周。"

二贝勒明白过来了:"沈八。"

周八声明:"名字也改了,您就叫我沈掌柜吧。"

二贝勒顺情:"沈掌柜,你抖起来了。"

沈掌柜爱听:"托二贝勒的福。"

春花含笑谁也不看。

有人向屋里通报:"小王爷驾到!"

茶馆里没有下跪的,群众甲说:"又来个姓王的唬咱们。"

群众乙也说:"咱们不跪,真王爷不会到这儿来。"

二贝勒同丁三进来。丁三喝道:"曾王府的二贝勒驾到,你们怎么不下跪!"

众人议论:"原来真的小王爷来了,小人不知。"众人欲下跪,二贝勒忙说:"免礼免礼。"

春姐跟进来:"二贝勒坐上座儿。"

二贝勒赞许:"又过生日,又开业,真是双喜临门啊。"

茶馆门口,扎王府大格格服履时髦地走过来了。春花发现了:"姐夫你看,是不是大格格来了?"

沈掌柜迎了过去:"干妈来了,孩儿给干妈叩头。"

春花在一旁捂嘴掩笑。

大格格笑眯眯地说:"起来吧!"

沈掌柜上前解释:"不知道您来,原以为您不参加生日堂会。"

大格格说明来意:"我是来参加你开业大典的。"

众人大笑!春花过来见礼。沈掌柜用手让客:"干妈屋里请。"

春姐也忙过来行礼:"大格格来了,请这边坐。"

大格格坐下后,打开一个首饰盒,取出一颗钻石戒指给春姐戴上:"咱们姐俩还是第一次见面。"

沈掌柜上前讨好更正:"这是你儿媳妇。"

大格格比画着说:"咱俩论咱俩的,我们俩论我们俩的。"

春姐、春花笑起来没完。春姐挑逗沈掌柜:"你也应该管我叫干妈。"

沈掌柜说了一句:"没正形。"

茶馆里空桌不多了,二贝勒、丁三、王四单独一桌。其他男客人一桌,女客人一桌。另一张桌子周围坐着贺堂会的艺人,陈老板、小喜子、秀秀、贫麻子和其他艺人围桌而坐。

台前一位二十出岁头的姑娘在弹弦声中唱起单弦《春景》:"春至河开绿柳时来,来花放蕊,遍地萌芽在土内埋……"

桌前二贝勒不时地瞟着春花姑娘。

男客桌前,古董王捅了一下沈掌柜,沈掌柜会意地望了二贝勒一眼。

古董王得意地说:"二贝勒再能照顾你的买卖,你的茶馆可就兴盛无疑了?"

"我倒不需要他照顾,我想跟他做一桩买卖。"

"什么买卖?"

"你忘了,曾王爷家里有一个八大怪金花鼻烟壶。"

"你还惦着那个啦!这个买卖怎么做?"

沈掌柜看了春花一眼:"我这里有娇妹。"

古董王猜到了:"用人换金花鼻烟壶?"

沈掌柜佩服:"白兄真是一点就透。"

古董王没想好:"这合适吗?"

沈掌柜胆大:"没什么不合适的,各取所需嘛。我需要一个八大怪鼻烟壶。"

古董王帮助分析:"你要再有这个金花鼻烟壶,大格格就能出国了。"

沈掌柜认为多余:"我已认她做干娘了,我还管她出国?"

古董王一愣:"你自己想留一件?"

"万一以后我再遇到揭不开锅的时候,不就有救了。"沈掌柜突然想到,"唉,白兄,你怎么不弄这个金花鼻烟壶啊?"

古董王口角生风:"愚兄家里没有娇妹啊。"

俩人乐了起来。

艺人桌前,陈老板指着向小喜子介绍:"那位就是茶馆沈掌柜,那位是他的夫人,那位是他女儿丽琴。"

小喜子一看见春姐和丽琴,脑子里立刻嗡的一下:"是他们!"

陈老板看他神色不对,才问:"你认识他们?"

小喜子回忆,那天在周八家门口,端着碗在要饭,小丽琴把剩饭倒入小喜子碗中:"这是我咬下来的饺子边。"

粮铺的伙计认出周丽琴:"周小姐来了。"

周丽琴不爱听了:"难听劲儿的,你说多少钱吧?"

伙计比画着:"二十个铜子。"

周丽琴掏出一把铜子:"我买了。"

"好说好说。"伙计把面袋递给丽琴。

丽琴把空面袋塞给小喜子:"给你。"

茶馆里,沈掌柜端起酒杯走到二贝勒桌前敬酒。

二贝勒举起酒杯为走过来的沈掌柜祝酒:"我们祝沈掌柜……"全桌人举起酒杯,二贝勒接着说,"仁者长寿,贵寿无极,干!"

宾主一饮而尽。

二贝勒不放沈掌柜走："我同沈掌柜划上两拳。"

沈掌柜说了声"好",俩人"六六六呀,五魁首呀,五魁首呀,八匹马呀,六六六呀"划起拳来。

二贝勒赢了："你输了,喝!"

沈掌柜拿起酒杯一饮而尽。

俩人又继续划拳。

二贝勒又赢了："喝!"

沈掌柜又一饮而尽。

艺人桌前,小喜子问："他们不姓周吗?怎么又姓沈?"

陈老板含糊其词："他老子改姓了,他跟着改。"

贫麻子抓空儿了："孩子随着父母可以改姓,以后你要有父母了,你也可以改姓了。"

小喜子兴奋起来了："反正我不姓贫。"

贫麻子听起来很尴尬。

单弦唱完了,这里那里响起了零散的掌声。

小丽琴桌前,沈掌柜向众人宣布："下边由我爱女点个节目。"

家人把节目折递给丽琴,丽琴看也不看就说："我要听'铡美案'里的黑包公。"

沈掌柜连忙摆手："不可,不可,生日里最好唱《蟠桃会》《大四福》,吉吉利利的多好。"

丽琴撒娇地："不嘛,不嘛,我就听黑老包。"

春姐对老头子说:"黑老包就黑老包。"

沈老板马上拍板:"好好,铡美案就铡美案。"

春姐心细:"你看看这是谁的戏。"

沈老板告诉她:"这是陈老板的戏。"

沈丽琴钦佩地说:"喜子哥能唱。"

陈老板对小喜子说:"你报报家门。"

小喜子高兴:"好,我叫小喜子,我的师傅是陈老板。"

陈老板很高兴,小喜子又说:"我的师爷是穷不怕。"

陈老板觉得吃亏了,笑容一收:"啊!"

众人鼓掌。陈老板无奈,拉起二胡,小喜子学唱包拯:

(西皮快板)驸马不必巧言讲,

现有凭据在公堂。

人来看过了香莲状,

驸马爷进前看端详,

上写着秦香莲三十二岁,

状告当朝驸马郎,

抛妻子,藐皇上,

悔婚男儿招东床,

状纸压在我的大堂上。

掌声、叫好声四起,沈丽琴爱慕地看着小喜子,陈老板桌旁相陪。沈丽琴拿着两个纸包走到陈老板跟前,她把小红包交给了陈老板,把大红包交给了小喜子。陈老板两眼滴溜溜乱转,小喜子手足无措。

沈掌柜夫人愕地对视了一眼,客人们神秘地传递着眼神。

春姐向回来的女儿说:"你给错了,大包应该给师傅,小包给那包公。"

沈丽琴有理地一扬头:"我没错,我今天就看包公来的。"

陈老板家里,小喜子将大红包交给了陈老板,陈老板高兴地说:"为什么给我?"

小喜子有心地说:"老师,蒙单上不说好了吗,没出师挣钱都归老师嘛。"

陈老板一笑,把小红包交给了小喜子:"这是你的,可能沈小姐给错了。"

穷不怕院子里,穷不怕和徐三坐在高凳上正在教孩子们背绕口令。小喜子、小福子、秀秀和一群孩子坐在小板凳上背绕口令。

男孩背:"六十六条胡同口,住着个六十六岁刘老六,他家盖了六十六座好高楼,楼上有六十六篓桂花油,篓上边蒙着六十六匹绿绉绸,绸上边绣着六十六个大绒球,楼下边钉着六十六个檀木轴,轴上边拴着六十六条大青牛,牛旁边蹲着六十六条大马猴。"

女孩背:"六十六岁的刘老六,站在门口啃骨头,来了两条大黄狗，跑到近前抢骨头。"

齐背："吓跑了六十六头大青牛，惊跑了六十六个大马猴，拽折了六十六个檀木轴，撞倒了六十六座好高楼，洒了那六十六篓桂花油，油了那六十六匹绿绉绸，脏了那六十六个大绒球。"

徐三对众人说："好！有上进，还不够熟练。今天听学的人很多，除了我们朱门门后以外，还来了很多自学人。这样吧，我们每人报一下自己的名字，大家互相认识一下。"

这时，王六从门口露了一下头，被穷不怕看见："想学，就进来吧！"

大家"唰"一下回头望着王六。

小福子认出王六："是他！"

穷不怕忙问："你也认识他？"

小福子有话："我正在找他呢！"

众人也问："他怎么啦？"

小福子小脸绷得很紧："他用'灵生丸'骗走了我师娘的耳环。"

王六托着耳环进来了："我错了。"

穷不怕表示欢迎："闻过则喜，大家要欢迎他，进来学吧！"

王六给穷不怕鞠一躬，然后双手将耳环奉上。

孩子们不吱声。

穷不怕嘱咐他:"你散学后,拿着耳环亲自还给贫大叔,要亲自向人家道歉。"

王六哆哆嗦嗦:"我不敢。"

穷不怕发命令:"不敢也得去,你就说是我说的。"

"唉。"王六哈腰坐下了。

徐三发话了:"咱们接着报名。"

秀秀站了起来:"我叫徐秀秀。"

小福子站起来:"我叫徐德福。"

小喜子站了起来:"我叫小喜子。"

众孩子乐:"报大名!"

小喜子脑子快:"你们挂德字,我就叫德喜吧!"

众人问:"你的姓呢?"

小喜子不好回答:"我姓什么还没定呢,是不是三叔?"

众人乐。

徐三替小喜子解围:"他姓什么,我同陈老板正在商量,定下来一定告诉大家。"

众人乐。

还是穷不怕家里,董彩莲对穷不怕、贫麻子说:"你们师徒俩再去一趟,我看小喜子的事有希望。"

穷不怕想到实际问题:"陈老板已教养小喜子这么长时间,我们必须从银两上让人家满意。"

贫麻子指了指桌上的包:"师傅放心,'御笔'拍卖的银两全在这儿了，我一个子儿也不留。"

穷不怕净为人家着想："咱们要体谅人家的辛苦。"

这时正传来陈老板的声音："师兄在家吗？……"

穷不怕听出来了："陈老板！"

陈老板带着小喜子已迈进大门，贫麻子高兴："说曹操，曹操就到了。"

穷不怕带着众人相迎："说孙权，孙权就到了。"

董彩莲也很诙谐："是啊，说刘备，刘备就到了。"

陈老板总结得好："咱们成《三国志》了。"

彼此见礼，客先主后进屋落座。

陈老板话多了："我等你们领儿子，你们也不去。我只好送子上门了。"

穷不怕指着桌子上的布包说："我们正准备出发，你看银两都预备好了。"

陈老板口是心非地说："这是干吗？你要这样，我就把儿子领回去。"

贫麻子把银元宝包打开："陈叔不必客气，您老抚养小喜子这么长时间，这是我们微薄之意。"

陈老板有些过意不去："这就见外了，我管小喜子饭，小喜子挣钱给我，这正是蒙单之约嘛，还送什么银两。"

贫麻子体会到陈老板的心意："我知道，你拿小喜子当亲儿子对待了。"

小喜子永记深情:"我师傅天天给我吃鸡蛋。"

陈老板有些不好意思:"鸡下蛋不吃还扔喽?!"

小喜子想到哪儿说到哪儿:"你让我使劲儿吃,说吃亏了找贫大伯要钱。"

贫麻子心一收:"啊!"

穷不怕评价:"孩子说实话了。"

小喜子又想到师傅的好:"师傅老给我宰鸡吃。"

陈老板有话说:"公鸡不下蛋,不宰了不废粮食吗?"

小喜子接着说:"你让我使劲吃,说吃亏了有我贫大伯接着。"

贫麻子差点儿叫出来:"哦。"

陈老板埋怨:"你怎么还没过门就变心了,净揭我短。"

穷不怕的话可多了:"我可知道一个孩子的挑费,你的情义绝不是这几个银子能补偿的,小喜子长大要敬养双层父母。"

陈老板想起一件事:"你一说我想起来了,你家小顺子呢?"

穷不怕也说不清:"玩狗去了,不是玩狗,就是遛马,相声场的事他不感兴趣,不谈他了。"

陈老板心里有话:"有一句话不知该问不该问。"

穷不怕说:"贤弟请讲。"

陈老板有点儿疑问:"穷先生,你穷了吧唧的,哪儿来的这么多银两？"

穷不怕不愿意深讲："这就是我祖坟冒青烟修来的福。"

陈老板不爱听："又来了。"

贫麻子说了实情："先帝——同治爷赐给了我师傅的御笔。"

陈老板可惜地说："你们怎么把'御笔'给卖了？"

穷不怕不想多谈："不要想那么多了，还是考虑点儿现实吧。"

陈老板实在不忍："这些银两是你们的心血，我可不能收。"

贫麻子表忠心："用我们的心血补偿您老的心血，不正合情理吗？"

陈老板说实话了："我收不了这么多。"

贫麻子拧劲儿上来了："您收得了这么多。"

"我不能收这么多。"

"您应该收这么多。"

"我花的钱没数。"

"是不是嫌钱少了？"

"不不，我没花这么多钱。"

"您花的比这多。"

"大侄子以后要抚养孩子，应该给大侄子多留点儿，师兄您给分一下。"

穷不怕将元宝分成三份:"这样吧,根据三年另一节的蒙单,这三分之二你收下。"

陈老板真心夸奖:"你的脑袋瓜谁也比不了。"

穷不怕将三分之一银两推给贫麻子:"这三分之一为你今后的抚养费。"

贫麻子还想推辞:"师傅……这银两都应该给陈叔,以后我不够,再找您借。"

陈老板实心实意:"这部分就算我给你的。"

贫麻子答应了:"那……我就不客气了。"

陈老板夸穷不怕:"我说你师傅一着手就解决了吧。"

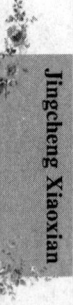

陈老板满意地对穷不怕说:"我没有看错人吧。"

穷不怕高兴:"没有没有。"

陈老板自表:"我不是瞎奉承吧。"

穷不怕点头:"不是不是。"

陈老板又问:"我不是拍马屁吧!"

穷不怕很正经:"不是!"

贫麻子家里,举办了认亲会,穷不怕当司仪:"给爸爸叩头。"

小喜子给贫麻子三叩首。

贫麻子笑咧了嘴:"快快起来,别使劲磕,磕破了头。"

穷不怕又发了话:"给妈妈叩头。"

小喜子给钱氏三叩首。

钱氏过意不去："磕俩就行了，以后磕头的机会多着哩！"

还是贫麻子家，穷不怕陪着一家人吃饺子。穷不怕给小喜子夹一个，贫麻子给小喜子夹一个，钱氏也给小喜子夹一个。

小喜子不知说什么好了："我哪儿吃得了这么多！"

屋里喜气洋洋。

再说洋馆子，扎王爷正同侧福晋饮酒。扎王爷又要给侧福晋倒一杯白兰地，侧福晋手捂住杯口："我不能再喝了。"

"侧福晋很有酒量，面不更色，心不跳。"

"瞅你说的，心不跳不成死人嘞！"

"侧福晋绝非一般人。"

"我该回去了，曾王爷要派人到庙会上接我，事情就麻烦了。"

"男女喝喝酒，这在国外是很平常的事。"

"咱们大清国男女可有别，最讲浮礼儿。"

侧福晋站起来欲走，扎王爷止住："侧福晋等一下！"

侧福晋又多嘴了："说了一晌午，还没说完？"

扎王爷点出要害："听说曾王爷手中有一八大怪金花鼻烟壶。"

侧福晋明说："有哇，这是老佛爷赏赐的。"

扎王爷也明说："下次你来，能不能带来一看？"

"原来王爷心里惦念的是这个？"

"你又想歪了，东西再亲，也没有人亲。"

"我看不见得吧！"

"我只是说借来看看。"

"怕不那么容易。"

"怎么？"

"你看过杨香五三盗九龙玉杯吗？"

"看过。什么意思？"

"曾王爷守着金花鼻烟壶，比皇帝守着九龙玉杯还紧。"

"你跟他说我借看一下。"

"我说出同你的关系，曾王爷还不将我劈喽。"

"那你就拿出杨香五的本事。"

"不过，你别着急。"

"又是何意？"

"曾王爷的身体近来欠佳，等哪日他白天睡着了，我将它拿出来就是了。"

"我一猜你就有办法。"扎王爷来了个时髦的飞吻。

再说穷不怕场地，穷不怕、徐三、小喜子、云花、陈老板均在场内。场外围了不少人。

群众甲要求："穷先生来首回文诗吧！"

群众乙支持："对，来首高雅的。"

正这时，场外有人喊："有人上吊了！"看热闹的人一下散去好多。

穷不怕对徐三等人说:"走,咱们也看看去。"

众人觅声跑去,穷不怕等人跑在最前头。

有人问:"在哪上吊了?"有人回答:"在弯脖树!"有人问:"男的女的?"有人回答:"不是老太太,就是老头儿。"

天桥弯脖树前,不少人纷纷赶到。弯脖树上,春花吊着。人们纷纷议论:"这是谁家的姑娘?"

"这不是周八茶馆的丫头吗?""长得可真俊啊!""有什么想不开,偏走这条路。"有人喊:"赶快救人啊!别啰唆了!真得把弯脖树锯喽,它害死多少人啊!"

"不能锯啊,天桥的弯脖树是给咱们穷人预备的,景山的弯脖树是给皇上预备的,这是天意,咱们给老天爷叩头。"呼啦一声,人们都跪下了。

这时,只见空中一把亮刀飞过去,割断了绳子。原来是穷不怕的飞刀救下了春花姑娘,上吊的春花倒在徐三怀里,穷不怕等人陆续赶到。

徐三用手在春花鼻孔前试了试,还有气。云花用手在春花胸前顺着气,不久,春花姑娘徐徐地睁开了眼睛。

云花惊喜地喊道:"缓过来了。"

春花姑娘含泪看了看周围人,最后两眼盯着徐三流出了热泪:"徐三哥!"

徐三劝她:"不要多想了。"

群众甲有话:"听说,周八两口子,为了赚钱,老不让春花嫁人。"

徐三接过话茬子:"就是啊,不准他同男人来往。"

云花问徐三:"你怎么知道的?"

徐三实话实说:"春花亲口对我说的,她姐夫老打她的主意。"

云花多心了:"这你也知道?"

穷不怕给圆了场:"她原来救过八大怪,这次也算我们报恩吧!"

这时,沈丽琴从人群中挤了进来,她一下扑到春花怀里:"姨!……"她把春花、徐三俩人都压倒了。

春花抱着丽琴:"快起来,快起来。"

沈丽琴央求地:"你不回家,我就不起来。"

春花好言好语求她:"快起来说,快起来说。"

沈丽琴态度鲜明:"你不答应,我就不起来。"

最下边的徐三说话了:"你就答应孩子吧,我受不了了。"

春花还在劝:"听话,你先回去吧。"

沈丽琴拧劲儿上来了:"我不嘛,一块儿回去。"

云花想知道细情,问沈丽琴:"你姨因什么跑了出来?"

沈丽琴告诉她:"我妈和她打架了。"

云花又问:"因什么打架啊?"

沈丽琴直摇头:"我也说不清。"

云花还有疑问:"你爸爸怎不来接她?"

最底下的徐三埋怨:"你让她起来再问,行不行?"

这时,曾府二贝勒带着官差坐着黑色小驴车路过此地,马路上有人喊:"二贝勒来了!"

丽琴有盼头了:"我姨走不了,坐着二贝勒的车走,正好。"

穷不怕对徐三说:"你不要去送了,让小喜子跟着丽琴去一趟。"

人们让开了路,二贝勒一看春花笑开了眼。

沈丽琴直说好话:"二贝勒,我姨走不了……"

二贝勒心里美滋滋:"坐我驴车。"

沈丽琴、小喜子扶着春花上了车。丽琴一拍驴屁股,驴车走了。剩下二贝勒直着急:"还有我呢!"

众人大笑。

第三十章 穷不怕的回文诗正着念反着念发音都一样

沈掌柜家里，春姐拿着鸡毛掸子在追打沈掌柜："我早看出来你对春花存心不良，兔子还不吃窝边草呢，你就这样对待我妹？"

沈掌柜死皮赖脸地说："她又不是你亲妹妹，只不过是你的远房堂妹嘛。"

春姐手里的鸡毛掸子直敲桌面："再远也是我接来的亲戚。"

沈掌柜在桌子底下躲来躲去："不敢了，以后不敢了。"

春姐嘴不饶人："快四十的老头子了，精神头比小伙子还大，你背着一个，抱着一个，也不嫌沉。"

沈掌柜嬉皮笑脸："我改还不行吗？我改还不行吗？"

春姐狠狠地敲着桌子腿："你是不是还想纳三房四妾的？"

沈掌柜有些忍不住了："你小声点儿好不好，我的太太，我是堂堂的沈掌柜。"

春姐追得更狠，桌子啪啪直响："我打的就是你这个沈掌柜。"

沈掌柜保证似的央求："太太饶命，太太饶命。"

这时，院子一乱，沈丽琴、小喜子搀着春花从外边进来，沈丽琴看了身后二贝勒一眼，喊道："额娘，来戚了！"没等春姐迎接，二贝勒推门进来了。他打了个手势，丁三、王四留在门口。

桌旁的春姐把掸子掉了个个儿，装作掸花瓶的样子："二贝勒来了，我给您请安！"

二贝勒一笑："免了，免了，都免了，今日是朋友造访。"

春花一猛子扎到里屋去。

春姐接客："二贝勒请坐，二贝勒请坐。"

二贝勒坐后问："沈掌柜呢？"

沈掌柜从桌子底下抱着一只猫钻出来："二贝勒请坐，我追猫呢。"

春姐忙着沏茶倒水："二贝勒喝茶！"

沈掌柜也笑脸相迎："这事儿把二贝勒也麻烦上了。"

春姐让小喜子一把椅子："你坐这里，这孩子长得多精神啊！"

二贝勒应付着："精神，精神。"

春姐是个嘴抹子："这孩子长得多稳重啊！"

二贝勒也忽悠着："稳重，稳重。"

春姐夸起来没完没了:"这孩子长得多福相啊!"

二贝勒也跟着说:"福相,福相。"

春姐望着二贝勒:"这孩子长得多像您啊!"

二贝勒变脸了:"啊!你弄错了吧。"

春姐讨好地问:"这不是您的少爷吗?"

沈掌柜帮助解释:"这不是穷不怕的徒孙吗?二贝勒哪有少爷,他的福晋……不能生。"

春姐老有理:"我说看他怎那么眼熟!"

小喜子自我介绍:"我给你们唱过'铡美案'。"

春姐想起来了:"说相声的,谁让你来的?"

沈丽琴真心实意:"我让他来的,二贝勒要听他说相声。"

二贝勒顺情说好话:"对,听相声,听相声。"

春姐乐了:"对对对,二贝勒一来是得乐呵乐呵。"

沈掌柜劝茶:"二贝勒喝茶!"

二贝勒端杯:"喝喝。"

春姐向二贝勒飞了一眼:"一看二贝勒就是福相,最近更福态了。"

二贝勒好像有心事:"算命的说,我最近多福转运。"

春姐好心相问:"是不是要得儿子了?"

沈掌柜替二贝勒解释:"二贝勒没有儿子是夫人不争气,这回二贝勒要娶个侧福晋,儿子马上破门而进。"

二贝勒问沈掌柜,也像问大家:"侧福晋?侧福晋的影子在哪儿啦?"

春姐对孩子们说:"你们俩到外边去玩。"

沈丽琴拽着小喜子出去了,春姐细声细气地对二贝勒说:"这您别着急,冲您的门户,冲您的长相,满街的闺女还不随便挑。"

二贝勒突然问道:"春花呢?"

"回她屋休息去了。"

"听丽琴说,春花跟太太吵起来了,到底为了什么?"

"家庭小事,家庭小事。"

"家庭小事至于上吊吗?"

"二贝勒不知,姑娘长得好点儿,男人惦着的就多。"

"近来提亲的一定络绎不绝,每天叽里咕噜来好多人吧?"

"是啊,一般的人春花哪看得上,让我们都叽里咕噜给轰出去了。"

"那也不至于上吊啊!"

"是啊,有个男人死皮赖脸缠着我们春花不放。"

"什么地位,敢这么大胆。"

"我们不敢说了。这可不是一般的男人,有地位。"

沈掌柜插话了:"这人地位跟贝勒您差不多。"

二贝勒自谦上了:"王爷怎么了,王爷也得明媒正娶。"

春姐同意这说法:"就是啊。"

二贝勒夸奖上了:"春花不是一般的漂亮。"

春姐觉得太漂亮了:"那是,比貂蝉还漂亮。"

二贝勒也有同感:"春花可不是一般的女子。"

春姐十分欣赏:"那可是刚摘下来的蜜桃。"

二贝勒的态度:"春花的婚事不能操之过急。"

春姐也同意:"急不了,她是我们家的一宝。宝贝就是钱,现在是玉皇大帝拜财神——有钱的大三辈。"

二贝勒有看法:"一般人配不上春花。"

春姐给二贝勒拍马屁:"都配不上。"

二贝勒自我陶醉:"也有能配上的。"

春姐想问到底:"谁?"

二贝勒支支吾吾:"……别人。"

春姐说出了心里话:"能配得上,也不能配。"

二贝勒不明白:"怎么?"

春姐明说:"春花是我家一宝,必须用宝物定亲。"

二贝勒什么都舍得:"我家宝物很多,不知有没有能看得上的。"

春姐一惊:"怎么?二贝勒您也想……"

二贝勒会装好人:"看春花怪可怜的,我打算成全她,救她一命,你们说,要什么宝物吧。"

春姐故意拿糖:"你们家的宝贝,我们都看不上。"

沈掌柜帮助春姐要价:"我们看上的,你们又舍不得给。"

二贝勒一横心:"你说吧,为了春花,我什么舍不得给?"

沈掌柜明说:"听说曾王爷有一个八大怪金花鼻烟壶。"

二贝勒吓了一跳:"那是我阿玛的宝物。"

沈掌柜激了他一句:"你看,不成了吧!"

二贝勒想到这是老家的命根:"我阿玛爱它如命,整天手不离壶,壶不离手。"

沈掌柜的话更多了:"我们春花还顶不上一个鼻烟壶,我们整天手不离花,花不离手。"

春姐帮助更正:"眼不离花。"

沈掌柜改嘴很快:"对,眼不离花,花不离眼。"

二贝勒答应了:"好吧,我试试看,春花怪可怜的,那个死皮赖脸男人是谁啊?"

春姐直看沈掌柜,沈掌柜很圆滑:"别提他了,二贝勒要能救她一命,那真是遇到神仙了。"

二贝勒直说好话:"我争取吧,如果我弄到鼻烟壶,一定给你们送来,不过,你们不要着急。"

沈掌柜更会说话:"我们不着急,二贝勒不急就好。"

二贝勒站起身来:"我回去了。"

春姐还想留他:"你不要听段相声吗?"

二贝勒没心听了:"改日再听吧。"

春姐招呼着沈掌柜:"送二贝勒!"

二贝勒摆手:"免了。"

再表院子里，丽琴对小喜子说："你知道我叫你来干什么？"

小喜子不解："干什么？"

丽琴说出心意："让你教我唱戏。"

小喜子爱听："唱戏？你也喜欢唱戏？"

丽琴点头："喜欢，我爸爸说了，我们开大茶馆，不会唱戏哪成。"

小喜子答应了："那好，我和秀秀天天早晨在窑台练功，你跟我们一起练得了。"

丽琴娇气地说："那么早我起不来，再说我不愿意跟秀秀一起练。"

小喜子不明白："为什么？"

丽琴说出心里话："她练得那么好了，让她笑话我啊。"

小喜子没办法了："那你怎么学啊？"

丽琴早想好了主意："你到我家教我点儿就行了。"

小喜子满口答应了："好吧。"

穷不怕场地，场内长凳上坐着陈老板、董彩莲、云花、古董王等。场中穷不怕正教小喜子白沙撒字，徐三在旁边助教。场外围了不少人，曾王爷、侧福晋也在人群之中。

场中，穷不怕捏着白沙对小喜子说："每一个字在写之前，要把这个字拆成笔画，释其意义，一笔一画地唱出来，懂吗？"

小喜子摇摇头。

徐三具体地说："每写一笔要唱出这一笔的含义。"

小喜子还是不懂："那怎么唱啊？"

徐三指出学习方法："你要把师爷经常写的字，如福、寿、禄字，都要跟着师爷唱会。"

小喜子明白后点了点头。

穷不怕对小喜子说："今日我教你写个'容'字。"

小喜子又点头。

徐三对看官讲："今天我师傅穷不怕给诸位表演白沙写字的节目'容'字。"

周围众人称快："好好！""容易的'容'。""容人的'容'。"

场里穷不怕左手打板，右手捏起白沙写字，边撒"容"字边唱："写上一撇不像个字，饶上一笔念个'人'，'人'字头上点两点变成火，火到临头灾必临，灾字底下添个口念个容，劝众位得容人处且容人。"

人群中众人称好，叫好声掌声，此起彼伏，曾王爷也在众人之中。

场里的穷不怕一抬头看见曾王爷："曾王爷！"

曾王爷用手势止住礼节。

穷不怕轻声吩咐："给王爷看座儿。"

徐三给曾王爷搬过一个长凳："曾王爷请坐。"

众人看着曾王爷坐下。

场内一边，小喜子对师傅说："王爷也来听相声？"

徐三有耐心："听你师爷相声的人，多高层次的人都有，经常来一些秀才、举人，连慈禧太后都请你师爷说相声。"

曾王爷这边，穷不怕走过来施礼："曾王爷怎么也来听相声？"

曾王爷面露笑容："你又多日不进王府，请你的人多了，不好请了，今日到场想和穷先生切磋切磋回文诗。"

穷不怕礼貌请教："草民望请王爷多加指教。"

曾王爷摆手："不必客气。"

穷不怕诚意相请："请王爷点节目。"

曾王爷张口就来："你就给我来一首前秦女诗人苏蕙的《璇玑图》吧。"

"草民遵命。"穷不怕叫徐三，"你帮我捧一段。"徐三点头答应。

场心徐三（去乙）陪着穷不怕（去甲）说对口相声。

甲："今日给众位表演一段回文诗。"

乙："什么叫回文诗？"

甲："常来的看官都知道，回文诗就是，正着念是一首诗，倒着念还是一首诗，意思还不能变。"

乙："这可有意思。"

甲："苏蕙是个列国时代的女诗人。他丈夫因为吵架去了襄阳，断绝了音信，时间一长，苏蕙很想念他丈夫，作了一首回文诗，还配上了图，派人送给了他丈夫。由于是首回文诗，她丈夫正着念，反着念，越念越缠情，最后他丈夫一受感动，得！把苏氏接到任上吧。"

场外川岛和扎王府的大格格走来了，夹在人群的另一边观阵。川岛一眼就找到坐在长凳上的董彩莲。他两眼盯着董彩莲发起愣来。

大格格说话了："干爹，您在想什么呢？"

川岛一乐："我在想你出国的事啊。"

大格格用眼神说话："你在打人家（董彩莲）的主意吧。"

川岛笑容一收："你钻到我的心里了。"

大格格递给川岛一把枣："新下来的枣，特别甜。"

场心继续表演。

乙："您能不能吟吟这首诗？"

甲："行，听着。麟龙昭德怀圣皇，人贱为女有柔刚。亲所怀想思谁望，纯贞志一专所当。"

乙："您解释解释。"

甲："'麟龙昭德怀圣皇'，麟龙是指珍贵的龙袍，有信念的臣子心里都思念开明皇上，就像皇上那件珍贵龙袍一样，永远不离开明君身上，可不指庸君。"

乙："'人贱为女有柔刚'呢？"

甲："上边的臣子忠于君，下边怎样呢？贱为谦词，下边的女人，有爱情专一的，也有见异思迁的。"

乙："'亲所怀想思谁望'呢？"

甲："我是什么样的人呢，在亲人的住所里我怀念的人还有谁呢？"

乙："她是爱情专一的。"

甲："我感情专一守着家，就想你一个人。"

乙："对她丈夫太好了。"

人群一边，众人鼓掌叫好，小喜子听得入神。

人群另一边，川岛嘴里嚼着枣，手里又拿一个枣向董彩莲砍去，枣砍在董彩莲身上，董彩莲四下寻找砍枣人。

川岛又一个枣向董彩莲砍去，不想正砍到陈老板身上，陈老板拿着枣一反击，这个枣正砍在川岛眼睛上。

川岛动怒："我非得教训教训他。"

大格格拦住："不行，干爹，你看，曾王爷在那儿坐着。"

场中甲、乙继续表演。

甲："这是列国时代的诗，不要对号入座。现在情况不一样了，现在好了，现在有一妻九妾的，还有的有老婆了，还惦着人家老婆的。"

乙："啊？"

人群中的川岛又一愣。

大格格看了看川岛不快的表情。

川岛："这帮人真不好斗。"

大格格："咱们走吧。"

川岛："不，我要看看他们表演。"

场中继续表演。

甲："一妻九妾那人好像姓袁。"

乙："您说得太远了，您说说一夫一妻。"

甲："一夫一妻有打骂妇女的，还不准人家回娘家。"

乙："您就说这首回文诗。"

甲："回文诗说到哪儿啦？"

乙："回文诗说到她跟丈夫有点儿小矛盾。"

甲："一念回文诗感情就好了。"

乙："回文诗正着念完了，感情还没好。"

甲："那再倒着念。"

乙："倒着念？"

甲："从后边往前念。"

乙："您念一遍。"

甲："我先把原诗再念一遍。"

乙："这好，可以加深印象。"

甲："麟龙昭德怀圣皇，人贱为女有柔刚。亲所怀想思谁望，纯贞志一专所当。"

乙："最后一个是'当'。"

甲："回文诗从'当'字往回念。当所专一志贞纯，望谁思想怀所亲。刚柔有女为贱人，皇圣怀德昭龙麟。"

乙："怎么讲?"

甲："在家里我感情很专一,还有谁值得我在亲人的住所里怀念呢,最专一的女子就是我,就像明君一样,你多招人想啊!"

乙："把她爱人比成明君了。"

众人笑了。

乙："您能不能把原诗和回文诗,连在一起讲一下。"

甲："可以。上边有信念的臣子忠于明皇,在下边有爱情专一的女子忠于丈夫。在家里我想的亲人还有谁啊,不就想你一人吗?"

乙："回文呢?反着讲呢?"

甲："在家里我除了想你,还有谁值得我这么怀念呢,只有想我的亲人你,爱情专一的女子就是我,就像臣子碰见最伟大的皇上一样,你多招人想啊!"

乙："把她丈夫都绕进去了。"

甲："丈夫一想,就因自己有打呼噜这个小毛病,咱俩就闹别扭,太不应该了,干脆把夫人接来吧。"

乙："得,接走了。这诗是这意思吗?"

甲："我就是这么理解的。"

笑声四起,众人鼓掌叫好。

川岛离场："哼,咱们走着瞧。"大格格随着："会有办法对付他们的。"

场前曾王爷一个劲儿鼓掌。

小喜子对徐三说:"我师爷真有学问。"

场里穷不怕抓着白沙,将上边的回文诗迅速写出。全场沸腾起来,人们纷纷往圈里扔钱。穷不怕对着曾王爷说:"让王爷见笑了。"

曾王爷掏出一个银元宝给了小喜子:"你跟师爷好好学习文字。"

小喜子痛快地答应了:"唉。"

穷不怕也说:"我最担心的,将来相声艺员不学文字,变成耍耍贫嘴,这就糟踏我们的相声了。"

再表扎王府里,川岛回来后坐着生气,大格格端过一碗茶水:"干爹,消消气。"

川岛一把把茶水推翻:"我要出这口气。"

大格格强忍着性子:"出,是得出。得找机会啊。"

远处传来了枪声,川岛兴奋地站起:"机会来了!"

京城几处,八国联军开进了城里。八国联军占据了东直、齐化。八国联军占据了天坛。

皇宫浴池,两位奶妈正在沐浴。两位宫女各举着一件带两孔(露奶头用)的大红紫上衣,在一旁等候。

两位奶妈穿着带孔的大红紫上衣。

宁寿宫,慈禧脸朝外躺在床上。两位宫女进来后给太后请安:"老佛爷吉祥!"站在一边。

两位奶妈进来请安:"老祖宗吉祥。"俩人跪在慈禧面前,露着两个乳头。

慈禧躺着用嘴先吃第一个奶妈的奶,奶妈想起了自己正在哭泣的孩子。

慈禧又吃第二个奶妈的奶:"你的奶很足。"

奶妈回话:"这是老佛爷的福分。"慈禧边吃边露出喜色。这时,响起了十三响快枪。慈禧一着急,咬得奶妈龇牙咧嘴。

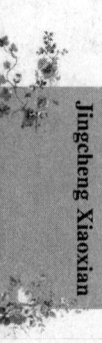

一个宫女说:"这是惯例。"

另一个宫女说:"近来每天都响英国制十三响快枪。"

慈禧发话:"我知道,多嘴!"

宫女表示:"是!奴才不敢。"

慈禧正在吃奶,忽听见公鸡打鸣,吓得她撒开奶头:"这是什么声音?"

无人回答。

慈禧又听到鸡打鸣声,又问:"这是谁在吼?"

宫女回话:"奴婢不敢多嘴。"

慈禧话也多了:"让你说你不说,不让你说你抢着说。"

宫女回话了:"老佛爷,这不是公鸡打鸣吗?"

慈禧不悦:"多嘴!鸡打鸣我还不知道?"

慈禧刚一吃奶,又响起炮声。慈禧用劲一咬奶头,奶妈哎哟了一声。

慈禧忙问:"怎么啦?"

奶妈笑道:"外国人一打炮,我这儿起了个泡。"

慈禧刚要继续吃,又响了一炮,慈禧故作镇静:"别怕!"咬着了奶妈的手。

奶妈疼了半天才说:"老佛爷,这是我手。"

这时,李莲英从门口进来:"给老佛爷请安!"

慈禧对宫女们说:"你们先下去吧!"

四女下去后,李莲英才说:"老佛爷不好了,洋鬼子从东直、齐化二门进城了。"

慈禧嗖地坐起:"夷兵来得好快啊!"

李莲英详细汇报:"来了八国洋兵。"

窗外火景,南边一片火海。

慈禧望着火景问:"南城是哪国部队?"

李莲英回话:"南城是德国兵。"

慈禧下令:"把东华门、西华门和南北城门都给我关闭起来。"

李莲英接旨:"喳!"

慈禧吩咐:"你再给我打探打探,北京城里到底来了多少兵。"

"喳!"李莲英接令后下去。

慈禧走到窗前望着火海,外边传来一声炮响,慈禧吓得差点儿坐空。

大街上，朝阳门、德胜门一带铺户挂着日本国旗。洋兵布岗，盘查极严。

宁寿宫里，慈禧还在望着火海。李莲英慌忙进来："老佛爷，不好了，四城全驻进了洋兵，联军……"

慈禧急问："联军怎么啦？"

李莲英回话："联军要攻打东华门了。"

慈禧一下靠在墙上："什么？联军要攻打我紫禁城了？"

这时，"扑哧"一声，从纸窗窗格子里飞进一颗子弹来。慈禧忙问："什么东西？"

李莲英拾起来，在烛光下定睛一看："子弹。"

慈禧接过来，手在烛光下发抖："子弹就是这样，我们的将领都败在这上边了。"

李莲英着急："老佛爷赶快想些办法。"

慈禧摇头："完了，我们怎么挡得住洋枪洋炮，只有为国捐驱了。"

李莲英心里一惊："老佛爷想自尽？"

慈禧伤心地说："莲英，你还记得吗？明朝最后一个皇上在煤山自尽了，难道我们大清国也要灭亡？"

李莲英信心十足："不会的，老佛爷功德无量。"

慈禧摇摇头："都已经没用了，现在四面楚歌，只有一死。"

李莲英上心地问："老佛爷也想上吊？"

慈禧接着摇头:"不,女子死后不留身,我要投水而死,莲英,你把颐和轩后边那口井盖打开。"

李莲英立刻心惊肉跳:"这……"

慈禧质问他:"这什么,你怕死了吗?"

李莲英也摇起头来:"不不,小人死而无怨,只是太后……大清国还需要太后母仪天下,望太后三思。"

慈禧别无他想:"国都没了,还母仪什么天下,我死后,你把我尸体安葬在遵化西边的菩陀峪。"

李莲英答应:"是,不,太后投水后,小人立即撞柱而死。"

慈禧批驳说:"你这没出息的,男儿怕什么,安葬我以后,你再死不迟。"

李莲英接旨:"喳!"不久他出去了。

李莲英来到井旁,掀开水井盖,等了老一会儿,不见慈禧来。他只好又回到宁寿宫,走到慈禧旁边报:"回太后,井盖奴才已打开。"

慈禧态度变了,面露喜色:"我不用投水了,刚才载澜来了,说了个好主意。"

李莲英忙问:"什么好主意?"

慈禧不慌不忙地说出:"让我化装逃走,然后慢慢再想计策。"

李莲英带笑:"对,这主意好。"

慈禧用亲热的口吻叫:"莲英,你还得干一次你的老本行,给我梳个头,梳个汉妇的头。"

李莲英听旨:"奴才遵命!"

慈禧吩咐:"再给我找件汉妇的衣服。"

李莲英心里有数:"是,我先去把井盖盖上。"

慈禧有想法:"不用盖了,一会儿换个人跳下去。"

李莲英一愣。

宁寿宫里,李莲英给慈禧梳头。李莲英压低声音,在慈禧耳边嘀咕:"我已准备好了三辆骡轿车,到了万寿山就有卫兵接援了。"

慈禧认真地问:"怎么个走法?"

李莲英和盘托出:"不能出国门了,洋鬼子占据了天坛。东华门、西华门遵旨已经关闭,老佛爷只好出神武门,由景山西街出地安门。"

慈禧接着说:"然后可从西直门出城?"

李莲英点头:"正是,您看我梳得行吗?"

慈禧举着镜子:"太年轻了。"

李莲英讨好:"老佛爷长得本来就年轻,像个四十岁的人。"

慈禧不爱听:"现在不是摆谱的时候,我要的是汉髻,汉族的老太婆,越老越好。"

李莲英有办法:"想老点儿好办,多描点儿皱纹。"

慈禧强调:"那你就多给我描两条吧。"

李莲英拿着描笔:"老佛爷坐好喽,不要晃。"

慈禧看李莲英的手直抖,忙说:"我倒没晃,你手也不要晃了。"

李莲英心余力绌地说:"我没晃。"

慈禧帮他解悟:"你在我身边这么多年了,挺随便的,现在怎么哆嗦起来了。"

李莲英不知如何回答好:"我不哆嗦,这炮声怎么有点儿哆嗦。"

慈禧告诉他:"皱纹别都画上边,下边也来点儿。"

李莲英往下画了两笔。

慈禧借着镜子一看:"你怎么给我画上胡子了?"

"奴才该死,奴才该死!"李莲英急忙递给慈禧一个手绢。

慈禧一擦嘴:"还有吗?"

李莲英不敢说胡话:"成连毛胡子了。"

慈禧吩咐:"赶快给我打盆水来。"

李莲英遵旨:"喳!"

水盆前,慈禧一边洗脸,一边说:"小李子,你也骑不好马,就跟在我后边吧!"

李莲英答应:"喳!"

李莲英给慈禧挽了一个麻姑髻,把铜镜递给慈禧。慈禧照着镜子:"我真成了汉妇了。"她掉下了眼泪。

　　一辆上部围蓝、下部围红的骡轿车出现在西郊的土路上,轿车里坐着穿蓝长褂的慈禧。三辆轿车向远处驶去,后边跟着三匹红马。山路上,慈禧、李莲英带着逃亡人马,跟跟跄跄上着石山。

　　慈禧等人进了一座寺庙。

　　庙外边有人把守。

　　庙内宫女端来一碗小米粥给慈禧:"太后,请用膳。"

　　慈禧看了看碗里说:"别用膳了,就说吃饭吧。"慈禧一看是小米粥!哭笑不得,想起了在后宫吃人奶的情景。慈禧把粥放在一边,对李莲英说:"宣庆亲王、扎亲王见我。"李莲英接旨:"喳!"

　　不一会儿两位王爷进来给慈禧叩首。

　　慈禧对着庆亲王说:"庆亲王,现在这个局面都是你等闹的,知道吗?"

　　庆亲王认罪:"臣有罪。"

　　慈禧的话多了起来:"这倒好,听说现在瓦德西和赛金花睡在我的床上了。"

　　扎亲王否定:"这都是传言。"

　　慈禧发话:"命你们俩人立刻回京。"

　　俩人吃惊。扎亲王说:"太后一定有高见。"

　　慈禧命令:"你们回京,要会同李鸿章办理一切事项。"

俩人接旨:"喳!"

扎亲王表态:"老佛爷放心。"

慈禧下旨:"要同八国联军交涉讲和。"

俩人继续接旨:"喳!"

扎亲王心里有顾虑:"老佛爷放心,我等可尽心效力,只是……"

慈禧让他说出来:"只是什么?"

扎亲王谈出顾虑:"只是洋人对大清王公如果不信任怎么办?"

慈禧把责任推到下方:"这就看你们的能耐了。"

扎亲王只好认命:"喳!"

慈禧继续说:"我到西安后等候你们的佳音。"

扎亲王安慰太后:"老佛爷放心。"

慈禧的心跳正在怦怦地加快:"放心?我放得下吗?你是掌管军政大权的尚书,京城的安危就看你的了。"

扎亲王重复安慰话:"老佛爷放心。"

慈禧听烦了:"又来了,你就会说这一句话。"

扎亲王保证:"臣一定按太后的旨意办事。"

慈禧发话:"你们下去吧。"

俩人接旨:"喳!"退下。

慈禧又唤:"小李子!"

李莲英得意:"我知道老佛爷在想什么。"

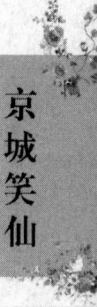

京城笑仙

"说说看。"

"三天不看戏,老佛爷心里发痒了。"

"你就是我的半颗心,你有什么好主意?"

"到西安后,我立刻给老佛爷物色陕西戏班。"

"那里的戏班,乏而无味,从京城给我带几个去。"

"现在战乱时期,调去很多戏班,恐怕不妥吧。"

"这样吧,戏子你给我挑几个,你再把说相声的穷不怕、说评书的云里飞给我带来。"

"奴才立刻派人去办。"

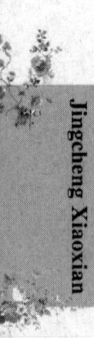

穷不怕家门口,一个太监骑马停在穷不怕门口,太监傲气十足地宣旨:"穷不怕接旨。"

穷不怕、董彩莲、贫麻子、徐三迎出门来跪下。

太监宣旨:"朕钦奉慈禧端佑皇太后懿旨,'届时两宫西行,行途辛难,缺歌少戏,命穷不怕朱绍文随銮两巡,勉为其难,毋得有辞,为此特谕,钦此!'"

穷不怕不语。

太监又催了一遍:"接旨啊!"

穷不怕回话:"我不接。"

太监一下子变脸了:"你好大的胆子,敢抗旨!"

穷不怕对懿旨不满:"我不去。现在国难当头,民不聊生,应该想办法对付洋兵才是。"

太监又催了一遍:"你接不接?"

穷不怕回话："不接！"

贫麻子接过来："草民替师傅接旨。"

穷不怕家里，太监走后，贫麻子在劝穷不怕："师傅，这可是懿旨，抗旨要杀头的。"

穷不怕心里有底："西太后现在只顾逃命，顾不得杀我。"

贫麻子有话："她回来杀你也不晚啊！她早晚要回来的。"

董彩莲也分析不利之处："杀你还用西太后，顺天府就办了。再说，扎王爷已回北京了，这人不善，对咱们久怀祸心，十分圆滑。"

穷不怕还是不怕："这事我来顶着。"

董彩莲嘴茬子硬："你顶得了吗？"

穷不怕不含糊："最多掉个脑袋，慈禧是屈服，我不能屈服。"

贫麻子还不放心："师傅，得选个两全其美的办法。"

穷不怕决心已下："这事你甭管，出事以后我顶着。"

董彩莲心细："你人一上岁数，也固执起来了。"

贫麻子也只能听命："好了，师傅，请您自己斟酌，你徒媳病重，这两天我不能看您了，您多多保重，我走了。"

"徒媳到底怎么啦？是不是喘病又犯了……"穷不怕一看贫麻子没影了，又心不净地摇了摇头，"这贫根子，还是毛毛腾腾的。"

贫麻子家里，钱氏一人在家。忽听有人敲门，门一开，

京城笑仙

穷不怕和董彩莲站在门外,董彩莲手中拎着点心包。钱氏真诚让客:"师傅、师娘快快请进。"

穷不怕俩人刚迈进门槛,钱氏"咚"的一下跪下了:"徒媳给师傅师娘叩头。"

穷不怕心里不忍:"快请起,这是为何?"

钱氏感谢万分:"多亏师傅救命之恩。"

穷不怕接受不了:"这从何谈起?"

钱氏口吐真言:"御笔相赠,使我家喜得一子。"

穷不怕没把事情看得多重:"起来说话,区区小事,不足挂齿。"

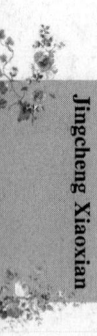

董彩莲也问:"徒媳身体还好?"

钱氏边起来边说:"徒媳身体还好,师傅、师娘请坐。"

董彩莲坐下后,把点心包放在桌上:"这两日没见贫麻子,前两天听贫麻子说你身体不适。"

钱氏坐在一旁说:"没有……噢,前两天是有些不适,不然早就过去看望师傅了。多亏贫麻子得了银子,外边的饥荒一下我们都还清了,这个大恩我们要记师傅一辈子。"

穷不怕在董彩莲对面坐着说:"这点儿事,以后不要挂齿了,再说这也是大伙儿的意思。"

董彩莲又问:"贫麻子呢,怎么几日不见?"

钱氏脸不自然:"出去了。"

穷不怕也问:"干什么去啦?"

钱氏说谎:"他各处还账去了。"

穷不怕觉得不对:"不是账都还完了吗?"

钱氏支支吾吾:"估计差不多该回来了吧!"

这时小喜子回来了,钱氏心喜:"见过师爷师奶。"

小喜子给穷不怕夫妇施礼:"师爷!师奶!"

穷不怕高兴万分:"这孩子真懂事。"

钱氏话也多了:"我看挺像他爸的。"

小喜子不爱听了:"我比我爸强,我爸爸长麻子,我长了吗?"

钱氏十分耐心:"那是病,我说你的性子像你爸。"

小喜子有话:"我爸爸快二十了才学相声,我九岁就开始学。"

钱氏宠着他:"你强,你强!"

小喜子话越说越多:"我爸一顿饭吃俩窝头,我一顿饭能吃三个。"

钱氏说了他一句:"没心没肺。"

小喜子的话没有完:"我爸爸能和我师爷说对口,我也能和我师爷说对口。"

钱氏爱听这话:"这倒是聪明话。"

小喜子的话越说越多:"我爸爸能学我师爷白沙撒字,我也会白沙撒字。"

钱氏这话爱听:"这还像话。"

小喜子表白自己："我爸爸能替我师爷下西安，我也行。"

穷不怕听出破绽："你说什么，小喜子？"

钱氏赶忙打岔，说了小喜子两句："又没正经的了，你出去玩去。"

小喜子自信地问："我比我爸强不强？"

穷不怕抓住时机问："小喜子，你刚才说什么？你爸爸下西安？下西安干什么去了？"

小喜子存不住话："替您服役，陪着老佛爷逃跑啊。"

钱氏制止他："不准胡说。"

小喜子认真地说："我没胡说。"

钱氏指出："你爸爸逃什么跑？"

穷不怕也问："到底怎么回事？"

钱氏谈出实情："到如今我也不瞒您了。贫麻子怕您抗旨降罪，他替您随着老佛爷西下了。"

穷不怕分析要害："糊涂！现在危及生命的不只我个人，是我们国家，我怎么能让他吃罪，他家里还有妻儿老小。"他急着对董彩莲说："你给我准备一匹快马，我把他追回来。"

钱氏劝他："师傅使不得。"

穷不怕不明白："怎么使不得？"

钱氏说出实情："他已经走了两天，怕只怕现在已经过大同了。"

董彩莲说得更明确了："恐怕已经追上慈禧了。"

穷不怕决心已下："那也无妨，哪怕到西安我也要把他换回来！"

钱氏想说出细情："千万不可。"

穷不怕就不明白："有什么不可？"

钱氏详细叙说："他已向西太后奏明您已病重，不能起身，如果您一露面，我们贫麻子就有欺君之罪，反害了贫麻子。"

董彩莲帮腔："说不定慈禧已召见他了。"

钱氏同她一唱一和："说不定他正向太后奏明缘由。"

董彩莲接着说："说不定，他给太后唬住了。"

穷不怕也接着反着说："说不定他让太后杀了。"

钱氏心里一惊："啊？为什么？"

穷不怕分析："西太后看出破绽，恼羞成怒。"

钱氏惊慌："那怎么办？"

穷不怕也没办法了："只有求天灵保佑他了。"

菩萨像前，钱氏叩头作揖为贫麻子反复祷告："老佛爷，保佑我们贫麻子一路平安吧。"

再说贫麻子，骑着马在回家的路上赶路，前边出现了德国兵挡路，挂着"大德顺民"旗，"禁止过境"。

贫麻子骑着马绕行，前边又有英国兵挡路，路旁挂着"大英顺民"旗，贫麻子只好掉头绕行。

贫麻子骑着马找路，前边遇到了俄国兵赶路。路旁挂着

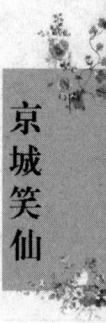

京城笑仙

"大沙俄顺民"旗，贫麻子又掉头绕行。

路口处日本兵布岗，挂着"大日本顺民"旗。贫麻子骑马跑来，几个日本兵举着枪："站住！站住！"

贫麻子只好下马，抱拳："洋爷！洋爷！"几个日本兵后退，以为碰到义和团了，大叫大嚷："义和团！义和团！……"

贫麻子直找："义和团？义和团在哪儿？"

日兵甲直问："你的什么人？"

"我大清国人啊！"

"你的义和团？"

"我是义和团？义和团要我吗？"

"为什么（比画着）作揖？"

"你问我为什么作揖，这是我们大清国的规矩，见客人都作揖，有礼貌。"

"你的干什么的干活？"

"我是天桥说相声的。"

"你是给义和团送信的？"

"我给义和团送信？我知道义和团在哪儿啊？"

"你去天津吗，派援兵。"

"我去天津干吗，我去保定，西太后西逃了，我去追她。"

日兵甲乐了："诺诺，你骗人，你不是在追西太后。"

贫麻子在问:"我在干吗?"

日兵甲自傲:"你在迎接我们。"

"我迎接你们……啊啊,你怎么知道我迎接你们?"

"因为这不是西边。"

"这是哪儿?"

"这是东边通州。"

"我转向了。"

第三十一章 理发挑子的大饼卷肉让狗叼走了

"你没转向。"日兵甲苦笑,对别的士兵下令,"搜!"

几个日本兵搜贫麻子全身,日兵乙搜出银两:"这么多银子。"

日兵甲乐了:"收下,我说你是欢迎我们的,你大大的好。"

贫麻子急了:"这是我的盘缠。"贫麻子欲抢,日兵甲用枪挡住了他。

贫麻子火了:"你们怎么抢东西?"

日兵甲用枪把打贫麻子。

这时,川岛和扎王爷正从街上走来。下了马,川岛问道:"什么事?"

日兵甲行礼汇报:"抓到一可疑分子。"

有士兵接过川岛、扎王爷的马,川岛问:"什么人的干活?"

贫麻子一见扎王爷:"扎王爷,是您啊!"

川岛问王爷:"他的什么人?"

扎王爷说明:"他是天桥说相声的。"

日兵甲谈看法:"他说去找慈禧,我怀疑是他给义和团送信。"

川岛问贫麻子:"你的到底去哪里?"

贫麻子说实话:"回洋爷,我就是追慈禧。"

川岛不明白:"追她干吗?"

贫麻子有理:"我师傅给她说相声,她欠了我们好多银子,她要是回不来了,我们找谁要?"

扎王爷向川岛解释:"他就是穷不怕的徒弟。"

川岛乐了:"噢,叫他过去的干活。"

贫麻子指着日兵:"得还我银子,没盘缠,我哪去得了。"

日兵甲、乙拿着银子跑了,贫麻子尾追:"给我银子,我的银子。"

川岛直喊贫麻子:"回来!不追!"

贫麻子对川岛:"洋爷,那您给我盘缠?"

川岛往拴马树而来。

贫麻子追着川岛要钱:"把盘缠还给我。"

川岛还是那句话:"你得找慈禧。"

两个日兵从树上解下了拴马绳。

贫麻子追着要钱:"我要我的银子。"

川岛牵过马来:"慈禧有的是银子,你找她多多地要。来!"川岛把马绳递给贫麻子。贫麻子接过马绳不知何意,川岛比画着自己要上马。

贫麻子还是不解其意,扎王爷让贫麻子伏下身子。贫麻子按旨伏下身子,川岛踩着贫麻子的后背上了马。川岛、扎王爷骑马走了,贫麻子望尘骂道:"王八蛋!"

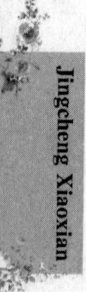

在川岛日本化的住所里,扎王爷和川岛正在畅饮谈天。川岛说道:"局势变化真快啊。"

扎王爷也很感慨:"太快啦!真没想到。"

川岛自以为是:"慈禧的下场我早就预料到了吧。"

扎王爷讨好地说:"还是川岛君有远见。"

川岛立刻喜形于色:"我们的机遇到了。"

扎王爷得意一笑:"到了,是时候了,我要把那帮说相声耍贫嘴的都轰出北京城。"

川岛重托:"你要把穷不怕的老婆给我留下。"

扎王爷口气更大:"我还要留下他的金花鼻烟壶。"

川岛乐滋滋地说:"好!弄到金花鼻烟壶,我就带你女儿去日本。"

扎王爷又为难了:"难,穷不怕诡计多端,他会那么轻意让我弄到金花鼻烟壶吗?"

川岛贪得无厌:"曾王爷手里不还有个金花鼻烟壶吗?"

扎王爷介绍详情:"我已经委托曾王府的侧福晋了,侧福晋会择机行事的。不过据侧福晋说,曾王爷把鼻烟壶看得很紧。"

川岛决心很大:"鼻烟壶、穷不怕的老婆统统弄到手。"

扎王爷不忘实际交情:"川岛君的意思我知道,金花鼻烟壶和穷不怕老婆有一样弄到手,我的女儿,不,也是你的川岛莲子就能出国。"

川岛讲出条件:"对,有一件到手,莲子就能出国。如果两件全能弄到,你的几个儿女全能出国。"

扎王爷叮了一下:"一言为定?"

川岛提醒他:"莫错过良机啊!"

扎王爷有把握地说:"川岛君等我的好信儿吧!"

川岛比王爷急:"我可等不了啦,我把电话架到你家,你随时要向我报告。"

扎王爷答应:"好!"

川岛举杯:"干一杯!"

扎王爷也举杯:"干一杯!"

俩杯碰而出声。

贫麻子家里,钱氏、董彩莲跪在里屋佛像前祈祷,穷不怕在外屋翻着书。钱氏带头祷告:"请佛祖保佑贫根儿平安。"

董彩莲跟着祷告:"贫根儿他是个好人。"

钱氏强调:"贫根儿一辈子做善事,没做过坏事。"

董彩莲又说:"这次贫根儿是替师傅服役。"

这时,一阵马叫,不一会儿贫根儿从外边进来。穷不怕说了一句:"贫根儿回来啦!"钱氏、董彩莲从里屋迎出来了,钱氏忙问:"你怎么回来啦?"

董彩莲也问:"见到慈禧了吗?"

钱氏又问:"你给师傅告了假了吗?"

董彩莲催了一下:"你说话啊,你见到谁了?"

钱氏也着急了:"说啊,到底见到谁了?"

贫根儿没好气地说:"我见到八国联军了。"

钱氏一愣:"啊!"

董彩莲关心地问:"你怎么走的?"

穷不怕又细问:"从哪儿见到的?"

贫根儿没好气地接着说:"城里哪儿都出不去,到处是洋兵布岗,我绕来绕去,最后出了朝阳门,一直西下,就被八国联军截回来了。"

穷不怕不明白:"你不是在追慈禧吗?"

贫根儿自责:"我都不知干吗了。"

穷不怕给他下结论:"你在迎接八国联军。"

贫根儿不明白:"为什么?"

穷不怕指出他方向错误："出朝阳门，那是东边，慈禧在城西。"

贫根儿承认自己绕糊涂了："哎哟，哪儿都出不去，都给我转晕了。"

再表曾王府，曾王爷躺在床上，头枕一个长方形带锁的金色小匣。侧福晋进来："给王爷请安！"

曾王爷边起来边说："我很好，你好哇！"

侧福晋点头："好！"

曾王爷："坐，坐。"

侧福晋又来个礼："谢王爷！"

曾王爷不明白："怎么还那么多礼啊！"

床上的小金匣闪闪发光，曾王爷伸手欲端小金匣，侧福晋抢着端，"我来，王爷。"曾王爷拦住侧福晋，"不用，不用。"曾王爷双手将金匣捧到桌上，夫妇俩坐赏小金匣。

这时，二贝勒进来施礼："儿臣给阿玛请安！"

曾王爷喜悦："好，好。"

二贝勒给侧福晋施礼："给二额娘请安！"

侧福晋心里美滋滋："免了，免了。"

曾王爷发话："你也坐吧。"

三人坐赏小金匣。

侧福晋摆弄着小金匣："王爷天天守着金匣，想必里边装了什么宝贝。"

曾王爷话来得很快："你明知故问，这八大怪金花鼻烟壶本身就是宝中之宝啊！"

二贝勒插话："阿玛起床后，第一件事是什么？"

曾王爷把小金盒打开，拿出鼻烟壶："起床我第一件事，就是看看我金花鼻烟壶在不在。"

二贝勒接着又问："第二件事呢？"

曾王爷话来得也快："第二件事是放在桌子上欣赏。"

二贝勒还问："第三件事呢？"

曾王爷如实回答："我看着鼻烟壶回想着往事。"

侧福晋不理解："臣妾不明白，鼻烟壶您锁在箱子里不就省事了。"

曾王爷摇摇头："现在能撬开锁的飞贼有的是。"

侧福晋心里没底："您枕着它就那么保险？"

曾王爷有话："除非我脑袋搬家，否则小金匣谁也盗不走。"

二贝勒挑毛病："阿玛，我看您放在小金匣里本身就不保险。"

侧福晋也跟着说："是啊，一点儿都不保险。"

曾王爷不明白："为什么？"

二贝勒想说的话很多："现在街上洋匪到处抢古董，如果闯进几个洋匪,公然抢走怎么办?"

曾王爷拧劲儿上来了:"我就和他们拼了。孤王的头和鼻烟壶生死共存。再说,孤王的听差也不是吃素的。"

侧福晋想得多:"你有人,他们也有人,你有大刀,他们有洋枪。"

二贝勒也插嘴:"他们专抢您的小金匣。"

侧福晋说得更具体:"是啊,你枕在枕头下,不正是此地无银三百两吗?"

二贝勒给出主意:"您不如放在一个不起眼的盒里。"

侧福晋看法相同:"对啊!越不起眼,就越没人拿。"

曾王爷觉得乱弹琴:"什么不起眼呢?"

二贝勒拿来一个茶叶盒放在桌上:"您就放在这旧茶叶盒里,谁还打开看看里边有没有茶叶?"

侧福晋同意这做法:"这倒是个好主意,旧茶叶盒就不起眼。"

曾王爷也想借水行舟:"把鼻烟壶放在里边也好,省得我老摸着鼻烟壶。"

二贝勒给老爸出主意:"您老盯着茶叶盒就行了。"

侧福晋说得更具体:"不能贼不溜秋地老盯着,越盯着越着眼。"

二贝勒也教给他:"您似盯非盯着。"

侧福晋接着教他:"你可以一会儿盯着,一会儿不盯。"

曾王爷把桌子上的鼻烟壶放在茶叶盒里,端着欲走。

二贝勒马上问:"阿玛干什么去?"

侧福晋也问:"王爷到哪儿去?"

曾王爷随便说说:"我想到外边转转。"

侧福晋警告他:"外边到处是洋兵。"

曾王爷自圆其说:"我就是要看看洋兵,那也不能老不出门啊,外边什么样我都不知道啦。"

二贝勒显摆一下自己:"还那样,就是多了几个站岗的。"

曾王爷抖出心里话:"听说毁掉了不少房子,连前门楼子都烧掉半截啦!"

二贝勒自我安慰:"没烧掉咱们王府就行。"

曾王爷分析:"那还不是早晚的事。"

侧福晋担心地问王爷:"王爷准备坐轿出去?"

曾王爷摆手否定:"不不不,树大招风,准备微服溜达。"

二贝勒马上急问:"阿玛准备到哪儿去遛遛?"

曾王爷没那么紧张:"哪儿能坐会儿就到哪儿遛遛。"

侧福晋顺从地说:"那咱们见店吃店,见佛拜佛。"

曾王爷同意:"行,观观风声我心里好有底。"

侧福晋体贴王爷:"王爷这身子就得坐着观风。"

二贝勒发愁:"哪儿有座儿呢?"

曾王爷有耐性："走，咱们边走边找。"

二贝勒抢过茶叶盒："我给您拿着茶叶盒吧。"

侧福晋又把茶叶盒抢到自己手里："还是我拿着吧。"

曾王爷又抢了回来："我拿着最保险。"

二贝勒觉得："阿玛拿着好。"

侧福晋也同意："王爷拿着好。"

二贝勒发话："咱们走吧。"

侧福晋又同意："对，咱们走吧。"

曾王爷不明白："你们干什么去？"

俩人齐曰："我们跟着您啊！"

曾王爷表白："我溜达溜达用不着那么多人。"

侧福晋主动发话："我陪着王爷去就行了，你回去吧。"

二贝勒也抢着去："我陪着阿玛去就行了，不用麻烦二额娘了。"

曾王爷不明白："你们对茶叶盒就那么大兴趣？"

侧福晋为了王爷："王爷拿着茶叶盒去溜达不成体统。"

二贝勒也有看法："是啊！您拿着茶叶盒好像找不着茶馆。"

曾王爷不领情："我愿意。"

不久，曾王爷端着茶叶盒出现在大街上，侧福晋、二贝勒一边一个陪同。一家饭铺关着门，一家茶馆门已被砸坏。

二贝勒发愁:"哪有我阿玛坐的地儿啊!"

侧福晋上心地问:"那咱们上哪儿去?"

曾王爷下令:"咱们走着看。"

剃头陈挑子旁,十六岁的剃头陈正在用冬瓜练习剃头。冬瓜把朝上,相当于男人的辫子,他将冬瓜四围剃去,留着瓜顶的一部分。剃头陈身穿官衣,挑子分前后两部分,一边是凳子,凳子下边是抽屉;一边是盆架子,均漆成朱红色以示尊意。盆架上放着一个铜盆,挑子上悬挂小龙旗,象征着圣旨,牛皮制的鐾刀布也为黄色,含有圣意。这时,扎王爷的大格格川岛莲子陪着川岛走了过来。

川岛问大格格:"他的干什么?"

大格格耐心解释:"他练剃头,那冬瓜代表一个人头。"

剃头陈看见川岛,不练了,把刀往冬瓜上一剁,刀剁在了冬瓜上。川岛顿时吓了一跳,他立刻摸了摸自己的脑袋。

大格格问川岛:"您剃头吗?"

川岛强笑:"剃头剃头的好。"

剃头陈坐在凳子上吃大饼卷肉,大格格招呼:"剃头陈,给我干爹剃个头。"

剃头陈看了看川岛,举起手里的大饼说:"先生,等一会儿好吧。"他指了指后边的石头台阶,"您坐那儿等等。"

川岛有些急了:"我的能坐在那里吗?"

大格格也帮腔:"这哪儿行啊,我们有急事。"

剃头陈心里不快:"我们剃头的都是官差,只给大清人剃,不给洋人剃。"

大格格马上为干爹说情:"那哪儿行啊,人家是友好邻邦。"

川岛威胁他:"你要不剃的杀头。"

大格格直干笑:"你把他杀了,谁给你剃头啊。"

川岛满脸杀气:"这不是我的规定,这是皇上的规定。"

大格格压低声音说:"皇上同太后都到西安去了。"

川岛扬着铁脸:"我就是皇上。"

剃头陈无奈:"好吧,我给你剃,剃完了再吃。"

剃头陈从凳子上起来了,川岛坐下。剃头陈拿着大饼卷肉为难了。他拉开凳子下边的抽屉,里边太乱了。他把饼放进脸盆里,摇摇头,觉得不合适,又拿出来了。

正没办法,他看见后边的石头台阶儿,他吹了吹土,铺张纸,把大饼卷肉放在上边了。不料一只黑狗看见大饼卷肉,直舔舌头。

川岛坐在剃头凳上,剃头陈给川岛围上了白被单儿:"您剃松辫还是紧辫?"

川岛不明白地看了看大格格,大格格说:"他没辫子,你就看着剃吧。"

京城笑仙

剃子陈打上胰子，钢了钢刀，边剃边埋怨："干我们这行，可没出息，伺候人的活儿，吃饭都吃不消停，没办法，再有点儿办法，也不剃这玩意儿。"

川岛听着别扭："你这说谁？"

大格格也给了他一句："你这怎么说话？"

剃头陈向川岛解释说："先生，您别生气，我不是说您，我是骂我自己呢。"

台阶上，这只狗朝大饼卷肉走来。剃头陈离开川岛去轰狗，狗退了几步。剃头陈一回来，狗也站住了。剃头陈给川岛剃了两下，狗又前进几步。剃头陈再去轰狗，狗又退了几步。剃头陈给川岛剃了两下，狗又前进几步。剃头陈又把狗轰走，他对川岛说："我说先生，挣您这两个酒钱可真不容易，我顾您这头，就顾不了狗，顾这只狗，就顾不了您这头。"

川岛听着不舒服："没有这么说话的。"

剃头陈反问："应该怎么说？"

川岛张嘴就说："应该说顾我这个头，就顾不了你的肉，顾了你的肉，就顾不了我的头。"

剃头陈不明白："我的肉？"

川岛解释："就是你那大饼卷肉，狗主要吃那肉。"

剃头陈明白了："你转过身来，我就可以同时看着你们俩了。"

"这还差不多。"川岛转过身去，剃头陈一边剃头，一边监视着台阶上的大饼卷肉。

狗的确蹲下不动了，剃头陈高兴："这招儿还挺灵！"

这时，侧福晋、二贝勒陪着曾王爷从路边走来。曾王爷手里拿着那茶叶盒，大格格过来施礼："给曾王爷请安。"

曾王爷挂笑："免礼免礼。"

大格格又给侧福晋施礼："给侧福晋请安。"

侧福晋接礼："不用了，不用了。"

曾王爷夸奖上了："两年不见，大格格出落得那么漂亮。"

大格格会说话："我再漂亮，也顶不过侧福晋漂亮。"

侧福晋轻描淡写地说："大格格真会说话。"

大格格对傲慢的二贝勒说："这就是二贝勒吧！"

二贝勒也很客气："免礼免礼。"

大格格不客气："我也没行礼啊！"

二贝勒不言语了。

大格格又问王爷："曾王爷也出来剃头？"

曾王爷咐和着："啊！……剃头，剃头。"

侧福晋满意这环境："王爷，这地儿倒能坐会儿。"

大格格又细问："王爷在外边剃过头？"

曾王爷摆手："没有没有。"

大格格倒还乐观:"还不尝尝外边的手艺,在大街上剃头也是一种享受。"

曾王爷又附和着:"享受、享受。"

侧福晋压低声音向王爷耳语:"王爷不正想观观风声吗?"

曾王爷又点头:"对对对,观观风声。"

大格格鼓励王爷:"王爷你该享享清福了。"

曾王爷对二贝勒说:"你看人家大格格比你还小呢,多懂事。"

二贝勒粗话又上来了:"我是比不了,人家有亲爹,还有干爹。"

曾王爷不爱听:"你怎么说话?"

大格格凑到侧福晋跟前小声说:"我阿玛问您鼻烟壶的事。"

侧福晋偷看了一眼曾王爷,放低声音:"告诉你阿玛,别着急!"

大格格先着急了:"怎不着急,有关我的终身大事。"

侧福晋诚意地问:"你要找婆家?"

大格格说出实情:"不是,我要出国,就等鼻烟壶了。没有这个鼻烟壶,我就出不了国。"

侧福晋又问:"去哪国?"

大格格看了一眼干爹:"去日本,您就别管了。"

侧福晋明白了："你阿玛找鼻烟壶是为了你啊。"

剃头凳旁边，剃头陈正给川岛洗头。剃头陈拿着毛巾想给川岛擦头，一看大饼卷肉没有了，狗叼着肉跑出老远。剃头陈拿着手巾追狗去了。这里，川岛的头伸到脸盆里不知怎么回事。那边二贝勒、侧福晋禁不住直笑。

大格格没明白怎么回事："笑什么？"

二贝勒、侧福晋俩人还在乐。

大格格一回头看见川岛，忙找："剃头陈呢，剃头陈！这小子干吗去了？"

剃头陈从马路上气喘吁吁地回来说："我追狗去了，狗把我大饼卷肉叼跑了。"

大格格责怪他："你追狗去了，这头谁管？"

"我管我管。"剃头陈拿毛巾给川岛擦了擦脸，嘴里还唠叨着，"我白忙活了，这俩子给狗忙活了。"

川岛不爱听了："你怎么说话。"

剃头陈的气没有撒完："我的大饼卷肉让狗叼跑了。"

川岛一抬头，众人看见他的头，周围剃光，中间留了一片儿黑毛，前俯后仰地都笑起来。大格格质问他："你是怎么剃的？"

剃头陈有理："我按规矩剃的，剃四边留中原啊！"

大格格正颜厉色地警告他："你也不看看是给谁剃！"

剃头陈有词："给谁剃都一样，留发不留头，违令者斩首,小的不敢犯规矩。"

众人还是一个劲儿地乐。

川岛伸手要镜子:"镜子,镜子!"

大格格递给他一面小铜镜。川岛一看,火冒三丈,把铜镜往地下一摔,大格格忙说:"这是我的镜子。"

川岛把剃头挑上的小龙旗揪下来,狠狠地往下一摔,接着一脚把剃头挑子踢翻。

剃头陈反而乐了,一抱拳:"先生,您得给点儿酒钱。"

川岛一见抱拳,误认为"拳匪":"拳匪请神!拳匪请神!"他战战兢兢地跑了。

曾王爷也笑了,大格格对剃头陈说:"你们剃头的吃俸禄,还要什么钱?"

剃头陈还有词:"剃完头,都赏些酒钱,已成惯例。"

马路上,大格格扔下几个银钱,追川岛去了。曾王爷望着大格格的背影,心里不满地摇摇头。侧福晋低头不语,二贝勒傻乐没完。

剃头挑前,剃头陈把钱拾起,又把剃头挑子扶好。他捡起那小龙旗,看了半天,又在原处插好。

侧福晋劝王爷:"王爷还不剃个头。"

剃头陈也说:"小的愿意伺候王爷,王爷在小的这里开开窍,也是看得起小人。"

二贝勒知道王爷所想:"我阿玛剃头是假,探探动静是真。"

侧福晋批评二贝勒:"你怎么这么说话,王爷又不是耗子。"

曾王爷自己说话了:"我就是顺便到外边转转。"

剃头陈替主担心:"外边到处都是洋兵布岗,有什么看的,请坐。"

二贝勒没那么紧张:"家家门前挂灯笼倒挺新鲜。"

剃头陈指出:"还都挂外国国旗呢。"

曾王爷刚一坐好,侧福晋和二贝勒忙抢"茶叶盒":"我拿着!""我拿着!"

"不麻烦你们了。"曾王爷将剃头挑上的抽屉拉开,把茶叶盒放了进去,用身子顶着抽屉。

曾王府配殿,曾王爷剃完头回来,侧福晋、二贝勒随着进了屋。曾王爷坐下后:"第一件事,看看我的鼻烟壶。"曾王爷把手中的茶叶盒打开,不觉一愣,鼻烟壶变成了一尊小佛像:"鼻烟壶呢?"

侧福晋、二贝勒也是一愣,忙过来端详。

二贝勒发话:"鼻烟壶变成'如来佛'了。"

侧福晋有些迷信:"这是天意。"

曾王爷不同意:"不,有人做了手脚。"

侧福晋想不通:"您在凳子上坐着,一开抽屉就碰您脚,谁敢动啊!"

二贝勒也顺着说:"是啊,想动也不敢动啊!"

曾王爷不明白:"谁想动啊?"

二贝勒乱猜:"我这是比方。谁想动?如果要知道这里放的是八大怪鼻烟壶,刚才那个川岛就想动。"

曾王爷自语:"我没离开凳子啊!"

侧福晋同意王爷的分析:"对啊,王爷一直没挪地儿。"

二贝勒推卸责任:"我们离您八丈远。"

曾王爷帮助分析:"准是我洗头的时候有人动。"

二贝勒马上问:"您洗头洗没洗眼睛啊?"

曾王爷实话实说:"我眼睛进水了。"

二贝勒进一步问:"谁给您进的?"

曾王爷如实奉告:"剃头陈。"

二贝勒出主意:"您得问问他去。"

曾王爷不同意这分析:"他哪知道我茶叶盒里放着鼻烟壶。"

二贝勒乱猜:"也许他要喝茶。"

曾王爷反对:"洗头水能沏茶吗?我怀疑拿我鼻烟壶的,就是……"

俩人齐问:"谁啊?"

曾王爷指着说:"你们俩人……"

侧福晋、二贝勒齐曰:"我们俩人?"

曾王爷明说:"我是问你们俩人知道不知道?"

侧福晋摇头:"不知道,不知道。"

二贝勒摆手:"不知道,不知道。"

曾王爷坚持自己看法:"你们俩人其中之一……"

侧福晋想问个究竟："之一是谁啊？"

二贝勒也不承认："对啊，之一是谁啊？"

曾王爷亮明自己的观点："我问你们俩人其中一人，知道不知道？"

俩人抢着摇头："不知道，不知道。"

曾王爷心生一念："我明白了，是老天爷降灵了。"

侧福晋爱听："对对对，咱们赶快拜佛。"

二贝勒也顺和着："对，咱们赶快拜佛！"

佛桌前，小佛爷摆在正中。曾王爷带领二人叩头："老佛爷在上，孤王给您叩头了。"

拜完佛，曾王爷借口出门，来到穷不怕家里求教。曾王爷同穷不怕在茶几旁叙谈，穷不怕猜到了，王爷光临肯定有事相求，于是开门见山地问道："不知王爷找我何事？"

曾王爷不客气，俩人聊了起来："咱们相识好多年了，我最佩服先生的才智。"

"曾王爷既然了解我，有事请王爷直说。"

"最近府上发生了一件怪事。"

"什么怪事？"

"我的八大怪鼻烟壶不翼而飞了。"

穷不怕略惊："哦，丢在什么地方？"

曾王爷言之有据："剃头摊旁边。"

穷不怕深问："当时有何人在场？"

"除了剃头陈，就是我家的侧福晋和二贝勒。"

"没碰到别人?"

"还碰见扎王爷的大格格和她的日本干爹。"

"有没有异常现象?"

"发现侧福晋同大格格谈话偷偷摸摸。"

"附近有没有其他人在场?"

"没有,没有,我一直把它放在抽屉里,腿一直没有离开抽屉。"

穷不怕思路开拓:"抽屉能不能从后边打开。"

曾王爷十分佩服:"哎呀,我还真没注意,你真是一句话提醒了我,难道剃头陈也惦记我的金花鼻烟壶?"

穷不怕帮助分析:"惦记王爷鼻烟壶的人在府外,拿王爷鼻烟壶的人在府内。"

曾王爷万分感谢:"对啊!先生真是一语破的,我也有同感,近来侧福晋和二贝勒都关心起我的鼻烟壶来。"

穷不怕点了点头:"这就对了,王爷以前剃头,有谁关心您?"

曾王爷想了想:"没有哇。"

穷不怕接着说:"是啊!他们跟着你干吗?"

曾王爷明白了:"怪不得他们老想替我拿着茶叶盒。"

穷不怕追问:"茶叶盒?怎么又出来茶叶盒了?"

"就是,我就把鼻烟壶放在茶叶盒里,剃了一次头,我的鼻烟壶变成了一尊小佛像。"

"王爷洗头时,看没看见周围人的表情?"

"没有，洗头的时间虽然很长，但是我总是眯着眼睛注意抽屉。"

"我明白了。"

"莫非快手小偷瞬时盗走？"

"非也。"

"你猜到谁了？快快告诉我。"

"刚才草民已经说了，就是王爷身旁的亲人。"

"我也料到是侧福晋和二贝勒干的，这两个不轨之徒，先生以为他们何时偷的？"

"草民斗胆问王爷，王爷家中有几个这样的茶叶盒？"

曾王爷想了一会儿："两个，对，先生的一句话又使我茅塞顿开，原来他们用的是偷梁换柱之计。先生以为我何时丢的鼻烟壶？"

"也许王爷剃头之前，茶叶盒已经被换掉。"

"有可能，有可能，先生认为二人谁的可能性最大？"

"俩人可能性都大，不过最后是一人盗的。"

"太对了，先生可有办法查出偷者？"

"要试出谁拿走的鼻烟壶并不难，可施一计。"

"什么计策？先生快讲。"

穷不怕看了看窗外无人："可用察颜观色方法。"

曾王爷忙请教："请讲。"

穷不怕从箱子里取出自己的鼻烟壶："王爷，计策就在这上边。"

"这是你的鼻烟壶,本王不懂。"

"王爷,别忘了,我的鼻烟壶和王爷的一模一样。"

"这我知道。"

"王爷可用我的鼻烟壶,在二人面前突然一现,必然看出俩人截然不同的表情,惊讶人为偷者,惊喜者为惦记者。"

曾王爷忙问:"为什么呢?"

穷不怕胸有成竹:"偷者认为王爷手中没有了,所以惊讶。惦记者希望鼻烟壶还在,所以惊喜。"

曾王爷从心里佩服:"先生果真高明。"

穷不怕再三嘱咐:"不过,我的鼻烟壶王爷一定要保护好,莫让它再丢失。"

曾王爷接过鼻烟壶:"绝不能,你给本王这么大面子,可算和本王有莫逆之交。"

"草民还有一事相嘱。"

"先生请讲。"

"这次只能查出盗者,却找不回鼻烟壶。"

"为什么?"

"因为只是察颜观色,没有真凭实据,他不会承认。"

"我打死他。"

"打死他也不会承认,只有暗地查访,才能找出身后始因。"

曾王爷俩手气得发抖:"好。"

穷不怕奉劝王爷:"王爷不要生气。"

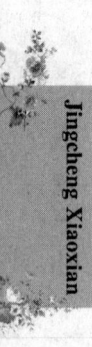

曾王爷浑身发抖："我不生气。"

穷不怕真心相劝："王爷千万不能生气。"

曾王爷气得靠在椅子背上："我绝不生气。"

穷不怕站起来告辞："王爷多多保重！"

曾王府配殿，曾王爷面带喜色，把金花鼻烟壶放在茶叶盒内盖好。侧福晋和二贝勒进来，俩人分别问："王爷叫我有事？""阿玛叫我何事？"

曾王爷喜告："佛爷显灵了。"

二贝勒不明白："显什么灵？"

侧福晋也问："是啊，显什么灵？"

曾王爷告诉他们："你们闭上眼睛，一睁开就看见了。"

俩人闭上眼睛。

曾王爷检查了一遍："没闭紧。"

俩人用劲闭了闭。

曾王爷把茶叶盒盖打开，露出了闪闪发光的鼻烟壶："睁开吧！"

侧福晋一睁开眼脸露惊喜："鼻烟壶没丢？"

二贝勒惊讶："鼻烟壶，不可能，这是假的。"

曾王爷看了看二人，心里早已有数："你看看是不是假的？"

二贝勒拿起来看了一会儿，又观察父亲的脸色，曾王爷仍然笑眯眯。

侧福晋觉得开心："原来没有丢，王爷和我们捉迷藏。"

二贝勒也强笑:"是啊,您没有丢,闹得我们人心惶惶。"

曾王爷心里早有了数:"也许老佛爷同我们开了个玩笑。"

当日下午,在穷不怕家里,曾王爷同穷不怕开心共饮。曾王爷将八大怪鼻烟壶还上:"望先生好好收存,今日鼻烟壶不能成双,喝!"

穷不怕礼劝:"王爷,闷酒不能多饮。"

曾王爷举杯:"这畜生绝情绝义,我不如养两只鸽子开心。来,干!"

穷不怕同王爷撞杯:"王爷,这是最后一杯!"

"我与先生之交,胜过父子,胜过夫妻。"

"草民实在担当不起。"

"看来教子之任,先生应与我分担。"

"王爷不要把我看得过重,二贝勒之路,非我能导引。不过应该弄清小王爷最近在和什么人来往。"

"这真使本王为难了,家丑不可外扬,我总不能吩咐听差跟踪二贝勒吧。"

"二贝勒年已不小,外边事不可掉以轻心。"

"二贝勒所为,还需先生多多分心。"

"那是自然,不过王爷要想开些,二贝勒所走之路,不是王爷能左右的。"

曾王爷点点头。

这时候二贝勒笑眯眯地出现在街上。

再表沈掌柜家里,春姐正在抽水烟袋,二贝勒笑眯眯地进来了,春姐放下烟袋,赶忙施礼:"二贝勒好,二贝勒怎么单枪匹马出来了?"

二贝勒笑容一收:"俗语说得好,好事不背人,背人……"

春姐接过话茬儿:"背人没好事。"

二贝勒更正:"不对,不对,咱们好事背点儿人。"

春姐又抽起水烟来:"二贝勒快快坐下说,是不是金花鼻烟壶到手了?"

二贝勒盛气凌人:"没弄到手我也不会来。"

春姐激将他:"我不信,曾王爷在世期间,鼻烟壶怎么会到你手里。"

二贝勒从袖口中拿出旧茶叶盒,往桌子上一放。

春姐故意去拿:"旧茶叶盒,里边装的什么好茶?"

春姐刚要碰到茶叶盒,二贝勒一下把它挪开:"不是茶,宝贝就在这里。"

"宝贝怕见人啊?"

"怕见人我就不来了。"

"好吧,让嫂子开开眼。"

二贝勒打开茶叶盒盖,鼻烟壶的金花闪闪发光。春姐高兴得跳了起来:"真是宝贝。"她一高兴,把水烟袋嘴在二贝勒嘴里,小王爷只好抽了两口。春姐顺手拿起鼻烟壶,二贝勒立刻放下水烟袋,又把鼻烟壶夺过来:"我说到就能办到吧!"

"你跟我说说,这鼻烟壶怎么到你手的?"

"这你不用多问,反正我不会抢。"

"偷跟抢也差不多。"

"怎么能偷呢?我看过天桥那么多戏法,怎么也能露一两手吧。"

"老王爷事后要知道喽,你可吃不了兜着走。"

"你想得太多了,老头子这把年纪,不敢致气。你这边办得怎样?"

"我这边好办,你放下鼻烟壶,春花你就领走。"

二贝勒笑眯眯地摇摇头:"我太亏了。"

"你说我们春花顶不上鼻烟壶?"

"顶不上。"

"我们春花是闺中魁首,风韵绝伦。"

"别忘了,我是二贝勒,天下美女有的是,八大怪鼻烟壶可是稀世珍宝。"

"还让我们搭点儿别的条件?"

"有一个小小条件。"

"什么条件?"

"你再替我买下一套宅院。"

春姐一笑:"噢,想偷偷摸摸过日子。这好办,八大胡同有几套现成的院子,石头胡同路西一套,百顺胡同路北一套。你可以随便挑选。"

二贝勒琢磨:"你怎那么门清?"

春姐说出心里话:"我也正在琢磨房子。"

二贝勒忙问:"你是不是想开妓院?"

春姐不想多说:"你甭管那么多,如果你想看房,我现在就带你去。"

二贝勒同意:"咱们走。"

春姐又有考虑:"等等。"

二贝勒摸不着头绪:"又怎么啦?"

春姐说出想法:"我总觉得这回我们亏了一点儿,把春花给你,再给你买房。"

"你觉得亏了?"

"太亏了。"

"你提点儿条件吧。"

"干脆,把我也给你吧。"

"又没正经啦。"

"真是,春花明着给你,我暗着给你,这样我们才不亏。"

"你当我是收破烂的?"

"这是什么话?把我当破烂了"

"如果你反约,我就回去了。"

"等等,咱们这就去看房。"

"我先见见春花吧。"

春姐向里屋喊:"春花!春花!"

春花从里屋出来,春姐明说:"二贝勒要见见你。"

二贝勒私宅大摆酒宴。一桌酒席，屋里热闹非凡。二贝勒请下人上桌："今天咱们都上桌，给春花姑娘接风洗尘。"

突然丁三跑来说："贝勒爷，不好了，春花姑娘，她……"

二贝勒忙问："她怎么啦？"

丁三结结巴巴地说："春花在里屋房梁上上吊了。"

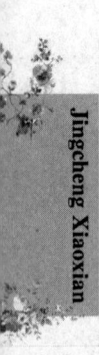

第三十二章　生日宴前吟酒令
鼻烟壶风波露真情

再表微服扎王爷正在酒馆桌旁自斟自饮，侧福晋从门口而过，一眼被扎王爷看见，扎王爷追出来："侧福晋，侧福晋！"

侧福晋平淡地回礼："扎王爷。"

扎王爷热情相迎："里边坐坐。"

侧福晋没考虑好："我还坐吗？"

扎王爷诚心诚意："进去吧，进去吧！"

侧福晋三心二意："我还进去吗？"

扎王爷真情相让："进去坐一会儿。"

侧福晋勉强："进去也行。"

俩人进酒馆，扎王爷手礼相让："坐坐坐。"

侧福晋坐下后："王爷你也坐。"

扎王爷坐下："你陪我喝两盏。"

侧福晋摇着两手："今天不行。"

扎王爷望面而思:"我看你像有心事。"

侧福晋随便解释:"噢,曾王爷身体有些不适,我给他抓药。"

扎王爷慢慢地摇摇头:"我看不是这事。"

侧福晋反问:"你看是什么事?"

扎王爷边说边偷视侧福晋:"我看金花鼻烟壶,你还没弄到手。"

侧福晋否定:"比这还坏。"

扎王爷继续猜:"还坏?曾王爷发现你了?"

侧福晋话一拐弯:"比这要好。"

扎王爷接着猜:"要好,曾王爷想把鼻烟壶赠给你。"

"没那么好。"

"没那么好,曾王爷还讲些条件?"

"比这坏。"

"行啦,一会儿好,一会儿坏,一会儿坏,一会儿好,把我都弄糊涂了,绕晕了,到底怎么了,你就直说吧。"

"好吧,王爷,这鼻烟壶你就别惦着了。"

"到底怎么啦?你都把我急死了。"

"鼻烟壶丢了。"

"丢了!这怎么可能呢?"

"这怎么不可能呢,曾王爷都急病了。"

"报官没有?"

"不能报官,再报官曾王爷该急死了。"

扎王爷从桌旁站起来:"这回可坏事了。"

侧福晋也跟着站起:"怎么坏事了?"

扎王爷来回踱步:"大格格向人家盟誓了。"

侧福晋猜测:"弄不到鼻烟壶她就去死?"

扎王爷摇头:"没有这么严重。"

侧福晋又猜:"弄不到鼻烟壶就别去日本了?"

扎王爷又摇摇头:"比这严重。"

侧福晋还在猜:"得不到鼻烟壶,干爹就不认她了。"

扎王爷还是摇头:"没有那么轻快。"

侧福晋有些急了:"行啦,你怎么也学我啦,一会儿严重,一会儿轻快,一会儿轻快,一会儿严重。把我都轻快糊涂了,严重晕了。到底怎么回事,你就直说吧。"

扎王爷又回到座位上:"好吧,这鼻烟壶要弄不到,大格格就入不了日本籍了。"

侧福晋也跟着坐下了:"有那么严重,她真入不了啦?"

"你再想想办法。"

"我想办法,谁想我啊?"

"我想你啊。"

"我没有鼻烟壶重要。"

"你比鼻烟壶重要。"

"我重要,怎不听听我的意见?"

"你什么意见?"

"你女儿放着咱们大清国的国籍她不要,非要钻到小不拉叽的国家去。这不是吃饱了撑的吗?"

"人各有志,她去她的,我不去就行啦,我陪你永远在大清国。"

"这是真话?"

扎王爷反问:"你还让王爷发誓不行?"

侧福晋边说边站起:"这倒不必,有王爷这句话我就放心了,拜拜了。"

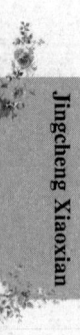

扎王爷叫住她:"等一等,鼻烟壶的事,你真不帮忙了?"

侧福晋态度坚决:"不能帮了,再帮就帮出人命了。"

扎王爷放在桌上一块银子当茶费,送侧福晋出来了。路上,俩人边走边谈。扎王爷问:"有没有别的办法?"

侧福晋比画着说:"别的办法有一个,但是没办法。"

扎王爷不明白:"这叫什么话,到底有没有办法?"

侧福晋还是模棱两可:"说有也行,说没有也行。"

扎王爷更糊涂了:"这什么意思?"

侧福晋解释:"说有办法,因为相同的鼻烟壶除此以外,还有一个。"

扎王爷点头:"本王知道,在穷不怕手里。"

侧福晋又说明:"对,当年老佛爷定做了两个金花鼻烟壶,一个赐给了穷不怕,一个赐给了曾王爷。"

扎王爷还是有些不明白："为什么你又说没办法呢？"

侧福晋解释："这是八大怪之冠的荣誉，也是穷不怕掌门传宗的信物。怕只怕你望眼欲穿，弄不到手。"

扎王爷实话实说："我用重金来买呢？"

侧福晋谈出看法："这些人没把金子看得太重，他们经常大把大把地把挣来的银子给别人。我想你如果在天桥给他们盖个大演出场，保证他们代代纳福，也许给你个例外。"

扎王爷另眼看侧福晋："没想到穷不怕在你眼里还那么重要。"

侧福晋说出心里话："他身上有的东西你们比不了。"

扎王爷心里有嫉恨："一个臭说相声的，有什么了不起？我正想把他们轰到保定去。"

侧福晋吓了一跳："你说什么？"

扎王爷说出心里话："说相声的嘴损，胆子大，容易给我惹事。"

侧福晋不明白："拿相声当玩意儿听，惹什么事？"

扎王爷有自己的看法："可是洋人不当玩意儿听啊。"

侧福晋提醒王爷："你别忘了，八大怪是老佛爷封的。"

扎王爷也有话："老佛爷不是不在京城吗？"

侧福晋觉得苗头不对："你就不怕老佛爷回来降罪于你？"

扎王爷有胆量："我一个堂堂民政部尚书，连说相声的都管不了。我正要和他较量较量。"

"好啦，你去较量吧！"侧福晋不满，甩袖走了。

扎王爷来到川岛住所议事，川岛走来走去，埋怨扎王爷："两件事，你一件事也办不了，什么时候给我人，什么时候给我鼻烟壶？"

扎王爷如坐针毡："我比仁君还急，这不是着急的事。"

川岛发话了："我不能等了，你再弄不到，我就抢人了。"

扎王爷指出此话的要害："你要抢人，鼻烟壶就弄不到手了。"

川岛有看法："你一样也弄不到。"

扎王爷冷笑："我有办法了。"

川岛追问："什么办法？"

扎王爷亮牌："我府里给大格格假办生日，把穷不怕夫妇押到府里，你扣住董彩莲，我逼穷不怕交出鼻烟壶。"

川岛一笑："这倒是个好主意，董彩莲、鼻烟壶一个也不能少。"

街上，穷不怕、董彩莲、徐三正往前走，大格格带着持刀家丁从对面走来，大格格热情招呼："穷先生，我正准备请您！"

穷不怕看了看阵势："大格格何事找我？"

大格格梳着日本式高髻："今天我生日，没有穷先生根本热闹不起来，我特意亲自请先生。"

穷不怕看了看这伙人，知道不妙，忙说："大格格，不，莲子小姐，这么看得起我，我很荣兴，可惜真不巧，曾王府那边定好了堂会。"

"堂会？兵荒马乱的，谁还会办堂会？"大格格知道失口，忙改口，"也就是我，正赶上我生日。我第一次张口，先生不能不给我面子吧。"

大格格一使眼色，上来一群家丁，押着穷不怕夫妇要走。穷不怕向徐三直使眼色："不行，不行，我跟曾王爷已定好了。"

徐三明白了，点点头，徐三刚要撤走，只见一个家丁抽出刀来，向穷不怕逼来。穷不怕一脚将刀踢翻，几个家丁又上手，穷不怕、徐三与家丁动起手来。

几个家丁在地上东倒西歪。这时，又一群日本兵举枪向穷不怕逼来。

大格格一笑："穷先生不要认真，只是做做游戏，请吧，我的生日不能不给面子。"

徐三借机撤退："师傅，你们就去一趟吧，给大格格一个面子。"

穷不怕对大格格："好，我去吃你的酒宴。"穷不怕又嘱咐徐三："你把家看好！"

徐三说了一句："您就放心吧！"他从旁边挤了出来。

扎王府里，扎王爷、川岛坐在正面，大格格带着穷不怕、董彩莲进来。

扎王爷假惺惺地迎客："穷先生，幸会幸会！请你可真不容易。"

川岛望着董彩莲："幸会，幸会！请你可真不容易。"

扎王爷发话："穷先生、穷夫人看座！"

"不必了，王爷。"穷不怕看见川岛了问，"这位是？"

扎王爷介绍："这位是大格格的干爹，大名鼎鼎的日本川岛浪速。"

穷不怕语中带讽："像，长得跟大格格一样，一看就像大格格的亲爹。"

扎王爷不高兴了："唉，我是她亲爹！"

穷不怕会说话："大格格也像王爷，也像川岛阁下。"

"你倒会说话。"川岛又转身对董彩莲说，"你怎么不说话啊？"

穷不怕解释："她是半个哑巴。"

川岛不悦，走过来："我问她呢，在相声场，我看她挺能说的！"

这时，家人报："王爷，曾王爷拜见！"

扎王爷一愣："他怎么来啦？"

扎王爷出来相迎，曾王爷带着侧福晋进来，俩王爷彼此见礼，曾王爷直挑理："大格格过生日，也不请我？"

扎王爷替女儿解释："唉，哪有长辈给晚辈过生日的。"

曾王爷有自己的看法："我就爱吃两口，喝两口，还爱看热闹，你又不是不知道。"

扎王爷顺着说："知道知道！"

曾王爷还有自己的理由："今日穷先生本是我的客人，王爷给抢来了，咱们有乐共享吧！"

扎王爷只好认命："好！宴席招待，王爷请！"

曾王爷也礼让："请！"

扎王爷看了一眼侧福晋："侧福晋请！"

侧福晋避开目光："王爷请！"

饭店酒席宴上，一桌酒席正为大格格祝生日。大格格、川岛、扎王爷、曾王爷、侧福晋、穷不怕、董彩莲等围成一圈，仓促成阵，谈笑风生，酒保上菜。

扎王爷挨着穷不怕亲热地谈："今日我把先生请来，以上宾相待，一来为女儿生日增光，二来还有件小事烦劳先生一下。"

穷不怕心里早有准备："烦劳不敢当，有事请王爷明示。"

扎王爷有耐性："不急，不急，喝酒是大事，无令不成席，一会儿还要领教先生的酒令。"

穷不怕很谦虚："我都是老掉牙的玩意儿，还是听年轻一代的吧！"

这时，大格格举杯站起："好，酒菜已齐，今日首先为长辈给我过生日干杯！"众人举杯："干！"

大格格顺着王爷的话说："我阿玛说得很对，无令不成席，请穷先生下个酒令吧！"

穷不怕很客气："大家出令，才能点缀一新。"

川岛又动了个心眼："穷先生要不出，穷夫人出个令也行。"

大格格给川岛纠错："唉啊，人家不姓穷，姓朱。"

川岛借题发挥："噢，朱夫人，真是国色天香。"

董彩莲很正经："别拿我们老太婆开心啦！"

川岛阴魂不散："不老，不老，你要不和穷先生坐一起，我还以为是二十几岁的人。"

穷不怕拿话打开："我看，以多为令，大家看如何？"

曾王爷首先响应："好好，以多为令。"

侧福晋建议："以多为令，从大格格那里说起。"

"好，好，从我这开始说。"大格格想了一会儿，"我的生日宾客来得多。"

大家拍手称赞："好好好！该川岛君了。"

川岛张嘴就来："我干女儿过生日，我喝的酒最多。"

大家叫好，穷不怕没表情地叫好："好，好，好。"

侧福晋排顺序："该扎王爷了。"

扎王爷张口就来："我女儿过生日，我吃的饭最多。"

众人顺情地叫："好！"

大格格手指穷不怕："该穷先生说了。"

穷不怕不着急不着慌："最多的你们都没说。"

众人忙问:"什么最多?"

穷不怕的话很有分量:"外国的国旗在京城挂得最多。"

众人不同表情,叫好声有快有慢,有长有短。

川岛怀疑地多起心来:"嗯?"

扎王爷看看川岛,又看看穷不怕。

大格格满不在乎地说:"好,好!"

董彩莲替穷不怕捏了一把汗。

侧福晋为穷不怕解脱:"外国国旗多,说明外国很繁荣。"

曾王爷附和着:"繁荣,繁荣,繁荣到咱们这里来了。"

川岛想转移话题:"下边该朱夫人了。"

董彩莲为难了:"我还来吗?我是个粗妇。"

川岛来劲了:"今日我就要听朱夫人的酒令。"

侧福晋提醒:"说点儿咱们大清国的吧。"

董彩莲想转移话题:"我说不好,现在最讲究发财是吧,最发财的还得属我们的西太后。"

川岛提醒:"得带'多'字,不然就罚酒了。"

董彩莲说出"多"字:"慈禧太后膳房里的局子多。"

川岛想难为她:"你具体说说。"

董彩莲张口就来:"有荤局、素局、饭局、粥局、茶局、酪局,还有点心局。"

川岛带头鼓掌,众人也跟着鼓掌。

大格格挑眼了:"还鼓掌呢,这什么意思?"

川岛帮助解释:"什么意思都行。"

大格格说出心里话:"这是讽刺西太后。"

侧福晋直给缓和:"酒令嘛,怎么说都行。"

曾王爷支持:"对啊,对啊!"

大格格有个建议:"咱们改改酒令吧,这回难一点儿,带'天地'两个字的。"

川岛对大格格说:"你先来吧!"

大格格张口就来:"好,我说啦,带天、地的,我们家里金天银地。"

扎王爷心神不定:"这样比喻好吗?"

川岛没有多想:"好好好,我们现在是花天酒地。"

曾王爷看法不同:"天要下雨了,是昏天黑地。"

侧福晋接着王爷说:"老百姓没有收成,就怨天恨地。"

下边没人接茬儿了,大格格望着穷不怕:"还是穷先生来一句吧。"

川岛也同意:"对对,还是穷先生来一句。"

穷不怕终于开口了:"带'天''地'两个字的酒令就难多了。"

曾王爷心里有底:"再难也难不住你啊!"

众人支持曾王爷:"对,对,对你有什么难的?"

穷不怕只好应付:"我想起来了。"

川岛催了他一句:"快说。"

穷不怕反问:"你们什么时候回国?"

川岛为难地摇摇头:"还没日子。"

穷不怕编出来了:"你们走了,我们欢天喜地。"

川岛不太明白:"你说什么?"

侧福晋想解释清楚:"就是你们走了,大家欢送你们……这也不太恰当。"

曾王爷敞口更正:"不恰当,不恰当,你们应该欢天喜地地走。"

川岛不太懂地点点头:"no,no,no。"

大格格望着川岛:"你怎么说上英国话了?"

扎王府门口,众人走出扎王府门口停下了。穷不怕告别:"王爷,我们就此告别了。"董彩莲也跟着说:"我们走了。"

扎王爷望着门上的对联有感:"先生,等一等,孤王学疏才浅,我门上这副对联太短了,望先生续长再走。"

众人也看着门框上对联,穷不怕念道:"上联'执法如山',下联'爱民如子'。对联已经很完整了,再添字就画蛇添足了。"

扎王爷解释:"不不不,我自己都不满意,下边没词了。看,我还留着地儿啦!"

川岛对穷不怕说:"王爷让你写,你就写吧。"

大格格也帮腔:"酒令上你没说好,这回来副好对联吧。"

穷不怕不太想写:"我真是写不好。"

扎王爷还在鼓励："写坏了算我写的。"

穷不怕还在解释："俩人出词，上下不搭，让人笑话。"

扎王爷替他说话："谁敢笑话，我饶不了他。"

穷不怕还有顾虑："王爷，这有国内外贵客，责任重大啊！"

扎王爷替他撑腰："你没责任。"

曾王爷又催了一遍："王爷叫你写你就写吧。"

侧福晋也给他出主意："顺便写俩字就行了。"

穷不怕直叹气："我是实在写不好。"

众人鼓励他："别客气了。"

穷不怕还解释："写出来见笑。"

众人争着说："不笑，不笑。"

穷不怕的话没说完："写出来露丑。"

扎王爷直鼓励他："不要谦虚了。"

穷不怕有顾虑："我不是谦虚，我写出来，您要不满意怎么办？"

扎王爷大包大揽："满意，只要你写的字，我就满意。"

穷不怕把丑话说在前："我写得不好，会惹王爷动怒。"

扎王爷相信自己的肚量："我动不了怒，你就写吧。"

穷不怕下了决心："好，我露丑了。"

家人临时加桌添砚，桌旁董彩莲举着研好的砚台，穷不怕在原对联下边加了字。

对联贴在门框上,大格格念着对联:"上联'执法如山,金山、银山、元宝山',下联'爱民如子,公子、孙子、干儿子'。"

众人表情不一,扎王爷发怒:"放肆!"

大格格也觉得不舒服:"太过分了。"

曾王爷点头,侧福晋等掩口而笑。

路上扎王爷和穷不怕边走边说话。扎王爷忍着性子说:"我有一小小私求。"

穷不怕上礼:"王爷请讲。"

扎王爷道出心里话:"我十分敬佩天桥八大怪,特别是穷先生你这个八大怪之冠。我想用两千两银子买下先生手里的八大怪金花鼻烟壶……"

穷不怕很为难:"这金花鼻烟壶绝非我一人的私物,它是我们朱门的掌门传宗接代的信物,我死后要传给徒辈掌门,徒辈掌门死了,要传给徒孙辈掌门,徒孙辈掌门死了……"

扎王爷打断了他的话:"行了,行了,你可以提提条件。"

穷不怕说出心里话:"王爷别说了,这是不可能的事情。任何条件也不能换取金花鼻烟壶。"

扎王爷也亮出心路:"好!我就要你这句话,将来你可别后悔。"

穷不怕保证:"永不后悔。"

扎王爷甩袖而走。

街上行人熙来攘往，有牵骆驼的，有抱孩子的，有推水车的。两队手持黑皮鞭的骑兵向人群冲来。贫麻子边跑边嚷："大人来了！大人来了！快跑吧！把骆驼抱起来跑！把孩子扔了跑吧！水车推到沟里别要了。"两队手持黑皮鞭的骑兵赶着人群。

穷不怕相声场，四周洋人刀光耀眼。天桥八大怪，穷不怕门徒，几位相声艺员全在场。陈老板、董彩莲也在其中。

丑孙子好奇地猜："把咱们说相声的都叫来有什么事？"

醋溺膏接着猜："让咱们说群口？不可能啊，哪有拿着刀枪看演出的。"

韩麻子不乐观："现在没好事。"

丑孙子就不明白："咱们说相声的，招谁惹谁了。"

盆秃子问韩麻子："你怎么知道没好事？"

田瘸子想入非非，抢着回答："说不定开个全城大堂会。"

常傻子两头儿占便宜："有好事，你们别忘了我；有坏事，我可不是说相声的。"

众人大笑，丑孙子指出："两头儿都让你占了。"

这时传来了马蹄声。再看穷不怕场地，周围看官不多了。

穷不怕（甲）正同徐三（乙）表演相声《写对子》。

甲："你看我像干什么的？"

乙："看不出来。"

甲："看我脸上有没有输气。"

乙："有，像个书生。"

甲："不是那个书。"

乙："是哪个书？"

甲："是输钱的输。"

乙："您怎么输的？"

甲："我作对联输的。"

乙："您作过对联？"

甲："作过（生气），储宫、太和殿、体和殿都有我的对联。"

乙："那是您作的吗？"

甲："是我们大清国西逃太后作的。"

乙："不错吗？"

甲："是不错，最后都输了。"

乙："怎么输了？"

甲："连国家都输给人家了，贴对联那屋住的都是夷兵。"

这时马路上飞尘四起，夷兵过后，扎王爷带着公差甲、乙走来了。穷不怕场里继续表演。

甲："连紫禁城都输了。"

乙（徐三）："师傅，扎王爷来了，咱们按原词说吧。"

甲："你看，咱是满面黄光。"

乙："不是满面红光吗？"

甲："咱这是黄光，比前些天好多了。"

京城笑仙

乙:"前些天您是绿光。"
甲:"那是学问拿的。"
乙:"怎么?"
甲:"就好比发面,碱大了,就绿色儿。"
乙:"让碱拿住了!"
路边扎王爷望着穷不怕的场地,场里继续表演。
乙:"您给卖煎饼果子的来副对子。"
甲:"(发愣)"
乙:"您给卖煎饼果子的来副对子。"
甲:"(还发愣)"
乙:"我们这位馋了,您瞧他让煎饼馋的这样!"
甲:"你说什么?"
乙:"我让您给卖煎饼果子的来副对联。"
甲:"卖煎饼果子的也要对联?"
乙:"大小也是个买卖啊!"
甲:"行。听上联,铛圆面稀刮开大。"
乙:"下联?"
甲:"葱多酱少卷上长。"
乙:"对,卷上根果子挺长的。横批?"
甲:"越吃越短。"
乙:"再吃就没了。"
众人笑。
甲:"你知道为什么越吃越短?"
乙:"不知道。"

甲:"这是一种中西结合的吃法。"

众人笑。

场子一侧,官差甲下马传旨:"大清国民政部扎王爷府告示。"

下边跪成一片。

官差甲宣:"大清国民政部尚书扎王爷亲令,'京城为众国议地,为整顿民序,从即日起,在京城天桥等地取消相声地摊,并限两日之内,所有相声艺员迁至保定府。违者交刑部查办。'"

众人:"谢王爷!"

穷不怕发论:"皇上不在家,扎王爷就是皇上了。"

沈掌柜、春姐在一旁偷笑。

墙上、前门、五牌楼石墩上贴上了告示,告示前围满了人。

穷不怕场地,八大怪和穷不怕师徒在场。

常傻子发问:"穷哥,我怎么听说是由于你的金花鼻烟壶引起的?"

丑孙子也跟着问:"我也听说了,说扎王爷要重金买下你的八大怪鼻烟壶,你不答应,有这回事吗?"

穷不怕一言难尽:"也有,也没有。"

盆秃子不明白:"这是怎么回事?"

穷不怕反问:"我先问问你们,你们这些话从哪儿听说的?"

盆秃子先答话:"韩麻子跟我说的。"

韩麻子也有词："我听丑孙子说的。"

丑孙子顺嘴溜："我听常傻子说的。"

常傻子留不住话："我听盆秃子说的。"

盆秃子一点头："得,又绕回来了。"

醋溺膏说出实情："从周八茶馆里传出来的。"

盆秃子给予印证："对,听说从扎王府里传出来的。"

穷不怕有话说了："这就对了,因为扎王爷跟我说这话的时候,没有旁人在场。"

常傻子问了一句："真有此事啊?"

穷不怕点头："有。"

盆秃子分析："鼻烟壶卖给扎王爷不就没这事了。"

常傻子觉得言之有理："是啊,两千两银子不少了。"

丑孙子也觉得应该见好就收："是啊,穷哥,为了一个鼻烟壶,我们这么多人受罪也不值啊。"

田瘸子明说："是啊,现在找扎王爷还来得及。"

丑孙子考虑较多："我看来不及了,告示都贴出来了。"

鼻嗡子有看法："扎王爷见钱眼开,我看现在找还来得及。"

田瘸子还有些担心："鼻烟壶可是穷哥掌门的信物,给了扎王爷,穷哥怎么办?"

这时候穷不怕插了话："诸位兄弟,绝非我穷不怕舍不得这个鼻烟壶,如果能救得了大家,别说一个鼻烟壶,我朱绍文全家肝脑涂地也不会有二话。只是这里边有些隐情,各位兄弟不知。"

醋溺膏着急地问："穷哥，你讲讲。"

众人也催问："是啊，穷哥，你说说。"

穷不怕耐心给大家分析："扎王爷是陪吃陪喝亟须求得这么一个鼻烟壶，他不仅想从我手中得到，也想从曾王爷手中得到，如今曾王爷手中的鼻烟壶不翼而飞了，所以他千方百计想得到我手中这个鼻烟壶。"

常傻子还不明白："他要鼻烟壶干吗？"

醋溺膏也跟着问："是啊，他有什么用意？"

穷不怕语重心长地说："对，这就是我要说的，扎王爷要找个稀世珍宝，为的让他的是大格格入日本国籍，去日本受训，便于帮助川岛来对付我们。"

丑孙子不答应："那可不行，我们不能帮八国联军的忙。"

醋溺膏还知道细情："听说扎王爷还要让别的儿女也当日本汉奸。"

穷不怕义正词严："我们再穷也要有志气，不能做背弃心意之事。我们到保定去，吃苦再多，也不能帮夷兵来杀我们中国百姓。国难当头，天桥根本不会建演出场，让他们少杀一些京城人就不错了。我们受些罪，给后代留点儿德吧！"

众人称誉："对对对，穷哥说得在理。"

韩麻子心恨不解："扎王爷跟咱们说相声的干上了，前些年逮麻子，就是为川岛的岳父报仇。现在把咱们说相声的都轰到保定府，这是他早定好的。"

穷不怕也知道行内怪习："说相声的嘴损，怕咱们给他惹事。"

盆秃子劝说："穷哥，你就别去了。"

徐三问长辈："这回我们都得去保定府？"

贫麻子有看法："可不是，这回我们说相声的可惨了。"

穷不怕不怕："众位考虑仔细，外府有亲的可以投亲，有友的可以投友，没亲没故的跟我去保定府。"

富向南有自己的想法："师傅，我到想回天津住一段。"

穷不怕想了想："天津也有杂耍场子，这倒也是条路。"

丑孙子有自己的想法："奉天我有个大爷，我想闯闯关东。"

穷不怕又仔细思考了一下："多一个朋友多一条路。不过，奉天那么远，应该有个伴。"

丑孙子把想法说完："我想从你徒弟中挑个人。"

穷不怕支持地问："谁愿意跟师叔去奉天？"

丑孙子看着范向西："就让向西跟我去吧。"

范向西马上表态："我跟师叔闯闯关东，也中。"

醋溺膏却对穷不怕说："我们只好跟着你啦。"

韩麻子也跟着表态："你是我们的大哥，我们听你的。"

穷不怕实心实意地说："好啦，其余的人把家眷安排一下，都跟我去保定。"

醋溺膏更实心眼儿："我们把盘缠钱给你，你给大家雇车吧。"

穷不怕拍板："就这么办。"

陈老板场地，穷不怕带着小喜子来到陈老板跟前，贫麻子也跟着走了过来。穷不怕诚意地说："陈老板，我这一去，不知何年何月回来，孩子还是有劳老板费心，多加调教。"

陈老板抚摸着小喜子的头："没得说，咱们之间还客气什么，孩子是咱们共同的孩子，放心好了。"

小喜子挣脱出来，回到穷不怕怀里："我跟师爷去保定。"

穷不怕认真地说："听话，孩子，你留下。"

小喜子说出心里话："我跟你学相声。"

穷不怕倾心地说："傻孩子，我们是在逃难，不是去学相声。"

小喜子话变得也快："我跟你去逃难。"

穷不怕语重心长地说："要受很多很多罪，你没经受过。"

小喜子很坚决："我就要去。"

陈老板又拉过小喜子："听话，喜子，你师爷一路够受罪的了，哪还照顾得了你。"

小喜子很有志气："我用不着照顾。"

陈老板死死拉住小喜子："你还小，不懂事。听话，你师爷过一段就会回来。"

小喜子大哭："我不小，我跟着师爷，师爷、爸爸，你们不要我了。"

贫麻子、穷不怕、陈老板都流出了感动的眼泪。

贫麻子对穷不怕说："要不，让他跟咱们去吧。"

穷不怕望望孩子，陈老板动员穷不怕："你们走吧，快走吧，过一段就好了。"

"过一段我也好不了。"小喜子大哭，"师爷、爸爸，我跟你们去。"

穷不怕也同意了："要不，就让他去吧。"

小喜子从陈老板怀里挣脱出来，扑进穷不怕的怀里。

陈老板含泪点头："还是孔圣人说得对，'三军可夺帅也，匹夫不可夺志也。'孩子有志，让他跟你去吧。"

穷不怕对小喜子："我也对你说一句孔圣人之教，孔圣人教我们要'孝亲敬祖''不忘师尊'。"

小喜子点头，跪在陈老板面前："孩子永远是您戏科弟子，对老师永不负心，终身尽孝。"小喜子给陈老板三叩首。

陈老板扶起小喜子："快起来，快起来。"

陈老板与小喜子抱头而哭。

穷不怕家里，穷不怕、贫麻子、徐三、董彩莲、云花、范向西、小喜子、秀秀、小福子围桌而坐。

小喜子问云花："保定府在哪边啊？"

云花给他出主意："这得问你爸，上次他追慈禧路过保定府。"

贫麻子听出来了："又拿我取乐。"

小喜子津津乐道地说："我爹走错路迎来八国联军了。"

众人大笑。

小喜子又问："保定府有天桥吗？"

秀秀也跟着问："保定府有人听相声吗？"

穷不怕说出担心的事儿："没场地可以搭，没人听可就要命了。"

贫麻子也跟着担心起来："没人听，我们吃什么？"

穷不怕又说："咱们到那儿再说吧。"

贫麻子还是顾虑重重:"还不如我们不走了,等乱劲儿过去,我们改成说评书的。"

穷不怕鼓励大家:"不要说这些败家的话。"

贫麻子还是在叹息:"现在家马上就没了。"

穷不怕决心已下:"要不走,更没路子了。"

贫麻子心疼穷不怕:"师傅,您不用去保定府了,我们到时候给您送银两来。"

徐三也说:"是啊,师傅您上年纪了,把家看好了就行了。"

穷不怕考虑的是相声:"家没什么可看的。相声在北京是没有活路了,我跟你们到保定府去,等八国之乱过去,兴许还能打开场子。咱们师祖传的这点儿玩意儿不能丢下。"

徐三考虑得多:"您走了,我师娘怎么办?"

董彩莲也有打算:"贫根儿媳妇正在闹病,我得跟她做伴儿。"

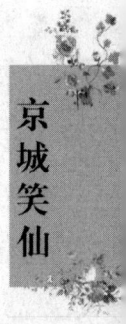
京城笑仙

穷不怕有些犹豫:"你不能留在京城。"

贫麻子争着留下:"还是我留下照顾她吧,她娘家在宣化府有一大家子人,我把她送到宣化府躲躲,也许乡下比城里安稳一点儿。"

董彩莲主意已定:"我去送吧,你照顾没我细心,再说小喜子这边离不开你这个爸爸啊,你多照顾照顾小喜子吧。"

贫麻子想来想去:"也行,近来我们那口子有病,多亏师娘照顾。"

"好,就这么定了。"穷不怕又对徐三说,"你到南路镖局,雇四个保镖,护送你师娘她们去下乡,我们按镖值付银。"

徐三细问:"我到镖局找谁?"

穷不怕告诉他:"找林镖头,你提我就行了。"

徐三决定按师傅意思办:"好,我这就去。"

董彩莲还有话要说:"等等,我们明天早晨走。"

"知道啦!"徐三欲走做准备,穷不怕口气很急:"不行,今天走!马上出发。"

董彩莲有难处:"还是你们先走吧。"

穷不怕不同意:"唉啊,这不是让的时候,你们必须马上离开京城,现今扎王爷在外国人面前已经得势,川岛不怀好心,懂吗?"

董彩莲点头。

穷不怕心很急:"你们现在就走,越快越好,你们出门要扮成男装。"

董彩莲心里还想着别人:"不行啊,贫根儿家的还有一服汤药没吃完。"

穷不怕态度坚决:"不能犹豫了,把药带着,到她娘家再吃不行吗?"

贫麻子觉得事情有难处:"她不吃这药,根本起不来,让她养一宿,明日一早走最合适。"

董彩莲心里也有这个顾虑:"是啊,在路上病要重了更麻烦了。"

穷不怕最后做出决定,对徐三说:"好吧,贫根儿家里的事，就交给你了。"

"我去找镖局。"徐三主动要求任务后，拨腿就走了。

董彩莲对穷不怕说："我们这边的事儿你不必挂心。这么多人，你要带好。"

穷不怕一指桌子上的包袱，安排任务："贫根儿，这是大家凑的银两，带着很不方便，你雇两辆骡车，剩下的银两你都换成金子，我们带走。"

"好！"贫麻子答应后，又想起一事，"师傅，那金花鼻烟壶怎么办？"

穷不怕拿起鼻烟壶："这个金花鼻烟壶，我们埋在院中，等我们从保定府回来时再取出。"

众人点头称赞，贫麻子抱着包袱出去了。

穷不怕院里，范向西、富向南已挖好一个土坑。穷不怕将带盒的金花鼻烟壶放入一个坛子之中，又将坛子投入坑中。范向西、富向南铲土埋上。

这时，徐三正从门口回来："镖夫我已请好，明日一早即来接人。"

穷不怕称好。这时，贫麻子气冲冲地进来："师傅，你瞧，就换这么点儿金子。"

穷不怕细问："怎么回事？"

贫麻子解释："现在金子涨价了，五十两银子才换一两金子。"

穷不怕感到惊奇："世道变得好快，骡车雇好了吗？"

贫麻子回话："雇好了，雇了两辆车，花了八百两银子。"

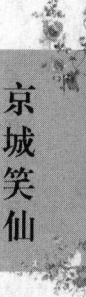

穷不怕无奈："这咱们没办法。"

贫麻子很心疼："我们什么时候才能挣出八百两。"

徐三又想到一个问题："师傅，按行规，小喜子必须拜师入门以后才能跟咱们走，怎么办？"

穷不怕决心已下："让小喜子马上拜祖归宗吧。"

穷不怕家里，东方朔像前，香炉里插着几炷燃香，穷不怕及徒弟全在场，徐三坐在像前。小喜子跪叩三首，头顶誓约。贫麻子念一句，小喜子跟着念一句："今在祖师驾前焚香，叩禀立誓，拜入朱门，认徐有录为师，认穷不怕为师爷，牢记门规，不忘师祖，艺德并重，光大朱门，提携后人。"

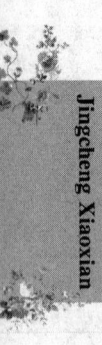

穷不怕很满意："好！"

董彩莲从门外进来："车子都备好了，你们启程吧。"

路口停着两辆骡车，众人送行。八大怪和朱门相声艺员、董彩莲都在场。富向南背着布包跟众人告别："师傅，我先走了。"

小喜子对富向南说："师叔，您到天津找到场子以后，马上捎信给我们。"

富向南满口答应："好！"

穷不怕有话嘱咐："记住到天津落脚以后，托人给常叔带个信来，我们会经常跟天桥亲人联系的。"

常傻子发话："对，有事你们都找我，我给你们转信。"

富向南作揖："我们后会有期。"

众人扬手向富向南告别。丑孙子、范向西各牵着一匹马向穷不怕告别："师哥多多保重，我们先走了。"

范向西也说:"师傅,保重。"

常傻子又说:"丑哥,北京太平了,我就去接你。"

丑孙子有些悲观:"不容易啊!也许这一次是永别。"

穷不怕鼓励大家:"不要说丧气话,火车一通到东北,我们还能见面。"

八大怪向丑孙子、范向西扬手告别,丑孙子、范向西骑上马追家属去了。

扎王府里,一群官兵正跪着接令。扎王爷下令:"你们用轿子将穷不怕妻室董彩莲押到本府,不得有误。"

众兵接令:"遵命。"扎王爷细心布岗:"避免董彩莲随夫逃出京城,你们兵分两路,不接到本人,不得收兵。"

众兵齐曰:"明白!"

穷不怕门口,骡车旁,刚才余下人围着穷不怕。董彩莲对云花嘱托:"你要替我多多照顾你师傅。"

云花全力支持:"师母,你放心好啦,师傅的性情这几年我都摸清楚了。"

穷不怕过来对董彩莲说:"你要抓紧时间离京,不然我心里总是块病。"

董彩莲点头:"放心好了,我马上扮成男装。"

穷不怕心细:"巧扮男装是给路上人看的,扎王爷、川岛可不是等闲之辈。"

董彩莲明白:"我记住了。"

小顺子拿着马鞭走过来,对穷不怕说:"爸爸,我套好车了,上车吧。"

穷不怕带着云花、小喜子、小福子、秀秀上了一辆骡车。醋溺膏、韩麻子、徐三、贫麻子众人身上背着大小不一的包袱上了另一辆骡车。常傻子、田瘸子、盆秃子、鼻嗡子、董彩莲扬手与亲人告别，两辆骡车渐渐远了。

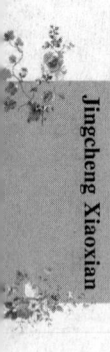

第三十三章　逃难路上的穷不怕　高粱地里救难民

马路上，一哨官兵跟在一乘空轿子后边急促开来。

穷不怕家里，董彩莲正在巧扮男装。外边传来一阵急促的敲门声，董彩莲忙问："谁呀？"

小海棠春在门外答话："是我。"

董彩莲没有听清："谁？"董彩莲耳朵附在门板上用心听。

门外小海棠春急促的声音："彩莲姐姐，是我，我是你妹妹小海棠春。"

董彩莲开开门："小海棠，你怎么跑来了，快快进屋。"

俩人进了屋，小海棠春气咻咻地说："彩莲姐，你赶快跑吧。"

董彩莲十分沉着："出了什么事了？"

小海棠春直言："扎王府要抓你。"

董彩莲反而劝她："别着急，慢慢说。"

"没有时间了，你快跑吧。"

"到底怎么回事？"

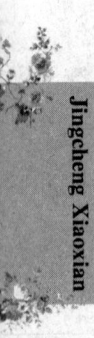

"今天有几个扎王府的人到楚馆去,他们说的话让我听到了,扎王府要抓你,拿你当贡品,送给川岛。这样他的大格格就能入日本籍出国了。"

"真卑鄙!他们弄不到金花鼻烟壶,就打我的主意。我马上收拾。"

"来不及了,你跑吧,我给你收拾。"

"我还得找贫根儿家的。"

"你不用找了,你一找她,俩人都没命了。剩下的事我给你办。"

"我逃到哪里去呢?"

"你一边跑一边想,不要回刘通那里,越远越好。"

小海棠春推着董彩莲:"快,你从后边跑。"

董彩莲也劝她:"你也快点儿离去。"

小海棠春答应:"我给你收拾收拾就走。"

董彩莲被小海棠春推出门外来,她从后街跑掉了。

小海棠春又推门进屋了,她换上了一件董彩莲的上衣,把墙上穷不怕的画像摘下来,收在身上。这时,又传来急促的叫门声,小海棠春不慌不忙来到院里问:"谁啊?"门外只有不停的敲门声,没有回话声音。

开门后,只见几个清兵,小海棠春忙问:"你们是哪儿的,我怎么不认识啊?"

外边官兵包围上来,门口停着一顶粉轿。远近不少市民在观望,沈掌柜、古董王也在其中。只听公差甲说:"我可认识你,朱夫人。"

小海棠春又问:"你们是哪个衙门的?"

公差甲回话:"我们不是衙门的,我们是扎王府的。扎王府奉了川岛之命,前来接夫人上轿?"

小海棠春装作若无其事地问:"川岛是谁?"

公差甲说:"别装蒜了,川岛是日本教官。"

小海棠春依然沉着:"我知道了,是扎王爷的干爹。"

众人大乐。

公差甲更正:"不不不,是扎王爷女儿的干爹。"

小海棠春故作严肃:"这不一样嘛,他女儿的干爹,就是他的干爹。"

公差甲不知怎么回事,问公差乙:"还有这种事?"

公差乙细说:"川岛跟扎王爷是平辈。"

公差甲不懂:"什么平辈,扎王爷是王爷。"

公差乙狡辩:"川岛的辈也不低。"

小海棠春想知道:"他们俩谁管谁?"

公差甲的意思:"扎王爷管川岛。"

公差乙看法不同:"川岛管扎王爷。"

公差甲坚持己见:"不不不,扎王爷管川岛。"

公差乙也坚持己见:"不对,川岛管扎王爷。"

公差甲明说:"在大清国就扎王爷大。"

公差乙有说法:"在日本就是川岛大。"

小海棠春又问:"他们俩碰到一起谁大啊?"

公差甲仍然坚持:"当然扎王爷。"

公差乙也坚持:"当然川岛。"

小海棠春发话:"你们问清楚再来,我等着你们。"

公差甲发话:"你别管这些,赶快上轿。"

小海棠春反问:"我不弄清楚轿子往哪儿抬,我怎么上轿?"

公差甲告诉他:"当然往川岛那里抬。"

小海棠春又问:"这是扎王爷的主意?"

公差甲否定:"不不不。"

小海棠春接着问:"这是川岛的主意?"

公差乙也否定:"不不不。"

小海棠春猜测:"是你们自己的主意?"

公差甲摇头:"不是,不是。"

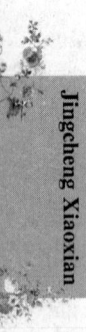

小海棠春发急了:"都不是,你们回去吧!,我自己正想走。"

公差甲不干:"唉唉,我们奉了旨的。"

小海棠春又问:"这是扎王爷的旨吧。"

公差甲又否定:"不是,不是,扎王爷是奉了川岛的旨。"

小海棠春反问:"你不说扎王爷的官大吗?"

公差甲支支吾吾:"是啊,是啊。"

小海棠春要求:"让扎王爷把这旨废喽!"

公差乙也摇头:"不行不行。"

小海棠春细问:"怎么不行?"

公差甲解释:"这不是扎王爷的指示,是川岛的旨。"

公差乙看法不同:"这不是川岛的旨,川岛听了扎王爷的旨。"

小海棠春反问:"你不说川岛官大吗?"

公差乙点头:"是啊,是啊。"

小海棠春要求:"让川岛把这旨废喽!"

公差乙直摇头:"不行不行。"

小海棠春接着问:"怎么又不行?"

公差乙说好话:"拿轿子接你,这是好事啊!"

小海棠春不爱听了:"好事把你妈接去吧。"

众人大乐。

公差甲又问:"你走不走?"

小海棠春有话:"你们说不清这是谁的旨,也没说清让我干嘛去,我就稀里糊涂跟你们走哇!"

公差甲脑子一动:"想起来了,这是他们俩人的旨。"

公差乙也跟着说:"对,他们俩人的旨。"

小海棠春反问:"接老娘去干吗?是当干妈吗?还是当干奶奶?"

众人大笑。

公差甲动怒了:"别废话,你心里全明白,别敬酒不吃吃罚酒。你不走,我们就抢。"

小海棠春拿出一把小剪刀:"谁抢,我就死给你们看。"

公差甲有话:"跟穷不怕的老婆一样。"

小海棠春发话:"谁想接老娘,让他亲自来。"

公差乙:"你口气倒不小。"

公差甲:"你说到底让谁来?"

小海棠春话很明白:"川岛指示,让川岛来;扎王爷指示,让扎王爷来。"

公差甲对公差乙说:"你看着她,别让她跑喽!我去禀报扎王爷。"

小海棠春表示:"我不会跑,你快点儿去,路上别磨磨蹭蹭的,老娘可不能老陪着你们玩。"

路上,两辆骡车在赶路。车上,穷不怕对云花说:"我最不放心的,就是你师母他们。"

云花有同感:"我也不放心。"

穷不怕还惦念着:"不知贫根儿家里的见好没见好。"

云花安慰师傅:"他们自己会料理的。"

穷不怕直感喟:"这一别,不知何时才能见面。"

云花回过头来,向京城方向祈祷:"菩萨保佑我师娘他们俩平安吧。"

穷不怕家门前,川岛和扎王爷骑马来到,围观人不少。

公差乙发话:"川岛来了。"有人接过两个马绳。

川岛嬉皮笑脸认错人了:"朱夫人,让你受惊了。"

扎王爷也笑眯眯地说:"川岛先生也是慕名而请。"

川岛干笑没声:"对对,穷不怕天下第一才,朱夫人天下第一美,我们也来开阔开阔眼界。"

小海棠春话直:"不必解释了,我来问你们,这轿子是你让抬来的?"

川岛不否定:"是我是我。"

小海棠春想知道细情:"抬轿子什么事儿?"

川岛不好明说:"没事没事。"

小海棠春逮住理了:"没事,你抬回去吧。"

川岛只好说明:"轿子是来接你的。"

小海棠春明问:"接我干什么?"

川岛不好回避:"到我府上坐坐。"

小海棠春追问:"是做客,还是留住?"

川岛不好否认:"做客,做客。"

小海棠春回答得好:"做客?你们把轿子抬回去吧,我什么时候想去,我就到你们那里去做做客。"

川岛想改口:"不不不,是留住。"

小海棠春有理了:"留住?你随便留一个女人行吗?"

川岛急赤白脸:"行,我想留谁就留谁。"

小海棠春也好回话:"那你留别人去吧。"

川岛兽性大发:"女人有的是,我不稀罕,我就想尝尝穷不怕女人的味道。"

小海棠春嘴不饶人:"你妈妈有没有味儿?"

川岛动怒:"来人,抬上轿子。"公差刚刚行动,小海棠春把剪尖冲着脖子。

人群中沈掌柜对古董王说:"没想到穷不怕也有这个下场。"

古董王也说出了内心话:"穷不怕的女人也是好样的。"

门前的川岛假惺惺地笑了:"不要这样,有话好说。"

小海棠春也假戏真演:"我们穷不怕,好歹也是同治爷看过赏的,慈禧太后懿封过的。我堂堂穷不怕的女人不明不白就跟你走,岂不让天下人耻笑于我!你当着众人把话说明白,你抬我到你府上,是做老妈子,还是做压寨夫人?"

川岛满口答应:"当然做贵夫人了。"

小海棠春趁火打劫:"你说明了就好。我知道胳膊拗不过大腿,今天怎么也得跟你走。我有一个小小要求。"

川岛高兴了:"只要走,什么要求我都答应。"

小海棠春提出要求:"临走之前,我要给我丈夫叩三个头。"

川岛马上表态:"当然可以。"

穷不怕画像已挂在墙上,小海棠春向画像三叩两拜,完事后川岛说:"好,上轿吧。"

小海棠春要求:"你也要给我丈夫叩三个头。"

川岛一愣:"我……叩的什么头?"

小海棠春解释:"表示你对穷不怕的尊敬。"

扎亲王也劝:"表示朱夫人是你请走的,不是抢走的?"

川岛难为情地看了看四周,小海棠春催问:"你磕不磕?"

扎亲王催了一遍:"快磕吧。"

旁边人群中的沈掌柜发话了:"有意思,这是什么礼节?"

古董王支上相机准备拍照。

门前的小海棠春发了最后通令:"不磕,你就回去吧。"

扎亲王代替他回答:"磕磕磕。"

川岛跪在穷不怕画像前磕了一个头,欲起来,小海棠春说:"这样不行,得磕三个响头。"川岛看了看扎王爷,扎王爷劝他:"磕吧,磕一个也是磕,磕三个也是磕。"

周围众人给加油:"磕呀!""磕呀!""得磕响头!"

相机前川岛一咬牙，砰砰砰三个响头声音绝响。

人群中古董王相机一道烟光，抢拍了一个镜头，没等人们看出怎么回事，他已挤出人群溜了。

门前扎亲王向听差耳语了几句，听差抢过小海棠春手里的剪刀，向小海棠春打了个手势："走吧！"人群中众人屏住呼吸望着小海棠春。

轿旁小海棠春整理了一下头发，自己上了轿，撂下轿帘。人群中众人望着渐渐远去的轿子。一座高房门口有日兵站岗，轿子在大门口停下，川岛笑眯眯一掀轿帘，哇的一声惊叫起来。众人皆惊，扎王爷过来掀帘，只见小海棠春口流鲜血死在轿里。

路上女扮男装的董彩莲正在仓忙逃走。一条马路上德兵布哨，铺户上插着德国国旗。董彩莲看了看，又退回小胡同里，从插着德国国旗的胡同走进了插着日本旗的小胡同。一条马路上日兵布哨，铺户上插着日本旗。董彩莲穿过这条马路，被日兵发现了。

日兵甲嚷嚷："那边的有人。"

日兵乙接着喊："他的逃跑。"

两个日本兵在追。日兵甲大喊："他的有钱。"

日兵乙接着喊："留钱的不杀。"

董彩莲跑进一个死胡同，心急如火。

日兵甲放慢脚步："跑不了啦。"

日兵乙还在喊："留钱的活命！"

董彩莲往后退步，正是敞门的桃花庵。董彩莲看了看

"桃花庵"几个字，就溜进院里。庵堂出家为尼的曾王府三格格正在收拾逃走的东西，发现了一把折扇，三格格打开细看，看着穷不怕那首题诗。

穷不怕的画外音（吟诗）："闲步倚槐王府中，鸳鸯落枝啄新虫。抬头极目枯枝木，满帘绿芽萌新生。"三格格看着看着又笑了。

忽然，董彩莲倒着身子闯进堂里，差一点儿摔倒，刚站稳脚步，只见一把冷刀横在她脖子上。三格格发话："你好大的胆量，这是什么地方，容你野男子撒野。"

董彩莲一回头，要解释，认出来了："三格格！"

三格格的刀软了下来："你是？"

董彩莲把假辫子一摘，三格格惊讶："彩莲姐！"

董彩莲发话："快，有两个洋兵追我。"

三格格又拿起刀："交给我吧。"

这时，庵堂门口两个日本兵踏门而入。三格格用脚勾了一只破鞋，一甩正甩在日兵甲的眼眶上。日兵甲"哎哟"一声，还没明白怎么回事，三格格一脚又踹在他胸上，把日兵甲踢倒。日兵乙刚要端起枪，三格格的亮刀已横在他的脖子上。日兵甲刚站起来，三格格往后一旋脚，又把日兵甲踹趴下了。三格格用刀逼着日兵乙问话："你为什么欺负妇女？"

日兵乙吓晕了："没有妇女，中国人大街上统统男人。"

董彩莲指出："他要抢我东西。"

三格格命令："你们俩把枪丢下。"

两个日兵扔下洋枪。三格格边挥刀边说："你们一人留下一个耳朵,留下你左耳朵,留下你右耳朵,回去反省去吧。"

两个日兵捂着血耳朵,叫喊着跑掉了:"红灯照!红灯照!"

董彩莲问三格格:"庵里怎么就你一个人?"

三格格愤恨地说:"都逃跑了,现在洋人见庙烧庙、见庵烧庵。"

董彩莲帮助三格格收拾东西。发现了那把折扇,她看了看。

三格格把折扇合上:"你怎么没跟绍文兄一起出来?"

董彩莲解释:"绍文去保定了。"

三格格不明白:"去保定干吗?"

董彩莲细说:"扎王爷把说相声的都赶到保定去了,扎王爷靠日本川岛又来抢我,我才……"

三格格不住地点头:"我都明白了,走吧,这不是久留之地。"

董彩莲还有事情要办:"我还要找贫根儿媳妇,我还要看看小海棠春……"

三格格态度坚决:"你一切亲友都不能找,世态平静了再说。"她拽着董彩莲就走,"跟我走吧。"

董彩莲不明白:"到哪儿去?"

三格格也直摇头:"我也说不好,先离开这里再说,快走。"

董彩莲思想包袱沉重:"不行,贫根儿媳妇正在有病。"

三格格细问:"就是那贫麻子媳妇?"

董彩莲点头:"是,她今天晚上还有一服药,明天我送她到宣化。"

三格格急死了:"不行,今天你必须离开京城。贫夫人的事儿我找人去办。"

城郊路上,驴车慢腾腾地走着,三格格和董彩莲扮着男装坐在驴车上谈天。

三格格劝她:"行啦,贫夫人的事儿,我都给你安排好了。这回咱们慢慢聊吧。"董彩莲还在痴痴发呆,三格格忙问:"你想什么啦?"

董彩莲态度认真:"这个仇我一定要报。"

三格格问她:"跟谁报?跟扎王爷?跟川岛?"

董彩莲一言以蔽之:"我都要报。"

三格格有涵养:"是得报仇,不能这么报。你看看大街上死了多少了,杀了一个川岛,后边还有一千个川岛,现在不是你一个人的事,是民族之事,是国家存亡之事。"

董彩莲有自己的说法:"如果每个人都把自己的仇人杀掉,世界上就会少了很多坏人。"

三格格稳住性子:"你杀了一个旧坏人,还会出十个新坏人。我们不谈这些事,还是谈点儿开心的事吧。"

董彩莲想起一事:"对了,我早想问你,按妹妹的性子,可以赴汤蹈火，怎么能坐在静庵里念佛经呢？"

三格格也笑了："刚一去庵堂我可不习惯，一坐就是一天，我哪受得住，有几次打了退堂鼓想偷跑，一年以后我心里才平稳下来。"

董彩莲想谈谈心："你为何出家啊？是不是与我们有关系？"

三格格微微一笑："也是，也不是，我也说不好。我总觉得我的前景不妙。你可以逃征私嫁，我逃得了吗？秀女三年一选，七贝勒八贝勒的天天提亲，谁知我落在哪个花花公子手里。我还有一个表妹，你听说过吗？"

董彩莲微微摇头："我没听说过。"

三格格细说："现在她嫁给了大阿哥。"

董彩莲有印象："大阿哥，是慈禧太后懿封的那位。"

三格格点头："正是端王府那位少爷。"

董彩莲分析："你表妹嫁给他，合着你又矮了一辈。"

三格格都烦了："辈都乱了，你听着：有一次大堂会，我说看看这位妹夫吧。这位妹夫听着听着戏，拍案大起，不住地叫好，把老佛爷吓了一跳。我一看这位妹夫肥头大耳，简直像一头草驴。"董彩莲听着听着笑了起来。

三格格分析："你说，我要嫁给这么一个草包，那不是活要命吗？"

董彩莲作出结论："所以你出了家？"

三格格说话大胆:"还有个原因,那就是因为你们。"

董彩莲微愣:"因为我们?"

三格格继续分析:"如果绍文兄留在府上,我也不会走,也许他现在成了王府的大管家了。"

董彩莲摇摇头:"那是不可能的。"

三格格任性:"怎么不可能,我救了你几次命,你们就应该为我想想。"

董彩莲细心解释:"他一心想说相声,怎么能当大管家,王爷也根本不会让他当。"

三格格不想争辩了:"好了,不谈这个了。以后让我见一下绍文兄行吗?"

"那有什么不行的,欢迎你啊。"

"现在我无忧无虑、自由自在,愿意想谁我就想谁,倒也开心。"

"你怎么不回王府?"

"我哥哥跟洋人打得火热,我看不惯。"

"咱们准备到哪儿去?"

三格格响了一下鞭子:"你就跟我走吧。"小毛驴加快了速度。

在川岛的住所里,川岛色眯眯地逼近大格格,大格格用双手推着川岛:"干吗,干爹?"

"穷不怕的老婆都得不到,你的得到。"川岛边说边脱着上衣。

大格格连连后退："不行，干爹，我是您干女儿啊！"

川岛嬉皮笑脸："在外边你是我的干女儿，我的财产都给你继承，在家里你就是我的女人。"

大格格用劲儿挣扎："不行，身子不能给你！"

"不行也得行。"川岛拉上了帷帐……

一条马路上，穷不怕等人坐着两辆骡车在路上行驶。突然从旁边高粱地里传出来一个女子的呼救声："救命啊，救命啊！……"

车上的穷不怕听到了："停下，停下！"

两辆骡车停了下来，呼救声继续传来。穷不怕跳了下来，车上的人跟着都跳了下来。穷不怕问大家："在哪儿喊？"

小顺子顺着声音一指："那边。"

徐三、贫麻子带头儿，循声而去。

高粱地里，五个日本兵正把一个十六七岁的小女孩儿小翠按倒在地，想行乐。徐三高喊："住手！"

众人齐喊："抓夷兵！"

几个日本兵提着枪边喊边逃："拳匪来了，拳匪来了！"

徐三等众人向夷兵追来："杀啊！"

几个日本兵跑到土路上："这里有车。""给咱们预备车啦。"

徐三等人还在追赶。

骡车旁，几个日本兵蹿上车去，把枪口对着众人开枪。

穷不怕指挥："赶紧趴下。"

人们应声趴在高粱地里，日本兵赶着骡车逃了。

高粱地旁，徐三、盆麻子等人拼命要追车："骡车！骡车！……"

穷不怕拦住大家："不能追，他们手里有枪，人比车重要。"

这时，小翠来到众人面前跪下："谢谢恩人。"

穷不怕有耐心地问："你从哪儿来，到哪儿去？"

"我从保定府而来，去京城，找事做。"

"怎么就你一个人，长辈也不跟着你？"

"家中只剩我一个人啦。"

"你到京城投奔谁？"

小翠摇摇头："谁也不投，我到人市上找事做。"

穷不怕替人担忧："现在京城兵荒马乱的还有什么事干，要不然你跟我们去保定府吧。"

一提保定府，小翠惊怕地摇摇头。

穷不怕耐心解释："到保定府，你能帮我们做点儿事啊！"

小翠坚决地表示："我不回保定府，不回保定府。"

小翠欲走，穷不怕把她叫住："姑娘等等。"看小翠站住了，穷不怕才说："这样吧，到北京我告诉你找几个人。"

小翠高兴地点头："行，找谁？"

穷不怕细说:"到天桥找八大怪。"

小翠不太清楚:"八大怪?"

穷不怕继续介绍:"八大怪天桥还剩四个。"

小翠心直口快:"那四个都死了?"

徐三挑眼:"你怎么这么说话,我们这里就有三大怪,我师傅是八大怪之冠。"

小翠点头接受批评,面对穷不怕:"你是穷不怕?"

穷不怕高兴:"你也知道我的号。"

小翠很自傲:"我们保定人都知道。"

穷不怕耐心地告诉她:"天桥还剩四大怪,他们是常傻子、田瘸子、盆秃子、鼻嗡子。你找他们谁都行,让他们给你安排住处。"

小翠说话直接:"我到你家去不就行啦。"

穷不怕比较细心:"不,那儿有危险,我们一家人全出来了。"

小翠自己有办法:"那我就找人市去。"

穷不怕告诉她:"天桥就有人市,不过现在找活儿的人不会多。"

"我到京城就好办了。"小翠说完就要走。

"等等,这么走不行。"穷不怕不放心,他对云花说,"你给她化化装。"

云花满口答应:"好。"

路上，小翠已变成男孩儿模样，她再次跪谢众人。

穷不怕吩咐："贫根儿，给她拿些散银两。"

贫麻子为难："师傅你甭想拿了，散银两都让洋兵带走了。"

穷不怕又叫徐三，徐三过来听令："师傅。"

穷不怕吩咐："把金钱拿来。"

徐三从腰上解下小包递给师傅。

穷不怕拿上一个金条递给小翠。

小翠感谢万分："谢谢穷爷爷！"

小翠走出老远，又扬手告别。

贫麻子对穷不怕说："这倒好，两辆骡车换了一个女孩儿。"

穷不怕深情地说："值得！"

众人点头。

徐三还是感谢穷不怕："多亏师傅把重银都换成了金子，不然让洋兵都带走了。"

醋溺膏只好说："咱们走着走吧。"

韩麻子没有多想："走吧。"

两间破屋外边，杨大嫂匆忙从一间屋子跑出，三格格和董彩莲正迎面走来。

杨大嫂撞在三格格身上，三格格忙问："你怎么啦？"

杨大嫂慌了神儿："有死人，屋里横着一个棺材，有死人。"

三格格忙问:"哪个屋?"

杨大嫂指西边:"那屋。"

三格格问东边:"那屋呢?"

杨大嫂说了一句:"那屋没人。"

三格格忙问:"你怎不住那儿?"

杨大嫂面带惊慌:"你住吧!"她被吓走了。

三格格、董彩莲走进破屋来,三格格手里举着一支烛竹,俩人看了看四周。董彩莲找到一根破木棍顶上了破门,俩人守着烛竹席地而坐。董彩莲问格格:"你害怕了吗?"

三格格说话变了韵:"有点儿瘆得慌,你呢?"

董彩莲也说心里话:"也是,有点儿犯嘀咕。"

三格格脑子一闪:"唉,我记得绍文兄老说那段张大胆笑话。"

董彩莲点头(学):"你敢躺在棺材里跟死人一块儿睡觉吗?"

三格格(学):"你敢给死人喂饭吗?"

董彩莲(学):"我敢。"

三格格(学):"我也敢。"

董彩莲(学):"你喂一口,他一张嘴。"

三格格(学):"他吃完了,坐起来说,'我还没饱呢。'"

俩人搂在一起笑了起来。

董彩莲又说:"三格格,你是侠女之肠,救我几次命了,我该怎么报答你啊!"

三格格不让提了:"别说这话了,你没法报答。"

董彩莲心高:"那可不一定,如果以后遇到机会,我敢以命相救。"

三格格有难言之隐:"我的苦楚,命是救不了的。"

董彩莲真是难解:"你还有苦楚?堂堂王府的三格格。"

"我现在已经不是三格格,而是尼姑。别看我表面嘻嘻哈哈,我的心比谁都苦。"说着说着三格格站了起来。

董彩莲也认真起来了:"有什么苦,你说说,我也许能替你分担。"

三格格没信心地摇摇头:"谁也分担不了。你有家,有男人,有孩子,动乱一旦平静,你们还可以团聚。"

董彩莲也会说好话:"你也有家啊,有王府啊。"

三格格道出心里的苦楚:"这个家在我脑海里早就没了,他们也没脸见我,我也没脸见他们。我现在只是个孤零零的尼姑。桃花庵这次如果能幸存,我还可以继续当我的尼姑,如果桃花庵也被烧毁,我只有另投佛门。"

董彩莲挺心疼三格格的:"如果桃花庵烧掉,你就……咱们在一块儿过吧。"

三格格不自主地失笑:"一块儿过,我算你们什么人?"

董彩莲真心表态:"咱们算姐妹,真的。"

三格格又摇摇头："这是不可能的事儿。"

董彩莲说出心里话："可能，你救过我几命，你有什么要求我都答应。"

三格格望着董彩莲的脸："真的吗？"

董彩莲表态："真的，向老天爷发誓。"

三格格高兴地跪在席板上："真的，真的就好办了。"

董彩莲又表了一次态："真的。"

三格格终于口吐真言："那你把我收下来，做穷不怕的二房吧。"

董彩莲吓了一跳："这……这事……这事怎么可能？"

三格格不紧张："你看，一说真格的，你又缩回去了吧。"

董彩莲心细："这事儿，我得跟穷不怕商量商量。"

三格格列出理由："你看袁世凯一妻九妾，哪个王爷没有一堆福晋、侧福晋呢？"

董彩莲心情很重："我们是一般百姓啊。"

三格格转了话题："好了好了，我只是试试你的胆量。我四十多了，成家有什么用，连孩子都生不了。"

董彩莲也道出心里话："你可试探我好多年了。"

三格格一笑："咱们该休息了。"

保定穷不怕相声场，场外传来保定小吃吆喝声："驴肉火烧，驴肉火烧……"

场内演员席上坐着穷不怕、徐三、贫麻子、小喜子等。

场内几条观众长凳上，只坐着一位中年汉子，观众稀少。

演员凳上的小喜子问穷不怕："师爷，就一个人听，咱们还说吗？"

穷不怕负责地说："保定不比天桥，有一个人就不少了。"

徐三对穷不怕说："师傅，我给小喜子捧一段儿。"

穷不怕愿意承担艰苦："还是我来捧，只要我走得动，就由我来捧。"

徐三看了看观众："下边就一个人，您费那劲儿干吗，不如您到后边歇歇，我来。"

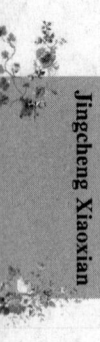

穷不怕还争着出场："人少我正好多带带他，你带他的机会多着哩，不用跟我争。"

小喜子插嘴问："师爷，咱们来哪段好？"

穷不怕问徐三："你说来哪段好？"

徐三的意思："来'八大改行'吧。"

小喜子没有思想准备："'八大改行'？"

穷不怕鼓励他："这是一段包袱和柳活儿都很强的段子。小喜子，你原来和陈老板学戏，生和净的功底都很扎实，丑的功夫再下点儿力量，你的功夫就十分全面了。"

小喜子指着观众："您看，就来了一个人。"

穷不怕继续鼓励他："一个人怕什么？自当我们排练节目。"

小喜子说出想法："来一段六口人吧。"

穷不怕很严厉:"不行,你得说点儿复杂包袱的。"

小喜子用心思考:"非得说'八大改行'?"

穷不怕告诉他:"这个段子很适合你演出,各种各样的柳活儿你都要学学。"

小喜子想得很多:"干脆说九大改行。"

穷不怕不明白:"怎么九大改行呢?"

小喜子想象大胆:"我也改行,跟我爹卖切糕去。"

贫麻子听出来了:"这小子,净挖苦我。"

穷不怕给小喜子指出一条明路:"上午你卖切糕,下午你老老实实学相声。"

这时这位可贵的观众鼓掌催戏。

地台上穷不怕叫着小喜子赶快出场,俩人给观众礼貌地鞠躬。

场内观众起立给演员回礼。

地台上小喜子愣了一下,穷不怕捅了他一下:"开始吧。"

甲(小喜子):"今天我给诸位……"

乙(穷不怕,提醒):"一位。"

甲:"今天我给一位,"

乙(提醒):"给您。"

甲:"您别客气,对我还称什么您,您就叫我小喜子吧。"

观众乐出了声。

乙(小声地):"与观众交流说活用词,第一句应该说,我们给您表演一段。"

甲（懂了）："今天我们给您一个人表演一段相声。"

观众凳上，观众用力地点点头。

乙："表演什么呢？"

甲："表演'八大改行'。"

乙："这个段子好哇。"

甲："这个段子是我师爷给我选的。"

观众点头的幅度小了。

乙："对，这段子开始是钟子良编的。"

甲："这个段子从咸丰爷驾崩演到同治爷驾崩。"

乙："对，越演越好看，越改越逗乐。"

甲："让您听起来笑破肚肠。"

观众凳子上，观众靠着柱子睡着了。

乙："不笑您就别给钱。"

甲："'八大改行'说的是京城的事。"

乙："包括了老艺人，也包括相声艺员的亲身经历。"

甲："北京这个地方是首善之区，五方杂处，哪儿来的人都有。"

乙："都是买卖人。"

甲："买卖人不一定全是做买卖的。"

乙："有改行的。"

甲："我学一学，你听听我原来干什么的。"

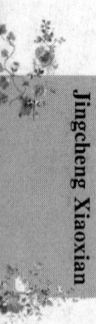

乙:"你来吧。"

观众的鼾声越来越震耳。

甲:"我开始学啦!"

乙:"你学吧。"

观众凳上,观众的鼾声压倒一切。

甲:"这可不是我的声音。"

观众的鼾声打出花来。

甲(问穷不怕):"师爷,是他听我们的,还是我们听他的?"

乙:"我们不听也得听。"

甲:"我们别费劲了。"

乙:"我们先歇一会儿吧。"

俩人刚一下场,这位观众立刻醒了,赶忙过来感谢:"你们的相声太好了。"

几位艺员笑着点头。

这位观众:"你们的相声能舒筋活血,促觉安眠。"

徐三诚心地问:"你是夸我们呢,还是损我们呢?"

这位观众打着手势:"不不不,我打心眼儿里爱听,昨天因为跟我老婆吵了架,老婆出走了,我一宿也睡不着,一听你们的相声,周身感到舒筋活血,一闭眼就着了。"说着又伸了伸胳膊和扭了扭腰。

穷不怕回礼:"谢谢您夸奖。"

这位观众:"不是夸奖,我心情一舒畅,能多活好几年。"

穷不怕很高兴:"欢迎您常到我们这来……睡觉。"

这位观众:"哎,我今天忘带银子了。"

穷不怕解释:"睡觉不用银子。"

这位观众大幅度鞠躬:"我多谢了。"欲走。

穷不怕礼貌待人:"欢迎您再来。"

这位观众:"我会来的。"刚出门不远他又回来了。

穷不怕问:"您怎么又回来了,是不是忘记什么东西了?"

这位观众:"东西没忘,一出门又想起来了老婆出走的事,心里又一阵难受。"

穷不怕指出:"您刚才还没休息好?"

这位观众问:"我睡着了吗?"

穷不怕告诉他:"您没睡瓷实。"

这位观众问:"我因什么醒的?"

穷不怕说:"我们相声一停,您就醒了?"

这位观众:"我说的呢,我听那么好的相声怎么能醒呢?"

穷不怕表示:"我们接着给您说。"

这位观众要求:"对,你们说长点儿,让我多睡一会儿。"

穷不怕答应:"一定满足您的要求,您准备好了吧。"

这位观众:"你们开始吧?"

地台上继续表演。

甲:"八大改行说了八个人。"

乙:"哪八个人呢?"

甲:"都是戏曲界的老前辈。"

乙:"你能不能学一学。"

甲:"我先学学睡觉打呼噜吧。"

观众又靠在了柱子上睡着了,打出了呼噜。

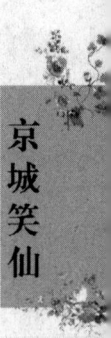

第三十四章 一条活鱼从热锅里蹦出来
众人勺尝宽汤香香香

一间小砖房里,小喜子和徐三把六条板凳一并,找来布棚,掀起一层,俩人钻进里边睡觉。

外边的风呼呼刮起,小喜子缩成一团,往师傅身边挤了挤。

次日清晨,秀秀追着小喜子在河边玩。俩人跑着跑着变成大孩子啦!

秀秀、小喜子在河边练唱太平歌词。秀秀打着玉子,小喜子在唱《大实话》:

庄公打马出城西,人家骑马我骑驴。
一回头看见一个推车汉,
比上不足,比下有余。

秀秀打着玉子,小喜子继续在唱《大实话》:

天为宝盖地为池，

为人好比浑水鱼，

……

俩人顺着河边走着。

俩人看见一条鲫鱼插在泥里出不来，由于水位退了，鱼无法借着水力脱身，露在外边的尾巴摆来摆去在挣扎。

小喜子惊喜地："鱼！"

秀秀兴奋万分："这么大！"

小喜子顺着河岸土坡下来，刚摸到鱼了，两腿陷了下去。秀秀两眼笑出了眼泪。小喜子两手攥住鱼不放。秀秀伸出手想救小喜子："来，拉住我的手。"

小喜子一手拿鱼，另一只手求救，秀秀终于逮住小喜子的手了："你攥住了。"

小喜子发话了："你使劲儿拽！"

秀秀也告诉他："你也使劲儿攥。"

小喜子使劲儿攥住秀秀的手，发话："拉！"

秀秀叫小喜子同时使劲儿："你使劲儿。"

小喜子猛一使劲儿，把秀秀拉了下来。俩人望着泥身笑而不止，秀秀直埋怨他："你真坏！你真坏！"好久，秀秀才发现："哎呀，这玉子都弄脏了！"

小喜子不笑了："这可不行，你知道这玉子多么珍贵。"

秀秀发现:"上边有师爷一副对联。"

小喜子、秀秀齐背:

日吃千家饭,

夜宿古庙堂。

不作犯法事,

哪怕见君王。

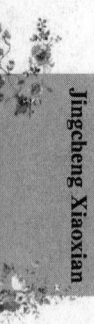

俩人背着背着笑了,小喜子问:"这首诗最初我师爷写在哪儿,知道吗?"

秀秀当然知道:"最初写在扇子上,后来刻在竹板上。"

小喜子忙问:"你怎么知道的?"

秀秀心里有底:"你说了一百二十回了。"

小喜子也很幽默:"成《水浒传》了。"

保定一座大院里,从天桥来保定的人都在场。小喜子和秀秀捧着鱼跑回来了:"我们逮住一条大鲫鱼!"众人一下子都围了过来。

贫麻子先发了话:"这可不容易,要不下雨,谁给咱们送鱼啊!"

醋溺膏真想吃:"这回该解馋了。"

韩麻子有顾虑:"一条鱼怎么分啊?"

徐三也发愁:"这么多人,一人吃不上一口。"

小喜子对孩子们说:"干脆爷爷们吃,我们看着。"

秀秀有办法:"咱们都喝鱼汤,老人吃鱼。"

穷不怕的办法好:"不不不,我提议,熬鱼汤,每人都有份儿。"

醋溺膏举双手赞成:"对对,熬鱼汤,尝尝鲜味儿。"

韩麻子夸奖:"这办法好。"

贫麻子接着拍板:"就这么定了。"

云花接过鱼:"我去做。"

醋溺膏嘱咐:"要整个熬。"

云花不解:"整个熬?"

贫麻子也同意:"整个熬,掐头去尾就没东西了。"

醋溺膏告诉云花:"洗巴洗巴就熬,甭开膛,肚子味儿出不来,只出鲜味儿。"

韩麻子也有经验:"多放点儿水,省得不够喝的。"

大铜锅这边,小喜子、小福子早动手了。一个大铜锅,下边点着了火,小福子正在加添柴棍。云花把鱼洗巴洗巴放进锅里。他找锅盖的工夫,鱼从锅里蹦了出来。云花没看见,把锅盖盖上了。小喜子帮助小福子添柴。

韩麻子又嘱咐:"多放点儿盐,一够咸就鲜了。"

醋溺膏同意:"对,多放点儿盐,咸味儿提鲜。"

贫麻子又想美事了:"有点儿大料就好了。"

韩麻子想得更美:"有点儿葱姜蒜就更好了。"

大锅里冒了半天热气，贫麻子发话了："熟了吧。"

韩麻子憋了半天话可有机会说了："早熟了。"

徐三不着急："多煮会儿，让鲜味儿都出来。"

云花不同意："你们老爷们儿懂得什么，时间一长，鱼肉都飞了。"

徐三不怕飞："飞了更好，更香。"

贫麻子同意："对对，更香。"

穷不怕望着锅："我看行了。"

云花相信师傅："师傅说行，就行了，我给大家盛。"云花把锅盖拿开，盛了一碗给穷不怕，又盛了一碗给醋溺膏，又盛了一碗给韩麻子。后来想到那条鱼，捞了半天没捞出来。又继续给别人盛，每人手里一碗，只剩下小喜子手里没有。秀秀盛了一碗自己喝上了。

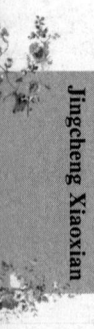

人们早就香起来了。

韩麻子不断地说："真鲜啊！"

醋溺膏也交口称赞："好鲜啊！"

贫麻子更会说话："鲜中有香！"

徐三点头："多少年没吃到这鲜汤啦！"

穷不怕尝了尝没有吱声。

醋溺膏自我欣赏："我说多搁点儿盐对吧，鲜味儿出来了。"

韩麻子争着抢功："这不是你一人的主意，功劳也有我一份。"

云花端着一碗汤对秀秀说:"你给喜子盛一碗!"

秀秀来劲了:"我才不管呢,让他自己盛。"

云花还在劝秀秀:"你看每人都有了,就剩喜子了。"

秀秀被这话感动了:"好吧,我看云婶的面子,给他盛一碗。"

秀秀刚要盛汤,锅旁地下那条鱼蹦到秀秀脚面上。别人都没看见,众人还在赞扬汤。

醋溺膏舔了舔嘴唇:"这简直是三鲜汤。"

韩麻子吧吧嘴:"紫禁城里也不过如此。"

贫麻子咽了咽唾液:"要放点儿葱花就更香了。"

醋溺膏谈了点儿经验:"活鱼不用放葱花。"

徐三觉得盐味突出:"汤是好汤,就是有点咸。"

醋溺膏会抓根本:"咸是鲜味儿扯的,要不咸就没有这个味儿!"

韩麻子爱听这话:"对对,太鲜啦。"

秀秀指着脚面上的鱼,推了一下云花小声说:"婶,你看!鱼在这儿啦,他们喝的都是盐水。"

云花还没说话,醋溺膏喝完汤又要汤了:"真鲜哪,再来一碗。"

韩麻子抢着说:"我先喝完的,先给我盛。"

贫麻子有个建议:"这回先给中辈的盛。"

大家举着碗，争先恐后："先给我盛。""先给我盛。"……

云花提起鱼，大声对大家说："鱼没煮上，你们自己盛盐水吧！"

众人失态："啊！"

徐三有感："咱们还能喝上盐汤呢，我师娘和贫根儿家的一点儿音信也没有。"

众人看着穷不怕和贫麻子。

醋溺膏猜测："他们很可能在贫根儿媳妇家住着呢。"

贫麻子有看法："她要真到娘家，早给我捎信儿来了。"

醋溺膏还有话："咱们到哪儿，她们哪儿知道。"

韩麻子劝大家："别说了，我穷哥心里又难受了。"

保定土路上来了两辆轿车，后边跟着骑马的侍卫和步行的卫兵。马路两旁围观不少人。前辆轿车上坐着扎王爷，后辆轿车坐着曾王爷和侧福晋。

保定一座大院里，众人正在喝"鱼汤"，听相声那中年汉子跑进来叫："穷先生！"

小喜子抢着问："你又睡不着了吧？"

穷不怕问得更直接："你是听相声，还是喝鱼汤？"

中年汉子摆手："不是，不是，我告诉你们，朝廷来了几辆轿车。"

韩麻子直想好事："准是接我们回去的。"

贫麻子有看法:"慈禧太后都回去一年多了,我们凭什么老蹲在保定。"

穷不怕让中年汉子说话:"让他说完,都谁来啦。"

中年汉子直说:"是王爷。"

穷不怕追问:"哪个王爷?"

中年汉子实话实说:"为首的那位是扎王爷。"

众人吓了一跳:"啊!"

醋溺膏存不住话:"又追到这儿来啦。"

穷不怕又问:"还有呢?"

中年汉子又想起来了:"还有一个叫曾王爷。"

穷不怕做结论似的说:"是福还是祸,我们迎接一下再说。"

保定土路上,扎王爷、曾王爷、侧福晋从轿车下来。穷不怕等来保定艺员跪下一片相迎:"王爷吉祥!"

曾王爷发话:"起来吧!起来吧!"

扎王爷也接着发令:"众民平身。"

众人起来,侧福晋说:"今日王爷办差,打此经过,特来看看你们。"

扎王爷问话:"穷不怕,你们来保定府已经两年多了吧?"

穷不怕回话:"王爷做事,有日档记载,理应比我们清楚。"

扎王爷有些心虚:"你们吃苦了,当时我也是不得已而为之。"

穷不怕实言实语:"我们到哪儿也是吃苦。"

扎王爷想些好话:"现在天下太平了。"

穷不怕说出实情:"我们这里消息闭塞。"

扎王爷想转话题:"我们不谈别的,原来咱们的交易你考虑好了吗?"

穷不怕想问清楚:"什么交易?"

扎王爷直言实情:"八大怪金花鼻烟壶,先生如能让给我,你们现在可立刻回京,另增银五千两。"

穷不怕心里早有定夺:"此事我已早做回答,草民不欠王爷什么。"

扎王爷口气很大:"我说话是算数的,王府井的东风市场我已经批建,我还可以在天桥给你们盖一个大演出场。"

穷不怕再次表示:"我说话也是算数的,两年前的话今日不会收回。"

侧福晋假惺惺地批评:"穷不怕你好大胆,你敢和王爷顶嘴。"

穷不怕嘴软了:"草民不敢。"

侧福晋提起老话:"你眼里不但没有扎王爷,也没有曾王爷。扎王爷看上你的金花鼻烟壶,你一点儿面子也不给。"

扎王爷同意地点点头。

侧福晋又对穷不怕说:"曾王爷要留你在府上当艺差,你一点儿面子也没给。"

曾王爷同意地点点头。

扎王爷觉得越来越离题:"别提别的。"

侧福晋想把话说完:"这两件事你好好思考思考。"

扎王爷跟着学舌:"好好考虑考虑。"

侧福晋在一边真心相告:"你们要想回北京,你就必须交出鼻烟壶。"

扎王爷跟话迅速:"对,对。"

侧福晋还有一个好主意:"或者到曾王府当艺差。"

扎王爷吃惊不小:"啊!怎么又出这么一个事儿?"

侧福晋小声告诉扎王爷:"这是曾王爷早跟他提的,他一直不同意。"

曾王爷又重复一遍:"穷不怕,你们好好考虑考虑,或者赠鼻烟壶于扎亲王,或者到我们府上当艺差,二者必居其一,你们就可以回京城,是不是扎亲王?"

扎亲王没缓过味儿来:"对,对,二者必居其一,不然你们就在保定待一辈子吧。"

曾王爷善意地对艺员们说:"我们还要在保定府逗留一日,明日一早起程,你们商量好,可找本王。"

还是保定相声场,众艺员都给穷不怕跪下,七嘴八舌地议论起来。

穷不怕过意不去:"起来,起来,我又不是王爷。"

众艺员还是众说纷纭。

穷不怕没办法:"你们一个个说。"

醋溺膏争着:"我先说。"

韩麻子拽过醋溺膏:"我先说。"

徐三要求:"师傅,还是我先说。"

穷不怕发话:"还是让长者先说。"

醋溺膏抢着说:"我们离开京城两年多了。"

韩麻子接话也快:"可不是,慈禧都回京一年多了。"

醋溺膏怨气十足:"我们招谁惹谁了?"

韩麻子接着撒怨气:"罚我们比罚慈禧的时间都长。"

醋溺膏的怨气没撒完:"天桥那个地方不能没有相声。"

韩麻子也硬气起来了:"相声在天桥土生土长,相声不能离开天桥。"

醋溺膏的话更直接:"不能到我们这辈儿,天桥相声就绝了根。"

韩麻子赞成这话:"就是啊!不能为了讨好几个外国人,把我们就打入了冷宫。"

醋溺膏明说:"李鸿章割让地盘,也没有割让相声。"

徐三也沉不住了:"扎王爷的大格格已经去日本了,怎么还找我们要金花鼻烟壶?"

穷不怕早就有看法:"他大格格已入日本籍,可是小格格还没有出国呢。扎王爷十几个儿女都想投靠日军,我们绝不能做出祸国殃民的事。"

韩麻子也谈出心里所想："我看这次曾王爷是有意接我们回京。"

醋溺膏也分析道："侧福晋的话里也有话。"

韩麻子又接着说："曾王爷和扎王爷是两个心眼儿。"

穷不怕建议："你们站起来说行不行？"

醋溺膏声如洪钟："你要不答应我们的要求，我们死也不起来。"

穷不怕感到奇怪："你们说了半天，我还不知道你们什么要求呢。"

醋溺膏想露底儿："我们的要求……不好说啊！"

韩麻子来个弯弯绕："我想到曾王府当艺差，望师兄给说一声。"

穷不怕一语道破："别绕弯子了，是不是让我到曾王府当艺差？"

醋溺膏马上抓住此话："这可是你说的。"

韩麻子有理了："我们可没强求你。"

徐三会分析："是啊，师傅，您看出没有，曾王爷和扎王爷耍了个心眼儿，给您找了个台阶儿。"

穷不怕点了点头："看起来还是好人多啊。"

徐三同情师傅："师傅，我们也知道，你也是不得已而为之。"

穷不怕早有思想准备："师傅心里很放心。"

徐三不放心："放心什么？"

穷不怕说了句大实话："因为你们都能独立了。"

醋溺膏跪得腿酸了："师兄，你让我们起来，你们师徒再续家常行不？"

韩麻子也说："你已经同意了，就别让我们跪着了。"

穷不怕明白了："大家请起，大家请起。"

众人起来。

客栈里曾王爷卧室。曾王爷、侧福晋并排而坐，穷不怕跪曰："只要王爷能保住相声回到天桥，草民愿意进王府当艺差。"

曾王爷双手相搀："正合我意，快快请起。"

侧福晋说出知心话："王爷专程为你而来。"

穷不怕施礼："多谢王爷！"

曾王爷说出一句有分量的话："现在你进了我府，别人也不会找你麻烦了。"

穷不怕真心相谢："多蒙王爷关照！"

这天曾王府院里来了客人，穷不怕从屋里出来，迎面碰上了扎王爷："草民给扎王爷请安！"

扎王爷也不客气："免啦，昨日提的事，你考虑得怎么样了？"

穷不怕主意早定，直言回话："草民已决定到曾王府当艺差。"

扎王爷直言:"我有万贯之家产,你怎么一点儿也不奉承于我。"

穷不怕内外分明:"家产是王爷的,草民不好奉承王爷。"

扎王爷抖出心里话:"本王已答应给你五千两白银。"

穷不怕回话也爽快:"五千两太少了。"

扎王爷试探地问:"本王把家产给你一半呢?"

穷不怕也有话说:"如果给我一半,咱俩就是平起平坐了,草民为什么奉承于你呢?"

扎王爷不甘心受辱:"如果本王财产都给你呢?"

穷不怕哈哈笑起来:"财产都给我,王爷就变成穷光蛋了,你就该奉承我了。"

"岂有此理,你等着瞧吧。"扎王爷整个脸变色,拂袖而去。

保定大杂院里,停着两辆骡车,艺人们在收拾回京的东西。穷不怕从外边进来,感慨地说:"没想到我们要打道回府了。"

韩麻子也发愁:"北京不定什么样了。"

醋溺膏想得更实际:"这回又该回天桥了。"

韩麻子发现穷不怕愁眉苦脸:"穷哥,你怎么愁眉不展呢?"

醋溺膏也解劝:"是啊,现在都太平了,洋兵也撤走了,

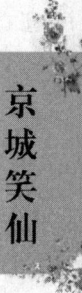

还愁什么?"

穷不怕说出内心的忧虑:"如果把洋兵打败了,我们回去也算过太平日子,现在跟洋人订了卖国条约,过这日子还能太平吗?"

韩麻子也帮助劝:"穷哥,别老想那么多了,这些事你我决定不了。"

穷不怕感慨万分:"天下兴亡,匹夫有责。我们每人都有一颗心,这颗心应该是良心。我无用也!"

众人都停下了手。

徐三对众人讲:"师傅说得在理,望大家三思。"

北京天桥,一个骑驴拔牙的人在显身手。前边围了一堆人,正是八大怪之一常傻子砸石头圆碾子。他不找场子,一条凳子一放,左手拿石,右手去砸,只要用手指一戮,石头立刻碎了,人们叫好鼓掌。

常傻子拿起一小铁盒丸药吆喝起来:"快买百补增力丸。闪腰岔气,错了骨缝,伤筋动骨,麻木不知,全治喽!"

群众甲在开玩笑:"常爷,你这石头一戮就碎,是不是石头用醋泡了?"

常傻子不急不忙,又拿出一块石头:"你戮一戮。"

群众甲抡足拳头一锤,把手震得生疼。

众人乐。

常傻子左手拿石,右手去砸,用手指一戳,石头立刻又碎了,人们叫好声不绝,常傻子又在吆喝:"快买百补增力丸。"

群众乙掏出铜钱:"知道了,吃了增力丸就有劲砸石头。"

大家争着买。

群众乙透露一条新闻:"常爷,常爷,他们说穷不怕回来啦。"

常傻子又问了一遍:"你说什么?"

群众乙:"有人看见穷不怕他们坐着骡车回来啦。"

常傻子高兴得不得了,忙收拾东西:"我穷哥回来了,我穷哥回来了,不卖了,不卖了。"

穷不怕院里,盆秃子、鼻嗡子正在院里劈柴,穷不怕带着赴保定众艺人乘兴而归。盆秃子站起来迎接:"穷哥回来啦!"鼻嗡子也跟着站起:"穷哥你们可回来啦!"

穷不怕一见故友,话也多了起来:"你们好哇,你们都在这儿啦。"

盆秃子更会说话:"我们给你看家了。"

穷不怕只问:"常傻子呢?"

这时,常傻子扛着长凳正从外边进来:"我在这儿。"穷不怕见常傻子放下长凳,心疼地说:"常兄弟可有点见老了。"

常傻子傻乐:"你还说别人,你也见老了。"

穷不怕强笑:"彼此彼此。"又问,"田瘸子呢?"

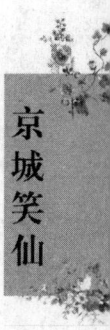
京城笑仙

盆秃子、鼻嗡子低头不语。

穷不怕又问常傻子:"田瘸子呢?"

常傻子低声低气地说:"他已经死了。"

穷不怕不相信自己的耳朵,又问一遍:"你说什么?"

常傻子提高了声音:"他已经死了。"

穷不怕追问:"什么时候的事?"

常傻子痛苦地说:"你走后没一个月,他同陈老板一起死的。"

穷不怕如雷轰耳:"陈老板也死了?"

小喜子忙问:"我师傅怎么啦?"

盆秃子如实禀告:"陈老板和田瘸子在天桥卖艺,被几个洋兵乱开枪给打死的。"

贫麻子忙问:"我老婆呢?"

盆秃子松了口气:"你老婆很好,放心,我给她安排在我老家了,他们河南也闹洋鬼子了。"

常傻子最后说出:"穷哥你还不知道吧,我穷嫂子也被扎王爷、川岛他们逼死了。"

穷不怕觉得眼前一阵发黑:"什么?彩莲……"幸而手扶住了一棵大树。

穷不怕里屋灵牌堂前,小喜子抱着陈老板的灵牌痛哭:"师傅……"穷不怕烧香拜灵,他带着众人跪在灵牌香炉下边,悲痛欲绝。

坟地里，穷不怕之妻董彩莲之墓。墓前摆着贡品。穷不怕正跪在地上给董彩莲烧纸钱，忽然空中飞来一只飞镖，镖上带着一封信，叉在坟土上。坟前穷不怕回头，不见人影。穷不怕将信取下，打开一看，念道："董彩莲还活着。"穷不怕向林中喊去："哪位高人，请出来受我一拜。"

林中穷不怕的后边，蒙面人三格格在说话："我在这儿啦。"

穷不怕回过身来："你是何人？"

三格格摘掉蒙面，穷不怕惊讶："三格格，你怎么在这儿？"

三格格大大方方："我等你呀。"

穷不怕猜到了："刚才那封信可是你给我的？"

三格格点了点头："正是我。你的夫人董彩莲好端端的，她没有死。"

穷不怕忙问："她在哪儿啦？"

三格格挑眼了："你怎么不问我在哪儿啦？"

穷不怕良心发现了："对，三格格在庵里可顺心？"

三格格喜欢同朱哥交心："桃花庵早被洋人所烧，我去年已还俗，如今已加入了武林行列，目前活得倒也自在。"

穷不怕关心地问："你怎么知道彩莲的下落？"

三格格买好儿地说："我跟彩莲一起生活了几个月，是我把她救出来的，最后我把她安置在天津你徒弟富向南家中。"

穷不怕十分感谢:"三格格真是大恩人。"

三格格兴高采烈:"恩人谈不上,也邪了门了,你的夫人一遇难,准碰到我。"

穷不怕诚意给三格格跪下:"多谢三格格救命之恩。"

"这还差不多。"三格格抿着嘴笑着扶起穷不怕,"绍文兄请起。我跟你讲,董彩莲住在天津,只限你一人知道。外人问起,你就说死了。亲人问起,你可说去了奉天,不要说出实情,否则再落到扎王爷手里,我就无能为力了。"

穷不怕边谢边问:"多谢三格格救命之恩。那么,这坟里埋的是谁?"

三格格痛心地说:"她是秦楼楚馆的小海棠春。"

"唉呀,是海棠春小妹,我一切都明白了。"穷不怕又跪下,"我净碰到恩人了,小海棠春,愚兄给你叩头了。"

穷不怕磕完头,一回头,三格格已无踪影。

天津富向南家,董彩莲正在烧香跪拜,富向南进来,看拜事完后说:"师娘,听京城来人说,师傅他们从保定回来了。"

董彩莲细问:"他们回天桥了吗?"

富向南回话:"天桥场地正在整理。"

董彩莲说出打算:"我回京城看看。"

富向南不准:"千万不可,扎亲王认出您还会找麻烦的,我准备看看师傅去。"

董彩莲同意："应该去一趟，三不管这边的事放心好了，我和你徒媳会照顾好的。"

富向南夫人黄氏进来说："你去也不要时间太长，这边没有个男人支着不行。"

富向南答应："我看看师傅就回来。"

穷不怕家里，穷不怕正伏在桌子上，用毛笔写完一段相声段子，题目叫《慈禧三喜》。徐三进来，念道："《慈禧三喜》。师傅您怎么写上相声了？"

穷不怕随口解释："相声历来都是口传心授。"

徐三也接着说："是啊，这是您经常教导我们的。"

穷不怕解释："我这样讲，是由于相声后人，很多人不读书、不识字，口传心授成了一种基本的传授方法。但是都不认识字，或者认识字的人越来越少怎么能行，这会使很多传统段子流失。如果把相声留成文字，代代推敲，岂不更臻于完美吗？"

徐三赞同："师傅言之有理，相声人的文化一代不如一代，我比您差远了。小喜子大字不识，将来的艺人不识字，这倒十分可怕。"

"你看看我写的段子如何？"

"师傅典学有成，徒儿能看出什么。"

"你还没瞧，怎知道看不出来？"

徐三拿起相声手稿细阅起来，表情由喜变惊："师傅，您不想活了。"

"怎么，有何感受？"

"您这样讥讽慈禧，岂不招事吗？"

"慈禧喜欢京戏，喜欢百戏杂陈。这点，我们念她的好。可是卖国求荣之事，不能原谅！我讽刺她好多年，她竟没琢磨出味儿来。"

"现在的段子太露芒了。"

"可能我也在发展吧。有的内容原来演过，现在把几个小段串起来，味道就辣了一点儿。"

"可不是辣一点儿。"

"如果有风险我们还可以拆成小段儿演。另外，当着朝廷人说点儿活话，敷衍敷衍。"

"这倒是，留下脚本，择时而演。"

穷不怕院里，穷不怕指挥贫麻子、徐三从地里挖出来八大怪金花鼻烟壶。

穷不怕屋里，穷不怕坐在当中，桌前放着八大怪金花鼻烟壶，弟子及家属男左女右两排坐好。在座的有贫麻子、徐三夫妇、小喜子、小福子、秀秀等。

穷不怕训话："我要去曾王府上任，这个家让给徐三夫妇住守。以后我就不能经常下天桥场子作艺了，场子里的事，就托给在座的朱门弟子了。今日我把大家招来，想商量新掌门立举之事。"

徐三有话:"师傅,还是您做掌门人吧,有事我们到曾王府找您。"

贫麻子也说:"是啊,师傅,我们哪比得上您。"

穷不怕知退:"不可,现在你们都有了徒儿,正值年华。我已到了交班的年龄,不可不退,今后退养曾王府,也要奋力所及。"

贫麻子从另一角度讲:"师傅也该到王府里享享福去了。"

徐三说得好:"咱们说相声的,到哪儿也享不了福。"

云花脑子比较活:"师傅到王府以后,也可以常到天桥下场子。"

贫麻子又没正形了:"曾王府的三格格没准儿还等着师傅呢。"

穷不怕给了他一句:"不要扯得太远。"

这时,突然富向南背着小包从外边进来,大家一窝蜂似的围着他问长问短:"师弟回来了。""向南回来了。""师叔好!""你好!"

富向南回谢大家:"我好,我好。"

贫麻子最关心师娘:"师娘好吗?"

秀秀也正想问:"是啊,我师奶、婶婶好吗?"

富向南告诉大家:"好好好,都好!"

徐三又问:"弟妹好吗?"

富向南笑脸回话:"好好好。"

秀秀不放心:"都好吗?"

"都挺好的。"富向南扶着秀秀的头,"长成大人了。"

贫麻子问了点儿实际的:"你一路上累不累?"

富向南表情真实:"不累不累。"

徐三细问:"你身体还瓷实?"

富向南两眼直找座儿:"挺瓷实,你们让我坐下歇会儿行不行?"

大家让座儿:"坐吧,坐吧。"

富向南放下包袱坐下。

贫麻子又有话了:"向南来得正好,师傅让咱们这辈儿选个掌门人。"

富向南的想法:"有师傅健在,不用选了。"

贫麻子有话想说:"你不知道,情况有变。"

富向南不明白:"师傅不是挺好的吗?"

穷不怕自己解释:"我马上要去曾王府当艺差。"

富向南不同意:"不去,不去。这么大岁数,还当什么艺差,给个官职倒差不多。"

贫麻子想开玩笑:"给了。"

富向南忙问:"给了什么官?"

贫麻子一本正经:"弼马温。"

富向南很认真:"这个官,我听着怎那么耳熟?"

贫麻子又逗上了:"弼马温和齐天大圣是平级的。"

富向南想起来了:"对了,孙悟空当过弼马温。师傅,您这么大岁数了,又要看马,又要给王爷他们说相声,何苦呢?"

穷不怕有做人的道理:"言而有信,不能变了。"

贫麻子想起穷不怕的为人:"没有师傅,天桥说相声的都回不来了。"

徐三也接着赞扬师傅:"相声在京城就绝技了。"

贫麻子下了定语:"师傅挽救了相声。"

富向南明白了:"原来是这么回事。"

穷不怕点点头:"我进曾王府,就是搬进去住。"

富向南又担心起董彩莲:"那师娘怎么办?"

众人也问:"是啊,师娘怎么办?"

贫麻子想起天星:"牛郎织女一年还见一次面呢。"

徐三接过话茬儿:"师傅,你们两年多没见面了。"

富向南为老人担忧:"今后什么时候能见面也没谱啊。"

穷不怕有意转移正题:"你们不要研究我们见面了。言归正传,商量商量,你们哥儿几个谁当门长。掌门人有关一派人的前程,有关朱门的兴衰,绝非儿戏。"

徐三先发议论:"门长,当然由长徒来当,大师兄当最合适。"

贫麻子谦让:"不不不,我看向南弟当门长最合适。"

富向南有想法："不不不，我看徐三哥吧。"

徐三互让："不不不，我看还是大师兄吧。"

贫麻子还是谦让："不不不，向南弟合适。"

富向南认定："徐三哥合适。"

徐三坚持己见："大师兄合适。"

贫麻子认准："富向南合适。"

富向南不变："徐三合适。"

徐三坚持："大师兄！"

贫麻子咬定："富向南！"

富向南不动摇："徐三！"

云花提个办法："要不你们三人轮流当。"

徐三说出理由："大师兄最有师傅的经验。"

贫麻子说出向南的长处："富向南赡养师娘，对师傅最忠心。"

富向南说出徐三的功夫："徐三最有师傅的功底。"

徐三又说出贫麻子一大优点："大师兄心里最有师傅。"

贫麻子说出自己的弱点："我挣不了钱，自身难保。"

富向南说出自己的私念："我过两天就回天津。"

徐三说出自己的困难："我徒弟多，教徒弟就够忙活的。"

贫麻子的看法："我看富向南。"

富向南的看法："我看徐三。"

徐三的看法："我看大师兄。"

穷不怕总结:"范向西去东北了,富向南去天津,对不对?"

富向南点点头:"我主要在天津。"

穷不怕接着说:"京城只剩下贫根儿和徐三,贫根儿你当门长行吗?"

贫麻子说心里话:"不行不行,我一当官就晕。"

穷不怕决定的口吻:"好吧,那只有徐三当门长了。"

富向南佩服:"师傅判事果断。"

贫麻子也赞扬:"师傅说到我心里去了。"

穷不怕问贫麻子:"你同意徐三吗?"

贫麻子说出心里话:"我早就同意了,只不过我们是亲(音'庆')家,应该避嫌,我不好提。"

富向南不明白:"你们怎么是亲家?"

贫麻子诙谐地说:"我的儿子给他当徒弟。他的儿子给我当徒弟。"

富向南明白了:"这么个亲家。"

徐三还要问:"师傅,我……"

穷不怕打断他的话:"你不要讲了,交接仪式现在开始。"

东方朔画像前,富向南当司仪,声音提高八度:"大清国京都天桥朱门相声掌门交接仪式开始。"

穷不怕将一束香高举过头,缓步走到神位下面,恭谨地插入香炉。全屋人在穷不怕身后站好,鸦雀无声,富向南发话:"给祖师爷东方朔叩头。"

穷不怕带领大家叩首。

富向南又喊:"朱派创始人老门长穷不怕授职。"

穷不怕举着八大怪金花鼻烟壶,徐三向师傅三叩两拜。穷不怕坐在中间门长座上,起身将八大怪金花鼻烟壶传授给徐三。

富向南发话:"老门长训令。"

穷不怕训令开始:"现在世道表面太平,海口为列强所据,国库银空,大伤元气。奇辱国耻,不堪回首。天桥挣钱不像过去那么好挣了,望你素手求财,不忘师德,不忘行规,不辜负师任重托,将朱门相声传后。"

徐三再次叩拜:"徒儿牢记师傅教诲。"

富向南喊:"给新门长叩头。"

徐三坐在门长木椅上,穷不怕带领众人给徐三叩首。

事后,在穷不怕家里,穷不怕跟富向南在谈论董彩莲。穷不怕问:"你师母现下身体可好?"

富向南回话:"身体还算没有大病吧,有时有点儿胃口痛。"

穷不怕叹了口气:"这是老毛病了,晚上让你师母多用铜壶焐焐胃口。我安排好了以后,我去看看她。"

富向南说出:"师母老想来。"

穷不怕着急:"别让她来,以免再生枝节。"

富向南想把话说完:"她老想来京,她想杀掉扎王爷、杀掉川岛,为小海棠春报仇。"

穷不怕有肺腑之言:"我何偿不想报仇!不能硬报。如果草率从事,简直是飞蛾投火,束手就擒。你回去给她讲,现在不是一个扎王爷,他后边有一种无形的强硬的影背。"

富向南答应:"我回去一定把师傅的意思告诉师娘。师傅,我就不送您了,一会儿我要赶火车回去。"

穷不怕吩咐:"你去吧!你出去,把小喜子给我找来。"

工夫不大,小喜子来到穷不怕家里。

穷不怕开始同小喜子谈话。穷不怕真情实意地对小喜子说:"我走以后,我最不放心的就是你。"

小喜子没有了解话意:"难道孙儿让师爷不放心?"

穷不怕摆手否定:"不是,因为我没有教完你。"

小喜子很满足了:"师爷手把手教了我几年,同辈人非常羡慕我,我已经很满足了。"

穷不怕说出心里话:"我对你的要求比别人都高。师爷在地摊上滚了一辈子,看样子相声已绝不了种。不过师爷不甘心相声只在地摊上滚,我希望你把相声带到园子里,带到馆子里,像京戏在戏园子里一样,懂吗?"

小喜子点头:"师爷我懂了。"

穷不怕接着说:"进园子以后,相声的观众才会多起来,品位才会高起来。"

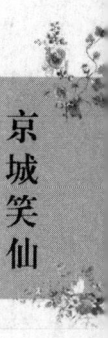

京城笑仙

小喜子点头:"孙儿记住了。"

穷不怕门前,一辆马车上装好搬家的东西。穷不怕与众人告别,他扶着小喜子的头对徐三说:"这个家以后就是你和云花的啦,以后你们要经常到我那儿去坐坐。"

徐三直爽地问:"王府能随便去人吗?"

穷不怕告诉他:"我住在马圈里,那儿还是好进的。"

众人大笑。

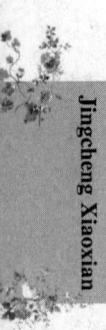

穷不怕又对小喜子说:"小喜子,你是很有希望的。陈老板教你的生净功夫,我教你的丑功夫,你师傅传你的相声,你都不要放下,希望你成为万人喜。我撂了一辈子地没有出息,你要把相声带到馆子里,带到戏园里。在国外现在能上话匣子,能灌唱片,我是赶不上了,你要争取上去。"

小喜子很认真地回话:"我记住了,师爷。"

小顺子拿着马鞭叫:"爹,咱们该走了。"

穷不怕上了车,同大家告别:"我赶紧走了,不然东便门城门一关,我就得绕到北边安定门去。"

贫麻子上心地问:"师傅,曾王府不就在地安门外边吗?"

穷不怕点头:"对啊,地安门东大街,路南的大门。"

贫麻子又问了一遍:"那就是曾王府?"

穷不怕告诉大家:"不,曾王府马圈。"

众人又大笑。

贫麻子也想同师傅开个玩笑:"您去那儿有条近道。"

穷不怕随便问问:"怎么走?"

贫麻子脸不笑:"从紫禁城直接就穿过去了。"

众人大笑。

鞭子一扬,马车启动了。

第三十五章　慈禧万寿节来到
天桥观瞻崇隆庆典　不料彩牌楼
旁边躺着常傻子的尸体

颐和园听鹂馆，慈禧正对李莲英说："莲英，我的万寿节预备得怎样？"

李莲英满脸堆出了笑容："颐和园都已预备完毕。"

慈禧脸也露出微笑："除了颐和园以外，要在天桥给我搭一架鲜花彩牌楼。过去我们大清每逢过年，紫禁城要大放烟花，紫禁城门要大敞，让民众进城同我们一起观花，现在做不到了。今年我的万寿节，要让万民与我共庆。"

李莲英奉承有方："老佛爷有卓见。"

"莲英，你说我今年这个坎儿，能过去吗？"

"老佛爷万寿无疆！"

"那是一句废话，历史上寿命最长的人是唐朝武陵开元寺里的一位高僧，叫慧昭，活了二百九十岁。"

"老佛爷贵寿比他高。"

"你在我耳旁奉承了几十年吧?"

"谢谢老佛爷夸奖。"

"我七十三大寿那天,你要亲自到天桥彩牌楼旁边观瞻,如果得到天桥百民同深庆祝,我七十三岁这个坎儿就能过去。"

"天桥一定万民庆欢,八大怪一定崇隆参典。"

慈禧拿出一个火柴盒,上边有慈禧的画像:"莲英,你看看这个火柴盒。"

李莲英满脸充喜:"老佛爷的画像上到火柴盒了,暖在万民之心。"

慈禧喜上眉梢:"我为什么把丹凤火柴厂办在天桥?"

李莲英会说话:"首先让天桥万民热潮澎起。"

慈禧高兴:"能拍我者,还属莲英也。"

"您又夸奖了。"

"那里有我赐封的天桥八大怪,有我懿封的双簧玉子,有我更名的太平歌词。"

"老佛爷跟天桥有这么深的情意。"

"你想知道这里边的奥妙吗?"

"请老祖宗明示。"

"我欠天桥的太多了。"

"老祖宗何出此言?"

"我的儿子同治帝十九岁驾崩,明明是天花所毙,我却委屈了天桥，现在我要还天桥一个公道。"

"老佛爷对天桥有深情厚意。"

"对得起对不起，我大寿那天，你到天桥一看便知。"

"喳！"

"如果万民欢庆，说明我这坎儿就能过去。如果冷冷清清，说明我年寿已到。"

李莲英只好听旨："喳！"

天桥彩牌楼。李莲英单身往天桥彩牌楼而来，鲜花彩牌楼前却冷冷清清。李莲英吃惊地向这里走来，彩牌楼底下躺着一个死人，正是八大怪之一常傻子。李莲英站了许久，不少人向他围来。

群众甲说："这里有个倒卧。"

群众乙说："这不是常傻子吗？"

群众丙说："他是饿死的。"

群众甲说："是冻死的。"

群众乙说："是连饿带冻折磨死的。"

群众甲说："落叶归根了，八大怪当然躺在慈禧的彩牌楼下。"

下雪了，雪花落在牌楼上，落在常傻子身上，落在李莲英身上。

前门五牌楼这天石墩上又贴出红榜"招贤纳士"告示。

围观人议论纷纷，二贝勒也在其中。

二贝勒不明白："这纳的什么贤啊？"

群众甲说："选国家栋梁呗。"

群众乙说："不是国家栋梁，是给外国人选栋梁。"

二贝勒不明白："巡府是外国官？"

群众乙给他挑错："不是巡府，是巡捕。"

二贝勒急忙更正："巡捕也不错嘛，能出国当当官。"

巡捕报名处，一张木桌前围了几个人正在报名。扎王爷摇着扇子笑眯眯看着一只又一只用毛笔签名的手。二贝勒走来了，丁三、王四抬着一个匣子。二贝勒施礼："给扎王爷请安！"

扎王爷高兴："王侄来了。"

二贝勒一指箱子："知道王叔酷爱京戏，我让人给王叔捏了一匣京戏脸谱，会饱您的眼福。"

扎王爷打心眼儿里高兴："王叔谢谢你了。"

"不客气，不客气，不知王叔这里纳的什么贤？"

"王侄坐下说话。"

"不坐，不坐，我这个人爱赶个热闹，爱看签名。"

"我为国家在挑选栋梁之材。"

"我听说您为外国人选人才。"

"给外国人选人才，也是留在咱们大清国发挥才志啊！"

"王叔不愧有安邦定国之志。"

"我看王侄双眉带彩,二目有神,定是国家栋梁之材。"

"比起王叔经天纬地之才还差得太远了。"

"看王侄印堂发亮,官运冒旺,必将能金榜题名。"

"不不,比起王叔还差得很远。王叔上马能统兵作战,下马能著书立说。"

"王侄是不是英雄无用武之地?"

"我只想施展施展自己的才华。"

"王侄不是不爱看书吧?"

"我只是不爱读八股文,像现在新型的小人书我可爱不释手。"

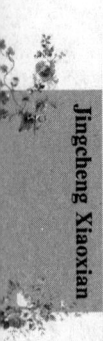

"巡捕之首应首推王侄。"

"王叔这么推崇,我就更不敢参试了。"

"你不参试,是我国巡捕行业一重大损失。"

"我要参试,王爷不要照顾。"

"当然,当然,凭王侄的才识。"

"我要参试就不准走后门儿。"

"当然,当然,王侄的笔头子很厉害。"

"我也要争口气,没凭后门儿,没凭送礼。送点儿京戏脸谱,那不算什么吧。"

"不算什么。"

"过去学八股文,阿玛老嫌我不用功。您看,现在八股文已废,我立刻脱颖而出。"

"是啊，是啊！"

"我考上以后，王叔要向我阿玛送喜报，让我阿玛高兴得没话说。"

"是得争这口气。"

二贝勒拿起毛笔在报名纸上签上了自己的大名——曾灯。

牌坊旁又一座牌坊上贴着一副对联，上联"为国求贤"，下联为"榜求俊义"。扎王爷送二贝勒到此："前边就是'魁星阁'考场了，我不送了。"

二贝勒有些过意不去："我怎样报答王叔的恩德呢？"

扎王爷直言："你府上原来还有一个八大怪金花鼻烟壶，现在还有什么？"

二贝勒眉头一皱："金花鼻烟壶几年前不翼而飞了。"

扎王爷点头："本王也听说过，来得新奇，走得嗔怪。"

二贝勒克制自己的心虚："王叔喜欢古董，王侄一定效力奉纳。"

扎王爷表面看不着急："再说吧。王侄进考场一定要沉着，前边要经过搜检、巡棚，有不懂的事他们会告诉你的，我不能相陪了。"

二贝勒舍不得王爷走："王叔留步吧，王侄一定给您争脸。"

俩人分别后，二贝勒穿过牌坊，向一间一间的草棚考场方向走去。前边要经过搜检龙门、巡棚内龙门、三龙门。先说二贝勒经过搜检龙门,前边两个搜检听差拦住了去路。二贝勒自语:"这一定是搜检龙门了!"只听听差乙喊:"站住!"接着又听高个儿听差喊:"胳膊举起来。"

二贝勒不知:"是我举,还是都举啊?"

高个儿听差(听差甲)说:"统统地举。"

二贝勒告诉他:"我是二贝勒。"

矮个儿听差(听差乙)反问:"你是不是考试?"

二贝勒点头:"是考试啊。"

高个听差发话了:"是考试,就得举。"

二贝勒举起双手:"这是干吗?"

高个听差一本正经:"检查检查,怕您带书卷,暗地打小抄。"

二贝勒明白了:"这么回事呀。你们放心,我从来不看书……哦,我从来不看没用的书。"

矮个听差说明:"带字的纸也不行。"

二贝勒辩解:"没有,我从来不写字……不写没用的字。"

高个听差搜出一张当票:"这是什么?"

二贝勒解释:"这是当票。"

高个听差十分严厉:"当票也不行。"

二贝勒掏出了银元宝偷偷递给了高个听差。高个听差立刻变了一张脸:"搜过了,什么也没有。"

矮个听差问:"不是搜出一张当票吗?"

高个听差解释:"当……当票上没有字。"

矮个听差变脸了:"白纸啊?!没听说过。"

二贝勒又偷偷给矮个听差一个银元宝。

矮个听差嘴一千笑,喊上了:"搜过了,什么也没有,下一个过来。"

单表二贝勒往前走,又有两个巡棚听差挡住去路。二贝勒自语:"这一定是巡棚内龙门了。"

听差丙发话了:"等一等。"

二贝勒指着前边说:"前边已经搜检过了。"

听差丁告诉他:"我们这门不是搜检。"

二贝勒急问:"你们是……"

听差丙得意扬扬地说:"是予试。"

二贝勒不明白:"什么叫予试?"

听差丙解释:"作副对联才能进去。"

二贝勒反问:"不是不考八股文吗?"

听差丙严厉地说:"对联不是八股文。"

听差丁提示他:"用一二作副对联。"

二贝勒直皱眉:"这么难!"

听差丙给他出主意:"您要破费点儿,上联我们可以代作,下联您一模仿就出来了。"

二贝勒又掏出两个银元宝,一人一个。

听差丙对听差丁说:"你给作个上联吧。"

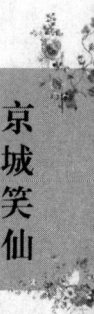

京城笑仙

听差丁对听差丙说:"还是你作吧。"

听差丙推过去:"你作吧,别客气。"

听差丁推过来:"你作吧,别客气。"

二贝勒自告奋勇:"要不我作吧。"

俩听差齐说:"好好,你自己作也行。"

二贝勒张嘴就来:"上联:一行白雁向南飞。"

俩人叫好:"好好好。"

听差丙问:"下联?"

二贝勒接着来:"两只烤鸭往北走。"

俩人叫好:"好好好!"

听差丙有疑问:"烤鸭能走吗?"

听差丁满怀喜悦:"不管它什么鸭,能走就是好诗。"

俩人重复,听差丙背诵:"一行白雁向南飞。"

听差丁接着背:"两只烤鸭往北走。"然后对二贝勒说:"你往北走。"

再说曾王府马圈,马圈里拴着几匹鬃马。穷不怕挎着一篮食草,正给牲口添食,小顺子从外边进来,对穷不怕说:"爹,有个老者找您。"

穷不怕举着食草说:"你带他到我屋里坐坐。"

"他到这儿来了。"小顺子话声没落,穷不怕见小顺子后边有位戴夏帽戴墨镜的老者:"这里太味儿了,小顺子,你带客人到我屋去。"

老者没有走的意思。

小顺子没办法："就在这儿等您吧。"

穷不怕觉得不礼貌："哪有在马圈里接待客人的。"

小顺子又替客人说了一句："他有急事找您。"

穷不怕只好放下篮草："好，咱们回屋里说。"

马圈内穷不怕卧室，穷不怕带着老者、小顺子进来，穷不怕对老者礼让："您请坐。"

老者没坐，环视四周，盯住墙上一块字匾：朱康室。

穷不怕还在热情招待："快快请坐，小顺子，好茶招待。"

老者还在看那字匾，又用手指了指"朱康室"三个字。

穷不怕说了话："你问'朱康室'三个字怎么讲啊？我姓朱，康就是康乐、安康的意思，室就是我的住处，连在一起就是这是我姓朱的晚年享乐的屋子。"

老者点了点头。

穷不怕说完了，还是礼让："老者请坐吧。"

老者没坐，走到字匾前，将字匾翻了一个个儿又挂上了。字匾后边是三个同音字：猪糠室，老者无声地乐了乐。小顺子却念出了声："猪糠室。"

穷不怕问来者："你是什么人？"

老者不语。

穷不怕礼貌相待："老先生非同一般，对我如此了解，晚生感到荣幸，老先生请坐。"

老先生不客气地坐下了。小顺子端过一碗茶:"老先生请用茶。"老者微笑点头。

小顺子问穷不怕:"爹,您怎么知道老者非同一般呢?"

穷不怕自我得意:"世上能猜透我心事的人不多。"

老者向穷不怕微笑。

穷不怕礼貌相问:"老先生打哪儿来?"

老者比了一个很远的手势。

穷不怕又问:"老先生贵姓?"

老者摆手不用问了。

穷不怕拿过一把扇子:"老先生请扇扇子。"

老者接过来欲扇,小顺子夺过来:"我给您扇吧。"

穷不怕这才细问:"老先生找我何事?"

老者摆了个没事的手势。

穷不怕不明白:"您没事,到这儿来干吗?"

老者一乐。

穷不怕问儿子:"这位老者不会说话?"

老者说话了:"你才不会说话呢。"

穷不怕像听出点儿什么:"你再说一遍!"

老者又不言语了。

穷不怕激将:"他就会这一句话。"

老者又说了一句:"你才会说一句话呢。"

穷不怕听出来了:"彩莲!"

董彩莲这才脱帽,揭掉假辫。

穷不怕高兴万分:"你真会开玩笑。"

董彩莲笑着说:"都是跟你学的。"

穷不怕觉得自豪:"我说呢,能猜透我字匾含义的人是不多的。"

董彩莲说出心里话:"我跟你搞了一辈子文字游戏,还不知道你这套弯弯绕。"

穷不怕喜形于色:"知我心者,莫过我妻也。"

小顺子撒娇地叫了一声:"娘,您喝茶水。"

董彩莲喝了一口茶:"你看,连茶水里都有马尿味。真是猪吃糠的屋子,'猪糠室'三个字起得太好了。"

穷不怕打着手势:"小声点儿,小声点儿。"

穷不怕忙把字匾翻了个儿,还原"朱康室"三个字。穷不怕又问:"你怎么来啦?"

董彩莲心里坦荡荡:"我怎么不敢来?"

穷不怕一语双关:"你真是吃了豹子胆!"

小顺子给妈妈找理由:"我娘想我了。"

穷不怕说爱妻:"你就不怕扎王爷抓你?"

董彩莲说:"那就看我的命运吧。"

"你来也好,"穷不怕脸色变得沉重,"有一件事我得告诉你。"

董彩莲看他神色不对:"什么事?"

穷不怕沉痛地说:"小海棠春替你捐躯了。"

董彩莲不相信自己的耳朵:"什么?你说什么?"

穷不怕又重复了一遍:"小海棠春替你捐躯了。"

董彩莲心紧缩在一起:"怎么回事?到底怎么回事?"

穷不怕说出事情的原委:"就是小海棠春给你送信儿,让你逃命那天,她替你坐上了川岛的轿子,轿子走到半路,她自尽了。"

董彩莲后悔万分:"她原来是这主意,我怎么就没想到呢。"

穷不怕沉痛地又说了一遍:"是她保护了你。"

董彩莲深深叹了口气:"全明白了,怪不得后来没人找我的麻烦。"

"董彩莲"坟前燃香,供着水果、点心。董彩莲跪着大哭:"小海棠春妹妹,为了让我平安活着,你替我送了命,你还让我怎么活呀!你死得太惨了,我一定替你报这个仇!……"

穷不怕搀扶她:"彩莲,把这个仇记在心里,这里不能久留。"

董彩莲还在哭:"你当时的想法,我怎么一点儿也没看出来,我真笨呀!"急得彩莲直往碑上撞头。

穷不怕很沉着:"那边有人来了,走吧!"

这时,三格格坐着黑轿而来,穷不怕二人忙躲在坟后,三格格向坟头儿走来了。三格格看见坟前的祭品,四下望了望人,她点燃了一把大香。三格格向墓碑深深鞠了一躬,又跪在董彩莲坟前痛哭:"董夫人,你死得好惨啊!"

董彩莲在坟后刚要起身相认,穷不怕将她按住,暗示她不要动。

董彩莲坟前,三格格放声祈祷:"董夫人,你在地下安息吧。我一生崇拜绍文,终生没有嫁人,我一定暗地照顾绍文到殡天。我有一个小小心愿今天实现了。我今天以绍文小妾的礼节来悼念你。"

坟后的董彩莲变化着复杂表情,穷不怕一直不让她动。

曾王府马圈穷不怕家里,穷不怕还在劝董彩莲:"这时候千万不能感情用事,如果出点儿闪失,就更对不起小海棠春了。"

董彩莲心里不忍:"三格格多次救我,哪有不认之理!"

穷不怕大大落落,好像自有后报:"三格格以假充真,目的在保护你,如果你自露马脚,那怎么对得起三格格。"

董彩莲突然冒出一想法:"三格格对你这么真心,又是我的救命恩人,我看你就收他为妾吧。"

穷不怕自有主见:"不谈此事,我自有报答的方法。你要尽早回到天津去。扎王爷不是省油的灯。"

董彩莲执意不走:"仇不报,我有何脸面活在世上。我正想找他算账了,难道小海棠春就这样惨死了?今日我一来看看你们，二来商量为小海棠春报仇之事。"

穷不怕心细，吩咐孩子："小顺子，你到外边儿看着点。"

"孩儿知道啦！"小顺子把扇子递给董彩莲，自己出去了。

穷不怕对彩莲说："这事我也想过多次，按我的性子，有仇不报非君子。"

董彩莲急问："如何报仇？"

穷不怕劝她："夫人先喝水，不用着急。看你这两年操心操得瘦多了。"

董彩莲也说出心里话："你也又瘦又老了。"

穷不怕心里有安慰："我是男人，怎么也比你好过。"

董彩莲打量着老公："你模样倒没怎么变。"

穷不怕心里明白："啊，我没变成韩麻子。"

董彩莲大乐："说得对，说得对。"

这时，小顺子突然跑来："爸爸，来人啦！"

穷不怕忙问："谁？"

小顺子压低声音："侧福晋来了。"

穷不怕对董彩莲说："你到里屋回避一下。"

董彩莲拿起假辫、帽子进了里屋。侧福晋走来了，穷不怕忙给侧福晋施礼："给侧福晋请安！"

侧福晋接礼："快快免礼！"

穷不怕礼让："侧福晋请坐。"

侧福晋对跟从丫鬟水仙说:"你在外边给我寻风,来人告诉我一声。"

"是。"水仙接令而下。

侧福晋坐下后,穷不怕也坐下:"侧福晋有事,来人叫我一声即可,何必亲自到马圈来!"

"素日我把先生看作知己,今日我有一事相求。"

"侧福晋请讲,何必客气。"

侧福晋直言相求:"我求先生献计,如何摆脱扎王爷纠缠?"

穷不怕寻思片刻:"侧福晋请将话说明白一些,我好仔细分析。"

"先生也知道,我性情比较开活。原来我认为扎王爷很精干,不像庆王爷那样贪得无厌,庸碌无知。可我越来越发现扎王爷更加阴险,在朝廷两面三刀,在外事讨好洋人,乱杀无辜,残害忠良,罪不可赦。他老纠缠于我,必将受到众人唾骂。"

"他纠缠侧福晋有何目的?"

"我过去认为女人应该有自己独见,应该自定终身,夫亡可以改嫁,不知这算不算轻浮。"

"只能因人因事而言,不能一概而论。"

"先生已给我做出榜样。"

"什么榜样?"

"先生的董彩莲已故，忠心无二，没有再娶。"

"侧福晋对曾王爷不也是忠心耿耿吗？"

"曾王爷跟那些庸官来比，已强之百倍，在那些福晋面前我感到知足。我对曾王爷贞心无二，不会改变的。"

"我替曾王爷高兴。"

"穷先生认为如何对待扎王爷？"

"扎王爷的权势太大，只能从迂回小计开始，让他尝点儿苦头，摆脱纠缠。"

"走一步说一步也行。这些人太坏，没有这些人同洋人勾结，洋人不会那么得势。正如一个鸡蛋，没有破口，毒虫不会爬进来作恶。"

"侧福晋果真有卓见。"

"您看我能做第二个董彩莲吗？"

里屋的董彩莲木然一愣，仍在侧耳细听。

外屋俩人还在叙话，穷不怕问："侧福晋此话怎讲？"

侧福晋明说："董彩莲已成为川岛、扎王爷的牺牲品，我会不会再重演董彩莲悲剧。"

穷不怕善于鼓励人："侧福晋自强不息，但愿不会。只是上从慈禧，下到文武百官，像扎亲王追洋卖国之人不止一个，我们不能不防。"

侧福晋真诚相求："先生可有对付扎王爷的办法？"

穷不怕想出一计："我看给他来个《孙子兵法》第八'趋

其所不意'，先治他一下。"

侧福晋佩服："好！趁其不意，我倒有一计。"

穷不怕想听听："请侧福晋明示。"

侧福晋忠言相告："先生可扮成我的情人，将扎王爷气走。"

屋里的董彩莲一锁眉，俩人谈话声继续传来。

侧福晋的声音："当然了，过去我女儿三格格很看重先生，今日再扮成我情人，有些不成体统。不过这不是真的。"

穷不怕的声音："只要能治治扎王爷，这倒没什么。"

董彩莲听此言脸色多变。

侧福晋的声音："我让他恶心我，也就远离了我。"

穷不怕的声音："就怕治不了蛇，反被蛇咬。"

侧福晋的声音："那就治不了扎王爷了？"

穷不怕的声音："让我好好想想。"

侧福晋的声音："曾王爷那边，我会事后解释的，王爷会相信我的。"

这时，从外边传来了报子报喜声音："曾大人中举了，曾大人中了……"

水仙和小顺子进来报信，侧福晋忙问："外边什么事那么乱？"

水仙告诉侧福晋："是报子来报喜。"

小顺子还在喊："曾大人中了，曾大人是谁？"

侧福晋告诉他："曾大人就是曾王爷。"

小顺子不明白："曾王爷中什么?"

侧福晋摇摇头："这就不知了。"

穷不怕脑子活："是不是二贝勒的事?"

侧福晋摇头："这就更不知了，他好长时间没回府里住了。"

穷不怕起身和侧福晋告别："我出去看看，侧福晋失陪了。扎王爷之事，按咱们商定的办。"

曾王府门口围了不少人，报子还在报："曾大人中喜了！曾大人中喜了！"侍卫没让报子进府，曾王爷带着侍卫从府内出来，穷不怕也从马圈跟了出来。

高个听差不明白："曾王爷怎么变成曾大人了?"

曾王爷对报子说："你们弄错了。"

报子又报："曾大人中暑了，没错。"

曾王爷明说："中暑应该去找郎中看病。"

报子解释："曾大人，不是中那个暑，您考上了。"

曾王爷继续问："考上什么啦?"

报子乐滋滋地说："考上巡捕了。"

曾王爷严厉起来："什么乱七八糟的，我王府跟巡捕有什么关系?"

穷不怕帮助分析："是不是二贝勒在外边招了事?"

报子明白过来了："对，是二贝勒考上了。"

马圈穷不怕的外屋，侧福晋等人在侧耳细听。马圈穷不怕的里屋，董彩莲在竖耳倾听。

这时，二贝勒从曾王府门口跑来了："阿玛，阿玛，我中了，我中了。"

曾王爷没好脸地问："你中什么了？"

二贝勒笑大了脸："我中署了。"

曾王爷没好气："你中暑吃点儿人丹去。"

"我不是中那个暑，我是中了巡捕署。"

"巡捕署干吗的？"

"未来的警察。"

"他巡捕什么？"

"他谁都能捕。"

报子乘机要钱："曾大人，您给两个喜钱。"

二贝勒对曾王爷说："阿玛，这回该替我赏赏他们了。"

曾王爷给二贝勒一嘴巴："我赏你！"

二贝勒疼得直叫："哎哟！您干吗？"

曾王爷气得牙根直痛："你不求上进。"

二贝勒有词："我求下劲儿啊。"

曾王爷咬着牙说："你不学无术。"

二贝勒还有理："我学武术。"

曾王爷又扬起手来："来，这边你再赏一下。"

二贝勒捂着脸跑了。

穷不怕直担心:"巡捕署在国外就是警察署,在大清国这倒是个创举,可别再为那些洋鬼子服务。"

曾王爷有所顾虑:"扎王爷能不为日本兵服务吗?"

苏州胡同小酒馆(北京饭店的前身),扎王爷和侧福晋桌旁对饮。

扎王爷得意地说:"又有十天没同侧福晋对饮了。"

侧福晋心里很压抑:"这可能是最后一次吧。"

扎王爷不明白:"侧福晋不想来了?这苏州胡同小酒馆是京城第一家西餐馆,将来搬到王府井就变成大高楼,就叫北京饭店了,你总不会不来北京饭店吧。"

侧福晋有话明说:"西餐馆还是要来的,不过……你,我不太想见了。"

扎王爷更不明白了:"为什么?"

侧福晋认真地说:"最近我总在思考一个问题。"

扎王爷追问:"什么问题?"

侧福晋道出心里话:"你和曾王爷都是大清要员,有些事,多为大清人想想才是。"

扎王爷脸色难看:"我发现你变了。"

侧福晋不遮掩:"是变了。"

扎王爷在叙旧:"原来你很为曾王爷的身体担心。"

侧福晋插了一句:"我现在仍为他的身体担心。"

扎王爷大胆地问:"你怕将来沦落为寡母?"

侧福晋告诉王爷:"现在不怕了,不管改嫁不改嫁,忠诚是大清女人的美德。"

扎王爷吃心了:"难道我不忠诚?你不想和孤王共享后半生了?难道我们断交了?"

侧福晋明说:"多亏我们断交了,没走到另一条路上去。"

扎王爷搬出慈禧:"我和你有共同命运,你也知道,我的福晋老了,连老佛爷也替我担忧。"

侧福晋看法不同:"可是福晋的心并不老。"

扎王爷投来了爱慕的目光:"你的心更年轻,我们有共同玄想。"

侧福晋摇着头:"不可能了。"

扎王爷好像在忏悔:"是不是我为日本人办事多了?"

侧福晋不客气:"希望你能反躬自问。一个大清国人,要自尊自重。"

扎王爷在择清自己:"川岛多次要见你,我没有答应过。"

侧福晋不买那账:"因为你把私心留给自己了。"

扎王爷很要脸面:"我有私心?"

侧福晋变得心直口快:"如果你没有私心,早把我卖了。穷不怕的老婆就是先例。"

扎王爷脸不红:"哪能啊?"

这时突然出现了意外,川岛进来了。

侧福晋想和扎王爷告别:"我该走了,我还要给曾王爷去采药。"

川岛一眼发现了他们,乐滋滋地迎了过来:"这不是侧福晋吗?难得一见。"

侧福晋执意要走:"川岛先生,你们喝吧,我有事先走了。"

川岛假客气:"不行,不行,我一来,你就走,太不给面子了。"

侧福晋举起小筐:"我真有事,我给曾王爷采药去。"

川岛挡路:"不行,不行,你能陪扎王爷,就能陪陪我。"

扎王爷替侧福晋说好话:"她的确有事,刚坐下就起来了。"

川岛看了看几盘西餐下了半截:"别骗我了,盘子都快吃光了。"

扎王爷抢着说:"那是我吃的。"

川岛看了看俩人的表情:"不行不行,你们在合伙骗我。"

侧福晋要走,川岛还在拦人:"不行不行,你非陪我一次不可。"

侧福晋也很认真:"今天真不行,我已经说了,要给曾王爷采药去。"

川岛也认真起来:"到哪儿去采?"

侧福晋实话实说:"陶然亭,我绝不说谎。"

川岛没有办法:"这次有事,咱们定个下次吧。"

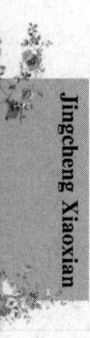

侧福晋直言相告:"下次我也不敢。川岛先生,我一看见你们别着枪,就害怕。"

川岛干笑:"下次我不带枪了。"

侧福晋借机逃身:"你枪扔了再说吧!走了。"

侧福晋走后,川岛不死心:"我没听清楚,她到哪里采药?"

扎王爷告诉他:"到陶然亭。川岛君,咱们喝。"

川岛站了起来:"不在这儿喝了,咱们到陶然亭花亭上去喝。"

扎王爷挽留:"怕不合适吧,您不想和侧福晋处下去吗?"

川岛干笑:"怕我没那造化。"

扎王爷提醒他:"你拿着枪,会把她吓跑的。"

川岛有的说:"到时候,枪我会藏起来的。"

扎王爷带着川岛来到陶然亭附近的一个亭子,俩人左看右看最后决定在花亭上继续对饮。川岛举杯:"干!"

扎王爷在思考他事。

川岛轻轻地叫:"扎王爷,干!"

扎王爷回过味儿来:"干!"

"你是不是在想侧福晋?"

"我怕她不会来了。"

"她的话是诚恳的。"

"那怎么半天不露面呢?"

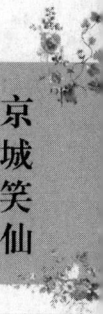

"也许她怕我身上的枪。"川岛叫旁边两个护卫,"你们过来。"

护卫过来,川岛把枪交给了护卫:"你们离我远远的。"

俩护卫退下,扎王爷看了看四周:"只怕侧福晋来过,我们也没看见。"

川岛看法不同:"不会的,我们站在高处,一览无余。只要她真到这里采药,我们一定能发现她。"

扎王爷还是劝川岛:"川岛君,天快黑了,一会儿准有雨,我看,我们还是回去吧。"

川岛捉摸不透:"你是想见侧福晋,还是怕见侧福晋?"

扎王爷说了句心里话:"又想见,又怕见。"

川岛放声大笑:"大清国中年女子比少女更加诱人,我非见她不可。"

扎王爷也怕有后患:"这是曾王爷的侧福晋,你要注意两国的邦交。"

川岛说得很轻松:"我只是和她亲密亲密,帮她采采药。"

这时,扎王爷发现侧福晋挎着小筐,向秫秸扎的野茶馆走去:"你看……"

川岛顺着扎王爷的眼光,看到侧福晋:"她来了,走!"他把酒杯一扔,站了起来。

扎王爷无奈也站了起来。

傍晚的野茶馆景色迷人,川岛和扎王爷刚进野茶馆,就听到秫秸隔断的另一边，穷不怕和侧福晋正在密谈。穷不怕阔爷打扮，轻声招唤："侧福晋，我在这儿啦！"侧福晋靠着穷不怕坐下："你等我半天了吧？"

穷不怕轻声："可不是嘛，一壶茶水我都喝完了。"

"你想我吗？"

"能不想吗！"

"我也想死你啦！"

"你不要找我谈谈吗？"

"这里可不是谈话的地方。"

"你说去什么地方合适？"

"你说呢？你找个地儿吧。"

"大野地那边就挺合适的。"

"天快黑了，合适吗？"

"黑了怕什么，有我呢。"

"我可交给你啦！你看着办吧！"

隔壁里边的扎王爷气得直摔杯："跟我面前假正经，贱妇！"

川岛没明白什么意思："你说什么？"

扎王爷忍着性子："没说什么，我说您想见见这妇人吗？"

川岛忙问："这个男人是谁？"

扎王爷描述了一番："贝勒打扮，我还看不出来是谁。"

川岛一乐："你比我还爱吃醋。"

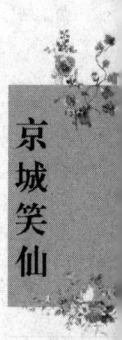
京城笑仙

川岛和扎王爷来到陶然亭坟地，听到远方有男女嘻笑声。他们寻声找去，声音越来越大了，原来是醋溺膏学调戏之声。一人模仿了几个角色："你可真美啊！""你要干吗啊？""嘻嘻……"

川岛、扎王爷俩人再往前走，声音听不到了。前边正是一片坟地，上面写着"穷不怕之妻董彩莲之墓"。这时，一阵怪风忽起，接着听着有个女人的声音——醋溺膏学侧福晋："扎王爷来了！"

扎王爷一愣："你在哪儿啦？"

醋溺膏学侧福晋的声音："川岛来了！"

川岛也问："你在哪儿啦？"

醋溺膏学侧福晋的声音，责怪的口气："这都看不见，你们来啊，我在这儿啦！"

扎王爷向"穷不怕之妻董彩莲之墓"走去："你是谁啊？"披散头发的董彩莲从墓后站起来："你看看我是谁。"这时候，一道道闪电一声声雷鸣，扎王爷看清是董彩莲之墓，再一看这女鬼正是董彩莲，吓得瘫在地上："董彩莲！"

川岛浑身发抖："女鬼！"俩人趴在地上磕头如捣蒜。

董彩莲学着鬼往前蹦了几下说："我是你们逼死的，今日是我三年的祭日，明年的今天也是你们的祭日。"

扎王爷求饶："朱夫人饶命，朱夫人饶命，我也是有苦难言，被迫而已，以后每年你的祭日，我都给你上香。"

川岛声音发抖:"每年清明我都给你烧纸。"

扎王爷接着哆嗦:"每年七月十五我都给你烧法船。"

川岛了解中国的习俗:"每年十月一日我都给你送寒衣。"

董彩莲一阵鬼笑。

扎王爷心里发慌:"你要怎样?"

川岛也问:"你到底要怎样?"

董彩莲大声狂笑:"我要你们俩命抵一命。"

"穷不怕之妻董彩莲之墓"后醋溺膏学起女鬼叫,接着又学起了狼叫。墓前董彩莲配合怪笑,扎王爷连滚带爬,没走几步,就晕过去了。川岛已爬出去老远。董彩莲拿出红带,想勒死扎王爷。这时,土路上来了一哨巡捕,打着灯笼,边走边喊:"扎王爷!扎王爷!……"两个护卫拿着枪在找:"川岛先生!川岛先生!"

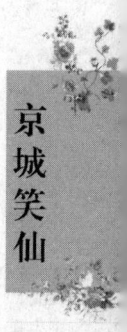

二贝勒打着灯笼发现了扎王爷,重复着喊:"扎王爷在这儿啦!"

日装大格格发现了川岛:"干爹,怎么啦?"

川岛指着董彩莲坟墓:"有鬼!有鬼!"

大格格用机枪扫墓:"哪来的鬼!那帮红灯照!"

马路另一边,停着一辆轿车。赶车的是穷不怕的儿子小顺子,穷不怕在路口张望等人。董彩莲、醋溺膏已赶到。穷不怕直催二人:"快上车吧!"

董彩莲有点儿惋惜:"要不是来了巡捕,扎王爷这老东西就一命归西天了。川岛连滚带爬也逃不了多远。"

醋溺膏接着她说:"回去也得让他们躺半个月。"

董彩莲可解气了:"他们一辈子也忘不了今天。"

穷不怕对董彩莲说:"你赶快上车吧!快回天津吧!"

董彩莲上了车,穷不怕、醋溺膏同小顺子、董彩莲告别。

夜深了,一路上,小顺子赶车正往前走,前边两个巡捕拦住去路:"干吗的?"

小顺子拿出腰牌:"曾王府的,有要事在身,赶快让路。"两个巡捕勉强让路。

三格格望着远去的骡车没有吱声。

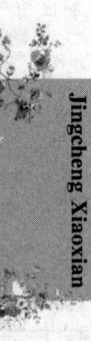